“十二五”国家重点出版物出版规划项目

国家出版基金项目
NATIONAL PUBLICATION FOUNDATION

走向世界丛书

主编 钟叔河 曾德明 杨云辉

FROM EAST TO WEST

崔国因 出使美日秘国日记

上册

李缅燕 校点

岳麓書社·长沙

崔国因《出使美日秘国日记》稿本扉页

序

日記者記逐日所行之事鉅細不遺以紀實也出使日記與尋常日記不同必取其有關交涉裨法戒此外皆所略焉上下五千年五帝三王不相沿襲陳言均無取矣縱横九萬里蓋地之圓山海之經荒遠可無稽矣然則日記云者記今日可記之事耳唐風曰職思其居孔子曰言思可道此之謂也外國各學均有專門名家童而習之至老不渝其講交涉者匪僅公法之熟亦恃平日於各國交涉之事所聞見者多而取精用宏也我國風氣之開僅數十年宏儒名宿或鄙夷而不屑道其閒深於閱歷得諸親當而囿器數者既知之而不能言慍淸議者又言之

日記 卷一 序 一

《出使美日秘国日记》书影一

出使美日祕崔日記

四月初一日晴

午初乘車至格總統墓所未正而到現總統及各部大臣亦相繼而到格夫人暨其子媳孫均到碑在墓之西南方工程甚巨聞已費銀三萬餘矣巡捕到者約百人軍兵到者十餘隊水師隊亦有到者各部大臣惟外部水師部患病未到百姓到者數萬山隴爲之蔽先宣頌詞者爲總理紀功碑人次總統次教士次爲善頌者頌畢已申正矣總統以頌文置碑下先退下臺因與格夫人等作周旋畢欲下臺已擁擠不能行久之始下上車後車數千輛又擁擠不進乃改由東道至領事署已酉正矣飯畢於戌正赴火車廠

日記 卷十一 一

《出使美日秘国日记》书影二

付印于光绪二十年（1894）

当时美国街头的排华广告

Chinese Exclusion Law

California's Memorial

President and the Congress

OF THE

UNITED STATES

ADOPTED BY

The Chinese Exclusion Convention, called by the Board of Supervisors of the City and County of San Francisco, and composed of 3000 Delegates from State, County and Municipal Bodies, Civic, Labor and Commercial Organizations, held at Metropolitan Temple, San Francisco, Cal., Nov. 21 and 22, 1901.

SAN FRANCISCO, CAL

THE STAR PRESS JAMES H. BARRY

《排华法案》

1893 年芝加哥《华洋新报》创刊号头版刊登的抗议《排华法案》的漫画

本册总目□

丛书新序□

钟叔河

二〇一三年十月

“走向世界丛书”一百种，只收晚清时期 from east to west（从东方到西方）的记述，这并不等于说，只有十九世纪末二十世纪初的中国人，才需要面对走向世界的问题。

纵观人类历史，走向世界决不是什么地区性和阶段性的活动，而是不断出现在全人类发展进步过程中并与之同步的历史现象。一百万年前，人类开始从非洲进入亚洲和欧洲，一万年前，又从亚洲进入北美洲和大洋洲，就是在不断地走向世界。

从有史以来的文献、文物看，三千多年前的《奥德赛》和《出埃及记》，说的是古希腊人和以色列人走向世界——走向地中海和巴勒斯坦。两千多年前的《史记》和《汉书》，写了张骞和后来汉朝“益发使”走向世界——曾走到罗马在西亚的边陲。一千三百年前的《大秦景教流行中国碑》、七百年前的《马可·波罗游记》和四百年前的《利玛窦中国札记》，记下了阿罗本、马可·波罗、利玛窦的 from west to east，这和 from east to west 一样，都是在走向世界。

人类曾因地理、种族、制度、意识形态等原因而互相分离，甚至隔绝。夜郎国的君长初见汉使时问：“汉孰与我大?”当是时，夜郎的世界僻处黔西，其“大”可知；连夜郎都未入版图，则汉之“大”亦远不如今之中国。但人为万物之灵，为了求生存谋发展，总不能老守着自己的一亩三分地，总会要想方设法走向世界——走向更广阔的外部世界。于是，汉要“通西南夷”，要前往原来“道险终不能有”的夜郎；夜郎要问“汉孰与我大”，要想改变原来“不知汉广大”的状况。由互相隔绝变而互相接近，互求了解，这就是走向世界。

走向世界，无论是自己走出去还是让别人走进来（总比让别人杀进来好），无论是主动的还是被动的，从总的历史进程看，用大的历史眼光看，都有利于发展，都是一种进步。对汉朝来说是如此，对夜郎来说亦是如此。两千年前是如此，两千年后亦是如此。上世纪七十年代末开始编辑出版“走向世界丛书”时是如此，如今来继续编辑出版这部丛书时亦是如此。

今天的中国已不再是七十年代的中国，虽然仍称发展中国家，经济总量却早已“超英”，正在“赶美”，但走向世界的路还“漫漫其修远”。时至现代，走向世界当然是要走向现代化的世界，也就是要高度现代化，全盘现代化。“四个现代化”的“四个”——工业、农业、科技和国防，已经“化”出了很大的成绩，而我们的管理现代化，我们的服务现代化，我们的制度现代化……要走的路的确还很长。

现代人走向世界，首先要使自己成为能接受全球文明，有世界知识，有世界眼光，有世界理想的人。“走向世界丛书”杰出的作者，如郭嵩焘、黄遵宪……又如邹代钧、金绍城……他们看到的新技术还是德律风（送话器和最早的手摇电话机）、火轮车（蒸汽机车）……我们如今却已经用上了智能手机、坐上了波音飞机……但在思想层面上，我（不敢称我们）反省自己的世界眼光和世界理想，甚至在世界知识的某些方面，比起一个多世纪以前的郭、黄他们来，差距实在还不小。在这方面，也就是人的现代化这方面，要走的路就更“漫漫其修远”了。

五年前北京奥运会的成功举世公认，它已经成为中国走向世界的一大标志。它的口号：

ONE WORLD，ONE DREAM

“同一个世界，同一个梦想”，这也应该是现代人走向世界的志向和目的，是我们继续编辑出版“走向世界丛书”的志向和目的。

丛书原序

钟叔河

一九八〇年七月

人们常说，今日之世界，乃是一个“迅速缩小的世界”（rapidly shrinking world）。在电视卫星、激光通信和喷气式客机的时代，地球之上各地之间的距离，确实好像越来越短，人们相互间的接触和交流，也越来越方便和密切了。

可是，仅仅在几代人以前，异国还显得那样的离奇和遥远。古代欧洲人说，中国人用小米和青芦喂一种类似蜘蛛的昆虫，喂到第五年虫肚子胀裂开，就从里面取出丝来（Pausanias《希腊纪事》）。古代中国人则曾经相信，西方有种羊羔是从泥土里生长出来的，脐带还连着大地（《旧唐书·西戎传》、《渊鉴类函·边塞部九》）。这类海外奇谈，今天听起来简直不可思议，而在过去上千年中，却一直被当作可信的资料，记载在欧洲和中国的史书上。由此可见，人类文明的发展，经历了一条何等漫长曲折的道路。

为了探索和开辟外部世界，丰富自己的物质和精神生活，各国人民都作过许多贡献。人类文明史像叙说伟大的发明家和著作家一样，将永远铭记着张骞、玄奘、马可·波罗、哥伦布等不朽的名字。我们甚至可以这样说：一个民族从中世纪到现代的历史，也就是它打开眼界和走向世界的历史。

历史的发展从来是不平衡的。当黄河、长江已经哺育出精美辉煌的古代文化时，泰晤士、莱茵和密西西比河上的居民，还在阴暗的原始森林里徘徊。而自从地理大发现和产业革命以来，中国却相对地落后了。在西方实现资本主义的现代化以后，中国还是一个基本上同外界隔绝的古老国家。是鸦片战争打开了中国的大门，也打开了中国人的眼睛。人们称林则徐和魏源为清代最早“开眼看世界”的人，因为西方的坚船利炮打到中国来时，他们首当其冲，亲身感到这个世界在缩小，距离和壁垒再也不能将异国隔离开了。

过去时代的中国读书人，在“严夷夏之大防”

的社会里度过了上千年。封闭的外壳被打破后怎么办？守旧派的办法是把脑袋钻进沙子里学鸵鸟，像慈禧太后的大学士徐桐，见到洋人就以扇遮面。就是这个徐桐，在庚子年间焚香叩请骊山老母下凡来“杀尽洋人”，结果骊山老母没有下凡，他自己的老命却白白送掉了。而林则徐和魏源则不同，提出要“师夷长技以制夷”，主张学习外国的长处，以对付外国的侵略。要学习，先得了解，于是林则徐编了《四洲志》，魏源编了《海国图志》。虽然他们未能亲身出国去考察，书的材料靠间接采辑而来，难免有许多谬误，但无论如何，地里长羊羔之类的神话毕竟不得不逐步让位给常识了。

林、魏之后，中国才开始有读书人走出国门，到欧美日本去学习、访问和工作。容闳、王韬、郭嵩焘、黄遵宪和严复等人，要算是最早的。接着出国的人渐渐多了起来，尽管其中不少是奉派而去的政府官员，但既然去了，就不会不接触近代—现代的科学文化和政治思想，也就不可能不在中国发生影响。

“走向世界丛书”专收一九一一年前国人亲历欧美和日本的记述。自从一八四〇年鸦片战争失败那时起，先进的中国人，经过千辛万苦，向西方国家寻找真理。应该说康有为和在他之前的郭嵩焘、王韬、容闳等人，的确代表了近代中国向西方寻找真理的一派人物。当然，丛书所收的，也并不全属先进的人物的作品；但总而言之这些都是中国人从东方走向西方的实录，自有其文化的意义和历史的价值。

必须指出的是：从鸦片战争到五四运动这一历史时期中，西方国家虽在许多方面比中国先进，值得中国人学习，但国家利己主义的本质，却总是要压迫剥削比他们落后的民族的。中国人走向世界、接触西方，既有一个学习外国长处的问题，又有一个抵抗外国侵略的问题，盲目排外和盲目崇外都是错误的。对于某些作品中不免流露的这类观点，我们将在为各书撰写的叙论中，适当地作些分析，供读者参考。

“洋为中用”是我们今天的主张，也是十九世纪先进的中国人的主张。“师夷长技以制夷”，不就是“洋为中用”吗？当然，随着接触和认识的逐步深入，人们慢慢地看出：仅仅学一点“长技”，搞一点坚船利炮，还是不行的；要救国，只有维新，维新行不通，就只有革命。伟大的革命先行者孙中山，用他自己的话来说，也是在一八七八年出国以后，“始见轮舟之奇、沧海之阔，自是有慕西学之心，穷天地之想”，才树立了推翻清朝建立民国的大志和信心。历史无情亦有情，后人的思想和事业肯定要超越前人，但前人的足迹总可以留作后人借鉴，先行者总是值得纪念的。

今天的世界已不是十九世纪的世界，今天的中国更不是清朝末年的中国。今日之中国，已经逐渐以现代的面貌，出现在世界的东方。但是，世界的进步越来越快，中国的经济和文化等许多方面还需要不断地发展和提高；这就必需继续打开眼界、走向世界。打开眼界以后，还要学会分析，分清好的和坏的。一切好的东西，要拿来为我所用；一切有害的东西，要实行抵制和预防。在这方面，前人的经验和教训，有一些也仍然值得我们注意。

谨将这套丛书奉献给爱好历史和文化、关心中国和世界的读者，希望它能在中国现代化的过程中，起到一点微薄的作用，是为序。

丛书凡例□

一、“走向世界丛书”一九八六年前已刊三十五种，二〇一五年起仍按原定一百种的计划继续刊行，仍然专收现代以前用文言写作的国人考察西方（含开国后的日本）的记述，仍以亲身经历、直接闻见者为限。

二、丛书按作者出国年月排列次序，尽量单行，即以一种为一册；字数过少无法单行者，才以两种或数种合订成册。合订本尽可能以类相从，按第一种出国年月排序；其各种均在封面列出书名，书脊则只列出第一种书名，并在其下注明“等几种”（另有附录者则注明“附几种”）。

三、每种（册）书前，均由编校者撰写导言（叙论），介绍作者有关背景和书中重要内容，酌加评论分析，以供读者参考。

四、丛书均经编校者校订，标点分段，并加边批。边批的内容主要包括三个方面，兹以《随使德国记》为例，举示如下：

1. 标题、提要和说明，如“星使由苏州来”、“普鲁士分一十二省”、“演八十日环游地球的故事”、“如夫人即赛金花”、“‘人工’今皆称工人”。

2. 书中较重要的译名（加括弧注出原文或今译），如“德璀琳（Detring）”、“毕驷马（俾斯麦）”、“布莱门（不来梅）”、“德利风（电话）”。

3. 原文的订正和存疑，如“‘公司船’原无船字”、“‘骁勇’原作‘骑勇’”、“‘薛福成’成字原作辰”、“奥京立斯本应是维也纳”。

五、每种书后，均附人名索引，人名依首字笔画和一丨丿丶乚排列，按年、月、日三节数字查检（正文单页码下均有年、月、日三节数字备查）。如德璀琳之“德”字为十五画，于索引“十五画”内检得其名下首列“13，8，17”，查正文“13，8，17”在P.3下，即可在P.3上找到

（光绪十三年八月）十七日“乘肩舆往拜税务司德璀琳”的记载。

六、每种书后，一般附有译名简释（今昔译名对照，必要时并加说明），亦依首字笔画和一丨丿丶乚排列。如“卜兰墩浦 Brandenburg，勃兰登堡”，又如“勺勾腊 chocolate，巧克力”。

七、人名索引和译名简释的条目，并不限于边批中所举者；边批中所举者，则必皆收入索引和简释。

八、人名索引按年、月、日三节数字查检，其原书不著年、月、日者，则按篇章序号或页码查检。

九、原文因排印（抄写）而出现的明显的文字错误径予改正，不在边批中注出。

十、原文中同一外国地名而译文不一，如缪祐孙《俄游汇编》中“彼得堡”就有“比得堡”“彼德堡”等异文，因其无碍阅读，故一仍其旧，不予统一。

十一、原文中之统计数字亦一仍其旧。有的表格中之中文或汉码数字，为方便阅读，改为阿拉伯数字。个别已经失去时效、并无参考价值的统计表格，则在说明情况后删去。

十二、丛书以简体汉字印行。除总序、凡例外，编校者所作导言（叙论）、边批、索引中涉及的数字均按现行规定采用阿拉伯数字。

叙论：《出使美日秘国日记》读后□

李维琦

崔国因（1831—1909），李鸿章的同乡，光绪十五年（1889）被派为出使美国、西班牙（当时译作日斯巴尼亚）和秘鲁大臣，也就是公使。他的外交日记《出使美日秘国日记》，自光绪十五年（1889）九月初一日起，记到光绪十九年（1893）八月初四日止，即自他抵华盛顿使署上任的第一天，到上“槎那”海轮返国，除登舟前一天外，每天必记。该日记前后历时49个月，共1447篇，16卷，46万馀言。时值以电力广泛使用为标志的第二次科技革命蓬勃发展时期，对于在欧美已经比较广泛使用的电灯、电话、电梯、电车，以及新式武器——大炮、潜艇、鱼雷等，日记中有或多或少的介绍。崔国因对于铁路交通，矿山开采尤感兴趣，以为是那时清国当务之急。还有邮政、税务、工业企业、农业等，《日记》都有所论述。举凡美国乃至欧洲发达国家的政治、经济、军事、外交、历史、地理、文化、教育、法律等，《日记》都为人们提供了许多具体的信息。这部《日记》对于当时的以及稍后的中国人，是认识美国、认识世界的一个窗口。难怪梁启超将此书列进《西学书目表》(1896) 中。就是当下，要了解美国的过去和现在，也还有它的参考价值。

崔国因是洋务派后期的著名论家之一。光绪九年(1883)，他上过一本奏章，叫做《奏为国体不立，后患方深，请鉴前车，速筹布置恭折》，请求变法图强，提出了十一项自强之道：设议院、讲洋务、储人才、兴国利、练精兵、修铁路、精水师、增兵船、精制器、筑炮台、设武备院。可看做是他崔国因兴办洋务的纲领。他写外交日记，干什么呢？他说是“禆法戒”①，就是记录案例，以备他人处理同类事件时参考。实际上不止于此，而在大力宣扬办洋务的范例，指明美国等国就是办洋务成功的样板。是在宣传办洋务的理论，是在与顽固派争论，陈述其所以要办洋务的理由。崔国因十一条，有一条是修铁路，现在就举修铁路的例子来看：

查金山至华盛顿，计程一万一千里，五日而到。途中每

①“禆法戒”，疑与“备法戒”同意。王士祯《香祖笔记》序：“声诗古文而外，间随笔为札记，要必贯串经史，表章文献，即一名一物，异日可垂典故，备法戒者，乃录之，否则略而弗书。”又《申报》(1909，1，31)：“湘军常备新军杨协统晋，日昨禀报上台，往湖北江南等处考察，以备法戒。”

日尚停车十馀次，以备搭客上下，为时甚久。大约每半时辰可行一百八十里至二百里，如途中不停，两日可到，可谓速矣。途中初历崇山，山中松木盘郁直挺，可作栋梁。次日所见，皆平衍沃壤，数十百里，必有大乡镇，中间荒土甚多，五百年内不忧人满。闻五十年前尚觉萧条，今则蕃衍富庶，甲于诸国，非火车之力不能如是之速也。（光绪十五年九月初一日）

这是崔国因《日记》开宗第一篇。写火车行车之速，一万一千里，在那时的中国，要走好几个月，而美国那里，五天就到，如果沿途不停，两天就到了。接下去写沿途所见，五百年不忧人满，可以大量移民。火车带来了蕃衍富庶。在什么情况下写这些话呢？一般说来，那时的清人，举国上下，都反对修筑铁路。在李鸿章的“忽悠”之下，清王朝勉强同意建设了一条不到十里长的唐胥（唐山—胥各庄）铁路。李鸿章怎么“忽悠”呢？他说这条路铺设铁轨，车厢不用机车头拉，而用骡马。皇上相信了，既然不会“烟伤禾稼，震动陵寝”，便批准这铁路建成，以作运煤之用。后来清廷发现，铁路通车后还是存在用机车头牵引的情况，便断然下令禁用。于是李鸿章又出来转圜，几经波折，中国终得有了第一条铁路，这条铁路后来延伸到了芦台，到了天津。崔国因在这个时候来说这些话，当然就不止是在于介绍异国的风情了。下文再看崔国因关于铁路的另一处日记：

英国大铁路二十三条，共长一万六千二百四十四英里并四分里之三，较去年增九十五里。近于一礼拜之内所收进款，共有英金一百二十六万九千二百五十二镑，较去年是时多三万八千九百五十五镑。

因谨按：铁路之裕国利民，实无疑义。美国官绅尝为因言曰："美自华盛顿立国，至今一百一十年耳。其富庶如此之速者，铁路之力也。自铁路通达东、西洋，而土产遂通于欧、墨两洲而无弃于地。美之民数，前二十年仅三十馀兆，今则六十馀兆矣。利之出于地者日增，民之归于美者亦日众，此明效大验也。"（光绪十六年二月十二日）

前面说铁路便于行旅，创造了广大的移民空间，这里说铁路可扩大财政收入，畅通物流，广增财富，万民归附。既然如此有利，为什么还要反对呢？

崔日记讲铁路之处甚多，下面再录两处：

谒奢士格阑脱，谈及其父。当南花旗作乱时，北花旗铁路未成，屡战不利。及铁路竣，而增兵至一百二十万人，调动灵捷，战无不胜。又值南花旗饷绌，遂亦求和。铁路诚富强之第一着也。归而志之。（光绪十六年闰二月初一日）

美国内地课税已查明矣。又查铁路一项，其入款亦甚巨，总计通国铁路共二万六千馀里①。据总理之局刊出，一年进项共一万三千三百万馀元。除开销九千三百馀万元，实馀四千一百馀万元。

因谨按：铁路之利，其益不可胜言也。调兵转饷，救灾设防，通商贾之有无，运笨滞之货物，此其大者，隐而难计者也。即以载费计之，其进项已抵中国之半，而尚有九千馀

①美国当时铁路长度，另一处作十六万馀里，恐或有误。

万散于民间，悉归经理铁路之用。此经理铁路者，皆本国谋食之人也。以中国贫户计之，每一家十口，每年仅需百金，盖足赡九千万人一年之衣食。中国民数计四百兆。九千万人将近百兆矣。中国贫户亦不过百兆而已，然则铁路一兴，贫民其有豸①乎！（光绪十七年六月二十三日）

前一条讲铁路于征战有利，后一条带有总结性质，梦想中国也有这样长的铁路。崔国因在日记里就是这样积极宣传洋务运动的。一部外交日记，说的都是坚船利炮，金银煤铁，收入支出，进口出产，像是现今统计局的年度报表，又像是财政部门公布的收支细目。此外还多处论述到欧洲诸国、美国乃至日本的发展经济和加强武备，清楚地认识到国际竞争的实质就是强国扩张，次强自保，弱国被吞。这些全都是办洋务所当论及之义。

如果这部书不叫外交日记，叫做旅美论中国当兴洋务，应该也未悖于它的本质。关于洋务运动（1861—1894）前人已加详论。初谓办洋务者为汉奸卖国贼，镇压人民的刽子手。而后持两点论，说这个运动虽有不利于人民的一面，然而也不能排除它引进先进生产力的历史作用。现在比较持平之论谓：这是一场自强求富的运动，虽然目的在巩固封建王朝的统治，却也在中国出现了第一批近代企业，在客观上为中国民族资本主义的产生和发展起

①豸，谓解救。《左传·宣公十七年》：“郤子其或者欲已乱于齐乎？不然，余惧其益之也。余将老，使郤子逞其志，庶有豸乎！”杜预注：“豸，解也。”谓解救、拯救。

到了促进作用。在我看来，拨开那些云遮雾罩，去掉那些枝枝节节，也避开那些弯弯绕绕，自强、求富实在是中国人民长久以来的厚望，诚不可以遽非。我们现在还是要讲这个强和富。不过我们现在讲强，不是去侵占他人，不是要以强欺弱，我们的强，是要用来保证我国人民安居乐业，用来保卫世界和平。我们的富，富可以有先后，但不是有或无，而是共同富裕，天下大同。由此评骘崔国因，他的洋务实践与洋务宣传，我们似不可以取批判态度。

洋务运动有它的致命弱点，就是只讲“务”，不讲“法”，更不讲“体”，是注定要失败的。崔国因与其他热心洋务的人不同，他还讲“设议院”，比起来要高明一点，但那个“议院”是放在“务”里面去讲，也就必然没有结果，与其他人并无本质不同。为了说的方便，我就只说他们是讲洋“务”。讲洋务而不放在“制度”层面来讲就逃脱不了失败的命运。温故而知新，观今当鉴古。即以所论的铁路建设为例。那时的美国铁路是全世界最长的，26000馀里。中国就只有唐山那一段铁路好说，早先还是偷偷摸摸的骡马铁路。而21世纪今天的中国，铁路营运里程达到112000公里，居亚洲之首，世界第二，仅次于美国（2014年数据）。拥有强劲市场需求和强大经济支撑的中国人，不再满足于架设普通铁路，而将建设的重心转向更快、更稳、更安全的高铁。截至2014年，中国高铁的营运里程达到16000公里，约与其他十五个有高铁国家的高铁营运里程总和相当。2015年估计中国高铁的营运里程会是全世界的60%。美国呢，他们今年1月6日才开始破土动工建第一条高铁，全长1280公里，预计到2029年竣工。真是百年风水轮流转。第一变成了末位，末位变成了第一。我们不信风水，相信什么呢？相信制度。崔国因那时的中国，是腐朽的封建王朝，美国是先进的资本主义国家。现时呢，不好措辞说美国什么，它也是我们谋求友好的国家。我们呢，不可能不充满对自己制度的自信。

崔国因出使，他的外交活动（除礼节性的以外）有哪些呢？他在日记里这样总结：

> 因奉出使之命，持节驻美已阅一年。论交涉之事，则韩廷告贷于美国，已力阻之；美舰以兵入韩城，已力斥之。华人之假道者，美关以索银为质；其安业者，美绅以领照作难；其经商成市者，美之工党以逼迁令其破家荡产。均经力驳使不行矣。日斯巴尼亚设吕宋票行于中国，渐推渐广。其始也，每年得利银四十八万两，近已倍之。此我国内政，非使臣之权所能禁除者也。奏请议禁，或行、或否，当路自有权衡焉。寓巴拿马华商，土人聚众驱逐，为求美国领事就近告彼政府，得以风行雷厉，转危为安，此皆使者分所当为之事也。（光绪十六年十二月三十日）

四条讲得很完美，实际上，要打一些折扣的。第一条，谈不上“力阻”“力斥”，藩属之事，尽责而已。第三条只是报告一个消息。第四条确也为华侨做了好事，但做好事仰赖于他人，使者不过请托之劳。第二条是他崔国因本分应做的事。华人假道，美关索银未得，崔使有功。

领照作难，此事还未了结，领功过早。逼迁被美国法院判为违规，看得出大使也从中作了努力。

崔国因出使，有一个死结他解不开。那就是严禁华人出入美境的苛例，使华人在美者生命财产遭到威胁，新入美境成为不可能。所指的就是1888年《斯科特法案》。法案规定：“自本法案通过后起，任何华工凡在以前任何时期已经是或者现在是或今后可能是合众国境内的居民，并且已经或将要离开合众国，而在本法案通过之前尚未返回的华工，回到或继续留在合众国，均属非法。”① 崔国因在他的日记中，始终没有出现“斯科特法案”的字样，多半说光绪十四年那个禁工苛例，或者类似的代替的说法。他可能不知道有这个名称，也可能知道因故不说。虽说如此，他驳诘这个苛例，还是十分努力的。

据光绪十八年十一月十九日日记，崔公使与梅律师商议，将使馆自光绪十四年至当时所驳美廷禁工苛例，汇总交亲华议员，由议员提交总统，由总统交议院请求复议。于是第二天马上行动起来，年届六旬的崔使，连续十一天，几乎不间断地拜访上下议院议员，达五十人之多，并拜会了美国有关的五个部：外部，兵部，水部，户部，内部。可见其劳动量之大，用意之殷。然而这一切都无济于事。在光绪十八年十二月三十日的日记中，崔国因如实地

①阎广耀、方生：美国对华政策文件选编，330页，北京，人民出版社，1990年。

说道：

中、美交涉，惟禁工为错节盘根，自陈兰彬任以来，每下愈况。

我们无意指责崔国因在所谓禁工问题上的无能。弱国无外交，派谁都没用。虽然他的工作不是完美无缺。我们这里主要用崔公使在日记中提供的部分材料，看看当时中国华工和移民的一些情形。分三组来说。

第一组，华人足迹遍地球。

因谨按：中国民数之众，甲于地球，侨寓南洋各岛者，数过西人百倍。光绪十年尝疏陈矣。近至墨洲，方知各国流寓华人，此洲又复不少。华人足迹遍天下，如海军强盛，有大力者挟持之，我国声威正未可量也。（光绪十六年二月十四日）

闻欧洲之婆罗洲新辟，华人之在该洲司种植者甚多云。

因谨按：婆罗洲正当赤道之中，均新加坡同纬线。其地极热，草木畅茂。凡极热之地，瘴气必多，故欧人至今始辟之，华人即趋之。华人足迹遍地球，亦可见我国民数之众矣。（光绪十六年二月七日）

闻英属新金山等处设立章程：凡华人入境，按名纳身税一百元，其意欲使华人畏而不来也。华人仍陆续而到，该地土人亦无如何。现计华人侨居新金山各埠者，已有四万人。又有在打士米尼亚与纽西阑两岛者，约四万七千人。查此两岛地面不大，而华人之到者如此之多，可见中国民数之众也。（光绪十六年十月十五日）

第二组，各地欢迎华人务工，对华工的公道的评价。

一千八百八十六年（即中历光绪十一年）四月五号，纽约城诸教会会长，集众议扰害华人之事，联名递呈上下议院。前驻北京公使西华，前格兰脱总统在任时之外部大臣斐士，并上议院议员和露等，均与其言曰："查华人来美，应得利益与各国同。忆金山初开埠时，华人来者，为数无多。迨加里科尼属邦收入合众国省分图版时，金埠居民欣然大喜，合境庆贺，赛会盈街。华人旅于是埠者，当时具旗帜、仪仗致贺，亦获邀请同庆共游。及后，华人源源而来，实因我美国到华坚约，以资建造铁路之用，借华工之力，克日成功。若以别国人为之，势必纡缓数年，虚耗资本。且加省湿下之地，俱借华工填筑。洋工向不敢为者，乃竟借资华工而成，加省受益多矣。(郑藻如任案)(光绪十五年十二月二十七日)

因初至美，闻诸美绅言，美国开辟仅百馀年，易草莱为农桑者，铁路之力也。光绪八年，美总统谕议院曰："美国太平洋铁路直接大西洋者，华人之力也。"(光绪十六年一月九日)

粤人朱广英、卫润柏来见，言自墨西哥来。因美国禁制华人日甚一日，将来不能安居，故至墨西哥。查该国寓居之华人，能否相安？计自正月，查各处分寓华人，墨人待之甚优，以其耐劳而不霸工也。闻之甚慰。(光绪十六年闰二月二十八日)

金山十七号报言：美国钵仑地方之铁路公司，分造铁路数条，以资利便，均用华工。现拟招华工五百名，前往古市比埠，以期集事云。(光绪十六年七月十一日)

美国日报载：德国般孖兰拿地方所垦之地甚广，现因德人少，而工价贵，议雇华人，已发信至香港矣。可见华人有益于地方，其嫉之者，实由工人之妒忌耳。(光绪十六年八月

三日）

闻斐市那埠各园，因百果成熟，需工孔亟，甚爱华工。雇工者每日愿出工资一元五至一元七角，而苦人数不多。洋工亦一元五，而火食在外，且不受约束，故园主愿雇华人也。（光绪十六年九月八日）

第三组，华工、移民所受不公、侮辱与损害。

四月，两广总督张之洞咨称：小吕宋岛华商公禀，请设领事，所有经费，该商等情愿筹备等因。十一月，北洋大臣李咨情节相同，并抄到华商禀呈小吕宋苛政十六款：华人入境有费，验病有费，注册有费，身税按年六元（女三元），修路、医馆、买卖货物、牌照、出境，节节有费，匿者重罚。华人与土人争，无论曲直，罚充苦工，土人戕杀华人，不过监禁。种种虐政，不可胜数。（郑藻如任案）（光绪十五年十月十九日）

十一月，片奏开办秘鲁使事。十年闰五月奏启行前赴秘鲁。六月二十九日到秘鲁都城。查得秘鲁田寮虐待华人，督工者鞭挞，晚则锁脚，置于黑监。工期已满，仍复措留，擅造合同，强掳入寮，工作日夜不息，私刑拷打。合同已满，又复转批数年。秘、智之战，杀戮尤多。（郑藻如任案）（光绪十五年十一月八日）

查美国焚杀、驱逐华人，于光绪十一年七月起至十二年二月止，共十案：计阿路美煤矿一案，乌卢公司槐花园一案，洛士丙冷一案，姑力煤矿一案，澳路非奴金坑一案，的钦巴一案，舍路埠一案，阿拉士架一案，麦天拿一案，钵伦埠一案。（张荫桓任案）（光绪十五年十二月二十四日）

华盛顿省鸦连埠工人结党，与华人约，限二十日移出该

埠，不许逗留，否则以势驱之。（光绪十六年八月二日）

秘鲁吴濬来信，言智利土人因美国银钱价贱，物用涨价，土人作乱抢掠，各国商民均有遭劫者。所失货物，中国约值银二万馀两。（光绪十六年九月五日）

亚巴连埠又创驱逐华人之例，并不许华人经过。（光绪十六年十月九日）

华盛顿所属之阿比典埠来电，言该埠之华商，于本月初三日被土人驱逐出境，不准稍留。其业经出境者，已有二十人矣。（光绪十六年十月十二日）

闻阿利干省米路顿埠，十二日有工党之向充铁路工人者，为公司所辞，特与华人寻隙。结党将该埠之华人悉数以绳系项，牵出埠外，计华人与拒而受重伤者二人。（光绪十六年十二月十六日）

金山总领事来电：华利柯埠土人驱逐华人，华人至被殴毙三名。土人凌虐无已。（光绪十七年六月二十日）

因谨按：英国国都在中国之西北，而所辖槟榔屿、新加坡诸地在中国之南。前此侵犯中国，其兵舰皆自南至者，恃有接济水、煤之地也。查新加坡各处，中国人数百倍于英人，而皆为英人所制，衣其租，食其税，唯所欲之，无不如志焉。华人中有华盛顿其人者，则善矣。（光绪十七年四月一日）

我现在配以第四组，当时华工移民的后代举例。

钟亚瑟（1918—2008），南美圭亚那第一任总统（1970—1980）。1853年1月的一个大雨之夜，一群黄皮肤黑眼睛的中国人，乘坐高桅帆船来到南美洲，本想从大西洋冲滩登陆，却被汹涌的大潮卷进了内河，触礁搁浅。登陆点是南美洲圭亚那乔治敦城郊二十多公里外的德梅拉拉河畔。这群人漂洋过海，生死未卜，谁也没料到一百多年后，他们的后代中，有个叫做钟亚瑟的人，竟然当上了这个国家独立建国的总统。

李光耀（1923—2015），新加坡开国元首，首任总理。祖籍广东省梅州市大埔县党溪乡。李光耀的曾祖父李沐文（Lee Bok Boon）于1862年移居海外。李光耀生于新加坡甘榜爪哇路（Kampong Java Road）九十二号。他是当今世界上别具一格的政治家。

阿基诺夫人（1933—2009），生于菲律宾马尼拉市，出身于菲律宾中吕宋打拉省有名望的许寰哥家族，是第四代华裔。1986—1992年任菲律宾总统。1988年曾亲到福建省同安县鸿渐村寻根问祖。她曾说："我对自己具有中国的渊源而感到很自豪，我想，不少菲律宾人也是如此。"

骆家辉（1950— ），美籍华裔政治家。出生于美国华盛顿州西雅图市，是这个移民家庭的第三代。骆家辉的祖父骆世泽19世纪中叶从广东台山移民美国。骆家辉曾任美国驻华大使，华盛顿州州长，商务部部长等职。1997年，骆家辉访问中国时回到他的"老家"广东省台山市水步镇吉龙村，骆家辉与其父母、妻子及兄弟姐妹在香港会合后，一起来到祖居地进行一次自付费用的私人访问。

英拉·西那瓦（1967— ），女，泰国前总理，国防部前部长，著名企业家。出生于泰国清迈府，是第四代泰国华裔，广东省梅州市丰顺县塔下村客家人的后代。她以女姓的温婉，高超的政治家的修养，和世界各大国政要打交道，赢得世界各国人民的好感和支持。

看了这四组材料，自然会得出结论，中国人勇于漂洋过海，寻求生路和发展，这是他们的习性。他们吃苦耐劳，为世界各地的开辟和繁荣，作出了不可磨灭的贡献。同时他们也忍辱负重，经受过许许多多的磨难，付出过重大的牺牲。不管怎样艰难曲折，他们深信会有光明的一天。他们，至迟他们的下一代最终融入了当地社会，成为当地社会无可争辩的成员，他们的子孙后代，也有出息发达的机会。

不仅海外赤子，就是居于祖国腹地的人们又何尝不如是？他们勇于开拓，勤奋不息，虽有折腾，而对前程仍然满怀憧憬。当然，现在就是现在，完全不同于过去，中国人民已经站了起来。崔国因所记载的那样对于华工的欺凌，再也不可能加到中国人身上。哪怕是只有偶然的一件，祖国人民也决不会视而不见。就在笔者写这一段的时候，2015 年 9 月 14 日，我国外交部发言人洪磊举行例行记者会，有人问到沙特麦加清真寺塔吊倒塌事故，洪磊回答说："经中国驻沙特使领馆核实，共有 3 名中国公民在事故中受伤，其中两人腿部受伤已接受治疗。中国驻吉达总领馆已向伤员提供必要协助。外交部及有关驻外使领馆将继续密切关注事件进展，做好后续工作。"可知我们国家对身处国外的同胞是何等的关爱。

尽管如此，尽管我们现在给全世界供应廉价的日用商品，为各国人民带来好处和福利，是一个拉动全球经济增长的强力引擎，就如评论家所言，中国咳一咳，全世界就得抖一抖，我们仍然要受一些窝囊气，仍然要耐得住性子听一些闲言杂语，眼看着一些人在我们面前装腔作势。还有人站在"岸上"指手画脚，说东道西。我们的民族性本就如此，我们是吃亏惯了的。别过于计较。历史发展告诉我们，我们的前途无可限量。崔国因说过："如海军强盛，有大力者挟持之，我国声威正未可量也。"而我们的海军正在强大起来，更不乏挟持之有大力的人。

以上我说了两个自信，制度自信，民族自信。现在要说另一个自信，旧时中国知识分子的自信。我说的是本外交日记的作者崔国因。本文一开头介绍了崔国因和李鸿章是同乡。是李鸿章引介，他才有受命出使的机会，李鸿章是他崔国因命中的一个"贵人"。李崔的关系，有一些传说，我以为主要之点便是李对同乡的提携。其他的说法可靠之处不多。崔国因，安徽太平县（今黄山市）甘棠村人。字惠人，号笃生，又号宣叟。少时家贫，由族人支持，在雾山龙王殿、黄山狮子林中苦读。春天时以竹笋为食，冬天常以运动取暖，自信读书可以取得功名。

传说他有自况联云："满盘打算，更无半点生机，饿死不如读死；仔细思量，还有一条活路，文通即是运通。"显然，这联语是套钱南园（1740—1795）的作品，只在原联语上右加"满盘打算"，左加"仔细思量"字。

即便不是他自撰，也是他舍命求学的写照。

不过，也不要被他自我声明所糊弄，以为他真的就把宝全押在猎取功名之上了。他在日记的序言中说，他已业医四十年，什么牛溲马勃，青芝赤箭，已烂熟于胸，信手拈来就是。旧时读书人，得功名巴不能得，如果不得，也有出路，或教私塾，或行中医，或兼而有之。我（今年84岁）的蒙馆先生就兼做外科郎中，我在他那里第一回看到了《医宗金鉴》，上面载有人体各部位的画图，让我们非常之喜欢。

崔国因是幸运的，他的文通之路果然走通了。1861年，崔国因30岁，中辛酉科拔贡；1867年参加江南乡试，中式第二百九十五名；四年后，参加辛未科会试，中式第四十一名，殿试二甲第二十七名，朝考一等第十五名；钦点翰林院庶吉士，时年40岁。翰林院号称人才储备的地方，多居闲职。但崔国因在那里并没闲着，钻研洋务、西学，关心国计民生，观察世界形势，分析时政大局，创造性地提出设议院这样的建议。作为科举出身的知识分子也算是尽到了自己的一份责任。而后到了公使任上，政治热情不减，洋务决心不变，学会了用更广阔视野来看一个无比广袤的世界。特别是他能节俭持身，不失贫贱出身者的本色。他说：

> 勤俭二字，非有定识，不知其当行；非有定力，亦不能必行也。因行之五十年，除中间遭兵燹时，不可以常理论外，其馀皆以制节谨度，不入窘境。……自奉俭矣。然在京都则施粥、施医药；宗族、亲戚之贫乏者，因计年津贴焉；四代

之祖未安葬者，因独力任之焉；十世之祠宇，典质百十年而坍塌者，因赎归而修之焉；家庙、义仓、义学之立者，因亦有捐助焉。节衣、啬食所馀者，用之于此，是自奉虽俭，而自奉之外殊不能俭也。（光绪十六年四月二十九日）

这样的品德如何？倘在现时，是应该点赞的。可此人书生气十足，以为节俭可施之己，也可施之于人，在他的使馆里，厉行节约，减省支出。从他远涉重洋，本以为可得一份丰厚的报偿，得到的却是处处克减，便觉得主管者抠门。于是散布流言蜚语，如崔国因让自己的夫人为使馆人员洗衣以赚取小费等。这类流言越造越离奇，以至在京城里传为笑谈。这事大概也让皇帝老儿听到了，想必也对他极不满意。要降他的职务。待到崔国因出使归国，就说要对翰林院、詹事府的人举行多年未曾举行过的翰詹大考，诗赋时论全都上场。按早先祖宗的规定，大考得一、二等升官，得四、五等的罢官，得三等的降职。如所预料，崔国因得了个三等，随后是降职的处分。崔国因的仕途到此便戛然而止。

如同早年文运如果不通时，他早就准备了退路，便去行医一样，仕途不通了，他就弃官经商，到安徽老家芜湖那个地方去做大米生意。一跃而成为米商的头牌，拥资百万。成为一个实业兴国的身体力行者。

“天生我才必有用”，这一份自信，在崔国因那里，是不是确也有所体现呢？我以为有。我要为他另写一笔的，是他把中国古代的文化与当时（那时的当时）的政事沟通起来，这不是昧于古书的人所能做到的，也不是对实际情形一窍不通的人所能做到的。

一、不反古，亦不泥古

> 美之立国也，听客民之入境；中国之立例也，禁华人之出洋。乃至今日，一则立例以限制入境之民，一则设官以保护出洋之民；且一则欲限制而不能，一则欲保护而不尽。非立法之有弊，实时事之变迁也。（光绪十七年八月十日）

这是崔国因不反古亦不泥古的现实证据。他主张不泥古有三个古书根据。其一是《周易》穷则变，变则通，通则久；其二《尚书》的器非求旧，惟新；其三《中庸》以生今反古为非。这三条是任何顽固派都无法否认的。

二、理与势

日记光绪十八年七月二十七日写道，威内萨国大乱，非兵力慑之，难以平定。崔国因就此发表理与势的关系的评论。他认为，理与势必须相辅而行。有先势后理者，如汤武革命。有先理后势者，如“左德右威”。有势无理，如“以力服人”。有理无势者，如《左传》所载谏晋灵公的故事，即所谓的“不入莫继”。

他把武力、权势在政治事件中的作用说得很透彻。

美国扣了英国渔船，继而英国扣了美国的渔船，皆以武力为后盾。崔国因由此引出结论：

> 此外国之所谓“以势行理，理必有势”，而后可行也；乾卦之言“自强”“贞固，足以干事”也。（光绪十七年六月十八日）

既沟通了中外，也沟通了古今，武力第一。

三、兼弱攻昧

表面上说和平，友好，结盟，互利什么的，骨子里强者随时想吞并弱者。强者这种心思当然不好，但古书中早就有过论述，兼弱攻昧并不是不好。

> 昨见茵陈酋长数人至华盛顿。缘美国西北省茵陈土人滋事，美廷曾派将军米路司带兵往剿，互有胜败。今该酋长特行来都，谒见内部大臣，详陈各部落情形，并声明美国相待不公之处也。
>
> 土耳其阿洲属地名的立玻里，与法国之属地突尼斯毗连。今法人已派兵占踞其地，且称为本系法之属地云。（光绪十六年十二月二十三日）

据此二事，一事，印地安人濒于灭绝边缘；一事，法强占土耳其属地，崔国因说："'兼弱攻昧'，见于《商书》。弱肉强食，自古已然。"查晚出《尚书·商书·仲虺之诰》果有记述："兼弱攻昧，取乱侮亡。"兼并弱小，攻取愚昧，趁乱占有其地，见其将亡而使之臣服。

读者明白，崔国因不是在说，侵略有理，而是在说要不被灭亡，就要自强。

四、大小相维，事大与字小

《周礼》说："凡邦国，小大相维。"小事大，大字小，联属而成天下一体。崔国因认为这不现实，他说：

> 然则处今日之势，富强者恣其所欲，贫弱者坐以待亡。欲如《周礼》之"大小相维"岂可得哉？（光绪十九年五月六日）

又说：

圣贤存不忍人之心，务为仁厚，乃创“字小”之说。此可以自勉，而不可以责人。今之时势，未有弱而不削者也。(光绪十六年十二月二十三日)

崔国因写道：

左氏所谓“思启封疆，以利社稷”者，此俄人之用心也；申公巫臣所谓“勇夫重闭”者，此德、奥、义、法各国之心也。量力较权，知己知彼。人强于我，则防之，人弱于我，则并之。识时务者，如斯而已。“事大”不足恃也，昔之南宋可征矣，今之浩罕、机洼、茂甫、波兰、芬兰、琉球、越南、缅甸可睹矣。“字小”更不可得也，今之俄罗斯、英、法等国，其所吞并，不可胜数矣。(光绪十六年十二月二十五日)

五、出尔反尔

美国立法驱逐华工，俄国不立法而竟驱逐美之在俄游历者。崔国因叹道：

岂“天道之好还”耶？抑所谓“出乎尔者，反乎尔”耶？(光绪十八年五月十九日)

在谈到拿破仑在欧洲横行而最终失败的时候，崔国因掩饰不住幸灾乐祸之情：

然地球大国之受挫折者，亦拿破仑尤甚焉。“天道好还”，事有必至，论事至拿破仑之末路，未尝不少舒抑郁不平之气焉。”(光绪十七年十二月十七日)

日记作者对悖入悖出的事件，饶有兴趣：

因谨按：左氏云：“惟无瑕者可以戮人。”《大学》云：“言悖而出者，亦悖而入。”今于美见之矣。美禁英渔船越界，而美之渔船自行越界，是“戮人”，而已实有“瑕”矣。美方以越界责英船，而俄旋以越界拿美船，是“悖出”，而亦

“悖入”矣。(光绪十八年七月十三日)

六、猛虎在山

崔国因在与德国使节交谈后，写道：

文相国、李傅相之名，外国仰之，德使以比毕思麻，国有人焉。所谓“猛虎在山，藜藿为之不采也”。诚哉，是言!(光绪十八年二月二十五日)

崔使不止一次谈及对“国有人焉”的渴仰。这与他推崇当时还在世的德国铁血宰相俾斯麦是一致的。下文他一连推出我国历史上的多位名人。他们在朝时，乃是国家社稷之福。

《曲礼》云：“善哉，觇国乎?”左氏云：“晋未可偷也，鲁未可取也。”契丹云：“宋相司马光矣，慎勿开边衅也。”遐稽往籍，振古如兹。(光绪十七年五月一日)

一位是子罕，“阳门之介夫死，而子罕哭之哀，而民说”。晋国贤臣群出，“有赵孟以为大夫。有伯瑕以为佐。有史赵、师旷而咨度焉。有叔向、女齐以师保其君”。鲁国大臣叹道：其朝多君子，不可以小看啊。鲁国则推出施氏等贤臣，上下同心，众庶和睦，“若之何取之?”到了近古，崔使钦佩司马光。“辽夏使至，必问光起居。敕其边吏曰：中国相司马矣，毋轻生事，开边隙。”

七、一成一旅以兴旧业

崔国因对于殖民地半殖民地要翻身，持悲观态度。他那时看不到希望。

因查凡新辟之地，未有不求恢复者。然当今之世，而欲如少康之一成一旅以兴旧业求之未开风气之国，断不能矣。

其强国已根深蒂固，其弱国皆客气虚憍，阅时稍久，同归于尽而已。可胜慨哉！（光绪十八年五月二十六日）

自第二次世界大战后，殖民地半殖民地纷纷独立，其中不乏可以立于世界之林的国家。有田一成，有众一旅，已经是很不错的家当了。崔国因曾引过《大学》里的话，“有人有土”（光绪十八年八月十四日）。把这话引全：“是故君子先慎乎德。有德此有人，有人此有土，有土此有财，有财此有用。德者本也，财者末也。”中国共产党无人无土，只有思想，也就是德。有德有人，聚集起了一批批有志于复兴中华、实现理想的人士。有人有土，有根据地，有解放区，有全中国。在此基础上经济建设，于是乎成了世界第二大经济体。财不可胜用矣。崔使以为少康一成一旅中兴了夏的旧业就了不起，比起我们现在的事业来，那就只是一点雏形了。

八、谋及庶人

据崔国因观察，欧洲君主立宪，等同于我国古书上的“谋及庶人”和孟子的民贵君轻。他说：

英之下议绅由民举，而上议绅则由世爵，然权归于下议院，则政仍民主之也。欧洲除法国、瑞典、瑞士外，政皆君主，而仍视议绅之从违，则民权仍重，即《洪范》“谋及庶人”，孟子“民为贵”之义也。（光绪十八年五月十日）

“谋及庶人”，和一般平民商量。晚出《尚书·周书·洪范》：“汝则有大疑，谋及乃心，谋及卿士，谋及庶人，谋及卜筮。”“民为贵”的思想见于《孟子·尽心下》：“孟子曰：‘民为贵，社稷次之，君为轻。’”

崔国因的民主思想还流露在日记的字里行间。他讽刺清政府重八股文，而不重科技研发。

因查外国之重新法也，犹中国之重时文也。新法出，而其人富贵矣。且国家又给以牌照，假以岁年，不准他人攘夺其利。（光绪十六年闰二月二十一日）

对清政府的割地与人，不无愤懑：

香港、珲春两地，中国视之不甚爱惜，一以与英，一以分俄。（光绪十五年十二月三十日）

他把清朝皇帝规定的那一套尊皇的仪式与美国上下平等的礼节对比起来，让人看出他心中的不满：

光绪十六年正月初一日　晴。朝贺，行三跪九叩首礼。

……

赴美国总统宴。戌刻往，入门后，即有一帖上载明坐位。持帖而入，见总统，握手，寒暄数语；又见总统夫人，亦握手为礼。（光绪十六年一月一日）

二〇一五年九月二十六日

崔国因出使美日秘国日记□

光绪十五年九月　初一日抵达华盛顿
光绪十六年三月　廿八日往赴西班牙
光绪十六年四月　十一日抵达西班牙
光绪十六年五月　初九日启程返美国
光绪十六年五月　二十日回到华盛顿
光绪十七年正月　初一日离美赴秘鲁
光绪十七年正月　十六日抵达巴拿马
光绪十七年正月　廿一日抵秘鲁利马
光绪十七年二月　初八日启程返美国
光绪十七年二月　廿五日回到华盛顿
光绪十八年正月　初七日启程赴古巴
光绪十八年正月　初十日抵达哈瓦那
光绪十八年正月　十八日回到华盛顿
光绪十九年七月　廿四日启程回中国

□据清光绪二十年（1894）刊本整理
□李缅燕校点

崔国因出使美日秘国日记目录

序

日记者，记逐日所行之事，巨细不遗，以纪实也。出使日记，与寻常日记不同，必取其有关交涉禅法戒，此外皆所略焉。上下五千年，五帝三王，不相沿袭，陈言均无取矣。纵横九万里，盖地之图、山海之经，荒远可无稽矣。然则日记云者，记今日可记之事耳。《唐风》曰“职思其居”，孔子曰“言思可道”，此之谓也。外国各学，均有专门名家，童而习之，至老不渝。其讲交涉者，匪仅公法之熟，亦恃平日于各国交涉之事，所闻见者多，而取精用宏也。我国风气之开，仅数十年。宏儒名宿，或鄙夷而不屑道。其间深于阅历，得诸亲尝，而囿器数者，既知之而不能言；慑清议者，又言之而不敢尽，将何以拓心胸、开风气哉？因业医四十年，犹忆少时之学医也，取古人所论药性、病证，读而记之，然后玩汉、唐以来诸名家辨证、立方用意之所存，揣摩就熟，乃以问世。凡药之偏胜者，皆足以疗偏胜之疾，以适于中，不仅驱使平易近人之草木也。处方虽简，而储药必备牛溲马勃，不以为世所贱而弃之，苟济于用，其活人延年，与青芝、赤箭同。是编用意相似，有苦心焉，愿知我、罪我者谅之。是为序。

光绪十九年八月二十六日，自序于太平洋“槎那”舟中。

15,9,1

卷一

光绪十五年九月初一日　晴，戌刻到华盛顿，小雨。查金山至华盛顿，计程一万一千里，五日而到。途中每日尚停车十馀次，以备搭客上下，为时甚久。大约每半时辰可行一百八十里至二百里，如途中不停，两日可到，可谓速矣。途中初历崇山，山中松木盘郁直挺，可作栋梁。次日所见，皆平衍沃壤，数十百里，必有大乡镇，中间荒土甚多，五百年内不忧人满。闻五十年前尚觉萧条，今则蕃衍富庶，甲于诸国，非火车之力不能如是之速也。到时，出使大臣张荫桓已偕随员问讯，同车至栈。恭请皇上圣安，然后彼此行礼。谈至子刻而散，寓客栈。

到华盛顿

金山（旧金山）

"张荫桓"原作"张荫　"以避讳，此类情况皆径改

初二日　晴。在客栈不能洋餐，由出使大臣张荫桓送饭一罐，菜三品，得以饱食。未后，因先移入使馆，只空房二间，随员尚不能移。

美属阿拉斯喀在北墨洲之西北隅。同治六年以银七百

阿拉斯加发现金矿

二十万元购入美国版图，计五十八万英方里，居民甚稀。今闻该地已有金矿，拟由议院议拨经费，选派人员查考土宜，以便开辟云。

因谨按：美国以银购地，地实产金，鬻地者不知地之所产，较所鬻者实万万倍也。古人所谓“一寸山河一寸金”者，于此益信。

科司达

初三日　晴，申刻雨。律师科司达来会，言近数十年来，枪炮之制与日俱新。美国机器厂，以云者斯德厂为著名，中国近年多购此种。因答曰：“自来复枪之制出，各厂所造皆不能离此法，取其所指准而所透深也。英厂黎斯皮代继之，那顿非尔又继之，麦新驳又继之。然不久而即有停歇者。新式枪炮几于汗牛充栋，要在用之得其人耳。苟非其人，虽有利器，不足制胜也。”

初四日　晴。巳刻接印，谢恩，行三跪九叩礼，拜印，亦行三跪九叩礼。拜发奏报接印日期折。是日札委杨慕璿为驻日斯巴尼亚国参赞，龚心湛为学生，彭光誉署二等参赞，汪洪霆为三等参赞，李春官、饶凤起、杜延祜为随员。拜发接印折，并咨呈译署，又请拨经费文。

杨慕璿

彭光誉

阅前任案，光绪二年九月，总理衙门咨到出使经费酌定数目，及川资、行装、归装、各员薪俸、关防、汇银各事，粲然大备。又已领行装不能出洋者，饬令缴回等因。又咨到本衙门大臣崇奏云，奏为出使随员，亟宜慎选，以杜冒滥。责成出使大臣随时考查，其不能得力者，破除情面，即行撤回，勿得徇隐，奉旨依议。读之懔然！应如何

15,9,5

勤慎将事，方能称职？（陈兰彬任案）

“陈兰彬任案”原作“陈任案”，此类人名皆补全

初五日　晴。拨付驻日参赞杨慕璿川资银一千八百六十二两，即于明日启行赴日。

旧案载，使馆房租每月美银五百元，每年六千元。

因按：外洋费用之巨，于此可见一斑。现居使馆，为郑藻如任所手赁，价亦如前，并不宏敞。其宏敞者，价且倍之。馆后，外部布连，业主一楹每年一万馀元，泥沙金银，至斯而极。（陈兰彬任案）

布连(Blaine)

初六日　晴。小雨。是日，前出使大臣张荫桓午刻见总统辞行。

张荫桓卸任辞行

光绪三年正月二十四日，出洋肄业局禀：幼童一百二十名，经费银一百二十万两，渐不敷用，请添增银四十九万二千两，云云。北洋大臣李鸿章批：查容道本系原议章程之员，美国又为熟游之地，南北花旗战争亦非在定议出洋之后。当议章之始，凡书院之大小，束脩、膏火之多寡，物价之贵贱，该道应已一一通筹，不然何以原议禀内有“通计二十年，经费百二十万，自无缺乏”之语？虽现在用费较多，有原议所不及料之处，然所短亦不至太巨。今遽请增至四十九万二千两，实觉相去悬甚，为数过巨，云云。（陈兰彬任案）

“容”即容闳

初七日　晴。美国数大名城中人数，若纽约，若费拉得尔费，若希卡果，若弼乐克零，若保司登，人数皆有百馀万或数十万。纽约一城，以城外附近各处人民计之，几有二百八十万。希卡果人数亦视费城为多。故美国城之

大城人口

大，以纽约为首，而希卡果次之。

光绪五年正月，寓小吕宋华商陈最良具呈：以小吕宋官员苛税虐政，请援。六年七月驻日黎参赞照日外部，请设领事。九月，又照催之。外部复以须由藩部主政，始终推诿。

“黎参赞”即黎庶昌

初八日　晴，小雨。明日递国书。因率参赞、翻译等于使馆先演礼。

光绪三年十一月，总理衙门咨称：本衙门附奏，请饬出使各国大臣随时咨送日记等因。查出洋差使，本以联络邦交，采访风俗，随所见闻，参互记之。交涉窍要，即在其中；富强之模，亦有补焉。（陈兰彬任案）

呈递国书

初九日　晴。拜发呈递国书折。见总统，递国书。巳刻，带参赞一人，随员二人，翻译二人，坐马车至外部门首，有人接入。路宽不过一丈，约行十丈，至一小房。坐房中，有机器升至楼上，然后出房，至一处见总办，副外部即偕行至公使客厅，先有二人在焉。因等亦坐定。副外部以腋夹因一手，偕至外部大臣布连处。布连立谈，作寒暄语，遂同车至总统宫。布连亦以左手夹因一手，引入总统之客厅，布连入内。少顷，总统至，立堂下之中，布连立总统之右，因与总统对面立，参赞等分两边立。因鞠躬者三，立，近数步，出怀中纸，诵颂词毕，恭递国书交总统。总统敬接受，交布连，乃出怀中颂词诵之。诵毕，近前握手为礼，作寒暄语。礼毕，总统退，因与布连亦退。总统、外部大臣均科头不冠，常服。因与随员皆行装，礼

15,9,10

甚简。由外部衙门回，遂谒各国公使。

初十日　晴。美国米西西比河与中国黄河相似。因以中国黄河屡决，民人荡析，国帑多糜。查询美员，据云：米西西比河前此曾费银三千馀万，得以无事，然亦难恃，仍恃时时防之。又云：美国治河以收束河身，束水入海，使泥淤不留。此法固善，但治河之法，亦非一端。地球各国讲求水利，以和阑为第一。缘和国四面皆海，其地势甚低洼，故于防水最切。该国防水，既设直堤，直堤之外，又设横堤。盖直堤依水为之，以防水之外溢；横堤又设于直堤之外，遥堤之内。即使直堤溃破，有遥堤阻之，又有横堤格之。水势溃过直堤，又至横堤，其力已减，可以自止，不至远流，修治亦易也。因韪其言，归，援笔而记之。

米西西比河（密西西比河）

和阑（荷兰）

谒美各部堂官，三日而毕。

十一日　晴。航海会委员陈恩焘、贾凝禧到。

陈恩焘 贾凝禧

谒外部、各部，见户部大臣，谈及美国出口货物，据云：美国出口棉花，计值银二百五十兆元；粮食计银一百五十兆元；油、肉两项，计银一百三十五兆元；牛、羊、猪三项，计银三十二兆元。其数少者，未能全记，已五百七十二兆元，合中国银五万万两零矣。

美国出口货物

十二日　晴。谒议院绅。

美军器厂创造气炮，久已著名。光绪十年法争越南时，中国大吏李鸿章、张之洞向购，以不能试验未成。近闻德国有人名葛鲁生者，已能仿造，未知确否？

李鸿章 张之洞

光绪四年二月，总理衙门咨称：自天津条约议定以来，中外交涉事件，无不照章办理。而各国犹有辞，因以货物出入内地，厘捐不归管辖，“一体均沾”。四端反复辨论，令告美外部，可谓详尽。

片面最惠 一体均沾

因按：外国与他国交涉，无不好占便宜。中国于外洋入口之税，所订至轻。查内地江河，泰西各国，向不准他国之船行驶，今准其运入内地，乃欲并厘捐而除之，是将求其货物成本愈轻，以夺我出产之利也。沪上租界章程，其初议本未当，乃欲推及他处，干预我之内政，此必不可行者。“一体均沾”即泰西报施之约。平等交涉，岂有有施而无报者？岂有不施而索报者？彼族习于我国之宽大，随处觊觎，诚宜有以限制之也。（陈兰彬任案）

十三日　晴。答拜陈恩焘、贾凝禧。该员以客栈食用太费，请借使馆暂寓，允之。

查：美国大书院有三百六十所，分布各省，读书其中者，六万九千馀人。小书院不可胜数。民间子女幼时无不读书，即黑人亦无不识字，可谓教养兼备矣。

十四日　晴。陈、贾二员移入本署。

谒律师科司达。

美国铸钱 便民裕国

美国铸银钱之局，每铸银一两，可获利二钱五分，铸铜钱之局，每铸一千斤，可获利银九百两。

因谨按：外洋官商通用，无所谓计两之银也。各国皆以本国所铸之钱交易，亦不用他国之钱也。其不计两者，防奸人之减平减色，所以便民；其不用他国之钱者，防本

15,9,15

国之利为他国所侵，所以裕国。中国户部宝泉局，岁铸大钱，大抵以十万之本铸五万之钱，是于国无利矣；然犹曰：欲以便民也。乃制钱一出，而奸人辄销毁以售铜，或以改铸，偶有破案，置之大辟，是不能便民，而且以病民矣。其弊由于钱质重，故销者有利；铸法不精工，故私铸易仿为也。因尝奏陈其弊矣。

中国铸钱弊病诸多

十五日　晴。美国各埠，前用火车、马车者，今间改为电气行车，华盛顿已有之。较之马车为速，而声不嘈杂，且无烟气。闻英、法各国均有之。

光绪四年十一月，出使大臣郭嵩焘咨称：华商禀言："英属域多利征华人身税，按名四十元，请告英政府删除。"当即咨照英外部，外部复称：已咨藩部核办等因。

因查华民所寓英国属地，如新加坡、新金山、卡拿大均有身税。法于越南，日斯巴尼亚于小吕宋、古巴，荷阑于三宝垅，均征华人身税。泰西嗜利无厌，其情然也。域多利地方，近日仍收华人身税，则此例藩部实未除矣。(陈兰彬任案)

十六日　晴。律师科司达偕其夫人来拜。

再谒各国公使。英公使、俄公使、西班牙公使均见。

谒各国公使

中墨洲哥斯答立戛国版图甚小，约抵中国两府，人数计二十馀万，而善于经营。五十年前，国家进款不上二万元，近年竟增至四百万元。其出口之货，以茄非为盛云。

光绪五年二月，奏派山域治埃阑商董等因。

山域治埃阑（夏威夷群岛）

因查地球图，太平洋岛国俗称为檀香山者，又名夏威

仁。泰西实称为三德梔蚩，其都城名霍纳奴奴。附此以备参考。（陈兰彬任案）

十七日　晴。送律师荆缎一匹，熟罗一匹，虎皮一张，五层磁盒一对。

中美邮政之殊异

因闻美国邮政局近岁入款至五千万元，可谓巨矣。泰西各国皆以此为入款之一，至派大臣以经理之，如美国之有邮政部大臣是也。中国以驿站递公文，以信局递书信，分而为二，以视泰西之合而为一者，殊矣；驿站之费，每年约费国帑三百万两，以视泰西之作为进款者，又殊矣；驿站便官而不便民，以视泰西之官民均便者，又殊矣。古之圣人见蝌蚪而造字，见蜘蛛而造网，见转蓬而为车，见窍木而造舟，固取法于昆虫草木矣，又何必以外国而鄙弃之哉！

美国钢铁

十八日　晴。是日甚暖，可着单衣。美国炼铁厂每年所出钢铁一千三百万吨。其炼铁厂内，熔铁之炉五百馀座，压铁机器四百馀件，压铁之炉六千馀具，化钢之炉不可胜计，其法亦多。造钢之厂计一百三十馀所。三十年前，每钢一吨值银一百四十两。自新法出，而造成较易，近日每钢一吨只值银二三十两。计每年所用钢四百兆吨，所省银三四百万两，然则新法之益大矣。

十九日　阴，申刻以后雨。英公使、俄公使来会。

美国农民种地及果木，每年纳地租银五万五千元。

光绪五年五月，北洋咨称：美国赔款盈馀银两，酌商交还济用等因。

15,9,20

因查：此项本银二十万元，历十四年，息已逾三十万，本息共五十馀万元，足见外国善于理财。嗣于郑任一律收回矣。

“郑”即郑藻如

二十日　雨。米建威来谒，自言曾至中国见李傅相、盛宣怀、马建忠。

盛宣怀 马建忠

美外部布连派黑人德礼时为驻奚公使，欲该岛归美保护，并三德明哥岛亦归美国保护。

光绪六年五月，驻日参赞寄到安南与日国和约，计十二款，盖光绪三年所订也。其第六款，如日国人民在安南犯案，应由日国领事查办，照日国例定罪；如安南人民在日国犯案，亦按照日国例定罪。显有轩轾，此欧洲与亚洲立约习气也。（陈兰彬任案）

安南（越南）

二十一日　晴。各国产金，以美国为最多。按年计之，闻美国岁出六百八十七万磅，新金山五百六十九万磅，俄国四百一十八万磅，中国七十万磅，印度六十七万磅，德国三十一万磅，日本七万磅，义大利二万磅。

各国产金美国最多

光绪五年十二月，南北洋大臣咨到上谕：福建船政局近来专徇情面，滥竽充数，提调监工不谙洋务，所造轮船难以适用，虚縻薪水。出洋学生近来多入耶稣教等因。

因按：从前沈文肃尝言：船政局讲求造船，大臣不如监督，监督不如工头，其信然欤？出洋学生入教，由于提调失人，近且有肄业学生失业之事，废弛真不可问矣。寻于光绪十一年撤回。（陈兰彬任案）

沈文肃即沈葆桢

二十二日　晴。偕毕士璧、陈恩焘、贾凝禧三人往外

毕士璧（Bisbee）

部，赴航海会，并见总统。

左庚

总领事左庚赴金山。

傅理秘

光绪五年十二月，洋员副领事傅理秘来函云：美国上等人因中国派为副领事，均以礼相待。惟埃利士工党声言将其刺死，然不足畏，盖深悉工党之情形云。

因按：工党之妒华人已非一日，惟彼时美国官绅尚未显附工党，今非昔比矣。（陈兰彬任案）

赴航海会

二十三日　晴。赴航海会。此会应推一人为主议，英水师提督推美国水师提督为主议，众允之。水师以英为最强，故创言由英，而众不敢抗。孙武子所谓“勇怯，势也；强弱，形也”。

因谨按：美国创航海会，其实美国兵船殊不足称，而商船则差胜。查兵船之数，英国五百十六艘，法国三百四十二艘，德国二百五十二艘，义国二百二十二艘，俄国二百二十艘，中国九十六艘，日本国八十六艘。查商船之数，英国四千八百八十五艘，德国六百四十艘，法国四百九十艘，美国四百二十五艘，俄国二百二十艘，日本国一百七十二艘，中国四十二艘。

因谨按：以上各国，俄、英之土地稍广于中国，而一则荒寒硗瘠，不如中国之膏腴，一则散碎奇零，不如中国之生聚。至论其民，则惟英、俄得中国之大半，其他德、法各国，皆不过十之一耳。然其进款，皆四倍于中国，则以商务之盛也。中国自开辟以来，均以贵粟重农为本，以商为末，自是王道。然弧矢之威，一变而为枪炮；天堑之

15,9,24

险，一变而为坦途。议守、议战，其费百倍于前人。商务不兴，费必不给。物穷则变，圣训有明征矣。 商务不兴费必不给

二十四日　晴。闻东洋益奇谨地方，大遭水灾，漂没人数八千。 日本水灾

自有远镜以来，以美国之镜为最大，所见亦最远。其第一大者，在金山山颠，其镜宽三尺六寸，系美国大富户里克创成，故名“里克千里镜”。里克因创此镜，先修房屋，费一百万馀元。由此镜窥天，水星已可明白，其中有地，有河，有海，有岛，有冰雪，有云，一一可辨。第二镜在华盛顿，因往观之。其房为圆形，有机器可旋转如意。镜面宽三尺馀，长约二丈馀，以机器运动，南、北、东、西均可准对。以窥天，则无星处多有星，且有红色、蓝色者；以窥月，则月中只见水溶溶然，其光射目，不可久视。及目离镜，则目光晃耀，不能见物。闭目久之，方可复元，与视日仿佛矣。察天文之总办为因言：天行至速，远镜之架以电气运之。其运之之迟速，一准于天之行，然后可以久视而见之；否则，天行而远镜不行，不过刻许，而星已离镜矣。 参观天文望远镜

二十五日　晴。美国地利，向谓北多矿产，南宜植物。近日查考，则南境亦有矿。且有一矿，而煤、铁分列左右，于制造最为便利者。南矿之开，又渐多矣。 美国矿产

因谨按：美国之矿甲于地球，而习矿学者多，开矿者亦多，殆所谓“有土有人，有人有财”乎？中国之矿，泰西各国均以为极广，而鄙言洋务者，乃创言为天地留不

尽之藏，置目前之急务而不兴。是说也，因窃疑之。

新建苛制

二十六日　晴。夜雨。美国内部大臣新建苛制：华人假道三电达各口岸税司遵行，即商之律师议与驳诘。

美国各部公事，皆用女人誊写，列肆亦用女子，邮政局写字亦用女人，每月工资银五六十元至八十元不等。闻英国亦然。

檀香山为大东洋之岛国，地广人稀，华人趋之者众，土人忌之。光绪六年，派主事朱和钧往查，于次年奏设领事矣。而檀国以两国无约，于公法不合，遂改领事为商董焉。

墨洲（美洲）

因按：墨洲开辟仅二百馀年，土人皆黑种而甚少，各岛尤稀，故华人相率而往，保护无人，故土人嫉之。公法设领事，必由主国给准照，檀岛以无约不给准照，则无保护之权，故改为商董，亦权宜补苴之计耳。（陈兰彬任案）

二十七日　晴。日本附轮赴檀香山之民，是次计一千八百名。

煤油（石油）

美国绅士言煤油之利，实创始于美国。创始之时，初开一井，第一年出油五千桶，每桶三百斤。以后开井日多，次年即出五十万桶，第三年出二百万桶。至一千八百七十年，出六百万桶。一千八百七十四年，出一千一百万桶。一千八百八十年，出二千六百万桶。一千八百八十二年，出三千一百万桶。本国不可胜用，始出售于五洲各国。俄国所出亦多，自一千八百六十三年，巴库地方出煤

15,9,28

油五千馀吨，以后渐多，至一千八百八十九年，遂出三百三十万吨。始以美国为最多者，今俄国又出于其上，且用以代薪。地不爱宝，任有力者取而用之耳。

因谨按：土为万物之母，天下之物未有不生于土者也。开矿之事，或以为泄地之气，或以为尽地之藏，不知地之厚三万里，地球开矿其至深者，至七十丈止矣，尚未及数万分之下，而何能泄其气？又何足尽其藏乎？惟不得其人，不得其法，则虽言兴利，而无利可兴，不免訾议耳。

二十八日　晴。中夜大风送雨。德国开议院，以修武 德国开议院
备，整顿水、陆军，立银行，究办会党，设理藩院，专理本国属土事宜为要务。德皇即拟亲游各国，会晤各国君主，以修睦谊、固邦交。

光绪六年二月，古巴领事以古巴约成，照会古巴总督，由日国备船送回被拐之生员冼佐邦、李贞元，守备廖楚安、杨大志，老年陈罗等七名，又释放监禁之华工若干名，给以执照等因。

因于光绪十五年三月，奉使美、日、秘，曾至总理衙门，考究前案，知古巴之虐待华人，始由美领事、英国禁奴会发之，各国皆不以日国为然。日使初犹倔强，继派员查明属实，乃始就范立约，而华人出水火矣。（陈兰彬任案）

二十九日　大雨。天气转寒，午正下烂雪，至地而化。

南亚美利加厄瓜多国惠爱基埠地方，以华人入境日多，议禁华人入境。

美国限制华人入境

光绪六年，美国约各国议防“黄疫”，名为防疫会议者十八国，中国公使与焉。考其所议，以所居洁净为本，防生疫也；以查验入口之客民为事，并令领平安之照为凭，防染疫也。议多委琐、繁重，必不可行，卒以罢议。

因于此见美国之用心焉。各国客民之来美者，年多一年，美之民数骤增，盖有人满之虑矣。借此限制客民之来，亦一策也。（陈兰彬任案）

十月初一日　晴。昨访事人问于下院议绅布郎曰：“将来会议时，禁止华人一事，何以处之?”布郎答曰：“此事我与诸绅意见不符，以为有背和约，曾驳禁绝华工之例。华人在此受美人凌辱，美廷不为补救，殊属不公。华人素性勤慎，天资灵敏，谨遵国法，绝无滋扰作乱、营钻于官场等事。惟只好吸洋烟，然与美人饮飞时记酒无差焉。华人既受美人欺侮，我固谓其不必来美，我亦不敢谓华人之可尽行逐回也。”

飞时记酒（威士忌酒）

初二日　小雨。晴。请英、俄、日、秘、檀香山各公使、美按察司、律师科士达宴，秘使未到。

闻英公使言，前曾为香港总督。又云：“印度电线共有三万三千馀英里，所发电报计二百九十馀万次，计收报费银十二万馀两，除费用外，馀银四万馀两。”因又询英公使使馆章程。英公使云：“自公使以下，辰正入公事房，各办所司之事，申正则息。至使馆所用铺陈器具，除

15,10,3

客厅、公事房、大餐房归公费购置外，公使及参赞、随员各房，所有铺陈器具，均由本人自行购置。卸任时，估价售与后任，仍不相强。”

初三日　雨。前纽约领事易学灏来见，仍返纽约。易学灏

光绪六年四月，直隶爵阁督部堂李咨准总理衙门咨称：小吕宋华民五六万，以该处苛例日增，应设领事保护等因。“李”即李鸿章

因查此举至今十馀年，未能议妥。惜不于古巴立约时，趁日国外畏人言，一齐订定，近恐不易成矣。（陈兰彬任案）

初四日　东南风，大雨，未以后晴霁见日。闻俄皇赴德，会德皇。德相毕思麻与言时事，谓宜保全和局。俄皇曰：“如德不先启衅，俄决不为戎首。请勿疑也。”毕思麻又言：“德、奥、义之盟，非欲与俄为敌；德、英之好，亦无妨于德、俄之好也。”毕思麻（俾斯麦）

光绪六年八月，直隶爵阁督部堂李咨：由天津至上海，设立旱线电报，以通军报，而重防务等因。李鸿章咨设立电报

因查电报之速，顷刻万里，呼应灵捷，最宜于行军。方两国龃龉之日，战局、和局须臾而变；即战局已开，为战、为和，亦须臾而变。如无电报，则此处已决裂，而彼处犹不知敌国来攻，以备应战，是束手就毙矣；方罢战议和之时，和事已定，订明息战，而他处犹挑战，是又违公法矣。有电线则无虑是。（陈兰彬任案）

初五日　晴。中国杨柳交秋即落叶，望冬秃矣。此地

杨柳凌冬不凋，可知天下之理甚大，未可以所见所闻概之者，此其一也。

光绪六年九月，总理衙门咨称：七月十八日，美国修约使臣来京，续修条约等因。

美国限华早有端倪

因按：此即中、美续约所由成也。约首言华工日往日多，彼此商酌变通，而第一款即定年数、人数之限，且言限制进口，盖此时已露禁工之端倪矣。（陈兰彬任案）

美国施行关税保护

初六日　晴。美国户部章程：凡本国大小贸易，概不收税。惟外国货物入美国销售者，则重其税，至有值银千两而收税五百两者，盖欲使本国之人购本国之物，庶金银不漏于外也。查美国立国之初，有数省不隶美籍者，美廷特重其税，使知属于美者，税可免；不属于美者，税必重。卒至望风向慕，隶入版图。近年以来，墨洲之地，凡属他国者，如英之卡拿大，日之古巴，自主之国檀香山，皆因美国收入口之税太重，而商民欲隶美籍也，见于报者屡矣。将来或有变更乎？

美国水军兵船出访

初七日　雨。闻美国水军提督某，于初九日（西十一月一号）由纽约将所统兵船驶赴欧洲葡国、日国及各国，俾精驾驶，用轮而外兼用帆。行至欧洲后，并往他洲，以夸耀本国人才之盛、战舰之坚，俾各国不蔑视。

嘉省(加利福尼亚州)

光绪六年九月，金山领事报到美国嘉省新议：凡不准在本省隶籍、不与投筹公举省员之别国人等，不得请领牌照，不准华人设铺，不准雇用华人，徙华人于境外，不准捕鱼。工党揭竿以逐华人云云。

15,10,8

因按：此时太平洋一带，已嫉华民，而显言不与投筹公举，其用意可知矣。（陈兰彬任案）

初八日　晴。光绪六年十一月，金山六会馆禀：华人自相戕杀，寻仇不已云云。

华人犯罪贻人口实

因查：美国此时上下已恶华人，而华人行为如此，宜美国辄以有碍升平为辞。查商家多系正人，其不安分者，大抵游手之徒，不为乡里所容，逋逃至此耳。外洋刑罚甚轻，非有互交逃犯之约。公使、领事均无权严惩之也。（陈兰彬任案）

初九日　晴，大雾。天津来信云：铁路已停不办。

光绪六年十二月，金山领事禀称：凶恶强徒，互相朋比，各持枪刀，白日截杀云云。华民行为如此，宜美国之不相容也，可慨也夫！（陈兰彬任案）

贺慈禧寿

初十日　晴。是夜天气转暖，得雨。五更起盥洗。黎明率使馆各员恭祝皇太后万寿。是日巳刻设面席；申刻设酒席，宴诸员，航海委员陈恩焘、贾凝禧亦与宴。

寓秘华民遭人贩卖

光绪七年七月，寓秘鲁华民禀称：被拐来秘之数万人，今遭智利攻破秘国，土豪串同智利兵官，强掳贩卖已数千人，请速援救云云。

因查：秘鲁强预智利与玻利斐亚战事，左袒玻国，战败，智兵入其都城。中国寓秘之民，尚未设官保护，而粤人亦有助纣为虐、于中取利者，故罹此辜也。（陈兰彬任案）

十一日　大雨，东风，未后晴。洋员柏立病重，久不到馆，盖半年矣，当与律师商酌，设法裁之。

光绪七年闰七月二十九日，为咨解事案照本大臣，奉使美、日、秘三国，所有头年出洋经费等银，经江海关道，解到库平银二十万两。现经贵道台面商，划出库平银八万两，交与贵招商总局，其银随用随提，乞将收到日期见复，须至咨者。右咨督办轮船招商总局即选道唐徐。（郑藻如任案）

十二日　晴。转凉。光绪七年八月，委办轮船招商局为申复事。八月初二日奉此，查前项库平银八万两，当于本月初一日如数兑收，听候随用随提不误。

因查此款于光绪十一年八月结案。（郑藻如任案）

各国疆域

十三日　晴。查各国疆域，以英里计。英国连属地八百六十馀万里，俄八百五十馀万里，中四百四十馀万里，美三百五十馀万里，巴西三百二十馀万里，土耳其一百八十馀万里，法一百馀万里，和六十馀万里，德三十馀万里，奥二十馀万里，日本十四馀万里，比国一万馀里。

比国（比利时）

因谨按：日本版图抵中国三十分之一耳，而崛强之势不可向迩。自夷琉球后，而法人生心于越南，英人蚕食于缅甸，皆日本启之也。中国之形势何至不如日本，而日本乃敢于侮中国哉？

吴嘉善 容闳

十四日　晴。十月，吴编修嘉善移容闳副使文：照得出洋驻美肄业局各学生业已奉文收局。惟局屋系贵大臣与前在事诸人议建，现惟有仍由贵大臣暂行派人看管，或留，或变价归公，亦应统由贵大臣酌定办理。其局中器用

15,10,15

各件，亦一并列簿照交，希即查收。又贵大臣原交洋字帐单七箱，带回无人认识，应仍检出移交，以便查校。又交来单据：工匠估开约须修理银一千二百元，翻译核开洋明年通年地税银二百七十二元，又明年通年保险一百五十元，看管工人二名，至明年洋六月底止，薪工银共四百六十元，煤炭、水火一百四十元，俱明年洋六月底止。如数备具银两，同局屋一所，局中器用帐簿一本，原来洋帐七箱，统移贵大臣查收，并希即赐收到公文，见复施行。(郑藻如任案)

因按：此移文可谓光明正大，一相形间，而贤否见焉。

十五日　晴。古巴领事谭乾初、曹廉来。

谭乾初

十二月复古巴总领事书云：以该岛当日之事势，而能有今日办理之情形，殆始愿所不及者。官工所既经撤去，华民满工者，均得为自主之人。虽其行街纸章程，朝令暮更，华民不免受累；然较之从前之被虐，相去悬绝。况各国俱已照办，我国自应从众。阁下于各埠分派代理，每照许给银纸一元，经费无须另筹，而能使权自我操，洵为善法。(郑藻如任案)

十六日　雨。谭乾初、曹廉赴古巴任。

十二月，总理衙门咨到：陈大臣第三次报销奏准案，内抄原奏汇水折耗一款，据该大臣册开奉拨经费，由上海汇至伦敦，再由伦敦分汇巴黎、马得力、华盛顿等处，转折愈多，折耗愈巨。惟各国公使经费，均由上海汇至伦

“陈大臣”即陈兰彬

马得力（马德里）

敦，又由伦敦分汇各出使大臣，均未开报汇水折耗名目。此次拟照案准销，仍知照接办大臣郑藻如，令其向曾纪泽等，将收支经费章程详加考订，嗣后册报，应归一律，以免纷歧等因。又册开汇水折耗用银二万一千三百四十三两零三分五厘。

曾纪泽

因查：本年共用银十五万九千三百零七两七钱七分，而折耗如此，盖八五折矣。（郑藻如任案）

各国人口

十七日 阴。晴。查各国民数，中四百兆，英二百五十六兆，俄一百二兆，美六十四兆，法六十一兆，德四十五兆，奥三十九兆，日本三十六兆，土耳其三十二兆，和三十二兆，巴西十二兆，比五兆。

光绪八年三月，函复古巴总领事云：欧、美两洲风俗，饮食、男女最为切要。若欲摈绝酬应，专务办公，于事断难有济。然亦必须胸中具经纬者，方能于酒食征逐之间，善荣辱枢机之用。不然，或轻佻浮荡，为彼所轻；或恒舞酣歌，忘民之事，亦未见其能有益也。（郑藻如任案）

格阑脱(Grant)

十八日 晴。前美国总统格阑脱之子来见，谈次，知为格总统之第三子也。

三月，美国户部抄到光绪七年《中美条约》第二款：彼此不得私运洋药入境。（郑藻如任案）

洋药入美收税极重

因查：美国税关，仍准洋药入境，不过收税极重，近议每洋药一磅（计十二两）收税美银十二元。又查泰西各国之于烟、酒，收税至重，以其非民生日用所需也。若

15,10,19

夫美之于洋药，日之于吕宋票，秘鲁之于赌局、戏园，皆征重税。盖以为禁之而终不能绝，不如征税以困之，则不禁而禁之，意亦于《虞书》之“赎刑”、《汉书》之“输边”有合也。

十九日　雨。美国新闻载：俄国撒马儿罕铁路已造竣，里海以东，火车来往便利。此地至中国塔什干只五百八十中里，亦已兴工添造。

四月，两广总督张之洞咨称：小吕宋岛华商公禀，请设领事，所有经费，该商等情愿筹备等因。十一月，北洋大臣李咨情节相同，并抄到华商禀呈小吕宋苛政十六款：华人入境有费，验病有费，注册有费，身税按年六元（女三元），修路、医馆、买卖货物、牌照、出境，节节有费，匿者重罚。华人与土人争，无论曲直，罚充苦工，土人戕杀华人，不过监禁。种种虐政，不可胜数。九年四月，具禀恭亲王，派员往查实在情形，并拟设官，章程七条及经费每年四千两，究未办成。（郑藻如任案） 吕宋华商请设领事 奕䜣

二十日　雨。比利时为欧洲之小国，向与荷阑同壤，后分为二国，地少而人多，所出之粮，不能供食，专恃制造、通商，以为国用。计通国制造之厂，有二万六千六百馀所，需用之人约五十万。各厂进项，每年有二千一百七十七兆法阑克（合中国银三万万馀两）。耕种之人，每年每人可得银一百九十馀两，工作之人则五倍之。其他如纺织，如屠宰，如酒，如煤，如煤矿，如绒，如铁厂，如机器厂，所入之款甚巨。 比利时工商发达

二十一日　雨。英国裴达直银行，用司事者九百人，薪水每人四百两至一千八百两不等，每年薪水约八十四万两。行中所存现金、银，自六千万至八千万不等。所出之票约八千万两，每年进款约八十万两，国债约三千万两，每年缴英国家汇票税银，约二十八万两。可谓大矣。

二十二日　晴。英员由印度游中国者，见中国之东三省，谓须加意经营，否则将为俄人所攘。俄人经营西比里亚等处铁路，必通至黑龙江珲春地方。铁路既成，则中国无从措手，而英之印度亦可危矣。印度一区，英与法苦战几三百年，方能据而有之，俄得印度，则东方商务必败，而新金山亦危矣。

警惕俄国

西比里亚（西伯利亚）

二十三日　晴。六月，总理衙门咨到奏厘定“宝星章程”，单开：头等第一，专赠各国之君；头等第二，给各国世子、亲王、宗亲、国戚等；头等第三，给各国世爵大臣、总理各部务大臣、头等公使等。二等第一，给各国二等公使等；二等第二，给各国三等公使、署理公使、总税务司等；二等第三，给各国头等参赞、武职大员、总领事官、总教习等。三等第一，给各国二等参赞、领事官、正使随员、水师头等管驾官、陆路副将、教习等；三等第二，给各国副领事官、水师二等管驾官、陆路参将等；三等第三，给各国翻译官、游击、都司等。四等，给各国兵弁等。五等，给各国工商人等。

宝星章程

二十四日　晴。六月，总理衙门咨到巴西国条约十七款，于光绪七年八月十七日订定。该国志在招工，而全约

15,10,25

并未言及者，盖为李傅相所制也。嗣巴西相臣锡呢布求赏宝星，据情代请，当经总理衙门奏明，赏给头等第三宝星。（郑藻如任案）

浙江请购枪弹机器

二十五日　小雨。六月，咨复浙江巡抚请购造枪弹、机器云：准贵部院咨开据军需。善后，总局司道详称：浙省前购各式后膛洋枪，现存无多，各式枪子，为数有限。时时购自外洋，不能自行制造，甚非长久之策。浙省昔年所购之车床、钻床、刨床、汽机马力等项，俱尚可用，若再添购枪子机器十副，及轧铜皮等机器，自可自行试造等情。据此，相应咨请饬员，代购新式简便中针枪子机器一副，林明敦、马的尼子模各一副，轧铜皮磨辊一副，英尺二十馀寸大车床一副，并各机器应配轮轴各件及零星各件，均祈酌度配办。其新式哈乞克司及呍啫士得枪，二者孰为轻利便捷？价值若干？并刀头、矛头、枪子各价，亦请考察函复等因。到本大臣准此。查制造枪子，系属专门机器。浙省前购之件，想皆制器之器，未必可通于制造枪子。此时既议添购造子机器，则其器之力量大小，与须添购某式若干，均非可以悬揣而得。倘有舛误，恐难适用，徒费巨资。拟请派员，携同明白工匠，先将浙省原有机器逐一查明，或令再赴上海制造局，将制造枪子各器亦行遍查，酌量应添某器若干，即就近在于上海洋行面订包运，庶无短损及参差不合之虑云云。

林明敦（雷明顿）马的尼（马蒂尼）

因尝闻之吴春帆京卿言：制弹之铜与他铜迥殊，自卷片以至舂壳，提不净者，则舂必裂，且舂坎之力亦不同，锭之于膛，如溢一丝，则不能入膛；缩一丝，则气泄，而弹不远。其中精微奥妙，非考究有年不知也。志之，以为购外洋机器者告。(郑藻如任案)

二十六日　大雨。美国太平洋将军米利司招集该处议院绅士，会商太平洋湾一带地方之善策。绅士麻劳云：宜建造炮台，曾请拨款一百兆元，以为建筑铸炮之需；内二千七百万元，以为三藩昔士哥（即金山）海防经费。

二十七日　雨。八月，北洋咨称：美国棉花籽种八百磅，发交赵州知州杨蔚散给民间布种。华、洋土性不无异，宜咨请将美国种植之法译寄等因。

种棉之法

因尝询访种棉之法，咸称王瓜能生之地，棉亦能生，其土宜燥，则北方天时地气似亦相宜。惟人工甚勤，尚须时时芸草，去虫。若惰农自安，则花渐瘦，丝亦渐短矣。(郑藻如任案)

二十八日　雨。阴。十一月，总理衙门咨到，内开：

汇率折耗

准贵大臣咨称汇水折耗情形。查美、日各署俸薪，除日都使署距伦敦稍近，汇寄无甚折耗，可不计外，所有美都、金山、古巴三处，每年约支俸薪七万馀两，共需汇水银二千馀两，作正开销。将来秘鲁开办，亦照此核给等因。

因查以后郑任所报，较陈任原数约十之一。(郑藻如任案)

华千拿省（佛罗里达州）

二十九日　雨。是夜，美国华千拿省沿海起风，漂覆船舰甚多。

奏请设立纽约领事

十一月，奏请设立纽约领事，咨呈总理衙门，大意谓

15,10,30

美国西边为太平洋，为金山埠；东边为大西洋，为纽约埠，近纽约华人亦渐多，且其地与古巴相近，华人由华往返必由之径，酌设领事，以资保护云云。（郑藻如任案）

三十日　晴。接江海关道龚照瑗电云：经费已拨。

龚照瑗

十二月，总理衙门咨，为美国会商头黄经度事，十年八月始开议。英国、日本专派人员，馀多以公使代，集美外部衙门，派定精通格致人员，毕，遂请决议一线，畀众国奉为中经线。美国赴会博士鲁他科乃言于众，请以英京格连潢除线为首线。法员不从，英员争之。一时互相辩论，颇为喧沸。美国管理航海事务人员声言于众曰："兹有请者，贵员等若能以格连潢除为中经线，请即定之，不然，勿议可也。"缘英、美两国，刊刻舆图，向以该线为首，今若更易中线，则前图尽废。在英，则须一兆镑之银，方能补改刻之费；在美，则须一兆元之数也。实属万难遵行，遂定。（郑藻如任案）

国际经度会议召开

格连潢除（格林尼治）

因少时读《尔雅》四极，尝疑之。其文曰："距齐州以南，戴日为丹穴，北戴斗极为崆峒，东至日所出为大平，西至日所入为大蒙。"考周天之度，赤道、温带皆戴日也，且戴日之南为冰洋，则地尚有在日之南者矣，不止于"丹穴"也。黄帝氏访道于崆峒山，则"崆峒"非极北。近年，由那威国探得，戴斗极者为北冰海，其地实未见山焉。测天者，经线有尽处，而纬线无尽处。经线尽于南北极，如轮之轴有两端，以一端为南，一端为北是也。纬线如轮之匡，循之无端，如中国所谓大东洋，美国以为

那威（挪威）

北冰海（北冰洋）

大西洋也；美国所谓大东洋，欧洲以为大西洋也。中国赴美，由大东洋指东可到，由地中海指西，亦可至也。中国之午刻，即美国之子刻，中与美互为昼夜，则中国之日出，即美国之日入。合地球而论之，无处非日出、日入之地；日出之地，即日入之地；日入之地，即日出之地。盖以地球每日旋转一周，其初向日之地，即为日出；其初背日之地，即为日入。日本不动，安有所谓出入者哉？头黄经度，美愿以英为中线，而法争之，亦以经线有南北而无东西，随处皆可以为中线，故可以争。美之格致家，但能以刊图经费借口，而终不能以是非争者，此也。

零度经线之争

十一月初一日　晴。光绪九年四月，请设纽约领事一折，奉旨依议，当即开办。

因查纽约华民约五千人，工党亦恶之，而官绅尚有权，故尚无驱逐焚杀之祸。(郑藻如任案)

初二日　晴。六月，总理衙门寄到一案，内载光绪四年五月初六日，闽浙总督何文称：美国佛叻士别喇帆船，在恒春县红头屿地方触礁搁浅，经琛航轮船并地方文武尽力保护，旋报帆船自焚。据台湾道夏献纶禀报：前来于本年三月初六日咨呈贵衙门察照在案。嗣据夏道禀称：二月初二日夜，诺挨士目睹该帆船被焚殆尽，乘另雇之安湾小船，鼓棹尽去，蓦赴香港领事鲁陵处呈控。鲁领事据诺挨士一面之词，判断华民焚抢属实，由恒领事函知夏道，订期赴台会查等语。当经饬令夏道将帆船起火情形详查，迅复会商妥办具报。旋据夏道禀称：恒领事于三月初八日抵

“何”即何璟

焚毁帆船污蔑华民

15,11,3

台，该道即往与会晤，询知前此驻泊帆船旁边之美国兵船，船名“哒哝”。当提集琛船管驾林高辉等，及英国领事费德里等到案，会同逐细研问。据李辞等佥称：二月初二日，诺挨士偕兵船官寻觅礁迹，是夜十一点钟，帆船火起。该兵船放炮、悬灯，示将往救，帆船上洋人不挂回号。至初三日天明六点钟，诺挨士由“哒哝”兵船回入安湾小船，即催喝：“何以尚不开船?”不问帆船如何被焚，旋即开行等语。美国兵船各兵官皆目睹其事。船主诺挨士禀云：该船于西历三月初五夜，在龟仔角被土人放火烧毁，该船并船内货物价值若干，现欲向中国索赔等语。嗣英领事不以为然，美兵船亦驳之，遂结。（郑藻如任案）

初三日　雨。近有美国人殷尼奴文自越南归，述越南近事云：法得越南后，设总督以治民，派将军以守境，文武不能和衷，武员专事杀戮，越南苦之。商税又重，商人裹足。华人出港、入港，均收人税。时有英商小轮船，名“皂利鸦”，在英只收船钞二十元，日本长崎收七十元，横滨收五十元，香港收四元，出入海防，则须三百零二元二角，可谓重矣。 越南税重

初四日　雨。七月，北洋大臣咨，内开：李攀桂撤回学生，拨入水师学堂肄业，乃因父病，潜赴美国，迅速勒令回津等因。 李攀桂被勒令回津

因查：李攀桂已与梁姓在纽约开设店铺，名为“梁李公司”。（郑藻如任案）

美邀中赴棉花大会

初五日　雨。晚大雾。九月，美外部照会云：此会名曰“赛天下技艺及棉花百年大会”，乃美国朝廷及种棉会馆并纽鸦连城官民协力办理。美国棉花初次运赴外国，通商之事，迄今已及百年。故专赛各种棉花、棉货，兼赛各国技艺、制造土产、矿产等件，以见百年之间，诸务振兴，教化日进，本国总统深愿贵国朝廷届期派员赴会云云。

因查美国之于棉花如此其重，宜其棉花通行地球，获利无算也。（郑藻如任案）

初六日　侵晨见日，又阴。

波利弥施亚（波利尼西亚）

九月，夏威仁国送到普鲁书，译其略曰：我国朝廷闻某国君主偕某属地，有谋吞波利弥施亚群岛中之数岛暨亚记秘理高岛之事。我国见得此举，是以特作此书，力拒其谋，敬告于各大国，愿各大国同认波利弥施亚各岛皆有不能让人之利，皆得自享求进之益，皆可操其自治之权，并请保护各岛，得与敝国共享此等平康之机会，俾同附于万国之中也。（郑藻如任案）

因按：此借各国之牵制以图存，亦无可奈何之策也。然而欧洲诸小国之不亡者，多由是矣。

哥林卑亚（哥伦比亚州）

初七日　晴。英属卡拿大地方官，已奉英廷之谕，饬将哥林卑亚全境所立征收华民之税例修改，俾薄税敛，减取人税，以免妨碍中英和好云云。

十一月，出使德国大臣咨：为和国炫奇会官货酌留，使馆照原价归款云云。当经酌留桌椅、屏彩各件。

15,11,8

因查其时银价，每规银三两九钱，可得英金镑一，较之今日，大悬殊矣。(郑藻如任案)

初八日　雨。十一月，片奏开办秘鲁使事。十年闰五月奏启行前赴秘鲁。六月二十九日到秘鲁都城。查得秘鲁田寮虐待华人，督工者鞭挞，晚则锁脚，置于黑监。工期已满，仍复措留，擅造合同，强掳入寮，工作日夜不息，私刑拷打。合同已满，又复转批数年。秘、智之战，杀戮尤多。到秘后，与秘外部仗义执言，一一请除，当已次第办妥矣。(郑藻如任案)

遣使赴秘解救华民

初九日　晴。俄皇至土耳其国，见其君主，开宴尽欢。土君因请俄皇保全和局。

前此智、秘之战，秘都为智兵攻破，华民被杀者一千馀人。近，郑大臣托美国驻秘公使劳觐代请赔恤。劳觐往谒智国外部大臣，坐谈良久。外部曰："迩者，智国帑藏日竭，外耗日多，不得不极力防维，以保国家利益。近来各国咸向讨偿，几成援例之事。竟有无数秘民不能度日者，设局假冒破失财产，借端求偿，以为糊口计。及请公正人细查，其中妄报不实之款，不下数百起，户部因为所困。至于华民一节，其中习业体面者，固甚稀少，此乃公众所共知。无论性命、财产，遭没于智人之手，为数亦属有限。况智人于华民财、命两端，均曾竭力保护，此又不辨自明者也，无所赔偿。"(郑藻如任案)

智利拒赔华民损失

初十日　晴。美国开议院，谒上议院首绅。

德皇与后坐兵轮，偕至义大利国，又至土耳其国。

议员编制及年薪

查美国议院章程：上议院绅共八十八人，下议院绅共三百三十二人。上议院绅（六年一任，每省举两人），下议院绅（两年一任，各省准举多少不同）。上议院绅每年俸五千元，下议院绅每年俸五千元。上议院长即副总统，每年俸八千元，下议院长每年俸八千元。

各州议员编制及年俸

美国共四十四省。兹将各省之名与各省举下议绅若干人，并各省总督年俸列左：阿把巴麻省，准举下议绅八人，总督每年俸三千元（两年一任），阿甘色省，准举下议绅五人，总督每年俸三千五百元（两年一任）；加利宽尼亚省，准举下议绅六人，总督每年俸六千元（四年一任）；科罗拉都省，准举下议绅一人，总督每年俸五千元（两年一任）；干揑底吉省，准举下议绅四人，总督每年俸四千元（两年一任）；特尔拉华省，准举下议绅一人，总督每年俸二千元（四年一任）；佛勒尔勒厘省，准举下议绅二人，总督每年俸三千五百元（四年一任）；若耳治省，准举下议绅十人，总督每年俸三千元（两年一任）；埃大曷省，准举下议绅一人，总督年俸、任期未详；奕伦诺尔省，准举下议绅二十人，总督每年俸六千元（四年一任）；英厘安纳省，准举下议绅十三人，总督每年俸五千元（四年一任）；阿瓦省，准举下议绅十一人，总督每年俸三千元（两年一任）；甘沙司省，准举下议绅七人，总督每年俸三千元（两年一任）；干德纪省，准举下议绅十一人，总督每年俸五千元（四年一任）；鲁西安约省，准举下议绅六人，总督每年俸四千元（四年一任）；缅

15,11,10

省，准举下议绅四人，总督每年俸二千元（两年一任）；马理兰省，准举下议绅六人，总督每年俸四千五百元（四年一任）；麻沙朱色士省，准举下议绅十二人，总督每年俸五千元（一年一任）；米氏根省，准举下议绅十一人，总督每年俸一千元（两年一任）；闽尼所达省，准举下议绅五人，总督每年俸五千元（两年一任）；密士失必省，准举下议绅七人，总督每年俸四千元（四年一任）；密苏尔厘省，准举下议绅十四人，总督每年俸五千元（四年一任）；曼他拿省，准举下议绅一人，总督年俸、任期未详；臬布拉司加省，准举下议绅三人，总督年俸二千五百元（两年一任）；臬华大省，准举下议绅一人，总督每年俸五千元（四年一任）；纽罕什尔省，准举下议绅二人，总督每年俸二千元（两年一任）；纽折尔西省，准举下议绅七人，总督每年俸五千元（三年一任）；纽约省，准举下议绅三十四人，总督每年俸一万元（三年一任）；北喀尔勒那省，准举下议绅九人，总督每年俸三千元（四年一任）；北打科大省，准举下议绅一人，总督年俸、任期未详；倭海阿省，准举下议绅二十一人，总督每年俸八千元（两年一任）；阿理干省，准举下议绅一人，总督每年俸一千五百元（四年一任）；宾夕尔勤尼安省，准举下议绅二十八人，总督每年俸一万元（四年一任）；洛哀伦省，准举下议绅二人，总督每年俸一千元（一年一任）；南喀尔勒那省，准举下议绅七人，总督每年俸三千五百元（两年一任）；南打科大省，准举下议绅二人，总督年俸、任期未详；田纳西省，准举下议绅十人，总督每年俸四千元（两年一任）；德克沙司省，准举下议绅十一人，总督每年俸四千元（两年一任）；洼满的省，准举下议绅二人，总督每年俸一千五百元（两年一任）；勿尔吉尼阿省，准举下议绅十人，总督每年俸五千元（两年一任）；华盛顿省，准举下议绅一人，总督年俸、任期未详；西勿尔吉尼阿省，准举下议绅四人，总督每年俸二千七百元（四年一任）；为士干顺省，准举下议绅九人，总督每年俸五千元（两年一任）；歪阿明省，准举下议绅一人，总督年俸、任期未详。各省共举下议绅三百三十二人，按省中居民计，每十五万一千九百十二人则举下议绅一人。惟省不及此额者，亦举下议绅一人。

总统年俸

总统每年俸五万元。各部大臣每年俸八千元。

十一日　晴，戌刻见雨点。科司达来见。

禁华人开洋烟馆

谒议院绅。据云：华盛顿华人，近日开洋烟馆者日炽，实为地方之害，理宜严禁；但本省律政未有载禁洋烟一节，虽知其弊，而无法可绝之。昨晚巡捕房访得三街华人祥利洗衣店，外以正业铺张，内则开烟灯取利。巡捕前往擒获店主祥利，并美国人吸烟者三人，随即监禁。

十二日　阴。谒议院绅。

西省提督请增边防

美国西省提督报于兵部曰：西省为孔道，藏国库三千万，极应固守。惟照目前而计，枪炮不敷，倘一小国来侵我边疆，劫我国库，将何以御之乎？应请饬令酌筑炮局，以铸钢炮五百七十三尊，买地建立炮台，以守要扼。一切

15,11,13

整顿，以壮国威，须费国帑三千万元方妥。

十三日　晴。谒议院绅。议院中如布郎、有司梯司、宣门等、不来奔、好德，均不恶华人者。

十二月，美外部来函：言东京轮船抵金山，税关于华人衣箱内，搜出书信七八千封；北京轮船抵埠，又搜出三千馀封；奥顺匿轮船抵埠，又搜出八千馀封。查照天下邮政章程，应行议罚云云。郑大臣复云：中国未设邮政局，书信均系托人代寄，不知泰西章程。以后应将来函所言，刊于中国日报，以后照此办理可也。

中国书信投递不使

因按：中国未与地球邮政之会，故书信无图印，不能行于各邦，于外国邮递不便也。（郑藻如任案）

十四日　晴。俄皇素欲并吞土耳其。兹闻土与德皇结好，更滋不悦。于是密令驻土俄使，风示土君，言俄皇将来土国相见。土君知机，欣然应诺，遂订期来春。

俄欲吞并土耳其

航海委员毕士秘，为其妻所控于美官。

十二月，总理衙门来函，属查美西斯比河治法。美西斯比河长约二千英里，原系清水，迨汇美苏黎河后，水始混浊。向来时淤时决，迄无修治善策。近四年间，有益参将者，创为收束河身之法。该河向宽约一英里，即就河之两岸修筑坚堤束水，不使旁溢。遇有河形宽散之处，仅留中泓，宽广亦约以一英里为率，其馀拦以木桩，使河水咸归中泓。而所挟浮泥，听其分注于两旁宽散之处，久之，亦自成堤。河身既不散漫，河面又复一律宽广，水势得以直泻，无忽猛忽缓之患，自能刷去河底淤泥。数月前往验

调查美国治河之法

河身，水深皆视往年加倍。现所经营者，系河下游之一千二百英里。上游无须修治。至入海口门，向分三处，悉为拦江沙所阻，水深仅一丈一二尺，或不及丈。今亦仿收束河身之法，将中间一处口门筑成堤岸，直出海面，长十英里，借水力以决开拦江之沙。目下水深已逾三丈。统计试行新法以来，及此后接续办理，至少需费三千万元等语。

黄河不可照搬此法

就其所言，目下似已著有成效。惟据称，该河挟泥有限，且是泥非沙，其性胶黏，干后即极坚实；又系以美西斯比全河之清水洗刷美苏黎河灌入之浮泥，似与中国黄河情形不甚相同，即其办法，专主收束河身，亦与疏治黄河有异。（郑藻如任案）

十五日　晴。美国前总统格阑脱之两公子及米建威来见。谈次，知格总统之长子曾随格总统游历中华，现已出使奥国矣。

钵仑埠（波特兰）

光绪十年二月，离金山六百馀里之钵仑埠商人，请设领事，遂派随员黄锡铨往查。据查，该埠工商约三万馀人，商货以米、油、食物、洋烟、衣服为大宗；工人以开矿、筑铁路、装鱼罐为事。工商分为十馀党，争讼斗殴，无时休息。如设领事，除商捐外，尚需经费约六千金。郑大臣照咨总理衙门，未成。（郑藻如任案）

十六日　雨。答拜奢士格阑脱兄弟并米建威。

二月，外部照会云："兹准户部所定外国驻扎本京公使请免税事章程。嗣后，凡有驻美公使什物请免进口税者，须请于公文内附该物提货单一纸，并请指明该物是否

15,11,17

系公使自用，抑其家眷应用之物。再，使署参赞，除代理公使外，不能有免税之益。”

因按：泰西各国，于理财一道，剖析毫厘，毫无假借，非如中国之疏节阔目也，即此可见一斑。（郑藻如任案）

西方国家精于理财

十七日　晴。微雨。天气骤暖，不能着棉。日本外部大臣因改新政，为刺客炸弹所中，已伤左足。

三月，照美外部：李中堂代美国水师千总满宜士请假三年。声明该千总现在中国水师助办教习水雷事件。美国朝廷业经允准给假矣。今李中堂来电云：“请再给满宜士千总假一年。”外部复函云：“查满宜士千总，前曾准其请假。今彼尚在贵国，可再给假至西历一千八百八十五年四月一号止。”（郑藻如任案）

满宜士（Mannix）

十八日　阴。卸任金山总领事梁廷赞来。

是晚亥刻，赴英公使茶会，子正而回。

三月，金山总领事禀称：查北亚墨利加洲之英属卡拿大，内有哥林比亚省之域多利府，华民寓居于是者，铺户约计百数十家，其馀筑轮路、开金矿、制鱼罐，各所佣工，合计有一万六七千人。禀称该处新设苛例，请为驳除，计：按人收税十元，开矿者岁收十五元，迁棺者罚一百元，吸鸦片者罚一百元，新入境者税五十元。当即函托曾侯向外部驳除。曾侯复函言：查向来中外条约于华人流寓外国者既未之及，即南京旧约第一条，亦无最优相待字样。今若遽动公牍与英外部辨论，则我无实在可恃之约，

“曾侯”即曾纪泽

请除苛例无约可恃

惟有缓商云云。既而事终不成。(郑藻如任案)

十九日 晴。四月，墨西哥公使来文，欲向中国招工，郑大臣婉拒之，而仍咨呈总理衙门备案。且言：墨西哥系无约之国，未与立约，将来保护无权云云。

婉拒墨国招工

因按：无约而招工，秘鲁、古巴即前鉴也。(郑藻如任案)

二十日 晴。下议员、金山省议绅马卢新创条陈：请查华人在美之数，每人给与执照一纸。以后有执照者，准其安居；无者，监禁，驱逐，其水脚由带来之轮船公司是问。出境后，有执照者，亦不准复来云。当与律司商驳之。

四月，直隶津海关道咨到山西抚部院启云：盖闻经国以自强为本，自强以储才为先。方今万国盟聘，事变日多，洋务最为当务之急，海疆诸省，设局讲求，并著成效。查中外交涉事宜，以商务为体，以兵战为用，以条约为章程，以周知各国物产、商情、疆域、政令、学术、兵械、公法、律例为根柢，以通晓各国语言文字为入门云云。

自强为本储才为先

因读之，言简意赅，于泰西学术源流，如桶底脱矣。(郑藻如任案)

外洋请客有讲究

二十一日 晴。宴奢士格阑脱兄弟并米建威。外洋请客，分上、中、下三等席，每人十元、八元、六元为差。酒则自一元一瓶以至五元，每人酒二三瓶，尚不足也。寻常之水亦不用，以为不洁；必用气水，气水每瓶亦需二钱

15,11,22

五分。又设花一二瓶，花每一枝需银五钱，但十馀枝即六七金矣。又每人亦佩花二枝，均由主人代备。所设花二瓶，宴毕，即以送首席之客之妻。泥沙金银，至斯而极。

二十二日　阴。七月，美国议成限制华人新例十七款，上之总统，事已垂成。律师利亚顿、博郎、勒德上书总统，言新例之不公。纽约人未罅，亦上书总统，极言埃利士之妒忌。官绅之阿埃利士人，以冀保举，所言皆出于私，必不可听。总统阿他，遂饬议院再议，议院因删其尤苛者。此美国苛禁华人之一端也。（郑藻如任案）

美议新例苛禁华人

二十三日　晴。七月，北洋、广东电属购美国气炮，始终未成。录使馆代办上郑使书（时郑使在秘鲁）：办理此事之不顺手，有出人意外者。炮价本系公司开出，并未议减分文，续拟五十尊始售，亦经傅相核准，照数向买。限四个月成造，亦系公司自订；包运到华，亦系公司自承，理应毫无异言。乃屡议试演八寸径炮，屡请展期。始言法人在此探听，不便在此演试，推之；继言铜炮尚未做到，推之；昨忽言炮中紧要机器做坏，又需更换，推之。（彼实因创造未妥，初以为照四寸径仿造，孰料不能。）现约十一月初四、五日可试，届时尚不知可试否？一也。气机本在价内，忽言汽炉在外，另需加价，二也。（此层，已禀明另价，将来拟只买四个）方奉多购之电，前一日已接莼甫送到公司来函云：将来如再多买，则六寸径者，需二万五千元；八寸者，需三万元。恰似知我必多购

“郑使”即郑藻如

“莼甫”即容闳

者，非真知之也。实因彼六寸、八寸两式，受药多，蓄气大，不独工料宜精，即制法亦非四寸可比。闻几次制造未成，费去工本不少，欲借此别开生面，以图补价，故预昂其价以居奇，三也。（公司本欲加价，经莼甫饬驳，故只言再买即加）幸桢密属莼甫：将多购一层，暂不宣露，拟俟此起订妥后，再与商买，以免益彼贪心。初议四寸径者，装药二十五磅，及中里六七里；六寸者，装药七十五磅，及八九里；八寸者，装药一百二十五磅，及十里外。兹忽改言：四寸者，装药十七磅，及一洋里（中三里三）；六寸者，装药六十五磅，及二洋里；八寸者，装药一百磅，及二洋里又四分洋里之一（大约六寸者，及六里；八寸者，及七里，中里之谱），一切与原议不符，四也。然此层需亲往试验，不必徒以口争。初议公司包运到华，兹忽言如中途被抢，只能代问保险赔偿，又与原议不符，五也。（此层最关紧要，将来必须妥议，不然，即恐受过。）闻当初试演四寸炮时，本有炮架，其价自必在炮价之内，兹又忽云：八寸者，炮架另银七千五百元；六寸，五千五百元；四寸，四千五百元。诚足骇人听闻！六也。初议四个月到华，兹忽改为限四个月到金山，七也。（果能四个月到金山，尚是快便。）以上七层，均系节节生枝，时时变改，此事之不顺手，诚难意度。桢微窥其意，不但乘我急需，故为居奇；且恐实因八寸径创造不成，故设此以阻难耳。桢惟拿定一试看主意，催其演试，俟试验真属可靠，再与议不符各节；彼若不允，即电由傅

“桢”即蔡国桢

15,11,24

相作主。处处踏实做去，不求有功，只求无过云云。 不求有功只求无过

因录出，以见购置军火之难，而当自设厂也。

二十四日　晴。拜发奏派分驻三国人员折。

八月，总理衙门复奏道员徐承祖条陈曰：今日使事，任久责专，广设僚属，优其禄饩，非徒通问修好已也。各该使臣受事三年之中，宜如何周咨博访于其国势之盛衰，地形之广狭，风俗之变迁，政教之利病，兵、民、市、舶之多寡，食货、物产之盈虚，以及工艺日新，商情月异，各市埔有我国商民之区，或归我领事官约束，或仍听彼地方官约束，应如何使之生聚、绥辑，俾无失所，均当逐事讲求，悉心考订，条举件列，荟萃成编，俾运筹者相其情势，以为操纵张弛之机。光绪三年，臣衙门奏准，请饬下东西洋出使大臣，务将大小事件，逐日详细登记，按月汇成一册，咨送臣衙门备案查核。其外洋书籍、新闻纸等件，内有关系交涉事宜者，亦一并翻译，随时咨送，以资考证。（郑藻如任案） 使臣日记咨送备查

二十五日　晴。九月，总理衙门咨到刘铭传奏请设局，译刻泰西各书，其略云：查外洋于中国有用诸书，半皆取而译行海外。其西国兵、农、食货、格致、制造、测量诸书，日新月异，凡有关于今日之用者甚多，我中国尚未译有成书，间或有翻刻一二种，亦皆取择不精。夫御侮，贵在得情；而致用尤在博览。不究其治国、交邻之要政，何以得其情？不研其造器、习术之本源，何以致于用？（郑藻如任案） 刘铭传请设译刻局

巴西内乱

二十六日　小雨。闻南墨洲巴西国民作乱。

十月，金山总领事来禀云：美国政体、风俗，事事非钱不行。每办一事，必须筹费，所需之费又巨，既非公帑之所得支，又非私家之所能给。因查领事之设，昉自泰西。泰西领事验货有费，查船有费，填牌有费，一切文凭、准照，莫不有费。所筹者，并非领事费用，不过以公众之财，办公众之事；不过合众人之力，官为之督率而维持之云云。

因查美国之例，头头是道，非律师不知趋避。延请律师，有按年万金者。金山所延律师，名尊治力，岁六千元；又利亚顿，岁二千四百元。本使馆所延律师，名科司达，岁四千元。科司达所办者，尚有墨西哥、泥格拉诸国，则亦过万金矣。（郑藻如任案）

长江水灾

二十七日　小雨。美国外部接驻中国领事来信，言中国长江一带，两月以来多雨，淹坏膏腴之田一千五百万亩。

拒墨国招工

十二月，墨西哥求与中国立约招工。郑使上总理衙门书云：与其于既受陵虐之后，始行设官挽救，害大而事难；不若乘其未往之先，妥订章程，设法经理，事易而害小云云。嗣因墨公使述其国家之意，欲于其本国商议。郑使以为不宜却之。（郑藻如任案）

辞退洋员

二十八日　晴。十二月，与代办蔡函商议，辞退洋员柏立，以为宜彼此和平计议，以全初终为合体。给以考语字据，俾其为转示于人之用。若以洋例，须先三个月告

15,11,29

知，则与妥商办法，或再留一年云。

因查雇用洋员，每受其挟制，秘之德里安尤为荒唐。

因至此已久，柏立尚未来见。闻诸参赞，盖久未到署矣。(郑藻如任案)

二十九日　晴。冬至。是日黎明拜牌，行三跪九叩礼。惟供事程暎未到。上午备席，午后设宴。

泰西以游历地球为能，纽约省有妇人于前月起程，限七十五日历地球一周。

十二月，参赞官蔡国桢禀复两广总督张之洞云：奉电谕委购黎意枪五千枝，弹子五百万颗。随带各件俱全，限两个月运到广东黄埔交收等因。奉此，查此事先经本使宪郑，饬令纽约领事官欧阳明，查探黎意枪弹价值，开明数目，电复北洋李傅相察核在案。惟当时未将程期、运费查确具报。嗣据欧阳领事函称：续查得黎意枪一枝、弹子一千，共价实价美银三十二元，由美绕英赴华。计枪一、弹千，共运费二元。并云：近闻上海瑞生洋行，代本国经办此项枪弹甚多，其中浮开不少。该厂管事人称：中国官与本公司亲自交易，两边均系真正主人，并无厘头行用，本公司自当格外公道，计枪一枝，该美银十五元；弹子一千，该美银十五元五角。每枪弹盒四个，其馀各件俱全。所有装箱、上船，均本公司自认费用，船价有高低，两起悉照从前。别人承运，一律给价保险，亦照向章，均由本公司出名代办。由美绕英赴华，两月必到，亦系从前运过程期。保险包至广东省城，能保阻拦、抢劫等事。其枪弹

购置枪弹

价值、运脚、保费，均在此交清，以便代为办理。参赞因与欧阳领事通盘合筹，其枪弹价值与瑞生洋行承办者，减少不可计数，谅在明鉴之中。计购黎意枪五千枝（每一枝价银一十五元五角，较外间十六元五角之价，议减一元），共银七万七千五百元；购枪弹五百万颗（每千颗价银一十六元，较原订十六元五角之价，再减半元），共银八万元；两起轮船运费（由美国纽约绕英国伦敦运华，以防阻止截留），共银七千六百一元三角七分；两起保险费（另抄洋文单据附呈，注明包保抢劫），共银二千五百六十四元；在纽约零用（电催保单、换写提单及马车费用均在其内），共银八十九元二角三分。以上共支银一十六万七千七百五十四元六角。查此五款，系由纽约领事支付，据造细数清折，另录附呈。电报粤垣十五次（自上年十二月初七日奉委购枪以后，始行开报），共银一千六百五十三元五角三分；由华盛顿赴纽约两次（往返火车睡床及上下马车等费，均在其内，共银四十七元），以上共支银一千七百元五角三分。查此两款，禀明在枪价馀款内动支，另有细数清折附呈。通共开除七款，合计支去美银一十六万九千四百五十五元一角三分。（郑藻如任案）

各项费用

十二月初一日　晴。近闻巴西已改为合众国。

巴西已改为合众国

美国下议院绅马罗又上条陈：除中国公使外，其馀无论工商，一概不准来美。

因商之律司科士达。科士达谓议院上苛禁华人例者，大抵西省之人，他省尚不附和。且闻尚有相继而上条陈

15,12,2

者，应俟开年，一并上堂驳之。

初二日 晴。此间列肆，均以女子坐肆贸易，大约自十六岁至二十岁未适人者，貌亦端雅，言甚和婉，索值不二价。

谒律师科司达。

驻津美国副领事秘德格禀于外部，据称：现奉李中堂命，以陆军、水师现设立西医药房，仿外洋式。拟请外部转咨兵部、海军部，将美国陆军、水师施药治伤救生章程，并历年官报，寄与中堂察核，按照办行云云。外部准此，遵即咨照兵部、水师部检备档案，以便转复中国矣。 设西医药房

初三日 晴，中夜雨。英属卡拿大维多利地方官，拟将限禁华人入境之例删除，而土人不愿，现已联名禀请限禁，并已纳身税之华人去而再来者。仍纳身税五十元。 维多利（维多利亚市）

十一年二月，总理衙门咨到议复御史谢祖源折，内开：出使随员，或有沾染外洋习气者，可由该使臣随时督察，分别撤参。又云：古时造士，器数之学与理义并重，故通经致用，官效其能。近世士大夫，非无才识闳通、学问渊博之人，而限于方域，囿于见闻，语及环球各国交际之通例、富强之本计，或鄙夷而不屑道。夫外洋测算，窃自中法，制器相材，源于考工；营阵束伍，乃古者司徒步伐进退之遗；开采五金，实仿于《周礼》卝人之官；测绘地舆，亦晋人裴秀成法。礼失求野，岂彼智而我愚？特中士习为游谈，其平日留心讲习者少耳。就目前而论，我之所亟，惟在察敌情，通洋律，谙制造、测绘之要，习水 出使随员违例可撤

师、陆战之法，讲求税务、界务、茶、桑、牧、矿诸事宜。（郑藻如任案）

飘节（圣佩德罗）

初四日　晴。三月，美国飘节海口税官来信：以该处有华人二万五千名，欲设领事，并荐举廷广可为领事。郑大臣复书辞之。

入美之境设之无益

因查设一领事，每年需经费银一万数千两；不节，则需二万。飘节不过华人入美之境，设之无益。且近来美国于此地查华人私越入境，其例渐严，当时之不允，盖有先见矣。（郑藻如任案）

救生局

初五日　晴。美国救生局船费，每年九百馀万元。计今年一年，共救货六千馀万元，救人七千九百馀名。

初六日　晴。宴英、俄、日、秘、檀香山、墨西哥等公使，又宴美律师、按察司毕士秘。每席中间，设花一篮，每人佩花一朵，外洋宴客例也。

节省电报开支

五月，接准李傅相电开总署十一日来电：嗣后非军务及急要事，各处均不准率行发电。遵旨电达，希转电沿海各督抚及出使大臣等因。

因查外洋电费最巨，以中国一字四码，分作二字，每字需银二元四角有馀，合之为四元八九角，但二十字即百金矣。（郑藻如任案）

议院权重

初七日　晴。六月，北洋来电。为朝鲜聘请美国兵官教练兵士。请于美总统。总统交议院，而议院已散，事迄未成。观此可知美国议院权重。（郑藻如任案）

初八日　阴。外国将度年，送律司宁绸一匹，湖绉一

15,12,9

匹，东洋大瓷瓶一对。各部及议绅，择其相投者，皆送礼有差。

六月，准北洋电：中、倭兵撤。朝鲜聘美官教练兵士，望晤外部速商，如无即回复。

复北洋：外部云，须俟冬间开院公议，嗣请先派，而彼不能违例。（郑藻如任案）

初九日　晴。供事程暵启行。

航海会委员毕士壁、陈恩焘、贾凝禧请宴，以洋餐故，未到。借龙旗三面。

六月，致美国外部（节略）：兹因巴拿马及个龙两处，素无华官驻扎，向来华商寓彼者，屡蒙美国驻彼领事官遇事代为料理。中国官员及该处华商均极感谢。迩者，中国公使以该华商等禀请转求美国外部，给该两处领事官以代保华商之权，是以敬问外部大臣可否准如所请？美国外部复函：业饬驻扎巴拿马及个龙领事等，凡该华民遇有要事，由该领事官等暂代料理，仍须俟哥林秘国官员允，由该领事等代理华民之事，斯时即可暂充中国之代理人。（郑藻如任案）

个龙（科隆）

哥林秘国（哥伦比亚）

初十日　晴。七月初六日，总理衙门咨到《中法条约》十款，于光绪十一年四月二十九日经北洋大臣李鸿章具奏、奉旨。

因查此约专为越南之事。（郑藻如任案）

十一日　小雨。外国元旦。巳刻出门，酉正事毕。谒总统、各部、提督、将军、按察、上下议院也。是日之车，每一时需银七元。

华人被骗卖到古巴

七月，古巴领事禀称：西班牙轮船到埠，船有中国人十名相向哭。问其情由，据称皆闽人，向在小吕宋谋生，此次被人骗称“雇工”，到此方知立约做工，与卖身同。即由译员向该公司提到领署，问明属实，即将杨协等十人所得工期银五十元及船价十元，垫还船主，留于古巴作工，陆续扣还结案。

因按：此即洋人以招工为拐卖。幸古巴已设官，否则此风终不息矣。（郑藻如任案）

十二日　雨。谒上议院绅。

洋药进口应加税

八月，出使英法大臣曾纪泽咨到内录奏稿：议定洋药每箱税厘，共征银一百一十两，并在进口时输纳，由海关给与凭单，运往内地，无须再完税项。至货包开折之时，如有应纳税捐等项，当与土烟价值相较均算，以昭平允。

威妥玛(T. F. Wade)

因查此即李傅相与英使威妥玛所订之约，由英外部签定者也。泰西各国，凡于有害民生之物，皆禁入口；度其不能禁绝，则重税之。《中美条约》载明：两国不准贩运鸦片。而由香港入金山者，其数甚巨。美国既不能禁，乃创税则，每鸦片一磅（合中国十二两），征税银十二元，所收至巨。中国加税于此，用意甚善，但较之美国，尚不及百之一，则势限之也。（郑藻如任案）

十三日　晴。谒上议院绅、檀香山公使。至李格士银行。

为照会事：光绪十一年八月十四日，接到贵道七月初

15,12,14

八日复函，内开商局支绌，经傅相将各省官本奏请免利缓期等因，准此。查贵总局库平银八万两整，核之原领银数，业已还清。至利息一项，并未收到丝毫。现阅函称：各省官本，已经北洋大臣李鸿章奏请免利在案。查贵总局原领前项经费银两，系属暂时领用，与借领各省官项作充商本者，虽有分别，而其为公款则同，自应循照奏案办理。计贵总局欠缴前项利息，自光绪七年、八年初一领银之日起，至十一年七月初二还清本银之日止，所有应生利息，概行照免，无庸追缴可也。除咨北洋大臣李鸿章察照备案外，为此照会贵总局，烦为察照施行，须至照会者，右照会督办轮船招商总局、直隶补用道盛宣怀、即选道马建忠。(郑藻如任案) 各省官本利息准免

十四日 晴。日内，谒上下议院各绅，多设茶会，见时握手道喜，周旋一二刻即别，亦有坚留食茶、果者。

尝与议绅考较地球铁路，自以美国为最长，计十六万馀英里，德国二万三千馀英里，法国二万一千馀英里，俄国一万九千馀英里，印度一万四千馀英里，日本八百英里。 各国铁路

十五日 晴。有泰受热，中夜发热，卧处近火门，为火气所灼，至于吐血。

谒英、俄、法、德、朝鲜、日本、檀香山、西班牙、秘鲁公使。

日本公使言日本铁路已成三千馀里，尚有商人续造者。大约一里需银七千两上下，每年载客八百馀万人，运

货六十馀万吨，除经费外，每年可得四厘之息。

日本公使自大虚憍

因谨按：日本近年铁路不过八百英里，约二千馀里耳，而言三千馀里，其好自张大、虚憍之气毕露矣。

十六日　晴。天气燥热，可着单衣。十月，总理衙门咨称：本衙门具奏采买外洋军火滋弊，居奇抬价，剥蚀愈多。且有以贱价收陈货，而诡为新制者；有贱价购自外洋，而浮冒报销者。请饬各出使大臣，就参赞、随员内讲求搜讨所有订定各件，必须出使大臣亲验，以专责成等因。

肃清军购乱象

因查前此购买船炮，其弊诚然，且有缓不济急者。如此办法，近日诸弊已廓清矣。（郑藻如任案）

十七日　雨。美国例：正总统为第一人，副总统即上议院之首领。如议院议政，以多少为从违，即三人占从二人之意，其有可与不可，人数相等者，则由副总统酌定。盖副总统可何造，则何造多一人矣。

十月，总理衙门咨，内开：历次出洋学生造诣究竟如何？有无深通西艺，熟谙制造、管驾及水师操练之材等因。参赞蔡国桢复称：童子无知，受外洋气习越日既久，玩视中学，若忘其为华人，不独中文未能讲求，即华语亦不明顺。纵于洋文有得，于我不能适用，初不过增一洋人耳，授以差遣，不受范围，或且谓敦品励行为繁文，甚有视政教彝伦为苛刻云云。可谓切中时弊。（郑藻如任案）

向美索还赔款馀银

十八日　小雨止。中夜大风。十二月向美国外部索还以前赔款所馀，至三月而始商定。计原给美国赔款银七十

15,12,19

三万五千馀元，除赔美商银四十九万六千馀元，仍存银二十三万九千馀元，生息银三十四万四千馀元，本、息共银五十八万三千馀元。除给赔美商熙尔船价十三万元，计实还中国银四十五万三千四百元九毫，又除去酬劳费五千四百元。

因查：此项即分拨东、西洋各署经费。（郑藻如任案）

十九日　晴。副总统茶会，陈设极丰，至者亦众，以副总统为美国大富户也。

十二月，海关造册处税务司杜德维来函：言光绪六年，中、美新修之约，刊本、抄本文字之间，或有稍误，与原本不免参差，兹摘举数端，请由公使照会美外部衙门，取所存原本详细校对，务使毫发无讹。其不符之处，请于刊本上逐款注明。当即照会美外部照办矣。　校对条约翻译用词

因按：翻译一道，非中外文理兼优，殊难称职，盖未易言矣，闻美国与朝鲜之约，朝鲜自称为中国属国，而美国所称似有参差。则真有不符者也。（郑藻如任案）

二十日　晴。前总统格阑脱之夫人，约见于麦连夫人之第。年六十馀矣，身不甚魁梧，而尚丰满，循循然是有德器之象，眼戴镜，或近视也。询李傅相近日起居，并问傅相夫人及女公子近状，答以均安，又作寒暄而退。堂前宾客，男女皆来见者，约数百人。

二十一日　此十日内，按日分谒各部及议院绅。有见者，有不见者，亦有设茶点以款客者。大约见则立谈，不

见，则一概不见。门外挂一筐，以收谒者名刺。

美曾无礼拒我大使登岸

十二年三月，新出使大臣张荫桓到金山，当登岸时，驻金山领事等员前往迎接。美国巡海官名天年曰："余顷接收税关电信，命我不许新使等登岸，必先将其国书送税关验看乃可。"傅烈秘禀商张大臣，不允。久之，天年曰："余愿肩干系，请公使等登岸可也。"嗣由郑大臣诘问外部拜亚。拜亚照复，引一千八百八十四年七月五号章程载：中国官员可用文凭以抵护照云云；又谓税关未失礼，总领事所禀情节谬妄，诚以为憾！阅之可骇，美其不国矣夫。(郑藻如任案)

二十二日　晴。谒议院绅，至暮而返。

二十三日　阴。大风。谒议院绅。

严查违例官生

十一年九月，北洋为咨行事：据津海关周道详称：窃查美国肄业学生，曾奏定章程，此项官生不准在外洋入籍、逗留及私自先回，遽谋别业等因在案。兹准各局咨称：前派当差学生梁敦彦等十七名，皆久假不归，咨请饬催来津当差等因。前来职道查该学生等托词请假，或逾限不回，或别谋事业，殊与定章不符，自应查明，分咨广东督、抚院、出使美国张大臣，并行苏松太道、宁绍台道，分别严饬，迅速来津，听候分派当差，勿任抗玩，致干拿办。(张荫桓任案)

二十四日　晴。天气转寒。接金山信。

副总统订是日至其宅，同见总统。酉刻往，亥刻回。

遭美侵害华人十案

查美国焚杀、驱逐华人，于光绪十一年七月起至十二

15,12,25

年二月止，共十案：计阿路美煤矿一案，乌卢公司槐花园一案，洛士丙冷一案，姑力煤矿一案，澳路非奴金坑一案，的钦巴一案，舍路埠一案，阿拉士架一案，麦天拿一案，钵伦埠一案。（张荫桓任案）

二十五日　晴。赴律司道喜。谒议院绅。

十二年四月，咨呈总理衙门文：查日国现系日后摄政，该国通称“摄政大君后”。所奉国书，仍称“大君主”，与彼国现在称谓不符，自应更换，以便呈递，理合咨请核奏更换，颁发祗领。寻于七月更换。（张荫桓任案）

二十六日　晴。天寒，冰。英国将军曰縻者，本年由印度陆路游中国而归，言中国今日所最要者，乃在黑龙江等处赶造铁路，勿让俄国先成，以为慎固封守之计。又曰：“英国宜交结中国，订同恤相恶之约。”又云：“中国龙州制造局徒有虚名，凡事能言不能成，殊可惜也。”

东北应速赶造铁路

二十七日　晴。天寒，冰。上议院绅密组，月初递条陈两件：一、华工不论是否来美或往他国，均不准入境、假道，违者重惩；一、为中国辨论华工来往案件。均令外部交出，与上议院查核。

美议绅递禁华条陈

一千八百八十六年（即中历光绪十一年）四月五号，纽约城诸教会会长，集众议扰害华人之事，联名递呈上下议院。前驻北京公使西华，前格兰脱总统在任时之外部大臣斐士，并上议院议员和露等，均与其言曰：“查华人来美，应得利益与各国同。忆金山初开埠时，华人来者，为数无多。迨加里科尼属邦收入合众国省分图版时，金埠居民欣然大喜，合境庆贺，赛会盈衢。华人旅于是埠者，当时具旗帜、仪仗致贺，亦获邀请同庆共游。及后，华人源源而来，实因我美国到华坚约，以资建造铁路之用，借华工之力，克日成功。若以别国人为之，势必纡缓数年，虚耗资本。且加省湿下之地，俱借华工填筑。洋工向不敢为者，乃竟借资华工而成，加省受益多矣。窃以中华弛海禁，而与外国通商，原非出于本意，实由泰西各国强令通商，而美国亦与其例。查得仇待华人，并限制华工各事，其端实肇于金埠之埃利士工党。加省人员谋缺者，以投筹数之多寡为定。埃利士工人既入美籍，有投筹之权利，其人甚众，得失之机，系乎其间，故举国南北党均以得加厘科尼、了厘斤两处之筹为急务。盖得之则胜，失之则败，所以昧良议立限制华工之例，无非阿附工党，以望其投筹耳。”（郑藻如任案）

订购织机大半未到

二十八日　晴。十二年九月，为咨呈事。据招商局盛道禀称：织机局中辍，现查运到机张尚未及半。据洋匠丹科称：订定合同，必须照数购运前来，万难中止。但核价太昂，为数甚巨。郑陶斋等皆云：订立合同，主局者并未签字，且合同订逾三载，局务停止，亦未见机厂中具禀公使催运来华。其为丹科一己之私，果否订立合同，与价值、置造事宜，殊难凭信。兹将丹科开呈所定织机厂名及价值银数，另单译呈，请即照单密查。究竟合同如何订立？厂中有无存机？价值有无浮冒？能否毁议停止？均祈

15,12,29

迅赐详示。当派参赞官瑞沅、翻译官梁诚，前往照单密查，已得端绪，合将查开清折，备文咨呈。谨将织布局洋匠丹科开呈美国所定织布机器厂名、件数、银数，译呈钧鉴。计开：美国罗未尔机器厂；卜洛未登士机器厂；搏郎机厂；好京士机厂；卜洛未登士火轮煤气管厂；依笛生电灯公司六处。所定合同，订于一千八百八十三年三月份，织机二百张，以及副件等项，价值英洋十二万九千三百九十一元五角二分。照每洋八钱核算，计规银十万三千五百十三两二钱一分；利息、租栈，算至一千八百八十六年正月份，计美洋二万六千元，核规银二万八百两云云。（张荫桓任案）

二十九日　晴。天寒，霜甚厚。委员查明上海织布局所定美国各厂机器件数、价值，分别开列。计开：博郎机厂。谨查纽约一埠，只有博郎银行，并非机厂字号。

查明订购清单

好京士机厂。谨查此厂在纽约埠。据该厂商人声称：自一千八百七十九年以来，查无与上海埠交易事件。

依笛生电灯公司。谨查该公司亦在纽约埠。询，据该公司商人声称：向有贩货前赴上海埠交易事件，均非上海来埠订定。至有无织布局议定货物，贩货人现均外出，无从查知。

卜洛未登士火轮煤气管厂：水龙头二千零八十七个，六寸径至七分半径圆铁筒二万零八百七十尺，提水抽水铁筒（此项仅开价银三千九百元，未据查开丈尺数目），计价值美银一万一千五百元。谨查卜洛未登士，系埠名。

询，据该厂商人声称：曾经织布局定有货物，因逾期未取，业经售卖无存。仍属将原定货物件数、价值，开具清单，照单译开，以备考核。

罗未尔机厂：清棉花机器五副；纺纱大、小机器八副；纺线机器肥宁路零肥年二十二副；纺线机器哔合路零肥年二十六副；士潘拿机器四副；织三十四寸阔布机器一百零四副；织三十八寸阔布机器九十六副；焙线机器一副；接布机器一副；压布机器一副；展扫棉花机器一副；绕线大铁筒二十条；士颠筒七捆；浆锅一个；道拿盈肥年六副；零用器具一箱。以上机器分装七百八十木箱，计重三百吨。机器马力计二百五十匹，每日需煤五吨，计值美银五万三千九百五十六元四角八仙。另外备零碎铁器，值银四百八十五元三角一仙。木箱值银三千零九十六元六角八仙。总计值美银五万七千五百三十八元四角七仙。谨查罗未尔，亦系埠名。询，据该厂商人声称织布局于西历一千八百八十三年十月三十一号订定。大小各项机器，久经制齐，封存候取。当令将机器件数、箱数、价值及马力数目，开具清单，照单译呈。该商人曾称：若织布局再不到取，欲将各器件修整变卖。惟并未提及息银、栈租等项，自未便向问。将来取货时，恐须议及，合先声明。

卜洛未登士机厂：头号纺线机器四副，二号纺线机器八副，三号纺线机器十六副。铁坠六十三箱。木线盘四十九箱。以上机器等项，分装八百四十三箱，计重一百五十六吨。机器马力计二十八匹，每日需煤一吨半，计价值美

15,12,30

银二万九千六百三十元零五角一仙，息银四千五百九十二元七角二仙（自西历一千八百八十三年十二月一号起，至一千八百八十六年七月一号止），以后如未起运，仍每月按算栈租银八百五十元，保险银六百八十五元。总计值美银三万五千七百五十八元四角三仙。谨查织布局所定该厂机器等件，据该厂商人声称：西历一千八百八十三年三月二十九号所定，现已制齐，封存候取；若再不提取，息银照算。今算至一千八百八十六年七月一号者，西人逐半年清算也。（张荫桓任案）

三十日　小雨。航海委员陈恩焘、贾凝禧起行，由纽约返中国。

珲春近地，系西比利亚东南海口附近，高丽东岸，本中国属地，三十年前，让归俄国。俄地近北极，土气严寒，海口常冰，于操练水师、驻泊兵船不便。自得珲春近地，即为屯水师之地。三十年来，极意经营，已为重镇，现又造铁路，由彼德堡直达珲春，此路约五六年可成。 俄在珲春屯兵修路

因谨按：香港、珲春两地，中国视之不甚爱惜，一以与英，一以分俄。英人以香港为重镇，俄人以珲春为重镇。英人以之通商，俄人以之兼并，则俄之为患尤甚于英。中国之弃珲春，较弃香港尤为失算也。珲春一城孤悬，虽有兵弁，其势不敌。彼德堡为欧洲之俄京，由此以铁路通珲春，将来调兵转饷，节节灵通。因窃虑此路一成，高丽断不能守，高丽不守，东三省安能高枕无忧？因于光绪九年已疏陈之矣。

卷二

光绪十六年正月初一日　晴。朝贺，行三跪九叩首礼。晨设面。申正设宴。

赴宴

赴美国总统宴。戌刻往，入门后，即有一帖上载明坐位。持帖而入，见总统，握手，寒暄数语；又见总统夫人，亦握手为礼。游玩各处，无往非花。赴席坐定，见上悬玻璃灯，约一百四十盏。席上花七丛。此外，陈设之花尤多。酒用五品，并冰水为六。饮至子刻方毕。又至花堂游玩。然后告辞回馆。

初二日　晴，是日辰刻小雪，后即天晴。谒见美国各部大臣、英公使。

印度铁路

印度所造铁路，划至光绪十五年冬止，有一万五千二百四十五英里，每英里合中国三里三。去年一年内，新开铁路八百六十九英里。截至年底，核计铁路共有一万六千馀英里。此外，又准开四百十三英里，内有由山洞行者，

16,1,3

计长一千二百五十三丈。统计铁路公费，约需二千一百二十九兆鲁皮有零，每鲁皮合中国银四钱，通共合中国银八百五十一兆两有奇。每英里均拉十二万五千鲁皮，合中国银五万三千两。一年之中，计载客商一百一十兆，计载货物共重二十二兆吨。铁路所获之利，半为费用，半为馀利。除一切开销外，每百两银得息四两九钱三分。

对外贸易发展情况

初三日　辰刻下雪，至半寸而止。因查十五年一年，中国出洋之货值银九千六百馀万两。茶之出口，年减一年。十五年，茶价值银二千八百馀万两，较十四年，少二百馀万两。丝则值银三千六百馀万两，较胜于十四年。棉花出洋亦年胜一年。十五年，出洋之棉花值银五百万两，较之从前，将近十倍，殊为可喜。惟茶业渐衰，将来如不振作，恐尽被外洋所夺矣。是在察时观变者，力挽回之。

初四日　晴。般鸟岛地广人稀，英国家每一英亩(约华三亩有零)，只收地价英银一元，以广招徕。迄今未二十年，商务蒸蒸日上。除种烟、种茄非两大宗外，其馀他项公司，如轮船及栈房等大小各国公司百有馀家。至种烟、茄两项，英人居其大半，其次，和阑国商人耳。因和商种烟最为熟手，获利尤厚云。

泰西各国好觅旷土以经营

因谨按：泰西各国，如英、法、德，其本国版图甚狭，故好觅旷土以经营。所谓长袖善舞，多财善贾也。

初五日　晴，天气转暖。

苏格兰人精于农事

英公使言：英国苏格兰人精于农事，凡英人不能耕之地，苏人无不可以大获。故时负耒耜、挈佣人、驱牛马而至英地以耕，以赡身家。

因查英之本国只三岛：一为伦敦，即都城也；一为阿尔阑，一为苏格阑。此二岛之地，为英富户之业。富户皆居伦敦，而收其地之税。故二岛之业农者多，而迁徙入美籍者尤多焉。

条约分歧尚无定说

光绪四年二月十七日，总理衙门咨开：自天津各条约议定以来，凡中外交涉事件，无不查照条约各章办理。然各国亦时有谓我不能遵守条约者，大抵不外洋人被虐、被殴之案，征收厘税之事耳。夫外国被诬枉之事，系未可预知者，亦系无法防范者，且系无论何国均不能保其必无者；征收厘税之事，或因条约未经议及而意义两歧，以致外国有是说也。查条约每届十年准修一次，其如何增删、改换，自系出于两国情愿。同治八年，本衙门与英国大臣初次将英国条约应修各款议妥，虽和衷商酌，将及两载之久。而英国未允其大臣所拟各端，是以新约未能照行。近年来，又有德国修约之事，德国大臣商议各端，有中国万难照允者，往来论辨，迄今亦无定说。因思更修条约，贵将两国之意先行说明，而此事内有四要端：准将已完正税

洋货入境

之洋货运入内地，其运入内地时，或准逢关纳税，遇卡抽厘，与华商一律办理；或准照则完纳子口税，请领税单，运入内地。无论所往之地远近，即可将地名呈明，填入税单之内，中途逢关遇卡，均免重征。洋商亦准赴内地置买土货。倘系转送外国之土货，或请有单照，则可将所办之货运至通商口岸。沿途各子口，均只查验单照，逢关遇

16,1,5

卡，一概免征。至近口末卡，照则完纳子口税。若未请有单照，则准逢关纳税，遇卡抽厘，照华商一律办理。洋商亦准将置买之土货于出口时，照则完纳出口正税后，转送外国；洋商亦准将土货由通商此口，运至通商彼口，在下船之口，完纳出口税，在转运货之口，完纳复进口半税。洋商亦准将复运通商他口之土货，在复进通商之口完纳半税后，将土货运入内地，逢关纳税，遇卡抽厘，与华商一律办理。此乃洋商现在贩卖洋、土各货，照约完税之大概情形也。至洋货运入内地一节，洋商有言，以上所云“自某口至单内所指之某处，中途不重征”一语，未尽其事。据称，已完子口税之洋货，日后无论在何处遇何项税捐，不应向其抽收。而本衙门不能以此解为然。因思照条约章程，洋商运洋货入内地，或请领税单，或不请税单，均听自便。如请领税单，应将运赴内地何处呈明，填写税单之内。其故乃因税单只能保单内之货，由通商口岸运送单内所指之地，沿途免征税厘；其货已经运至所指之地，税单即应作为废纸。嗣后，该货即与无税单之货无异。再，洋商请领税单，或不请税单，既听自便，则有领单之货，亦有无单之货。同时在内地一处者，领单之货，系由口岸运至单内所指之地，沿途税厘，一概照约准免；无单之货，各处税厘皆应完纳。但有单之货已至所指之地，其单即作为废纸，该货遂与无单之货无异，应与无单之货一律遵完税厘。则税单到所指之地，既经缴销，各货均无税单。是完子口税之货，与未完子口税之货，何所区别？可知永远免征，并非条约本意，亦只有中途免征而已。总之，洋货运入内地一事，据本衙门之意，税单只能保其单内所开各货，由口至所指之地，沿途免征耳。洋商既准于完纳正税外，只须再纳一子口半税，既准运入内地，无论远近，销货各处，其自由之益，已属不少矣。至运土货出内地一事，洋商又言，土货虽非运往外国，实系本地出售之物，亦可请领单照运口。甚至有言，洋商寻常贩运至外国之土货，虽无单照，内地亦不应抽收厘税各等语。因思华商运土货，于沿途各厘税均应完纳；则洋商运土货到口，欲免沿途抽收，必须携带单照，方可获免。是以凡属无单之货，无论作何销售，均应遵纳厘税。再，洋商领单运土货到口，如准转运中国他处销售，不送外国，则洋商之货得免，而华商之货不得免，其于华商生计不无妨碍。是以必须运赴外国之土货，方准领单运口。总之，洋商之运土货与洋商之运洋货，其事殊，其税则一。盖洋货入内地，无论何处，只须完纳正、半两税即可。随意贩运其土货出内地，运送外国，则准洋商赴内地，无论何处置买，亦系一律照完正、半两税也。再查厘捐一事，外国常以为不然，殊不知在中国之华商，亦非所愿也。而朝廷视为暂行权宜之举。因思自主之国，订其征课，应视时之所需。而现在时事多艰，需款甚巨，不得不格外设法筹画。至如何筹款之处，应由中国作主，外国之不应干预。议以为非，亦与外国自行筹画借款、加赋等事，中国不应干预、评论无异也。洋商运洋货入内地，或运土货出内地，如欲

（旁注：土货出境；厘捐）

16,1,5

免厘，只须请领单照，方能得免；如无单照，则凡有货物在内地既不能区别，各处厘捐均应遵照完纳。又查管辖一事，照约，洋人在中国不归中国地方官管辖，其有自相争讼之事，则由其本国官料理；如其犯法，亦由其本国官按本国律惩办。但外国犹有言也，谓按照此不归管之条，非特中国官不应约束洋人，即洋人任意违背中国章程，亦无惩办之条。而本衙门不以为然。因查各条约内，中国实未允有洋人任意违背中国法律之条。洋人居中国者，则应以中国之章，与华民一体遵守。而条约内所允者，不过以洋人犯法，系归其本国官按本国律法办理而已。今设言之，譬有路一条，按中国法律，华民不准行过，洋人不得因有不归管之条，任意于此禁路来往。如违而径过者，则应由其本国官引照本国相同律例比拟惩办。总之，此条用意所在，非准洋人任意违背中国律条，第以洋人如有犯事者，应归其本国官惩办耳。且思此惩办之权，中国既允由领事官在中国境内行用，仍应由外国特选妥实人员充当此职，方为允当。乃各国之内，有数国以商人派充领事官者。查领事官分内所司，如收发船只牌照、报关请单、雇辞水手等事，商人虽无不可料理，中国并不以商人代办此等事为非。惟领事官犹有审鞫之责，事关紧要，似应派委真正官员充当此职，方足以昭慎重。况遇应行会讯之案出，地方官应与领事官公同审断。设今日在座之领事官，即前日因偷漏受罚之商人，或案情与其本行有关涉，既属不成体统，亦有诸多未便。又查优待之益“一体均沾”一节，

管辖

均沾

各国条约皆有此条。原因各国人民，中国难于区别某人系某国之人，以致将未经换约各国之人民亦一律看待。在中国，以约内有此一条，亦无不可行之事。查议订此条时，在议约者本意，系不令其本国商民较他国有不及之处，务令一律沾受益处，此诚中国昭示公溥之处也。惟议定此条时，外国与中国之意虽同，而于证释之中，往往有失于公允之处。设如有某国特允从中国一事，中国因其特允之一事，即于通商事内酬一优待之新条，并订以应守之新章，以昭限制。此固于优待之益，酬之于允我一事之国者也。而他国亦欲凭此均沾之条，借索此可沾之益。在中国虽不必以允我之事，向其比例而求之；而既欲同沾是益者，亦必宜同守是章，则一律共遵，方昭公允。乃止知沾其利，而不复守其规，是直欲优待之益，而不愿守优待之章。中国所谓证释"一体均沾"之条有失公允者，此也。总之，均沾一事，此国既欲得彼国同一优待之益，则必宜同守其章，始不失为公允。此外犹有教务一节，中国因各教本系令人行善之事，故于各约内允从，准其前来传教，并凡传受学习之人，一体允为保护。惟传教者，有时崇其教而自尊，俨若官长，遂借以干预地方官应管之事；其习教者，有时以为既入其教，即奉教为护符，或敢于不遵国法以民人素守之科条，而故为干犯。此二端，实亦我中国所不能允而听从者。除外国官员按照专条管理外国人外，凡属中国界内，止有中国官可管理中国百姓。而中国百姓，无论入教与不入教，均须一一遵守中国之科条、法律，始为安

教务

16,1,5

分无过。如有犯案，由中国官不分民教，一律办理。外国
传教士不应护庇搀越。查修约一事，原须两国互相体谅，
庶易商办，相应咨行。贵大臣查照所有洋货入内地一事， 洋货入境
据本衙门之意，税单只能保单内所开之货，由通商口岸至
单内所指之地，沿途免征税厘。若已到单内所指之地后，
该货即与无单之货无异。再遇关卡，则应照无单之货，一
律遵完税厘。土货出内地一事，据本衙门之意，土货尚未 土货出境
由洋人购到者，或已经购买而未领有单照者，各处税厘均
应遵照完纳。至洋人请领单照，所运之货必须全送外国，
不得转运中国他口出售，致与华商贩运无单各货之生意有
碍。厘捐一事，据本衙门之意，中国既为自主之国，其如 厘捐
何筹定征收，应听自便。而此时格外筹画，实因有格外之
需。如他国前来干预、阻碍，中国实不能以为公允也。管
辖一事，据本衙门之意，按各条约内不归管之条，非准由 管辖
洋人将华民应遵之章，任意违背。至于领事官，既有审鞫
之权，则应委派真正官员充当此职，不应以商人代充，以
昭慎重也。均沾一节，据本衙门之意，此国请沾彼国所得 均沾
之益，则应同守彼国所遵之章也。教务一节，中国界内， 教务
只有中国官可以管理中国百姓，而中国百姓入教与不入教
者，均应遵守中国法纪。夫中国于邦交之事所欲者，恪遵
条约、章程办事耳。一则按条约之意，尽量而为之；一则
举友邦之人，一律而优待之。惟邦交之事如此。若于条约
字意之外，为外国附会、强解、添注，是于中国人民增其
不公不服之处；若使中国征课权宜之法，为外国阻碍难

行，则按中国自主之权而论，亦我中国不允不服之事也。各国条约，原有修好及永远相安之意，而其永远相安之道所重者，则在彼此互从，各国各有自主之权耳。此文并洋文，应由贵大臣躬赴外务衙门，向外务大臣诵听其颠末。如欲阅看，即录送一分可也。（张荫桓任案）

初六日　晴。夜雨。闻德国前相毕斯麻致仕，德人不忘其功德，拟为立"去思碑"。

去思碑

英蛮唔加司偷城，即洋货布匹出产最巨之处。前年，因大舟一时不能直抵蛮城，巨富绅商集公司开运河一道，以便舟抵境内，兴利益商。已筹一千万镑，雇匠动工。兹资本已罄，工程尚未七成，因开掘地道，下层俱系巨石，非当初机师所能逆料，故工费倍。目下，该公司总办已函致绅富再垫借英金二百五十万镑，以求功成。蛮城绅董，查系实在情形，允垫如数云。

蛮唔加司偷城（曼彻斯特）

因查外国好兴大工而利存焉。铁路之利，遍于各大国，不待言矣。香港一岛，中国之荒洲耳。英人经营，遂极繁盛，其地至计尺论价焉。自苏彝士河开，而商船之经过者日益，股票之价已倍于前。美国自总统以至各部，其衙署均用盈丈之白石砌成，楼至七层，上下表里，无非石也。不用丹垩，而自然壮丽。闻需费至一万万元云。

外国好兴大型工程

赴宴

初七日　阴。副总统请，戌正赴宴。戌初上车，到，尚未见客，只来一人耳，以后陆续到齐。每一宾辄以女子陪座。因之伴为户部大臣之女郎。席散，已亥正矣。因辞副总统及其夫人并女郎而回。

16,1,8

俄京报云：去年八月，俄皇特出谕，严行禁止耶稣教，凡教会中牧师，嗣后无护照者，不准骤入内地，只许在边界之处行教，不得深入名都大邑，以防不虞。此谕不但各处榜示，并札饬俄京主教巴皮棠饬属严禁云。

俄禁传教我宜效仿

因按：自泰西教入中国，时激民怒，其坏民心、伤国体至矣。两广总督衙门至被占踞，天津丰大业之案非法遭德灭，几起兵端。光绪十五年镇江一案，赔银至十四万两。如能仿俄限制之，则民生幸而国帑亦不耗矣。

初八日　晴。英国教师某，因中国重庆通商之事已定，报知其国曰：川地产煤、铁极多，若用机器开采，复求载运之便，其利几非人所能料。各江中金亦饶。自西十一月至西四月水少之时，华人淘金者，趋之如骛，每日人可得金二钱。其人皆为人所佣，而月得其值。此外，盐井之多，亦国家大利所在。惟采取之法，劳力费时，不若用抽水机器，由铁管抽出之为便。其水道流通，自宜昌而上三千英里之长，毫无阻滞，直可右达甘肃，左通滇、黔。但以浅水轮船往来其间，则四川二千五百万人民，无不获通商之利云。

中国可兴之利甚多

因观于此，而知中国可兴之利固甚多也。土为万物之母，生于土者，固采之不尽也。英、美为地球至富之国，不过矿产多耳。中国则创为天地留不尽之藏，而任其弃于地焉？开平之煤，已有成效矣。所望风气日开，庶利源日浚焉。

初九日　晴。谒户部大臣。

俄议兴造铁路

东俄罗斯西比利亚，俄廷近议筑造铁路直至黑龙江、珲春，约共六千里，分为三路而造云。

因初至美，闻诸美绅言，美国开辟仅百馀年，易草莱为农桑者，铁路之力也。光绪八年，美总统谕议院曰："美国太平洋铁路直接大西洋者，华人之力也。"俄兴铁路如是其急，或欲希踪于美乎？然而西比利亚为苦寒之地，其气候固与美国殊也。易草莱为农桑，诚非易事。或别有所希冀焉？则为之邻者，宜预防矣。

警惕洋人间谍

初十日　晴。是夜小雨。闻俄廷近派武弁一人，名卑书甫，偕数员赴新疆游历。

因查洋人好游，其实侦探虚实耳。有为所历之国拿获监禁者，则必窥伺要隘，图写炮台也。近来欧洲各国多游阿洲，英人则前十年已有流寓阿洲者。阿洲其可危乎！

阿洲（亚洲）

十二年八月，荣华公司由金山、域多利两处招人赴墨西哥。华人到彼地甚苦，急欲载回，而美国须有护照，域多利亦须有护照，否则须缴身税五十元。当勒令该公司卫滋德雷望载回。华人已载回七十二人，其馀六十馀人业有工作者，愿留。（张荫桓任案）

十一日　阴转北风。法国以经画安南，向无善策，故度支不足于用。度支大臣筹借国债，以为东京等处办公之用——法国委员某查办科琛等处善后事宜者言之。

法得越南不善经营

因查法国得越南后，即重敛，以求足用。商旅因而裹足，英商常讥之矣。土民不服，欲以兵力慑之，动辄败衄，故兵不能撤，而经费愈多。越南有如刘义之勇者，何

16,1,12

难为田单之复齐哉！

十二日　卯刻起，开窗则雪厚一寸矣，盖昨夜大雪也。

法国借国债五千八百万佛郎，兴造铁舰。 法借国债兴造铁舰

因谨按：法国水师舍英而外，天下莫强，而犹增造铁舰，如恐不及。至借国债以为之者，将以胜德耶？然德之水师，战大洋或不及，守海口则有馀。盖其启儿埠头得形势之全，而水雷艇之多，又足以巧胜也。或者各国均增铁舰，存莫能相下之心。不如是，则瞠乎后耳。

十三日　晴。美国以种植为务，近年棉花之多，较前倍蓰。一千八百零一年，出花四千万磅者，至一千八百二十一年，竟有一万七千万磅。惟一千八百六十二年，以有战事，故少。至一千八百八十九年，出花之数，又多于前。其运往英国及各国者不少。即美国本国厂用者，亦有百之三十云。 美国棉花种植倍增

因查美国种棉之盛，以十年计，实增四倍。因又闻诸本邑父老，道光年间种茶获利，十年之间，荒山尽辟，出茶几至十倍。近三十年，则茶价日贱，茶业日衰，茶山又日荒焉。盛衰循环，惟赖辅相裁成者挽之耳。

十四日　晴。夜雨。闻俄廷大会陆路各军将领，共议中国水、陆军兵额数及强弱情形，并查核中、俄边界两国之炮台多寡利钝。 俄将共议中国军力

因查审度彼己之势，以知强弱之形，此谋国者之常事也。惟出之佳兵好战之国，则群疑之。

律师聘金无可筹措

十三年三月，驻扎金山总领事梁廷赞禀：为律师科士达才望素著，办理洛士丙冷各案，成效已睹。愿岁筹脩金美银三千元，遇有应在美京控理各事，悉归该律师办理。华商踊跃集资，即由（卑职）分季解请转给。十五年七月又禀：律师科士达现年脩金，已是极力而筹。来年实在欲请无款，不得不预先计及停请律师，实因经费支绌起见。（张荫桓任案）

十五日　晴。赴礼拜堂，送外部大臣之女葬。

暹罗允许西人开矿

暹罗近准西人开矿。义人所开金矿，已成一公司，名"暹罗金矿有限公司"。金矿之外，又多宝石矿，红碧均备。其地在暹罗之西南、曼谷之东南二百四十英里，约一百见方英里。欢林矿为义人所开。迩楞矿与迩辣脱矿，一为入英籍之华人所开，一为英人所开。宝石产在地下黄沙层之中，其沙层深自数尺至二丈不等。更有金矿，一为英人所开，二为新加坡暹罗领事、入英籍之华人所开。来平省之金矿，亦英人所开。更有准法人所开者，皆纳租于暹罗焉。

因谨按：暹罗，旧国也。明时，其世子航海而来，爱安徽九华山之胜，遂结庐，终老不归，盖佛教也。世修职贡，今阙然矣。其地多矿，不自开，而假手他国，其无远图可知。闻英、法二国，均欲其地，将来终为分裂而已。

十六日　晴。赴总统茶会。

英使言："英国有大银行，收存俄国家存项银二千万两。俄国取用此项，该银行措手不及，几不能支。英国家

16,1,17

银行深悉该行并无亏空，不过仓猝，周转不及，因代垫付俄国存银如数，该银行遂不致倒。以后有鉴于此，因再集资本银五千万，以备不虞焉。”

十七日　晴。赴总统处。送水师大臣之夫人及其女葬。

俄国以德国之人置产于其国中。因查：一千八百七十五年，德人所有之俄产，约百分之二；至一千八百八十二年，约百分之十六；今则有百分之二十。此指其财产而言。地产，德人亦得十分之一。俄人思立例限制之云。 俄限德人置产于俄

因按：“柔远”二字，外国所不言也。俄人于犹太人、波兰人，向有限制之例，特未尝行之于德人。今欲以限制犹太人与波兰人者限制德人，德人其甘心耶？

十八日　雪。中夜大雨。俄国陆军员弁，结盟立党，名为设会，实谋叛逆。迩因败露，下令执捕，有某王亦在党内云。

因查前十馀年，今俄王之父亚林三德回车还宫，尼希利党人伺于中途掷火球于车下，炸伤俄王，当夜即殒，犹昨日也。俄之地硗气寒，民贫俗悍。其君佳兵、严刑、峻罚，民不堪命。常欲稍变旧章，与民休息。至今不靖，殊可慨也。 尼希利党（无政府主义者）

十九日　大雨。穆哈剌国附近中国伊犁，与阿富汗为邻，前为俄所攻败，而请成愿为俄属。穆君亦屡朝于俄。近俄廷饬该国军兵六万，均奉俄之军令口号。各营将领，尽代以俄员云。 穆哈剌国（布哈拉汗国）

因谨按：穆哈剌之愿为俄属也，欲以存其宗祀也。然俄于亚洲所灭浩罕、茂甫、机洼诸国，未有存其宗祀者。臣其人县其地，权统于一尊而已耳。穆哈剌岂不知前事耶！

英国铁路造价巨大

二十日　晴。英国造铁路之费，已费英金十万万馀镑。以英里计之，即每里需金三万七千镑。其费也，有公议院费、状师费、购地费、偿补人产业亏损之费，筑路、盖屋、造汽车、客车、货车各费，股利与赏恤银两亦均在费之中。惟各国交界处铁路之阔狭不一，盖以防战争时越境者也。

因谨按：外国泥沙金银，人工之价甚巨，故铁路之费亦巨。中国自造，必不如是之费。湖广总督张之洞所估铁路之费，其价又似太贱。则未知铁路之费，有非关铁路而因铁路以俱来者，亦断不能如彼其贱也。

日本订购英国巡船

二十一日　晴。日本国家于英国船厂订造巡船一艘，长三百十尺，阔四十二尺，深二十三尺八寸，吃水十四尺，重二千四百五十吨。计有阿姆斯脱郎四寸七分口径快炮十尊、四十七密理迈当霍斯开斯炮十四尊、格林炮三尊、放水雷之管三具。船身之长三分之二护以钢甲，其形如带，厚四寸四分寸之三。其机器舱与火药舱之上，皆护以半寸厚之钢板二层，其馀一切新法皆备云。

日本兵舰实不如我

“拆开”原作“折开”

因查近日新法航海兵舰，以一万吨为上，取其船大炮巨，非仅船坚炮利也；行江河之舰，则取其入水之浅，且可拆开，欲其便于驶而能入内地也。日本初设兵舰，试之

16,1,22

我台湾而得利，故沾沾自喜。其实，我之海军已过之矣。

二十二日　晴。法人已在安南之东京兴筑铁路，以达中国。英人见之，遂于缅甸亦造铁路，以抵云南。按：英国缅甸铁路，已由冷贡起造，特尚未造至云南西界耳。印度之铁路，亦已造至缅甸北界。以后造至云南西界，可与冷贡铁路一路相通，不仅恃印度通中国矣。

东京（河内）

冷贡（仰光）

因谨按：越南、缅甸、暹罗诸小国，我朝以为荒服，仅羁縻之；彼亦以为僻陋，在夷无所设施。自古至今，安于浑噩。不意风气日开，中国存之，而外国灭之也。缅、越既灭，英、法遂设关榷，开铁路，通轮舟，向以为无可设施者，今居然通商贾焉。暹罗仅存，不出十年，亦将为英、法所县耳。此亦犹禹会诸侯，执玉帛者万国；至春秋，则数十而已；至列国，则七国而已。虽曰人事，岂非天哉！

二十三日　晴。以上四日皆坚冰。闻俄国游历会人员马尔腾，至甘肃、青海等处游历，随身带有远镜，以备窥测天文，观经纬线，以定地理云。

因查近年欧洲各国，好游阿洲。英人、俄人好游西藏。所谓游者，即系侦探。讳侦探，以杜人之疑也。名为游，以冀人之允也。缅、越二国，英、法已得陇矣；西藏一区，俄人又望蜀焉。拒之不能，备之亦不易矣。

名为游历实为侦探

二十四日　晴。法国所筹越南费用，年少一年。如一千八百八十七年有法银六千二百万佛郎者，逾年而减至五千一百万，又逾年而减至四千五百万，至今年则仅三千八

费用虽减然法人必不弃越南

百万云。

因查三千八百万佛郎，合银五百万两。筹费渐减，其为度支日绌欤，抑为岁入日增欤？未可知也。然料法人必不弃越南，以其可以规暹罗，而窥印度也。

美国之富由于矿产之饶

二十五日　大雨。申刻见日。尝闻美国之富，由于矿产之饶。兹将美国一千八百八十九年，即中国光绪十五年，此一年中，各省所出煤、铁、金、银、铜、锡，各项若干，计值若干，详细译出，分类录备考据：边西梵尼亚省九江地，有采白煤之田。共四百六十一处，共出白煤四千零六十六万五千一百五十二吨，值银六千五百七十一万八千一百六十五元。伊连内司省六十江地，有大小煤矿与煤窟共一千零七十二处，共出煤一千二百一十万四千二百七十二吨，值银一千一百七十五万五千二百零三元。阿埃阿省二十九江地，有大小煤矿与煤窟共二千零六十八处，共出煤九百九十七万六千七百八十七吨，值银九百三十五万五千四百元。埃阿亚省共有大小煤矿与煤窟三百九十五处，共出煤四百零六万一千七百零四吨，值银五百三十九万二千二百二十元。西华前尼亚省三十五江地，有大小煤矿与煤窟共一千一百十一处，共出煤六百二十三万一千八百八十吨，值银五百零八万六千五百八十四元。阿拉巴麻省九江地，有大小煤矿与煤窟共六十六处，共出煤三百三十七万八千四百八十四吨，值银三百七十万七千四百二十六元。美稣利省共有大小煤矿与煤窟四百七十九处，共出煤二百五十六万七千八百二十三吨，值银三百四十七万八

煤矿

16,1,25

千零五十八元。哥拉黎都省共有大小煤矿与煤窟九十三处，共出煤二百三十六万零五百三十六吨，值银三百六十万五千六百二十二元。谏沙司省共有大小煤矿与煤窟四百二十二处，共出煤二百二十三万零七百六十三吨，值银三百二十九万四千七百五十四元。美国马理兰省阿力根尼江地（即中国一县之大），有大小煤矿与煤窟四十一处，盖列江地有大小煤矿与煤窟三十九处，共产煤二百九十三万九千七百十五吨，值银二百五十一万七千四百七十四元（此系出矿之价）。烟甸亚拿省十九江地，有大小煤矿与煤窟共三百五十处，共出煤二百八十四万五千零五十七吨，值银二百八十八万七千八百五十二元。坚得基省四十五江地，有大小煤矿与煤窟共一千八百四十一处，共出煤二百三十九万九千七百五十五吨，值银二百三十七万四千三百三十九元。田尼西省十六江地，有大小煤矿与煤窟共八十二处，共出煤一百九十二万五千六百八十九吨，值银二百三十三万八千三百零九元。华盛顿省有煤矿十二处，共出煤九十九万三千七百二十四吨，值银二百二十万三千七百五十五元。歪阿明省共有大小煤矿与煤窟二十五处，共出煤一百三十八万八千九百四十七吨，值银一百七十四万八千六百十八元。烟甸属地共有煤矿十处，共出煤七十五万二千八百三十二吨，值银一百三十二万三千八百零六元。满天拿省共有大小煤矿与煤窟三十处，共出煤三十六万三千三百零一吨，值银八十八万一千五百二十三元。纽墨西哥属邦共有大小煤矿与煤窟三十处，共出煤四十八万六千九百八十三吨，值银八十七万二千七百八十五元。华前尼亚省八江地，有大小煤矿与煤窟共五十八处，共出煤八十六万五千七百八十六吨，值银八十万四千四百七十五元。嘉里宽尼亚、柯里根省共有大小煤矿与煤窟十一处，共出煤十八万六千一百七十九吨，值银四十五万一千八百八十一元。阿谏沙士省共有大小煤矿与煤窟二十四处，共出煤二十七万九千五百八十四吨，值银三十九万五千八百三十六元。友打属邦共有大小煤矿与煤窟十一处，共出煤二十三万六千六百零一吨，值银三十七万七千四百五十六元。的沙士省共有大小煤矿与煤窟十处，共出煤十二万八千二百十六吨，值银三十四万零六百十七元。佐治亚省两江地、北加罗黎拿省有煤田，共出煤二十二万六千一百五十六吨，值银三十三万九千三百八十二元。米施根省六江地有大小煤矿与煤窟共十二处，共出煤六万七千四百三十一吨，值银一十一万五千零一十一元。的哥打、尼巴拉司加省共有大小煤矿与煤窟三百四十三处，共出煤三万零三百零七吨，值银四万六千三百三十一元。

铁矿　米施根省有铁矿七十三处，共出铁五百八十五万六千一百六十九吨，值银一千五百八十万零五百二十一元。纽约省有铁矿三十五处，共出铁一百二十四万七千五百三十七吨，值银三百一十万零二百十六元。边西梵尼亚省有铁矿一百八十九处，共出铁一百五十六万零二百三十四吨，值银三百零六万三千五百三十四元。民尼稣打省有铁矿四处，共出铁八十六万四千五百零八吨，值银二百四十七万

16,1,25

八千零四十一元。威司根先省有铁矿十六处，共出铁八十三万七千三百九十九吨，值银一百八十四万零九百零八元。阿拉巴麻省有铁矿四十五处，共出铁一百五十七万零三百十九吨，值银一百五十一万一千六百十一元。纽遮施省有铁矿二十四处，共出铁四十一万五千五百十吨，值银一百三十四万一千五百四十三元。华前尼亚、西华前尼亚省有铁矿三十八处，共出铁五十一万一千二百五十五吨，值银九十三万五千二百九十元。田尼西省有铁矿十六处，共出铁四十七万三千二百九十四吨，值银六十万六千四百七十六元。美稣利省有铁矿八处，共出铁二十六万五千七百十八吨，值银五十六万一千零四十一元。阿埃阿省有铁矿七十处，共出铁二十五万四千二百九十四吨，值银五十三万二千七百二十五元。哥拉黎都省有铁矿十八处，共出铁十万九千一百三十六吨，值银四十八万七千四百三十三元。佐治亚、北加罗黎拿省共有铁矿十七处，共出铁二十五万八千一百四十五吨，值银三十三万四千零二十五元。干匿地葛缅、马撒朱昔省共有铁矿七处，共出铁八万八千二百五十一吨，值银二十六万五千九百零一元。埃打贺、满天拿省有铁矿七处，共出铁二万四千零七十二吨，值银十五万八千九百七十四元。坚得基省有铁矿四处，共出铁七万七千四百八十七吨，值银十三万五千五百五十九元。纽墨西哥属邦、友打属邦共有铁矿两处，共出铁三万六千零五十吨，值银七万九百五十六元。地拉威、马理兰省共有铁矿十四处，共出铁二万九千三百八十吨，值银六万八千二百四十元。柯利根、华盛顿省有铁矿三处，共出铁二万六千二百八十三吨，值银三万九千二百三十四元。的沙士省有铁矿两处，共出铁一万三千吨，值银一万九千七百五十元。

铅矿锡矿

哥拉黎都省共出铅七万零七百八十八吨，值银二百一十万一千零十四元三角一分。美稣利省共出锡九万三千一百三十一吨，值银二百零二万四千零五十七元一角四分；共出铅四万四千四百八十二吨，值银一百五十七万一千一百六十一元零四分。埃打贺省共出铅二万三千一百七十二吨，值银一百零四万二千六百二十九元三角一分。友打属邦共出铅一万六千六百七十五吨，值银七十六万三千三百二十九元零九分。威司根先省共出锡二万四千八百三十二吨，值银四十万零五百六十七元零八角六分；共出铅一千六百七十八吨，值银六万四千零六十二元五角三分。满天拿省共出铅一万零一百八十三吨，值银四十五万六千九百七十五元四角。埃阿亚省共出锡四百五十吨，值银三千六百元。谏沙司省共出锡三万九千五百七十五吨，值银二十九万九千一百九十二元零五分；共出铅三千六百十七吨，值银十万三千二百三十六元四角六分。边西梵尼亚、纽遮施省共出锡六万三千三百三十九吨，值银十七万五千零五十二元零二角。纽墨西哥属邦共出锡一百四十吨，值银二千五百二十元；共出铅四千七百六十四吨，值银十七万零七百五十四元零五角九分。华前尼亚、田尼西省共出锡一万二千九百零六吨，值银十四万一千五百六十元；共出铅

16,1,25

二百六十八吨，值银一万零七百二十元。阿林宣拿属邦共出铅三千一百五十八吨，值银九万八千七百四十七元八角四分。尼华打省共出铅一千九百九十四吨，值银七万二千六百五十三元零六角四分。伊连内司省共出铅一百七十三吨，值银四千八百元。南的哥打省共出铅一百一十六吨，值银四千六百五十三元四角四分。阿谏沙士省共出锡一百三十吨，值银三千二百五十元；共出铅二十吨，值银四百元。嘉里宽尼亚省共出铅五十三吨，值银一千九百九十九元六角五分。满天拿省出铜九千七百八十六万八千零六十四磅。米施根省出铜八千七百四十五万五千六百七十五磅（每吨计二千磅）。阿林宣拿属邦出铜三千一百三十六万二千六百八十五磅。纽墨西哥属邦出铜三百八十八万三千零十四磅，熔铸铅厂共出铜三百三十四万五千四百四十二磅。哥拉黎都省出铜一百十七万零五十三磅。埃打贺省出铜十五万六千四百九十磅。嘉里宽尼亚省出铜十五万一千五百零五磅。歪阿明省出铜十万磅。华孟省出铜七万二千磅。友打属邦出铜六万五千四百六十七磅。尼华打省出铜二万六千四百二十磅。华前尼亚、田尼西省出铜一万八千一百四十四磅。 铜矿

哥拉黎都省出金，值银三百八十八万三千八百五十九元；出银二千三百七十五万七千七百五十一元。满天拿省出金，值银三百一十三万九千三百二十七元；出银一千七百四十六万八千九百六十元。嘉里宽尼亚省出金，值银一千二百五十八万六千七百二十二元；出银一百三十七万三 金矿

千八百零七元。尼华打省出金，值银三百五十万六千二百九十五元；出银六百零七万二千二百四十一元。阿林宣拿属邦出金，值银九十一万零一百七十四元；出银二百三十四万三千九百七十七元。的哥打省出金，值银三百零九万一千一百三十七元。埃打贺省出金，值银一百九十八万四千一百五十九元；出银四百零五万六千四百八十二元。柯利根省出金，值银九十六万四千三百零九元；出银二万三千三百八十二元。阿拉司加属邦出金，值银九十万四千六百五十元；出银一万一千九百十八元。纽墨西哥属邦出金，值银八十一万五千六百五十五元；出银一百六十一万七千五百七十八元。友打属邦出金，值银四十八万七千六百六十六元；出银九百零五万七千零十四元。的沙士省出金，值银六千八百二十八元；出银四十一万八千一百七十三元。华盛顿省出金，值银一十八万六千一百五十元；出银三万六千八百零一元。北加罗连拿省出金，值银十四万六千七百九十五元；出银三千八百七十九元。佐治阿省出金，值银一十万零七千六百零五元，又出银四百六十四元。米施根省出金，值银八万七千零四十元；出银一万八千八百八十五元。南加罗连拿省出金，值银四万六千八百五十三元；出银二百三十二元。歪阿明省出金，值银一万四千五百十二元。马理兰省出金，值银一万零三百六十九元。华前尼亚省出金，值银四千一百元，出银十三元。阿拉巴麻省出金，值银二千五百三十九元，出银一百元。

矿产总计　因查美国所出之煤共九千九百六十九万馀吨，值银一

16,1,25

万三千一百五十五万馀元；铁一千四百五十一万馀吨，值银四千五百四十二万馀元；铅、锡四十一万馀吨，值银九百五十一万馀元。黄金值银三千二百八十七万馀元。银值银钱六千六百二十六万馀元。合而计之，共值银二万八千六百零三万馀元，铜价尚未计焉。分而较之，煤之所值为最巨，次则银，次则铁，又次则金。金之所值，不及煤价之半。证以因前所闻，开矿之利以煤为最重，信不诬也。中国之金产于北，今则台湾、越南、山东皆有之。铁产于湖南，今则湖北皆有之。铅、锡与铜产于云、贵，而铜尤旺。惟欧洲矿学家皆谓中国之煤为最多，且云一省之煤，可以敌英、法、德、比各国之煤。然则中国之宝藏蕴于地者，固极天下之至富也。擅天下至富之权，有创之者，仿美国而开采之，何患财用之不足哉！但必兴铁路，则远水之矿方能运出耳。

开矿之利煤为最重

请朝鲜公使西宴。

美国可耕未耕之地，向有九万万六千英亩，乃十年前已耕之地已有五万万三千六百零八万一千八百三十五英亩。至近年来，已耕之地必更多，未耕之地必更少。其未耕之地，又大半为铁路公司所有，将来人烟益多，空地益少云。

因尝于同治十二年考外国民数表，美国只三十六兆人耳。以美国之地，处美国之人，五百年中不忧人满。乃至光绪十七年，中间仅十八年，而其民数已增至六十馀兆。此非其民之生息蕃衍，实客民之入籍者多也。美之深识

美国日渐地少人多遂与华人为难

者，遂隐隐有人满之虑，择其易禁者而禁之，遂与华人为难。夫禁华人而果不忧人满乎哉？因窃以美之禁，自华人始，不自华人止也。

二十六日 晴。欧洲各国查阿非利加地方，旷土山林，人迹不到之处，树木阴森，干霄蔽日者，约计有一百零七万五千二百万株。其小者，则如恒河沙数。材木之多，弃而不用为可惜也。

所谓他人也将其入室乎

因查此游历者之言也。不游阿洲，安知阿洲之土产？既已知之，能不惜之，且垂涎矣。“子有衣裳，弗曳弗娄；子有车马，弗驰弗驱。”欧洲各国皆诗之，所谓“他人”也，其将“入室”乎！

二十七日 晴。矿务委员徐麟光来见，为至美购开矿机器，并访查开矿之法。

煤铁乃为富强之本

因谨按：欧、墨两洲，均以开矿为重，谓为天地自然之利。即《礼》所云“货恶其弃于地”之意。又谓煤、铁二者，乃富强之至宝。盖以枪炮、兵轮、火车均非煤铁不能成；而机器各局所以制造枪炮、轮船、铁路、火车者，亦均恃乎煤铁。推之，铁甲、炮台、起重机器，均煤铁是赖。则以煤铁为富强之本，信乎然也。

法踞越南广开道路

二十八日 晴。越南地方分为四省，其版图大于日本，而民数逊之。一交趾，六万英方里，人数一千二百万；一安南中省，十万六千英方里，人数六百万；一安南南省，二万二千馀英方里，人数一百六十万；一安南西省，三万二千英方里，人数一百五十万。共合中国三省之

16,1,29

大。法国踞此。现在开北路以通广西、云南；开西路以剿抚生番，并通暹罗；开西北路以通缅甸。此近日之布置也。法国由东京至富兰团地方，已造铁路，先行开车试办，以示越南民人有利无弊之意。且邀请该处绅士搭坐火车来回，俾知铁道有关系于国计民生之处云。

因按：二十年前，法人垂涎越南，欧洲各国皆知之；至见于报，中国亦知之矣。爰派徐延旭往查，始知东京已为法人所踞，思有以防之，而究无补于越南之灭亡者，缓不及事也。中国非无卓识之人，而不免囿于缓之习，及今日而振作，尚未迟也，虽然，不可以再缓也。 今日振作尚未迟也

兰白楼兵舰，前在浙江洋面测探水线，现奉水师提督之命，仍驶各海道未经测量之处，复行查探，以竟全工云。

二十九日　晴。美国之地广而膏腴，民之中，农居半。美国向分三党：一曰南党，一曰北党，一曰工党。今年又立一党，名农党。刻闻农党意欲国家多造银钱纸币云。 美国政党

因查美之南、北党，两不相下，前三十年曾交战矣。其举总统也，则南、北党各举一人，再由各省之民择定。故工党可南可北，袒南则南盛，袒北则北盛。而南、北两党莫不牢笼之，以为得总统、议绅之券，而工党气焰遂大矣。此农党者，殆欲于工党效颦乎？

二月初一日　晴。夜大雨。闻新加坡埃白金矿出金甚旺。曾以矿石三百五十吨炼之，得金八百七十两云。 新加坡金矿

因以每吨一千六百斤乘之，为五十六万斤；再以八百七十两析之，为矿石六百四十斤零得金一两。尚不如奉天之金矿、台湾之金沙也。

初二日　小雨。缅甸人之不服英国者，英以兵力迫之，争战累年。又云：缅甸有大铁木数十万根，在麻木门地方堆积，悉中栋梁之选，无人运售。英廷拟免税以恤商，欲货之不弃于地也。

因于光绪十五年八月由金山至华盛顿，计程一万馀里。途中所经多树林，土人用机器随其大小斫削成材，以火车运出，其利无穷。夫以荒僻之地，人迹罕到之区，苟无机器，安得有如许人斫削？苟无铁路，安得有大力者负肩？观于此，而知东三省之广，莫若兴铁路，不难变为繁富之区焉。

重视铁路

初三日　晴。英国属地新金山，近来关税甚旺，田赋亦足，铁路进款亦复较多。故库藏大见充盈，殊非先时所及料云。

因查新金山即澳大地亚，法、和两国始得之，以为荒远，旋即弃之，英人乃经营之。其地之广，埒于亚洲。华人趋之若鹜，英政府按名收身税一百元，犹麕至也。窃谓万物无不生于土，天下之利莫大于地。不善经营，则货弃于地，非地之不善也。法、荷轻弃新金山之地，乃为英之外府，宜其让英以富强矣。

澳大利亚发展迅速

俄欲造铁路通伊朗

初四日　晴。俄国欲自高加索部接造铁路，通至波斯京城。其地已由波斯给与俄人，今俄国工师前往测量道

16,2,5

里矣。

因谨按：中亚细亚各回部，除阿富汗为英国所保全外，其他各国，俄实尽之。今所存者，惟波斯耳。乃又中俄廷之计，任造铁路，直达其京。俄之利，波斯之害也。波斯其可危乎？

初五日　晴。大风。缅甸秦人不靖，曾毁坏康淮地方之桥梁、尧淮至增德地方十一英里长之电线。英人以兵讨之。

缅甸抗英毁坏设施

因查电线、铁路初兴，多有阻挠之者，不得谓之不靖也。缅甸如果有人，则以数百倍之众，制英孤立之防兵，如齐人歼于遂矣。英且惮之矣。

初六日　雨。新报言俄国布哈尔地方有兵六万，日事操练，今更壁垒一新。

俄国加强军事部署

因案：此地即穆哈剌，在中国喀什噶尔之西，本回部小国，而俄征之，已为俄属矣。俄又夺其国柄，故一切用俄之号令，而壁垒一新也。

十三年闰四月，照美外部云："李中堂来电云，福久与韩诸小人勾结谋叛华，久恐生乱，商之驻中、韩美使，均云可径请外部调回等语。事关重大，刻下贵大臣想已查明。可否转商水师部大臣，即速将福久电调回国，免生变乱。"美外部复云："福久向来品望端崇，系按美高一千八百八十二年所立约款第二条，派充驻韩代办公使。任内视事小心，实与电开情形轩轾。盖因从前别国报馆刊布谣言，诬论福久，以致高丽外部顿启猜嫌，啧有烦言，至今

美韩勾结密谋叛华

高（高丽）

未息。但高丽外部既以福久为未能允洽，本大臣已商允水师部大臣，饬福久仍赴本国师船马利安供职。”（张荫桓任案）

华人移民加里曼丹

初七日 晴。闻欧洲之婆罗洲新辟，华人之在该洲司种植者甚多云。

因谨按：婆罗洲正当赤道之中，与新加坡同纬线。其地极热，草木畅茂。凡极热之地，瘴气必多，故欧人至今始辟之，华人即趋之。华人足迹遍地球，亦可见我国民数之众矣。

欧洲各国垂涎阿洲

初八日 小雨。近闻德、英两国，因阿非利加洲之暂齐白国所属之二岛争地未决。英、葡两国亦以争阿非利加洲之新土似欲失和。法人又欲袭取阿非利加洲之屋梅登都城。然则欧洲各大国均垂涎于阿洲矣。

科举改革拟增数学

十三年七月，准总理衙门咨到会议御史陈琇莹条陈算学取士，并游历人员计俸。具奏。内开制造各学，未尝不探源于算术。欲尽取西学之所长，殆必以算学为先导。拟请旨饬下各省学臣于岁科试时，生监中有报考算学者，除正场仍以四书、经、文、诗、策外，其考试经、古场内，另出算学题目。果能通晓算法，即将原卷咨送总理各国事务衙门复勘、注册。俟乡试之年，按册咨取赴总理衙门，试以格物、测算及机器制造、水、陆军法、船炮、水雷或公法、条约、各国史事诸题，择其明通者，录送顺天乡试，不分满、合、贝、皿等字号。如人数在二十名以上，统于卷面加印“算学”字样，与通场士子一同试以诗文、

16,2,9

策问，无庸另出算学题目。其试卷由外帘另为一束封送，内帘比照大省官卷定例，每二十名于额外取中一名，但文理清通，即为合式；如并无清通之卷，任缺无滥。卷数虽多，亦不得过三名，以示限制。其录科之卷，总理各国事务衙门于揭晓以前，咨送礼部备查。至会试，向无另编字号之例。凡由算学中式之举人，应仍归大号，与各该省士子合试，凭文取中。如此则搜求绝艺之中，仍不改科举得人之法，似亦鼓励人才之一道。（张荫桓任案）

俄谋入伊修造铁路

初九日　雨。俄国人之富于财者，近向波斯议开铁路于其北境，以便与波京相通。

因谨按：汉武之通西域，为开边计也。西域人能拒之，不使深入者，则以轮船、铁路未创，行远太难，不知其中虚实。故闻计程数万里，携粮一二年之言，畏而中止也。然则雄才大略，中国固早有其人，惜未竟其绪耳。

初十日　下雪。申刻雪止，中夜大风。

新报言墨西哥国赋税甚旺，铁路进款亦丰。集股之事，无不踊跃，他邦之人，亦争附之。各项制造兴作之事，皆免税，以示招徕云。

墨国早已入不敷出

因尝于光绪初年，见墨西哥国出入表：入款计三百六十万馀镑，出款三百七十三万馀镑，固已入不敷出矣。所欠国债七千九百十万馀镑，岁交债息三百九十四万馀镑。是不仅入不敷出，且所入者，尚不敷国债之息矣。新报所言，想系招徕之辞，不可信也。

法遣人员刺探西藏

十一日　晴，日出。法国游历人员名曹夫马丁，前曾游历西比里亚，今由京都赴万里长城，由甘肃兰州、西宁前往西藏游历。

因谨按：前此但闻英、俄二国派人员游西藏，法未闻焉。今法亦接踵者，何也？盖法人得越南，其争西藏之力，可与英、俄抗衡。由老挝以达蒙自，阳则开通商之途，阴实开通藏之路。路可通矣，遣员游历者，所以深入而探虚实也。

十二日　晴。接北洋咨文，为容闳事。

英国铁路

英国大铁路二十三条，共长一万六千二百四十四英里并四分里之三，较去年增九十五里。近于一礼拜之内所收进款，共有英金一百二十六万九千二百五十二镑，较去年是时多三万八千九百五十五镑。

兴造铁路裕国利民

因谨按：铁路之裕国利民，实无疑义。美国官绅尝为因言曰："美自华盛顿立国，至今一百一十年耳。其富庶如此之速者，铁路之力也。自铁路通达东、西洋，而土产遂通于欧、墨两洲而无弃于地。美之民数，前二十年仅三十馀兆，今则六十馀兆矣。利之出于地者日增，民之归于美者亦日众，此明效大验也。"

十三日　晴。照会容闳。

小议容闳

因谨按：年少学生出洋肄业，诚良法美意，然非其人不能行也。哈富学堂耗国帑甚巨，而不能培植人才。肄业学生，皆改装入教，一无所成。容闳又身入美籍，以中国之学堂私行质银，不能正其身，如正人，何此之谓欤！

十四日　晴。北风。西人名忌里奋者，卓荦超群，熟

16,2,15

中国必与俄英鼎足

于古今之势。尝言地球虽大，他日必为中、俄、英三国瓜分，而成鼎足之势。又谓仰光一埠，与中国云南省毗连，华人之旅于彼者四万。其他附近各小埠，亦惟华人居多，巨商大贾为各籍之冠。积之既久，其地必入中国舆图云。

因谨按：中国民数之众，甲于地球，侨寓南洋各岛者，数过西人百倍。光绪十年尝疏陈矣。近至墨洲，方知各国流寓华人，此洲又复不少。华人足迹遍天下，如海军强盛，有大力者挟持之，我国声威正未可量也。

二法商遭越人绑架

十五日　东南风。大雪。越南法商二人，随带二人入山购茶，越人掳之，勒银五万元。法员以银元如数赎回。

因查勒赎之风，广东、四川、浙江之台州常有之，义大利亦有之。诚为地方之害，而不可以例越南也。其人固法人之仇雠，而越人之豪杰也。

十六日　晴，雪随化尽。法国各新报中，皆言安南东京将来可必商务之盛。盖观蒙自、龙州税关所报及北海商务报单而知也。又谓藩部大臣有先见之明，令造铁路，以达谅山。是路一成，东京商务必振。虽此路成后，尚未能与广西水路直接。自广西至东京，尚有水路载运之劳，然东京土货可以日出。法国属地之中，如东京者，诚少云。

法国称雄必不长久

因尝查法国属地，遍于亚、墨、阿三洲，共四十六万馀方英里，民数二百六十馀万人。地以在墨洲者为广，民以在亚洲者为多，越南民数几居其半，此法人所以谓他属之不如也。往年，元世祖曾混一欧、亚两洲矣，固一世之雄也，而今安在哉？

十七日　晴。接容闳英文咨文，并鬻肄业局学堂美银八千五百四十一元三角六分。

变卖学堂中饱私囊

因谨按：哈富学堂费美银四万三千元造成，而鬻出仅一万馀元，又经扣剥，仅得数千元耳。容闳真小人哉！

出洋游历章程

摘录《出洋游历章程》：一、各衙门人员愿出洋者，先考试以定去取；一、游期以二年为限。过限者，自备资斧；一、四品以上者，虽自愿行，仍由衙门请旨。五品以下人员，每月给薪水二百两，准雇翻译一名，月给薪水五十两；一、往返川资，准按人用。二等舱一位，仆役三等舱一名，准作正销；一、准预支薪水六个月，公项银一千两备用。不敷，则在各使馆借支；一、游历之时，应将各处地形之要隘、防守之大势、远近里数、风俗、政治、水师、炮台、制造厂局、火轮、舟车、水雷、炮弹，详记备考；一、各国语言、文字、天文、算学、化学、重学、电学、光学、测量之学、格致之学，亦可录备参考；一、游历回华，择其才识卓著者，奏请给奖。（张荫桓任案）

美驻朝鲜新领事

十八日　晴。闻美廷新简驻朝鲜办事大臣兼总领事者为赫尔德，其人前在上海经商。

因查领事之设，所以护商。护商者当谙商务，犹治民者当知民事也。

吕宋不准华人行医

十三年七月，寓小吕宋华商禀称：该省总督出示，不准华人行医。药肆售药，必由该国医生考试后得给准照，方准行医、售药。又发电，必将事由告知云云，请速援救。嗣由驻日代办使事驳除。

16,2,19

因按：外国无事不垄断。此不过欲华医失业，而本国医生、药肆专利耳。乃地方官居然徇之。然则我中国之宽大，殊不可及矣。（张荫桓任案）

十九日 晴，天气暖。又照会容闳，查询前所留银一万馀元。

美国南方铁厂炼铁为钢。他处所炼之钢无其美者，谓足与英钢相埒云。

因尝闻美国议绅之言曰：人知美国之多金矿，而不知美国铁矿亦多也。金矿以致富，铁矿以致强。枪炮、铁舰非铁不能成焉。且铁矿尚有胜于金矿者，何也？金矿有私藏偷漏之弊，铁矿无之。此物此志也。 金以致富铁以致强

二十日 阴。律师嫁女，送湖绉、熟罗各一匹，瓷器二件。

闻暹罗京中，改设电灯。因由沪至日本，由日本至美、至法，舟中皆用电灯，美、法客栈亦电灯。盖其光清，其价廉，而又无火患。数十年后，地球当无非电灯矣。 暹罗京中改设电灯

二十一日 小雨，天气尤暖，不能着棉。

阿非利加之南有一山曰“萨枯罗”，其中多金，英人现正采取。 英在南非开采金矿

因谨按：中国东三省、朝鲜产金，由来久矣。自矿学兴，而山东、台湾、越南均产金，日本亦产金，印度、西比利亚亦产金，亚洲产金之地诚多矣。阿洲古以为沙漠之地，烟瘴之区，而亦产金焉。惜乎土人囫之，而他人有

之也。

二十二日　晴。赴律师科士达宅。送嫁亦茶会之式，主客握手为礼，各访其所素识者，谈心直至夜阑，食茶果、酒肴而散。因独后，因询驳苛例事。科士达谓条陈已撰就，明日即发印。印成后，分给议绅，即于是日赴议院面驳。因颔谢之。

二十三日　晴。咨北洋，为容闳事。

俄国里海地方之铁路既成，数年以来，贸易日盛。前

浦达（普特）

四年中，每年运出棉花九十万浦达（一浦达合二十七斤），今年增至一百七十七万，其日盛如此。

因查美国曾赛棉花会，其种类甚多，种固不同，其实亦资人力。中国棉花每年出口亦巨，皆运至欧洲纺纱织布，而又转售于中国也。中国如自兴机器，则独擅其利矣。

二十四日　雨。俄廷向法国借银七千万两，以四千馀万两偿旧欠之债。

各国国债

因尝考地球各国之国债而矍然也。俄之国债已近二十万万两矣，未为多也。有按年交息，逾一万万两者矣，英、法是也；有计一年所入，正供不足供一年之债息者矣，葡萄牙、墨西哥、威内萨是也。夫至所入不敷债息，则国事难为矣。

美英换约

二十五日　雨。美国政府今年与英换约。

因闻美国将与各国立报施之约，其意在畅销本国土产。其有不销美国土产之邦，则增其入口之税，意在足民

16,2,26

裕国也。

十三年八月，总理衙门咨到中国与大西洋国约章：一、前所订大西洋国永居管理澳门之第二款，大清国仍允无异；一、前所订大西洋国允准、未经大清国首肯，则大西洋国永不得将澳门让与他国之第三款，大西洋国仍允无异；一、大西洋国坚允在澳门协助中国征收由澳门出口运往中国各海口洋药之税厘。（张荫桓任案） 签订中葡条约

二十六日　晴。俄国拟于黑海地方，由桂打屿至奴马奴式造火车铁路，又增添鸭绿江一带之运兵船。

因查俄之国势，环绕北冰洋，无后顾之患；跨欧、亚两洲，有蚕食之易。三百年前，不过七十五万六千方里耳，今已十倍之矣。为之邻者，其可无戒心哉！ 与俄为邻不可不防

二十七日　晴。谒外部大臣布连。又至律司处。闻德国首相毕思麻将告退。

因查德意志即日耳曼，欧人以为王气所钟。从前颇为法国所制。自一千八百七十年，其君威棱第一、相臣毕思麻、将臣毛奇特，合谋戡法，遂霸欧洲。现威棱第一已殁，将、相犹存。毕思麻何忽告退？毋乃有君奭不悦之意欤？ 毛奇特（老毛奇）

二十八日　晴，夜雨。檀香山商董程汝楫、古今辉来函，言该国立例，苛制华人。无约之国，无从照会。当即往见驻美檀香山公使。公使许为函致政府，而谆谆以立约为急。 夏威夷立例禁华人

因谨按：檀香山即夏威仁国，外国名火苏鲁鲁，太平

洋中小岛国也。国中不过数万人，而华人已二万，喧宾夺主，既可虞矣。邻近之美国，方禁华人。该国事事步趋美国，有不则效之乎！

罗布觉尔（罗布泊）

二十九日　小雨。署新疆巡抚魏光焘，新查得罗布觉尔地方肥饶，拟兴开垦云。

垦荒种地铁路先行

因谨按：东三省前议开垦，移民给地，终至荒芜。论者遂以为北边苦寒，不宜播种，其实非也。俄地当新疆之北，其气候尤寒。近三十年来，谷之出口至英者，计二千馀万石。其故由于铁路兴，则农民之徙来者易，杂粮之运出者亦易也。我国西北一带荒地，兴铁路后，其民必增，其垦即广。斯言也，此时未必以为然也。请以此为息壤之盟。

谒格总统次子

三十日　晴。夜雨。奢士格阑脱来见。

照会江海关，以所收容闳变卖学堂之八千馀元汇交。

因查奢士格阑脱，乃前美总统格阑脱之次子也。格总统削平南北花旗之乱，厥功甚伟。殁后，乃刊其战迹成书，各国争购之，得银一百五十万元。除工本外，实馀五十万元。今携所刊本以相赠，且言其母尚有著作，即将刊印发售焉。中国著作家以趋名，外国著作家以趋利，其实同也。

铁路于军事之重要

闰二月初一日　小雨。午后晴霁。谒奢士格阑脱，谈及其父。当南花旗作乱时，北花旗铁路未成，屡战不利。及铁路竣，而增兵至一百二十万人，调动灵捷，战无不胜。又值南花旗饷绌，遂亦求和。铁路诚富强之第一着

16，闰2，2

也。归而志之。

十三年九月，准北洋咨到，奏议电报商局应收京外衙门头等官报费，拟请酌给现资一半，悉心酌核。所有军机处、海军衙门、总理衙门、户部等衙门、南、北洋大臣、出使各国大臣头等官报，皆关军国要务，请自光绪十三年六月起，按月结算报资，以一半由众商报效，一半援照递寄外洋电报章程，归出使经费项下，按月核给。各省将军、督抚头等官报，亦属紧要事件，并由众商报效一半，其馀一半，各就情形，筹发现资，以期众擎易举，均盖用印信为凭。此外，提、镇、司、道、防营局、所、炮台、兵船、印委寄报，均照三四等章程，令其自行出费。如遇军务、海防要件，亦照商报出费，仍发在商报之先，以示区别。（张荫桓任案） 机关经费按月结算

初二日　晴。美国妇人会函请往观，婉辞之。

因查欧、墨两洲客谒主人，例兼谒其妻女，而不谒其子，习俗然也。其妻女并出见，且有主人出门，而妻女自应客者。中国风俗亦颇知之。尝有质于因者曰："闻中国重男而轻女，夫有权而妻无权，信乎？"因未对。则又曰："美国女子均读书，均出游，均承父母之产。妇不得凌其夫，夫亦不得虐其妇也。中国之妇人似苦矣。"因答以习俗使然，夫亦各有所当也。 重男轻女习俗使然

初三日　晴。美国新简赫尔德业为驻高丽之公使，不日启行赴高丽。 美遣新使赴高丽

因忆美外部尝言："高丽世为中国藩属，各国知之。

俄人之觊觎高丽，中国准高丽与各国立约，牵制以图存，各国无不知之。”因答曰：“高丽与日本比邻，而常见侮于日本。考其疆域，抵日本十之八，其人民抵日本十之七，而强弱迥异者，则守株不变之故也。日本尚不能拒，其何以拒俄哉！此中国之虑也。”

美若禁英必生事端

初四日　雨。英人之在美国秘林海面捕鱼者，美人设苛例如待华人者，禁制之。因以为此必不能行也。美如强行之，必生事端矣。

禁美国煤油来华

十四年八月，总理衙门来函，并抄到两广总督张之洞函言：“美国贩来火油最多，易于引火。粤省人烟稠密，动辄延烧数百家，皆受火油之害。请向其外部相商，禁美商贩油来华，即援伊禁华工赴美之法以抵制之。”当于二十三日照美外部，并晤美外部，未见结案。闻已由田贝转圜矣。（张荫桓任案）

平阳（平壤）

初五日　雨，午后晴。前闻高王按照日高和约，准将平阳一城，开作通商口岸。闻中朝驻高使臣袁世凯，移咨高王，谓平阳一城，无论何事，不得开口通商云。

因谨按：立约通商，大国借以牟利，小国借以免害；强国借以兼并，弱国借以图存。墨洲小国，多有小于高丽，其民数尚不及十之一者。通商以后，钟虡晏然。或曰：“兼并之风未启也。”然亦练兵教战，保固封疆，未尝敢听客之所为，而藩篱尽撤也。

初六日　大雾迷漫，晴。英国属地在可仑比亚者，华人在彼已久。近政府忽加抽身税，限禁华人。

16,闰2,7

因查澳大地亚之新金山、亚洲之吕宋、墨洲之古巴、卡拿大，均抽华人身税。美国不抽身税，而禁例日严，华人均趋之若鹜者，有可谋生也。或曰："中国以人计地，固患人满矣。"然比利时小国也，其人尤满，而不闻越境谋生者，则以本国之商务、工务、矿务日兴，用人日众，游手者少，故出境者亦少耳。 各国均有限华政策

初七日　晴，未后雨。法国银库大臣核计，去年国赋所入与国用所出，不敷三十兆佛郎。 法国财政入不敷出

因查三十兆为三千万，以五佛郎并一元，合六百万元。不敷若此，不为多也。法国入款岁约三万万馀元，以一万万馀交债息，实有二万万元。尚不敷用，则近年增造铁舰之数太巨也。 "一万万"原作"一万"

初八日　雨。辰刻雷始发声，窗之玻璃震动作响。闻科士达昨日已到议院驳除苛例，因即往谒见，询以驳诘情形。科士达曰："此例本出工党之意，美国公正绅士颇不谓然。而议绅中如密组、马罗、飞路、顿士吉等，结交亦寡，附之者尚不甚多。故当驳诘之时，除密组数人外，尚无昌言新例之当行者，众既无言，新例自当废矣。"因询以将来如何善后之法，科士达曰："仅恃驳诘，聊顾目前，律司之力止此。欲求善后，则在政府熟筹之。"其意似指抵制，而不肯明言。因谢之。 科士达驳禁华议案

初九日　大风。晴。闻印度种茶日广，茶务日兴。英人嗜之者亦日益众。俄国茶船向运火油于印度者，今皆载茶而回。盖以印度之茶，较中国茶价为贱也。 传闻印度茶务日兴

中国出口茶税太重

因谨按：中国之茶出口之税太重。前此印度、日本不出茶时，外国之购茶者，非中国不可得。今四十年来，各国产茶日多。各国之例，出口货物，本国向不收税，则成本较轻。以较中国，则价为贱，故皆舍中国而趋印度、日本。中国出口之茶遂减于昔，而种茶之地渐就荒芜矣。物穷则变，深识者，宜知所变计也。

初十日　晴，风渐小。俄国高加索人，为留后兵者，今大增其数。

因查俄之国势跨三洲，而偏重于欧。高加索地在欧洲，故增练兵，不足异也。

禁例由来

"欧阳"即欧阳祺

阅旧案，自禁华工之说，始于光绪十一年十二月。金山领事欧阳明禀请其意，因美国苛制不已，加以焚杀，不如自禁远害。所见亦是。以后，总理衙门亦有此意。张大臣遂与美外部商办，既有头绪，于十三年二月出奏。嗣粤省华商及寓美华商禀于两广总督，以为不宜。请奏饬详议。遂于十四年六月，会同巡抚出奏，由张大臣从新详议。美廷遂自立苛禁各例。

越人攻劫法国军粮

十一日　南风，大雪。午后转北风，雪尤大。新报载：法人于越南解运军粮之兵，为越人所攻劫，军粮尽失，兵弁多损伤云。

因闻孟子之言曰："取之而民悦，则取之；取之而民不悦，则勿取。仁之至，义之尽也。"然考之今日，琉球之民，不悦日本；缅甸之民，不悦英人；越南之民，不悦法人。水益深矣，火益热矣。未闻运也，未闻动天下之兵

16,闰2,12

也。圣贤之言，固可以自勉，而不可以责人也。

十二日　晴。至午雪化尽矣。伦敦报言，缅甸境内之苏巴末围地方，土民负嵎，与英为难。 缅人抗英

因谨按：缅甸者，中国之藩属、印度之藩篱。缅人不修职贡于中国久矣。英人灭之，所以固印度也。且缅甸可通西藏，英人方求于西藏通商，是又为西藏辟一径矣。

十三日　晴，晨起有薄冰。美报言：从前中俄定约，俄人拟于黑龙江、松花江等处驶行轮船，以便疏通江以南之商务。中国不允。至今松、黑两江并无轮船踪迹，盖俄以无约不得入江。而华船进江之处，悉属俄人辖境，亦不能往。现闻俄国兵、商等船，时时入江海口之外，巡哨测探，而华船无一至者。漠河金矿所需机器，极形重大。若由海道用轮船载往，溯松花江而上，一水可通，颇为便捷；若由陆路到吉林转运，费重时延，矿务已形棘手。倘一旦有事，俄人由海运兵运饷，朝发夕至，中国以何策御之？于溟渤之中，伯都纳一带，精华重地，实觉可虑。且我于陆路派兵转饷，数月方达，岂非着着落后？英、法等国，以中、俄接壤，时廑于心，曾派官弁前往踏看。至俄人垂涎有素，其国之文武官弁，于江之上下，南北情形，无不熟悉，可不慎哉！ 松黑两江水运便捷 俄持江口可不慎哉

十四日　晴。闻日斯巴尼亚廷臣均已解任，另举一班。

因查日国前十馀年，废女主依萨伯拉，后登卡洛斯争国，攻战频年，库储匮乏。自是以后，国债日增，税敛日 依萨伯拉（伊莎贝拉二世）

"一亿"原作"一万

重。每年交息已五千万元，而入款不过一亿数千万。此次廷臣之解任，想因议贷议税意见，与议院殊故耳。

我增海防俄方惊诧

济物浦(仁川)

十五日　晴。俄报谓中国海防，大非从前。旅顺一口，建炮台十一座。陆可为直隶之屏藩，水可为铁舰停泊，其馀力可遥护高丽。盖由旅顺至高丽之济物浦，仅三百五十英里也。其次则大沽，扼北河而固京畿。江防亦渐兴筑炮台，兵船日益云。

因谨按：地球各国，均愿邻国之弱，而不愿邻国之强。以弱则易就范围，而强则难争利便也。俄与我邻，乃常越界而占我北边之荒地，盖因其地多金矿而垂涎也。我稍一布置，而彼矍然惊焉。此其志可知矣。

赛尔斐亚(塞尔维亚)

十六日　晴。赛尔斐亚国遣兵官二人，赴法国学习兵法。

因谨按：赛尔斐亚，欧洲之小国也。前此曾与土耳其构兵，俄国助之，为英人所拒，而土借以不亡。盖邻于俄、土两国者，学习兵法，亦自强之志也。

美禁华工有意为之

十四年八月二十六日，美总统基利芬竟行苛例，张大臣于十二月奏请旨，饬筹补救。并呈：自禁华工来美……(节略)。又照会美外部，驳诘新例。十五年正月，美外部复以翻译传话错误，不认前言。嗣又再驳美外部，复以几费筹画之事，垂成而败。议院猝然倡议，总统无能为也。六月又驳。八月，副外部复文，简略而已。（张荫桓任案）

十七日　晴。勃尔加厘亚国拟贷银六百万两，以修武备，兴铁路，俄政府阻之。

因查勃尔加厘亚与俄为邻，而俄人向与有约，准干预其内政。勃欲修武备，是求强也；兴铁路，是求富也。勃欲富强，而俄阻之。然则所谓干预其内政者，乃欲其贫弱，折而入于己也，亦犹保护之云，名为保护，而实灭亡之也。

俄国干预勃国内政

十八日　晴。美国巴的马与哑哈哑之铁路，去年一年之中，进款有银钱二千一百二十七万一千三百四十元，除用款一千四百七十八万九千九百二十二元，净馀六百四十八万一千四百十八元。

因谨按：铁路之为利甚溥，前尝疏陈矣。美国铁路之长，甲于地球，故其富亦居第一。非有铁路，则开辟荒陬，不能如此之速；削平寇乱，不能若彼之易也。地球强富之国，其铁路皆多，此明效大验也。

铁路为利甚溥

十九日　雨，午后止。伦敦报言：英国求于西藏通商，中国已允，且立约矣。

中英立约通商西藏

因谨按：西藏与缅甸毗连，而实通蜀之道。蜀地殷富，颇似江浙，由其土产之丰也。现已开口通商矣。顾溯江而上，其行甚滞。若由缅甸、西藏陆路以达，则英独得之利也。宜其亟求立约也。

二十日　大雾，小雨，巳刻又见日影。未后大雨，且有雷声。

美绅言：俄、德二主相见，德相毕思麻与于会。俄君甚敬重之。

师丹之战（色当会战）

因查德、法师丹之战，乃德国转弱为强之机，而欧洲升平之始。使德无毕思麻，德不国矣。俄君之敬重也，亦犹秦、楚之于信陵君，回纥之于郭汾阳也。

美邀参议海上护航

十四年八月，准总理衙门咨称，准美国田使照称：本国上、下议院现议定，拟请各国派员会商保护行海船只之事。特于华盛顿京城立一万国会，定于一千八百八十九年四月十七日开会。其所欲议之事，系行船遇险及一切悬旗、吹号，并设法救生与考定。除沉海、报风险等章，兹将节略译送，请届期派员赴会共商等因。前来查该国设立海船公会，系为保护船只起见。至中国可否派员赴商，本衙门无从悬揣，相应抄录来文节略各件咨行贵大臣酌量情形，应如何办理，即行声复。嗣派洋员毕士璧、贾凝禧、陈恩焘赴会。（张荫桓任案）

二十一日　晴。奢士格阑脱来见。

美国发明大口径炮

美国武弁格勒屯，近出新法，能以十五英寸口径之炮，放六百磅之炸弹，合中国九里之远。各国皆羡之。

因查外国之重新法也，犹中国之重时文也。新法出，而其人富贵矣。且国家又给以牌照，假以岁年，不准他人攘夺其利。英国且特立名目，别储经费以奖出新法之人。宜其于便民利用之事，蒸蒸日上也夫。

巴来圭（巴拉圭）

二十二日　晴。律师来见，言南墨洲之巴西国与巴来圭国接壤，议筑铁路相通，以兴商务云。

亚墨一洲（美洲）

因查亚墨一洲，惟美一大国耳。巴西幅员亚于美，然其民只九兆，故其地荒芜。亦曾招工，而工资甚微。各国

16,闰2,23

民人之赴之者，往往到而复返。巴来圭尤渺乎小者，其筑铁路以求相接。以墨洲众国，本有造干路以通南北全洲之议，冀以开风气而破天荒耳。

二十三日　晴。奢士格阑脱来见。

送奢士格阑脱行。谈次，闻阿非利加洲有国名阿比西尼亚，已认义国保护云。 阿比西尼亚（埃塞俄比亚）

因查阿非利加一洲，亘古洪荒。自英人游历后，各国多派人游历。义国幅员不广，而水师尚强，故能长驾远驭，阿洲小国所以认其保护也。自此以后，风气日开，而阿洲各国均难自主矣。

二十四日　晴，天气暖，可着夹衣。律师来信，言美国近简驻中国之汉口镇领事，官名安多罗，求作一书与江汉关，以便和衷办事。因允之。 美驻汉口领事求书

因查领事之设，所以护商，其费即取之于商。商缴费于国，国给俸于领事，外洋均如是也。中国力顾大体，不屑为之。不知欧洲各大国，常预计来年出入两款，量出为入。有馀，则减民之输将；不足，则增外国入口之税。盖取诸民者，仍为民用。上无所避其嫌，下无所生其怨也。

二十五日　晴。缅甸民人攻英总管所驻之城，名散独淮。所有官署均被焚毁，惟银库未失耳。

因按：亚细亚洲小国，曰朝鲜，曰琉球，曰缅甸，曰暹罗，曰越南，曰廓尔喀，曰浩罕，曰机洼，曰穆哈剌，曰茂甫。浩罕、机洼、穆哈剌、茂甫四国灭于俄，越南灭于法，缅甸灭于英，琉球灭于日本。朝鲜、廓尔喀两国仅 亚洲诸小国之命运

存。奉天铁路能成，朝鲜当可保。廓尔喀终必为英所灭而已。

二十六日　晴。金山商人朱广英、卫润柏来见。

爱扫夫海（亚速海）

俄国整顿爱扫夫海与黑海各口水师，修炮台，增添制造各厂。俄主并往克里迷亚与高加索两处，巡阅炮台。

因查俄国每岁入款约六千万馀镑，除付债息一千一百万馀镑外，实计五千万镑。乃以二千一百馀万镑为兵部之费，以二百八十馀万镑为海部之费。是兵费一项耗入款之半，居国用之大宗，可知其尚武而好兵矣。

腊丁（拉丁）

二十七日　晴。戌刻赴腊丁文字会，陪总统宴。座上系总统、副总统、外部、各部大臣、各国公使，亦有不到者。上下议院绅，择而延请，约一百人。宴设亚灵顿客栈。酒、食、花卉，计费美洋一万馀元。奢靡如斯，可见其国之富。

海军旗式

十四年十二月，北洋咨到海军旗式：提督用五色长方旗，诸将用三色长方旗。旗之上角各饰以锚形者，改绘五爪团龙。头号，横长一丈三尺五寸，直宽九尺，大船用。二号，一丈一尺五寸，直宽七尺五寸，二等船用。三号，横长九尺，直宽六尺，三等船用。四号，横长六尺八寸，直宽四尺五寸，小火轮、大舢板用。五号，横长五尺四寸，直宽三尺六寸，舢板用。照外部，外部复：已照水师部海军章程一本，旗式图四张。附：使馆用长方旗，商人用斜幅龙旗。（张荫桓任案）

墨西哥优待华人

二十八日　晴，酉后雨，夜雨。粤人朱广英、卫润柏

16,闰2,29

来见，言自墨西哥来。因美国禁制华人日甚一日，将来不能安居，故至墨西哥。查该国寓居之华人，能否相安？计自正月，查各处分寓华人，墨人待之甚优，以其耐劳而不霸工也。闻之甚慰。该二商寓客栈，当即答拜。

因查墨西哥与美邻，而富贫迥别。开矿、垦荒、兴铁路，其工资亦不如美。工党所不屑为者，而华人为之，宜其优待之也。

二十九日　晴。奢士格阑脱来见，托寄信于李傅相。

因查美国前总统格阑脱，游历至华，与傅相至相得。因出使美国，其子奢士格阑脱偕其弟来见。晤言之下，知其兄已使奥，为二等公使矣。因备酒席款留之。既去，贻书请寄傅相。

三月初一日　晴。浙省劝赈单至。因率各员酌捐助赈，并函致各属。

十四年十二月，北洋咨到海军章程一部，内开原奏船制（战船、守船、练船、运船。附提标官弁）、官制（附船上差缺）、升擢（战官升擢、艺官升擢、弁目升擢）、事故（丁忧回避、告病终养、修墓）、考校（招考学生、考校官弁、招考练勇、考升水手、考升炮目、考充各色当差兵匠）、俸饷（官弁俸银、兵匠钱粮、船上差缺薪粮、各船俸饷总数、官弁伤废俸、兵丁加赏、行船公费、医药费、酬应公费、恤赏、工需杂费）、仪制（冠服相见礼节、国乐、军乐、王命、旗牌、印信）、钤制军规、简阅武备（船身、机器、军械、国旗、将旗、通语旗、金 海军章程

鼓）、水师后路各局。（张荫桓任案）

土国难偿俄国兵费

初二日　晴。俄、土之役，土国所偿俄国兵费，尚未付清。俄国屡索，土国屡延。前曾约至西十一月，谓届时所收赋税项下若不能付，则当动帑。乃今驻土俄公使，急索此款，谓若再不付，不能再缓，必设法取偿云。

因尝考土耳其国，计每年所入之项，以其半交国债之息，又以四分之一为宫中之用。其接济国用者，仅四之一耳，安有羡馀以交兵费哉！

保司登（波士顿）

初三日　晴。美国西方各省，风潮为患，兼之大雪，物产大损。纽约与保司登雪厚七寸。

舍郎（锡兰）

闻俄国商部欲与希腊通商，俾印度舍郎地方所产之红茶，得以运往俄国销售。

初四日　晴。总统请见兵部、水师部。因巳初往，午正而回。

因考美国国例，总统兼统领水陆全军，故兵部、水师部携带武弁，照章谒见也。

"洪大臣"即洪钧

十五年二月，总理衙门咨到议复洪大臣洋务储才折：一、庶吉士果有熟谙洋务者，准使臣随时奏调。未便保免散馆、编检及正途部员，准其调带；一、总署章京、正途出身人员，酌量选派前往襄办交涉；一、限制经费，由各出使大臣于所带员弁，自行酌减。嗣后，使馆准设参赞二员、翻译、随员二三员、供事二员、武弁、医生各一员；一、游历人员，是否实有制器、通算、测地、知兵之选，俟期满后，酌核奏办。（张荫桓任案）

出洋人员人事管理

16,3,5

初五日　晴。英国与美国厂家订造气放炸弹之炮，能放二百磅炸弹，及三千五百码远者，今成一尊，试验，闻可放五百二十磅炸弹二次，且一及四千八百码；一及四千六百八十码。皆过于原订之数。然尚有未尽善者，则以弹出不准，不尽命中，亦不尽合抛物线之理，往往高而又高，此为大弊。当设法以免之，然后可以交付。

气炮仍未尽善尽美

因谨按：光绪十年中，法启衅。北洋大臣及两广总督均向美国定购气炮，乃未成功，迄今已阅六年。炮虽铸成，尚不适用，创物信不易也。

初六日　晴，中夜雨。热。义大利国家创法成一海防妙器，使炮台炮手可免敌船中人望见，放炮又可极准。盖其器通于电气，附于远镜，又能于海道图中指示敌船方向，另有自行针盘指明敌船若干、远近，故能有此妙用。炮台又暗藏不露，敌船之炮甚难还击，诚利器也。

义大利创海防妙器

因查美造气炮，义创炮台。《孟子》所云“矢人惟恐不伤人，函人惟恐伤人”也。《韩非子》云：“革坚，则兵利；城成，而冲来。胶胶扰扰，如蚕之自缚耳。”

《韩非子》应为《淮南子》

初七日　雨。西班牙国水师守备巴辣，造一船以电气行于水底。日国家重之，赐巴辣以荣衔，并赏银十万元云。

西班牙造电力潜艇

因查铁舰非水雷不能破。而水雷之制各殊，所以用水雷者又各殊。水底行船，亦用水雷之一法耳。但恐未必真有把握，否则铁舰失其坚矣。

初八日　晴。英国四轮载客电气车已在伦敦试用，经

伦敦试用四轮电车

过各街，具见操纵自如云。

因已见美国之电气车矣。他车用马，此则用电。电车速于马，而无马蹄之声聒耳。盖有两种焉：一则于空际设电线，车首以铁竿上承电线，车自前行；一则贮电气于车中，车亦自行。大约以贮电气者为简便也。

初九日　晴。纽约来信：英属卡拿大有华人二名入美境，为关吏所阻。华人回卡拿大，该地方官索纳身税五十元，方准入境。其一已纳税，即令入境；其一无银可纳，进退维谷矣。

投机取巧适得其反

因按：由卡拿大潜入美境，此美国禁工以后，华人之故智也。华人以为得计。因谓适以激成美之苛禁华人耳。

法国陆军费用甚大

初十日　晴。法国以陆军费用甚大，已欠国债法银一千兆佛郎，国用亦较数年前更形支绌。盖管理银库事务未得人也。

议复慎选使臣奏案

十五年，准总理衙门咨到议复御史赵增荣慎选使臣一片，内开：查建议出使事，博采众论。上禀宸谟，责任既重，遴才宜慎。自非志节坚定，才学闳通，并通知四国之务，洞中体要，操守廉明者，不足以膺是选。查光绪元年，（臣）衙门以使才宜储，奏请饬下中外大臣，各举所知，奉旨允准。是年五月间，（臣）衙门曾经奏保堪备出使者数员。嗣后，南洋大臣及中外大臣均有奏保，由军机处知照。（臣）衙门每届出使任满，开列名单，请旨简派。自光绪元年以后，（臣）衙门未经续保人员。该御史所称徐承祖以上书言事经总署保举等语，自系传闻之误。

16,3,11

窃惟今之荐举人才，或习闻其议论，或兼采夫虚声，往往有名不副实，甚至前后易辙者，在所不免，此知人之所以难也。嗣后，仍应责成中外大臣，必须真知灼见，实有才品卓著，堪胜椠敦之选者，方可列诸荐剡。（臣）等如确有所知，亦当随时详慎选举，以备采择。如有奉使不能称职、劣迹昭著者，应将原保之员一并议处。又原奏称：奏带随员，尤应慎选。其宗族、私亲与无职民人，皆不准带及经费应防浮冒等语。伏查出使绝域事件，与内地不同，所带随员，自须该使臣所素习者，乃可以收指臂之效。是以历届皆准由出使大臣自行奏调，略仿汉制，得自辟僚属之意，以专责成。此中具有权宜，其偶带一二亲属，远涉重溟，借资臂助，既由出使大臣量才器使，但使不至专徇私情，贻误公事，自亦例所不禁。频年屡属各出使大臣裁节浮费，每年度支皆系造册咨报，照章核销，尚属相符。原奏应请无庸置议。

十一日 晴。谒上议院绅有司、底拉、不来棚。律师又至墨独鹿拖乐登银行。

十五年四月，总理衙门函称：苏里那么在南墨洲，为和属国。和使照会，以有华人前往该岛，应立合同，应查该岛情形。即札古巴张总领事令查；又照美外部，乞为保护。往查之矣。外部复：允嗣古巴张领事禀，派翻译张树椿、洋员拉乌往查，于五月十四日起行。又接美外部来函云：美驻该岛领事，查明华民约千人。在甘蔗、谷寮为工者五百人，开店者二百人，馀自行种植或开矿。工主相待 苏里那么（苏里南）

尚优，华民无苦。遂照此函复。（张荫桓任案）

欧洲六国水陆军费

十二日　晴。近四年之中，欧洲六大国水、陆兵费，共费英金七万万九千二百四十万一千一百二十七镑，每年几需二万万镑矣。分而计之：法国共费英金二万万五千四百十万二千八百四十一镑；俄国共费英金一万万六千二百七十一万八千三百八十七镑；英国共费英金一万万二千三百七十八万六千六百七十六镑；德国共费英金一万万二千一百五十一万九千九百六十九镑；奥国共费英金六千七百五十九万四千二百镑；义大利共费英金六千二百六十七万九千五十四镑。兵费之巨如此，殊不易息肩矣。

因查支持兵费，惟英国绰绰有馀，德则仅可，俄恃借贷，奥、义则不免拮据矣。顾尔诈我虞已成骑虎之势，俄、法致人者也，德、奥、义致于人者也。或思或纵，则患在目前矣。

德国殖民东非遭抵

十三日　晴。德国新于阿非利加洲之东开辟新地，黑人拒之，胜负未决，乃聘请黑人酋长助战。

"胡文忠"即胡林翼

因查越南之役，法国多用黑人，为其蠢而用命也。胡文忠云：招募兵勇，城市不如乡村，乡村不如山野。盖以城市之人多巧猾，山野之人多朴愚。巧猾者善趋避，朴愚之人听命而已。以黑人助战，而以知兵者领之，即此意也。

十四日　晴。天气大暖，不能着棉。英公使夫人约见。因亥初往见，子正而回。美国官绅多与于会。

十五年六月，金山总领事官梁廷赞禀称：据金山华

16,3,15

商、县丞职衔黄秉常禀称，窃商闻利防外溢，政贵便民。自煤油流入中国，民间习用，几为必需之物。岁时所耗，隐成漏卮。且每因失慎延烧民房，伤毁物件，何可胜计！是外洋独享其利，而中国实受其害也。商维煤油所以盛行，只因光胜寻常灯烛耳。今西人新制电灯，光敌煤油，复无伤人毁物之弊。虽机器电料，初须购自外洋，三两年后亦即自制。利源不流于外，便益仍及于民。商等远贾殊邦，眷怀宗国，拟请于广东开设电灯生理，谨集股本银四十万元，另拟节略八款，伏乞详请钦差大臣咨请两广总督部堂云云。已照咨。（张荫桓任案）

黄秉常

煤油易燃请设电灯

十五日　晴。午后阴，见雨点，仍霁。夜雨。西报言：曾侯因病出缺。

曾纪泽因病出缺

因查外洋好炎凉，喜酬应。曾侯以文正之裔而出使，善与人交，宜其能折冲尊俎也。尝见其所创电码，以一码代数字，可谓用心者矣。如能永年，亦交涉中之杰出者也。

“文正”即曾国藩

十六日　阴，辰初见日。奥国报云：毕思麻已辞布相、德相之位。

俾斯麦已辞相位

因谨按：功成身退，此人事之常也。而当时事多艰，邻封伺隙，则臣虽欲退而君必留之。盖退，仅遂一人之心；而留，实为兆民之福也。毕相功在德国，强敌方张，何以听其辞相位耶？

十七日　雨。外部长嫁女，前已由墨西哥公使出名醵分，每使派二十金矣。本日下帖，请临。又送去湖绉二端、纺绸一端、熟罗一端。连前共百金，亦仅为不丰不杀也。

中国日本矿产丰富

十八日　晴。英报云：亚洲各矿，西人不能尽知。然中国、日本之多矿产，则固人人知之。中国泥于风水者，论及开矿，则群非之。今稍去故见。中国果以西法开采煤、铁，则足以行销天下，并夺西国市利。其各矿遍于国中，仅以蒙古地方而言，已有一百八十处矣。磁石大矿五处，美国所有著名之磁石各矿不及。其大煤矿亦多，八十英里之中皆是也。汽机所用之煤，亦与铁相间而生，有一二英里之广。即就蒙古之矿而开之，所获已不可胜计矣。热河则多银矿，向为土人开采。所出之银，曾值英洋二百万元。皆用土法熔炼者也。今有华人在彼开采，已向美国定购机器。黑龙江南岸，亦有华人在彼开采金矿。彼处产金本多，所用机器，亦向英、德两国购用。试考中、日两国矿产之数，日本之煤有三万至四万见方英里。然较中国，则渺乎小矣。中国有煤层四十万方英里，较欧洲全洲之煤为多。开采数百年，可无煤乏之忧。台湾有一万方英里之煤，煤层极厚，计有英尺百尺，足供天下数年之用。中国诚地大物博哉！

开矿之利

十九日　晴。因查开矿之利，英、俄、德、法，其利至溥，此犹曰大国也。比利时，欧洲小国耳。其地里、民数，不及朝鲜之半，而考其入款，岁有银三千七百万馀两。出矿之煤，岁值银三千万馀两。铁路计六千里。以小国而所入如此之多，开矿、铁路之利为之也。

16,3,20

二十日　晴。美国有因命案行贿于审问官者，今定其人之罪：监禁三年。

因谨按：尧、舜之世，共、驩有党，殛杀有刑。道虽有长消，类不能尽绝也。外国上下嗜利，而不至常骩法者，则议院、报馆立法之善也。议院通上下之情，报馆发幽隐之慝，而小人之忌惮常存矣。华盛顿无盗窃，至夜不闭户，则巡捕之力也。

美虽嗜利法制健全

二十一日　晴。上议院绅宣门，订戌刻会客。因偕刘翻译往见。并见其弟，又见金山省上议院绅某。谈及美国前此数十年，物力不能如是之充。所以速变而盛者，以有铁路也。铁路之盛，华人之力居多。今美国苛禁华人，是忘本也。中国地方，开辟虽万年，而各矿之蕴而不泄。地之富与美同。若自图强富，当出美国之上。人口虽多，但使开矿，而商务兴，即是用人销路。甚愿中国之亟求富强，不受他国钳制也。因谢之。

修路开矿强国兴邦

二十二日　雨。纽约来电云：有美国人名嘉宾打者，致书于日报馆云：伊在中国时，曾见李爵相。爵相谈及美国新立禁止华工之例太苛，属其回国登诸日报。如美国不将此例删除，将来中国亦必照美国所议禁止华人之例，限制美国在中国之人云。

“李爵相”即李鸿章

二十三日　晴。东洋日本国所产紫铜、海鲜、樟脑，中国皆产。有兴其利者，则可不资于日本。而日本之进款大损，中国银钱之漏卮亦减矣。

中日商品争夺市场

因按：日本与中国比邻，不知辅车相依之义，而为同室操戈之谋，台湾、琉球，其明征也。日本尝言，海鲜一类，欧洲各国无过问者，而中国销售至多。是得通商之利，而不以睦邻为心。中国若禁其入口，或重税之，亦塞漏卮之一端也。

华盛顿推广电力

二十四日　晴，小雨。华盛顿街车六百馀乘，每乘可坐二十馀人，向用双马。近见有用电气者，比马为速。兹闻又新造电气水龙，以电气吸水、喷水，尤为灵捷云。

因按：电气之用，渐推渐广，大抵资其力与光而已。力生于气，以火灼水为有形之气，如轮车、轮船，机器厂所用者是已。干电、湿电为无形之气，如电线、电车等是已。电气既可行车，自然亦可行船，闻已有创之者矣。电船如成，则兵舰可无须筹添煤之地，而风气又变矣。

俄国加速修造铁路

二十五日　晴。俄国闻中国将办山海关至吉林铁路，又有移民实边之议，即饬该国办东省铁路大员，赶紧竣工，并移内地人民开边，以免空虚。且禁中国人民入界云。

因按：俄多霸气。既限制教士矣，又限制犹太人，又限制德人，并驱逐德、奥之人。其与中国接壤之境，每值勘界，则必侵入。甚至踞其地而驱其人，恃其强也。

二十六日　晴。俄于西比里亚之东，练成来福枪兵二营。该地即与中国蒙古接壤云。

奥得萨（敖得萨）

英报载：俄国西比里亚地方，不生五谷。珲春一地，所需民食，亦须由俄国奥得萨口与日本各口运往。然形势甚佳，将来必为太平洋之大埠。俄人以其滨海，且距俄国

16,3,27

甚远，策应不灵。若与英有事，恐为英之水师所封，使俄国东西载运不通，则中国修怨于俄，索回故地，皆俄人所忧也。自造铁路，则无可虞，且得大益：载运，则费用可节；用兵，则策应神速。且其取道之审，早经遣人分测而定。铁路所经之处，有矿产甚丰，石油上涌云。

俄兴铁路意在东北

因按：俄兴西比里亚之铁路，前谓便商，今谓防英，皆饰辞也。便商，则商务甚微；防英，则英在欧，而不在亚。因以为直垂涎东三省耳。从前运军器，出黑海，则不以为军器。军事秘密，固应尔尔。然明者必识之。

启程至西班牙赴任

二十七日　晴。是日黎明即起。先饬武弁二人，仆从二人，附车于辰初，先赴纽约。因即偕参赞汪洪霆、翻译李维格、随员饶凤起，于巳刻起行至纽约。申初，领事沈桓等已率同馆诸员，在火车公司相待。即附渡船过海，至纽约，乘马车至领事馆。凡一切行李，即由火车公司房径上轮船。船名羿司康业，计七千二百吨。因到领署，即食面一碗。遂乘马车谒格前总统之夫人。格夫人兢兢以中国之富强为意，谓俄人当防，非铁路不可。且以纸笔绘图示因，意甚挚。又谒邮政局之凡吴客脱并其夫人。此公不阿埃党，颇爱华人。遂送丝绣巾十二幅、茶二箱、绢金折扇二柄。询纽约邮政局，每年可得进项四百万元。计用人二千馀。谒客后，回至领署。晚饭本订四簋，乃加四碟，其实太多。饭后即上轮船，船甚宽敞。楼上一间，需六百元，因与饶凤起共之；楼下一间，五百元，汪洪霆与李维格共之。尚有每人五百元者，因不敢问也。武弁、仆役四人，分居楼下二等舱。

二十八日　晴。拜发奏由美起程赴日折。寅正开船。

不惯洋餐自行造饭

开船后，因谒船主，告以不惯洋餐，须派一人赴厨房，自行造饭。船主允之。即饬洋人与厨房说定，准令自炊。尚为合意。此后，汪洪霆等均洋餐。因仍饭，蔬食而已。

因谨按：食、色，性也。又云：少成若天性。然则性之所近，少而习之，不可变矣。因尝至洋人大餐房，嗅其气，则生呕。强食之，亦不下咽，仅食生果而已。或有劝因以学食洋餐者，因老矣，安能强胃以所不欲纳哉！

与法国船客谈兵

二十九日　晴。风甚平，舟行稳顺。同舟有法人数名，在越南曾与中国接仗者，身受枪伤甚重。皆云中国兵殊敢战，如调度得宜，训练有素，未易敌也。

因闻欧洲谈兵者，皆言俄国之兵难敌，为其耐劳也。

戈登(Gordon)

戈登谓中国之民最能耐劳，而卒不敌欧洲之兵者，一则招募于临时，一则训练于平日也。德意志国且合通国之民而当兵，宜其戡法以定霸也夫。

与船主考究路程

三十日　微雨，有雾。舟行多暇，与船主考究大西洋路程，计由纽约而至法国哈华埠，约近万里。又言地球自南极至北极，经线计七千八百九十九英里；赤道纬线自东至西，计七千九百二十六英里；赤道东西周围二万四千九百英里。水面较陆面计多三倍。陆面分七大洲，计亚细亚、欧罗巴、阿非利加、北亚墨利加、南亚墨利加、澳大利亚、北极与南极陆地。水面分五大洋，计太平洋、印度洋、大西洋、南冰洋、北冰洋，地球尽在是矣。

16,4,1

卷三

四月初一日　晴。天气骤寒，缘舟行，趋北也。遥望两傍数十里，时有冰山，山有高至百丈者，矗立水面，或分为三峰，或分为五峰，皆峭直如笋，间有不高者，亦嵯岈尖耸，大约无土故也。 船向北行

初二日　晴。以后天气甚寒。因只夹衣，然亦觉畏冷矣。

因谨按：地球之气候，以离日之远近为转移。近日则热，远日则寒。南北冰洋，日所不能正照者，则海常冰。南洋冰融，惟冬至后一月；北洋冰融，惟夏至后一月。此行趋北，渐近北冰洋，故多冰山，两月后可化矣。

初三日　晴。见冰山，三峰峭立，水面绝不相连，白而无光，想雪山也。

初四日　大雨。亦有冰山。舟中英人，经商于亚洲者言：泰西购运亚洲之丝、日本之丝，几及中国之半。日本 日本振兴制造业

前数年，派人至法国学造磁器，今其国中已能仿造云。

因尝过美国市肆，见中国商人有列肆者，所售铜器、磁器，均目所未见。异而询之，则运自东洋者。夫东洋之全土，抵中国一大省耳，其民尚不及中国十之一耳，而所兴之利已如此。中国如振兴之，其凭借之基，岂可以限量哉！

东洋（日本）

初五日　晴。舟中洋人，以歌醵众，谓行善举。有捐至一二百元者。因以为不识洋曲，不愿闻。翻译李维格谓不便峻拒，致讥吝啬。因勉强助二十元，终不至歌处听歌也。

俄颇戒备我造铁路

初六日　雨。天气亦寒。舟中多德人，有某爵颇谦和。谈次，言中国于京北造铁路。俄人闻之，颇有戒心。谓铁路若至中、俄交界之处，则黑龙江、珲春一带之地利，中、俄两国共之矣。

因谨按：《易》言："王公设险，以守其国。险之时用大矣。"列国之世，齐得十二，秦得百二。并六国者，秦也。珲春、黑龙江为由海而陆之险地，但有铁路，则调兵扼险，可以咄嗟而集，我之所便，敌之所忧也。宜俄人之情见于辞也。

巫来油（马来西亚）

英国开采暹罗金矿

初七日　晴。暹罗素多金矿。巫来油之东，约在北纬度十度，有地名朋得发者，尤为数百年来著名出金之处。该处产金甚多，英国公司开采，只以周围丛林瘴气伤人。又距曼谷（暹罗京城名）之东七十五英里名凯平者，亦为著名出金之处。今英国新加坡某公司于彼得一地，有二

16,4,8

百五十见方英里云。

初八日　小雨仍晴。舟行，因大雾不辨海线，至于触礁，险极！急退回，舟前舱已透一孔矣。舟人谓：幸本日无大风，否则可虑。 触礁导致前舱透孔

因见舟行此处，水面不平，其波纹如沸，其水色黄而绿，盖水激石而为是色也。江行至浅处，水亦不平，但不如是之沸耳。

初九日　晴。辰正至哈华埠，即乘火车至巴黎。约申刻，参赞陈季同已率各员至火车栈相迎，并代觅客栈。歇定，即雇车赴使馆回拜，并买火车票。次日，遂赴陈季同并其夫人之席，遂乘车至火车栈。陈季同仍偕各员相送上车。

是日，至巴黎。访问时事，知英人于春间去英而赴美国及新金山并英之属地者，有二万人。 至巴黎

初十日　晴。午刻，至日国界换火车。日关因有巴黎日使照会，尚不为难。

日国地界，火车多穿山而过，不下一百处。桥亦近百处。

因查日与法比邻，而日人亲英而远法，盖前此拿破仑第一屡次加兵于日，非英拨兵将为之拒守，日几亡矣。

十一日　晴。卯正到西班牙。参赞杨慕璿已率各员在火车栈照料，遂乘车赴使馆。使馆较华盛顿为新敞，而租价只四之一，可见美国用项之费。是日即函致日外部，订谒见之期。 赴使馆

闻从人向使馆索纸，当即不准，令其送还。

因于十五年到使署时，即有通饬公文到各属：所至之地，不供张，不具馔，凡火食、马车、渡船，均因自备，冀息事宁人也。

十二日　晴。谒外部，未见日君，故不能谒各部，因往养生院游览。忆去年在横滨游博物院，见虎一只，颇巨；象二只，一大一小；豹二只；黑熊三只，甚巨，其形如犬，大者如驴，但不似驴之瘦，而躯干伟然，遍体皆黑，以至目亦黑，爪牙坚利，宜虎豹不能敌也。此外如更格卢兽，形似鼠，而大如犬。鸟则有雕鹗之类，其大如鹅，而爪嘴甚利。此外尚有元鹤、黄鹄之类。

养生院（动物园）

更格卢兽（袋鼠）

巴黎养生院，只至一处，见熊如横滨。鹿之大者，其角长至七八尺。又有一种兽，昂其颈，约高一丈有馀，头形如鹿而无角，毛淡黄，灰色黑斑，如麟，或谓此即“麟”也。其性慈祥，不伤人。又有花马，形即马，而毛色不同，毛作灰白色，而斑纯黑如墨，为横理，如画之匀，白黑相间，自头至尾一律。因谓何不控而驾驭之？则云：其性不驯，能伤人，故无敢御者。羊一种，白细毛长一二尺，披体如蓑，毵毵然。牛一种，毛亦洁白如玉，长二三尺，披体毵毵然。象极大，游者四人共骑之，以至各处游览。驼鸟高六七尺，以驾小车，可坐一二人。此外，禽兽之不知名者尚多。鹦鹉种类甚多，毛色不一。水畜则海狗，大者如小牛，小者如犬，毛浅而质黑，头无角，亦无耳，目之上傍有二窾，想即耳也。无尾无足，前身胸

长颈鹿

斑马

安哥拉山羊

白牦牛

非洲象

鸵鸟

16,4,13

下，有物如手掌二，即鱼之梭也。尾亦有如手掌者二，出水则合，入水则如鱼之尾。此畜不必常居水中，亦有伏水傍者，且有离水甚远而卧者，鸣声如牛，肤革充盈，毫不露骨，养之须咸水。

马得力（西班牙都名）养生院与横滨、巴黎略同，惟狮子、白熊二者，为前所未有。狮子，即《尔雅·释兽》中之“狻猊”也，其形与中国所画大异：首如虎而大于虎，面稍长于虎，毛则淡黄色而无文。雄者前半身有长毛，如马鬃，项以下亦然，至背脊及腹以后，则但浅毛矣。尾如牛尾，尾之末有黑毛，如杓，又如笔之干而毛散者。牝者则身前半亦无长毛，形质亦稍小，大者如小牛，小者亦大于最大之犬，而如小驴，其爪亦巨于熊、虎，目光炯炯然，外国以为兽之王，百兽不能敌也。白熊如常熊，毛之洁白如玉。 马得力（马德里）

此地民情与美国大异，美国金山地方，埃利士人与华人水火。华盛顿则白人尚相安，黑人亦不满于华人。纽约则华人竟不能徒步出门，出门即必有环而噪者，甚至抛砖，故纽约领事署人员，皆深居简出。西班牙华人出门，其远远望之者，相与告，语以为此中国人也。日国家巡捕，途遇华官，必摘帽为礼，华官以手加额以答之。谒外部，则署外兵役擎枪以俟，诚彬彬乎其有礼矣。与外部照，定递国书之期。 西班牙善待华人

十三日　晴。日国接引大臣来见，言觐见大君后、君主礼节，并言将以宫车来迎，因询拟用宫车几辆？因查从

前各使一、二、三辆不等，遂酌中，用二辆。

十四日　阴。大雨。收到美署第一号信，内上海第十六号。

英国勘探滇缅道路

英国印度总督令缅甸英国商会，遣人查勘缅甸至云南通商道路，拟于屯尼之东筑一铁路，使由缅甸达于中国，俾百货流通云。

因谨按：云南、广西两省，地处边鄙，风气未开。今英人由缅甸以通云南，法人由蒙自以通广西，交涉之事，又益烦扰矣。

密西西比河决口

十五日　晴。闻美国米西西比河决口。

因尝于美官绅处访查米西西比河情形，知其挟泥与黄河同，而来源实不如黄河之远。从前修河之费至三千馀万，仍不能无事也。近则无岁不决，决则四民失所。惟美国人烟不似中国之稠密，民数之罹患者，微减耳。

美国商租巨文岛

十六日　晴。闻美国驻韩使臣，与朝鲜君商租巨文岛。

因查美国立国，向不贪他国之土地，惟今日似又不然。由前此而论，则租巨文岛，美必不为；由现在而论，则又难决其必无也。

查理第五(查理五世)

十七日　晴。查西班牙国势，远逊美、法。以前如查理第五，富强经营，渺不可再闻。铁路公司、电气、煤气、街车各公司，本国为之，则无利而亏本，遂让与英、法二国，而英、法又能得利，其故何哉？则积习使然，认真与不认真之别也。

16,4,18

十八日　阴。晴。天气转暖。日署各员浣衣，包与浣衣之人，每月每人日银三元。因以为费，而翻译李维格云：纽约每人每月尚需美银五元也。

浣衣过频浪费经费

因按：此中国五口之家衣食之费，仅供一人洗衣，外洋用项固费，诸人亦不免随波逐流耳。盖外洋浣衣，每礼拜则浣一次，中华向不服外洋漂白之衣，无须频浣也。于此见无识力者，不能振拔流俗矣。

本日系日国出会之期，以耶稣各神之像，由教士舁行巡历，国家派马、步军护卫，约五千名，皆军装，肩洋枪。督队官只带刀，最后四十人则负戟。此外，尚有奏乐之兵五队，教士约二百人，女尼约一百人。自酉初由街道排列而过，至戌方毕。日国大君后暨君主、公主、君姊均驾临，在某衙署楼上观览。最后之宝座径过，大君后暨各众自楼上散花而下。因于戌正步行而归使馆，天色久曛矣。

出会之期

十九日　晴。日内，因未见君后，不能谒客。暇中，饬翻译与洋员，当面访询日国近日情势。因查：日国百年以前，其君查理第五，创霸欧洲，几成混一之势。英、法各国，受其控制，无敢抗者。亚墨利加之一洲，亦该国先到。乃数十年后，国势渐衰。墨洲之地，既为和兰、法、英所夺，欧洲之号令不行，秘鲁亦自立。今所存藩国，惟小吕宋、古巴二处而已。据洋员科敦言：日国疆宇，东界地中海，西界大西洋及葡萄牙，北界法国之毕士基海湾及比里纽斯大山。其地滨近地中海者，计七百一十二里；近

日国概况

毕士基海湾（比斯开湾）

比里纽斯大山（比利牛斯山）

大西洋者，计六百零五里，共计一千三百十七里。从前，国内分为十四省，现改为四十九省。地形计方十九万六千一百七十三里，居民十八兆。内地皆系平原，四面有山环之，河道六。矿则铜、铁与铅。地土膏腴，植物宜葡萄、橄榄、柠檬、橙、橘、杏、枣、石榴；谷宜粟、麦、麻。西南省出车尼酒。入口货物，则羊皮、牛皮、棉花、木料、机器、铁路料质、煤炭、面粉、酒、鱼、糖等。此种货物，凡由英、法、德、义等国入口者，纳税视他国为轻，因和约中，有减税之章故也。出口货物，则铜、铁矿原质，及铜、酒、麦、铅、橄榄油、盐、水银、水果等，均不征出口税。兵制，则选兵于民，始以八年为限，在本国四年，调外亦四年。富者出养兵费三百元，可以捐免，由兵部另招人替代。近国家以八年为期太久，改为当马兵者三年，步兵者二年，期满准其自主谋生。惟有军务，仍当听调。平时养兵十二万，除给衣食外，每名每日给十五山丁（合中国银二分有奇）。如有军务，可增至四十八万。大炮五百五十尊。步兵以八百名为一旗，马兵以四百名为一队。将军分四等，领兵之数不齐。头等将军六员，每年俸各六千元；二等将军五十二员，每年俸各二千二百五十元；三等将军七十员，每年俸各一千五百元；四等将军一百五十员，每年俸各一千元。总兵俸八百元，副将六百元，都司五百五十元。水师二万五千名，大小兵船一百二十六艘，内铁甲九艘，均由英、法等国制造。近日在北方比罗巴地方开设船厂，但能造船壳，而机器仍购诸外

车尼酒（雪利酒）

山丁（centimo）

比罗巴（毕尔巴鄂）

16,4,20

邦。国中电报直通一万一千里，概归官办。火车直通六千里，慢车每点钟行二十里，快车则二十五里，因所穿山洞最多，路非矢直，故不能速。国债二百三十七兆九十二万八千镑，计息四厘。一千八百八十七年暨一千八百八十八年，此二年中，户部进项，共计一百六十九兆九十万零四千一百九十四元四角，出款共计一百七十兆五十七万七千一百三十四元，入不敷出，尚短六十七万二千九百三十元六角。议自一千八百八十九年起，加增税课，以期弥补。其税，则有人税、地税、生意牌税。居民无论何人，俱按月入多寡，以准输纳之税；地税，则按地输纳；生意牌税，按等级输纳。至于舟、车、狗、马及入城火食，均须纳税。观剧者，上等座亦抽座费十之一，为穷人院经费。曩时，藩属甚多，今只存小吕宋、古巴二岛。古巴地方四万九千四百八十方里，居民二百二十九万，兵团二十五万。小吕宋计十一万四千三百六十方里，居民五百七十万。国中设立上下议院，外、藩、海、吏、户、兵、刑、工八部，农桑则归工部。各部首领每年俸六千元，副者三千元，总办二千元。都城在马得力，地势平衍，河水环之，地形高出海面二百五十丈，寒暖不时，三月尚见雨雪。其高山，五月雪尚未消。都城居民四十五万人。

二十日　晴。日国生子女，无论何族，其名皆一定不易，即以所生之日定名。如每年三百六十六日，则三百六十六名。自正月一日起，如正月一日生子女，应名以某字，二日又系某字，凡同日生者，通国皆同名，不计其年 日国民按生日取名之不同也。故呼其名，即知其所生之日，惟名多雷同耳。日署看馆人之女名茉莉，律师之女亦命名茉莉，一五龄，一六龄，年不相若。因讶茉莉之名何多也？翻译为因言其生辰相同耳。因详询其故而知之。

接参赞彭光誉信，知金山苛待华人，责以移徙。发复信二号。

二十一日　晴。接参赞陈季同总戎信、领事沈桓信。

日派水师保商护航

闻日国近欲增广水师，已派水师提督乘元斯德拉铁甲船，带领兵船五艘，驶至中国、南洋各处，以保商船，而示声威。

因查：日国民数仅十六兆，地舆仿佛日本，入款计银一万二千馀万两，而债息已耗费五千万，实七千馀万两耳。水师视中国稍强，然越国鄙远，断不能胜中国。过此以往，中国水师当强于彼矣，将何以示声威乎？外洋多恫喝之言，知其虚实，亦安所售其技哉？

二十二日　晴。接日国外部文，订二十四日递国书。

日国入款

日国入款一百六十馀兆，仍不敷出。兹将其入款、出款，分项译出。入项：一、人税、房产、地亩税，共五千四百十二万五千四百元；一、货税、士单费，共六千零四十一万三千六百元；一、电报、火车，共二千二百五十八万四千二百五十元；一、官产（如矿务等类），共六百六十七万六千五百四十五元；一、罚款及捐免当兵，共二百九十五万八千元。以上共一万四千六百七十五万七千七百九十五元。按中国银，约计一万二千七百六十七万九千二

16,4,23 日国出款

百馀两。出项：一、国君及宗室俸，共一百九十万元；一、上、下议院人员俸费，共三十五万元；一、国债偿息，共五千七百二十二万八千五百元；一、官产费用，共四十万元；一、休致人员恩俸、善举经费，共一千零八十万元；一、首相署俸费，共二十七万六千元；一、外部署俸费、出使人员，共一百零二万八千四百七十元；一、刑部俸费，共一千一百四十二万四千元；一、兵部俸费、兵丁饷干，共二千八百五十三万四千八百元；一、海部俸费、兵饷，共七百四十四万五千元；一、吏部俸费，共五百八十九万九千六百元；一、农、商、工部俸费，共一千五百五十六万七千四百元；一、户部俸费，共九百五十三万九千九百元；一、亚非利加洲费又难多坡善后经费，共一十五万元；一、藩部经费未载，均另由属岛供给。以上共一万五千零五十四万三千六百七十元。按中国银，约计一万三千零九十七万三千两。此系本年力求撙节所定之数，尚不敷约四百万元，计中国银三百馀万两。

费又难多坡(比奥科岛)

二十三日　晴。接引大臣来，订明日未初，带领宫车来陪赴日廷。

因查欧、墨各洲之处邦交也，公事毫无出入，而仪文则从优，此交涉机缄也。

欧洲更重邦交礼仪

二十四日　晴。前出使大臣郑藻如，至日递国书，只用宫车一辆。十三日，接引大臣来馆订用宫车之数，因告以只用一辆。而随员中有欲同行者，再三商酌，订用二辆，已成议矣。昨日，接引大臣又来定一切礼节，并提及宫车。因云："业有成言。"今日，翻译李维格忽云："接引大臣愿以三辆来迎。"因谓昨日并未提及，因亦未闻。李维格则谓接引大臣言："四人一车，恐不雅观。"因谓前此订定宫车二辆时，即已言定四人一车，何至今日忽不雅观？且昨日并未闻有此言。参赞杨慕璿亦未闻也。因细揣此中情形，自是随员中，有不愿四人一车者。当其兴豪欲逐队时，则以得逐队为幸，及至许其同行，又以不能独占一车为歉，故欲增一车，自向接引大臣商之，乃于因前不便泄漏真情，故诡称出自接引大臣之意。因因不谙外国语言，故敢如此，此使臣之所以难也。未初，因率各员衣冠以待。护卫大臣乘马率骑先至，因延入大厅。接引大臣继至，亦延入。坐少顷，接引大臣请上车。计宫车三辆，每辆二马。车后立二兵，车前立二御者，皆戎装。接引大臣令参赞、随员、洋员先上前二车，因与接引大臣、翻译李维格上最后一车。护卫大臣乘马在车之左。接引大臣为因言："此车乃大君后自用之车，其他二车则宫中公用者。此护卫大臣即大君后御前护卫者。"因谢之。阅半时许，至朝门，各员皆从傍门下车，因则入中门。接引大臣又言："此惟递国书之使臣所由，他人均不能由此。"遂下车，入门数十步，即上阶，又由右而旋转上阶，约三转，抵便殿。殿三面皆悬油画，东边油画二帧，绘男、女像各一，想即前王及今大君后之像。接引大臣入内，约片时即出，延入一门。因先行，各员在后，甫入门，即见大君后着公服（系白色，外以青纱之织成花者罩之），南面

李维格阳奉阴违

乘车入宫

16,4,24

端坐。御案之外，东偏（不在御案之中）后立二命妇，西偏则护卫人员。因捧国书入门，一鞠躬；行十步，再鞠躬；行至大君后前，三鞠躬。随传我国皇太后、皇帝命：问大君后好，又问大君主好（大君主未御殿）。又言：使臣崔国因，问大君后好，大君主好（言次，大君后似微笑，盖以华语不能会也）。语毕，洋员即趋进，代以英语达。达毕，因乃捧国书，递大君后。大君后立而亲受，交外部大臣。大君后乃离座，近前与翻译李维格言，询我皇太后起居，皇帝起居；又询皇太后摄政计若干年？因答以先后共二十六年。又询日国风景如何？因答云："地方富庶。"又询在此盘桓能几何时？答以不能甚久，美都尚有应办之事。又询何时行期？答云："当不甚远。"大君后点首，退回后宫，因亦鞠躬。至宫门（即御座之西偏），大君后回身再点首，因再鞠躬。至宫门内，大君后又立西偏，向外点首（立东偏，则内与外隔），因三鞠躬。大君后遂入。接引大臣导因下殿，命妇二人亦下殿。至外殿，命妇与因握手为礼。因询之接引大臣，始知一为公爵之夫人（年五十馀），一为侯爵之夫人（年三十馀）。二命妇及随员均自旁门登车。因仍由中门回馆，时已申初。馆中已备酒食、果品，款待两大臣并护卫兵弁、宫车御者，分为二席。食时，兵弁奏乐。约一时许，两大臣以急须复命，告辞，因送至门内。遂另雇车，谒外部首相，并谢接引大臣、护卫大臣。 呈递国书

是日，宫中花园、公家花园、各衙门花园均送花，均

须赏，多者六元，少亦四元。宫车赏六十元。赏犒逾百金矣。因瞻大君后，容止端庄，言语稳重而和蔼，自是有德之君，今年三旬，前王殁已五年，闻其峻节，为一国所钦仰，殊可敬也。查大君后系奥国公主，宫中每年经费八兆必思打，合日银一百六十万元，合中国银一百四十万两。所有一切侍从、伺候人等、车马、火食、均在其中，可谓俭德。

评大君后

必思打（比塞塔）

二十五日 晴。接金山领事左庚信，知美金山地方官，出票一百二十五张，已拘禁华人二十馀人，亟须回美设法办理。

金山出票拘禁华人

因谨按：美国地方虐华人以媚工党，华人居美，诚遍地荆棘矣。难矣哉！

二十六日 晴。是夜大风。向例，使者谒见君主后，即具柬请头等公使，定期接见。兹义、奥、德、法四国头等公使，订于本日未初至申正接见；又外部订申正接见。当于未初出门，谒见头等公使并二等公使，及日国各部。至外部订小吕宋领事准照，辨驳至日昃。该外部一味推卸，其不愿我国设立之意，如见肺肝矣！

日国拒我吕宋设领

二十七日 晴。接古巴二十三号信。

美使馆三号、十七号包封。

谒教皇公使、俄、美各国公使、上下议院，又见君姊。此地之车，自半时至两时，均银六元，逾两时再加，可谓费矣。

二十八日 晴。接彭光誉转来总署电，为巨文岛事，

16,4,29

属即回美。为启行计，是夜不成寐。

日报云：近以美国与英国属地，皆禁止华人前往，而华人之往小吕宋各岛者，顿增三倍。华人工作甚勤，土人利为所分。华人之利，即土人之害。华人既来，土人即无以自容。其来也如蜂屯蚁阵，有加无已，不将“反客为主”，总持工、商各艺也乎？若各项贸易与各类工作，华人皆有其分，则土人生计安在？而又不能与之争者，则以其人众而势大，工勤而利厚也。各岛华人至多者，莫如小吕宋，且恃与中国一苇可航，往来便捷，服、食、器、用，皆由中国供之。小吕宋俨一中华世界，屋宇皆华式，店肆皆华款，所售皆华物，店伙皆华人，以及一切鞋匠、铁工、水夫、庖人、染人、修容之匠，向系土人所为者，今悉华人为之，土人自此几无所得食矣。

日忧华人反客为主

二十九日　晴。勤俭二字，非有定识，不知其当行；非有定力，亦不能必行也。因行之五十年，除中间遭兵燹时，不可以常理论外，其馀皆以制节谨度，不入窘境。现在之丰衣足食、晚境转亨者，未始非天之报我也。客有不以勤俭为是者，反以因之勤为好事，以因之俭为吝啬。因从容答之曰：“子以因之勤为好事，其实子亦未尝不勤也。因之勤在黎明即起，子之勤亦半夜不眠；一则勤于作事，一则勤于聚谈，其劳神疲精则一也，其不能挽回光阴亦同也。因阅世六十年，未敢以有用之锱铢，为无用之损耗，自奉俭矣。然在京都则施粥、施医药；宗族、亲戚之贫乏者，因计年津贴焉；四代之祖未安葬者，因独力任之

与客论勤俭

焉；十世之祠宇，典质百十年而坍塌者，因赎归而修之焉；家庙、义仓、义学之立者，因亦有捐助焉。节衣、啬食所馀者，用之于此，是自奉虽俭，而自奉之外殊不能俭也。吾子鲜衣美食，养尊处优，一身而外，则不费毫厘焉，是自奉虽不俭，自奉之外，固无所不俭也。合而计之，比而观之，子之不俭者少于因，而俭者尚多于因也，又何讥焉?”客嘿然而退。嘻！处今日而言勤俭，非信道之笃，鲜有不为浮议所摇者。遂笔之以自省。

谒见日国议院首领

五月初一日　大吉。晴。闻日国上议院首领和微而阿，人甚厚德，办事持正，遂订于本日午初相见。至时，因往谒见，盖年已七旬馀矣，道器盎然。言次，因及俄人现造铁路将至中国之珲春、黑龙江边界，将来必为中国患，中国非造铁路与之相接，边防断不能固，应告总理衙门，及早为之。因答以六年以前，已奏我大皇帝矣。今已兴办，但道远费巨，不易成耳。查之洋员，知此君前任古巴总督，一为首相，再为兵部首领，现为大将军，日国上下之所钦重者。其子又为总督矣。其人敦笃，可因人而信其言也。

美国代办伯劳麻来见，豁达之至。

比国公使美路士布路来回谒。

初二日　晴。因来时，上下八人，均系头等车，欲仆役之照料行装也，乃中途换车，零件仍由栈役取携，至费赏银甚巨。到日时，所有一切零件，该仆等竟忘携上马车，但知稳坐马车赴署，非因亲见，几将零件尽遗矣。此

16,5,3

次回巴黎，故写头等车票只四人，二等四人。

初三日　晴。回谒驻华西班牙公使、比国驻日公使。赴外部辞行。 赴外部辞行

葡萄牙国，新将各项税则加每百之六。

因查葡萄牙地方、民数均不敌中国百之一。自明之末年，租澳门之地以通商，中国无知其国之形势者，遂称为大西洋国，殊可笑也。其入款，每年约银二千万两，其债息每年需银一千馀万两，所以供国用者不满银千万两。盖其国小而又贫矣，其武备不齿于欧洲。贫弱如此，尚以大自居，盖亦恫喝一派耳。 葡萄牙国小且贫

初四日　晴，戌刻大风卷地，继之以雨。接北洋电，言总署为小吕宋设领事，索赔滥征华人各税，诘禁华人医药之事。 要求在菲设领事

拜发行抵日国并呈递国书折、总署咨文、总办信文、报局照会北洋信。

发巴黎信。

复北洋电，一面照会日外部。

初五日　阴。酉以后大风。戌初风软而小雨遽止。中夜又雨。洋员科敦布订设席，辞之。

此间风气与华盛顿异，知使者递国书，送花络绎，今日尚有送者，一律给赏。

初六日　小雨。华盛顿及马得力道路，虽雨而不泥泞，由其沟洫之通利，而修治之善也。

洋员科敦请观斗牛，因以其事太忍，却之不往。其馀 拒观斗牛

各员均往。

入法国境需检疫

接法参赞陈季同信云：法国以欧洲现有疹气，由日斯巴尼亚而至巴黎，故新定章程；凡由日国赴巴黎者，所带行李须由关役用药熏之，将来到法界时，不免留滞云云。已属翻译李维格详查仔细，如有留滞，则须提早一日启行，以凑船期。

初七日　晴。接华盛顿信，知总署已拨经费。

德人欲为前相立碑

德国宰相毕思麻致仕以来，人皆思之，欲为立“去思阁”于京师，已集英银二十五万馀镑。

因谨按：德相毕思麻，戡法定霸，功在社稷，名满寰区，功成身退，有古大臣风焉。民心不忘，为立“去思碑”，德之风气犹近古也。

初八日　晴。饬武弁二人、跟役二名，押行李先行，防薰行李耽延时刻也。

俄拟重治犹太人

犹太人之寄居俄国者，多党于俄国乱党，俄廷拟以重典治之。

因查一千八百年前，耶稣游历说教，至犹太而被戕。犹太国灭，奉犹太教者，遂散而之四方。今又为俄所不容，是犹鼠入牛角，渐自窘矣。

初九日　晴。是日，因仆役先行，未能造饭。参赞杨

启行赴美

慕璿为备饭。辰初启行，赴火车栈，杨慕璿率各员相送。洋员科敦为照料一切，甚为周到。辰正开车。

至法界接受检疫

初十日　晴。天气甚热，是夜雨。至法界，医生验火车诸人甚苛。因等有法公使函，不致为难。然翻译衣箱，

16,5,11

亦至开视，如有不洁衣服，则立取出，不准带入法境，以防传染。

十一日　晴。卯初至巴黎，即雇马车，谒参赞陈季同。武弁等先到一日，已入客栈，距参赞署甚近。陈季同已将火车票及船票订定，并为具席相邀，因甚感之。前次过时，曾送东洋信封四盒、白铜漱盂一副；此次再送人参一两六钱、鹿茸一架、丝巾十二幅。是夜子刻，乘火车赴哈华埠。

法国报载：三月二十七日，法国有大员二人，名马川耳暨美川耳，均被官府拿办，闻其欲率众谋为不轨也。

驻法随员潘承烈病，延洋员治之，病益增重，已三月矣。因到巴黎，潘承烈闻因知医，延诊之，乃湿滞也。为立一方，利湿导滞，令服十剂后，改服丸药可痊。 为驻法随员诊病

十二日　晴。卯初到轮船公司栈，即先上船，翻译照料行李。卯刻展轮遽止，俟至午初再开。此船名“蜡薄立端”，计七千二百吨，其式与“舿司康业”相似。因仍下榻船顶之舱，汪洪霆、饶凤起、李维格，以天气渐热，人气薰蒸，遂各占一房，颇为安适。是日风平浪静。 登船赴美

十三日　晴，巳后雨，午后风渐大。汪洪霆狼狈不堪，呕吐呻吟，饶凤起亦呕，李维格不能食。因尚可支持，眠食如常。 晕船

德国太后现编前王实录，德主与二三元老亦相助为理，以分太后之劳。

因居美半年，见美国女孩皆挟书入学塾，询之官绅， 美国女孩亦可读书

则美国女子少时无不读书者。欧洲读书，以英、德、法之国为盛。惟女子少时读书，故晚年能著书。美已故总统格阑脱之夫人亦以著书自娱，此外洋风气也。

十四日　雨，午后雨止，风转小。

饶风起、李维格二人眠食如常，汪洪霆尚呻吟。

英国水师仍思进取

英国水师提督雪芒，致书于其海部曰："英国水师之力，较之一千七百九十三年至一千八百十五年之间，极形其弱，若逢战事，必有危机，盖不知以屯煤足食为先也。商务盛于昔，而船只乃少于前。前时有船一千六十一艘者，今仅有五百十一艘。商务与水师相为表里，商务大而船只少，非所以重商也，尚及早图之云云。"因查英之水师，天下莫强，而该提督犹以为尚不足恃也者，此其所以强也。晋主以十万横磨剑傲契丹，而晋遂亡，此前鉴也。

十五日　晴。风平浪静。船中医生仍须验武弁、仆役等。

俄国兵力

舟中英人言：俄国兵力之在亚细亚洲者，共有兵十三万五千七百六十名，炮一百八十六尊。若里海以东，若吐耳启斯坦，若奥母司克，若欧库资克，若拨立阿茂，皆其驻兵之处也。详细言之：有步兵六万三百二十名，马兵一万一千六百四十六名，炮兵六千六百八名，工程兵一千三百五十二名，步兵留后二万八千六百二十一名，马兵留后九千三百七十八名，炮兵留后二百七十一名，铁路兵二千一百二十四名，各处土兵有步兵一万四千二百九十七名，炮兵一千三百四十五名。其轻炮兵有短联珠枪与长刀，其

16,5,16

刀较长于英国。战、守各炮兵所用之刀，极似英国马兵所用之长刀。兵袴多绿色，上衣则各旗之兵，有各色之衣。

因谨按：地球各国，陆兵以俄为至多，亦以俄为至强。其在亚细亚洲，实为不必设备之处，而兵之多已如此，其用心殊叵测也。 居心叵测

十六日 晴。风平，水面但作皱纹，船行至稳，殊可乐也。中夜微有风起。

越南东埔桑土王之弟名西华才者，不服法国，率众肆出骚扰，为法人患者数年于兹矣。一日，忽约归诚，法人以为从此可无事矣，既而逸去。 “东埔桑”疑为“柬埔寨”之误

因谨按：越南非无人才，惜其风气未开，向不讲求武备也。梁灭，而梁之后裔不服陈、隋。若西华才者，亦人杰也。

十七日 晨起有小雨。西南风，舟微侧。巳刻，晴而雾起，午后更重，风止。交申后，斜阳西照，而雾不开。舟行则吹气筒。凡舟中铁索、布篷、门窗，濡染如沐，滴沥不止，一如夏暑园亭四五更时，良以海气上蒸故也。 海上起雾湿气重

十八日 晴。以前五六日，晨起，衣服皆发潮湿，扪之黏手；夜卧，则被亦觉湿，至于蒸润遍身，初以为衣、被之久未浣故也。今日晨起，则衣不觉润矣。想时值霉雨之候，故百物回潮，天道盈虚，无往不复。潮气发而必收，而出霉之日亦近矣。

是日，海水如掌之平，几如镜面，不过略作簟纹，舟行平稳，海程不易得也。未后小雨，即起南风。交申，雨

渐大，风亦渐大。船首北面，挂帆一片，乘风而行，船遂向北而侧，以致席上钟、碟，均不能稳。天气骤热。

十九日　晨起雨止，大雾，风亦止。辰后，水平如镜。舟所过处，时见碎苔浮起，其色黄，其形如鹿角菜。又有小物浮于水上，其长二三寸，其形如蛤蜊，其质如玻璃，其薄如蝉翼。去年舟过东洋，曾见之遍覆水面，约数十里不绝。今所见甚稀，间有一二而已。

本日船行尤稳，可援笔作真书矣。

二十日　晴。近纽约，百里外，舟行即不敢速。望见纽约，尤为审慎，直至午刻方到。翻译陆永泉偕巡捕来，已代写申正火车票，遂至领事署略坐。申初用饭，饭后即乘马车至火车厂，约子刻到华盛顿。

美廷加价改进水雷船

二十一日　晴，天热，单衣汗出。美国赫来索新造出海水雷船，每半时行二十二海里，美廷现又加价，令其再求迅速。

因查：每半时行二十海里，则每一时行一百三十馀中里，已见其速，又再求速，此精益求精也。水雷之船，以能及敌船，而不为敌船所及为宜，故欲速也。

二十二日　晴。驻法随员潘承烈来信云，服因药，病渐痊，求寄丸药，遂寄和中丸四两与之。

中医西医各有所长

因谨按：泰西医家多霸道，以治外科诸证尚可，若内伤诸病，断不能也。潘承烈系湿滞，而洋医令其日服牛乳、牛肉、鸡汁，其用药一味蛮补，至于胸膈胀满，舌胎厚分许，其色如酱，而尚不知消导。非因诊视，命不保

16,5,23

矣。洋医渐行于中国，信者崇之，而好高者辟之，均失平也。外科刲割之法，一定不易之证，外洋既得师传，又已经验，中医所不及也。若六气交感，内伤纷纭错杂之病，其间表里虚实，洋医实不能辨，无法奏功。此则为持平之论耳。

二十三日 晴。北风。西报载：中国今年春季，十九关共收税银三百九十馀万两。

因谨按：中国入口之税太轻，故每年不上银二千万两。夫税则者，国之内政，有自主之权。欧、墨各国，增减从宜，未闻行之数十年而不变者也。此而不变，洋货之入口者多，夺土产之利，则小民失业。轻入口之税，则经费不敷，但取他国所收中国土产入口之税，详细比较，则得失了然矣。（中国入口之税太轻）

二十四日 晴，天转凉，可着单衣。日斯巴尼亚国都司披尔，曾造水底潜行之船一艘，即以其人名之。试行数次，悉中人意。今日政府议造同式较大者数艘，以能容水手二十人至五十人为率云。（日国议造多艘潜艇）

因按：古书载，宛委螺舟，潜行水底，此不足信者也。水有阻力，安能前行？且无空气，不半日，而人皆毙矣。大抵潜行之船，平时亦行于水面，其攻敌也，则沉下数十丈，越一二时，亦必浮起，盖空气吸尽，则人不能呼吸，此理之可信者也。

二十五日 晴。亦凉。日本东京官吏议筹一款，得英金一百二十五万镑，设法使民间得饮清水。惟兴此大工，（东京筹设自来水）

不能不假手于西人。然假手西人，又非日人所愿，日人又不能自为，未必言之可行也。

因至美国金山及华盛顿，寓巴黎及马得力，其地皆不见水，而随取即有，盖通外河之水于水管，如取如携，事至便也。日本事事师西人，何以一水之利，而至今尚未取法哉？

二十六日　晴。天转热，可单衣。拜发奏回美情形折。

俄建铁路用心至深

西报称：俄人现建西比利亚铁路，拟穿过西国，接至亚细亚一洲。其行也，皆由腹地再行环转至俄京，其用心至深云。

因查铁路所经，必择人烟稠密之地，所以为载人载货计也。惟自俄人为之，则滋人疑，以其以蚕食为事，故耳。

英议造铁路于阿尔阑

二十七日　晴。天更热。英国议院议员，议于阿尔阑造铁路一事，预计所费在英金八九十万之间，已众议佥同，将不日举行云。

因查英之本国为三岛，阿尔阑为三岛之一，精华萃于伦敦都会。向阿尔阑多农夫，兴造铁路，则土产之出运成本轻矣。

义国造舰骑虎难下

密理迈当（毫米）

二十八日　晴。义大利于西历一千八百七十六年与一千八百七十八年，有铁舰二下水：一曰“杜意留”，一曰“旦大罗”，各重一万二千吨，铁甲厚五百五十密理迈当，皆每半时辰行十五海里。一千八百八十年又成一船，曰

16,5,29

"意大利"，重一万三千九百吨，行十八海里。一千八百八十三年，"利派杜"船成，吨数、速率同于上。今更造铁甲船二艘，各重一万三千二百吨，每半时辰皆行十八海里。至"洒第那"船，则重一万三千二百五十吨，可行十八海里半，其中有康邦机器二副，其马力有二万二千五百匹，自有船以来，未有若是之机之力大者。

因查义国频年入不敷出，而购造铁舰仍不敢缓，亦骑虎难下之势也。

二十九日　晴。使馆火食，向来胶辖。近日厨房以天热，菜费索增价值，因增十金，众有不愿增者，将另爨矣。 伙食涨价

因查食用之费，当以美国为最，蔬菜之价，有数百倍于中国者；鱼肉之类，有十倍于中国者；即极贱者，亦三四倍。泥沙金银，至斯极矣。

三十日　晴。李维格来。律师来。

义国水师各兵舰，在孛拉夏海口会操时，俱用无烟火药作轰击敌国炮台状。约两刻时，各兵舰所泊之处，丝毫不动，船内又不觉震。诚军中之利药，英廷拟效用云。 义国水师兵舰会操

因查义国入款约近三万万，而交国债之息已耗其半。所供经费者，仅银一万万馀两耳。乃其于海部一项，每年需银四千万两，其强仅逊于英、法，亦可以称雄矣。惜其国库已空，难为继也。

六月初一日　晴。谒律师，又至房东宅及"墨独禄"银行。

德国增造水雷船

德国去年已有水雷船九十艘，今年可增至一百六十五艘。其船大半造于司坦丁厂，其中有十五艘，各重七十五吨，其馀大小有差，较法国水雷船重二十二吨以外，若有战事，可出大海云。

因谨按：英勤远略，故多置铁舰；德求自保，故多置水雷。其水师虽不及法，然以攻，则不足；以守，则有馀；此德人之老算也。

美议加税

初二日　晴。美议院议以钞票五十五兆，付户部开销公项。又议加税，时论以为扰民。

因谨按：商鞅废井田，而时论讥之；王莽复井田，而时论又讥之。近日本改从西法，而不愿者甚多，民固难与虑始也。美加入口税，以保本国土产之利；加烟酒税，以节上下糜费之财，似未可厚非也。

德欲结英共治非洲

初三日　晴，天气转凉，可衣二层。德国近来争辟阿非利加洲之东土，得而复失，德人深怨。英将施旦来暗与酋长衣明合谋，令百姓揭竿起事，夺回哪恩柴江北岸之地。德人又以为莫若与英结盟，限以疆界。嗣后彼此互相保护，使他国不能侵越，又禁他人前来袭取，乃为上策。

施旦来(Stanley)

因查施旦来居阿已十馀年，久与阿人无猜矣。英人用以辟阿洲，较德国之鸠居鹊巢，固已操胜算也。德人受其播弄，而不与为仇，且欲结好，此亦识时务者。

初四日　晴。日本新报谓今年日本量入为出，少日洋四百五十万元，议撙节各项费用以补之。其地税与一切赋税，亦议加重，以补其阙。所有补助耕敛之费，有日洋一

16,6,5

百二十万元，以国家度支不足而罢。所幸者，东京铁路造成，其进款当有日洋一百万元云。

因谨按：日本之地，抵中国二十分之一，其民抵中国十分之一，而入款至银四千馀万元，亦可谓善经营矣。然其国债已至十馀万万，将来必蹈墨西哥、葡萄牙之覆辙焉。

初五日　晴。下议院外交处议绅好德来见，言英人已据阿洲之洒含亚地方，葡人闻之大恐，以为其地素为葡有，今为英人所据，未知葡国外部如何处置？即洒含亚江，英人亦欲为各国商人公用。前此英船过江，葡人不许其悬英国国旗者，英人必欲悬旗而过云。 洒含亚（赞比亚） 洒含亚江（赞比西河）

因查英恃水师之力，占据岛地，各国无不惮之。过此以往，弱国之属地罕有能自存者，亦可慨也。

初六日　晴。接南洋电。

谒议绅宣门不遇。

英国所制之无烟火药，名为“敦大含脱”者，其形若硬橡皮，而性亦同之，入水不漏，故藏于水内，能不失炸力。若手握少许，燃以火焰，能徐徐焚烧而手不伤，迨得碰力而炸，则其力较寻常火药力大无比。 英国秘制无烟火药

因查硫磺出于煤，故其烟重。火药以硫磺、杂硝为之，自然有烟。但以樟脑代磺，则无烟矣。英人欲秘其法，以待重价，未必能如愿以偿也。

初七日　晴。天气微热，亦可衣二层。中夜可盖薄棉被。订谒下议院绅。

美国非无清议也

美国金山规矩会牧师花勒，尝环游地球一周，考察教务，游毕而返，述其所见，陈于会中，曰："美国违约，禁止华人至美一事，为无识者所为，无礼之尤。凡我美国人民，当同深痛恶，羞对中国者也。"然则公道在人心，美国非无清议也。

曾国荃

初八日　小雨。接南洋大臣曾国荃电，属查云者司德枪、弹价值并合用否？当即复电。

俄迁民至珲春

俄国久欲令其内地农人迁居于黑龙江，今迁往者已有二千二百四十人。只以由奥得萨至珲春，路程艰险，船中供应恶劣，病毙者数十人。即已至珲春者，幼孩亦多病殇，俄人不安于其居云。

因谨按：汉武帝徙民以实边，赵充国屯田于塞外，均为用兵计也。近年，英国谪罪犯于新金山，而澳大利亚入版图；法国驻兵民于西贡，而越南不世祀。俄人徙民珲春，其心从可见矣。

商购军火

初九日　雨。谒哈司乞司公司，观炮样，并商购枪、弹，以南洋来电也。该公司经手人即在而立客士银行隔壁。查云者斯德厂所造之枪，为步军所用者，由后膛入六锭，可以次第而发，枪首有尖刀，可以近刺。欲验其弹力所及之远近，与中靶之准否，则尝于厂中空阔之地试之。

美白令海禁英捕鱼

初十日　晴。初三日，伦敦来电云：英人在美国秘林海中捕鱼，曾被法人扣船及栈鱼之两房。该渔人曾于五月诉美政府，美仍不准英船捕鱼。现英廷已照会美政府云：若美国纵容他人掳英船只，扣留栈货，不顾盟约，英国不

16,6,11

能不问；如不即给还船、栈，不照约章保卫英人，英国惟有用势以自保护，且将拘执者治罪云云。

因查《万国公法》，凡海边之国，仅能管海之沿边者十里，其外作为公用。美国以秘林系美地，而欲专全海之利，施之他国或可以行，英国断不受也，从此多事矣。

十一日 晴。金山地方官拘执华人二十六名，逼令迁徙。

俄国高加索兵拔营而南，以近阿弥尼亚之境，分扎于交界各处。其兵分有二大军，军各有步兵三小军、哈萨克兵三小军。其二大军，一在高加索之南，以剔夫力斯为营务处；一在高加索之北，分扎于三处。今高加索山之南，合哈萨克兵而计之，共有兵七万。其南与亚细亚洲土耳其接壤。哈萨克轻骑善战，素著勇名。俄于西南与德、奥二国之交，既有大军驻扎，今于其南，又遍布重兵，非防土耳其也。 俄国调兵高加索

因按：兵将须令习劳，久逸则懈弛无用。调之使动，所以令习劳也。特俄国军额本多，每一调动，则骇邻国见闻耳。

十二日 晴。谒下议院绅宣门，闻华人之至英国属地卡拿大者，须按名纳身税银五十元，否则被获后监禁，或驱逐回华。然重税如此，华人仍络绎而至者，盖由此而入美国也。 华人络绎由加入美

因闻光绪十四年，美国苛禁华人，后华人均由卡拿大、墨西哥潜越入境，自以为捷径也。及此事未久，而美

国上下皆知之。盖由工党昌言，而播散于部员、议院也。过此以往，美必设法以防之矣。

英廷发难

十三日 晴。英国渔人在美国秘林海口捕鱼，美人禁制之，已经英国与美辨驳，美人未允。近英廷有文至美，如必不允英人捕鱼，与之为难，当派兵舰前赴该处驻守，以为保护。

德舰探俄

探悉德兵舰“华尔甫”之管带官，由沪鼓轮，驶往俄罗斯属之西比利亚，察探所造铁路，究有若干长，若干里，以及接至何处，暨俄人在该国如何举动？逐一细查，电禀政府核办云。

因查俄造西比利亚铁路，于欧、亚两洲军务、商务均有关系。然俄之于德，处处毗连，军务往还，初不专恃此铁路也。其关系至重者，实中国耳。德人留心侦查，亦衣袽之意也。

十四日 晴。《字林报》云：闻湖广总督张之洞，前

聘一德国铸炮机师

向外洋聘得熟识制造大炮机师一员，名米也，由德国乘轮来华，已于前数日抵沪，即附商轮前往湖北，赴新创铸炮之厂云。

因按：德国克虏伯厂炼钢之法，秘而不传。中国购船、购炮之员，曾详询之，则游移不吐，亦如新出之无烟火药也。该机师如传此法，则制钢获益多矣。

十五日 晴，渐热，夜尤热。复南洋大臣电，为查枪、弹事。

日本前赴中国之公使，曾奉命必欲亲递国书；又以中

16,6,16

日和约，今昔殊情，拟欲修改。中国政务殷繁，修改未易就绪。然日本至中国之货日多，虽于关税有增，而银多漏出，此亦宜防。至日本之所惧者，中国民数甲于地球，彼来此往，载在盟府。若不乘时修改，华人之至日者渐多，彼时禁之不能，驱之不可，日本忧之，故有修改约章之命。 日本欲拟修改和约

因按：日本步武西人，此岂欲效美之禁华人乎？华人之于日本，皆商也。所见左矣。

十六日　晴。热。李春官告假回华省亲。申刻大雨倾盆，李春官即于此时启行。

闻李傅相定于秋末冬初，命驾至旅顺口，阅验船坞，以及兵轮湾泊之所云。

因尝考泊兵舰之坞，水宜深，基宜广，形势宜藏。中国现少此地，头等铁舰不能容也。旅顺船坞，聊以为目前兵船之需，如制造万吨以上者，尚须另营船坞矣。 旅顺船坞难泊军舰

十七日　晴。美国派兵船一艘，名“亚尽晏士”，由太平洋赴哥廷包埠，顺至中国驻泊，保护商民。 美派兵船来华护商

彼得堡来电：今年进出两款，进有罗布八万万八千九百万，出有八万万八千七百万，量入为出，尚有盈馀，较去年进多二千七百万，出多二千八百万云。

因查十年前，俄国入款每岁不过六千馀万镑，合中国银三万馀万两耳，而国债则十馀万万两，债息巨矣。兹报所言，似不实也。 俄报不实

十八日　晴。俄国参将某，以防守克浪可他地方机密 俄国枪毙泄密参将

地图，售于某国武员，得俄银一千二百罗布。事泄拿讯，属实。初定以苦工，后改以洋枪轰毙云。

因按：俄负北冰洋之险，以虎视天下。自英、法诸国合纵伐俄，终不得志。拿破仑第一又挫于俄。此后无加兵于俄者，俄遂无外侮矣。顾其内患实深，尼希利党屡见谋逆，臣多贰志，其忧在萧墙之内，而俄之君习以为常，不闻内省，盖北方之强欤？

德国添造万吨铁甲船四艘

十九日　晨起阴。辰以后晴。调纽约随员刘宗蕃到使馆。察看德国水师中添造各重一万吨之铁甲船四艘；二造于伏尔铿厂，一造于溪耳官厂，一造于维尔海尔姆司海文厂。

因查近日风气，铁舰以万吨为新式。从前德国不重海军，近十馀年制造渐多，必有长驾远驭之思，而将驰骛于属土也。

英国探险家施旦来

二十日　晴。英廷前命施旦来元戎，驰往阿非利加开拓新土，业于去夏告厥成功，故施君去腊回英复命。官、商闻而迎，途为之塞。今悉施元戎已娶亲。英人名元戎曰“开辟阿洲东方新土之第一人”，其地亦名“施旦来”，以垂永远云。

英欲在缅开通铁路

英人欲在缅甸开通铁路，达于云南，并谓云南商人亦望铁路早成，以收大利云。

因闻施旦来先居阿洲十馀年，与土人相浃洽，故其发也，疾如脱兔，敌不及拒。德、法各国，虽均派兵弁分裂阿洲，终不若英之得势，且占便宜。英人用心之深，求效

16,6,21

之远，于此可见。

二十一日　晴。旧金山之南，有地名下金山者，属于墨西哥国。英人于彼开垦者，立有公司，所垦之地已多。英人谓得其地以属英，墨西哥其如我何？昔英国之得属地，均如是也。英之本国只三岛，今比于诸大国，实属地之多耳。 下金山(下加利福尼亚半岛)

因查墨洲全土，始辟于日斯巴尼亚，嗣后和阑占之，法人占之，英人占之，其未为各国所占者，则又皆立为自主。二百年来，沧桑屡变，和阑只存麦天那一隅，法国只存济安那数处，日国只存古巴一岛，而英国之属地独多，近又垂涎于下金山。古语云："前人田地后人收。"惟强有力者主之耳。

二十二日　阴。俄国将军某，制成钢甲，战阵之际，可御刀枪与弹，且轻而易举。服此甲者，于枪弹之来，不觉其震。俄国陆军各官异之。 俄制钢甲以御枪弹

因谨按：近日来复枪之弹，皆用纯铅，取其质软而能循来复线以出也。因尝思之，其性既软，则遇硬于彼者，必不能入。如衣铁甲，可以避之，今果然矣。然弹之尖稍镶以钢，其围稍小于铅，则仍能循来复线以出，而钢甲亦透矣。俄人之自为奇异者，安能久哉？

二十三日　晴。印度产茶，日盛一日，其成本尤轻，其贩往英京出售者，每磅价值计一先令七辨士，业已获利三倍。中国之茶成本既重，税厘又费，将来茶业之利，必为外洋所夺。 辨士(便士) 茶业失利亟思整顿

因谨按：英报载，印度、锡兰海岛之茶，新有一种，色香味俱佳，英人好之，每斤计价银五十馀两。然则印度之茶，非仅价廉，其种尤美。我中国当亟思整顿，以防茶利为人所夺也。

二十四日　晴。德国去年邮政、官电报两项，赢馀德银三千七百三十六万八千马克，即英银一百三十六万八千镑，多于预估之数二十万镑。

中国应兴办邮政

因谨按：邮政局进项，美国六千馀万元，德国则银六百万两。合两国之地土、人民，不敌中国之一半也。中国如仿其兴办，其利不尤大哉！

二十五日　晴。申后大雨。美、英两国秘林海峡捕鱼一事，向有成约，今美欲推广约中之意，谓阿拉司戛岛所有之水獭，属于美国，美国分当保护。英国则不以为然，谓昔者英国捕獭之人为美国巡船所拘，至今英未释憾，今不得无故而更张之云。

因按：美与英争秘林海峡捕海龙事，可谓以全力持之矣。然理不足，而势又不敌，欲英之拱手而让其利，决不能也。形见势绌，美必不免矣。

光绪皇帝二十寿辰

二十六日　晴。皇上二旬万寿。是日黎明，均花衣赴大厅，恭行三跪九叩礼。早备寿面席，晚备水陆酒席，用志庆贺。

金山来信：地方官所拘执之华人二十六名，察院断定，以为美国不应逼迫华人，已释之矣。

美国年度进款单

美国自一千八百八十九年七月初一日起，至一千八百

16,6,26

九十年六月三十号止，一年进款单，计开：

入口税，进银二万二千九百六十六万八千五百八十四元五角七分；

内地税，进银一万四千二百六十万零六千七百零五元八角一分；

铸金、银元倾销与存积金、银条出息，进银一千二百零一万七千二百四十四元二角五分；

售卖官地，进银六百三十五万八千二百七十二元五角一分；

领事署并创造新制牌照，与置卖田地所收规费，进银三百一十四万六千六百九十三元三角二分；

北施域铁路公司存还欠款，进银一百八十四万二千五百六十四元五角二分；

国家银行牌饷，进一百三十万零一千三百二十六元五角八分；

税关所收规费、罚款、充公等项，进银一百二十九万九千三百二十四元五角二分；

北施域铁路公司纳还利息，进银七十万零五千六百九十一元五角二分；

售卖烟甸人土地，进银三十七万二千二百八十八元一角五分； 烟甸人(印第安人)

老、病兵院存款出息，进银三十万零八千八百八十六元九角九分；

海龙皮税，进银二十六万二千五百元；

干犯外国人来美侨寓之例所收之款，进银二十四万一千四百六十四元；

发卖国家物业，银一十九万二千一百二十三元九角九分；

履勘官地所存之款，进银一十一万二千三百十四元七角九分；

损坏官地罚款，进银三万五千八百五十二元三角七分；

美都会城所进之款，银二百八十万零九千一百三十元九角三分；

杂项进银一百六十万零十四元八角一分；

邮政进款，共银六千八十八万二千零九十七元九角二分。

合共进款，银四万六千二百九十六万三千零八十元五角五分。

美地多为英人所有

二十七日　晴。未刻雨，遽止。美国之地为欧洲富贵之人所有者，计二千一百万英亩，其中为英人所有者最多。英人所置之地在美，而其人在英，收租人与地不相属，衅由是生。美国鉴此，乃立新章限制之。

因查美国未垦之地，按年出售，英人多购之，以资播种，利至巨也。兹美国以人数骤增，荒地日减，深虑将来人满，故议禁工，并限制荒地之外售也。

中茶不及他茶之处

二十八日　晴。英报言：中国汉口之茶运往俄国者，虽多于昔，然俄国茶市，亦有印度与锡兰之茶。中茶运往

16,6,29

虽多，恐不能久，且汉口之不及印度与锡兰者有五：一、资本不充；二、载运不便，三、讲究不精；四、不得至味之所在，及嗜茶者之所好；五、中茶税重。印度、锡兰之茶出口无税。凡此，皆印度、锡兰之见为易，汉口之见为难者也。惟汉口出丝既多，销流亦广，且天时、人力各得其宜，宜丝之出，日盛也。

因谨按：三百年来，丝、茶二宗，为中国独擅之利。今则茶利已为印度所夺，而日本、法、义各国，均留心于养蚕。所望远见者早虑及也。

二十九日　晴。是夜大雷雨。谒律司。

华人某，久于美国，而欲回华，请于美政府给入籍纸，以便回美，政府不允。　美廷不允华人入籍

因查华人之初来美也，美国甚招徕之。而斯时，华人不愿入美之籍。及至欧人皆入美籍，则妒华人，而禁之不准入籍。时事无常，浮云苍狗。惟胸有千古者，乃能洞烛先几耳。

三十日　晴。美国纽约及川司德派两城之机器厂，获利甚巨。每年除开销外，净馀英金八万镑，创厂人已拥厚资云。　美机器厂获利甚巨

因查外洋机器各厂，国家与商民均设，故风气日开。中国船局、机器局，每以经费不足停工。夫停工待费，则有作、有辍，而工艺不能精矣。且停工，而不能不给工资，则饩廪虚糜，而成本又加重矣。风气未开，在有力者振作之也。

卷四

禁华不成又生一计

七月初一日　晴。金山工党既禁华人之来，继见金山华商依然列肆，援照公法，例不能禁，遂谓华人所居之地"污秽"，宜另指一地，使之迁徙。闻该工党又请于地方官矣。

初二日　晴。闻西班牙夏间各廷臣又易云。金山领事来禀，言工党逼迁唐人街事。

美国工党向妒华人

因查美国工党，盖无日不妒忌华人也。未来者，禁绝之；已来者，搅扰之，必使之不安于居焉。然华人亦有自取之道矣，各堂之仇杀，鸦片之匿税，屡惩之而不止。此二者，实人心风俗之忧，为美国之所厌恶者也。此挽回之所以难也。

初三日　时雨时晴。谒律司科司达，告以金山工党事。律司谓俟其行例时，然后驳之，并使永远不行，此非其时，驳无益也。

16,7,4

初四日　晴，亦有雨。黑龙江漠河金矿，业经开采，金苗甚旺。兹闻距三姓东三百里，距吉林省一千三百六十里，地名“巴虎”，其地山川雄郁，产金之地二百馀处。俄人觊觎之。闻当道已奏请开采，派员往查，风气日开，富强有渐，殊可喜也。 漠河采金形势喜人

初五日　雨，申刻雨止。戌刻大风、雷雨。美国人列都约翰来书，以舍路埠地方华人来往阻滞，请添设领事。因以未奉国家之命，婉辞之。

因查洋人趋利之心，无孔不入。美国工党禁华人，华人所以来往阻滞。苛禁不除，虽添设领事，空糜库帑耳，何益于华人哉！ 苛禁不除添设无益

初六日　卯刻见日，日出而云重，雨。越南法国兵弁至红火山，攻不服法人之党。法兵受伤甚多，法统领马凌受枪伤至重，抢回而死，又为越人枭首而去。法议政局议借六十兆佛郎，经营越南。 越南总督被杀

因谨按：越南臣服中国，不侵不叛。惜风气未开，而为法国所灭。然黑旗之勇，法人畏之，淮军克复谅山，法人父哭其子，兄哭其弟，无不归咎于创议之人。至今日，而兵弁之驻防者，损伤未已也。争地杀人者，足以鉴矣。

初七日　晴，北风，天气骤凉。德国汉地绅士，将以汉地故绅大屋，赠前相毕思麻以御冬，盖以毕公现居之第，寒气逼人，不宜于冬故也。此可见德人之爱毕相云。

因尝考德国之地舆、民数及其建国之地，而叹德国之难治也；又尝考拿破仑第一之虎视欧洲，分裂德国，而叹 钦佩德国

德国之难图存也；又尝考同治十年德法之战，而叹德国中兴之业，为不可及也。圣君、贤相，并耀千秋，今其君威棱第一已薨，尚馀毕相，痛定思痛，宜民之不能忘哉！

越游击队与法交战

初八日　晴，北风，可着夹衣。西报载：越南河南地方，土人与法人交仗，势甚勇敢，土人仅有快枪六十杆，而法兵数倍之。法兵决为寡不敌众，锐进围之。土人四面应敌，枪无不中，法兵不敢前。土人竟溃围而出，只伤三人，法兵之死者十倍云。

因谨按：亚细亚洲，法国向无属地，仅东印度一隅耳。自咸丰十一年，乘中国之乱，遂踞东京，不三十年，全有其地，越南为之不祀。其至今不靖者，亦民之不忘旧君也。

英新战船机器多损

初九日　晴。凉。英国之新铁甲战船，名“安生”，方于前年竣工下水。近奉提督之命，会操各水师兵法、阵法。及练操毕，后觉船中机器有损，嗣在提文炮船坞察验，查其中机器多损。兵部大臣谓此中必有取巧作弊者，现已札饬某水师提督，随带合同，驰往制造原厂，逐款辨驳，以期更换损坏机器。据闻“安生”铁甲，当初造价计英金二百万镑，炮位尚在外云。

因查制造船、炮各厂，其利甚巨，其弊亦多。凡订造兵舰者，非谙练之人，则不适用。日本于法国船厂所造之兵舰是也。而不能以贞廉自持者，每致中饱，此则悉数难终矣。

初十日　晴亦雨。谒律师。

16,7,11

美议院议美与各国交易，须“利益均沾”。如进口各国向得免税者，查其出产之处，而请与国亦以利益相答。茶叶向来免税，而美国虐待中国之民，知中国必不满意，将以美之所以待华人者，加之于在中国之美商。今虽有议，料中国断不允，遂中止云。 美议贸易利益均沾

因尝考欧、墨各国之税则，无不随时变通，惟中国则一定不易耳。美于中国货物入口所抽之税，有值百抽五六十者，有几与成本相埒者，宜其岁入至银三四万万元矣。

十一日 晴，戌初雨，夜小雨。金山十七号报言：美国钵仑地方之铁路公司，分造铁路数条，以资利便，均用华工。现拟招华工五百名，前往古市比埠，以期集事云。

因每与美之绅、商相接，必询华工在美情形，大约西省之绅（即金山一带）必恶华人，受工党之举也。其馀则不然，商人则无不爱华人者，为其工价廉而能耐劳苦也。然商人恶工党，而势实不敌。盖美之保举总统、议绅，计人数而不计贫富。一公司而用工人数千人，博高位者，安肯顾公司而得罪于工党哉？ 华工颇受美商欢迎

十二日 晴，天凉，可覆薄棉。去年，中国产丝较前四年为多，盖观于上海、广东二口出口之数而可知也。广东出口之丝，较前年为多。日本则去年之丝，较前二年为少。然自一千八百八十五年至一千八百八十八年，出丝日盛。去年虽少，无甚大损，观东方出丝数目，知大有起色矣。 丝业日盛

十三日 晴。美国民数，于六月一号起查，今告成。 美国民数

按总办户口之报，知本国现有六千二百四十八万零五百四十人。按一千八百八十年，本国人数计五千零十五万五千七百八十三人。此十年中，人数加至二成。盖因别国入美境者，共有五百二十四万六千六百十三人云。

因谨按：华人至美，较欧洲各国不过四十分之一耳。而美廷禁之者，则以招工党之忌，又以不入美籍而无援也。

义国王子访问德国

十四日 晴。义大利王子至德，以固德、奥、义三国同盟之局，虽毕思麻去位，依然不变云。

因谨按：义大利古称罗马，二百年前曾霸欧洲。今国势非旧，然水师之力，足继英、法而称强焉。惜国债累累，力不能持久矣。合纵解，而秦遂王；德、义、奥之盟寒，而俄难制。义有智谋之士，焉敢不固三国之交哉？

鸦片进口加收重税

十五日 晴。美廷电谕金山税务司：加抽入口之鸦片烟膏每磅税银十二元云。

因查外国税则，其轻重悬殊者，非苟然也。大约本国所必需之物，其税必轻，或免税以招徕之，如美国之于茶叶是也。夺本国土产之利者，其税较重，所以保本国之利，如美于中国之米、细是也。其于无益于日用之物者，其税尤重，以其糜费于无用之地，欲民间恶而绝之，如各国之于烟、酒，美国之于鸦片是也。凡此皆具有深心，而各国一辙者也。

美购现银

十六日 晴。美廷搜购现银，本月已购到一百二十馀万两，各处银根十分窘急，银行尤为吃紧，几不能支

16,7,17

持云。

因尝考外国之钱法矣。金、银二物，铸成钱者，用以平准货物。自一以至十，自万以至兆，计数而已，平不待权，色不待验，豪强无可把持，愚贱无可抑勒，民得其便，而上得其利（金银铸钱，均有赢馀），各国皆然，盖无殊风气矣。至不铸钱之金银，则与货物相同，因时计值，不能当钱以交易也。

十七日　晴。美国户部购买银砖，银砖骤涨，遂派员至墨西哥国，查看银矿。现墨国银矿主均雇工开采矣。 美员至墨查看银矿

因查墨国与美接壤，矿地亦多，乃美富而墨贫，国势相反。尝以询之美绅，美绅言："墨洲之人民，以墨西哥为最懒；欧洲之人民，以土耳其为最懒。皆不可救药者。风气不转，殆将亡矣。"

十八日　晴。英人于缅甸测道，设铁路，达怒江，入云南以通商。其路自曼得来东向，沿经商旧路，至肯龙渡，始与怒江相接，长三百英里，需费银三百五十万镑。 英在缅测道设铁路

因谨按：缅甸之地沕穆，亘古未开。十馀年前，闻缅甸以英人垂涎其地，乃备武备，以象负炮，出入城门以耀兵。其炮为铜质，而涂以金，英人视之，以为不值一笑。兹英人据有其土，测道路，兴火车，凿破浑沌。其志不在小矣。惜哉！

十九日　晴。金山居民日众，原设信局，日不暇给。美廷邮政部以金山地方日辟，四至日远，议增信局，以收利益。 旧金山增设邮局

美廷以法国绒匹，国人爱用，入境日多，以致银钱出境亦多，欲防漏卮，于是加抽绒匹之税。而法国商人即与美国向办绒匹之商同议，合凑资本二百万元，即于纽约设厂制造，以避重税云。

中国兴利精敏不及

因谨按：外国求利之心，如水银泻地，无孔不入。中国亦以兴利为言，而用心逊其精，举事亦逊其敏，风气未开也。

二十日　晴。朝鲜代办、翻译来见。

英欲购地伯利兹

闻墨洲之千家埠，本隶卑劳支晏国，地得一百二十万丁方，居民约三十万。现英国欲以重金购之，该国国王已赴英商议矣。

圣驼马岛（圣托马斯岛）

因谨按：以金购地，此古今一创局也。美国既拟购圣驼马岛，英国亦拟购千家埠，葡萄牙且欲以属地出售于他邦。风气之新，实有非意料所及者矣。前此未之闻也。

二十一日　雨，中夜雨止，云重。美国报单纪：自一千八百二十年至一千八百五十四年，华人至美甚稀，其年始闻金山有金穴，于是华人至美者一万三千人，此第一次至多之数。以后多寡不一，每年约四千至七千之间。至一千八百八十二年，华人至美者三万五千六百十一人，美国乃亟设例禁之云。

美国排华深层原因

因尝综各国民人之至美者，合而权之，华人至美实不及英国百之一也。顾各国之民皆入美籍，而华人独不然。入美籍者，皆得操保举总统、议绅之权，而华人独否。是美国人望欲为总统、议绅者，举无求于华人。且各国民人

16,7,22

之入美籍者，合为一党；不入美籍之华人，独为一党，其势孤矣，焉能安居于美哉？

二十二日　晨起，阴晴参半。晴。热。俄属西比利亚兴造铁路，有美国人名必打非路，现寓俄国，欲承揽此工，拟由俄京通西比利亚，以达太平洋。俄皇愿交美国人包造，以求速成。俄臣则谓宜由本国兴造。现已有俄员到美商议此事。

美欲揽造俄国铁路

因按：制造之利大矣。观于各国之揽兵舰、铁路工程而知之也。英、法、德、美各国，沪上均设经理出售船、炮、枪、弹之洋行。中、法越南分界之约，法人以包揽中国铁路，载之约章。兹美人又欲揽俄之铁路。英、法、美、德，此四国者，制造著名，而富亦著名。救时者可知所趋向矣。

二十三日　晴热如暑。伦敦来电，言印度东北之阿富汗，北与俄界。英以阿为印度屏藩，故羁縻之，以固印度。阿若向俄，则俄势重。近闻阿竟与俄通商，英甚忧之云。

俄阿通商英国担忧

因查土耳其为欧洲之屏蔽，欧洲各国之所重也；阿富汗为印度之屏蔽，英国之所重也。古之筹边者，筹之于数千里外，以为远矣。今则筹之数万里之外，并于本洲之外。非好为驰骛也，时势不同也。

二十四日　晴。俄国新造一水雷船，名曰“压刺”，每半时能行三十一海里。英报谓自有轮船以来，未有如此速者。英国至速之船，不过半时行二十三海里耳。于是英

俄造最快水雷船

厂工师创言于英廷云：如不惜重资，能造一船，每半时辰准行四十海里云云。

因按：每半时辰行四十海里，以海里之三合中里之十乘之，则一时辰行二百二十馀里矣。地球径九万里，船行四十日可以一周。机器诚巧矣哉！

美购镍矿

二十五日　晴。美廷有谕：令购白铁以为军器之用。美商因留意矿产，炼白铁以求利益。

因查白铁者，非中国所用之寻常白铁，乃外国所名为"尼克耳"，又名为镍，向产于德国，其色如银，故欧洲称之为德国银。其质之坚过于钢，而不生锈。近美国亦产此，用为铁甲，较钢尤坚；弹之能透钢者，尚不能透白铁也。

二十六日　晴。美国朝鲜来电云：太妃薨后，高王惧变，乃请援于美国、日本二公使。遂有美、日水师兵自仁川至，列队入都，围两使馆。列营数日无事，始撤回。

日朝勾结频频违约

因谨按：光绪十一年，北洋大臣与日本公使伊藤约：中、日两国，均不得以兵入朝鲜都城。至巨文一岛，中、英亦经商定，不得租与他国。今皆违约，何也？

二十七日　时雨时晴，频雨频晴。雨则暴雨，晴则天青见日，如中国五月时。拜发期满请奖折。

美防华人偷渡入境

律师来，言美廷以华人多自墨西哥及英界掩入，议院现已派员往查，以便设防云。

因查自光绪十四年，美国悍然背约，行禁工之例，而华人不能入境，乃由英属之卡拿大、墨西哥之边境潜绕而

16,7,28

入。于今二年，至是而为美廷所觉，乃议设防。过此以往，禁例益加密矣。

二十八日　亦时雨时晴，天气益热。檀香山岛商董程汝楫来文，以该国欲招华工，而又立苛例以禁制之，使不得自由。查招工既不合例，而苛虐华人之风亦不可长。中国与该国向未立约，无从辨诘。即谒该国驻美公使，托其转致该国政府。该使允之。 檀香山岛违例招工

二十九日　阴。晴。美国官绅言：朝鲜欲向美国贷款，事尚未成。 朝鲜欲向美国贷款

因查欧洲之日斯巴尼亚、葡萄牙，向称大国，均以负重债而国渐贫弱。土耳其竟称债国，又无论矣。墨洲，则墨西哥负法国之债，几至加兵。哄都拉朝不保暮，有明征矣。朝鲜初与美国交涉，而遽议借贷，非计之得者也。

八月初一日　元吉。晴。闻土耳其国王，因惧义大利国欲占夺德柏勒地方事，近来大增军额，并整饬将士，戒备不虞云。

因查土耳其兵额名为七十万人，其实可以捐免，又且雇人代替，有名无实，安能致用于临时乎？其所购铁甲兵船，永不出海，常泊海口，盖武备之废弛久矣。所谓整饬者，安在哉？ 土耳其虚张声势

初二日　晴。华盛顿省鸦连埠工人结党，与华人约，限二十日移出该埠，不许逗留，否则以势驱之。华人急电金山总领事，由左庚转电请援，遂缮稿商之律师，急照美外部。 华盛顿工党逐华人

初三日　晴。美国日报载：德国般孖兰拿地方所垦之地甚广，现因德人少，而工价贵，议雇华人，已发信至香港矣。可见华人有益于地方，其嫉之者，实由工人之妒忌耳。

德招华工

因查欧、墨各国之入美籍者，近二十年中，已二十馀兆。此种人既入美籍，即与美国之工人合而为一，其势大矣。华人则戛戛独造，其势遂孤。凡有血气，皆有争心，党同伐异，自古已然。华人安能容于美哉？

初四日　晴。接美外部照复：已电鸦连埠巡抚，速为保护华人。

俄国太子率舰游历

俄太子亲带水师兵舰四艘，由欧洲往新金山、新加坡、西贡以及中国各通商口岸云。

因尝闻俄之前王名彼德者，以俄国水师未强，曾变姓名，入欧洲充兵船水手，数年乃归，因以整饬海军。以视商之武丁，学于甘盘，遁于荒野者，如出一辙。近十年来，英之世子既游印度，复游欧亚各大国。兹俄世子又接其武，皆习勤劳、广闻见之意也。

初五日　晴。越南东京人民恶法，屡犯法营，法国驻防之兵不能制，法廷秘而不宣。因现在方拟借款，以为东京之用，恐议院不允也。

法国不会轻弃越南

因谨按：当汉之时，珠厓向化来归，稍有反复，即议弃之，以宁人也。越南不服法人，与法相抗，仍严守之，以足欲也。法于亚洲无屯煤之地，不得越南，则海军不得横行于亚洲，故不轻弃耳。

16,8,6

初六日　晴。美外部来信，并附鸦连埠巡抚复外部之函云：已设法解散土人，保护华人矣。

俄国谕税关：于进口英国铁器、棉纱之税，加重抽自百之三十至百之四十云。 俄对英国商品加税

因查税则者，国之内政，匪特大国可以自主，即小国亦可以自主也。欧、墨各洲于他国重吾入口之货税者，则亦增彼国之货入吾境者以报之，谓之抵制。如法之于日，欧洲各国之于美。是于我国减收他国之货税者，则请他国减收我国货税以报我，谓之报施，如美于各国报施之约。是无抵制则弱，弱则交涉者狎而玩之，匪特不足以市惠也，而并因以招侮，难矣哉！

初七日　晴。勃尔加厘亚国君内政修明，外交亦固。俄主拟废之，而另立云。 俄拟废勃国国君

因谨按：晋之伐潞也，谋于诸大夫，诸大夫以为宜待后人，伯宗以为其君无德，不讨，后之人或敬奉德义，而可讨乎？此幸其君之庸也。勃国之君哈吞脑，先曾为某国之兵官，贤能久著，殆与威棱第一之出身同矣。俄欲干预其政，而可任其国有贤君乎？宜其欲废之也。

初八日　晴。伦敦来电，言英国开辟阿非利加洲新土，建筑铁路，由梦白栅地方起，一路插标，以为日后即由此始创地步，以免再劳云。

因按：今之立言者曰“浑沌勿凿”，曰“为天地留不尽之藏”。其言至大，纯粹精也。然巢窟易而为宫室矣；羽皮易而为衣裳矣；饮血茹毛易而为粱肉矣。迄于今，欧

洲之风气全开。所未开者，亚洲之琉球、越南，犹有古风。阿非利加一洲，则全系黑人，榛榛狉狉，是真"浑沌未凿"，而"为天地留藏者"也，乃本洲之人为天地留之，而他洲之人为开辟之。读《诗》至《山枢》三章，未尝不憬然有感也，盍断章取义乎？

叹非洲为他人开辟

初九日 晴。英兵部饬令武大员数人，即将新式无烟火药入大、小各炮试演。该武员等演后禀报兵部大臣：谓此宗无烟火药，实军火中利器，且所向尤准，敌人无从知觉。兵部大臣拟即广为制造，分给各营、各防炮台云。

无烟火药

美国化学家新得无烟火药制法，贻书本署，索价银一百万元，则当传授。外洋向例如此也。因考火药为硝、磺、炭三者合成。硝、炭本无烟，其有烟者，磺耳。若以樟脑代磺则必无烟，惜未一试，然可以意揣也。

醇亲王病重

初十日 晴。闻醇亲王病势颇重。美国君臣以为中国之所恃者，内则醇亲王，外则李鸿章。此二人者，关系甚重，惟望其政躬安善焉。

德人之在阿非利加洲东者，今出重资，雇人为导，入其内地，盖为辟土地计，非游历也。

因谨按：地球为四大洲，近以澳大地亚方舆甚广，亦以洲名。墨与澳四面濒海，均自成一洲者。若欧罗巴洲、亚细亚洲、阿非利加洲，虽名三洲，其实共一片土耳。欧洲之人好寻新地，墨洲始为日斯巴尼亚所得，今或自主，或英、法各国分裂之，土人已式微矣。澳洲始为和所得，继而弃之。法人因之，而又弃之。终归于英，英以为外府

欧洲诸国殖民全球

16,8,11

焉。近年以来，实无可辟之地，则谋分裂阿洲。英人绸缪独早，已占先着，必操胜算。德、法次之，日与葡又次之。从此，阿洲不祀，而作欧洲之外府矣。惜哉！

十一日 晴。英名将华士里近著一论，登于日报云：尝览天下大局，究其盛衰消息之理，而知将来得志于五洲者，必中国也。华人数多，坚忍耐劳，中国又讲求武备，其机易转。为英国计，莫如结华以为援。至德、法两国战事，必不能免。此非常战争，兴亡得失，即在一举云。

英国名将看好中国

因尝考地球各国之民数，中、英、俄、美、德、法六国最多。英与法为邻，俄与德、奥为邻，德则间于俄、法，故皆练兵以自固，而势遂强。中国民数多于英、俄，美国民数多于德、法，而强似不及者，则不尚武之故也。然百年以前，欧洲各国风气未开，通商者只葡萄牙租澳门一岛。西北与俄邻，中间瓯脱，相距甚遥，今则非昔比矣，俄患渐近。英、法各属地之在南洋者，近傍门户，时势不同，未可拘守旧辙也。美处墨洲，同洲皆小邦，向无外侮。自轮舶日精，欧洲各国五日可抵纽约，非若往年可仑比亚之来墨洲者，越半年而始至也。美鉴于此，近年亦修武备，昕夕不遑。识时务者为俊杰，无远虑者有近忧。所愿沈机观变者，投袂而起焉。

地球各国格局变化

"沈机"原作"沈几"

十二日 晴。谒议院绅麦美伦，该绅已回本省矣。

赴律师处，商照美外部事及日设领事、秘国华人自举领事事。律师谓照美外部驳诘苛例，外部无权能废。小吕宋设领事，日国必不允设。此二事者，不过尽心焉耳。秘

咨询律师

鲁积弱，所商者可委曲相从，勉力为之，彼当不能不允。因以为然，遂辞出。

美国教会反对禁华

十三日　雨。酉刻晴。佛及尼亚教会来书云：“已禀请美议院废禁止华人例，除录一分呈总统外，应并呈大清钦差并中国政府鉴之。”因即作书复之，以为此例殊违公法而背条约。废之，自是理所当然云。

因按：美国教士向无为总统、议绅者，故无觊觎为总统、议绅之心，而因无求于工党也。且美教士之行教于中国者，畏中国民人之报复，则有性命之忧，此又有求于中国也。宜其立言如是也。

审司批驳逐华出埠

十四日　阴。金山来信并呈迁徙唐人街事。审司批驳云：“今创此例，不分良莠，一旦逐出埠外，显是强夺彼产也，着不准行。”

因查美国察院审司之员，其人必向为律师，素端品行，又年过五旬，方准充当。充当之后，如无过失，则终其身。此等人大抵不侮鳏寡，不畏强御，素有直名者。其俸与各部长同，故亦不求迁调。而惟各行其志。凡所讯断，一秉至公，犹有古道存焉。

十五日　阴。向来逢令节，使者及随员等即于大厅行礼。此次非庆贺约于辰刻，而翻译二员究以不能早起不到。

醇亲王痊愈

闻醇亲王之恙已痊，中外额手相庆。

十六日　晴，大风。接总领事左庚函，知彭承谟因金山物议沸腾，急于告假启行回华，已电复允之。

16,8,17

美国家近禁止吕宋票入境，不准信局代寄，不准银行兑银云。 美禁吕宋票

因本年赴日递国书，应酬之暇，尝考究日国政事，于售吕宋票事，亦知其详：凡售票之款，提出四分之一以充国税（如收银十万两，则以二万五千两归公），其馀除费用外，分作头、二、三、四、五采给得采者。其采票之属何号，惟临时始知之。其法如闱中之掣签，分卷不用签而用珠。珠置两空球中，一为号数、一为采数。每球一转，则一小珠出。如此球所出之珠为一号，彼球所出之珠为头采，则一号得头采；此球所出之珠为二号，彼球所出之珠为无采，则二号空矣。其转球之人为童子。凡有票者，均准往观，故无弊端，而多购之者。然收十万金，而但以七万五千金为采，又除费用，则购票者之所失多矣。敢以告中国之购此票者。

十七日　晴，阴。邮政局总办凡吴客脱来谒，言天津铁路被饥民拆毁。英人欲通商于滇省，谓云南之西崇山峻岭，皆自北而南。苟由缅甸通以铁路，可顺山而行，无凿险缒幽之苦。果能从速测量，兴筑铁路，数年之内，即有火车达于滇境。数十年筑室道谋者，一旦成功，大快人意。且法人已居于蒙自，开辟利源，英人岂可甘心让之云。 饥民拆毁天津铁路

因谨按：六经无“堪舆”之说，自祸福中于人心，而遂有阴宅、阳宅之论，其实皆影响耳。中国铁路、开矿二事，皆为堪舆家所忌。夫地球厚三万里，开矿至深一 铁路开矿何足言损

里，不过入地三万分之一耳，何足言损？且堪舆家好言“气”，“气”固无不之也，而何以分“有气”、“无气”？且大块共一气也，又何以分“生气”、“死气”？欧、墨各洲，若英，若美，矿厂、铁路极多，民亦极富，未闻其有所不吉也。

十八日　阴。小雨。谒律师。又谒凡吴客脱。闻是日散议院。

英人在缅甸，自曼得来至怒江测量道路，以便兴设铁轨，途中多遇险阻。内有一处须驾桥长三十丈至五十丈，始可免缒凿之费云。

铁路为当务之急

因按：英得缅甸，法得越南，极力经营，均以铁路为当务之急。比利时为欧洲小国，介于德、法之间，国中铁路至多，商务亦至盛。然则疑铁路之有碍于防务者，非也。

十九日　大雨。律师来。邮政局总办凡吴客脱来见。

驻日本大臣来电调翻译李维格。

启尔（基尔）

保耳剔克海（波罗的海）

伯林来电云：德国主至启尔埠，阅海军，并沟通北海与保耳剔克海之大工。次日北行至丹国，兵船一群随之，与丹君相见后，命驾至那威，见其君。至西上月底返国后，又为英国之行。阅秋操毕，现将往俄及奥，与奥主同阅水、陆大操云。

因查德之前王威棱第一，少好武艺。其未即位以前，竟当兵官，驰驱征战。即位以后，戡义、戡奥、戡法，已及暮年，乃至耄耋，巡历不息，可谓勤矣。今王继之，不

16,8,20

自暇逸，国之富强如昔，其有乃祖风乎？

二十日　晴。卡拿大地方土人上书政府，谓华人日众，吸食鸦片，有坏风俗，请禁入境。 卡国土人上书禁华

因谨按：华人习劳苦，故工作勤而工价贱，所至之地，公司利之而工党妒之，故借口瑕疵以期禁止其来。但卡拿大政府已收华人身税，按名五十元，准其安居，与美国之情形迥异。必欲禁之，是失信于人也。

二十一日　晴。俄王曾出谕，禁止耶稣教会中牧师无护照者，只准在俄国边界行教，不得深入名都、大邑云。 俄限传播耶稣教

因查耶稣教为因果之说，与佛教相似，其用意亦无恶于天下。惟行之者多借以骫法，故招怨耳。俄崇希腊教，本与耶稣隔膜，其限制之以防滋事，宜也。但非强国而出此，则或以启衅为虞矣。

二十二日　晴。接总理衙门电，言阻韩借款事。 阻韩借款

因于朝鲜向美国银行贷银事，已面见外部，告以必不可贷，外部已允。美国家必不贷矣。又与律司商之，律司以为宜刊报，使通国周知，则商家亦无贷之者，方可止也。适北洋来电亦如此，遂刊入报。

二十三日　雨。新嘉坡来电云：现尔埃白金矿以三百五十吨矿石化炀，获净金八百七十两。核之，每吨计得金二两五钱云。

因尝以开矿事，询诸李格士银行之总办，据云：金、银之矿，虽有利而亦有弊，防其匿矿质也。若铜、铁、锡矿及煤矿，其利尤厚，如办理得人，则取之不竭。有留心 勿重金银而轻煤铁

矿务者，慎勿重金、银而轻煤、铁也。

二十四日　雨。驳诘美国禁工苛例，照会外部后，本日美外部复照会云：总统已与各部、议院商议，非有意迟延不复，云云。

久不照复之缘由

因查美廷之久不照复者，非有意而实有故也，律师尝言之矣。美自违约，中国责美以违约，义正辞严。美将自以为是乎？而不敢也；美将自以为非乎？而不愿也。此不照复之故也。

二十五日　晴。接北洋电：美兵船二艘，在韩调水兵上岸，送韩太妃葬。属向外部阻止，即往见律师。本日外部不见客，明日往谒。

俄属阿苏里地，近以华人麕至，拟重征身税以禁之。又高丽人之至者，亦同征税。

华人谋生处处受限

因谨按：中国人数四百馀兆，甲于地球，商务未兴，谋生计绌，故华人足迹遍地球。所到之地，地主即征身税以为利，虽暹罗为中国之属国，犹效尤焉。惟美国尚不因以为利，而又见忌于工党，限制綦严，则华人之不幸也。

二十六日　晴。李维格启行赴日本。

谒外部阻美派兵送朝太妃葬

午刻谒外部，为言：“美国兵船在朝鲜派兵送朝王太妃之葬，为向来所无。朝鲜颇怀疑惧，请电止。”外部答曰：“本国未得驻朝使信，未悉其详。泰西之例，两国有交谊，例以兵队送葬为礼。美与朝既通使，则礼所宜，毋庸电止。”因又言：“朝鲜近年民情惆惧，忽见客兵入国，殊不安堵，故为之请。”外部云：“朝鲜未见来电，不知

16,8,27

其不愿与否？以兵送葬，为理之常，未便轻率电止。且朝鲜之所虑者，俄耳。中国欲保全朝鲜，但当防俄，而不必防美。美断不觊觎朝鲜，中国可以息虑。朝为中国之藩，中国不愿美兵送葬，但饬朝鲜力辞，则美当遵耳。”遂辞出。

漠河金矿风气渐开

二十七日　晴。京北漠河金矿，出金颇旺。工人至万馀名，风气渐开，亦我国家富强之兆。

因尝闻诸父老：有明之季，开矿之举，阉人专之，利则入己，害则归公。故后人遂以开矿为弊政，而不知欧、墨两洲，其富强皆以此也。比利时小国耳，其民仅五兆，而开矿者至十万人，其国虽小而富焉。亦可以觇风气矣。

二十八日　晴。律师来言：“美兵船在朝鲜以兵送其太妃之葬，事属致敬，于与国无关交涉之事，亦无保护之心，中国可以不问，问亦无益。美国断不因中国一言，而肯失礼于有约之国也。”

美实无心觊觎朝鲜

因查墨洲皆小国，而美无兼并之心。欧、亚两洲，不闻其有属国，则其心可知矣。其禁华工也，实以民主之邦将顺民心，非有猜嫌于中国也。其于朝鲜，何觊觎哉？由其所言以观其所行，其用心可见矣。

日国欲与美国通商

二十九日　阴。日斯巴尼亚现以纽约领事为驻美公使，意欲与美国立一通商和约，专为古巴起见，外部大臣布连将与商议云。

因查古巴为日之属岛，而与美邻。英人尝攻之矣，美不闻觊觎焉。美新与各国立报施之约，古巴与美互市至多，故日欲与美立约耳。

三十日　雨。外部来文，以派员查金山埠户口并所习技艺，请饬中国总领事署帮同查核云云。此案是否恐中国领事以前照会所云华民不过八万人不实？抑或谓华人开设赌馆、烟馆、妓寮不合，故为此举？已属金山总领事加意伺察，以为防范之计。

协查户口留意防范

谒外部。

九月初一日　大吉，雨。阅前任郑藻如案，美国飘折地方管税官来信：以英属域多利华人日盛，现已有二万五千人，宜设领事以资保护。郑大臣复以暂缓。

不设领事之缘由

因谨按：中国不愿设领事者，以设一官即增一费，国帑支绌，不可铺张，意甚是也。然外国领事之费，即取之于商民，盖以国为民设官，民自为官筹费。我国家自新加坡初议设领事时，建议即以船牌之费为领事之费，及其既设，则又不然。

朝廷重违其意，委曲从之。自此以后，成为领事之费，由国筹之。老成深算，谓以中国百姓之脂膏，为外洋游民之保护，重外轻内，谋之不臧。于是各处求设领事者，均作罢论矣。

初二日　晴。英报载：美国草昧初开，仅一百年。其创始者为华盛顿，神圣英武。富强之事，以次递兴，越一百年，国富至十馀倍。其富强之道，以铁路为第一关键。故地球铁路惟美最多，亦惟美最富也。南墨洲银国效之，极意经营，已成二万六千馀里，尚拟再兴。运出之货年盛

英报称赞美国富强

16,9,3

一年，火车至不敷用，一千八百八十九年又增机器车一百七十八乘，人车一百四十五乘，货车五千四十八乘，商务日兴矣。

因按：华盛顿拒英，而美始为自主之国。于美为德，于英为仇。乃美人爱之，而英人亦称之。亦可见公论在人心，而尽心为国，其事可为焉。

初三日　晴。奉北洋冬电，两次为朝鲜事。当即与外部约订晤期，订以巳刻。到时，已有南花旗公使先见。因于第二起见外部，先作寒暄语，因曰："贵大臣二十八日所言，已电中国政府及北洋。惟朝鲜葬事已逾二日，贵国兵船之兵仍驻汉城，且带有炮三尊，药弹数箱，兵官二员。朝事正在危疑之际，易启猜疑。请贵大臣电止。"外部曰："譬如美国兵船到中国天津、上海地方，中国如有喜庆之事，派兵上岸入城，以志欢忭，中国不疑，他国何必猜疑？"因曰："时为之也。升平无事之时，人情本自怗然。兵船派兵上岸，且又不久，何猜疑之有？今朝鲜国事正属危疑，美国猝然派兵上岸，且带枪炮，又如此之久，焉得不疑？"外部曰："美国持盈保泰，匪特不贪他国土地，并不愿干预他国之事，无庸疑虑。"因曰："中国之所疑虑者，非虑贵国之兵，虑他国之效尤而起也。贵国能保贵兵船之无他，不能保他国之一一如贵国也。且贵国既不愿干预他国之事，何惜此一言阻止兵船之兵？如果阻止，于贵国持盈保泰之名，愈有益也。"外部笑曰："本大臣并未据驻朝公使公文，实属不知其事，可见我国

敦促美勿许兵入城

之无他。今既据贵大臣屡次言之，当照两次所言，知会驻朝公使：派兵入城，中国既不愿，以后切勿轻易许兵入城可也。”因曰：“贵大臣如此办法，益见贵国之善持盈保泰矣。”遂寒暄数语，握手而退。

力阻巴拿马排华

初四日　晴，大北风。前月，巴拿马商董易佐才等，以该国土人议禁华人，不准在该埠开设店铺，并不准佣工，因禀请救援。当以该埠为可仑国所辖，即往谒该国驻美公使，又托美国驻巴拿马领事代为转圜。兹据该领事阿丹信复书称：已向该国政府及该埠巡抚婉商，不宜驱逐华人，开罪中国。该国已将土人所立苛例，驳除不行。该埠巡抚且谓华人勤而耐苦，实为难得，当保护之云云。查中国与该国向未立约，不能自向该国诘问，只可婉转设法，尚幸可行，否则华人又苦矣。

智利土人抢掠商民

初五日　晴。秘鲁吴濬来信，言智利土人因美国银钱价贱，物用涨价，土人作乱抢掠，各国商民均有遭劫者。所失货物，中国约值银二万馀两。因未立约，无从索赔，禀请驻秘参赞设法，因与智利驻秘公使商之，该使不敢与闻。因令商人自请律师，赴智利国家控告。查泰西各国，无不相立和约，相求通商，而国用不缺者，由于此项费用取之于商也。中国向无此例，故遣使之费取之于国，而四成洋税有限，不能扩充，故不能尽设参、领而保护之。权有所不及，固势有所限，亦法有未备也。

初六日　小雨，大风。闻初三日，英属域多利地方，有华人二十名，私入美境，为美国关吏所见，遂拘执之。

16,9,7

因查自光绪十四年，美国违约，苛禁华人，而华人遂由英属潜入美境，于今二年，美渐知之，法网亦渐密矣。 防华偷渡法网渐密

初七日　晴。金山美七号新闻载美国嘉省新闻：其升调，每以能苛虐华人者为先，以其能得工党投筹也。现任舌地美印判，久候本省总督之职，故屡出苛例，酷虐华人。刻总督缺出，该员巡游各埠，宣言于众：谓如得此缺，必立新章，以期益土人而制华人。工党燃炮相迎，待之尽礼。

因观于此而知禁工之例必不能除也。美之在官者，无不以苛虐华人为富贵之阶，工党稔知之，亦即以此牢笼在官者，遂觉沆瀣一气，而华人益不聊生焉。 禁工之例必不能除

初八日　晴。闻斐市那埠各园，因百果成熟，需工孔亟，甚爱华工。雇工者每日愿出工资一元五至一元七角，而苦人数不多。洋工亦一元五，而火食在外，且不受约束，故园主愿雇华人也。

因谨按：美国各公司皆喜华人，而恶埃党。而华人之势卒不敌者，未尝入籍，不操保举之权也。或曰："各公司亦操保举之权，美之官绅何以媚工党而不畏公司乎？"因答曰："铁路、制造、蔬园、果园，此数公司者，每一处用人多至数千，少亦数百。而保举之例，向按名而投筹。纵使各公司尽为投筹，度美国之公司，计数当不过千耳。而所用之工党，则千倍之。公司之势，只抵工党千之一耳。美之官绅何畏哉？审势量力，欲美之不徇工党，不禁华人，必不能矣。" 美徇工党必禁华人

初九日　晴。中夜大风雨。谒律师、户部。

俄王以宫墙附近常检获炸炮等物，疑系尼希利党所为，故欲迁往兀芝那宫。不料兀芝那宫亦早有之，迁宫之议遂罢云。

俄无外患乃有内忧

因按：俄主好兵，比邻诸国皆侧足而立，时时防患之不暇，固无有敢加兵于俄者，俄真无外患矣。而不意其患生于内，且防之而不胜防也。人乎？天也！

初十日　大雨。大东南风。美国新定税则：洗衣浆粉入口，每磅抽银二分，所以困华人也。英国以美廷增税新章，有碍英国商务，已与美廷辨驳。

美国费城"保护华人会"会首来信：谢去年善捐，并订西十一月十九号赴会。又云：已公呈上议院，除苛待华人之例云。

中国应予报复还击

因谨按：洗衣之浆粉每磅值银不过二分，而入口之税如之，且他国均无此物，是专为中国而设也。假使中国照美之税浆粉者，税美国之麦粉，即以每年五十万桶计之，每桶成本银八两，税亦八两，则每年税银四百万两矣。浆粉、麦粉，同一物耳。中国如毅然行之，美将何以措词哉？

虐华在前又求招工

十一日　大北风，天阴。驻秘参赞吴潽来信：以秘鲁田寮急需华人作工，其寮东屡次来求向中国招工，并立保护工人新章，以冀中国允许。因谓华人出洋遭虐，未有如秘鲁之甚者。前此智、秘构兵，华人惨罹杀戮者四五千人；此外为寮东虐毙者不下万人。以后中、秘虽立约保护

16,9,12

华人，该国纪纲不立，上下相蒙，虽有约而不能行，徒托空言，迄今中国之民犹憔悴于虐政也。应俟该国能实力奉行“保护华人”之约，再由中国察看，方可相商。

十二日　晴。翻译李维格，经出使日本大臣奏调赴东洋，前月底已启行。使署翻译一人，力不能给。查有以前肄业局学生容揆，在美国理海学堂用功，洋文尚优，当即札调，于今日申刻到署。 容揆调任使署翻译

因谨按：出洋肄业局始于光绪五年，撤于光绪十一年，费库帑数十万，而所培植之人才甚希，则经理非人故也。

十三日　雨。西历七月九号报载：美国东方诸大省，近来以科司达律司所上上议院条陈，及驳下议院马罗苛禁华人新章，均谓美国立例不公，群相訾议。又美国富户名百嘉省，亦著一论，以驳禁止华人之例，登诸日报。而纽约、波市顿、厘爹儿费亚各埠新报所纪亦同意者。美国尚有不阿工党、不冀显宦而不昧天良者乎？

南洋来电，以向云者斯德厂所定之枪，系双机枪头，如未请验，无验过回文者，不收云云。

闻翰林院侍读许景澄，派充俄、德、奥、和公使。 许景澄派充公使

十四日　晴。新金山土人之工役嫉妒华人，逼国家立禁，国家不得不从矣。乃附近太平洋一带之渔户，谓华人不来，则取鱼、腌鱼均少人；而金山沙末鱼之利，将来必为他人所夺。现在议举人员至金山省，往见大府，请速开禁云。

公私不同意见各别

因查新金山草昧初开，人烟稀少，垦荒、开矿，在在需人。其欲华人之至者，商人兴利之心也；其妒华人之至者，工党专利之心也。公私不同，故意见各别耳。

十五日　晴。七月中旬，巴拿马商董以可仑国土人议禁华商，会集千馀人，挟制地方官，逼令华人出境，禀请救援。当以该国与中国向未立约，无从照会，即往见该国驻美公使，托其致意政府，公使允之。又求外部转致美国驻该国领事，面向政府言之。月初，美领事已有回信，言该国不准土人凌虐华人。因当即复书致谢。本日，接驻秘参赞及嘉里约领事来函称：可仑政府不准土人创驱逐华人之例，其创乱者，已拿获百人监禁，华商贸易如常矣。

可仑监禁排华乱民

同文馆总教习丁韪良来谒，当与晤谈良久。该教习于美禁华人，颇持正论。因甚嘉之。当即答拜，并订十七日公宴。

会丁韪良

是日，律师带丁韪良见美总统。

十六日　晴。律师来，言已见丁韪良。拟于十八日请美国大员与丁韪良相见。俾丁韪良所言，与众闻之。顷已偕丁韪良往见总统。丁韪良尚敢言。因以美国驻巴拿马之领事实心保护华人，欲咨请总署赏给宝星。律师谓美国官员向例不许领他国之赏。前此公使田贝，承中国皇帝之赏佩带，为例所格，乃存之博物馆。以示后世而记中国皇帝之恩，此破格也。今欲赏美国领事官以宝星，必下议院议之。议院未必准受。不如将来赴秘，过巴拿马时，亲往道谢。以使者之意，赠以什物，如投桃故事，该领事可以

咨答谢美驻巴领事

16,9,17

受，以后亦必保护华人也。因额之。

十七日　晴。申刻，四面皆晴，而近数十丈独雨，如中国五、六月时气候。

申刻，丁韪良至，宴于大餐房。具中国馔，从丁所愿也。使馆参赞以下毕集。丁故善饮健谈，言及前次请假回美，曾历地球一周：由中国向东，而至金山，至美都，至大西洋，至英，至马赛，至红海，至香港，皆指东而行，仍返中国。可见地球之为圆形，四面皆空，皆有人物。又言泰西人好游，其君往往出游，如英、法、俄、德、义、奥之君，终年涉历他国。如春秋时“觐遇会同”之典，亦风气然也。因因言中国欲开风气，须诸王贝勒游历东、西洋。并以词臣之谙外洋掌故者，置诸左右，则自天子以至百僚，皆知今昔之时势矣。丁又言地球诸国，近以英、俄、美、法、德五国为强大。究竟法与德壤地褊小，无可恢拓。不若中国之地广人稠，得其人，则自然强富，不待开拓，而开拓亦易图也。此外，则俄可开拓。英虽三岛，而各洲之属地甚多，新金山一洲，即可抵亚洲之地。美则地广而未开垦者尚多。过此五百年，不患人满。百年以后，中国、美国、英国、俄国，此四国者，势当相埒，亦虑相并矣。坐中有言：日本厉精图治，泰西各国以“小英吉利”目之，然则日本亦屈一指乎？丁未对。因笑曰：“日本果能强乎？泰西各国有誉之者。因其曲意趋承，奉若神明，事如父母，故以好言慰藉之。美国新闻即讥其设议院而不择议员，所议者适便私图，不足与谋国矣。其千

宴丁韪良

游历各国增长见闻

中国人多开拓易图

日本果能强乎？

馀年而君不易姓者，前此日本国政由大将军。故干位者，不争君位，而争大将军耳。其国形势，四面皆水。当铁舰未创以前，诚有汤池之险。今则铁舰之制日精，炮力之及日远，日本失其险矣。元世祖平湖之役，兵舰未行，且亦仅攻其一面耳。近年以来，其势非复从前矣。如德川氏之季年，美舰入贺浦，旋入下田；俄舰入大阪，旋入唐太；英舰入箱馆，旋入长崎。往来倏忽，电掣风驰。日人设守无方，未攻先溃，国不亡者几希，何强之有？泰西以俄为犹，以英为狮，言其猛鸷也。以中国为象，言其力大而笨也。以日本为猴，言其跳踯轻狂，而实无用，且事事步趋人也。”丁大笑，以为闻所未闻，至戌而散，赴律师处。

十八日　晴。是日，律师偕丁韪良见外部布连。布连于十七日由西省地方回美都，不愿见客。因费城会，请其十九日入会，即当与邮政局大臣同往，故丁韪良不能见面。

茶会

是夜，律司科司达设茶会，请美官绅见丁韪良，有按察司与焉。丁韪良为言中国近日兴武备，设海军；地大物博，指日富强。并言中国声明文物之盛。坐中听者皆拍手称善。夜阑同赴大餐房啜加非茶，并陈设果食，随意取啖。宾散，已交子刻矣。

彭光誉宴丁韪良

十九日　晴。参赞彭光誉，是日宴丁韪良，用洋餐。因向不喜洋餐，故不与。

二十三号西报云：现届嘉罅宽省总督任满之期，故在本省入美籍者，纷纷投筹，各举所知。现任嘉省知府名薛

16,9,20

地羊，亦将任满候调。有欲举薛地羊为嘉省总督者。工党中谓其昌言不喜华人而所开之矿地，仍用华人，口是心非，必不可信。因将该府所为，列诸新报，以明不举之由云云。工党之势焰如此，宜美之欲跻高位者，专以苛虐华人为阶梯矣。

苛虐华人以谋高位

初七日，有华人三十名，由香港附船至墨西哥。又由墨西哥至美境，为关吏所获。现拟仍附香港船载回。

二十日　晴。美总统定于明日巳正赴印地按拿保利士埠，约二十二日辰刻可到。按二十二日为各员公举官员之日，总统意欲亲身投筹，保举人才。是晚即启程回华盛顿云。

总统参与投筹举官

因谨按：三代以下，当国之君亦有收拾人心之事。大抵损上益下，施惠及民耳。未闻以筋力为礼也。美总统可谓劳矣，其意在联任乎？

二十一日　晴。金山二十日电云：柯顺匿轮船由横滨至埠。接日本大阪电报，谓中国兵船两艘，由釜山往仁山，距仁山约一百八十里，猝遭大风，以致受伤。又言俄国颇垂涎朝鲜云。

因谨按：俄觊觎欧洲，欧洲诸国“合纵”以拒之，遂致力于亚洲。中国新疆、蒙古、黑龙江、伊犁地方，节节与俄为邻。朝鲜尤为扼要之地。日本尤与朝鲜邻。近俄人蛊惑朝鲜，将来恐有龃龉之事。日本介乎两大之间，不与中国唇齿相依。朝鲜入俄，日本岂能安枕？惜其予智自雄，不亲所当亲，而与中国存畛域也，后必悔之。

日本恐俄独占朝鲜

丁韪良来见，言外部今日事冗，可见，不可久谈。请于明日巳刻来，可以久叙。从之，遂未见。因来辞行，云：明日见外部后，即乘火车往巴蓝埠，赴友人之约。改日即返费城。

二十二日　晴。二十二号报：英属域多利有华人三十二名，附船至美之匹珠桑埠，为该处税关查获，又送回域多利。而英税司须每名纳税五十元，方准入境。是以美员仍押回美，由轮船拨回中国。

金山华人大量回国

同日新公司帆船"庇厘昃"，由金山赴香港，载华人七百名，华妇十名，可见华人之回中国者多矣。

午刻往送丁韪良行。丁韪良已见外部矣。

加强驻兵威海卫

二十三日　晴。新报载：威海卫为辽沈之咽喉，闻已与旅顺口、大连湾均筑炮台，驻重兵。惟金州地方寥阔，海口平夷。明时，日本兵犯辽东，曾由该口泊船，率师上岸。明永乐间，曾设城堡，立烽火、斥堠。现闻李傅相深谋老算，防患未形，已派员勘地绘图，兴办守备，如能集事，奉天、吉林，锁钥严固矣。

因按：外洋各国留心武备，善于侦探。中国如慎固封守，无隙可乘，亦可以消其侵陵之志。是不战而屈人，伐谋于先事也。

议院选举南党占优

二十四日　天气转寒，晴。酉刻，总统回华盛顿，知今届所举，南党议绅比北党多一百二十人，尚不止四十人也。

因查美自南北交哄后，两党隐如水火。南党人数多于

16,9,25

北党，故下议绅独多。议绅多，而权遂重。此南党之所喜而北党之所忧也。现总统为北党，其有戒心乎？

二十五日　晴。中国山东矿务局，在美国钵仑埠购置开矿机器一副，计银十四万，运回中国。

购置美国开矿机器

北京轮船由香港来美之金山，搭客一百二十二人，洋烟一百六十二箱。照美国新定之税，纳税六千六百四十二元云。

因按：美国不禁洋烟入口，而重其税，何也？盖禁其入口，则偷漏必多，是有弊而无利也。重其税者，即于不禁之中寓禁之意焉。日国之收吕宋票税，新金山、卡拿大之收华人身税，皆此意也。从前广东闱姓赌博，大吏以征税为失体，不收税而严禁之。粤人乃徙博局于香港、澳门，纵赌如故，此明征矣。外洋无军、徒、鞭、扑之刑，均以监禁、罚锾、苦工代之，不仅省养囚之费，而且资其力焉。其亦有当以人治人之道乎？

以税设禁弊少利多

二十六日　晴。纽约来电云：美廷购银砖以备铸银钱之用。兹两月内，已购得一千零五十万两，可敷铸钱矣。

美国兼些士埠出产牛、羊，运至墨西哥国出售，墨国税关收税甚轻。现因美廷更立新章，于墨国进口货物加抽税额。墨国亦效之。新定税则：于美国入口牛、羊，每卡税银五百元，以报美国之重税。美商苦之。

墨效加税美无奈何

因查墨西哥为墨洲小国，弱而又贫，与美接壤。如美与开衅，美之兵队可朝发而夕至其边也。乃于美加收墨国之税者，墨亦效之，以加收美国之税。美固无奈何也。税则者，固国之内政，而应由各国自主也。

剿办安徽哥老会匪

二十七日　阴。安徽省哥老会匪与客民纠结为奸，日深一日。因于光绪十四年十月，曾经奏请查办以安闾阎，奉旨发交两江总督、安徽巡抚办理兹家乡来信：七月间，哥老会匪于皖南石埭县地方潜谋不轨。经皖南总兵史宏祖立派马队数百名，驰往剿办，当即拿获唐玉狗等。严讯供称：会首头目周子意窝留村民汪启元家，业已逃走。当即将所获之匪解省，经巡抚沈审讯属实，一面出赏格，严缉务获。嗣于八月间，在江西所属地方鄱阳湖拿获周子意及其妻。九月初二日解省。初九日，并伙匪邹老三二名与周子意共三名正法。安省皖南地方当可暂时静谧。惟会匪之首领，必须拿获，方可太平耳。

为保华人屡辞墨国

墨西哥国参赞来谒。该国志在“立约招工”。因以总理衙门不愿立约，已屡次婉辞。惟闻华民之潜赴该国者已多，利之所在，人争趋之。将来必至如美之立例苛制。前任郑大臣谓不如于该国欲招工之时，因其势而先立善法，较易就我范围。其言未尝无所见也。

火药厂爆炸

昨日中国来电，谓太平府火药厂失慎，全厂炸毁，焚死工人三百名。

哥士答力戛（哥斯达黎加）

二十八日　晴。义大利公使来函：今日巳刻，送哥士答力戛国代办参赞发引。即偕何翻译赴约。各国公使到者约得半。美外部到，派马队一百名送葬，戎服列队，于门外以待。

中国派员学习军事

美国报言：中国武弁、炮员十一人，有德员带领，至

16,9,29

德国依胜城克虏伯炮厂，又往基路城水师署游览。足见中国之留心武备矣。

因尝闻德国驻美公使言：以前中国所派学生，至德国武备院学习陆军阵法。甫届三年，乃又欲入兵船学习。不知陆军之奥妙：进退、纵横、疾徐、开合，学之十年，尚不能尽。德国之民，凡学习三年而出院者，不过为当兵计耳。若为统领者，则终其身，寝馈于中，未敢舍而之他。故陆军人员，每全不谙水军之事者，其心专也。因忆其言，因附志之。

二十九日　阴。夜雨。接上海包封：北洋言禁高丽借款，询金山迁徙唐人街事；南洋咨请验云者斯德厂枪弹事。

地皮公司来谒，言中国时事：越南已归法，缅甸已属英，琉球已入日。惟美国守不贪之旧训，与中国无猜。现在可虞者，俄人有意于高丽、吉林；英、法生心于西藏、滇、粤。中国当自强以防之。 中国时事

家乡来书言：皖南广德州西乡，有哥老会匪结盟聚众，经地方官带兵擒获头目一名，并获窝家，搜出伪照、盟单各件。因于光绪十四年十月，曾经奏陈。惜地方官不能早殄萌芽，以至蔓延，为可恨也。

卷五

十月初一日　雨。闻俄国欲占高丽西北境之某地时，英国驻扎日本之战船，名“邻打极斯文”，即已奉令发煤，俟得令即起碇。嗣又闻俄所占者为乾庆道，尚非扼要之地，而英国驻日诸兵船，均严队以备调动。又闻美国欲租巨文岛，以积煤云。

英国力争巨文岛

因按：俄觊觎巨文岛，而英力争之，非所以纳交于朝鲜也，非所以要誉于中国也，妒俄之益其强耳。英于北海无屯煤之地。而俄人得巨文岛，则英兵舰之力将不行于北洋，是俄强于英矣。欧洲有约，不许俄之兵舰出黑海。而俄乃于亚洲得屯煤之岛，是日本、朝鲜一带将让俄威令独行矣。全力争之，此英之胜算也。

初二日　阴。美商言中国每年入口煤油，约值银二百万两。由美至者，居十之七八。闻英员由直隶至山西、陕西，游哈什噶尔，有日记记之。

16,10,3

广东创铸银钱通行，商民便之。 广东铸钱商民便之

因查银钱通用，外洋之擅其利者百馀年。前此吕宋本洋，至以七钱三分之低银，当中国之银八钱有零，民间因其行用之便，不折色、不短秤故也。中国自铸银钱，其庶几不为外洋专擅乎！

初三日　晨起，雾重至不见人。金山华人分党，自相戕杀，九月二十四日至二十六日，连戕三人，已饬领事示禁。 金山华人自相戕杀

墨洲合南、北、中，共十七国，拟公筑铁路一条以相联，属先派员查勘，而后兴工。其经费按版图之大小分派。美国应派查勘之费六万五千元，总统已饬议院核派矣。

因查墨洲合南、北、中，共十七国。其能自立国者，南惟智利，北惟美耳。其馀皆小国，民数少，而武备未修。近日英人多强占其地，故有戒心。合全洲而造一铁路，将联墨洲各国，以防外患之乘也。 墨洲诸国公筑铁路

初四日　晴。撰小吕宋设领事条陈。赴美派驻巴西公使江嘉处道喜。

俄国撒马儿罕铁路造成，又增至塔什干地方。法人于越南开矿，得洪基煤宝煤矿，出煤甚多，每日可出五十吨。再过三月，渐次开辟，每日可得五百吨云。

云者斯德厂两次来电，请验军器。复以明日起行，越日开验。

巴黎来电：议院订来年水师经费，谓船炮不必过巨， 船炮不必过巨

炮之三十吨者，可穿现在兵船铁甲。新造兵舰，每点钟可行十八米云（计中里六十里）。

因按：船炮之力，只求可以破现在之兵舰，此以船攻船之意也。义国之铁舰，其用百吨之炮者，亦不过能破现在兵船耳。故法之水师无他求也。若俄之克龙斯达的炮台，其铁甲厚四尺八寸，虽百吨之炮，亦无以破之，此其所以雄视欧洲乎？

初五日 晴。卯刻起。饭毕，乘马车赴火车厂。巳初开车。随带翻译、武弁，共三人，于未刻附轮船过海峡，乘马车至纽约。饭后，戌刻眠。

美国商人与华人合伙运木板，至中国出售。此事若成，又夺中国之利矣。

外洋屡夺中国之利

因查自洋布、洋纱入中国，而女红失业；自煤油、洋烛入中国，而东南数省之柏树，皆弃为不材；自洋铁、洋针入中国，而业冶者多无事投闲。所以然者，外国用机制，故工致而价廉，且成功亦易；中国用人工，故工笨而价费，且成功亦难。将来木植入口，中国之地产又多废弃矣。

初六日 雨。卯初起，辰初饭。辰正坐马车起程，赴火车栈。云者斯德厂主已派一人导引。由火车至纽海飞地方，约三百馀里，又换马车，行七里至厂。厂中司事三十

验收军火

馀人，工人一千馀人。当即查枪箱、刀箱、弹箱，提出数箱开验。此枪系一管而入五锭，可以连环而发。五锭尽出，再入五锭，尚为灵捷。设靶于一百码外，五弹均中。

16,10,7

易枪亦如之。自午初验至申初，所验已多。当将已验者，另作二箱，黏封封固。遂入客栈。饭毕，仍乘马车至火车厂，赴火车。至纽约，又雇马车至领事署。饭后已戌正矣。随雇马车至火车厂。亥初开车，寅正到华盛顿车厂。俟至天明，始回使馆，已辰初矣。

调金山领事署随员黎荣耀至华盛顿。

初七日　晴。前日至纽约，见大街两傍，上有轮车来往。询之巡捕，方知纽约地方，街衢来往人众，街不能容。故于离地数丈之上建造铁架，与屋顶齐，即于其上行驶街车，以免拥挤。英国伦敦京城，则于地下掘深六丈，建造铁路以备轮车行驶。且用电灯，光明如昼。其经营可谓巧矣，皆所以便民也。

天桥地铁交通便民

初八日　晴。接云者斯德厂信并单，其中尚有游移之语。函令改正。

接北洋信。即发书至各属，令办直赈。

美国户部核自上年七月一号至今年六月三十号止，此一年内共入款计四百零三兆九百八十二元。自开国以来，只有两届多于此数。较之前年，多入一千六百零三万九百二十三元。查此届，一年之内出款共二百九十七兆七十三万六千四百三十六元。除正用外，尚馀一百五兆三十四万四千四百四十六元。又支二千三十万四千二百二十四元，收回国债之票。仍馀八十五兆有零。

美年入款四倍于我

因查四百零三兆，合中国之银三万五千万有零。较中国入款，盖四倍矣。

初九日　晴。金山华人自相杀仇，致美国派巡捕缉拿，恐酿事端，急发告示，令总领事设法解散，以期安静。

闻美廷此次东省之官，多为南党。缘北党去年新议加税，不便于民，故举者少也。

美又逐华

亚巴连埠又创驱逐华人之例，并不许华人经过。当晤外部告之。

因昨阅美国户部出入之款，因思中国今年洋关税款，所入不满二千万两。入口之货值银一万一千九百八十八万馀两。出口之货值银九千六百九十四万馀两。两比仍漏出银二千馀万两。当思所以挽之。

初十日　晴。卯初，率参赞、翻译、各员朝贺。晨设寿面。晚设宴。

善待华人方可立约

檀香山公使来见，订两国立约。答以务将贵国旅居华民加惠以待，但使华民安业，自然可议。现尚非其时也。

因考中国究心矿务：开平、基隆均开煤矿，尚属有利。近闻直隶因水灾，开平铁路被拆。基隆煤矿出煤甚旺。而法人于光绪十年攻台湾时，焚毁煤油五百箱，延及煤矿，至焚去煤一百馀万吨，迄今尚有馀焰，皆可惜也。

十一日　晴，始见薄冰。谒律师，并答拜檀香山公使。该公使颇肯保护华人，居心甚厚。

工额红（刚果）

英人施旦来，前至阿非利加洲之内地工额红地方，与野人共处，施以教化，教以开垦，阻其仇杀，久之相安。遂以该地为省，分以施旦来主之。今年回英，英之君臣皆

16,10,12

敬之，迎迓有加礼焉。完婚后，拟即挈眷以往。闻其地旷土有八十万英方里，较之中国舆图，几有其半，可谓广矣。

因查地球四大洲，近澳大地亚亦称洲，则为五洲。亚洲辟最早，欧洲次之，墨洲则三百年前犹混沌也，澳洲则二百年前犹混沌也，阿洲则现在犹混沌也。旷土至八十万方里，岂石田欤？抑无人开垦耳！然则留天地不尽之藏，当以阿洲为第一也。请诵《山枢》之诗。

十二日　晴。美国水师军械所，今年华盛顿炮厂造成四寸径者四尊，五寸径者两尊，六寸径者七十七尊，八寸径者十五尊，十寸径者四尊。其造而未成者，四寸径者十二尊，六寸径者二十五尊，八寸径者二尊，十寸径者三尊。现又续造十三寸径者，又拟造新式机器炮为陆军之用，以后膛来复线为主。 美造新炮

华盛顿所属之阿比典埠来电，言该埠之华商，于本月初三日被土人驱逐出境，不准稍留。其业经出境者，已有二十人矣。

谒律司。照会外部。

十三日　晴，天气转暖。中、俄陆路通商，去年入口之货，值三百五十万罗卜，合中国银二百六十万两。中国出口往俄，以茶为大宗，本年已逊于前二年。然亦值八百馀万两，盖出口多于入口几三倍矣。 中国对俄贸易顺差

闻越南归法人保护后，法国设关于各口征税。华人至越南者，每名纳身税五元。以后按年照纳。至出口时又纳

三元。近以华人到越日少，又改为有法领事护照者，可以免纳。但须按期出境，否则仍纳身税。

欧洲宗教

十四日　晴。查欧洲之教有三：入罗马教者一百六十兆人，入希腊教者八十三兆人，入耶稣教者八十五兆人。又回教五兆人，犹太教五兆人。英本国之民只三十五兆，合属地计之则多。日斯巴尼亚在一千八百八十四年，人数十七兆二十六万人。

警惕英国窥取西藏

西藏距京都一万四千馀里，其境极西之阿里南地方，距中印度仅二千馀里。英人既得五印度，竭力经营。东南之缅甸，英已显踞之矣。近又请于中朝，于西藏通商。将来由缅甸、印度两境以窥藏，中国之兵力鞭长莫及，英则声势相通。当绸缪未雨也。

十五日　晴。接云者斯德厂信，所售枪弹尚不肯具结。已再发函矣。

法造潜艇

十二日新报云：法国所造新式兵船名“吟那脱”，能在水底驶行，极为灵便。法廷拟照此式再造大者一艘。现在之船长一百三十英尺，外有厚甲，水面、水底，惟所用之，均可攻敌。

美水师部大臣谕管理船工事务司员：须筹善法，令兵船铁甲紧贴船身，使为脱落。查兵船铁甲，每块重四十吨，令其贴紧船身，殊非易易。该司员商议未得善法，拟访查各国船厂，然后兴工。

闻英属新金山等处设立章程：凡华人入境，按名纳身税一百元，其意欲使华人畏而不来也。华人仍陆续而到，

16,10,16

该地土人亦无如何。现计华人侨居新金山各埠者，已有四万人。又有在打士米尼亚与纽西阑两岛者，约四万七千人。查此两岛地面不大，而华人之到者如此之多，可见中国民数之众也。 打士米尼亚（塔斯马尼亚）纽西阑（新西兰）

因查华人之至美国也，由广东至英属卡拿大，需船价银五十两，入卡拿大境又纳身税五十元；再由卡拿大潜入美境，其费称是。盖较新金山为尤多矣。而源源而来，禁之不绝者，则以有利可图也。

十六日　晴。是夜大雪，及地而化。致南洋曾信，为购枪验枪事。

去年，英国出口钢铁四百十馀万吨，可见矿利之盛。

苏格阑新造铁桥于佛德河，约长三十里，为地球至大之桥，计费银一千二百馀万云。 苏格兰造第一大桥

日本于一千八百七十九年，商务之利只六十兆，今则一百三十六兆，盖已倍之。

南花旗瓜的马拉国新用电灯，而煤油入口已减一半。中国似可效之。

和国君薨，英、俄、法三国恐德国之并其地也，遂声明共保和之土地云。 英俄法合保和防德

因谨按：俄皇与德皇时时为衣冠之会，而德皇又常赴英，正不仅《周礼》所言“岁相问，频相朝”矣。且英与法尝合以伐俄矣。法之拿破仑第一，又尝屡与俄、英剧战矣。乃于和阑君薨之时，则合法以防德，非有所爱于和阑也。盖欧洲各国之于强国，阳则亲之，而阴则忌之。其

亲之者以其强，其忌之者亦以其强也。和与德为邻，德之易并者也。和不足惜，而德并和，则德愈强而足忌。此三国之所为合以防之也。吴起之言曰："吴、越，世仇也。当其同舟济而遇风，其相救也，如左右手。"此之谓也。

十七日　晴。美国加力轮船由太平洋来。闻中国镇远兵船触礁伤底，船头亦坏，幸驶到岸，拟开往上海修治云。

美国新定税则，收取华人入口日用之物，征税甚重。当饬金山领事详查。

是日，总统订于亥初见巴西国水师提督，遂并订见各国公使。

赴总统宫见面会

因于戌正三刻，偕参赞、翻译等，乘马车至总统宫。各部臣已到，各国公使陆续而到。总统至，偕其夫人立门内，外部立总统之左首。巴西水师提督率兵官先入门，握手为礼。墨西哥公使继之。又因率参赞以下继之，皆握手为礼。遂至堂中，见朝鲜使臣、日本公使、墨西哥公使并邮政部大臣、总察院律司，均作周旋，并游观前总统华盛顿及其夫人各画像。礼毕而退，返署约子初。

十八日　晴。冰不解，有霜，始发火炉。美国驻华公使来电云：中国已定由京设立电线，直达俄国之西比利亚省之企阿克他（即恰克图）地方，该地系蒙古北界。

设立电线直达蒙古

外部订于午刻，偕同各国公使及巴西国水师提督，乘小轮船往观华盛顿之墓，并定挈眷属。因一人往，日晡而返。

16,10,19

因按：巴西国在南墨洲，土地之广与美相埒，开辟年岁与美相同。乃民数仅十兆，而常有内难，则以治国者之无人也。美得华盛顿手定章程，不百年而国富至四十倍。宜巴西提督之欲瞻仰其墓也。

巴西治国无人

十九日　晴。拜发请禁吕宋票密折。

俄国近见华人与朝鲜人之居于乌苏里边省者日众，喧宾夺主，拟加重华人及朝鲜人身税，而招本国人往，给地令与耕。

因查近欧洲各国人民来美者，光绪十五年比十四年少十万人。然自光绪八年起，已减于初矣。去年来美者，德国约十万人，英之三岛约十四万人，那威、瑞典约四万五千人。自光绪八年起至十四年，欧人之来美者，计十四兆。其中英人四兆，德人四兆半，瑞典、那威八十万，法国三十五万，而埃尔阑一省之人已三百五十万。然则华人之来美者，较之欧洲诸国，微乎微矣。

华人数量远不及欧

二十日　阴。天气转暖。十八年，为中美约十年之期，两国或须商订。因密托美绅觅美国与欧、亚各洲所立之约，预属翻译译出，以备将来换约之用。盖以《中美条约》有“一体均沾”之语。他国所得于美者，中国亦可言也。

中美换约冀能互惠

闻醇亲王疾尚未痊，山东巡抚张曜，已奏派凌某入都诊视。惟祝天祐宗亲，早占痊好，实为普天之幸。

南党劳完昔曾充副总统，练达老成，今年七十八岁。祝寿者盈门。南党之到者尤多，因亦跻堂称贺焉。

二十一日　晴。天气又转寒，是夜大雪，至地而化，屋上稍积如霜。

昨日，美国已开议院。当即拟照会外部文稿，与律师商酌，故至律司处面议一切。

日本议院昨日开议

日本议院亦于昨日开议。日君亲临议院，宣谕新充上议院长者，即子爵伊都，前曾为相。日本之变革本国规模，一仿泰西，即该员创之也。

俄徕其民开垦边疆

俄廷现招徕其民，赴土耳吉司丹地方（此地与中国新疆毗连）开垦。缘本国地旷民稀，恐中国或土耳其国开衅，则鞭长莫及，故拟造铁路，直达西比里亚之东偏各省，以期声势联络云。

因按：此路若成，中国销茶可期畅旺，而边务亦严矣。

美开议院

二十二日　大雪至地而化，屋上约二三分厚，午刻雪止。美国开议院。午刻，下议院绅到院者二百二十七人。听总统宣谕之外，议绅并无别议。上议院绅在堂中听谕者只数人，其馀均在堂外聚谈。

因居美国，两见开议院矣。将开议院之前十日，美外部分送各国公使准入议绅凭据一纸，可持之以入，一扩闻见，意至美也。院式圆，空其中，环而坐，各有案，纸笔均备。有所见，则书于纸，刊于报，示至公也。无酬应之烦，嚣杂之习，拘束之劳。宽其礼数，而实事求是。华盛顿诚人杰哉！

南北墨洲合造铁路

二十三日　晴。前亚墨利加南北两洲派员来美会议，

16,10,24

以为今日防患兴利之务，莫如合南北两洲造一铁路，通联各国为一气。各国均以为然。兹闻各国一律派员至美，订于今日至外部衙门会商一切。

金山税关新立章程：于华商回华重复来美之照，必由洋人签名；而签名之洋人，又须亲到衙门洋官处，发誓担保，方足为据云。 苛华新例

缮照会一道，照会外部，为诘问苛禁华工之例也。

二十四日　阴，天转暖。

下议院绅、专理各国人民入境者，名奥印，新倡一例：凡他国人民入境，或以犯上之道害于人心、风俗，或无所倚赖以为生计，或有狂疾，此三种人未来者，不准入境；已来而出境者，不准再来；又不准轮船公司招诱他国人口来美做工。惟巧匠工艺为美国所未有者，准其来美，但须先立合同。 美倡禁三种人入境

俄国报谓一年所收酒税，计二百四十五兆罗卜，合中国银一万四千馀万两。又新辟荒地种粮，每年多收粮九千馀万石。 俄国税收可观

因查俄地苦寒而商务不盛，其入款每年亦至银三万万馀两者，则以取于民之法，全仿欧洲故也。其国势偏重于欧洲，故风气于欧洲为近。观其所收酒税，虽未必实，然亦可见其大略也。

二十五日　阴。律司科士达来见，言墨西哥公使因闻中国自铸银元，欲见其式样，请寄大、小各一元示之。

因按：墨西哥国前属西班牙时，中国所用银钱名

墨铸银钱夺利甚巨

"本洋"者，皆该国所铸。计自西历一千五百三十七年至一千八百二十一年，所铸本洋，约二千一百五十一兆。自一千八百二十年后，墨国自主，至一千八百七十八年，每年约十六兆。又至现在，则铸鹰洋每年二十五兆。共计四千二百四十七兆，合中国银约三十万万两。其夺中国之利，甚巨矣。

二十六日　雨。中夜大雪。俄国现在黑海所造兵舰，今俄廷谕令赶速造成。又多置造水雷船云。

广东黄埔船局，前已造成广戊、广己兵船两艘，今年又造成广玉、广金两艘。均系铁胁钢皮。马力五百匹左右，配以克虏伯炮，每半时行四十馀里。风气渐开，我国水师渐可恃矣。

各国战舰

因按：各国大兴海军，增造兵船。兹将光绪十六年后，此四年中所造战舰，合以前计之：英国重铁甲七十六艘，轻铁甲九十艘；法国重铁甲四十八艘，轻铁甲十四艘；德国重铁甲四十艘，轻铁甲十艘；俄国重铁甲二十七艘，轻铁甲八艘；义大利国重铁甲十九艘，轻铁甲十七艘；美国重、轻铁甲合之，共一百四十五艘。

与好德论洋药加税

二十七日　大雪，约厚二寸。谒议绅好德，言及中国谋国者，欲加洋药之税，良具苦心，而不能强英之从也。洋药一项，英国独擅其利。而中国大受其害，民为之弱，俗为之贫。英国每年售银四千五百万两。当中国禁种罂粟之年，则增至五千四百万两。中国雷厉风行禁种罂粟，而英人暗喜，子以为何如也？因曰："禁种罂粟一事，或以

16,10,28

为宜，或以为不宜，辨论纷纭，各执一说。尝于大庭广众之中有质疑于因者，因以为中国宜禁食，而不宜禁种也。以禁种为宜者，则曰禁种即所以禁其食耳。因曰：'子以为禁种则无可食耶？印度之洋药入口者，已增至值银五千四百万两矣，子以为再无可增耶？'其人再欲有言，因乃直诘之曰：'英国禁食而不禁种，中国禁种而不禁食，二者孰为失算？'其人乃无言以对。夫洋药者，乃中国一大漏卮。既不能禁外国之来，又不能禁民间之食。惟有听其自种，以塞漏卮，将来亦如烟草耳。烟草之初入中国，明代始亦严禁，而终不能，继而自种，今则遍地皆烟矣。然则欲除洋药之害，以禁食为第一上策，以禁种为第一下策，以加税为不得已之策，以听其自种为塞漏卮之策。如是而已。"该绅亦以为是。

二十八日　晴。昨日金山来电云：檀香山国王业已到美，其来非仅为游历也。闻国主以该国之民心屡变，控御为难。而慕美国之政治，故特至美，与美外部面商，拟将该国版图售与美国，为安全之计。查檀岛出口之货，以糖为大宗。其运入美国者，计二百馀兆磅，合中国二百六十馀万两。美国新定税则：本国所产之糖，每磅减收税银二分。如檀岛改为美之属地，则糖税每年可减五百万元。但不知美廷愿受该岛否？ 夏威夷欲加入美国

二十九日　大雾。纽约新报云：近来各国大兴兵轮，以新易旧。其评论水师者，或以兵船之多少为衡，或以船身之大小为断，其实不足凭也。盖新式兵轮与旧式者相 美报评论各国海军

角，其用大殊，其力或一可敌百。新式之兵轮，其益有五：能容万吨，一也；护炮之甲厚至一尺六寸，二也；船身之甲全用钢板，三也；半时辰行至五十中里，四也；入水未久，船料坚固，五也。由此而论，则各国水师之力，可较其短长矣。今天下各国之水师，当以英为首，法第二，义第三，德第四，俄第五。美之新造一万吨厚甲者，三艘；一千吨厚甲巡海者，一艘。此四艘者造成，然后可居第六。日斯巴尼亚第七，中国第八。惟中国尚未得法，虽有坚船，尚无把握。日本之船不如中国，而布置、驾驶得宜。如中日交兵，中国尚难操必胜之算也，云云。

不可尽信

因按：该报所言地球各国水师，形势了然。然亦有不可尽信者：德之水师实亚于义。义之水师不过“旦大罗”、“杜意留”二船，其炮系一百吨者，为各国兵船所无耳。至谓日本之水师布置得宜，直是阿其所好。以日人之尽弃其法，而学西法；且又屈节，足恭于各国，如是而已。然我国之柄政者，闻之借以自省，益可以自强矣。

三十日　晴。是夜大风如吼。美绅杨约翰，前曾充驻中国公使，现在伦敦报馆。当初，因出都过天津时，大学士李曾面属因以该员应与联络，以期交涉有益。因过天津，曾造其庐，则已赴伦敦。今年来信，一道歉意。

拜访美绅杨约翰

兹又来信，言已续弦。并于今日到华盛顿，订午刻相见。因援客敬主人，则先拜主人之礼，先偕翻译往谒。寒暄既毕，言及时事，该绅谓中国既兴海军，又兴铁路，富强有基，将来定为亚洲望国矣。因因言：“美国禁制华

16,11,1

工，殊失交涉持平之意。”该绅谓此工党之意，当路徇之。该绅又言：“美国新订加税则例颁行后，银行既多累歇，民怨沸腾。兹闻外部调驻墨西哥之公使回美。想因新例既行，墨国矿产入美，既须加税。墨国即照美国新例，亦设新例以报美国：凡美国之牛、羊入墨国口者，一律加税，以致美国牛、羊不能行销。故调回筹商善后之策也。”

因言：“中国之所以报美苛待华人者，其事甚多。中国将来亦当行之。”杨约翰无言。遂散。

十一月初一日　大风。晴。伦敦来电云：秘鲁国债共五十兆，计五千万元。向以所产鸟粪为质。自为智利所败，与智利立约，所有鸟粪之地，概为智国占卖。债主多英人，故英廷与智国理论。智廷许以鸟粪之地暂还秘国十年，先清国债。昨已成议。前此之迁延未成者，以有法人从中作梗也。今由美商格黎士说合矣。

智利允英暂退秘土

因查光绪十年间，中国以智、秘之战，华民伤亡，损失财产。曾托美国驻智公使劳觐，代向智利外部索偿。智利外部云：华人所业，有体面者甚少，众所共知。无论性命、财产，遭没于智人之手者，为数亦属有限。不允。何其直截！今乃以已据取之鸟粪，甘让英国十年，又何前倨后恭也？岂非慑于英之强耶！

初二日　风止。晴。美国鲁士委省茵陈地方，有揭竿为乱者，美廷已饬埃仑埠之带兵官率所部三百一十人往剿。又派员司圭也等，至金山查华人之工作、营生者，有

美责华人有失公允

无搀夺土人之利？今已查回，言土人间有失业者，实被华人贱价所妨云云。

因谨按：自英、美之洋布创行，而中国之织者失业；自英、美之轮船创行，而中国之舟人失业；自美国之煤油入华，而中国之榨坊失业；自美国之针入华，而中国之工艺失业。中国之失业者多矣。此数万人之至美，而致土人之失业者，未及万分之一也。美廷何以如是用心之深耶？其亦为我中国一思焉，否耶？

整顿外民意在禁华

初三日　晴。杨约翰来见，谈及议院前派上、下院绅，分往各处地方查考外国民人来美情形，以便设法整顿。整顿之道，以禁止华人入境为最要。兹上议绅司圭也称：华人到金山，准否登埠之案，臬司断得不准者，只百中之五：实因华人形貌相似，巡捕难为辨别。又称：华人由英属加拿大潜入美境者甚多。该地与美之北界毗连，戍守之兵甚少，防范不周。如欲禁华人来美，须拨巨款，添兵防守此陆地也。又华盛顿省之西北海口名“飘折”者，小岛甚多。华人近多由此而入。应拨快船巡查海面，方可防闲。现在美国禁华人入境之例虽严，而行之不得法，故无效耳。此外只作寒暄语。

公使面圣年准一次

初四日　晴。昨日，美国驻华公使来电云：中朝奉上谕，准各国驻京公使每年觐见一次云。嗣又得总理各国事务衙门来电，较详。当即分行照会美、日、秘各处。

美国驻巴拿马领事代理华人。此次巴拿马埠土人谋逐华人，聚众千馀人，沿街呼啸。华商尽行闭门，其势岌

16,11,5

岌。当电托美领事阿丹信，向该埠总督言：“本领事有保护华人之责。今土人谋逐华人，贵国何以不问？如不禁止，本领事即电本国立派兵船来埠。”该总督谢过不遑。立即拨兵弹压，枪毙土人数名，遂得相安。因既作书谢该领事。又照会美外部道谢。 美驻巴领事护华

初五日　阴，是夜大风雨。英国《伦敦日报》云：俄国已向法国定造来复枪五十万杆，订明十八个月一律交足。 俄购枪支

或问地球各国，有欲与俄启衅者乎？因以为无有也。或曰：“法之拿破仑以及英、法、义、奥合纵之举，非用兵于俄乎？”因曰：“拿破仑第一伐俄，俄人焚木司科城，法人几于匹马不返。英、法、义、奥伐俄之举，终不得志。自时厥后，遂无加兵于俄者矣。德人尝言：‘以兵伐俄，俄地苦寒，所运之粮，仅以供守铁路兵弁之用，不能济战兵也。’然则俄地之险，诚不止秦关百二也。”曰：“然则其修武备如不及者，何也？”曰：“不如是，不足以肆其蚕食也。” 木司科（莫斯科）

初六日　大风排闼，树枝多折。大雨为风所激，射玻璃窗如镝，窗为之裂者甚多。未刻风雨止，见日影。夜雨。

法国军制：明年陆军兵官共一万二千二百七十八人。内总兵官一百九十人，副总兵官一百九十九人，游击一千零四十七人。千总四千一百六十人，把总三千六百六十一人，副把总三千零二十一人。 法国军制

省报载：各国准于来年西五月二十号，在奥都公议邮政章程。美廷现已派定人员，前往同议云。

因谨按：邮政一事，中国不可不早议也。盖非惟国计所在，而国体亦存焉。中国邮政属于官，每年费公帑三百万。而驿递之迟，驿政之弊，不可胜言。美国版图不若中国之广，民人不若中国之多，而岁入至五千万焉。此国计所存也。中国寄外洋之信，因未与各国邮政会，至不能通于是。上海则用日本之士旦焉（各国寄信，以小印黏封面，谓之士旦），广东、福建则用香港英人之士旦焉。夫古巴之所以用日斯巴尼亚之士旦者，以其为日之属地也。中国因陋就简，苟且为之，而不知其于国体有碍也。光绪九年十二月，美外部来文云：华商来美，金山税关查出书信七八千封，又三千馀封，又八千馀封，均以不粘士旦议罚。经郑使以中国驿务详告之，得不至罚；而书信二万封均没入矣。夫中国不设士旦，中国之自失利权耳。而外国且苛待之，是并碍国体矣。故于各国之会议邮政，附志之。

中国应早议邮政事

士旦（邮票）

初七日　雨。辰初见雪，遽止。金山领事左庚来禀，言美国所派议院三人云。查金山民数，实系专查华人。该议院绅至金山，寓九层楼客寓。金关税司晋接后，即携巡差到唐人街看验、查访。次日，在合众衙门，先传税关人员访问，无不诋訾华人。巡役名白话得言，华人自六会馆以至商工，无非下流，应请一律驱逐出境。又传中国副领事傅烈秘到堂访问，傅领事则为华人辨白。越日，又传六

金山议院专查华人

16,11,8

会馆商董到堂，问六会馆之意何居？华人果否皆作奸犯科？商董亦极力辨诬。次日，议绅遂启行回华盛顿。

因按：美国之视华人如此，其议绅所询如此，处心积虑，彰明较著。欲其废弃苛虐新例，不亦难乎？

秘国来信：新派嘉西勒士为驻英公使，即秘之前任总统也。

美国议院议派员赴阿拉司届属邦，振兴地利。查阿拉司届系美国前所买之地，为捕海龙起见，此外无所欲也。买得后，始知矿产极旺，地又近水，太平洋轮船来往所由。将来开采既易，运费亦廉，其利溥矣。 阿拉司届（阿拉斯加）

初八日　晴。美国纽约城商民，因银根紧急，均提存款。以至市面急迫，银行纷纷倒闭。幸政府筹议开帑，出现银一千三百馀万两。目下，商人渐渐见信云。 政府救市

美兵部大臣卜络大，昨日以条陈交上议院：谓太平洋一带地方，宜择要地设一炮厂，以备海防军火之需。需费一百四十八万四千二百元。请议办云。

上议院绅宣文递一条陈，请立一例：凡新增税则与各国条约有不符之处，免照税则而行。

因按：此当系暗指英与墨西哥、檀香山而言。英、墨、檀各国，以美去年所定之税，啧有烦言，相与立例报复。美自知其窒碍，故为此模棱语耳。

德国南鄙有信云：俄国于波澜仍复如前增兵。德国兵部大臣因令东方各省，凡二旗守兵之处，各加一旗，以备不虞。 波澜（波兰）

初九日　晴。德国水师有大铁舰二十艘，小铁舰十五艘，大巡船八艘，小巡船十艘，寻常巡船四艘，炮船三艘，练船十艘，兵船九艘，共十八万九千七百九十六吨。汽机马力共十八万七千八百九十匹。炮共五百三十三尊。官与兵共一万七千八百六十员名。

德国海军

电线统计

天下各国电线之长短，十五年底为止，已有一百六十八万九百英里之长，可环地球赤道三十次。

初十日　晴。阴。天气转暖，不能着棉。英人于美之秘林地方渔捕海龙。美外部之意，谓秘林海面应全归美管辖，他国不得过问。英外部则谓秘林四岸，不能全属美国。西岸一带地方，本属俄也。按《万国公法》，海面归美管辖者，不过十里之内而已。两国龃龉。英外部以为当请局外之国秉公判断，而美外部不从。美总统拟即将两国往来文案，交议院议之。

英美龃龉

阿非利加一洲，荒土最多。现英、法、德、比各国，已于其地设局开垦。俄人亦于土耳其所属之亚弭尼亚地方开垦，云前此之未能遽开者，铁路未成故也，今其时矣。

亚弭尼亚（亚美尼亚）

十一日　晴。卯刻起，盥洗，拜牌，行三跪九叩礼。翻译二员未到。是日早设馔，晚设宴。

闻英国数十年前拟定章程：每年以银二万镑为鼓励人才之资。凡有独出心裁、有益军国者，赏银六百两。从此英才辈出，国势日以富强。

地球五大洲，墨洲铁路为最多。亚墨利加洲之南，自东海至西海，铁路长二千七百馀里。其地山最多，而亦最

各洲铁路

16,11,12

高。欧洲铁路所经山之高者，不过五百七十五丈，而墨洲之山有一千馀丈者。且其铁轨之尺寸不同，故火车不能直达，由于未通盘筹画也。北洲铁路，自东海至西海，已有五道。其最大者，长一万馀里。墨洲之势，南不敌北，观于铁路而可知矣。

英国有一盐地，有十一见方英里，盐厚七十尺。每亩有盐二十万吨。所有之盐，足供天下八百年之用云。

十二日　晴。俄、奥两国现在坚持前说，不认巴西为民政之国。缘俄、奥之君，均与巴西前王至好。故俄王声明：巴前王一日尚存，断不认巴西为民政之国也。 俄奥不认巴西政权

新报谓德国陆军新式之炮，全是钢质，每尊重八百四十磅，比旧炮较轻矣。查旧式炮重九百磅，益以炮架，则三千九百六十磅。新式之炮连架只二千七百磅，是已轻一千馀磅矣。新式装弹之车，每乘重三千九百八十磅，较旧式之车重四千四百四十磅者，亦轻四百二十磅矣。 德之陆军甲于全球

因按：陆军以进退便捷为势，炮与车均轻，自能趋利乘便。德之陆军所由甲于地球也。

十三日　晴。美国向规，于是日投赠珍物，以联缟纻之欢。因备湖绉、熟罗四端，磁瓶一对，绣花丝巾一盒，送外部布连。又备绸绉、磁器、茶叶等物，分送律师及上下议绅。 赠物联欢

初十日报云：法国议员正当查询欧洲各国水师强弱情形，不意查出本国水师办理不善之弊。缘德、奥、意三国，前年同盟，互相保护，意在西制法，东制俄。其兵船

于一千八百七十年，合计一百九十艘，但计至一千八百九十五年，则可期有五百五十六艘。该三国自一千八百七十一年以来，整顿水师，共费银七百兆元（计七万万元）。及查法国兵船，在一千八百七十一年，共计四百零五艘。至一千八百九十五年，可期二百九十九艘。盖自一千八百七十一年以来，法国为水师军务所费之款，共计九百兆元矣。

法国海军超支严重

谒律师询美国意图

谒律师科司达，查访美国派议绅，至金山查各国人民，果为何事？律师谓此非定例，然议院可创行。其查各国人民者，防有逃犯、病狂之徒，干碍升平之局也。又询美国税则新订何意？律师云："此中有报施之意，有保全出产之意。所谓报施之意者，如美国新订糖、茶、加非、牛皮，此四宗入口免税。凡产糖、茶各国，固得便宜矣。但必将询问所得便宜之国，何以相报？如有以相报，则照新章免税以优待之；如无以相报，则即独收该国一国之税。此物此志也。所谓保全出产之意者，如他国入美国之货多，则美国自产之物滞，即加税以阻其来。近来限制华人及前此增收中国所来米、绸各税，即此意也。"

圣诞放假

十四日　阴。是夜大雪。美国以是日为耶稣生日，故自总统以至庶人，均停理事。总统新派布郎为合众国总察院。此公持论，夙称平正。察院得人矣。

日修税则

西班牙来电：日君有谕，增修税则。并派员与与国重订通商条约。

日本西京海口，十年以前交易，只银一千万两，去年

16,11,15

已增至三千万两。又日本与泰西更换之约，只准西人杂居内地，不准购买地段。

十五日　大雪，至辰刻而止。上议院绅密组新上条陈，请议院饬专管律例之员，详细查议限制华人之例，当限至何年何月一节。议院近以未便即议，须俟后日复之。

法人攻占越南，其弁兵皆以越南瘴重而吸鸦片。及至返法，乃不能除。闻沾染渐广矣。　法兵吸毒

和国欲招华工于苏门答腊地方种烟。德国新辟阿非利加洲，亦由驻沪之商人米也禀请招工，闻尚未允。

外部之友雷德请茶会。亥初赴会，子初而返。见法公使、副外部，又见前任外部之当差之员，极言美国新例苛制华人之不公。因颔谢之。　会法公使

俄国贷银一千五百万镑，造西比利亚之铁路。以为此路成后，用兵、经商两便，与美国太平洋一水可通云。

法国明年将造头等大铁舰三艘，铁甲各厚十八寸。其造费已核定矣。

墨洲合南北十八国，议造通用银钱，用资通商之便利。均已派员来美公议，拟于十二月初八日（即西历明年正月十七号），在外部衙门开议云。因查外洋各国，无不自铸银钱，所以便民裕国也。中国向不铸，致墨西哥专其利者数十年。近由广东省自铸，能推广之，则收回利权矣。　美洲议造通用银钱

十六日　大雾。申刻小雪而止。昨日，巴拿马来电，言秘鲁近复不靖。缘前争总统之皮亚罗拉自出亡后，即至　秘鲁内乱

厄瓜多国，以图恢复。其旧党于本月二号聚于利马都城外之山打加打理那炮台，纠众以谋举事。官兵知觉，急往攻击。叛党接仗，被毙四十人，各鸟兽散。居民惊惶。

各国电线

考近日地球之电线，而知电线之有益而不可不设也。美国电线七十万英里，法国二十二万英里，英国十八万英里，而属国尚未计。俄国十七万英里，奥国十万馀英里(每一英里合中国三里又三)。

天下最热之处在波斯西南滨海之处，盖波斯海湾也。当西七、八月之间，无论日夜，寒暑表恒在百度以上，日中更上至一百二十八度，则更热矣。其地掘井，至五十丈无水。人之所以得生者，幸有波斯海湾中泉水涌出不穷云。

俄逐德奥工人

十七日　晴，是夜微雪。伦敦来电：德、奥两国人民在俄属波澜地方佣工者，俄廷业已下令，尽逐出境。

昨日，下议院绅到议院者五十人，相聚不半时而散。定于下礼拜二再议。

美人市律游金山，言金山天时地气均合养蚕、种桑。拟请美廷兴办蚕桑，以收利益。

美国善于未雨绸缪

因按：美国自华盛顿自主以来，国富已四十倍。或以为可以知足，为天地留不尽之藏矣；何必竭力劳心，日以兴利为事乎？而不知此即美之所由富也。“耕三馀一，耕九馀三”，古人尝谋十年之蓄矣。美民之用心，亦如是耳。

跛库(巴库)

十八日　晴。迁于西房。俄之黑海一带，地名跛库，

16,11,19

又名巴屯，向产煤油，近年日盛。除美国外，当推俄矣。又闻比国近来亦产煤油，比跋库地方尤多，且近海口。印度虽产而不多，尚不足供本境之用。此近日煤油情形也。美产煤油每年一千七百二十万桶，俄则一千万桶。每桶计三百零五斤。

邮政局章程：寄本国书信，无论远近，价值一律自英国订定。寄外国书信，无论远近，价值亦一律由德相毕思麻订定。自此以后，邮政一而利亦溥矣。 邮政章程

美总统谓各国渔船于秘林海捕捉海龙，致本国土民生计日绌。英之渔船尤多，拟一概禁绝。英国以为宜请局外之国公断。美总统谓：秘林海系美地，与他国无涉。不允。

因按：华人来美，美以有碍土民生计而禁之。乃又施之于英国渔船，可谓霸道。并不欲由局外之国公断焉，是专欲矣。英国其肯从乎！ 美国霸道

十九日　晴。欧洲西方五大国，若英、若法、若意大利、若德、若奥，所有各厂、各肆所用之女工，分而计之：英有四百五十万，法有三百七十五万，意大利有三百五十万，德有五百万，奥有三百五十万云。美国整顿水、陆军务，于铁甲、枪炮、弹子、火药，实心考究，求其尽善。今试验已竣，知其利弊。惟于各种火药之力，尚未真知。因查欧洲大国有两种火药：一为直力，用之枪炮；一为横力，用之炸碎，炸药之性，比直力者尤猛。兹水师军械厂新造炸药，名为“挨门乃脱”，性极猛烈。特令华盛 五国女工 美国重视火药研究

顿炮厂，造大炮一尊，以试验此药云。

因尝读《礼记》曰："命工师，令百工，审五库之量：金铁皮革筋角齿羽箭干脂胶丹漆，毋或不良。"今之用器虽殊，而用意则一也。人适于器，器适于用。熟审于平时，庶不仓黄于临事也。能治其国家，谁敢侮之！

二十日　阴。俄都来信。俄廷新定则例，自明年正月一号起，国中田地不准质卖与犹太人。犹太商人前受俄廷优待，准置田地，以后不准。另分画一地，令犹太人居之，他处均不许居。闻犹太人见此苛例，多思离俄云。（俄禁犹太）

查各国所开铜、铁之矿，按年计价：美国值银四万二千二百四十万两，英国二万二千二百万两，德国八千四百万两，巴西四千八百万两，法国四千万两，比国二千八百万两，奥国一千六百万两，义国八百万两。（各国铜铁）

法国新定入口税则，已经颁示。其税则有二：一谓之常税，一谓之轻税。常税之则，以后可以修改；轻税之则，则一成而不易。凡为民食之各种五谷，其税有加者，有照常者；布匹与各种制造而成之物，已一律加税；其为民生所日用之物，则一律免税，且有禁进口者云。（法国颁布新订税则）

或曰："法，欧洲之强国也。于入口税则，议加议禁，他国不敢置喙焉。"而不知非也。日弱于法，何以加法货入口之税？墨弱于美，何以加美货入口之税？欧洲小国多禁鸦片入口者，非强于英也。盖税则者，国之内政，议加议禁，固可以自主者也。（税为内政）

二十一日　大雾。外国元旦。总统于午初见各国公（外国元旦）

16,11,22

使。外部自午正至未刻见各国公使，并备茶点。见后，即赴各部大臣道新喜，衣冠用行装、大帽。

檀香山国王本拟来美都，兹已不来，即于今日回本国矣。闻该国有信，言国中现在情形：英、美两国之人，争欲执政。该国君初来美时，美廷特派“渣尔顿”兵舰相迎。英人不悦，谓该国君之来美，实欲与美廷相商，将檀香山全岛售于美廷。美外部闻此言，遂止其来美都，以免英人之妒也。

那威国有测北极者，以一木船装一百七十吨或多至二百吨者，特斜其式以御浮冰。帆、樯与机器并用，半时辰可行六海里。可装煤与粮食，足供十二人五年之食。好事者助以英金一万一千镑，以壮其行。

挪威测绘北极

因按：那威地处极北，故好测北极。从前曾用轮船，于五月冰解时过北极海而返。据云：至地球北极之地，天枢一星当顶，电气至重，指南针失准，钟表亦失常度。今又往测，抑以前次所测尚有未尽者乎？

二十二日　小雨。晴。赴各议绅道新喜。至律师处，商办事件。

美国前议于华人由墨西哥国潜入美境被获者，由国家出船资，为附船送回中国。兹由合众国衙门定例以后，不给船资，但送回原来之处。

英属卡拿大轮船轮车公司，禀请该省总督，请改限制华人之例。缘限制华人后，到者日稀，公司生意清淡也。该公司所禀求勿限制华人，而所抽身税五十元，则未请

卡公司求勿限华人

减云。

因按：华人由墨西哥、卡拿大两处潜行入美，美国上下皆知，将来又必设法杜之耳。

二十三日 晴。日本商务局悉仿西法，近来船只年盛一年。本年商务较往岁，多运货物至十七万吨之多，附船人数三万八千之多，获利又增五十三万元。商务轮船增至十二只。夹板船照西洋式，马力一万六千六百匹者，计一千二百八十四只。本国式寻常之船，计一万七千一百九十四只。水师战船不在其内。商务日旺，于此可见。

日本仿西商务日旺

各国产煤

考各国产煤之数：英国每年一万六千二百万吨，美国一万二百万吨，德国六千五百万吨，法国一千九百万吨，比国一千八百万吨，奥国七百馀万吨，俄国四百馀万吨。

因按：各国产煤之多，不足异。所异者，比国耳。比国之地当中国三百分之一，而矿务最重，故矿产最多。日本之地当中国三十四分之一，而商船亦多。然则以中国土地之广，而留心矿务，真不可限量矣。

美国整顿海军

二十四日 晴。美国前拟于太平洋整顿水师并炮台。兹已派上议绅二人、下议绅三人、水师官二人、陆军官二人，会同巡察各处口岸。拨一万元以为巡察之费。所派之人俟该议院议准，即往各口岸查验炮台、水雷、驻防兵舰等事，限六个月竣事。

本月初十日，英、美为秘林海中捕海龙一事，各执己见，未有成议。英廷请延局外之国秉公断结，美廷不允。总统将以前来往文案交议绅公议，亦坚执如前。兹英廷已

16,11,24

出示晓谕英属卡拿大地方人民，昌言于众：凡英国渔船在秘林海面沿岸三米之遥（每一米合中国三里又三。盖《万国公法》云：各国海口以炮力所及之尺寸为所管辖之尺寸。过此，则非己有。故三米之内，应归美国管辖）捕海龙者，英廷决意保护。而又一面照会美廷：所有英国渔船在秘林海面捕海龙者，如美国必欲苛禁，巡船必欲缉拿，英国兵舰必以力拒云云。美国上下见此照会，颇觉进退两难。

英国保渔态度强硬

因按：美国禁制英国渔船，不准在美国秘林海面捕海龙一事，与禁制华人同一用意。英之以文词辨驳，往来数四，美廷上下坚执，亦与中、美争论相同。度美国官绅之意，必谓可施之于中国者，亦不妨施之于英矣。乃英廷始则请局外之国秉公核断，不允，则仗义执言：谓美国之恃势以蔑理者，英国则以势行理。此论一出，美之外部及议绅能否仍前之坚执乎？且徐而观其后。

法国有气球家与天文家二人，议乘气球而至北极。据其制法，用双层绸为之，外加以漆，使不泄气。纳以四万五千立方尺之轻气，可起重八千馀磅。另备引导小气球四，由北极而上，以测气候。轻气大袋四，以备添补双层气球之气散失。球下所系之舟，包以薄钢。内备丈八冰车一，不沉之槎一，并一月之粮。气球更垂绳与锚，系于上升之处，以定其上升之高度。据云在空中可十日，可为照相与各种格致试验之事。至气球升后，降回何处，不能预定。然果试行顺利，则不在亚美利加之北，即在亚细亚之

乘热气球探索北极

西云。

各国产铜数

二十五日　晴。考地球各国所产铜，按年计之：美国七万吨，大吕宋四万吨，南花旗各国三万吨，德国三万吨，日本一万吨，新金山七千吨，阿非利加七千吨，俄国四千吨，那威二千吨，英国一千吨。考各国所产铁数，按年计之：英国一千三百万吨，美国六百四十万吨，德国四百二十万吨，吕宋四百万吨，法国二百三十万吨。俄国一百万吨，奥国七十九万吨，意国二十万吨，比国十八万吨。考各国商船：英国七百二十万吨，那威国一百五十万吨，德国一百二十四万吨，法国九十七万吨，意国八十九万吨，俄国四十九万吨，奥国二十九万吨，和国二十五万吨，比国八万六千吨。

各国产铁数

各国商船

因按：《曲礼》云："货，恶其弃于地也；力，恶其不出于身也。"左氏云："因地之利。"地球各国所讲求而兴之者，实合此义。其所兴之数较多者，其国亦较强。治国者可知所先务矣。

赴美内部大臣及博物院茶会。亥刻而返。

马射岛（马绍尔群岛）

二十六日　大雾。美"比厘积"轮船由太平洋马射岛到金山，称德国兵船前至该岛，饬令该岛酋长归德国保护，今已计定，按年进贡，列为藩服云。

暹罗国定造铁路，每一中里合银四千两。

美国既增关税以来，墨西哥亦重抽由美国进口之牛税以为报，以致牧人大有所损。

俄国密运军火

俄国枪炮、药弹，由黑海轮船公司之船运往赛尔斐亚

16,11,27

者，其船单与保险单中，皆不载明枪炮、药弹，而以为他物。如近日所运之过山炮，则以为洋烛。其机密如此云。

美廷现在定造水雷巡船一艘，须比各国水雷船加速。议院已定拨费四十万元备用。闻水师部已有妥妙新法：于旧式水雷巡船之好处一概兼用，惟再增一“速”字耳。 美水雷船速度升级

因按：水雷巡船，全为进攻敌国兵舰及水雷船之用，是以船上之炮，利于极速，故以机气炮为相宜。其行以速为主，进可以追敌，退则敌不能追。此次所造，拟每半时行海里二十三米，盖合中国几八十里矣。

二十七日　晴。美廷于一千八百八十三年，即光绪十年，饬军器厂造十二寸大炮三尊，以资试验。计全用生铁者一尊，铁身钢膛者一尊，加外箍者一尊。验后，知全用生铁者实不可用；钢膛者已放七十次，犹未损坏；其加外箍者更佳。据军器厂员云：以后造炮，当以全钢为宜，不用生铁矣。 造炮不宜用生铁

闻日本今年各处产茶极佳，制茶亦进。九月，查横滨出口之茶，较之去年多三十八万馀斤，合之神户，共多六百七十一万斤，为以前所未有云。

是夜亥初至子正，美国家银行总办党参茶会。因于亥初到，亥正而回。见美将军、农部大臣、上议院绅订得孙等，下议院绅好德等，及墨西哥公使、英、法公使、律司等而返。以后到者，尚陆续也。

前勃而加利亚国之王哈吞脑，为俄所废，今为奥国第二十七旗步兵副将云。 哈吞脑任奥国副将

因按：勃君哈吞脑深谙韬略，昔与赛尔非亚国战，胜之。又为俄国、德国将军，亦皆重其谋勇。今俄主废之，忌其能也。俄欲干预勃国之政，而肯容其英武之君当国乎？

二十八日　晴。美国巴罅鲜地方，由绅民查得其土宜谷、宜蔗，已集股本二千五百万元，招工开荒；且云先造铁路、招工云。

金山土人议迁徙华人街，业经驳废。闻土人尚不甘心，议集资再讼云。

茵陈（印第安人）

美国除夕，接征剿茵陈之总兵来电云：二十九号与茵陈交仗，势均力敌，我军死伤共五十九人，敌军未知详细。请饬增兵，以资得手。

西班牙拒与美订约

日斯巴尼亚来电云：美驻日公使请日廷与美订报施条约。日廷云：事不能行。缘日与欧洲各国所约，载有"一体均沾"字样，如以报施美国，则他国亦不得偏枯也。

法国善用气球探测

法国水师群船泊于地中海，曾用气球测验一切。其球造自武备气球厂。球之大，有一万一千三百立方尺，鼓以轻气，扶摇直上。下垂长十三丈之丝绳，取其轻也。绳之下端系船之桅端，如纸鸢之线。船中官弁乘气球而上者，言天晴时，远见十八英里至二十四英里；下视海水，虽深八丈，游鱼可数；水下所行之物，即极深处，亦知其所在。是球也，曾用巡船每半时辰行十海里半者，随之而行，至二十一海里之遥，一无所损。水师中亦已用之。当

16,11,29

其大阅于维尔墨尔姆赛文之时，亦已试之。

二十九日　晴。下议院管理美西西比河（如中国之黄河）堤事务绅士，昨日请修筑河堤之总办李朱到院，访其治河要诀。据云：防河之道，有如防敌。沿河堤坝，自宜坚固。但驻防官兵亦须时刻认真看守，方保无意外之虞。譬如御敌，虽有高城深池，防兵懈弛，亦无济也。现在沿河各省，每年共拨银一百万元，以应河防之需。如果议院另拨一千万元修筑河堤，三四年间可免水灾，沿河各省生民可免漂溺。嗣后，修、守经费，岁百万元，当可支持云。

治河要诀

内部大臣订茶会，偕翻译往见。美官名马林者云：前此三十年，粤匪踞江宁时，曾至中国京都，即咸丰十年事也。

美国兵部大臣特派兵舰十六艘，定于西二月集于旧金山海口听令云。

因查美国此举，必系驻美英使行咨外部大臣，以有阻英商捕鱼者，则英国必以力拒等语。是以美廷亦调兵船以防之也。

美调兵船意在防英

三十日　晴，夜中微雪。下议院管理各国事务绅，请议院拨出使经费一百六十六万五千九百二十五元，为一千八百九十一年之用（即中历十七年）。查此次之款，较一千八百九十年减三万九千八百九十元云。

伦敦来电云：智利国内乱，因议院与总统不合也。

智利内乱

是晚九点钟，副总统订于己宅见总统。翻译以无请帖

独自赴宴 不赴，二等参赞以病不赴。因一人坐马车往。至则女客到者已多，男客甚少。因往见副总统夫人，夫人告以副总统尚陪总统宴饮。略叙数语，到者踵至，男女拥挤，约数百人。盖公使无不到。各部及上议绅亦均到也。凡夫妻偕到者，则妻先夫后，与副总统之夫人握手。握手后入门，则女与女伴，男与男伴，不复倡随。到齐时，总统出见，立于人丛中，男女环绕之，竞上作寒暄语，握手而下。礼毕，总统仍自访故旧谈心。至大餐房，男妇均陆续入房，随意饮酒，进馔，啖水果。大约女人多坐而食，男人则立而食。食毕，则陆续出门，已亥正矣。

华人入籍 十二月初一日　晴。夜雨。希卡果有华人名亚梅者，在美读兵书多年。南北花旗交战时，曾在兵船当兵。事平，入美籍。颇有蓄积，为美所重。凡美国保举总统及大员之期，准令亚梅投筹。

《英京日报》云：中、俄陆路通商，自苏彝士河开后，贸易日减。

俄国军力 俄之兵在亚细亚洲者，共十三万五千七百六十名，车炮共一百八十六尊。内计步兵六万馀名，马兵一万一千馀名，炮兵六千六百馀名，修机器之兵一千馀名；留后者，步兵二万八千名，马兵九千名，炮兵二百七十一名，铁路兵二千馀名，各处留守地方步兵一万四千馀名，炮兵一千馀名。此第沿中国西、北两边之兵数也。驻欧洲兵数尚不在内。

赴茶会 是晚亥初，赴驻葡萄牙公使任满回美之绅名罗陵宅茶

16,12,1

会。各国公使均到。英公使以去年曾赴因宴，彼此过从颇相得，谈论许久。因询因今年春赴日国，涉大西洋颇眩晕否？因答以向来不畏风浪。西洋之浪虽大，至卷船舷内人入海，从者为浪浇其头，自顶至踵，水淋漓如出浴，因不晕也。问："明年将赴秘鲁乎？"因答曰："然。"又问："秘鲁华人今尚安居乎？"曰："尚可。"又问金山华人近状，答以目前尚无燔逐之事。又言英民之赴美者三十倍于中国，其所以相安者，因入美籍也。入籍之利有三：得国家保护之权，一也；与土人浃洽，二也；可以投筹操保举之权，自总统以至议绅，有所瞻徇而不敢苛刻，三也。中国之民何以不入籍乎？因曰："华民不愿入籍，我国家亦不欲强之。"则曰："英民之入籍者，岂竟舍英而安美乎？大西洋来往之船，英民往来如织，美国不能禁也。且德、义两国之民数，较之中国仅十之一，岂患人满？然其民之赴美者，两国亦姑听之。以衣食之计，不能不听民之自谋。中国颇有人满之虑矣，听其饥寒，则弱者转沟壑，强者跳梁，非国之福也。且事无两可者也。中国如不愿其民入他国之籍，则当守二百年前之旧例，禁其出洋，以远祸机。不宜听其自投网罗而不之恤也。"谈久，已交子初，遂散。

与英使谈华民入籍

因尝阅使馆积案，见光绪十四年外部复文，言华人之衣服、起居、饮食，已与他国之客民迥殊，又不入籍，此畛域之嫌所由生。又言燔逐之祸，实由自取。今闻英使之言而益信。

燔逐之祸实由自取

初二日　大雨竟日。闻德国因美之加税，各织布厂多停工。工匠之无业者，将携眷来美。新闻载：德人之来美者，较前五年尤多云。

俄人议逐犹太之民。已有出境者，饥寒所迫，伤亡甚多。俄廷知之，暂罢逐客之令。

加罗阑岛（加罗林群岛）

太平洋中有众岛，名加罗阑岛，本属日国。日之驻守弁兵，与土人滋事争战，致将美之教堂轰毁。今美廷拟向日廷为教士索赔云。

初三日　大风。晴。天气甚暖。是日申刻，赴上议绅福那茶会。英、法公使先已到，内部、兵部大臣续到。叙谈良久，到者益多。因以将发公文，告辞而出。

英廷派兵舰数艘，赴北太平洋秘林海以视动静。美兵部已饬水师兵船十六艘，会同各战舰，齐集于秘林海听命。

回民百家迁居茂甫

俄与中国伊犁交界之处，有华人约百家，相率迁往茂甫地方居住。更有管田某公司，招中、俄交界华人千家，往茂甫相近地方垦地。按：茂甫在中亚细亚，向为回部之地，今属俄国。华人往者，皆系回教人。

美两状师代墨招工

墨西哥招工。美国两状师为之至粤省，见两广总督言招工事，不允，遂中止。

因按：美国方禁华人，而又为他国招工，无非见利忘义。其禁华人也，恶华人之分其利也；其招工者，即以招工为利。但能招工数千人，可于中取利也。

初四日　晴。英国浮司炮厂，新造九英寸二分壳弹，

16,12,5

以破铁舰。前日试验，能透厚十四寸钢铁之板。不日又将再验云。

是日，总统订于亥初见各国公使。因于戌正偕参赞、翻译等员，衣冠先到。各部大臣多有到者。至亥初，各国使臣按到美之先后而入见。总统偕夫人立门内，握手为礼（夫人但点头，不握手）。入门后，各公使相见，道寒暄。是会也，公使毕到，惟副总统未到。各部大臣，则内部、外部、户部、农部、律政部、邮政部，均见面。律师科司达亦到。下议院绅斯斌介，因于元旦往谒，不得其宅，此次见面道歉。遂订于三日内往见。 总统会见各国公使

美国现在以水师之力逊于各国，因大兴制造铁甲兵舰，公、私船厂因之用钢甚多。计近年各厂所出之钢，每年共计四百五十万吨，较十年前所出，已十倍矣。无非以供铁甲之需云。 美重炼钢兴造铁舰

因按：美国所炼之钢，十倍昔日，具见厂务之渐兴。其添公、私船厂以造铁舰，固为水师增强起见，然亦慑于英廷之言。所谓“英人捕海龙之船，美国必欲禁制，则以兵船保护力拒”，审己量力，有所不敌。故出此临渴掘井之谋乎？

初五日　晴。秘林海面捕海龙一案，英廷业已延请律师，将该域帆船被拘之案，控于美国总察院，请予判断。外部大臣布连闻之，深滋不悦。 英廷诉美

午刻出门，拜会内部大臣、户部大臣、律政部大臣、邮政部大臣、兵部大臣。惟兵部未见。馀皆登堂啜茗、 拜会各部大臣

酒。内部大臣、户部大臣之夫妇，其人皆福寿者相也。

德国与英国所易得之一岛，今定章程：统属于布国。本境之内，其海口为海防之要，由国用内拨银，以筑炮台，俾资巩固。

为兴铁路俄贷巨款

俄国于一千八百七十五年（中历光绪二年），为兴铁路贷巨款，每百元以四厘半起息。兹为减息起见，筹借英金十五兆镑（合中国银六千馀万两），以四厘起息，业已成议。

法发国债

法国现筹巨款，以债票一百七十兆元（合中国银二千馀万两）归国中人民自行交银领取。由户部大臣出示，晓谕定期，令愿者届期自赴该衙门交领。初二日系发票之期，未及黎明，男女老少，到者拥挤，以银易票，争先恐后。于此见法民之能蓄积，而法廷之取信于民也。

各国国债

因考地球各国，无不有国债。英、法、德、美为最多，而不足为多也。彼皆贷诸本国之民，所出之息，楚弓楚得，无分厘漏卮焉。且英、美二国之民，其存银于国家者，皆愿源源得息，而不愿收回焉。其他则均贷诸外国矣。有按年交息至五百万者，日斯巴尼亚是也；有按年交息至五千万者，俄国是也；有以岁之所入一半交息者，土耳其是也；有以岁之所入，仅敷交息者，葡萄牙是也；有以岁之所入尚不敷交息者，墨西哥是也；有不能交息，至以国中铁路、矿产暂于他国作抵者，秘鲁是也。贷款之流弊如此，有不能不贷者，当求取信于民，贷诸本国。庶与英、法、德、美相同，而不至受累胡底耳。

16,12,6

初六日　晴。是日为上议院绅见客之期。因偕翻译于未初往谒外部。随至上议院绅宣门、有司梯司、不来奔、伊门司、伊华司、杜甫、贺利贺阿、麦米兰、司丹佛各处叙谈、啜茗而别。回车已黄昏矣。 往谒外部

各国人之迁至美国居住者，去年有四十五万一千二百十九人。较之上年已多一万二千六百人。犹太人计五百馀名，为俄所逐，相率来美。

俄国来电：俄户部大臣核计明年兵费：陆军较今年应加四百六十万卢布，水师较今年加四百五十万卢布（每一卢布合中国银五钱五六分）。 俄明年兵费

英将戈登，前于同治年间为中国出力，随淮军剿平粤匪后回英国，殉难于加东，立像于赖发地方。每至西正月二十六号忌辰，英民争送花，以志不忘。 英将戈登

因按：戈登于同治初年，随淮军征战，克复江苏，挽回东南大局，与有劳焉。事定后，返英矣。及湘军平定陕、甘、关外，中国向俄索还伊犁，几至决裂。戈登自英至华谒李傅相，并至京都，愿为中国效力，且上条陈。其眷眷于中国，血性过人，固非常豪杰也。宜其名在千秋，中、英两国，均不能忘焉。

初七日　大雾。晴。天气骤暖。闻伦敦耶罗船厂，近日为阿镇丹国（南墨洲）造成水雷船一艘，名“北土司”，灵捷异常，天下各国水雷船无一出其右者。其马力计一千二百三十四。平常速率，每半时可驶行二十八米；如其上紧，每半时可行三十米（计中国一百里）。其长计 阿镇丹国（阿根廷）

一百三十英尺，宽十三英尺五寸云。

律师来见，言茶会应办事宜。又管理纽约事务状师来会，言纽约华人事。均款以茶酒。

昨日，下议院绅印罗于初五日请议院特声明秘林海面捕猎海龙一案。其中情节，英、美两国外部大臣现已实心商议，不日可期水落石出。讵料英廷竟将此案控于美国总察院，如此办理，于美国国体有伤。兹议院宜通知总统，使之转告英廷。

指英控告伤美国体

因按：美之苛禁英船，不准在秘林海面捕猎海龙，作不顺而施不恕，其意实创自议院。英使与美外部频年驳诘，美廷一意坚持。英廷欲请局外之国判断，美又不允。然则英船被拘而不得直，岂不大伤英之国体乎？控于美之总察院，英诚不得已也。且欲使地球各国知议绅之中有霸道者也。

初八日　雨。日本新派驻美公使今到美都，即前任大阪总督，名哥舒花缔那来见。

巴黎来电云：巴拿马开河一案，前公司办理未成，半途而废。近有法商拟再行招股，集成公司，请于法廷，每年开彩票二次，以所得之利，供开河之费云。

开设彩票筹费开河

因按：彩票之利，其大如此。吕宋票之设于上海，垂三十年。其始也，每年得利银四十八万两，今则倍之。盖耗我中国之民财一二千万矣。

美议绅言美国派兵征剿茵陈，尚难平定，兵弁多伤。

因按：茵陈一种，即百年前墨洲所生之土著也。欧洲

16,12,9

辟地者至此以力踞其地，茵陈以势不敌，让至僻壤。美廷乃议每年馈以绒毡、面包，助其衣食，两无猜嫌。今官绅以此项度支为妄费，遂裁减之，故至作乱。于此见美国近年风气，不如前此之仁厚也。 裁减资助土著作乱

午刻，巴黎薛大臣来电云：邸薨。敝处照会四国外部，酌下半旗数日。总署来电：初十初祭，十六大祭，亦下半旗。属各馆一律成斋。因伏念醇亲王性禀公忠，天与德让。因于光绪十四年十月，以皇上亲政初基，谨献刍荛四事。醇政王以为无所为而为。遂蒙上谕著钞给毓庆宫用备省览，知遇之感，没齿不忘。兹闻噩音，不胜哀恋。当即照会外部，并请代达总统，所订二十日赐宴，照例不到。其馀各使馆、各美官绅茶会，均函辞之。 “薛大臣”即薛福成 “成斋”原作“成齐” 醇亲王薨

初九日　小雨。美提督来会，言义大利欲踞土耳其所属阿非利加洲之的立玻利国。土国已派兵五千前往防守，并声明：该属国之政，如义国擅行干预，则以兵戎相见云云。 的立玻利国(利比亚)

西十月二十六，为德国将军毛奇特九十诞辰。是日也，其同僚各武员庆祝之后，德主亦往祝嘏，并称述其前功。德主出，毛奇特一手执盔，一手秉杖，送之登车，其步履与德主相仿佛云。 毛奇特(老毛奇)

因按：将军毛奇特，即前二十年统德兵而破法国者也。闻诸曾侯，言该将军知德、法之将有战局也。自法旋德之日，即留心于法之地势。凡可进兵夺险者，一一记之，故以兵入法，驾轻就熟，而法不及拒。度其精力有大 “曾侯”即曾纪泽

过人者，故其寿臻耄耋焉。

初十日　晴。本日为醇亲王初祭之辰，因恭率使馆员弁，设位行礼。

日、高密约

日高两国立密约：一为高丽红参准出口；一为日本布匹准入口，且减税二两。高丽另于平阳省开通商埠头，不知已商之中国否？

中日小约：专为互救沿海难民费用事，立约三条。

德、比密约

德比密约：如德与法有战事，比愿假道于德国，以便行兵。此系传闻，未知确否？

因按：欧洲各国，盖无有不畏法、忌法者，观德、比密约而可知矣。然比向为局外之国，如德、法交兵而假道于德，则非局外所应为。故不敢信以为确也。

十一日　阴。巳后日出。朝鲜使臣李采渊来见，因本署有公文照会，言醇亲王薨，特来慰问。

日本人数

日本报云：去年查点国内户口，今已查毕：计男人二十兆有馀，女人十九兆有零，合共四十兆有零。住房之不空者，计七百馀万间。在本国而往他国之人，计一万五千七百十一人。又欧洲布、法两国人数，计前五年：布国二十八兆零，法国三十八兆零。惟十年之内，布国生养之数，多于殁之数三百五十六万有零。法国只多七十八万有零。似人民之生息，布胜于法。

布、法人数

因谨按：日本人数向来只三十五兆。虽能生息，断不能如是之速。盖日本每自夸其日盛，如商务、军务之类。大率张皇，以耸观听。今又张皇民数，至于不伦。则商

日本自夸言过其实

16,12,12

务、军务之所谓盛者，亦不过如斯而已。

十二日　晴。中夜大雨倾盆，天气亦暖，如中国八月时。美国近来试验大炮飞射之势。合各国较之，力最猛者，首推英国。计其所及，可至十二米，计中里四十里。美国最猛者，所及可至六米又三之一。现在美国造成全钢后膛炮二尊：一为八寸径，重十四吨又四分吨之一。受德国火药一百四十磅，弹子重三百磅。计其速率，每秒可射一千九百五十七英尺。已试七十六次，毫无损伤。又一为十寸径，重二十九吨。受德国火药二百五十五磅，弹子重五百七十一磅。计其速率，每秒可射一千九百五十三英尺。此二炮每放一次，所费药弹需一百元。 美试大炮

日本之王侄希来衰华，即往德国京中学水师兵法，有随员三人，世家子弟六人与俱。 日王之侄赴德学习

因考近来各国，无不留心武备。以美国之晏安无事、无外侮者，已一百年。日本之蕞尔一隅，中国事事不与计较，乃犹试炮、习战，不敢怠荒。风气如斯，而欲高言偃武息民，不可得矣。

十三日　雨，未刻晴。日本新议院火灾，焚毁无遗。查日本议院建造未久，光绪十五年十一月，日君以议院落成，亲诣行礼，故知其未久也。 日本议院发生火灾

新报载：醇亲王薨。中国使署本拟行茶会者，今一概停止云。

英之名士名波路滑者，著一论云：中国与俄为邻，最为劲敌。为思患预防之计，边备所宜亟修。备边之法，以

铁路为急，不独边防可固，亦商务可兴。天津已兴铁路、学堂，延德人为师教之。风气或可开乎？

因谨按：强俄之患，统地球皆知之。因曾于光绪九年奏陈：俄人为欧洲各国合纵所制，料不能辟地于欧洲，移其志而向中国。中国所宜防之。累一万言。大学士阎敬铭言醇亲王以为切当。此前日事也。

强俄之患地球皆知

十四日　晴。檀香山国王薨于金山，其国政即由前王之妹摄理云。

檀香山王薨于金山

美廷近与南卑西非克火轮公司及太平洋之轮船商定：华人之潜入美境者被获，则由该公司等载回中国，按名给费五十一元。该公司已允矣。

初七日，金山税关派役十一名，分作数班，直入华人之铺搜寻洋烟，共搜九铺，获烟四千七百七十三罐，拟充公云。

华人烟铺被查封

因按：洋商列肆于中国，中国向不扰之。而外国多鱼肉华商者，则以中国兵船不到外洋，而权力不足也。

十五日　晴。是夜大风、雨雪。墨西哥公使与厄瓜多国公使在美都立约。

智利国内乱，水师已封本国附近秘界各海口。闻英国得信，立电饬游弋太平洋兵舰，前赴智利海面巡察，保护英民身家、产业云。

英舰赴智保护英民

因按：泰西之重商如此。朝廷与商患难相共，呼吸相通。宜其商务之盛，而国富兵强也。

十六日　晴。雪厚约一尺，天气亦不甚寒。是日，为

16,12,17

大祭醇亲王之期。因率随员设位行礼。礼毕，天始黎明。

闻阿利干省米路顿埠，十二日有工党之向充铁路工人者，为公司所辞，特与华人寻隙。结党将该埠之华人悉数以绳系项，牵出埠外，计华人与拒而受重伤者二人。当即见外部，请饬查办。 失业工人辱华闹事

下议院绅金明司、吉镇司二人谒见外部布连，请其照会俄廷，力言其驱逐犹太人之非。外部谓此举，各省人民均已禀请照办。现已将该所禀撮要，递送美国驻俄公使，照会俄国外部云。 俄逐犹太美表关切

下议院绅合阿士，昨于议院核计美国兴造兵舰，自一千八百八十三年起。此八年内，制造船身、机器经费，共银五千三百馀万元。铁甲尚不在内。 美造兵舰投入巨大

因按：五千三百万元为八年之用，每年合六百馀万元，此仅船身、机器也。益以铁甲及炮，则每年需千万矣。苟非国富，不易筹焉。

十七日　晴。俄廷会议西比利亚之事。有东省总督昌言曰：今俄国东方兵力犹嫌不足，是当更有胜算，以敌中国。此时中、俄有事，俄之兵力仅能当华兵二十营，再多亦不能敌。惟西比利亚铁路成，则可限制华人越界，海滨可无华人之迹。俄人于彼可以广开口岸，独揽利权云。 俄东兵力犹嫌不足

俄商因近年印度茶叶日多一日，以致由中国运来之茶不得畅售，俄商失利，故禀呈俄廷商务大臣，请加印茶入口之税，以恤商困。闻已允准。英人闻之，因论俄国加税印茶，英之茶商必失利云。

俄国加税印度之茶

因按：俄国加税印度之茶，不虑英人之争者，则以税则为各国内政，加减可自由也。凡所以加减者，非好为轩轾，盖有深意存焉。他国入口之货，非吾国所急需者，则加税以示限制；其有妨吾民之生计者，则重税之，甚且禁之，使不入口焉；其为吾所急需者，则减税以示招徕，甚且免之，使多入口焉。此外有报施之道，则相他国税则之重轻，以消息之也。

十八日　晴。谢神。

法廷估水师经费

法廷估水师经费，一千八百九十一年需银四千三百七十五万馀元。内以一千万为制兵舰、修旧船之用，即于本年在公家船厂造头等铁甲兵舰六艘、头等铁甲炮艇二只、铁甲巡船三只、头等巡船二艘、二等巡船四艘、水雷巡船二艘、运载军火、兵弁轮船两艘、二等运载轮船一艘、帆船一艘。又另在商厂造铁甲兵舰二艘、铁甲巡船二艘、三等巡船两艘、头等水雷艇十七只、大洋水雷艇两只、侦探船二只。

俄拟自制无烟火药

俄廷拟于今年年底在都城设厂，制造无烟火药，立即兴工云。

格前总统夫人云："俄人待西比里亚铁路落成后，或请将高丽归俄人保护。允之，则得寸得尺；不允，则开衅端。俄之铁路已至中国地界，朝发夕至，斯时中国何以御之？为中国计，莫若赶造铁路，迎而拒之。庶不受俄人挟制，俄人亦不敢轻举妄动矣。"

因尝稽古今之时势，信陵归魏，而秦气阻；季梁相

16,12,19

随，而楚谋消。此有其人，而敌国不敢伐也。郑人犒师，而孟明还；秦人清野，而桓温退。此有其备，而敌国不敢攻也。今欧洲各国，无加兵于英、俄者；墨洲各邦，无加兵于美者，知其强也。七年之病，期非促也；三年之艾，亟宜蓄也。

十九日　晴。申刻大雨连夜。德国现拟造铁甲兵船三艘、侦探船四只、水雷艇三十八只。已拨银一千二百万矣。

俄廷拟造铁路，由欧洲直达太平洋西岸之乌拉地呙司铎埠，其第一节由淡司克埠至衣尔喝司克埠（近蒙古北界），计一千五百六十八胡同脱（一胡同脱计四分三米），本年便可兴工。查此条铁路，俄廷久有意举造，业已筹款矣。

乌拉地呙司铎（符拉迪沃斯托克，即海参崴）

美国各巡船，所有四寸速放之炮，水师部拟以五寸者替易，水师员弁以为合宜云。

檀香山中国商董禀称：檀香山新立招工之例，派华人郑某赴中国招工。到工之后，立限五年出境。除佣工外，不准作别项商业，且不得与土著一视同仁，可谓苛虐。查该岛系未立约之国，无从驳诘，遂一面函致两广总督，禁其招工；一面见檀岛驻美公使，托其婉为致意，删除苛例。

檀岛招工待遇苛虐

因查近来日本民人多赴檀香山佣工，而尚能安业者，则以已立通商之约，而日本兵舰时时巡檀故也。

二十日　细雨，如春三月时，天气和煦，树已萌芽。

义大利来电：义国下议院绅士邦基，昨日在议院言美国议绅所称义国驻美之各领事官，于义民来美一事，屡次不遵美国例禁等情，应即诘问外部大臣格理卑，曾否已查明所指各节？并严行根究云。

美上议院绅密组，请议院议立太平洋电线公司设立海线，由旧金山通至檀香山，续至沙摩阿岛、纽西阑岛及日本国。该公司须集本五百万元，美廷须帮给二十万元，以十五年为限。该公司传递电报，先公后私，不收美廷报费。并在沿海口岸分设支局，以便办公。而正局则设于金山云。

沙摩阿岛（萨摩亚岛）

因查外洋各公司，其成本辄数千百万，国虽饶富，安得如许之殷商哉？其得力在集股耳。中国效之，则多弊窦。由于风气初开，章程未备，而经理者非其人也。因噎废食，何以浚利源？袭谬沿讹，适以肥奸猾。是在公正廉明者，提创宗风焉。

集股不适中国国情

二十一日　大雾，晴。美上议院绅传莱请于外部，将驻墨西哥二等秉权大臣改为头等，每年拨八万七千五百元，以供驻墨使署公费。外部允之。

罗马来电云：义国户部大臣，昨在议院宣言：上年库款入不敷出，至短一千二百万元。今年核计，竭力设法筹凑，亦不敷八百万元。惟望三年之后，入能敷出则善。至美国新修税则，与义国货产尚无大碍云。

义国库款入不敷出

美国征剿茵陈，尚不得手。闻仍招抚、议和，向所扣减者，仍照前补给云。

16,12,22

午初，赴外部布连处辞行，言于中国元旦日赴秘鲁。布连曰："秘鲁地方，华人甚多。"因曰："自中秘立约禁招工后，华人已减于前矣。"布连曰："何时可返?"因曰："大约三月之内，可以即回美都。"布连曰："美国驻秘有公使，驻巴拿马有领事，余当作书为之先容。贵大臣到彼，可资照料。"因谢之，遂辞退。是日公使来见者，有墨国、德国、日国、尼格拉国，又一国，均以次见云。 赴美外部辞行

二十二日　雨。户部大臣病故，差人持刺往唁。

美国选举下议院绅士之数，视各省人民之多寡而定。每十七万三千九百零一人，则举一人。今民数已增，故所举亦应增。上议院绅已商定矣。 美下议院增一议席

俄国那胡《廉治日报》曾著数论，诋毁中国。俄大臣美渣士基，谓俄人当与中国讲信修睦，不可意存龃龉，方为辅车相倚之道。若犹太人，则不妨绝之也。 俄廷亦有识体之人

因谨按：俄廷非无知大体之人。俄之君臣如从其言，不但保亚洲升平之局，而俄之名亦美矣。

二十三日　细雨，如春三月时。夜晴。智利国乱，其势日张。美国商民电请派兵船保护，美廷已派渣尔斯兵舰前往矣。

昨见茵陈酋长数人至华盛顿。缘美国西北省茵陈土人滋事，美廷曾派将军米路司带兵往剿，互有胜败。今该酋长特行来都，谒见内部大臣，详陈各部落情形，并声明美国相待不公之处也。 土著酋长来都谈判

土耳其阿洲属地名的立玻里，与法国之属地突尼斯毗

法国占踞的立玻里

连。今法人已派兵占踞其地，且称为本系法之属地云。

因按："兼弱攻昧"，见于《商书》。弱肉强食，自古已然。圣贤存不忍人之心，务为仁厚，乃创"字小"之说。此可以自勉，而不可以责人。今之时势，未有弱而不削者也。

美国兵船马力升级

二十四日　晴。美国拟造三暗轮之兵船。其轮装于船之中，如单暗轮船之式；馀二轮装于左右，如双暗轮船之式。惟高于中轮四尺六寸。船中有三副汽机以运动之。当游弋之时，止动中轮已足。如欲极速，则齐动三轮，汽机转动甚速，复能省煤。其速率为每一时行四十二海里，马力有二万零五百匹。然速率无定，速率之多少，视汽机转动之疾徐。其马力之大，则出于英国各船之上云。

因于戊辰由沪航海至津，计五日而到。甲申由津航海至沪，计三日而到。由轮船之制益精，而行益速也。历考各国新成兵轮，均速于旧。外洋心思日出而不穷，其机巧正不知何所底止矣。

二十五日　晴，巳刻雨。是夜大风如吼，作箫管之声。黎明起，视窗外已冰，而室中仍暖如暮春时，大火炉之力大矣。此项火炉，每日需煤半吨，计八百斤。

欧洲时局

欧洲时局，德、奥、义三国既已同盟，一旦有事，俄、法二国亦必合力，势使然也。考德、奥、义三国额兵，共一百十三万七千人，大炮三千九百七十二尊。俄、法两国额兵，一百三十四万七千人，大炮五千六百九十八

五国兵数

尊。以上兵数，额外练兵与民兵尚不在内。兹将五国之兵

16,12,26

数、额兵及额外民兵，彻底详查：德国一百零八万人，第一次征民兵六十二万人，二次征民兵七十万人，总共二百四十万人，尚有备补之兵不在内也。奥国九十三万八千人，民兵四十三万八千人，总共一百三十七万六千人。义国八十四万八千人，民兵三十七万二千人，总共一百二十万人。法国一百五十万人，民兵一百七十万人，总共三百二十万人。俄国一百十八万人，备补兵八十三万二千人，驻防敌国之兵十九万三千人，哥沙骑兵十五万四千人，民兵及戍边之兵三万三千人。总共二百三十九万二千人。两相比较，则德、奥、义三国，共四百九十九万七千人。俄、法两国，共五百五十九万人。此外尚有护卫之兵，德、俄两国尚待稽查，奥国四十四万五千人，义国一百六十三万人，法国九十万人。 哥沙（哥萨克）

因按：此美国考据家所著，而报馆访得之以刊出者。阅此而知近日时局，讲武修备，实有不得不然者矣。左氏所谓“思启封疆，以利社稷”者，此俄人之用心也；申公巫臣所谓“勇夫重闭”者，此德、奥、义、法各国之心也。量力较权，知己知彼。人强于我，则防之；人弱于我，则并之。识时务者，如斯而已。“事大”不足恃也，昔之南宋可征矣，今之浩罕、机洼、茂甫、波兰、芬兰、琉球、越南、缅甸可睹矣。“字小”更不可得也，今之俄罗斯、英、法等国，其所吞并，不可胜数矣。 量力较权 知己知彼

二十六日　晴。葡萄牙国来电云：礼拜六晚（即中历二十二日），驻守澳波滔埠官军，忽有数营作乱，欲改 澳波滔（波尔图）

葡为民政之国，幸葡廷即派兵剿平。

欧洲五国征兵有制

昨考德、奥、义、俄、法五国兵数可谓多矣。查其练兵之制，即太平无事，亦额满不缺。有事号召，可计日而集，实其兵制然也。其通国之人，男子均须当兵。德国当兵二十八年，奥国二十三年，义十九年，法二十五年，俄二十三年。

因查各国练兵之制，大抵民年二十以上者，学习三年。学成后，备调若干年，留守若干年。其中惟学习三年，应入营伍。备调、留守，其人仍各专本业。不过遇有战事，则以待不时之需，非旷本业而常荷戈候战也。至四十五岁以后，虽有战事，不与闻矣。

二十七日　晴。拜发期满请奖、又起程赴秘折。

俄犹太人迁居美国

犹太国人民一百六十家，为避俄之苛政，来美择地而居，今已往美属闽尼所达省矣，大约日内即可到该省之圣保罗埠。闻德国富商捐助巨款，以供该犹太民人来美川资云。

美国与日斯巴尼亚订立报施条约，现于前七月由日国议院绅公议，其愿者仅七十人，不愿者三百六十人，遂不能订。

俄兵之在阿弥尼亚境上者，今有七万二千，土耳其大恐。

华兵修炮相率走散

英报录所伊犁信云：华兵在彼大修旧时各炮台，所有残缺，皆为之补葺。有一大炮台以泥土为墙，墙高二丈三尺，厚二丈五尺，长八十丈者，已经修毕；墙后复有深七

16,12,28

尺，阔一丈五尺之濠沟。然炮台虽大，不甚坚固，其墙已有数处裂痕。更有华兵二百名，以工多值少，相率走散云云。

俄廷拟在太平洋之乌拉地呙司铎地方创设船坞，约于西历本年三月（即中历十七年五月）兴工，务求广大，可容万吨之船。

因谨按：此俄之窥伺墨洲也。船坞如成，墨洲诸小国必不安枕，美国亦不能如是之坐镇从容。然其患当在二十年后也。 俄建船坞窥伺墨洲

二十八日　晴。夜雨。奥国嗣位之太子前赴俄都，谒见俄皇，面商交涉事件。

俄国新造一快船，名“北斗星”，又一炮船，名“各络司才切”，均于五月下水。又有一大巡船，名“鲁竞”，一大铁舰，名“南威利奴”，亦将成功。俄人云：中国旅顺口已造炮台十一座。打狗与台湾，均有坚固海防炮台云。杜延祐请假销差。 俄造新船 打狗（基隆）

美国上议院昨日议定海防经费，每年拨四百二十五万元为铸炮之用。

因查各国海防经费，按年计银：英国五千五百万两，法国三千二百万两，义国二千万两，俄国一千七百万两，德国九百万两。所费如此，非国帑充足者，正未易筹焉。 各国海防经费

二十九日　雨。美国与巴西已立报施条约。昨日，总统哈利顺示谕本国人民，自西历正月一号起，即照约而行。查此约所订：凡美国所产之五谷、面粉、干草、咸 美巴已立报施条约

肉、咸鱼、农器、工器、开矿之器、制造之器、格致之书、火车、铁路之器等，巴西朝廷允准运入巴西口岸，不纳关税；又猪油、火腿、牛乳、油饼、棉布、铁器、钢器、皮器、靴鞋，不计在免税之内；另木料、木器桌椅等物，马车、树胶所制之器，巴廷允准运入巴西口岸，照以前税则减除二成又五。而巴西之生糖、熟糖、加非、茶叶、生牛皮等物，运入美国口岸，亦免纳税云云。

因谨按：泰西各国，不讳言利，其斤斤相持者，恐利源之耗于外国，而欲自保其利源也。入口免税之物，大抵皆本国所急需，故以此招徕，非有所惠于他国也。若酒、若烟，非民生所恃以养者，则重其税，使食之者寡，则亦自保利源也。美国之麦面，每年至中国者数十万石，而中国概不征税；并若酒、若烟，外国之极重者，而亦免之。美廷则于中国之米入美口者，其征税已过成本之半，殊失平也。

中美征税有失公平

三十日　细雨。俄国来电云：俄户部大臣因俄廷苛待犹太人，于本国商务有碍，因请俄皇暂罢逐客之令。俄皇已经批准。

俄皇暂罢逐犹太人

因谨按：观此而知泰西之重商务也。俄之君、臣所以罢逐客之令者，非有所爱于犹太之人也，亦为商务耳。若曰“吾欲投鼠而忌器”云耳。

义国王子至德，以固德、奥、义同盟之局。德相毕思麻现虽辞位，尚幸不渝；奥相楷尔诺纪力顾大局，前盟益坚，谓三国同盟，强敌不致生心。时论谓奥有贤相，欧洲

16,12,30

可保升平。嗣德主至奥京，见奥主，奥国迎迓尽礼。美国今年商务，合入口、出口之货价计之，共值美银一千六百四十七兆，较之去年增一百五十九兆，可谓日新月盛。分而计之，进口之货值七百八十九兆，较去年增四十四兆；出口之货值八百五十七兆，较去年增一百一十五兆。其铁路，计十五万二千七百四十五英里（合中国五十万零四百零五里），除内有新开铁路七千三百五十八英里，尚不能计利外，一年进项，计美银一千零三兆，较之去年增四十三兆。核计每一英里（合中国三里又三），有进款六千五百七十四元。每本银一百元，得息十元四角，除开销用费外，实得三元三角。一年所运之货，计六百十九兆吨。所载之人，计四百九十五兆名。 美国商务日新月盛

因考美国出、入口之货，而知其能兴利而裕利源也。出口之货溢于入口者七千二百万，则一国入口之银，岁有所增矣。出口之货又日有所增矣。货不弃地，而银不漏卮，国焉得不富乎？铁路进款，计美银一万万零三百万元，以十分之七开销用费，计用费银七千馀万元。此七千馀万元者，皆行车、修路、作工之民人所得也。然则谓铁路兴而夺穷民之衣食者，犹未悉此中之窍要，而狃于一偏者也。 货不弃地银不漏卮国焉不富

因奉出使之命，持节驻美已阅一年。论交涉之事，则韩廷告贷于美国，已力阻之；美舰以兵入韩城，已力斥之。华人之假道者，美关以索银为质；其安业者，美绅以领照作难；其经商成市者，美之工党以逼迁令其破家荡 本年总结外交工作

产。均经力驳使不行矣。日斯巴尼亚设吕宋票行于中国，渐推渐广。其始也，每年得利银四十八万两，近已倍之。此我国内政，非使臣之权所能禁除者也。奏请议禁，或行、或否，当路自有权衡焉。寓巴拿马华商，土人聚众驱逐，为求美国领事就近告彼政府，得以风行雷厉，转危为安，此皆使者分所当为之事也。中外之情形，其有关于富

经济成就

强者，即此一年中，综其大概而论之：中国出口之货，茶叶日减，棉花日增。所增之数，不敌所减之数也。开矿之举，开平已有成效，池州迄无成功，漠河甫开，宁海初创，得利与否，视乎其人，人实不易得也。新疆之罗布觉尔方谋开垦，上海则仿外洋，以机器织布、造纸，湖北方查勘矿地，广东则铸造银钱。利之可兴者，次第兴之，有其渐矣。本年入口货物，值银一万二千七百馀万两；出口货物，值银八千七百馀万两。合出入而权之，中国漏出之

中俄军情

银约四千万两。此漏卮之当塞者也。广东造成兵舰三艘。福州之船厂，江宁、上海之机器局，均有起色。东三省防兵日事操演，此自强之可见者也。惟俄人撒马儿罕铁路已成，又兴土耳吉司丹之铁路；西比里亚之铁路，将迤逦至珲春、黑龙江矣；又增兵两营于西比里亚之东，派员分探新疆、甘肃、青海、蒙古、天山；增黑龙江、鸭绿江之兵船；增布哈尔、珲春之兵额；禁华人越黑龙江外暨阿苏里；又查中国水、陆之兵数。其窥伺我边界者，力果而心深。沈几观变之士，于此知俄人之叵测焉。尚喜旅顺口炮台已成，全洲之防已固。京畿一带，屹若金汤。如东三省

16,12,30

铁路成功，练兵足恃，俄人觊觎之志，或可潜消乎？至于各国之经营、布置，就因所闻所见者，亦可得而言焉：俄人兴沿黑海之铁路，增置黑海之兵舰、水雷，添波阑之兵，定购法厂之枪五十万杆。其兵威所及也，近奥境而奥自危，屯德边而德设备。索土耳其之兵费，废勃尔加厘亚之君，营波斯京城之铁路，夺穆哈剌国之兵权，窥阿弥尼亚之地。欧、亚两洲，近俄之小国，俄实尽之，乃犹汲汲
皇皇求兼并如不及，是诚何心？美之入款，一年四百馀 美国政务
兆，量入为出，尚有羡馀，其富于地球为第一。至于添钢厂，垦荒区，积现银，增税则，讲蚕桑，增邮政局，益火轮车，创太平洋之电线，立报施之约，此富之政也。查海口，设海防，筑炮台，制铁舰，验气炮，造出海水雷之艇，兴极速之船，试钢炮之用及无烟火药之利弊，此强之政也。至于立例以禁各国民人之赴美佣工，不容各国彩票
之入境，此又自保利权，为民保利权之政也。创造之巧， 军械制造
日出不穷：俄以钢为甲胄，美以气代火药，法造逆风之气球，日创泅水之战舰，德造轻质之炮与炮架、炮车，英与德炼铁日精，所制之炮已过百吨。扩而充之，则铁舰失其坚，将为无用之物矣。盖炮之百吨以上者，其弹之力，足
以透厚三尺之铁甲。战船之铁甲过厚则沉，薄则不足以当 国际关系
弹也。交涉之事，则秘林海峡一案，英与美、法龃龉，俄又与英、美龃龉。辟阿非利加一洲，葡与英龃龉，德几与英龃龉，而皆不至于决裂。其决裂者，如和之攻亚齐，美
之剿茵陈。沙华他之胜乌拉乖，智利之乱是也。日本自仿 日本渐强

西法以来，改制度，易服色，近又建造议院，而泰西谓其有名无实。然考其商务渐盛，商船渐增，出口之货渐旺，非无小效，固未足语富强耳。阿非利加一洲，自古至今，混沌未启。前数十年，各国派人游历，渐入内地，虚实全知。今则英、法、德、义、日、葡诸国，均以军旅从事，谋瓜分之，此古今来第一变局也。德人保护马射岛，美人约用夏威仁之海口埠，英人购卑劳支晏国之千家埠，俄人设船厂于乌拉地呙司铎，均注意于太平洋矣。英由缅甸以窥西藏，法由越南以窥广西，则得陇望蜀矣；德、奥、义联盟以拒俄，有“勇夫重闭”之意焉；英、俄、法合议以保和，有赵灭秦强之忧焉；机心机事，无国无之。居今之势，而欲偃武销兵，与民休息，势必不能。孔子之不逆亿，而自然先觉；晋文之尝艰险，而情伪尽知。“丹书”言：日慎一日，完若金城。读古人书，可以知所从事矣。

瓜分非洲

重视海权

国际时局

17,1,1

卷六

光绪十七年正月初一日　元吉。黎明，率随员等朝贺，行三跪九叩礼。晨设面。午后设宴。

外部、副外部、英公使等送行。道新喜。

美外部总办送到外部护照一纸、信四封，分致个龙、巴拿马、嘉里约三领事，又致美国驻秘公使。是晚亥初上火车，亥正开车，卯正到纽约。陆永泉及巡捕来照料，遂赴领事署。 启程赴任

初二日　晴。领事沈桓偕商董三人在署内相迓。辰正早馔。遂谒凡吴客脱及律师钟式。又至汇丰，拨规银一万两，交沈桓代收备用。午初上船，同行者黎荣耀、陆永泉、凌善成，武弁刘贤、侯谏。又洋仆阿斋小荣，已送至船，而因有病不能去，遂听其回。午正开船。船名“纽乎薄容”，二千七百吨。客房不如大西洋轮船之宽，而搭客亦寡。所带随员人等尽附上等舱位，均在船面。行 率领上船

颇稳。

初三日　晴。夜雨。夜看北斗，其柄极下一星，离地如全斗尺寸。因此行直向南，将来到秘鲁时，只见南斗，而北斗全入地，故详志之。每日约行八百里至九百馀里。天气骤热。本船主为美国人，谈及美水师部，近饬船厂造钢甲船三艘，除军械外，每船价值不得过美银四百万元。各载重八千五百吨，船身吃水二十四英尺。其行海里，至少须每半时十五里。煤舱可装煤四百吨。钢甲厚十八英寸。驾炮之口径十八英寸并八英寸者，各四尊；又六英寸口径者四尊。造船之一钉一木，皆须用美国所产，不得借材异国云。

美钢甲船材皆自产

因谨按：美之富足如此，而其造船不准借材异国，防银钱之流入外国也。中国虽开船厂、军械局，而仍不免向外洋购买，以银易铁，长此安穷？谋国者所当急筹善法也。

初四日　晴。斗柄极下一星离地也，如斗杓之上一星离第二星。盖渐近地球矣。

西伯利亚铁路三利

报言：俄人议造西伯利亚铁路，谓有三利：一则以俄之东境轮船可通，一旦疆场有事，敌国以兵船封口，则粮必尽。有铁路，则粮可通；二则中、俄有衅，可以运兵实边；三则内地之货，可以出运，化无用为有用。合计其费需六百兆罗卜。议分三段，由国家专办云。

初五日　晴。斗柄下一星已入地，但见第二星矣。天气渐热，不能着棉。

17,1,6

此地有小岛八处，询诸船主，则岛上皆黑人，共三千馀名。口最大之岛有八百人。岛人无所事事，晒盐而已。以盐易面为食。暇则眠。客船有泊此者，则盗之。美国设一领事以镇抚之，防他国之占踞也。

因谨按：欧、墨各大国，思深虑远，其心周于本境之外与百数十年之后。此区区小岛耳，而为他国得之，则可以屯兵、修船、添煤、储水，为兵船之接济，即足为我之患。设官以镇抚之，耳目远矣。他国自默消觊觎也。 欧美大国思深虑远

初六日　晴。斗柄三星均入地。天热，夹衣亦不能着，但着单衣。风浪渐大，舟行向左右而侧。

闻俄国兵部定于今年为始，在珲春一带增守兵一队。中、俄方睦，而于交界地方增兵，是何故耶？ 俄国兵部增兵珲春

是日，美总统临议院，谓美国与外国邦交颇形辑睦；国中亦物阜民康，国用甚足。且自增加关税以后，洋货少进，土货畅销，于国计民生更大有裨益，即于他国亦无有大损云云。

因谨按：美国加税则，而墨西哥国亦加美国入口之畜税，美商苦之。德国已约欧洲各国，加美税以相报。英、法亦不以为然。安得谓与他国无损也？至云加税以后，洋货少进，于国计民生有裨益，则诚然矣。 美国加税损人利己

初七日　晴。斗杓第二星入地。自本日以后，如中国六、七月天气。风浪尤大。

同舟美人，言欧洲之电线通至锡兰，已增成双线。又自印度至中国、越南、新金山、小吕宋、新加坡，修补电 锡兰（斯里兰卡）

杆、电线，以期一律整齐。共费银四百馀万云。

德国民人不忘前相毕思麻，曾拟集巨银，为造一“留名阁”。毕相让美前王，谓前王功德之大，尚未有此，臣何敢先君？嗣为德国前王已立“留名阁”。因念鱼水君臣，非是君，不能用是臣；非是臣，不能相是君。毕相勋业，自在人心，而无一碑一石传诸永久，德人引为憾事。今再集德银七十五万二千七百五十三马克，为之立一“通国去思碑”。德人之不忘毕相者，皆以得与捐为荣。毕相之名与国同休矣。

德人为前相立碑

德国前此试枪之时，有人名格鲁森，其所造快枪，一分时能出五十弹。

德国前相毕思麻致仕以来，民不忘其功，又为择地于浮剔森，构一华屋以处之。

德人为前相筑室

因谨按：德相毕思麻今年七十三岁。前此破奥国，灭法国，其功甚伟。布鲁士无此人，国几亡矣。为之立碑、筑室，此人心之公也。

个郎（科隆）

初八日　雨。北斗全入地不见。未刻到个郎。天气大热，单衣汗出。个郎总督来见。美国驻个郎领事亦来见。领事为因言曰：“我乃中国之领事耳。”以其专保护华人也，遂往答拜。华人之贸易于此者，多放爆竹相迎，亦有升旗于门首者。商董易佐才、曾庆己来迎。巴拿马美领事阿丹信来电，询赴巴拿马之时刻，属即电复。遂电复以明日辰初。

初九日　晴。卯正，料理行李，点心后上车。美国驻

17,1,10

个郎领事来送行，并赠鲜花一握。曾、易二商董同行。火车公司云：奉阿丹信之命，以专车来迎，送至巴拿马。途中均黑人，即土人也。粤人之设店铺者甚多。闻自巴拿马大工停后，生计不如前矣。巳正至巴拿马，阿丹信已来迎。因以外部书与之。阿丹信遂送到嘉阑轩客栈。栈尚宏敞，栈价：因每日十元，馀人每日五元。遂造阿丹信宅，并送湖绉一匹、磁瓶一对、茶一箱、金扇二柄。阿丹信之夫人出见，甚喜，云："华人甚安分，我等必保护，令其安业。"因谢之。 至巴拿马会阿丹信

南亚墨利加洲分割数国，英国居其大半。其土著自守之地，不过十分中之三四。 南美诸国大半属英

因谨按：墨洲之地与中国相为底面。盖人之立于地者，足与足相抵也。南墨洲又在赤道之南。中国明以前之谈天文者，均云南望赤道，近日极热，至此即无人矣。而不知赤道之南，其气候与北同。且极南尚有南冰洋也。然则天地之大也，前此只测得一半耳。

初十日　晴。阿丹信来，言本省总督愿一见。邀往谒之。至门，有兵士擎枪而迓。入门上楼，总督出见。参赞、翻译为传言，因亦道愿见之忱，且以华人相托。该总督允必保护。坐久，阿丹信言曰："贵公使尚有何言，可以面属。"因向该总督言曰："美国一百年前，草昧初开，各埠冷淡。一百年后，日盛月新。如此之速者，因铁路、各厂，华人为之经营也。今贵国（指可仑比亚）既有华人接踵而来，则兴旺可立而待，敢为预贺。至于华人之业 谒巴拿马总督 "允"原作"充"

于此者，有贵总督之庇荫，有贵领事之保护，本大臣可以放心，夫复何言？惟有以华人相托而已。”该总督大笑，以手拍胸，力任保护。因谢之。遂偕阿丹信游览旧迹。又至阿丹信宅辞行。并送商董龙旗、联扇、药材、茶叶各物。商董亦报以磁瓶一对、丝巾一盒。因辞不受。黎荣耀以为可转以送总督。允之。遂送总督处，总督受之。

总督承诺保护华人

又言俄国兵舰之在太平洋者，现拟不用英煤。因俄国近日觅得煤矿，出煤甚多，无须外求。该国邻近太平洋，故知之。

俄人奉行远交近攻

因谨按：俄人之心计，大抵远交而近攻。远交，故通问遍于东、西洋；近攻，故蚕食急于邻国。太平洋无属地，而兵舰亦周巡者，则备预不虞，而亦求谙习海线也。皆远图也。

十一日 晴。午刻上船。商董曾桂鹏、易佐才，美领事阿丹信，均送至趸船。商董以经手代用之项，列单交来，计客栈之费每人每日五元，因独按日十元。洗浴、啜茶、点心、犒赏，尚在外也。船价每人一百七十元，伙食每人每日一元。遂上船。船于明日午刻开。阿丹信交来个郎赴纽约船期单，计每月三次：西历三月四号、十六号、二十四号，均有船赴纽约。

登船离巴

英人于缅甸测量道路，拟造铁轨达怒江，以通云南，将以通商。计三百英里，估价须银三百五十万镑。

多国相逼边防告急

因谨按：俄人造铁路于珲春，则相逼于北；法人造铁路于越南，英人造铁路于缅甸，则相逼于南。数十年后，

17,1,12

中国边防其急乎?

十二日　晴。未刻开船。舟望东行，行一时，即指南而行。此海海鳅至多，时浮水面。因望之，以为长二丈馀。船主曰："其长实有五丈也。"离船数十里，海鳅矫首向海面喷水，其高四五丈，如烟如雾，又如海舶之挂帆，时隐时现。亦可知其身大而力巨矣。 海鳅（露脊鲸）

舟中英人，言阿富汗与俄立约。因查阿富汗在印度东北，北与俄邻，故英国以阿富汗为印度屏蔽。今俄与阿立约，将由陆路通商以至阿京，则印度藩篱已撤，英人将何以保印度？俄之觊觎他国土地，无时不思侵占。其性然也。 俄阿立约

十三日　晴。此数日中，波平似镜，舟行砥平。

俄太子奉俄皇之命，亲带兵舰四艘，由欧洲展轮，游新金山、新加坡、西贡，以至中国各通商口岸，以广见识。冬初当可抵沪矣。 俄国太子四处游历

因谨按：欧洲各国之君及其世子，多为游历，既广闻见，且习风波。揆诸古人"习劳"之义，亦有合也。

美国哈哇城天文馆之大总裁，拟遣熟悉天文星象各员，随带各色器具暨测探远近之机器并远镜，前往秘鲁查探。现闻该馆总裁已选定深谙天文官员一人名毕刻林为总办，带同司员两人，一名窦格兰斯，一名唯卡斯，以及司事、工役人等，定于下次公司火轮附坐，前往秘鲁之阿立冠派城驻扎。查阿城系居秘国之正中，测观星象，一切最为相宜。且内有一山，不高不卑，山上建屋居住。先将各 哈哇城（哈特福德） 阿立冠派（阿雷基帕）

色器具安排妥贴，然后详细逐探各色星象以及金、火两大星宿。并闻此处测探月象暨用镜拍照，较他处尤为详明也。毕君云：现在南半天一切星象，无论巨细，较在北半天尤为皎明。并将所视天象，逐一画图贴说，以便编辑成书，详加校核也。惟为时须八年之久，至速亦须六年，方能蒇事。西人之用心天象，于此可见一斑云。

因谨按：美人测南墨洲之天文，即测南墨洲之地理也。但测天文之经线、纬线度数若干，即可以知地势之道里若干，不仅南半球之星宿可知也。惜秘鲁无人，不能知美国用心之深耳。

美国测绘用心之深

十四日　晴。此两日内不见山。闻之船主：今日午正，舟过赤道。午以后，舟行赤道之南矣。是夜，船向西北，折入怀纽而江。

美国搜购现银，闻近日解往比利时国，不知何用？或即为比国代购也。

义大利国所造最大之铁舰名“萨那者”，工已告竣。其下水之时，观者如堵，海部大臣亦在坐。一时拍掌欢呼，声如雷动。是船计长英尺四百十尺，阔七十七尺，容一万三千八百六十吨。洵足为意大利兵船中之巨擘也。

意国竣工最大铁舰

谋晒得（马什哈德）

俄国欲于里海地方推广铁路，以达波斯之谋晒得城。尚未谋于波王。拟于动工时通知其事。盖早视波王为无能，不敢不从也。

因谨按：俄与阿富汗立约矣，又营铁路以达波斯。一则垂涎于中亚，一则垂涎于欧洲也。元世祖之时，分遣大

17,1,15

将奔彪恺撒，略地欧洲，乃地定，而鞭长莫及，依然分裂。俄王岂不知乎？而勤远略乎？

十五日　晴。江行向西北。巳刻到惠爱矶。地颇平敞，背山临水，阛阓周密，胜于巴拿马。土人约万人，华人居十之一。盖厄瓜多国之所管辖也。两岸树木青葱可爱。华人叶文英、陈忠华、高静光来见。言前此二年，该地方官禁制华人，赖英领事张百熙为之代缮稿，具呈请于国王，得以弛禁，遂得安业。因教以宜即联络英领事，以资保护。我国未与该国立约，不能以公法绳之也。此地至香港，轮船两月可到，帆船须五月。华商约上岸，因以开船甚速，不便离船，辞之。 惠爱矶（瓜亚基尔）

十六日　晴。巳刻细雨遽止。热甚。抵萨拉埠（又名打拉埠）。前一年尚未设埠，亦无人民。山系童山，无草木。房屋约百馀家。因询船主以此地何产？则出火油也。自近年方知之。因开井取油，每年运往各国，渐运渐远。船至此下机器，为取火油各厂之用也。申正开船，戌正至比打埠，已入秘鲁境矣。由纽约至秘鲁各埠，房屋多以薄铁为瓦，其凸凹如瓦式，而以铁为之，长约一丈，宽六七尺，取其质坚而价廉也。墨洲筑室，其极大者，以白石条砌成。石条长盈丈，厚数尺，自基至顶一律，非地震不能坏。如美国各部衙署，闻造费三千万元。次者用砖，又次者用板。砖、板所作之屋，多以铁皮为瓦，间有用钢瓦者，然不多觏。 萨拉/打拉（塔拉拉） 比打（派塔）

因谨按：一百年以前，香港一荒洲耳；二百年以前，上海亦海盗出没之地耳。迄今香港为大埠，广厦云连，其地几于计尺论银，可谓盛矣。上海为我国第一市镇，其他皆不及焉。所以然者，其地近海，而又为各国商贾、货物往来之孔道耳。或谓地气有盛衰，而不知实由人事也。

十七日　晴。天寒，稍凉，清晨可着夹衣。辰刻，泊打拉尾岛，亦童山。而所下者，多铁瓦之类。地产棉花。风渐大，船行颇侧。

本日发南风，而天气转凉。初以为异，继思此地已在赤道之南，则南冰洋在地之南。此地之南风，犹中国之北风也，故凉。

俄兵增多土民恐慌

俄国与土耳其国交界之欧西鲁姆地方，俄兵至者日益多。土耳其民人恐其进攻，惊相走避。土国家乃出兵以备之。

美国上下议院议员，群请于总统商之英国并商之墨西哥国，禁自英之属地加那大与自墨西哥入境之华人。

美国背约华人偷渡

因按：美自光绪十四年禁工之例行，可谓严且酷矣。新华工已不准来，即旧者亦不准来，并领有美国之照许其来者，亦不准来，自以为至密矣。而边境瓯脱之地，华人乃偷越而来。华人固无耻，而亦美之背约失信有以激之也。

十八日　晴。至阿村岛，亦童山。而其内出煤，土人造铁路、火车，以运出口。船至此稍泊，以载煤备用。巳刻仍开行，稍向东南，不似前此之直向南矣。东南面多山，皆童山也。

17,1,19

十九日　晴。未刻，至白鸽尾，装米四百馀包、牛百馀只。申正开船。

俄廷密谕税关，于英国入口铁器、棉纱加增税则，较之旧税多至百之三十至百之四十。又拟废勃而忌里亚之君，以瑞典国之世子代之。

因谨按：英国棉纱行于中国者日广，似可仿俄国而增其税，亦塞一漏卮，而增一入款也。中国亦可仿俄增税

二十日　晴。卯正，泊打辣美，卸米百馀包及木箱数十。巳初开船。此地山甚深，望之有四五层，其第四层在云外。云环山腰，如带，山尖出云之上。要皆童山，全无草木而多沙。舟过产鸟粪之山。同舟英人亦赴利马，与因接谈，言至秘鲁已二十五年矣。今将办铁路也。又言秘鲁沿海之山荒秃无草木，而内地美不胜收。惜秘邦无政，不能经理也。十年前亦曾至中国，中国民风勤俭，万不能与其民争利。惟拥资厚者，操其利权则得其利，不若秘鲁之利之易争也。其地荒，则地利易兴；其民寡，则客民可容；其俗懒，则土民之利可夺。故舍中国而赴秘。今拥资过十万，置田宅之外，尚有馀款，以逐什一。若铁路归英，则利益溥矣云云。同舟英人谈秘鲁

此地秘国各寮至多，华人之所聚也。华人上船来见，言三年前有委员二人来查寮，一切供张均由商具，而于弊政究未详查。华工依然困苦。曾已呈控于出使大臣矣。华商控告查寮不力

因于光绪十五年由沪出洋之先，即有香港商人书控告委员查寮之不力。今又闻之商人。其寮之难查欤？抑人不

易得也？

二十一日　晴。舟行黑水洋，东面仍多山，而无风浪。计自元旦至今日，舟行已两旬矣。虽不眩晕，而颇觉劳顿，盖由颠簸颤摇无一日之息也。屈指今日午刻，当可抵嘉里约。巳正抵埠，参赞吴濬、领事张曾诏、翻译黎

抵利马

熺、洋员杜嘉尔来迓。当坐小轮船上岸，抵火车厂，华商亦来迓。遂共雇专车，至利马都城。

二十二日　晴。谒外部，订递国书日期，商定二十五日。智利国内乱。华人之寓智利者，因求英公使转致驻智利之英公使代为保护。

因查智利国势已近南冰洋，盖与俄之邻北冰洋者，遥遥相对矣。自胜秘鲁后，颇有夜郎自大之意。前此与秘鲁

智国内乱其将衰乎

交哄，致损华人产业。郑使曾托美国驻智公使索赔不得。今乃国中自乱，其将衰乎？

二十三日　晴。华商二十馀人于嘉里约相迎，又至使馆相见。今日回谒，遂至通惠总局小坐。局不宏敞，而尚

会见在秘华商

修洁。华商二十馀人相见。因询以现在利马华人数目，答云："不能详知。"遂属其查明。又询近年华人较之前五年为增为减？答云："近来出口多于进口，大约已减于从前矣。"又云："中西学堂何以无人就学？"则云："中华四子书，少时无不读者，父兄自可教其子弟。淹博之道，非所敢期，故不须就学。洋文须延洋师，费用太大，无可筹措，请即停办。"因再三开导。众云："勉强允从，非心所愿，岂能持久？不如直言，前此本非所愿，故一年以

17,1,24

后，即已解体。今决不敢应承。”因察其情真，无可再言，遂止。即登车回馆。

二十四日　晴。秘国旧总统偕其子、又参赞某、又前驻中国公使爱立谟来见。华商李杰、彭某、王某来见。当属其查明现在华人之在秘鲁都城及各寮，共若干人?

闻智利国之水师统领，因其总统欲改为君政之国激变，连日交仗，已攻取两口岸矣。

德员在阿非利洲，现以重资雇土人为导，以期入其内地。盖欲辟其土地，且冀相安无事也。

德、奥两国，近来私订密约，彼此严为防堵，有事则唇齿相依，无事则时时训练。　德奥两国私订密约

因谨按：欧洲各国分裂阿洲后，葡人、日人未闻有所经营。若英、若德、若法，固各有布置矣。春秋时，吴与晋争盟于黄池，而于越以兵入其国。故德方图阿洲之地，而又合奥以防俄。

二十五日　晴。秘都利马，自古至今终年无雨。天时地气，殊不可测。是日未刻，细雨如尘，地不能湿。参赞吴濬以为少见。　利马落雨地不能湿

英国于给迫考老尼（在阿非利加洲之南）开辟，内外政治日益修明，惟费用亦增。幸铁路渐拓，商务渐兴，进款亦渐旺，尚可支持。国有人焉，宜土地之日广也。　给迫考老尼（开普殖民地）

因谨按：言之足以征信者甚难。诸子百家，庞杂无论矣。尝读《尔雅》，原文云“东至日所出，西至日所入”者，此何地耶？日本不动，安有所出入耶？由中国向东而　言之足征信者甚难

行，过大东洋，再过大西洋，由欧洲而返中国矣，无日出之地也。由中国向西而行，过欧洲，涉大西洋，逾墨洲，再涉大东洋，由日本而返中国矣，无日入之地也。且中国之日出，即美国之日入；美国之日出，即中国之日入。随地球之向背为隐现，非真有出入之区也。原文又云："距齐州以南，戴日为丹穴，北戴斗极为空峒。"一若北有斗极而南则无也者；一若南至日所行之赤道而尽也者，皆非也。南斗七星，因于此固明明见之矣；戴日之地为赤道，因固明明过之矣。至于《周髀算经》，一谓月之大径一千馀里，后世又谓日之大稍过于地，皆未得千百分之一也。无轻信古人也。

二十六日　晴。是日为递国书之期。午刻，兵头五人带乐工军士九十人，建秘鲁国绣旗来迎国书。既至使馆，则立旗大厅之西，乐工以时作乐。申初，护卫大臣、副外部二人到，宫车二辆亦到。略叙寒暄，即偕参赞吴濬、翻译黎熺、署参赞黎荣耀、洋员杜嘉尔乘宫车至总统宫门。门已列仗相迎，骑兵执旗擎枪，严阵于门内右偏。因下车，率各员入宫。总统已率各部大臣鹄立以待。因趋而前，捧国书，行一鞠躬礼，即递国书，总统接受。因出怀中颂辞纸朗诵之。总统亦读颂辞。读毕，又递报贺大婚之书。礼成，总统延因坐，参赞等员、各部大臣亦坐。总统询我皇太后、皇上圣安，因敬立以对。又作寒暄语，遂退出，乘宫车回使馆。骑兵执旗擎枪，前导后拥。既至馆，外部即奉总统命来谢。因均款以酒食。又赏乐工军士以

呈递国书

17,1,27

酒；其去也，再赏以银钱。外部等乃辞退。因即乘车至外部处谢步，并谒各部大臣。

二十七日　晴。谒各国使臣，并回拜旧总统。

英人议禁鸦片烟会，会中人有自印度游历而回者，谓印度烟馆几一万家，吸烟者多消瘦。现在发出之帖，准开烟馆者，计一万九千三百九十五张。所愿政府从此即停，无坏心术也。 英人议禁鸦片烟

俄主谕兵部大臣：明年珲春应添步兵一营，以为西比里亚以东之策应。 俄拟再度增兵珲春

因谨按：珲春为中国之地，中国驻有防兵。俄人营铁路以达珲春，又添兵队，铁路成，而边事亟矣。

二十八日　晴。谒副外部、前驻中国公使并房东。遂送外部、副外部、英公使、美公使、房东礼，共五分。 谒副外部及各公使

可仑比亚、玻璃斐、威内萨、巴西、智利各公使来见。秘将军佳拿旺那来见。其人晓畅兵机，精力强壮，将来前程未可量也。

英人拟通商于中国之云南省，谓法人已居蒙自，增产业，辟利源，英人岂坐视，不由缅甸以达云南？且缅甸与中国本可通道，若筑铁路，将来商务必盛云。

因谨按：欧洲各国，大小相维，犬牙相错，无可开拓。故皆垂涎于阿洲，可唾手而得矣。中国之地，北与俄邻，南与英、法邻，东与日本邻。俄人侵占于珲春、黑龙江之间。英、法已踞有缅甸、越南之地，而其欲未餍也。日本已县琉球，未尝一日忘高丽，而其志不能逞。当此时 边防难固边界难清

势，不特边防难固，即边界亦难清矣。

二十九日　晴。英公使、美代办、德公使来见。因询德相毕思麻近状，言已告退；又询德将军毛奇特起居，言尚为将军，年已九十矣。因言："此二人者，德之柱石也。"德公使亦询李鸿章起居，因言："尚居相位。"德公使言："外国闻李鸿章之名，与毕思麻相等。"因谦让。又谢英公使代为保护寓居智利之华人，英公使谦让。遂各退。

英美德公使来见

英人在缅甸自曼得来至怒江测量道路，以备设铁轨者，途中多遇险阻。有一处最险者，须架长桥三、五十丈，始可免缒凿之费。铁路之成，尚需时日。今拟先由磨地通至猛刚，以至于排麻费省故也。

缅甸越南开发变迁

因谨按：缅甸、越南两小国，中国列为荒服，以羁縻勿绝待之。两国亦僻陋自安，无所振作。自为英、法所灭，而讲求商务，建置铁路，订立税则，时有所闻。岂天时地气之变迁欤？抑辟草莱、任土地固存乎其人也？因愿施之于东三省焉。

二月初一日　元吉。晴。西班牙公使来见。

秘鲁国情

秘鲁国境，北界厄瓜多国、可仑比亚国，南界智利，东界巴西、玻璃委国，西界太平洋海。居民二百六十三万一千馀，生番二十五万馀，外国工商七万八千馀。内中国六万馀人，义国七千人，法国二千馀人，日国一千六百馀人，德国一千六百馀人。英国、奥国、瑞士、葡萄牙、美国，人数甚少。地产糖、硝泥。自光绪六年与智利构兵，

17,2,2

败北割地，所产硝泥之地尽归智利。遂至无物不税，无人不税，而苛政多矣。

土耳其之摩洛哥城，百姓倡乱，官军与战败北，急请援兵。土君闻之，深以为忧。 摩洛哥内乱

因按：土耳其版图尚跨三洲，地非小也。乃以君臣玩愒，国无靖时。前此俄人伐之，非英相助，已灭亡矣。

初二日　晴。秘国都城名利马，居民十万一千馀人。人多入耶稣教，其国为民主之国。其主持政治者有三：一为上下议院，由民公举。国中无论何事，必待议准，方可施行。总统亦归其议举。一为总统，统领全国之兵，颁行议院律令之权。设部臣五：曰吏部，以治官及工；曰刑部，以治各堂、各局；曰户部，以治商；曰兵部，以治水、陆军；曰外部，以治交涉。一为审案官，如中国之刑部、臬司，由议院公举。其人必由律师出身，以治讼事，曲直是非，由其断决。 秘鲁政治

玻璃委通商公使及寮东来见。勉以厚待华人。寮东极言：无有不厚。

美兵船至中国烟台，报中国南、北洋兵舰共十二艘，已展轮出口，往各处巡历。此去年八月事也。又云中国兵舰将至朝鲜。 中国兵舰各处巡历

因按：泰西各国，留心时事。凡交涉，各国之举动，时时留心。而于军务，尤留心焉。

初三日　晴。考秘国水师：兵船三艘，不过容三四百吨。陆军四千，分为步兵六旗、马兵三旗、大炮兵二旗； 秘鲁水师

另有守街巡兵三千三百七十一名，有马者八百四十三名。总计共七千三百七十一名。

秘鲁口岸

秘国口岸极多，以嘉里约为最大，距利马二十里。来往火车路二条，大马路一条。土民三万四千馀人。另有小口岸十九处，衣路一口，已归智利管辖。

巴西国公使来见。

谒秘外部。

秘报载：英国君以金镖送中国皇帝，其镖上刊中国文。中外和好，升平之兆。因于此不禁欣悦！

美国增税不得民心

美国自增关税以来，物价腾贵，百姓患之，谓此乃无异于加捐，病孰甚焉。其西方之民，尤多不服。皆欲国家改此税则，以为民便。

德、奥、意三国同盟，虽不专防俄国，实有防俄之意。俄人知其同盟之局，久而益坚。奥更有大憾于俄。俄亦先事防维。

英法争端

英、法二国，以英国属地纽芳兰地方渔事，所有争端，久而未决。法国乃请教王从中剖断。教王允之。

因谨按：此亦排难解纷之一法，化有事为无事也。

秘鲁区划

初四日　晴。秘鲁全国分为三十省，九十四府。计大市镇六十五，县七百五十七，大乡落一千三百三十九，中乡落四百七十，小乡落六千一百七十，田寮四千五百。西方一带，土地肥美，故多田寮；东方多高山，山常出火。其出产以糖为大宗。

辞行

谒外部及各国公使，辞行也。

17,2,5

美国海部议添炮台船三艘：其一造于旧金山，需银三百二十四万；其二造于费城，需银五百七十八万；又造极快巡船一艘，需银二百七十二万五千元。

因谨按：自纽阿连之案出，而义有责言；自秘林海之案出，而英有责言。美之布置海防，所以如此其急也。然非其国帑之充，则经费不足而束手；非其船厂之多，则制造无地而束手。要在绸缪于未雨，而后可指挥于临时耳。 美议添船未雨绸缪

初五日　晴。秘鲁铁路共二十条，合计共本一万三千馀万两。间有归智利者。其商船，皆英国、智利国所造，利权尽归他国矣。 秘鲁交通

外部来见，爱立谟、威内萨公使、兵部大臣均来见。

英、德两国立约，以北海中希立古阑岛归于德。俄人以为此岛为德所有，则俄国波罗的海之水师大有不便。惟是英、德之交甚固，一旦有事，同心相助，则计之得者也。 希立古阑岛（黑尔戈兰岛）

因谨按：希立古阑，北海之小岛也。英、德与俄，欧洲之大国也。德非为阿洲之地，断不肯让与英；英非得此岛，断不容德踞阿洲之地。俄处局外，亦有妒心。抑何视土地之重耶？ 英德俄相互猜忌

初六日　晴。秘鲁进款以秘鲁银计：入口税四百馀万，出口税三万馀，买卖产业税十九万馀，火酒至玻璃委税三万九千馀，国内火酒厘二十五万馀，关税租十五万馀，进口船税四万馀，房租二万馀，铸银局进项九万馀，屋税十二万馀，税关罚款十四万馀，身税十七万馀，出家 秘鲁进款

人身税二千三百馀，各款碎项一万馀，书信局进项十五万馀，沽有印纸银五万馀，又九万馀（讼禀用此纸，系具呈及立合同用），船局进项三万馀，火车进项八十四万馀，咸泥税八百馀，矿税八万馀，磨烟度口岸马头进项二万四千馀，进口货投关纸八百馀，新例加抽各货出入件头二十三万馀，嘉里约马头进项三万馀，纸牌厘一千九百馀，鸦片烟进口税二十三万馀，税关纸项五万四千馀（此纸系入关税货用），生意税十四万馀，铸银税（每百，三元）九千馀，田寮税五万馀，盐埠进项四万馀，巡丁进项六万馀，烟厘二于九万馀，各口岸马头进项一百零三万馀，大监房工一万四千馀，电线二万二千馀，加抽买卖单二万九千馀，统共全国进项九百一十万八千九百五十一元八角三仙。

秘鲁借款

国债、贷款及欠太平粮银二十七兆八十万元。废银纸银七十九兆元。前任总统卑路拿手所出新英架银纸九兆五十四万一千元。而借他国之款，尚不在内。

日丝出口较前大盛

西历一千八百八十九年，日本出口之丝，较上年多十一万四千三百五十磅，多售值英金五万三千八十四镑。以丝巾而言之，在一千八百八十八年，已较一千八百八十七年出口，多售值英金三万一千一百七十一镑者，至一千八百八十九年，又较一千八百八十八年，多售值英金十一万一千四百十四镑，是几多百分之五十。其他出口之绸、绫，亦复较前大盛。在一千八百八十九年，值英金十九万三千五百七十二镑，较一千八百八十八年多英金十四万五

17,2,7

千五百六十二镑。丝市之盛，不可见乎？日本于一千八百八十九年出口之茶，值英金九十五万八千七百六十九镑，在一千八百八十八年仅值英金九十四万四千二百二十五镑，盖较多英金一万四千五百四十四镑云。 日茶出口亦有增长

因谨按：秘为小国，民数二兆有零，合中国二百分之一。入款银六百馀万两，合中国十四分之一。为详稽其入款，则书信局十五万馀，铸银局九万馀，鸦片税二十三万馀。即此三项，以民数二百倍乘之，合九千馀万矣。彼税固极重，而中国之税未免太轻也。 秘鲁税收极重

初七日　晴。拜发行抵秘国并呈递国书折。写船票、火车票。

英公使、法代办、美代办，均来送行。

是晚，吴濬、张曾诏为具膳，以明日即启行也。

秘鲁国债均贷于外国，由本国之民不相信也。共计一百六十四兆七十六万五千元，合中国银一万六千四百万两。计至西历一千八百七十五年七月初一日止，共欠息银九十七兆三十五万零九百四十元。共欠本、息二百六十二兆十一万五千九百四十元，合中国银二万万馀两。此债由去年与债主订定立约：将国中火车、铁路交与债主办六十年；再由户部按年筹英金八万镑，凑足计三十年为止。则所欠之债作为清还。 秘鲁国债均贷于外

俄国以美国新增进口税，其自唐江出口之南省羊毛，竟不销售。先是俄国各货运至美国纽约者不少。今以美国税关多方留难，运往之货一时难起，故无人肯运以往云。 美增税致俄货不售

因谨按：国债之举，利溥公私。国家得民有馀之资以集事，而民亦可藏富于国，此两益也。秘国不见信于民，而贷于他国。至以利权授人则国蹙，而民亦困，是之谓两损。可以为鉴。

国债之举利溥公私

初八日　晴。是日寅初即起，上楼瞻南斗，见上三星下四星，如北斗之杓，颇为明白。牵牛星已入地。

辰初，各员均起，遂饭。饭后乘马车，入火车厂。副外部及前驻中国公使爱立谟均到。爱立谟言总统以因为善辞，令赠一照相。爱立谟亦赠一照相。因托以保护华人，均点首。谈逾时，威内萨公使亦到。各国公使到者甚多，不能悉记。火车开时，均送至车傍，作别而去。巳正至嘉里约，遂上船。船名"丕实乐"。船主升中国旗。申初开行。

登船离秘

初九日　晴。舟至打辣尾。华商来见，云此埠华人约四千人。

闻美国与巴西已立报施条约：美国所产之五谷、麦粉、干羊、咸肉、咸鱼、干鱼、农具、开矿器具、制造器具、格物书契、火轮车器等物，巴廷允准入口免税；此外，牛乳、油饼、火腿、棉布、钢铁器另计；木器、马车、树胶，则纳半税。巴西所产之糖、加非、茶叶、生牛皮等物，运入美国，亦免税云。

美国巴西立约互惠

因按：美国如此之富，而管算如此之严，其意不过防利源之夺于他人而已。其五谷、麦粉之运入他国，欲其免税，必有免他国之税则以相报施，则他国亦防利源之为所

17,2,10

夺也。现在美国之麦粉运入中国者，每年数十万桶，皆不纳税。而中国之米运入美国，曾不免税，且加重焉。报施之谓何？ 中美互惠有名无实

初十日　夜雨。舟至白鸽尾。华商来见，言此埠华人约六千。近因到者日希，土人尚不妒忌。又言各埠所销售，多中国青绉、纱袱及丝巾。又洋人亦好服中国之山东绸，取其坚而质也。所见洋人，多有服之者。 至白鸽尾

同舟法国水师提督，调赴墨西哥换班。因与接谈。法提督言以前驻扎上海十二年，极喜中国民情之勤俭。中国水师海军振兴，当有起色？因言："中国向来以柔远为心，不恃兵力，故不愿以海军角力。今风气既开，自当整顿，以饬戎行，亦权宜之道也。地球海军，自以英、法两国为冠，其次则德、俄、义、奥，均有可观。"法提督曰："论铁甲之多，自然推英；论海军之强，法实不让。盖以法国兵舰管驾得人，运掉灵便，争雄海面，自以为尚胜一筹。"因不便直折，但答曰："此诚闻所未闻，具见贵提督之晓畅军务。"该提督欣然而散。 法督自诩海军第一

因按：近年查考各国兵舰，英之铁舰一百六十六艘，法仅六十二艘。不但大小不相等，即多寡亦相悬。且去年法国议员详查欧洲各国水师强弱情形，而自知不得法，见于报者屡矣。乃恃意气，而为虚词以恫喝中国，以为中国不知其底细。而不知因已见其肺肝矣。于此知法国之霸气。而欧洲人情，莫能相下，亦见一斑。此因所以志切自强也。 海军实力法逊于英

十一日 雨。至阿村岛。船上上下之人亦甚多，货物亦多。天气之热，至于单衣汗浃。因将过赤道，而日正当顶也。

加省限华 美国加利宽尼省下议院议定限制华人条例，以为可行者四十九人，以为不可者五人。其例：凡华人现寓居该省者，按名给发执照。以后不准续来。上议院已议准矣。

荷德结盟 东洋日字报云：闻和、德两国新订密约，欲互相保护，以得唇齿相依之助。若彼此与法国相战，两国均须协力同心云。

日拟效美遣兵禁渔 日本朝廷拟遣兵船一艘，驶往北方之寄喜买海，以便禁止他国渔船捕捉海獭及各种海货。查此举亦效美国之禁秘林海捕海龙事。

因谨按：日本当中国李唐时，事事步趋中国，近则步趋英、法，今乃步趋美国矣。西人谓其情性如猴，好效法人而轻举妄动也。可谓雅谑。

十二日 晴。至惠爱基。此埠已在海峡之内，实为长江。人之上下最多。又有盗物者，为侯涧所获，并获其赃，送交船主。船主以为应由地方官办理。无可交者，释之。是夜，该船上货、下货极多，至开五门，一时并力，交卯初始毕。辰初开行。同舟有三十人，须由巴拿马赴纽约，恐船行迟，而大西洋赴纽约之船先开，则大费事。相与筹商，告之船主：凡行船诸人，自司机器及司炉以下，均给重赏，令其上紧。一面仍电致个郎轮船公司，属其停候一日。当由该公司复电：允候十二时辰。

重赏船员令速行驶

17,2,13

因查：巴拿马、个郎，为烟瘴之地，其水土最恶劣。从前，法人勒伯西集股开浚其地，以通大西洋。所招黑人，殁于瘴者十之九。行旅来往，均视为畏途焉。以重赏速其行船，使不致逗留其地，以染瘴疠，亦计之得者也。

十三日　晴。卯初开船，出内江，入大洋。

同舟德国二员，游历墨洲，人甚和蔼。彼此接谈，言德国来因河者，与法交界之地也。近有人于河旁置一生电机器，即借河水以旋转车轮，有一万匹马力以生电气。然后通电线于各制造厂之生力机器。盖用水力以生电，又用电力以生力而运机器也。其用至多，如需火烛，即用以生光；如需锻炼，即用之熔化；如需运载，即用以举重、推行。惟所欲之，无不如志。较之用煤，又为洁净。计费资本，仅二百馀万元，而利巨矣。

德于莱茵建水电站

因谨按：电气之利，愈用愈扩。近闻美国能以电气表测矿，知矿产之有无。既省人力，又省糜费，格致之功也。

十四日　雨。舟行大洋，时有大鳖浮水面，大如栲栳。所过数百里，不可胜数。

英国属地考仑比阿，去年所渔海獭之皮，有数万张，值英金四十馀万镑。其渔船二十馀艘，渔人六千馀名。若美国在彼处渔海獭之船仅有五艘，所渔海獭不过数千；德国之船仅有一艘，所渔海獭不过数百。

考仑比阿（加拿大哥伦比亚州）

因谨按：洋人重商而趋利，英人尤甚，故富甲于地球。中国向重农，所谓“贵菽粟而贱金玉”也。然而当汉盛时，贾谊上书有云“贵农夫，农夫已贫贱矣；贱商人，商人已富贵矣”意者，天时、人事之所趋，自古已然不？能执一而论乎？考之近年户部入款，每岁银八千馀万两。其中地丁银，只一千馀万两耳，此外皆取诸商也。若循古，昔之关、市无征，则每年所入之数，能敷所出乎？运本日新，而法无不变。敢以质之是古非今者。

改变观念重视商业

十五日　晴。舟行大洋，过赤道。船主以午正用机器测天，舟行至二十二度，云十六日巳正可到巴拿马。

义大利人言：西历一千八百九十年，欧洲各国之朝教王者，法、义、美、奥、德五国之民，各有所献，美国居多，共银十五万馀两。然较往年已减矣。

因查欧洲二十年前最重教王，其权可以废置各国之君。其遣使在头等公使之上。自德灭法，而法不能护教。罗马一城，义遂收回。教王惟馀一宫殿耳。近日、俄、德、美、义诸国，均不崇天主教。美国之奉天主教者，至不准举总统。教势因此日衰，然馀威犹存，根株未尽；尚有先已入其教者，故不能无所献也。若法与奥，则民心犹归之；而执政诸公，实不以为是矣。

教势日衰馀威犹存

十六日　晴。巳正抵巴拿马。领事阿丹信已先至码头，用小轮船载人及行李抵埠。易佐才已到，为雇马车五乘，载人及行李赴火车厂。阿丹信则为写火车票并轮船票。火车于申初三刻开行。阿丹信亦坐火车，送至半途。因以路程太远谦辞，阿丹信遂返。中途大雨。抵个郎，已戌初。华商来迎，代雇车送上船。因自起爨。船主已备

抵巴拿马科隆

17,2,17

饭。从者七人，均上等舱。

因按：巴拿马、个郎地逼赤道，天气四时皆炎热如溽暑。寒带之人至此，极不相宜。树木丛杂，芭蕉满山，四时不凋，故开花而成实。黄橘、青梨、波罗各果，遍山均是。尚有不知名者。土人肌理黑黝，形状粗浊，自成风俗。非有铁路、火车，不易经其地也。火车行三时，虽途中屡停，以便上下之客；然计程途曲折，亦二三百里。开河机器，沿途布置，废而不用。闻已费银三千万两，工程只三之一。经费已竭，故遂停也。

波罗（菠萝）

十七日　晴。广昌商人请赴席，因力辞，随员均往。个郎总督来见。美驻个郎领事来见。言美驻中国中使田贝，现已更换。布列也接办，两月之内可以启行。又言布列也为北党，年五十五岁。因又托以保护华人。遂退。

美国更换驻中大使

复谒个郎总督及美领事。

昨夜至今日，蕉果之入船者数百车。以每车三百斤计，盖十馀万斤，均运至美国出售。查此地周围数百里，人烟稀少，山果至繁。如无火车，则不能运出山；如无轮船，则不能运至美。盖地气既热，小车载重则压而至碎，又郁而至腐。间有存者，日久亦无不坏。今以火车运出山，既不积压；复以轮船运至他国，又不久时，可以销售。计一年之内，所得已多。此铁路、轮船之利也。

墨西哥国以美国新增进口税，其牲口不能出口。议于进口之美国货物，亦重抽其税云。

因谨按：交涉之道，太柔则废。墨西哥，小国耳，与

交涉之道太柔则废

美毗连。乃于美国之加税而亦加税以报之，不畏美之诘责也，亦不畏失美之欢也。诚以不如是，则无以持平，亦无以自立也。

十八日　晴。此次驻秘时，巴西公使来见，询我中国近兴铁路，因答以甫有端倪。巴西公使言伊国商民愿兴铁路，业经廷议允准。但有约法三章，须由朝廷核定：一、京城与各省城位置、铁路；二、与外国毗连之铁路；三、保护国家之铁路。此三者，均由国家作主，其馀悉听商人相地办理云云。

巴兴铁路约法三章

英国可仑白地方，有日本兵船水手结队而行，衣服鲜明，自外观之，几无异英国水师云。

俄国以与各国预有成约：有事之时，不得添兵于黑海。故欲于无事之时，增添黑海水师，为有备无患之计。今以所有铁舰，尚嫌其少，即欲添造铁舰数艘，并欲添造水雷船数艘。

俄增铁舰

因谨按：当今欲自强之国，无不以兴造铁路为先务，则铁路之利国无疑也。俄增铁船于黑海，日本耀水师于可仑，一求实济，一尚虚憍。而海军之当讲求，亦无疑也。

十九日　晴。中夜大雨。拜发由秘返美折。智利内乱。据智国使臣言，乱党势寡，兵船不过数艘。其馀地方安靖如常。而商家之贸易于智者，则云智国家有轮船二只，载兵入卫，其一已为乱党掳去，其一为兵船所追，几不获免，幸而到埠。而卑沙瓜一城，业已失守。沿海一带口岸，俱为兵船所封，其势岌岌云。

智利内乱

17,2,20

因谨按：八年前，智、秘之战，秘鲁铁舰为智利所掳，而秘鲁遂不支。今智利自乱。智国家之兵舰为乱党所有，智国亦不支。然则讲求海军，其必以得人为首务；否则，借寇兵而资盗粮也。 海军必以得人为务

二十日　晴。舟至古巴岛口岸外，海面有似小鸟而结队纷飞者，因以为凫、鹭之类。船主曰："此飞鱼也。"以远镜视之，不甚明白。嗣有飞于近船者，始知为鱼。其飞离水不逾丈，长不逾尺，望之如蜻蜓，盖四翼也。舟人获其一，以药水制之不朽，随以相赠。即而视之，则前翅生于胁，而较他鱼为倍长；后翅稍短，然他鱼亦不能如此长也。宜其能飞。 海面飞鱼

法廷议拨越南经费一千二百万佛郎。议绅议允者二百八十四人，不允者一百九十九人。闻已拨矣。因查法国国债，其周年行息四厘者，计二万二千八百二十四兆零，合中国银三十一万九千二百馀万；其周年三厘半息者，计八万八百兆零，合中国银一百一十万万两。计每年交息约六千万两。盖每年进项，以五分之一交息矣。 法拨经费开发越南

因谨按：外洋各国，无不有国债者。法之国债，每年交息至银六千万两，其债可谓巨矣。而民间尚肯贷之者，则以政府尚信，足以取信于民；而民亦以按年可以得息，较之他处为稳也。或谓一千八百七十年，即同治九年，法几为德灭矣。若宗社为墟，国债将谁索乎？不知《万国公法》：国之债贷于民，还债之项出于地，债与地合而为一。其地为谁有，则其债应谁偿，此民之所稔知也，所以 国债虽巨民亦无虑

无虑也。

二十一日　晴，天气渐凉，可着两层衣矣。英、美为秘林海峡英人捕猎海龙事，英廷已拨兵舰至太平洋保护云。

英强于美显与为难

因谨按：美国近年尚霸气，未遇强有力者，自以为霸气之可行也。今英强于美，显与为难矣。美国能始终苛禁英人，如待华人之例，一意坚持否？恐不能矣。

二十二日　晴。夜雨。天气骤寒，可着棉衣，此已过赤道之故也。

西人夸赞大连炮台

西人有自奉天至天津者，路经各海口，见大连湾铭军新筑炮台六座，坚而且精。其老龙头炮台一座，恰当敌船之冲，三面临水，工程尤难。和尚岛东炮台、徐家山旱炮台，筑土取石，亦不容易。此三台之精坚，尤为各台之最。英、法兵舰过此者，均极口夸之。

因谨按：泰西各国造兵舰，筑炮台，讲求军械，所谓“安不忘危，治不忘乱，不战而屈人之兵”者也。兵船游历，大抵觇其国之武备，以知强弱。风气如此，虽欲弭兵耀德，断不能矣。

帆船求援施粮以救

二十三日　晴。北风渐大，船左右晃，立足不稳矣。有帆船二艘自古巴赴纽约，悬旗以求救援。本舟见之，即停轮。帆船遂派小舟至。舟中三人，其一上本船，言自古巴开行后，北风不止，已行三十二日，船中粮已竭，尚不知何日能到纽约，故来乞粮。船主给以面二大桶（每桶二百磅）、薯二桶、牛肉、菜蔬、面包、茄非，足敷一月

17,2,24

之用。然后开行。

因谨按：上古造舟以致远，帆、樯之力犹限于风。自轮船出，海线谙，而重洋万里，可计日按时而至。向之所谓天堑者，今皆为坦途矣。天地之气运日开，民生之机巧日甚。《易》言“穷则变，变则通”，不变，则不通也。又言“随之时义大矣哉”，言不随时，则不可也。

“随之时义”原作“随时之义”

二十四日　晴。大北风，船仍摇晃。同舟英商人，言英、法交界之海峡，向来风波最大，过此者，无不眩晕。今拟筹费三百万镑，开通海底，兴造铁路，用火车往来海底，以避风浪。

英拟筹造海底隧道

《字林报》据东洋日字新报本月初五日信云：现本国政府整顿水、陆兵权，有蒸蒸日上之势。查现在陆军各处城镇炮台以及防堵口岸，均已次第建台筑垒，以冀巩固。至于水师，海军暨各部臣，均以为最关紧要。因经费支绌，未能定议。今政府因见泰西各国，莫不以水师兵权多寡为国之强弱。是以不惜经费，增造大小兵舰，以彰国势。兹将议定添造各舰，开列于下：计开大铁甲两艘，每容九千五百吨，每价日洋七百万一千六百四十六元；巡逻兵铁甲三艘，每六千吨，每价四百二十一万三千九百四十元；头等寻常巡兵舰一艘，计四千五百吨，价三百三十万一千六百四十九元；二等巡兵舰二艘，每容三千五百吨，每价二百四十万三千五百十二元；三等巡兵舰一艘，计二千五百吨，价一百六十七万一千二百四十五元；又三艘，每容一千五百吨，每价一百七万九百五十七元；头等鱼雷

日本大力建设海军

艇七只，每容七百五十吨，每价七十七万三千九百四十九元；二等鱼雷艇三艘，每容五百吨，每价五十七万三千七百九十元。以上统共吨位，计六万二千二百五十吨，共计日洋四千六百七十九万七千五百十四元。

张皇其辞必有不足

因谨按：张皇其辞者，必其中有所不足也。日本琉球之事，知中国不快于心。近见中国海军日强，其气自陋，极忧报复，乃以外强饰其中干。肺肝如见矣。

到华盛顿

二十五日　晴。午刻到纽约。税关已得外部照会。即下船，坐马车至领事衙门，属即写票。饭后未刻上火车厂。申刻开行。子刻到华盛顿。此次火车中途不停，故速。有泰及洋仆已在厂久候。即雇车回使馆。

二十六日　晴。闻美国新派驻华公使布列也，新报多诋之者。

送外部秘鲁所产皮褥一方、丝巾一盒。

纽阿连（新奥尔良）

美国纽阿连省，有寓居该地之义大利人械斗，误伤美人。巡捕拿获义民十馀人，监禁审问。而该地民人聚众数千，竟至监所，用枪轰毙七人，又缢死二人，其中有两三人尚未入美籍者。义国驻美公使接义驻纽阿连领事之禀，照会外部，请美廷将枪毙义人之犯，按例惩办，并索赔偿。该省总督置之不理。外部复文，亦无惩办、赔偿之意。义公使又已备文照会外部，请速妥办矣。

二十七日　晴。金山总领事左庚丁艰，由家丁禀请卸事。美国民人横杀义民一案，外部复义公使文，以为办理此事之权，操之该省，合众国官员不得越俎，仍候该省自

17,2,28

行办理。义廷见其推诿情形，遂归咎于美国政府，因于二十二日递书告辞回国，只留代办料理。美外部立刻照会义代办云：义为此役之故，撤回其驻美公使，美总统殊深歉仄。查公使撤回之由：一则因美国未尝应允将杀死义民之凶手，按例惩治；二则因美国未经应允补恤死者家属。惟美国旧设国例：国家政府不能干预各省政事。此案惩办凶手之事，例应归省官办理，合众国官员不得越俎。故不能预定该省官员如何办理此案之处，亦不能预定将此案凶犯惩办也。美国政府并未言不肯补恤，但须先行查明：的确美国如果应给恤款，然后方可照行，不能急切就理云云。义代办既准外部此次照复，即电本国政府。兹闻义国外部大臣业经照复，许将此案再行酌议，秉公办理矣。初，美、义两国因此案之故，几乎决裂；现在，美总统与各部大臣见事有转机，可望调处，不胜欣悦云。

意使回国美急照会

因谨按：美国于中国华工，一再燔逐。中国照会，不为操切。以前各案，绝无办凶手者，其恤款不过十之一耳。美国侈然自肆，心轻手滑，乃以用之中国者，又用之于义国，大受斥辱。今而后庶知公法、条约之不可违乎？闻诸道路，美之急于转圜者，实慑于义国水师之强也。义国兵舰有名“担大罗”、“杜意留”、“义大利”者，其炮系一百吨，为各国兵舰所未有。美自揣兵力不能敌，故不敢始终妄行也。此可以见海军之不可不讲矣。

美惧意国海军强大

二十八日　晴。接美外部信，订相见。

英属澳大地亚（即新金山全洲地方）向来分为七省，

澳大利亚欲仿美制

各省政事，皆归自理。近日该省居民欲仿美国制度，合成一省。现在各省委员会议，已议定设立一总议之所，分为上下两院。所有拨款、抽税，均由下议院创议。

因谨按：自美总统华盛顿创立议院，而其制遂遍于天下。亦古今一创局也。

法商欲揽俄国铁路

二十九日　晴。欧洲来电云：法国富商欲包揽俄国西比利亚之铁路，由赫加布士克地方至乌拉地呙士铎埠（濒太平洋），共计五千三百九十八米。所用之款，即以铁路作抵。特未知俄廷允否也。

英保人险其利甚大

《字林报》言：英国去年核算保人险一项，其利甚大。查英国保险公司，共计八十一家，资本之大小，由十万至一百万镑不一。而于去岁一年所收保险费银，共计六十八兆五百万镑。此数之多，正与英国所欠民债数相似。所有历年之公积，约计英金二十三兆五百万镑，尚不入此数也。保险之利，于此可见。

保人险章程

因查保人险与保货险章程相似：货失则赔，人殁亦赔。顾其收数多于货险。而人之愿保者，须由该公司详验。大抵病者不保，老者不保，期远者不保。此其所以获利也。

朝鲜亲俄

三十日　晴。闻高丽国闵氏一党，归心于俄。高丽国王惟闵氏之言是听。高事，日棘手矣。

奉天将军裕禄，派提督左宝贵查勘金矿，以备开采。

英国大臣理财有方

伦敦来电云：英国户部，自廷臣等选举内阁，高斯川为户部大臣后，供职迄今，将近三载，所有通国一切经

17,3,1

费，出入细心校核、撙节。故凡支销，无虚糜。历来该部度支常多短绌，未有盈馀。自高大臣主政，本年核算出入经费，除开销外，尚盈英金一百三十万镑。英廷诸巨公，均以高君为能。

因谨按：一国犹一家也，谋国犹谋家也。一家之用，如以敝衣、啬食为节，所节几何？不作无益害有益，不贵异物贱用物，而所节乃多矣。通盘筹画，不为临事之张皇；详察弊端，杜绝小人之欺饰，而所节益多矣。唐之刘晏庶几近之。

三月初一日　元吉。晴。午初赴外部衙门，谒外部。各国公使先因到者：墨西哥、德意志、土耳其；后因到者：泥格拉、日斯巴尼亚。外部因赴总统处议办事件，尚未到署。德公使有事遽回。至未初，外部方到。墨、土两公使见后，因往见，谢其函致各处美公使、领事照应事。外部询华人在秘鲁何如？因答以秘鲁现在尚欲招华人来，故待之尚厚。其间有虐待者，乃不肖之寮东耳。外部点首。此外皆寒暄语。因告辞，外部留之，婉言曰："美国新简驻中国公使布莱尔适到衙门，贵大臣愿见否？"因答曰："可。"外部遂引布莱尔来见，握手为礼。布莱尔云：本大臣新派驻中国公使，将来务期所办各事于两国有益云云。因答曰："但期贵大臣能将'两国有益'四字存心，则交涉之道得矣。"布莱尔又言："贵政府之意如何？"因答曰："中国向以仁厚待人，不为与人为难之事。我政府于交涉之事，悉照公法、条约，无背约而行者。贵大臣可

赴外部谒各公使

会美驻中新任公使

放心也。”此外悉询中国道里、风俗、人情事。遂辞出。

布使来谒 至酉初，布莱尔徒步来见，言：“新闻纸之诋之者，实有嫉妒之人为之。以美国南北分党，北党之人，南党好诋之；且北党之不得差者，亦阴诋之。新报所言，愿贵大臣勿信。”因答曰：“本大臣元旦起行，赴秘返美仅数日，虽有所闻，未敢尽信。且人言何足凭？要当察其行事。贵大臣将来见诸行事者，或与新报合，或与新报不同，自不可掩。”布莱尔乃于怀中出一纸曰：“此十四年美国行苛例时本大臣之条陈，言不可急而当缓者，此足证矣。”翻译官阅之，以为信然。因乃言曰：“贵大臣此日此言，请勿忘之，则于‘两国有益’四字符矣。”因作寒暄。辞出。

又闻美廷专派公使科士达，前往日国订立报施条约。日廷已优礼待之。

俄国京中，将设一厂织绸。高加索与中亚细亚各处，

俄兴蚕事 已大兴蚕事。盖出丝既多，即可供杼轴云。

初二日 小雨。回谒公使布莱尔，谈逾一刻。布公使

回谒布使 但询京都中外相见仪注，及风土人情。因详告之。又见朝鲜驻美公使。

伦敦来电云：俄国戈林尼亚省地方与奥国毗连，俄廷忽于昨日倍添驻防之兵。欧洲各国闻之，咸谓现在时局可虞。又称：法国驻防之军，无不秣马厉兵，时加训练。每于夜间，鼓声忽鸣，以试兵弁使习御敌之法云。

美上议院绅益文士，在议院二十五年，持论平允，不

17,3,3

徇工党。今拟辞职。

伯林来电：德廷拟添设东边各省防兵，俄国重兵近日麕聚该地，有虎视眈眈之势，故防患未形。

因谨按：德皇与俄皇时时为衣冠之会，情投意洽。俄皇前与德皇言欢，且许保欧洲升平之局。然德廷仍静观俄人之举动，稍有不测，即思防之，不敢恃邦交而弛武备。此近日交涉之要道也。 德俄二国面和心异

初三日　晴。酉刻大雨。近闻义国代办使事参赞至美外部照会，饬令译出云：为照会事，照得花大臣请假回国，曾经照会辞行在案。顷准贵大臣四月一号（中二月二十三日）照复，本代办将内开各节，电达本国政府，请各部大臣议办。兹据本国外部来电称：意国大皇帝政府，但请将该案罪犯迅速按律究办。若未审明定罪而请惩办，未免不近情理。今义国政府复述前情，再请，总俟美国政府允许提犯审讯后，方可罢议。至赔恤一事，美国政府既言按两国条约理所当行之事，义国政府自当记注存案等因，并饬照知贵大臣。为此照会贵大臣，请烦查照可也。须至照会者，四月二号（中二月二十四日）严秘理阿离押。 意催美速惩办罪犯

美国驻华布公使偕其子来见。

美国与巴西订立报施条约后，德廷因恐其民向来所得于南墨洲通商之利，将来为美所夺，即与奥国订立通商条约，为本国商民货产开辟销路。 德奥立约贸易通商

因谨按：泰西之重商务，各国皆然。惟明者见事于未

著，防患于未形。故英、美而外，德之富强有蒸蒸日上之势，则得人之效也。

初四日　阴。天气骤热。俄京来电称：俄国兵部业已传令，所有俄兵驻守之地，如有他国人民在彼贩卖货物者，即行驱逐。因恐一旦与德、奥开仗，此种人为敌向导也。

罗马来电称：义国外部自照会美国外部后，至今未见照复，心甚着急。如今日仍不照复，则令美国驻义之公使束装返国，并将现在义国驻美使署人员撤回本国。所有义国使署交涉事件，尽交英公使代为办理。闻美外部布连，本拟初三日下午将往纽约而不果行，或者为此之故。

意大利提出警告

因按：美国创苛禁华人新例，自光绪十四年秋毅然行之。经前任使臣张荫桓及因驳诘，至今毫无照复，盖三年矣。兹于义国外部之照会复之稍迟，即大受窘挫。今而后，其庶知中国之仁厚乎？孙武子云："勇怯，势也；强弱，形也。"泰西各国以强弱分勇怯。我强于人则勇，我弱于人则怯。《万国公法》如中国之律例，头头是道，不足凭也。故理足而无势，则理不能伸；势强而无理，则所争者虽胜，而为人所嫉。今地球各国，其强者，大抵皆恃势而蔑理；其弱者，大抵皆有理而无势。惟两强相遇，则有理者可以求伸；以弱遇强，虽有理而无益也。此谋国者之所以贵自强也。

弱国无外交，中国当自强

初五日　晴。闻俄皇之子，三月可抵上海。总理各国事务衙门已有文，令江海关道款待。又闻二月已由香港道

17,3,6

出上海，未作勾留，乘船溯江上驶云。

初三日，英公使接印度来电云：曼尼布尔地方与缅甸接界，有一强大部落之酋长为其弟所逐而篡其位。英国办理该处事务大臣闻之，亲往调停，为叛兵所杀。印度总督即派副将格阑，带兵数百名进剿，叛兵迎战，计数四千馀人，亦持洋枪。该副将以寡敌众，大挫叛兵，并歼厥渠魁，叛兵胆寒投降。 曼尼布尔(曼尼普尔)

因谨按：战阵之事，两强相遇，则众胜寡；若以节制之师而遇乌合之众，则多寡非所论也。此兵之所以贵练也。

初六日　晴。闻近日法廷所添造之兵舰，现已兴工尚未告竣者，有头等厚甲六艘、海防铁甲战舰四艘、铁甲炮艇二艘、铁甲巡海兵舰三艘、二等巡海兵舰四艘、水雷巡船二艘、洋面可用之水雷十七门、头等水雷艇二十四艘、二等水雷艇二十六艘。以上之厚甲战舰可容九万九千零二十六吨，巡海兵舰可容七千零八十四吨，计需经费银七千万云。 法添兵舰

因谨按：富强二字，实相辅而行也。往古之战，不过弓矢干戈，其制易，其费轻，且无交锋于海面者。今之时局，实生民以来所未有也。一兵船而费数十百万，一铁甲炮台而费数百万，一炮而费十馀万。苟无经费，何以兴办？而觇国者，又常考究他国之炮台坚与不坚，炮之巨与不巨，兵舰之大与小、新与旧、寡与多，以定该国之强弱，而后于交涉之道判厚薄，分亲疏，别敬肆。呜呼！平 富强二字相辅而行

时未考究者，安知其窍要？不亲历其事，又安知其用心哉？

法国试炮　初七日　晴。法国夏化埠嘉尼埠嘉尼炮厂试验大炮，其验法则连珠而放，以观有无炸裂之弊。法廷及俄国、和国均派大员就观。据和国将军连尼文言：初试之大炮一尊，于四十五秒之内，连放九次，而无破绽；随后又试一尊比此尤大者，于五十四秒之内，连放七次，亦无破绽。因此可知，法国各厂所造之大炮，不在他国有名之厂之下。

三月初五日新报言罗马来电，言美国外部大臣布连之照复，如至初六日犹未到，即另行议办云云。

又闻美外部大臣之公文，业已交轮船寄义矣。

因谨按：义国政府似知美国之伎俩，不示以威则游延，故以决裂之情形示之。而美外部乃不敢不复，既不推诿于省员，亦无所俟于议院。然则前此所夸耀于各邦，谓美国崇尚仁义，不侮鳏寡，不畏强圉者，至今日而扫地矣。

“不侮鳏寡”原作“不悔鳏寡”

初八日　晴。美绅塞泼来函，请赴纽约与宴。因以金山华人方禀欲拒新简公使布莱尔，谓其憎厌华人。而塞泼所请赴席，系陪布莱尔。事在嫌疑之际，作书辞之。

拒绝赴宴

闻俄国西比利亚之铁路，自前年筹款兴工，极为上紧。近得珲春来信，此项铁路现已工竣，此时当可通行。查此铁路由西比利亚接至欧洲，将来由中国、日本及亚洲各国前往泰西，自然便捷。俄人之为此举，既不惜费，又

西伯利亚铁路竣工

17,3,8

复殚精竭虑以经营之，计长四千八百一十西里，合中里一万六千馀里，费银三千二百万镑，合中国银一万三千馀万两。途中越过三大河，皆造大桥以过。从此，俄国东方之金、银、铜、铁各矿，均可开采。从前黑龙江暨乳苏利境内，向多空旷之地，一片荒凉，人迹不到。此后辘轳衔接，直破天荒。珲春地方得此易为接应，必将成为重镇。俄人调兵转饷，呼应自灵云云。

因谨按：香港、珲春、黑龙江，从前均中国之地也。中国以其荒僻，不甚爱惜。香港以与英，珲春近界为俄所占。今则香港已成重镇矣。黑龙江之险既为俄有，而珲春地方又得铁路以通商。俄势渐拓于东。俄之利，中之害也。数十年后，我中国其费筹边矣。 边患日甚

英公使请赴跳舞会，亥刻偕参赞、翻译往。副总统及俄、法、日、德、东洋、高丽各国使臣均到，议院绅、将军亦有到者。其跳舞始以男女二人对舞，其转折皆圆；以后则男女合为一队，携手跳舞，或分或合，其转折皆方。子刻先回，跳舞尚未已也。 赴舞会

阿非利加之东散西巴土王，允将德人所租沿海各地免其管辖。盖德人以德银四百万马克，为请王许之而弃其地也。 非洲土酋售地与德

因谨按：欧洲各国方谋分裂阿洲，而阿洲土酋又愿以地售之，是削亡如不及也。然或者石卵之势，自知不敌，与其被兵而割，不如得价而沽，则又小国穷蹙之情，而不可以常理责之矣。

土国公使山庄见客

初九日　晴。土耳其公使订于山庄见客，因偕参赞、翻译申正乘车往。英、法、俄、德、日国及墨洲各公使、议绅到者甚多，皆挈眷而至。以此地距华盛顿数里，有山野之景，故览胜者愿游。回车已酉刻矣。

美国近查华人之居加利宽尼亚省者，计有七万一千六百八十一人，比前十年之数仅稍减耳。其有眷口者，不过百中一二。因华人由香港附搭轮船，先到英属加拿大地方，潜入美境也。近曾致书于英官，请为禁阻。据英官复称：华人来英属加拿大地方，照例输纳身税，则当任其往来自便，地方官不能禁阻。美廷因此拟于边境认真稽拿，以期禁绝华人焉。

英拒协美禁阻华人

因谨按：美国欲禁华人，并欲邻国帮同禁阻，不知《万国公法》：他国内政例不得干也。美人不欲华人之来，英人自欲华人之来。英非弱于美而求庇于美者，安能强以所不欲哉？

初十日　晴。戌刻雷雨。智利国来电：言智国港口阿利嘉之华人，现因智利内乱，无华官保护，已托英国副领事。该领事不分畛域，推爱保护，华人得免于难云。

英副领事保护华人

因谨按：此次赴秘鲁递国书，道经可仑比亚国之巴拿马省，该地华人约四千馀名，土人忌之，于光绪十六年夏聚众驱逐华人。华人电禀，当即托美国驻该省之领事保护。该领事立见该省总督，斥其非理。该督遂派兵弹压，得以转危为安。因到巴拿马时，美领事及华商来迓，因礼劳有加，且赠以中国绸、磁。该领事偕因往见该督，亦馈

多地领事挺身护华

17,3,11

以中国之产。该督欣悦，且谓华人甚驯，此后冀可相安。又道经厄瓜多国之惠爱矶地方，该地华人亦言土人妒忌，至于禀请政府立令驱逐。华民求于英国驻该省之领事，得以驳斥不行，亦能安业。因一面咨总理衙门，一面咨驻英出使大臣薛福成致谢英廷，并求以后永远代为保护焉。

十一日　晴。新报谓近得俄京来电，言俄廷近日布置，以意度之，欧洲时局难保升平。盖以俄国近日整理军务，不遗馀力。德、奥两国亦然。俄国西疆各省与德、奥毗连者，近来俄廷不惜巨费，于该地多筑铁路，四通八达，以为调兵转运之资。查四年以前，俄之西疆铁路未兴，调兵必须六月方到。今则一月，即可驰至德、奥之界。欧洲大局，岂不危哉！

俄整军务欧洲危矣

因谨按：俄国疆土得地球六分之一，甲于各邦。欧、亚两洲，惟其所向。其势如常山之蛇，向欧则欧危，如德国、奥国、土耳其、阿富汗、波斯、罗马尼亚、勃尔高利亚，皆有戒心；向亚则亚危，如中国、朝鲜、日本，均宜设备。俄人又鹰瞵虎视，兼并为心，秣马厉兵，耀武不息。以致欧、亚两洲之国，均伺察俄人之动静，以定防务之紧松，盖欲止戈息民而不得矣。

欧亚各国提防俄人

十二日　晴。伦敦来电：言美国驻义国公使业已于本月初九日请假三个月，出都他往云。

美驻意国公使离都

因谨按：美、义交涉一事，美廷以美人妄杀义人，可以不办凶手，不议赔恤，方谓惟所欲为，无不如志也。迨义公使一再诘问，而术遂穷。义公使既离美都；美公使之在义者，为义所窘，亦不得不离义都，请假而去。情形之失措如此，国体伤矣。自华盛顿立国以来，未有如此之辱也。度美廷有鉴于此，外而睦邻，内而修备，则尚可以不坠前谟，或竟一意径行，则强梁遇敌，必蹈拿破仑之辙矣。

美日签订互惠条约

十三日　晴。日都来电：言美、日报施条约初九日业已成议。美国所派之使臣科司达，定于初十日启行返美。查科使未赴日之前，先与外部大臣布连详议立约各节，因外部特欲以美廷之意告知日国部臣：烟叶一项，美国断不肯免进口税。其免税者，但茶、糖、牛皮、加非等物耳。科使多才，居然成约而回，可谓不辱君命矣。

因谨按：科司达年已六十。前二十年曾出使日国。盖于交涉之事，三折肱矣。欧、墨各洲于本国之利源，不轻让人；故于税则之增减，悉心筹画。默计土产之盈虚，以消息之。其变改章程，非苟焉而已也。必有益于国计民生，而后行也。

十四日　晴。俄廷拟在嘉山埠专制无烟火药，闻已开工云。

法国新式战舰二艘

法国新式战舰二艘，一名“侯珠”，一名“马苏”，于十年前兴工，今年工竣，业已下水，随调赴地中海（海界欧、阿两洲）游弋，以壮该处水师军容。查“侯珠”战舰，可容一万六百五十吨，机器马力计一万一千三百四，驶行之速每半时辰可至十六海米；又查“马苏”战舰，机器马力计一万一千四，试验两时之久，每一时可

17,3,15

行三十三海米。其铁甲近水面处皆厚十八英寸，船上旋转炮台之甲厚十四英寸，船身之甲在机器房与火药房者，均厚三英寸。“马苏”战舰有三十四山地米打（一山地米打合英寸十分之四）大炮四尊，近可洞穿二尺九寸之熟铁板。又有十四山地米打大炮十七尊、旋转连珠速放炮二十尊。“侯珠”战舰之炮位与“马苏”战舰之炮位，其数相同，惟三十四山地米打之大炮只有两尊，另有二十七山地米打大炮两尊。

山地米打（厘米）

因谨按：今日大势，一斗力斗巧之时也。地球各国均以枪炮、战舰相夸耀，竭智殚财，以求胜人。觇国者即于此卜强弱焉。自有无烟火药，而火药为之一变；自有钢甲、康邦铁甲，而铁甲为之一新。进益求进，精益求精。初未闻有一建言者，谓旧章不可易，而新法不可行也。弓矢之利变而为枪炮，十人之矢，不敌一人之枪也。枪毙人于二里之外，矢伤人于百步之内；矢未及到，而挟矢者先亡矣。铁舰战胜于大海之中，随意所向，凡海口无不可攻；防之于陆，则防不胜防矣。古之善谈兵者，皆曰兵机，机者，随时而应变者也。不能随时而应变，安可与谈兵哉？俄、法今日所行者，亦不过随时应变而已。

军事科技日新月异

康邦铁甲（钢面铁甲）

十五日　晴。夜微雨。回谒英公使、日本公使、土耳其公使。

法廷近日派员将所有之水雷艇一一查验，查得水师提督奥布所造之五十艘，均不适用，已严行根究，分别治罪云。

法惩造舰责任人

因谨按：赏罚者，激劝之权也。兵家尤重之。赏之，使劝；罚之，使惩。有所劝而果于立功；有所惩而不敢骩法矣。中国之购造枪炮，以前不适用者多矣，未闻有所严惩也。宜其玩也。

望美改派驻中公使

十六日 晴，未刻微雨，即止。酉刻，接天津大学士李鸿章来电云：田贝如不能留，从前来华之提督卫礼森和平公正，能改派否？鸿。谏。

美国研究无烟火药

日内，美国兵部与水师部各员留心考究无烟火药，为水陆各军枪炮之需。因欧洲各国现于此事均竭力讲求，故美国亦不肯让人。闻已觅得一种较欧洲所制者，性尤烈，然之无烟、无灰烬、无臭味，无淤塞以碍枪管。但不知能久藏不坏否？仍俟再行考究。

新公使曾诋毁华人

戌刻，又接天津大学士李鸿章来电云：布莱尔前在议院诋辱华工过甚，主持立法苛禁，详载新闻纸。美廷向敦睦谊，未便派令使华；照西例公法，中国亦未便接待。已商总署。请速告外部，另易妥人为要。鸿。谏。当即照会美外部，定期相晤。

德国邮政进款甚旺

德国邮政与电报各局，去年进款甚旺，有德银一万万四千六百六十六万五千一百八十马克，合英银有九百三十万镑，较前年约多六百六十万马克云。

因谨按：德国之土地、人民抵中国十之一耳。而邮政、电报入款至银四千馀万两。中国仿而行之，即不能倍，当亦不至多让，亦筹经费之一端矣。或谓邮政行，而贫民失业，则不知实在情形也。尝考美国纽约一处，邮政

17,3,17

局用人至二千名。然则风气开而音问流通，设局多而需人亦众，非特不夺小民之业，且有益于其谋生也。可于亲历者决之也。

十七日　晴。照会美外部。布连订见，商办公事。

德国来电云：德国陆军统领将军毛奇特昨日逝世，年九十岁。查该将军于前一千八百六十六年，德、奥构兵，将军与战五十日，而奥败，割地求和。一千八百七十年，德、法争雄，血战年馀，虏法君，入法都，割法土地，法国以银七万万两求和。盖地球各国名将，无可比方者。

毛奇将军昨日逝世

因谨按：法、奥皆欧洲大国。而法适值拿破仑当国时，尤为桀骜。至欲分裂布鲁士，使之自弱，限制以二十年内不许增兵。在他国处之，必一筹莫展，坐待灭亡矣。该将军毛奇特乃与相臣毕思麻创为更番练兵之法，兵不增额，而实通国皆兵。不二十年，卒以灭法，而报仇雪耻，遂霸欧洲。居恒常论美之华盛顿，合尧、舜、汤、武为一人也；德之毕思麻，合周公、太公为一人也；将军毛奇特，合张良、赵充国为一人也。德以威棱第二为君，以毕思麻为相，以毛奇特为将军，而皆享大寿。威棱第二年过九旬，毛奇特年亦九旬，毕思麻已近八十矣。过此以往，即以毕思麻之存殁，卜德意志之安危，而定欧洲之大局。贤才关乎世运，天之生才不偶也，君之用才贵专也。

戌刻，总理各国事务衙门来电：卜雷耳诋毁中国，究竟有无实据？或有人觊觎此差，故造蜚语，亦未可定。希探询明确，先电后再酌，勿遽告外部。霰。

“卜雷耳”即“布莱尔”

新使确有诋华前科

亥刻，总理各国事务衙门又来电：美派卜雷耳驻华，此人于光绪壬午、戊子间在议院痛诋中国，载在新报。若来华，恐于邦交有碍。希援美例，酌商外部阻止。并电复。霰。

交涉外部请求换使

十八日　晴。美外部复文，订午刻相见于外部衙门。因偕翻译届时而往外部。已到署，即请见。因略作寒暄，即告以新派驻华公使布莱尔，中国总理衙门及北洋大臣均有电到，言布使前于壬午、戊子年间诋毁华人。今以该员驻华，似非所以厚邦交，示亲睦。外部答曰："布莱尔人品甚优，美廷之派此人者，正以其能笃邦交也。人言殊不足信。"因曰："人言不足信，布使所言不可掩。布使前此所以诋华人者，其言已布之新闻，则其嫉华人可知。彼嫉华人，何必驻华？且金山华商已控之矣。将来虑不能容，中国自有不接待之权。愿审慎。"外部曰："中国既不愿，美国何必相强！但总统已出巡西省，当以此意闻诸总统，俟总统定夺可耳。"因询其日期，外部答曰："总统返驾，约不过二十日，尔时当可决断。"因遂辞出。

葡国属民强夺英船

伦敦来电云：近日，葡国属民在阿非利加洲之拜拉港口，强夺英国商船数艘。英外部业经照会，英国驻葡公使向葡廷责问其启衅之由，如复词遁饰，则必索赔云。

俄欲参与渔权争论

俄京来电云：秘林海峡捕海龙一案，关涉俄国至重。缘该海四岸，半归俄辖，半归美辖。闻俄廷亦欲会同英、美两国，请局外之国将此案秉公判断，如请瑞典国王，或瑞士总统，俄廷情愿听断云。

17,3,19

因谨按：自通商之局创，而交涉之事遂多。强与强尚可相持，不敢轻发，如英、美秘林海峡之案是也；强与弱无待审慎，慷慨而言，如英、葡此案是也。案情甫出，而傍观已可决其归宿者，不专论理之曲直，要必以两国之势参之，则了然矣。

十九日　晴。英报言：俄人在西比利亚兴铁路，于军务、商务均有益。该铁路所过地方，有膏腴之地数百万亩，又有五金之矿，其天气与法国相同，将来必变为繁庶之区。且此条铁路成后，海参葳即成为俄国屯水师之地，如调兵至中国边界，不过数日路程云。 铁路若成必成我患

因谨按：俄人日夜经营于中国毗连地方，兴造铁路，旁观者皆已为中国忧。因前见美格总统之夫人。夫人为因言："俄人之地势已包中国东、西、北界，铁路若成，必为中国之患。防之之法，非自造铁路不可。"其意殷拳，因已书之座右矣。今又有所闻，因忆前言而复论之。

二十日　晴。越南东京所辖附近黑河之自谋地方，于光绪十六年十二月底，有土人五百名不服法员，法员参政率所招土兵攻之不胜，参政被杀，法军二头领亦被杀。 越民不服攻杀法员

因谨按：法人占越南，以为得计。自李埃利战殁以来，法员之伤、毙者众矣。可为佳兵者戒。

初八日，美商轮船由香港回金山，所运回生丝值银一百万元，皆购自中国者。

俄国苛禁犹太人。英京绅商拟谒俄廷，代为劝免；又拟公举牧师二人，赴俄调停。嗣接俄国驻英公使文称：俄 俄国苛禁犹太人

廷已谕，不肯接见。绅商不得已，遂作一书，寄至俄廷，力为恳请。乃俄皇于此书并不拆阅，原封寄回云。

因谨按：犹太教人与俄之乱党谋逆，俄所当驱者也。美、英两国为之缓颊，以博仁厚之名。乃英人于新金山、加拿大诸处苛禁华人之入境者，至每人纳身税百元或五十元。美国则于华人并禁其不准入境，是甘以残刻自处，而以仁厚责人，此所谓“藏身不恕而求喻诸人”者也。施之小国，虽不愿从，或尚不敢奚落。俄较英、美为强矣，原函递回，其见轻也。非由自取哉!

新金山矿产极旺

二十一日　晴。英属新金山矿产极旺。考据家谓：自咸丰元年起，至今三十六年，计出金三百二十九兆磅，以每磅值银四两计之，合银十三万一千六百万两；银三兆镑；铁值银十八兆镑；煤值银二十四兆镑；炼蜡石值银一兆镑。可谓多矣。

因谨按：新金山者，英之一外府也。英之本国只伦敦、苏格阑、阿尔阑三岛，抵中国一大省之地耳。本国无可开拓，故以海舶通至各洲，觅无主之地，以兴利而移民。英之属地欧、墨、阿三洲，盖无所不有矣。而并得新金山一岛于南洋，又在三洲之外，其地矿产极饶，故称金山。其称新金山者，别乎美国之金山而言也。其实美之金山，美人名为三夫阑昔司科；英之新金山，英人名为澳大利亚也。英以岛为国，属地畸零，遍于各洲，故恃兵船以管摄之。否则，声气不能通，威棱不能及，已创其利，而他人享其成矣。然则英之水师甲于地球，亦势不得已也。

三夫阑昔司科(圣弗郎西斯科)

17,3,22

律师科司达来会，言布莱尔于光绪十四年以前尚不恶华人，自美总统与外部行苛例之时，而后改辙以趋时。政府所言壬午年已诋辱华工，误也。 律师纠误

二十二日　晴。金山华人自分党戕杀，伤及美国之人。各堂号已被美国巡捕毁拆。兹接金山报知，本月十六日，洋差在街拿获游手华人十七名，或令当苦工，或予监禁。其有窜往他处者，亦行文他处，一律饬拿。匪类敛迹，善良可相安矣。 美国抓获华人罪犯 "拿获"原作"拿护"

谒律师科司达，据云：此次自欧洲回，欧洲如英、法、日国之言时事者，皆以俄人叵测，加意防之。又谓中国与俄为邻，最为吃紧，不可不防。防之之道，当由直隶兴造铁路，达于满洲，再达于蒙古。将来调兵转饷，方能灵捷。如措置得法，俄人自消觊觎之心，可以不战而屈之。否则，十年之内，边患必生矣。 俄人叵测不可不防

二十三日　晴。厨房彻夜不息炉。是日置锁，准于酉刻锁门。

闻日本国人五十三人，附船至金山，税关不准上岸，而载回者甚多。 日民被拒

英属域多利来电：该处土人忌华人之搀工，已禀政府请抽华人身税每人一百元。未经批准。该土人又具禀固请云。

埃及国小无政，日渐贫弱。前此英人虑其为俄所并，派员为之经理。国中有地约一百六十万方里，向为沃土，后被海水浸润，已变为硗。招人耕种，无敢受者。英人为

之引河水，设沟渠，经画三年，依然变硗为沃，每亩可收租钱二两六钱焉。

人力之勤可转地利

因谨按：人力之勤，可以转移地利。李悝所著“尽地力”者，行之，成效昭然矣。中国奉天一省，荒土最多。前此屡议垦荒，究以民不安业，事成画饼。近日，当路方谋开矿产，兴铁路。窃谓此二事者，可与垦荒相辅而行。以铁路便民之来往，以开矿通市之有无，以垦荒足民之衣食。三者并举，而奉天一省必变繁庶之区。外可以制俄，内可以富国矣。

中国户部常年入款

二十四日　晴。中夜大雨。光绪十六年底，中国户部查常年入款，按年计之：各省海关洋税银一千五百馀万两，地丁银一千馀万两，盐课银一千二百馀万两，常关税银三百馀万两，厘金银一千三百馀万两，茶税、当税、盐商捐输银三百五十馀万两，杂税银一千五百馀万两，裁撤长夫等项银五十三万馀两。十六年一年，共计八千数百万两。

因谨按：以中国版图之广，民庶之繁，而每年入款止银八千馀万两，可谓轻徭薄赋矣。而民不免于贫者，何也？则以商务不兴，税则未善，外交失权，而银钱一项，一耗于盘剥，再耗于漏卮故也。

二十五日　晴。法京来电云：前德、法交兵，法败，割阿沙司、罗连之地以求和。德廷设立章程：凡法人入该境者，均须护照，方准来往。兹附近德界之法人以为不便，屡请德廷改章。不许。近日，该地赛会，法人见来往

德廷再驳入境改章

17,3,26

阻滞，又请德廷从宽改订护照章程。德廷谓当此时势，不得不严，仍不许焉。

英、美为秘林海峡捕海龙事，争执未已。现俄国又饬驻防该海峡之员，认真看守俄属各岛，不知何意？似与英为难矣。

因谨按：自通商之局启，而龃龉之事无日无之，亦无国无之。其强者，应付从容，可静以待其定也，亦无忧不得其平也；其非强者，则先事必受恫喝之言，和事必有轩轾之迹。柔则茹之，刚则吐之。交涉如斯而已。

二十六日　晴。昨日义国驻美代办接到义国外部来函，言美国政府既不允义国所请，办凶赔恤，徒以文牍往还辨论，殊属无益，不如绝交之为愈。以后该代办只准料理使署本国事件，不与美国外部办理交涉事务云云。查义与美两国交谊如此割席，将来美国驻义之公使，料难久留义都也。

意大利与美断交

因按：地球各国，美与英可谓极富。而美实不如英之强也；且不仅不如英、法、俄、德等国，并不如义、奥之强也。徒以与诸强国不共一洲，而与同洲者皆小国，美于是得为墨洲之大国，足以自雄矣。而开创之君华盛顿，又为间出之英雄。当日与英相持，而英人不能胜。百馀年来，遂无敢肆志于美者。美之君臣亦守华盛顿之规模，而兢兢以仁义为念，此其所以立国不摇也。今则非昔比矣，其君臣有夜郎自大之意，其议院有俯视一切之心，其南北两党有莫能相下、相为敌仇之怨。外交则睥睨一切，内治

今之美国霸道自私

则畛域自私。揣美之大势，三十年内不有外侮必有内忧。外侮则受挫于强梁，内忧则兴戎于两党。西班牙、土耳其即其前辙也。此治乱循环之机也。

西方列强瓜分非洲

二十七日　晴。天气转寒。美绅加拿、塞泼来见。谈及近年欧洲各国，专力于阿非利加一洲拓地，阿洲土人无以御之，遂至瓜分。约略计之：法国得二百馀万英方里，英国得一百六十二万英方里，德国得一百馀万英方里，孔国得一百万英方里，义大利得三十六万英方里，西班牙得二十馀万英方里，葡萄牙得十六万英方里。合而计之，较中国十八省之地约三倍之，已归各国分裂矣。土人所存仅二百五十万英方里。

英廷特使缅甸被杀

英廷特遣使臣昆吞，由印度驰往缅甸，中途连随员人等，均遭土人杀戮一节，今接续电，知此事实系的确。故目下印总督已饬令军士由印度起程，迅速趱行，以缉凶手，不使远逃。

因谨按：法之占越南，英之占缅甸，土人不服，相与为难。英、法之损伤弁兵，非一次矣。而不闻弃其地者，欧洲各国之视土地为至重也。以为霸气可也，以为坚忍亦可也。

巴西开发招商引资

二十八日　晴。巴西国以地广人稀，故招人开垦，而不取值。兹有一公司集股洋二千五百万元，将于巴西公地立十二开垦埠头，其中并造铁路以相联络；设市以便交易；并兴机巧，设制造工，作开矿产诸务。其开垦之人，拟招五千，有眷属者可挈眷属而往，各给以农器并住屋，

17,3,29

路费由公司经理。公司股本之利，其三之一，由巴西国家保以五厘。欧洲人大半附股其中云。

俄国来电云：英、美两国政府于秘林海峡捕猎海龙一案，向不商及俄廷，膜置俄国，视为局外。俄廷殊抱不平。英、美两国以后所议捕猎海龙章程，俄廷作为废纸。俄怨英美不邀商讨

因谨按：秘林海峡之旁，俄既有属地，则傍俄地之海面，俄廷自应与闻；则俄人所言，自名正言顺也。虽然当今之世，如英、美所行于秘林海峡之事者多矣，且过于此者，亦不胜数矣。如法人占突尼斯，德人占太平洋之岛，俄人且废勃而加厘亚之君；阿非利加一洲，欧洲各国直分裂之矣。弱之肉，强之食。有天命者任自为，弱者不敢言；言之亦无济也。俄人强，故敢言；且言之而势又足以济之。度英、美两国，必不能不留俄之地步矣。

二十九日　晴。天气骤寒，如二月时。美绅塞泼来见，访以时事，言俄国于光绪十五年开西域铁路，因系初创，当年拟亏本银十馀万两；不意次年计算，不但无亏，且有利银二万八千两。出入货物，比前已加倍蓰。去年以新开铁路一条，不足敷用，客、货之车亦嫌少。因拟两路并行，遂筹款一千万元，为已开铁路添筑道路，增造车辆，搭盖房屋之用；另筹四百万元，为将开未开之用。土耳其国闻之，亦筹办铁路、开矿矣。俄创铁路不亏反盈

因谨按：地球属地之多，以英、俄两国为最。英之本国只三岛，故辟地于他洲；俄之本国多毗连，故拓地于邻国。英期长驾而远驭，俄期远交而近攻。其地既广，均有统治者勿因循守旧

鞭长莫及之虞。英不得不讲求水师，俄不得不兴办铁路，其势然也。之二者，以调军饷，既能迅速；以递消息，尤觉灵通。既可以保已定之局，又可以扩未辟之疆。当汉之时，武帝于西域欲通而不能，今则欲阻而不得。事势每出于所料之外。所望谋国者，勿胶成见而滞于古法也。

17,4,1

卷七

四月初一日　元吉。晴。近日，智利国乱党有船一艘，驶至美国嘉省之圣地埃哥埠（近墨西哥界）购买枪弹、粮食。智利驻美公使访闻，即照会美国政府，请将该船扣留，不准出港。美政府即派巡捕委员上船看守。该船之管驾人潜于夜间私行开驶，行至九米之远（合中国三十里），方送美国委员登岸，随即放洋而去。美廷闻知，即电饬渣尔土顿各兵舰尾追务获；又电饬美国现驻智国之水师提督，迅派兵舰两艘，迎截兜拿云云。 美追截智乱党船只

英人闻德人欲于槟榔屿之北，暹罗与巫来由之间，请暹罗给一地屯煤。谓缅甸与新加坡等处，皆属英国。今德人所欲之地，横亘在英国属地之中，英人当与彼处土人来往亲睦，以免他人鼾睡其间云云。 英国警惕德人夺地

因谨按：英国国都在中国之西北，而所辖槟榔屿、新加坡诸地在中国之南。前此侵犯中国，其兵舰皆自南至

者，恃有接济水、煤之地也。查新加坡各处，中国人数百倍于英人，而皆为英人所制，衣其租，食其税，唯所欲之，无不如志焉。华人中有华盛顿其人者，则善矣。

奴淮史考谑（新斯科舍）

初二日　晴。天气转暖。美国东北、英国属地奴淮史考谑之中，近有一矿尽是镍质。勘矿之人已试验，以便采取。按镍之为物，其色如银，多出于德国，故俗名为“德国银”。

德国前相毕思麻致仕以来，德人之不忘其功德者，已为立“去思碑”。今通国又集德银八十馀万马克，为之立像于德京。

德奥意三国结盟

昨日伦敦来电，言该处报馆驻伯林之访事人函称：德、奥、义三国会盟，订立条约，以五年为期，遇有兵事，则合兵攻守。义国初尚犹豫，兹闻亦已允从。义国外部已与德、奥两国共画押、盖印云。

因谨按：欧洲各大国，盖无日不存防患之心也。俄人好拓地，法人好佳兵。德、义、奥三国，东近俄，而西近法。俄与法又深相交结，但有衅隙，则东西皆受敌。以一国而敌两国，应接不暇，岌岌殆哉！德为法之仇，俄之重兵常屯于奥界，故德与奥皆自知利害切身，同舟共命。惟义则距俄稍远，距法亦稍远，故犹豫也。然唇亡则齿寒，奥入于俄，俄即并义，受害虽分速迟，究不能免。故辗转思维，仍不得不合纵也。因尝考欧洲大势，故于三国之会盟而略记其用心之苦焉。

初三日　晴。谒科司达。查总统尚未回，外部在

17,4,4

纽约。

美之欧海欧省有新开出煤油之井，其装箱之速，每一时可装二千箱，皆用机器。

美之煤油主销中国

因按：美之煤油，每一时装二千箱，则每日可装二万馀箱。虽不常装，然其多亦可见矣。其煤油销路以中国为大宗。若欧洲之义国、日国，多用煤气灯，且地势、民数不过十一，所销亦不过十之一也。此又中国一大漏卮也。

各国出口货价

初四日　晴。中夜微雨。光绪十三年，各国出口货价按镑计银：英国二百八十兆，德国一百五十六兆，美国一百四十六兆，法国一百二十九兆，印度九十兆，俄国五十七兆，比国五十兆，义国四十兆，中国二十一兆，日本十一兆；又各国进口货价按镑计银：英国三百六十二兆，法国一百六十一兆，德国一百五十六兆，美国八十五兆，印度七十三兆，义国六十四兆，比国五十七兆，俄国四十兆，中国二十五兆，日本九兆。

因谨按：各国出口、入口之货，美之出口多于入口者几一倍，宜其富也。美之税章，出口之货均无税，故多；入口之货均重税，故少。所以使本国之物产不滞，而利源不漏卮也。日本合出入乘除，多入银八百万两。中国合出入乘除，漏出银一千六百万两。愿筹交涉者，于此三致意焉。

李鸿章检阅炮台

李傅相往威海卫、旅顺口等处阅验炮台及船坞诸巨工、各营军士。

初五日　晴。近年，美国整顿水师，造船制炮，精益求精。以兵舰之所恃者铁甲，而铁甲之名目不一，遂将现在天下驰名之铁甲逐加试验。向来钢面铁甲不如全钢铁甲之坚，而全钢铁甲又不如白铁钢甲之坚（英语名为尼克尔）。今年遂将全钢甲与白铁钢甲比较试验。试验之法，即以此数种钢甲造成靶子，长八英尺，宽六英尺，厚三英尺，以大块坚厚之木衬于后，钉使相着立于土坡之前；用乞司开士连珠速放炮，距靶三十五英尺之近，轰击二十次，验得各厂全钢靶尽被轰碎，各厂白铁钢靶亦被洞穿，惟夏玮所制之白铁钢靶竟无破裂，而炮弹反被碰碎（夏玮系美国宾省秘司堡埠加厄克厂主）。

美国进行铁甲试验

秘司堡（匹兹堡）

因以近年中国设立海军，讲求战舰，故于外洋铁甲及炮弹时常留心。近日新出之法，火药以无烟火药为最，炮以全钢为最，铁甲以夏玮白铁钢甲为最也。考之于平时，而后仿其法以制造，则无苦窳之虞。循其名以购买，则得上等之器，于海军庶有裨乎？

初六日　晴。前二十日，英国议院近日饬员详查水、陆二军所用各项大炮，每尊制造之费若干。兹据查称：近日造成十三英寸半口径大炮九尊，业已给发水军收用，每尊费银五万五千九百零五元；又查十寸径口大炮，每尊费银二万八千四百八十元；五寸径口大炮，每尊费银二千八百四十元。

英饬员查各炮造价

因谨按：近日兵事，非复百年前之情形矣。船与炮均求其巨，船巨则能当炮，炮巨则能洞船，乃至炮台亦用铁甲。俄国彼得堡之炮台铁甲厚至四尺有馀。前此英、法各

17,4,7

国攻之，遂不能入，此明效大验也。顾其费殊不易筹，一炮台而费千万，一船而费数百万，一炮而费十馀万（炮之百吨者，连炮架及起重机器已过十万）。弱小之国何以筹之？即大国之贫者，亦难继之，因故以为富强二字实相因，通商之政实与国事相维系也。 富而能强

初七日 阴。上海来电：芜湖土人焚毁礼拜堂数间、洋人住屋数所。当时适有货船泊于芜湖江面，洋人因避于此船之中。英国兵船名“印干士田”已调赴该处，保护行旅。 芜湖土人焚毁教堂

因谨按：自天主教入中国，华人之狡猾者依之，为城狐社鼠，固为正人所不容，即狡猾者亦不相容，而地方从此多事矣。镇江焚毁洋房之案，甫结一年，已赔十馀万金。而此案继出，地之相去只三百馀里，防不胜防，将来又不免赔累。是亦中国一漏卮也。为之扼腕。

又闻俄太子至日本游历，方其登岸，为巡捕名散茶者所刺，适中其首，伤不致命，然亦不轻。日本又费调停矣。 俄国太子日本遇刺

因谨按：怨毒之于人，甚矣哉！俄于日为邻，而俄人常侮日。虾夷岛，日本所管也。俄人初约分属，乃自北而南，渐侵其地；十年前，已尽据之，今则竟为俄有。或日人不能平，故以刺泄忿乎？秦王政并吞六国，而有荆轲之刺，又有搏浪沙之椎，皆不平之气使然也。俄之本国有尼希利士之党，防不胜防。今日之难又发于外邦，其所以致刺之由，传闻不一。或佳兵者不祥。现在地球，孰为佳兵

之国乎？

初八日　小雨。美国富户名万得比所管铁路，计长二万三千七百馀英里；以为不足，尚拟再买至三万英里。其他富户，买者亦多。美国家恐其垄断，为议定载运人、货之价值，以期持平，准以长年得利三厘八毫为止云。

因按：此欲便民，而仍不损于商也。民政之国，以民为重，商亦民也。故为持平之计，以使不相妨焉。

美绅雪白订宴。

美总统出巡，于本日返美都。外部布连因病，尚留纽约。

锡阑佳茶价同黄金

英京本年锡阑所产之头等佳茶，每磅售英金二十五镑十先令，其价几与黄金相埒。

英国户部大臣高川，莅任三年，一切经费出入，细心察核，以期撙节。向之有绌无盈者，高君接手后，初年即盈五十万镑，前年增盈一百二十馀万镑，去年又增一百八十万镑。由是观之，天下无难事，只患不得其人耳。英国自高君为户部大臣后，每年可盈如许巨款，则得人之效也。

初九日　阴。南墨洲银国，小国也。近日讲求富强，势渐盛。前于英厂订造兵舰一艘，计长三十二丈五尺，宽四丈三尺，吃水一丈六尺，载三千二百吨。有大炮二尊，中炮八尊，快炮十二尊。每一时行七十馀里，机器马力一万三千匹。查此船容三千馀吨，不足为巨。而机器之力甚大，故其行速。

17,4,10

美绅寄到公函：拟于前总统格阑脱墓所立纪功碑，邀各国公使往度地势。

德国去年一年民人来美者，计九万五千七百九十一人。

因谨按：德国一年来美之人数，即可抵中国在美之人数；而不闻工党之妒、政府之禁者，何也？入籍故也。

初十日　晴。金山来电，言德国兵船一艘，由日本调赴智国；以智国不靖，故至该处保护商民也。 德国兵船调赴智利

因谨按：智利为民主之国，在南墨洲之极南，已到天南尽头矣。中国天文家向以赤道为天地南方之尽处者，误也。亚洲无通商之国，欧洲大国均与通商，盖其地广人稀，风气未开，获利较易故也。德国派兵舰至智利，当越大西洋，过赤道，而后能到。否则，由地中海过大浪山，计程皆三万里，亦可谓远略矣。

十一日　晴。辰刻启行赴纽约，未刻到。随雇马车，谒格总统夫人、外部布连、前驻华公使杨约翰、邮政局总办凡吴客脱、议绅雪白。回寓已戌刻矣。 赴纽约

意大利国近有公举大臣之事，所有新举之各大臣，皆欲固德、奥、义三国同盟之局。三国同盟益固，则欧洲可以无兵患云。

英报云：华人之在西洋各国肄业者，虽日见其多；然欲求其专门名家，则不可多得。今有年幼华人在英属岛纽齐兰大书院中学为状师，每逢考试，必得奖赏，名遂噪甚。盖在该岛已数年，当其初至之时，曾不能操英语者 华人聪颖

也。华人之心思才力，不甚可畏乎云云。

因谨按：中国多聪颖之士，而以雕虫琢篆锢之，所谓“足迹囿于方隅之地，闻见限于耳目之前”也。太史公谓“读万卷书，行万里路”，然则士之欲淹通而致用者，固非仅恃伏案之功矣。

赴格阑脱总统墓所

十二日　晴。赴格总统墓所，此地离纽约约三十里。一路花木青葱，马车约数百辆，来往如梭。经过博物院，入内一观，大约油画居多，有一帧值数万金者。妇女携纸笔，就学之专心致志，终日不息。又有埃及国掘地所得上古所葬之棺，其身已化为石。此外尚有石器、刀剑之类。观逾时，仍乘车到格总统之墓。墓地坐东向西，对面临江。棺用铁板，棺首有字，即其名也。棺之下承以白石几，约高一尺。棺傍近南一方空之，预留格夫人之地也。离棺高数尺，以红砖卷成半月之形，如桥之洞，外有铁阑，内多花，皆每年人所送者。墓之西南有小房，东北有房屋一所，可容二人，守墓者居之。上有竿，悬美国旗。墓前有巡捕往来。官民到此者，环视一周，多不忍去，其遗爱深矣。因亦以得见为幸！循旧途而回，已戌初矣。遂赴雪白之席。席中，格总统之第二子，外部布连之子，又三人为某省察院、银行。主人为雪白。席散，已子初矣。遂乘车至火车厂，子正开车。

临艮（林肯）

因谨按：美自自主以来，其总统之著名者，惟华盛顿、临艮、格阑脱三人。华盛顿为创业之君，其功尤大；临艮、格阑脱为中兴之主。敉平南北花旗之乱，其功在北

17,4,13

花旗。又闻当南北花旗争战时，南花旗之主谋者为爹矮士，其才足与临艮、格阑脱颉颃；惜粮饷不充，致势不敌。未可以成败论人也。 爹矮士（杰弗逊·戴维斯）

十三日 晴。辰正到使馆。昨赴雪白之席。宅中陈设穷奢极侈，酒用五种，水果四色，盛以大金盘。其馀刀、匕皆银制。中设鲜花一丛，值三十金。自馔毕，后食茶点、水果。则盘、盂、刀、匕之类皆赤金。服用之奢，至斯而极。

法京来电，言俄廷于本月初与法国沙爹罗枪厂订立合同，制造新式洋枪二百万杆，并言定以后该厂之机器、工匠，一概不准为他国分用，专为俄国制造云云。 俄廷近于法国订枪

因昨于雪白席间闻此言：美绅因论欧洲时局可畏。美国远隔大西洋，可以无虞，然武备亦宜急讲也。因韪其言。席散后，寝不成寐。因思俄国之地跨欧、亚两洲，欧洲合纵以拒之。现德、义、奥三国新盟已固，俄人当不生心；即使生心，不必操胜算也。亚洲两国，日本侈然自大，与中国不和。中国东三省之地，俄人觊觎久矣。珲春铁路已成，西比利亚又营铁路，其成功约四、五年。法国定造之枪，其告竣之期亦如此。此后断不能无事于亚洲，所望当国者绸缪未雨也。 时局可畏寝不成寐

十四日 晴。比国本国之疆土甚少，而于阿非利加洲所辟之地名孔果者，大于本国所出之产甚多。近复拟开铁路。 比国（比利时）

俄国里海地方之铁路既成，数年以来贸易日盛。前四

浦达（普特）

年中，每年运出棉花九十万浦达（一浦达合二十七斤），今年增至一百七十七万。

英公使来晤，言及英国驻秘鲁办理开矿之公司，由英赴秘，纡道来见，请订见期。定于十八日。

巴屯（巴统）

十五日　晴。天暖，单衣汗出。俄国产火油之海口名巴屯，水深二丈六尺，其宽可容大船二十艘。近年火油出产日多，去年出油十三万五千石。现将海口开阔，可容大船三十三艘，有贮火油铁池一百处，用工人一千五百名。其销路皆运中国及印度。前此不过二、三千人，近日人烟之盛，十倍往年，且有兵弁驻扎，居然一大镇市矣。

打拉埠（塔拉拉）

因谨按：此次秘鲁之行，途中曾过一处，名打拉埠。舟人为因言：三年以前，此地荒凉，并无一人。后有商家探得此地实产煤油，雇人开井，验之信然。遂筑室招人开采，年盛一年。近来，每年竟出数百万斤矣。船至此必停，以上煤油，而下各货。此因所亲见亲闻者。《曲礼》云“地不爱宝”，古人岂欺我哉？

仙路伊（圣路易斯）

十六日　晴。夜雨。美国前此议造气船，由空中往来。兹闻与英人合股，筹费一万万元，于美国仙路伊市兴工制造，数年可望成功。

尼亚嘉剌（尼亚加拉）

美国议于尼亚嘉剌河道借水力以运电机，费省而功多。拟造机器为九百万匹马力，分传于各处。业已兴工，将来之利大矣。

因谨按：前此法人犯越南，美国即有造气船以破敌之议。中国议购而未成。迄今七年，尚未中辍，足见西人心

17,4,17

志之一，不肯废于半途。电气之用渐广，美国已用以行车矣。今又拟生电，以传至各处。随其所用，由人自出心思，则用更广。向之以电寄信者，一变而为德律风，再变而为行驶舟车。今则惟所用之，无不如意。其奇妙百出者，无非本于格致之学，而悟得其原。然则格致一道，其可不亟讲乎？

德律风（电话）

十七日 小雨。见美署外部，询卜雷耳事。答以须俟布连回都，与总统商定。因谓布连所允，二十日定夺，今已过二十日矣。署外部谓布连非病，当已回都；今病少愈，想不日可与总统面商。因询布连病势既减，何日可回？且能否先于总统处请示？署外部言："布连之回，难以预定日期。惟卜雷耳当时业已启行赴中国。布连闻中国不肯接待，而电令折回。此时既不启行，似可无容急迫。"因额之。遂辞出。

赴外部询卜雷耳事

美之毗连地方名卡拿大者，英之属地也。十三日来电，谓该地工商会议华人入境一事，谓现在所征身税日短，由华人规避之故。且可仑比亚地方矿务之工人，均不愿华人入境。似宜禁之，使不得来。该地总督名麦克堂纳而得者云："华人入境，已令纳身税五十元，何至多来？其假道者，将以入美境耳。我等甚愿与中国敦睦谊，通商务，不便阻禁华人。"众遂无言而止。

加总督拒阻禁华人

因谨按：自光绪十四年，美国背约，径禁华工。华人之至金山者，悉被税关阻遏折回，遂由英属卡拿大潜越而入美境。卡拿大于华人入境，收身税五十元。每年计收十

华人身税亦一巨款

三万以上，亦岁入一巨款也。美之工党憎拒华人，而卡拿大因以为利。故英、美意见不同耳。

十八日　晴。中夜大雨。午刻，英国赴秘办理开矿之公司来见，年约三十馀岁。言伦敦总公司自与秘立约后，今凑集金镑二千万，特派伊赴秘鲁办理开矿事务，将来需用华人，特来相商。因答曰："秘鲁纲纪不立，不能保护华人。前此智、秘构兵，及土人妒忌，华人之被杀者约五千人；其馀各寮之虐毙者不下万人。中国鉴于前事，已立约禁招工矣。"该公司云："秘国无政，已所深知。惟此次开矿系英公司，英廷必为保护，断不如前之虐待。"因答曰："新金山、新加坡、美国毗连之域多利、卡拿大，皆英属地也。华人之入境者，须纳重税。新金山至纳每人百元，而域多利、卡拿大之例：华人入口纳身税五十元者；但经出口，即不许来。来则仍须纳税。何其苛也！我中国人数甲于地球，但准招工，则来者麕至，必不能容，又将设苛例矣。故不敢允。"该公司固请，且云："秘鲁开矿，已于秘订定五十年。本公司断不如此之苛待。"因答曰："寓秘华人，尚有四五万名。中国之人不可招。现在寓秘华人，贵公司以善待之意招徕，当亦敷用。何必舍近图远？"该公司额之。遂辞去。

拒英公司来华招工

因谨按：同一华工也，美禁之，而英招之，皆为利起见耳。美之禁之也，工党之欲专其利也；英之招之也，公司之欲助其利也。至于英属之卡拿大，则有身税，即许入境，一似招之也；如无身税，不准入境，又似禁之也。无

或招或禁皆为利起

17,4,19

非为利起见也。

十九日　雨。为英公司赴秘开矿，欲招华人，即函致驻秘参赞吴濬、领事张曾诏，并立一章程：属其防该公司创招工之议；且乘此该公司需用华人之时，易就范围，先与妥商，以免华人受虐。

接驻英、法大臣薛福成咨文。以因前所言厄瓜多、智利两国华人，由英公使、领事保护，请其照会英外部道谢，并求以后仍为保护等因。经已照会外部矣。此事因以厄瓜多、智利两国，中朝未与立约，无可措手。而华人又实可怜，再四思，惟辗转设法，为之咨托英廷。此后两国华人，当不至大受凌虐矣。 厄智华人托英保护

日本所开之官矿失杜矿，中值日银四十二万，其中十三万为所得之利；意格奴矿，中值日银十八万零六百，得利银六万。

因谨按：开矿之举，利不待言。欧洲各大国无不以开矿致富强也。中国之不尽得利者，一由于矿学之未精，一由于办理之非人也。 开矿之举利不待言

二十日　晴。夜雨。昨日义大利来电云：美国煤油运入义国各口，为数甚巨。既夺本国之利，又有火患。现应加增入口之税。适义君驾赴米兰埠（义国旧都），外部大臣即前往奏，闻批准下令遵行云。 意国加税美国煤油

因谨按：此义国因美国之虐杀义民，而示以报复者也。闻美国煤油入中国者居多，入义国者尚少。以中国之地大于义，而民数十倍之也。中国大吏亦有请加煤油税则

中国也应对美加税

者，业已照会美廷，继而中止。宜美国之虐待华人，肆行无忌也。语云“见兔而顾犬，未为晚也”，“失之东隅，收之桑榆”，岂必不可行哉？

德为俄造巨型钢炮

德国克虏伯厂，今为俄国造成一极大之钢炮：炮身长四十英尺，炮口大十三英寸半，重二百三十五吨。每分时可放二次。今在德国爱森地方，由驻德之俄官试放，以十九寸厚之铁板为靶，其弹既洞穿而过，复直至一千四百码之远而始止。每放一次，药弹之费计英银三百镑。

因谨按：此种巨炮，未必可用于兵舰。置之炮台，则铁舰不敢近矣。俄之克龙斯达炮台，其铁甲厚四尺八寸，既足以当铁舰之炮矣。而又益之以二百馀吨之炮以守炮台，则极巨之铁舰亦不能当。其于海防可恃矣。

美巴互惠英货难销

二十一日　雨。英国来电云：近因美国与巴西国订立报施条约，美国货产运入巴西，较英国之货产，税则已减二成。英商以货物难于销售，禀告英国政府。闻英外部已与巴廷理论矣。

因谨按：此即“一体均沾”之意也。巴西既减美国入口之税则，英国亦应援“一体均沾”之义，以求一律减税。惟意虽同，而其实不同耳。盖巴西之独减美国货产入口之税者，所以报美国之减巴西货产入美之税也。有所施者，应有所报；不得无所施，而求其报也；且不得求其施，而不言报也。虽然此国势相敌者之所言所行也。国势不相敌，则虽言而不能行，或且不敢言。此弱国之所以益贫也。

17,4,22

二十二日　雨。光绪十一年，总理各国事务衙门、北洋大臣李鸿章，以采办外洋军火滋弊甚多，咨由出使大臣派员，平时与各国制造厂讲求。因到美后，当派纽约领事沈桓向各厂考究。本日来文，据称：纽约省枪厂五处、炮厂三处，华盛顿炮厂一处。炮之新制，则以炮口径一尺者，炮身须长三十倍，则可及远至二十五里。华盛顿炮厂所造炮身长四十五倍者，尤能格外及远；且每分时可出三十弹。炮架用活动机器，可升可降，可盘旋转动，灵便非常。枪厂虽未出新式，然林明敦枪以前所装五锭陆续而发者，今则增为八锭陆续而发。盖以新锭之底不起棱，故不占地步也。其铅弹，向用纯铅，今则铅外加以钢铁，中处所入尤深。每二十秒八弹可以陆续出尽。新式火药为大块，每块随所用之炮口之式，中间有圆洞，所以透火力，使一时并着，则力更猛。 考究各厂外洋军火

二十三日　晴。又查得美国兵舰最新者三号，今年将可造成。每艘有十二寸口门后膛炮四尊、八寸者八尊、六寸者四尊、六磅火药快炮二十尊、格林炮二尊、鱼雷六个。船身长三百四十八尺，阔六十九尺，入水二十四尺，容一万一千吨，马力九百匹，每一时辰行中里一百零七里。铁甲厚一尺八寸，船面之铁厚三寸。现在美国兵舰三十五号：内铁甲五号、白铁及钢三号、钢甲二十七号。又气炮船一号、鱼雷船两号，均系钢甲。每艘有六磅火药快炮二尊、鱼雷五个，容一百零八吨，计九百匹马力，每一时辰行中里一百四十七里。总计：美国水师十二寸口门后 美国新造兵舰三艘 美国兵舰三十五号

膛炮十六尊、十寸者二十尊、十六寸者一尊、十五寸者一尊、八寸者三十四尊、六寸者一百零八尊、五寸者二尊、四寸口门快炮四十尊、六寸者八尊、三寸者六尊、一寸者六尊、格林炮二尊、鱼雷二十八个。惟"收乎巍亦司"船内有十五寸口门气炮三尊。

因谨按：美国水师尽在是矣。兵舰虽不多，而多新式。除英、法、俄、德、义五国之外，亦可称雄矣。因今年至秘鲁谒各国公使时，法国公使言颇洽，因与商小吕宋设领事事，该公使以为日廷决意不允。既而其言果验。因启行返美，再谒之，谈次，夸其卓识。该公使云：使臣者，国家之耳目也。所驻之国，必知该国之情形。凡陆兵之数，水师之数，库款之所入所出，交邻之何亲何疏，胸中了然，交涉方有把握云云。因志之，故以平日所考据者，笔于日记焉。

法国公使见多识广

二十四日　晴。接金山电，言华商二人，随带学生一人至金山，美国税关阻之，不令登岸，当即与外部订见。

美税关阻华商登岸

查美国气炮，创于一千八百八十三年（中国光绪九年），渐次加精。其初只能造四寸、六寸口门，至八寸而止。今所造者，已至十五寸，其口门可卸下，换上六寸、八寸、十寸之口门。炮身长五十尺，重八十吨，以熟铁铸成。价银七万五千元，连气机在内。炮架以铁为之，形圆，可旋转如意，升降用气机，不费人力。其口门六寸者，放五十磅之炸弹，远及五千二百五十码（每码三尺）；八寸者，放一百磅之炸弹，远及四千八百码；十寸

美国气炮

17,4,25

者，放二百磅之炸弹，远及四千四百码；十五寸者，放五百磅之炸弹，远及二千五百码。其炸弹之价，五十磅者，价一百二十五元；一百磅者，价二百五十元；二百磅者，价三百元；五百磅者，价五百元。弹身钢铁厚二寸一分二厘半，长六尺，径十五寸。计十一分三十四秒时，可放五次。用之海防口岸。“收乎巍亦司”气船，亦用三尊，每十七分钟可放十五次。炮口比船面高六尺，由渐而低，至炮身低船面二尺处，可卸开装药弹；装毕，用气机合之。陆路气炮则不能卸，均从后膛入药弹。其收空气也，系另一机器中有扇轮，用火机转动，可收至二万磅之力。置诸远处，以铁管通至炮所，放之大气炮。现在美国家共买九尊：陆路六尊、水师三尊。英国买一尊，试之均称合用。

因谨按：光绪十年，法国为越南事与中构兵。北洋大臣李鸿章曾电出使大臣郑藻如，令购美国气炮，已向该厂订定，再三试验，迄未合用，遂以中止，至今垂七年矣。该厂考究不已，卒以成功，亦可见坚忍专一之有济于事也。然非国家牌照之力不及此。查泰西各国之例。有能独运心思，创造一物有益于民生国用者，给予牌照，准其专业二十年。他人不能搀效，故人人愿竭力殚虑以为之，至于耗财破家而不惜，为其有宏名大利在后也。闻创气炮之始，股分数百万两，尽归无着。至近日，而始渐次收回。以后则利益溥。固由民心之坚忍专一，而亦立法之善，足以劝之以告成功也。

西方保护知识产权

二十五日　晴。二十四日，接金山电云：华商三人附船至金山，美税关阻其登岸。当日系美国清明节，例不办事。次日又系礼拜，故约今日晤言。因于午初到外部，副外部已到。因出电文令阅之。外部曰：“领事无发照之权。该商所带护照，系领事之照，故税关不准。”因答曰：“领事即中国朝廷所设之官，不得谓其无权。且美国但当查其是商非商，如其是商，即无领事之照，亦不能阻。”外部曰：“俟商之户部，但须中国补一照会。”因曰：“可。”遂退。是夜外部复文，已电金山准华商登岸矣。

交涉批准华商登岸

东洋西字报云：日王因俄储被伤，出谕旨晓示民间：嗣后，如俄罗斯与朝鲜有龃龉之事，日国决不再问。

名不正则言不顺

因谨按：此所谓“名不正，则言不顺”也。刺俄储者，日本人，俄当与日本龃龉，何至与朝鲜龃龉耶？俄与朝鲜龃龉，按《万国公法》，日本例处局外，何得而问耶？朝鲜为中国属藩，中国例应问者，日本例不应问，又何得而问耶？俄与朝鲜果龃龉，日本方将有殃及之虑，又何敢言问耶？且日本欲承顺俄廷，应向俄廷昌言，何必出谕示民耶！

美国进款

二十六日　晴。天气热。前新报刊出，美国一年进款，计四万六千二百九十六万三千零八十元五角五分。因向户部查其入款细数，本日查到照录，计开：关税入款二万二千九百六十六万八千五百八十四元五角七分，内地税一万四千二百六十万零六千七百零五元八角一分，铸金银元、存金银条出息一千二百零一万七千二百四十四元二角

17,4,26

五分，售出官地六百三十五万八千二百七十二元五角一分，领事牌照买卖田地规费三百十四万六千六百九十二元三角二分，北施域铁路公司还欠款一百八十四万二千五百六十四元五角二分，国家银行牌饷一百三十万零一千三百二十六元五角八分，税关罚款充公一百二十九万九千三百二十四元五角五分，北施域铁路公司交息七十万零五千六百九十一元五角二分，售出烟甸人土地三十七万二千二百八十八元一角五分，老病兵院存款息三十万零八千八百六十六元九角九分，海龙皮税二十六万二千五百元，外国人民来美犯例二十四万一千四百六十四元，发卖国家物件十九万二千一百二十三元九角九分，履勘官地存款十一万二千三百十四元七角九分，损坏官地罚款三万五千八百五十二元三角七分，美都入款二百八十万零九千一百三十元九角三分，杂项一百六十万零十四元八角一分，邮政局六千零八十八万二千零九十七元九角二分。合之如数。

因谨按：美国入款之多，较之中国已有五倍。其地不如中国之广也，其民不如中国之多也，其俗不如中国之勤俭也。因始闻而疑之，继而访之，乃得其概。其入款以关税为第一。关税之多，一由于入口之税重，一由于经理之人精明耳。试以中、美两国较之：美国收中国入口米税每包至二元二角五分，每年以五十万包计之，税银百馀万矣。而美国之麦粉入中国口者，曾不纳税焉。以油计之，中国之油入美国者，计成本纳税百之二十五。而煤油之入中国者，计成本纳百之五。两相比较，则十万两之税，中

美国入款五倍于我

中美关税比较

国少收八万两矣。丝绸一项，美国收百之五十焉；中国于美之绸布，则仍百之五焉。两相比较，十万两之税，中国少收九万两矣。烟、酒二项，美国收税极重；而中国且不收税焉。外国之药材，如屈臣氏、德记各号，分布各省。每年所售出之药，计银数百万两，一概无税。而中国药材，仅为中国人所用者，其数甚微，金山入口收税极重。中国入口如衣服、烟、酒、蜜饯，始以为洋人自用不纳税者，今则各洋行出售，亦无税焉。中国之衣入金山口者，无不纳税，已属不公平矣。而华人附体之衣过五层者，仍纳税焉。何其锱铢必较，一至于斯耶？鸦片一物，美国计两，收税银一两。中国仿之，则每年收税一万万两矣。邮政一项，美国入款六千万，中国则出款三百万。一转移间，则六千三百万矣。或以为美之税则，美之内政也。《万国公法》内政由自主，非他国所能干预也。似也，中国不能干预美之税则矣。中国之税则独不能自主乎？他国独能干预乎？煤油加税，非中国之内政乎？何以甫议加税，为美使田贝所阻而中止乎？此非美国干预中国之内政乎？中国何以不能自主乎？或又谓因所言者，实不可行也。因以为为徒托空言而无实际乎？此由见诸实际，而后发为言者也。不得谓无实际也。外国初创一物，如火车、轮船之类，其始皆不能行；气炮初创，亦不合用。今皆能行而能用矣。有坚忍之力故也。创例亦犹是也。今先存难行之心而自阻，即以为此不可行，则实不可行矣。因何辨焉？

中国之税不能自主

17,4,27

二十七日　晴，热，夜雨。闻中国光绪十六年一年，海关十九处，共收税银二千零八十九万八千四百四十七两零，较前十年多一百馀万，而以美国较之，合十之一。 中国税银

美人云：中国北洋水师兵舰二十馀艘之上，只有西人四名襄助其中云。

《字林报》云：丹阳教堂火烧时，地方百姓劝外来乱民不可动手，乱民置之不理，一面抢掠，一面放火，均付一炬云。

因观此而知闹教之事，非良民之愿，而莠民之谋也。不过明火抢劫之为，而另创一名目耳。乱民所得甚微，而国家所损甚巨。教堂毁，则赔造必大于旧观；洋人伤，则赔恤均过于万数。国体损，库储亏。每一教案出，而洋人之势焰必益张，不禁拊膺而太息也！ 乱民闹教国家受损

二十八日　晴。俄国信云：所造西比里亚之铁路，即可造至珲春。所有工程师与铁路所用之料，皆已由水路载往珲春矣。

德国京中出示欲借国债，计德银四万五千万马克。乃不逾时，而愿应者多于欲借之数四十五倍。民信其上故也。 德售国债民众响应

因谨按：中国前此贷银于汇丰，及至归还而镑价骤涨；以至交息之外，又受镑价之亏。若贷诸民间，则息之外，无所受亏矣。且汇丰贷中国之银，其中即多中国商人所凑合，而汇丰出名，其中又扣用费。则国家所出之息，商人不能尽得，是洋人所得者多，而中国商人所得者少 中国何不自贷于民

也。然则中国何不仿欧洲各国，自贷于民耶？曰："民未信也。"民何以未信？则以咸丰年间户部所出之钞未尝收回，民是以惩前而毖后也。

二十九日　晴。本日智利国来电云：智国乱党之兵船名"意打达"者，前在美国嘉省圣地埃哥（近墨西哥界）埠私购枪弹。为美国地方官侦知，扣留后而私行驶回本国。当时美国政府即派兵舰一艘名"查尔司顿"，尾追之不及。兹闻该乱党之船，已抵智国之意基忌港口。乱党自知理屈，即将该船与所购回之枪五千杆，一并解交美国现驻该处之水师提督收管，请押回美国，由美国朝廷公办云。

意基忌（伊基克）

因阅此而知《万国公法》之不可不熟也，海军之不可不讲也。《公法》载：一国有乱及两国构兵，地球各国不得有所左右袒，并不得售以军火。此美所以扣留智国乱党私购军火之船也，此美国所以派兵船尾追也，此乱党所以解还私购之枪也。然美国苟无兵舰，则惟有坐视而已。坐视不办，则智国朝廷战胜，必据《公法》向美国以论曲直。不出于战，即出于罚赔兵费。疆场为之多事，国帑为之虚縻。贻笑于邻国，见轻于他邦，所损巨矣。然则鄙洋务而不屑言者，当深究此中之曲折也。

万国公法不可不讲

三十日　雨。天气转凉，可着夹衣。出使一役，十年以前视为畏途。以为水陆均万里，舟车亦兼旬；远涉他邦，深虞彼族，想当然耳。厥后熟察外洋情形，无猜无忌。详考火轮迅速，易往易来，盘费虽多，而取诸国帑；

17,5,1

食用虽浩，而足于俸薪。无出洋之难，而有出洋之乐。故每遣一使，求随带者常数百人。其熟于此途者，且必携带眷口。频数往来，故有出洋未久，而求差使以言旋者；且有请假为名，而带眷口以复出者。略一举动，即费千金。员额空悬，又须添派。此所以经费日增而丛脞愈甚也。因于求差回国者，一切拒之；于请假求领归装、挈带眷属者，则咨呈总理衙门请立章程，不居恩怨。今奉函示，限制维严矣。人之欲善，谁不如我？已照总署所云，分行各处。既于公事有益，亦于国帑无糜。窃自喜焉。

克己奉公问心无愧

五月初一日　元吉。雨。泰西兵船三月过威海，言中国整顿海防，该口已筑暗炮台，安放炮位，时时演炮。各营兵械，一律整齐。更拟筑一铁马头，本年即可兴工。

因谨按：我中国略有兴作，外国必知。固由其兵舰游历之勤，新闻传播之远，而亦当事者肯留心也。《曲礼》云："善哉，觇国乎？"左氏云："晋未可偷也，鲁未可取也。"契丹云："宋相司马光矣，慎勿开边衅也。"遐稽往籍，振古如兹。我中国之讲究边防，如先五十年行之，当不让地球五大国矣。惜乎往日无留心者，而所见所闻不出本国之外也。虽然及今而实力讲求，犹未晚也。

《曲礼》应为《礼记》

初二日　晴。美副外部请赴署商办公事。当偕翻译何慎之于午初赴外部衙门。外部言："近接驻中国公使田贝电言：南京有乱，请电中国总署保护美国寓中国商民。"因答曰："田贝既有电，则必与总署言之。且来电能知其乱由否？可否抄示？"外部答以不便，惟请从速发电。因答曰："中国即有不靖之处，不过会匪乘间劫抢，不能终日。官兵未到，即已潜踪。此时计已靖矣。"外部曰："美政府闻中国乱耗，念切美之商民，不得不特求电为保护。"因答曰："俟回使馆商之。"及回使馆，与参赞等商。因谓四月中国来电，不肯接待美使；金山来电，请准华人登岸，均以原电抄交外部。此次发电，似应令抄示原电，方悉其详。遂函致外部，请将案由地方复知。外部无回信，但请律师科司达来言："不便复信。应以发电为是。"因谓交涉之事，一切平等。美外部属发电，而案由则不令知，似与中国之于美外部者大分轩轾。科司达仍持前说。因未允。科司达去。参赞彭光誉以为其中可疑，必亲往询之。遂往见科司达。回述科司达言："外部实不愿作回信。"彭光誉询其故，则云："此等事，无论何国何馆，向不推辞，惟有请发一电而已。"因勉从之，而心终不快也。

中美交涉殊不平等

勉从发电心终不快

初三日　晴。纽约邮政局总管凡吴客脱来见。

水底行船，西班牙已造一舰，而不甚合用。兹闻法国又造一艘，能于水底潜行，而人不见。其或隐或见，操于行船之人。法国尝试验，当以兵舰排列海口，作为战势，各兵舰严戒以待。该船入水，由兵舰之底驶过，出海口七里之遥，乃见于水面；复潜行水底，以回海口之内。当其过兵舰底时，有一兵舰知之。而其行甚速，亦无法可破之。其船名"吉弥欧"。

泰西各国讲求海军

因谨按：泰西各国，均讲求海军，而又讲求所以破海

17,5,4

军之法，水雷、鱼雷而外，有造气球飞行空中以破之者，有造泅船潜行水底以破之者。其法日新，其用不竭，无非销金之锅耳。然觇国者，均以此测各国之用心。不如是，不足以杜敌人之觊觎，而交涉一切，必致棘手。于是不能惜费，而专求强焉。阿非利加一洲，自古至今，混沌未凿，不与各国较力争权，不于本国讲求制造，不遣使以通情好，不经商以权有无。无机事，无机心，无机器。其无怀氏之民与？抑葛天氏之民与？敻乎尚矣。然而欧洲各国已分裂之矣。

初四日　晴。凡吴客脱偕其夫人来谒。

接美外部照云：驻中国公使田贝来电，南京、无锡等处，匪类纠党闹事。昨日又接驻上海总领事官电，称九江地方又有匪党滋事，又距镇江六十里法国教堂被焚；扬子江地方杀毙英人二名；又距上海三百里之地，法国教堂亦被拆毁云云。

多地匪党闹教滋事

因谨按：此会匪煽惑莠民以掳掠资财，特借驱逐洋人以动公愤，而便于聚众也。江南一带，自削平粤匪后，即以所撤之兵安置皖南。游勇、会匪率皆归之。抢掠频仍，愈久愈剧。因曾上疏切陈其祸。奉旨发交本省督抚。惜地方官奉行不力，不能拔去根株。荧荧不灭，炎炎奈何！将来尚有甚于此者。所望当事者，制于未乱，勿姑息养奸焉。

初五日　晴。是日设宴。美外部订请赴希卡果相度赛会局地。因不得暇，参赞彭光誉前往。

英国国中拟一律用电气灯，合计通国共用电气灯十七万六千八百六十四盏，家用八万盏。初用时较煤气灯为费，现已价廉于煤气灯矣。电气公司获利每成本百金，竟得四五十金。是商、民均有益也。

普及电灯益商益民

因至美已两年，见美总统、各部衙门皆用电气灯，取其光足而又无火灾也。商家，惟客寓全用之，此外则尽用煤气灯。大约自今以后之灯，电气日增，而煤气日减矣。其价虽廉，而较之用油、用蜡，亦十倍之。中人之家未易给也。

"忠"即马建忠

初六日　晴。上海招商局来电云：忠等代存旗昌官项尊款在内，计十四万两。今倒闭，沪不给，请向其纽约总行力追。函详。因查光绪十六年春，前出使大臣张荫桓来电云："马允一年。"因即函致商局总办马建忠，谢其局中存放官项，并询明汇美之期。马观察复信：期以九个月。并未提及存于旗昌银行。直至期过归银之时，忽然来电云云。殊为可骇！若前此询明时，即言明旗昌洋行，因断不允也。查招商、保险两局，外放之银，何止一处？光绪十五年，报汇丰、有利等行均有。今忽以旗昌洋行之款属因，其中显有挹注之意。一面代向纽约查问，仍一面函致马观察查问。

洋行倒闭官银难取

因按：美、日、秘经费存放商局，自光绪七年出使大臣郑藻如始，当时即有轇轕，尚不如是之甚。至今日而直不可以理论矣。此所以未见信于民也。

"轇轕"原作"轇辐"

初七日　晴。丑正，接总理衙门来电云："电悉。江

17,5,8

南美民照约总应保护。希告外部无虑。鱼。”当即缮照会，送外部衙门矣。 承诺保护在华美民

金山来电云：美自苛禁华工以后，到者日少。近因开路需人，与日本现居金山之工头订约，招工五千人。每人按月工资二十元。赴施域公司承工云。

因查此约虽订，而工未招。以该公司恶工党，而改用日本人；该工党亦恶公司，遂求金山议绅于议院创例，禁美公司与外国订立合同来美佣工。此例行。而日本工人恐到金山被阻，故未敢来也。 华工禁后再禁日工

初八日　晴。美国学堂林立。因每出门，见男女之赴塾放学者结队而行，秩然有序。因询诸美国官绅，知美国有男孩读书之学堂，有女孩读书之学堂，并黑人亦有学堂。大约每百人中，不识字者不过十人而已。又以欧洲各大国，读书按每百人计之：德国约九十四人，英国八十八人，法国七十八人，俄国十一人。所读之书，皆讲求养民之法、有用之道，故国事蒸蒸日盛焉。 美国学堂林立

因谨按：泰西学校，均以“致用”二字为主，而学分焉：如矿学，以采五金；化学，以熔金石；重学，以运机器；算学，以精勾股；天文学，以考度数。始以为淹博之道者，今皆为富强之图。中国近日讲求富强，必向泰西聘矿师，购钢铁、机器。而海上行船，则非精识天文，不能知所行之度。故中国兵船尚未远出重洋，则以算学未精，而测天之法未熟也。《书》云：“非知之艰，行之惟艰。”因愿知此中之曲折者，次第求精也。

初九日　晴。科司达来见，言公使布莱尔事。副外部属为道意（正外部病，未返），请今日往晤。嗣接德律风，副外部请赴衙门商事。因偕翻译容揆往（何慎之已赴西卡果会）。外部先谢中国保护寓华美民。因答曰："此我国照约应办之事也。"外部言："中国不接待布莱尔事，良由未知其中实在情形。如贵大臣肯允相商，本大臣可以私见言之。"因答曰："馀于布莱尔事，无权转圜。不能言不允，亦不能言允。惟有照例办理而已。"外部曰："贵大臣肯以我意电贵政府否？"因答曰："贵大臣有所欲言，何不电驻华公使田贝告我政府？"外部曰："田贝处自当发电，但贵公使亦请发一电。"因答曰："此事发端时，因赴秘鲁。当时实由参赞彭光誉经手。今贵大臣属发电商诸政府，自可代达。但须待参赞彭光誉赴会返使署时，说明再电。"外部曰："可。"遂辞出。

赴外部商布莱尔事

初十日　晴。美国驻海带岛（与古巴近）公使戴克拉与水师提督记拉地，奉美廷之命，与该岛政府商订条约，请该国圣匿克拉司港口归入美国版图，以便美国兵船在附近洋面游弋者，得以添煤、取水。

海带（海地）

圣匿克拉司(莫勒圣尼古拉)

该公使与提督已见该岛总统，递国书矣。

因谨按：此美国之整顿水师也。兵舰以煤为力，无煤则不行。两国构兵之时，局外之邦按公法，当守局外之例，不得助之以煤。则海带一岛无事之时，美人可以取携如意；有事则应守局外，而不能有所资也。惟入美国版图，则敌国不能诘责，亦如英水师之于地中海，有新加

17,5,11

坡、锡阑、香港之可以接济也。既筹水师，即不得不筹及。此国手之于棋也，间中一着，亦惟国手能知。否则视为寻常之举动也。

英国为纽方兰土民欺凌寄居英人之故，咨照美廷，索解原故。美廷迁延不答。英廷遂派内阁大臣纳此福至美会议。 纽方兰（纽芬兰）

十一日 晴。律师科司达以美总统及外部之意，托为派驻中国公使布莱耳转圜，请电总署。彭光誉初不愿允为发电。科司达谓明年即换约之期，过于严拒，将有后患。且总统有言："中国实不知布莱耳实在情形，前此曾极爱华人者。其诋华人一次，乃诋金山之不安分华人耳。不得以一眚掩其德也。如肯接待，则以后尚可相报；如不接待，则亦有以相报。且布莱耳非大有才者，易一桀骜之人，尚不如布莱耳之易与也。"因以总统及外部、律司所见均同，允为发一电。至于接待与否，使者无权。科司达致谢而去。是夜遂电北洋。 美冀中国接纳新使

十二日 晴。闻直隶、开平铁路，已接至林西。以后即由林西开至山海关。此路业经勘定，插旗为志，不日兴工。造至山海关后，即由山海关通连东三省，以达珲春。工部岁拨银二百万两，以为造路之费。其所由之路，有山阻隔者，仿西法穴山成洞。又闻该铁路公司现在运货日增，但以运煤而计，正月得载价一万六千两，二月增至二万一千两，三月亦必有所增。此明效大验也。 铁路之利初见成效

因谨按：古语云："民可与图，终难与虑。"始，铁 民可与图终难与虑

路亦犹是也。泰西之初创铁路也，争论不已。其不愿者，则谓夺民之衣食，费国之帑银，絸缕陈之，皎然明白，无不以为然也。其愿者，至于通盘筹画，谓费成本若干，载人若干，运货若干，除开销外，尚馀若干，此银不妄费也；又计各厂用人若干，开路用人若干，修路用人若干，运货上下用人若干，添设码头各栈用人若干，民之衣食未尝夺也。然而其始行也，或折其路，或阻其行，及至渐行渐便，民亦无言。今则众口一词，以为上下之利矣。则坚忍之力为之也。中国已有端倪，又有效验，其庶几可行乎？企予望之。

美国铸钱

十三日　雨，未后晴霁。美国铸金银钱。一千八百八十九年七月至一千八百九十年六月底，计一年中所收之金，值四千九百馀万元；所收之银，值四千三百馀万元。所铸之大小银钱一万一千二百六十馀万元，值六十馀万元。另由他国入口之金，值三百馀万元；入口之银，值二千七百馀万元。本境所出之金，值一千九百馀万元；所出之银，值三千六百馀万元。存库之金，值六万九千五百馀万元；存库之银，值四万六千三百馀万元。共计十一万五千八百七十馀万元。另金器一千六百馀万磅，银器八百馀万磅。

自铸银钱裕国便民

因谨按：铸银钱一事，裕国便民，所益无限。地球各国，不铸银钱者，惟中国及朝鲜耳。中国不铸银钱，前此用墨西哥之银钱者，已数十年。近复增用日本银钱，明明利权让之他人，殊可惜也。

17,5,14

十四日　时雨时晴。华人来美，向以中国官员发照为凭，准其入境。嗣金山税关又不肯以此为准，遂至废而不行，来往愈梗。此次税关以华人所持之照，系中国驻横滨领事之照，阻其登岸。因见外部，以前例辨驳。外部派员商之户部，户部允其登岸。因复照会外部，以前例申言之。本日接外部文、户部文，准以护照为华人登岸之据，是添一方便之门矣。

秘林海峡美人扣英渔船，英廷诘问，派来兵舰。美政府召上下议员集议，一面将所扣英人船只立即释放，一面咨复英廷：彼此各派大员，驰往该海划界，以免越界。 英派兵舰美终释船

因查美国扣留英国渔船，英使诘问，久未释放。至今日，而英以兵舰诘责，美亦不复扣留渔船矣。交涉大抵如此耳。

十五日　大雨。北洋来电云：布莱尔不洽众论，既经折回，彼欲转圜，云当图报。是否允除苛待华工新例？总统、外部有此权否？本因布某诟辱华人，不便接待；若肯除苛例，自易解说，否则仍执前说，婉拒为是。鸿。咸。得电后，即往见外部华顿。华顿无他言，但云：俟总统回，将此意转达云。 若除苛例可纳新使

因微闻美之间曹之言曰："美总统与布莱尔为总角之交，非不欲玉成布使也。但其爱友之心，不及爱位之心。如允除苛例，工党必哗。明年即为保举总统之年，方欲留任，岂可逆工？不敢顾此失彼也。"然则苛待华人之例，美之君臣非有所恨于华人，实有所畏于工党。事势至此， 排华苛例无人敢除

苛例谁敢除哉？

十六日　晴。未后微雨。昨日横滨来电云：本月初八日，“米旗马路”轮船由横滨赴檀香山。载有日本人一千二百名，皆立有合同，至檀香山糖寮佣工。缘近来檀香山政府与日本订立条约，招徕日本工人，其意欲禁华人，而用日本人。且欲现在该国之华人佣工无路，自然弃该国而他往也。查本年日本人往檀香山者，已有六千馀名云。

檀香山招徕日工

因谨按：亚墨一洲，华人之足迹几遍。前此古巴、秘鲁之华人，均以无约而受虐；自立约后，稍苏矣。而厄瓜多、巴拿马、智利、加拿大、檀香山等处，华人之憔悴于虐政者，诉苦之状，无岁无之。使臣以与该国无约，辨诘无权，不过苟且补苴，终不能仗义执言。致流寓之华人，侧足而立，为可慨也！

倍加排挤

十七日　晴。智利国内乱未已。初六日水师交战，乱党以水雷轰毁兵舰一艘。初七日来电，又被水雷轰毁兵舰一艘。智廷以经费支绌，求美国代造银币二万万元，日内已带回国。闻乱党已侦知，将于巴拿马地方截抢云。

智利乱党截抢银币

因谨按：墨洲之乱党亦知《公法》之不可犯也。前之购枪弹于美者，美廷不允；虽侥幸购成，而终缴还。今之智廷求造银币于美者，乱党虽欲抢掠，必待于出境之后。盖以出境之后，既非美国所辖之地，则美国不能问也。或曰：巴拿马实个郎国所辖之地，独不畏个郎之问罪乎？因答曰：此大小强弱之见也。智利国势小于美，而大于个郎；弱于美，而强于个郎。故美敢问罪，而个郎不敢

个郎国（哥伦比亚）

17,5,18

问罪也。春秋之世，秦师袭郑，过周，而周人纵之；过晋，而晋人要之。兵法之所谓“知彼知己”也，申舟之所谓“郑昭宋聋”也。

十八日　晴。本日报馆述《金山新报》云：本月十四日，户部电饬金山税关，认中国驻外国之领事所发华人来美护照，准令华人登岸。查檀香山各糖寮，华人计有二万，但有中国护照均可来美。香港华人亦可照办。华人从此蜂拥而来，岂不可虑？情形如此，惟有待今年下年开议院时，亟令议绅将华人来美事情，认真根究，速立条例，再加严密，俾户部各员不能妄断云云。

美国禁华再加严密

因谨按：美国工党气焰之大可谓极矣。户部只准华商三人登岸，而诋之者至于如是之丑，虽中国之谕旨，训诫臣下不过如是严也。盖中国进退臣子之权，操之自上；而美国进退臣子之权，操之于民，并总统之去留，亦民操之，此权之所以重也。工党入籍，故其权与美国之民同；华人不入籍，故无此权，安能敌工党哉？详审事势，中国欲求美廷除其苛禁华人之例，恐不能矣。

美国工党气焰极大

是夜子刻生女。

十九日　晴。从前破铁甲兵船，创用水雷，而铁甲失其坚。嗣又有制成霍司开司机器炮者，置之铁甲船中，每半时辰能发一万弹；而敌国之船放水雷者，遂不能入本船之船底，而水雷又失其奇。现在，日法两国又造一船，能行水底。法国所制尤精，且价亦廉。其形如鱼，长一丈八尺，宽八尺，船身圆式，船壳全用纯钢，中容二人。出入

日法研造鱼雷潜艇

之处，以螺钉之法旋紧，密不漏水。其进退升降不用舵，而用轮。其行船气力不用水火，而用电。驶近敌船，不需迅速，但用橹行。船之两旁，各有水雷潜置敌船之下，引以铜丝。回船至远处，但将铜丝捻合，电气即通至水雷，水雷即发，无坚不破。如敌船正行，亦不能备，又有铁链系以浮椿，同置敌船之下。椿浮上时，缠绕火轮，轮不能转。计每时行四十里，入水可至三十丈。船内有收空气之地，人坐其中，可至四时辰。每船价银八千两。日国已经仿造矣。

二十日　晴。美国整顿海防，前派员赴各口查勘情形，昨日复命。内有一节，请拨二千八百零十八元，以制钢线缠绕炮身之新式小炮一尊，以资试验。因俄军试用此种之炮，甚为坚利异常，故欲仿造。兵部大臣已批准矣。

美欲仿造俄式新炮

《字林报》接英京鲁特局十六日要电云：现法国水师统领，特奉廷寄，迅速驶往俄国之康朗四旦城，以便与俄水师会齐也。该统领奉到廷命后，立时命驾至巴黎斯都城，旋即谒海、兵两部大臣，面商机宜，不日即拟带领各师船驶往康城，会议军政。各国闻俄、法有会师之约，大都必为订立密约，以期连横，共图鲸吞他国之事。不然法国何以有如此调动乎？况俄、法两国，夙称莫逆。此举实增欧洲各国之杞忧耳。

鲁特局（路透社）

欧洲担忧俄法连横

二十一日　晴。美国与日斯巴尼亚所订报施条约，昨已签押。定于西历八月刊布，九月照行。

德国开辟阿非利加洲经费无出，拟开彩票以资筹费，

17,5,22

并禁贩卖黑人为奴。开此项彩票，每年可得八百兆麦利司（合中银一万三千馀万两）。 德辟非洲彩票筹资

因谨按：售彩票之利如此，则受彩票者其害可知。吕宋彩票，遍行于中国矣，将听其畅行哉？

二十二日　晴。闻缅甸有酋不服英人，掳其兵弁，终慑于英之强，又复送还。其形势颇与越南相同。近日英人于缅甸、法人于越南兴造铁路，达于中国西南各省，以期通至中国；且以剿抚生番，转运土产。而缅甸矿产五金、玉石之类尤多。英所踞缅甸之地，已二十万英方里，人数约四兆；合南半北半计之，人数约共八兆。得中国四省之大。将来铁路一兴，不患人寡；而旷土尚广，亦不患人满。英人得此，诚大有为云。 英得缅甸大有可为

因查缅甸、越南二处，共合中国七省之广，得中国地数三之一。十年之间，俱为强梁所并。惜哉！

二十三日　晴。美国近日考究兵舰所用之连珠速放炮所有新出之式，共二十种。一一试之，以乞司开士之英寸四寸零七分口径者为合用。此炮可放五十五磅重之弹子。以谙练之炮手司放，每半时辰可放二百四十次。又考究无烟火药各种，一一试之，适于用矣，而不能久留；留久则变，其力不一，其中则不能定。现在务求于制造时，能使久留不变，历寒暑燥湿而如一，气力如常，命中如常，方为尽善。又考究最猛最烈之炸药，一一试验。前此壳弹无厂肯造，兹已于宾省之密威尔钢厂造成七寸壳弹九十九枚，以备试验。 美国考察新式舰炮

因谨按：光绪十五年，因始到美，未闻美之整顿水师武备如是认真也。自英国为秘林海峡与美龃龉，自义国为纽阿连案与美争论，于是调水师，增兵舰，讲海防，验军器，不遗馀力焉。见兔而顾犬，未为晚也；亡羊而补牢，未为迟也。美之形势，不与强国接壤，本可以休兵息民。然水陆无备，不必于交战之日判其低昂，即无事之时于交涉一道，亦未能持平办理。盖有备者，每以盛气陵人；而无备者，常为积威所劫。事势至此，而欲弭兵修好以求无事，能乎？

美国重视海军建设

二十四日　晴。欧、墨二洲，近年考究破铁甲兵船之法。奥国既用椎船制胜，英、法、德、美等国，又创水雷，德、奥又创鱼雷。自去年西班牙、法国创造水底行船之法，其制胜又过于前人。近日因游观美国天文台。其考究天文者为因言：台中兼考究钟表，为水师兵船之用。必求每日不差分秒，至有行一年而不差一分者。又考究空气如何收法，以备利用。现闻有能收空气缩之，以寒气敛之，能以八百分缩为一分，则为流质（如水银之类），置之铁管中，再以风扇之，复为空气，以之水底行船，极为合用。

欧美致力科技研究

因谨按：学问之道，因源以致流者易，因流以溯源者难。泰西各国格致之学，如气学、光学、电学、重学、算学，各有专门。童而习之，至于成功。则唯所用之，无不如志。如但羡其制造之巧，机器之灵，寻行数墨，节节效之；虽偶得其一端，究不足以创物，既不能创，安能日进

17,5,25

有功？因愿讲求西学者，舍流而探源，庶人才辈出焉。

二十五日　晴。未后大雨彻夜。美希卡果埠，有商人欲创东洋车行于该埠。于是由日本购东洋车二乘，并雇车夫二名，偕来牵车。该埠地方官以为违例，报于户部。户部大臣谓来美佣工，新例所禁，饬令送回日本云云。 芝加哥禁日本佣工

因谨按：美国苛禁工人新例载：亚细亚洲东方之人不准至美佣工者，别乎欧洲各国而言之也。其别乎欧洲各国者，欧洲各国之强也，且有互准民人入籍之约也。中国民人不许入他国之籍，谓不欲民人轻去父母之邦乎是也。然而贾谊有言："饥寒交迫，父母不能有其子，君安得有其民乎？"以为民人入他国之籍将忘其本，而不念父母之邦乎？欧洲各国之民其入美籍者，仍常返其本邦，踵相摩，舟相衔也。且民之入他国籍者，仍准其出籍，仍为本国民也。以为民人入他国之籍，有碍本国之体面乎？英、俄、德、法，皆大国也，不闻其以为碍也。中外交涉，步步受亏，此其一也。由所见囿于近也。

二十六日　雨。美国新闻载伦敦来电：葡萄牙议增兵额，终以无可筹费而止。 葡议增兵缺钱叫停

因谨按：葡之议增兵额也，为阿非利加洲之地与英龃龉而然也。近日法国以养兵太多，兵费太巨，议欲减兵，而终未果。一则欲增而不能，一则欲减而不得，时为之也。葡防英，而兵不能增；法防德，而兵不能减。以葡较法，则葡为无能矣。中国澳门之地而举以借葡，断非慑于葡之强，可知当国者别有深心。疆臣曾疏论矣。因旷览今

日欧、墨两洲之势，大抵皆欲练兵以图自强。其经费不绌者，只英、美两国而已。俄、德之兵强矣，而费实不足。奥与义则年年借债。日斯巴尼亚则专意水师，而陆兵之力已单。其他如土耳其、埃及、希腊、波斯、阿富汗、勃尔加厘亚、秘鲁，至于国贫而无款可筹，无债可借。骑虎之势，仍不能下。终必为强者所并。此亦势之无可如何者矣。

二十七日 雨。昨日新闻纸载：华盛顿省覃拉伍埠有熟鱼公司招华人充工。而与该地隔河之布田地方土人闻之，齐集会议，禁止该公司雇用华人。并声言：如不辞去华人，必当集众驱逐。乃该公司不为所动，仍旧招用。恐以后酿成祸患云云。

熟鱼公司仍用华人

因谨按：华人之勤俭耐劳，各厂主人无不乐用。土人之恨之者，为夺其生计耳。议院绅士为民所举，焉有不徇其所欲者？详观美国上下之势，欲其删除禁工之例，断必不能。若使华人能操投筹保举之权，其势当与土人相敌。虽不求其弛禁，而禁自弛矣。

有选举权才有平等

金山来电：华商七人由中国来，税关不准登岸。即往见外部，请其照会户部。外部允之。

二十八日 雨。北风。天气转凉，日中可着单衣，夜中可覆棉被。是日为西历七月四号，乃前总统华盛顿始改美国为自主之国之日也。美之君民每年此日，例不办事。各处悬旗声炮，以志庆幸。熙熙皞皞，有太平之象焉。

美国庆日

因按：美利坚之地，始为西班牙所得，继为和阑夺

17,5,29

之，法又夺之，英又夺之。英人为之开辟草莱，营立宫室，兴造公司，已如印度之为外府矣。后于茶叶之入口者，既征税矣，而又征出口之税，美人怨怒。华盛顿创之，乃背英而自立。英人率兵船讨之，转战八年，各有胜负。美人终不言和，而法与和阑出而要英言和。英亦以久用兵而经费绌，乃曲从之。美遂为自主之国矣。华盛顿为总统，乃创民政。谓当自已始，至四年而退，让位于贤。美人不舍，仍举之为总统。华盛顿又创例，谓以后即有贤君，亦只以八年为限，不得蝉联。遂成为定例焉。一切国例，皆华盛顿所手创也。至今国中承平，富甲地球。华盛顿诚人杰哉！ 华盛顿诚人杰哉

英使馆新到二等参赞来谒。

二十九日　北风。晴。谒英公使、参赞。

俄国前用兵于土耳其，英、法合纵以阻之。俄以道远，征调难继，志不得逞。因查撒马儿罕与新疆近，又邻印度。铁路既成，再由俄京至阿摩斯，至恰克图，至珲春。其中水道阻隔，济以轮船。派总兵安尼克经理其事。计长一万馀里，如分五段同时兴工，三年可成。工成之后，珲春兵力不单。西比里亚之出产自能转运、出口。五金之矿，亦可开采。且欧洲各国之赴中国者，又将舍地中海而由此路。盖一举而富强两字兼赅矣。 俄国大力兴造铁路

因谨按：铁路之利，俄人所论未免过于铺张。然费巨款以事经营，固不得谓为粉饰也。今之谈铁路者，或以为铁路兴，而军行利，我能往，寇亦能来。乃俄人且欲欧洲

之行旅出于其途，其故何耶？铁路之设防甚易也。

六月初一日　元吉。晴。昨日新闻纸云：五月初七日，美国公司与日本工头订约，拟招日本人五千名来嘉省佣工一事。查日本工人之欲来美者，以千万计。嘉省如修筑铁路，开垦荒地，种植葡萄等事，均需工人。惟近日合众国议定禁止立合同来美佣工条例，所有此项工人到美国各口者，均不准入境。例禁严明。兹日本工人虽可附船而来英属之云古华埠，潜入美境，仿华人之所为。然一经美关人员查知，亦必阻止也。

云古华（温哥华）

因谨按：美国禁工之例愈禁愈严。前此只禁工人来美，今则直禁各公司之立合同矣。盖不准其上岸，尚可由他国而辗转潜来；若不准各公司之立合同以雇用工人，则虽来无用矣。因尝言：公司之势不敌工人之势。美国君臣爱公司，不如其畏工党也。至此益信。

初二日　晴。申刻天色转暗，以后大雨。昨日新报云：前日纽约来电，英国新派赴秘林海峡之委员名泡尔者，已到纽约，即附火车至英属之卡拿大，往秘林办理捕猎海龙一案。又金山来电：美国兵舰名“麦林”，已于前日开赴秘林海峡，以防暗捕海龙之渔船。

英美护渔各有动作

因谨按：近日议论英、美为秘林海峡捕猎海龙一案，莫能相下，至于出言不逊，各派兵船，惧其有决裂之势。因以为断不至是也。盖尝熟审现时交涉之势矣：大抵强与强遇，则不轻用兵，以强国之谋国者，皆知彼己之情势，不能必胜，即不轻开衅也；弱与弱遇，则轻于用兵，以弱

17,6,3

国之谋国者，均昧彼己之情势，以为可胜，故轻于一掷也；强与弱遇，则敢于用兵，以能操必胜之权，将以一战而索赔、割地，故乐为之也。今者，英之水师较美诚为强矣；然秘林海峡一案，其掳英之渔船者，法人也。英人昌言：以兵舰保护渔船。未久，而俄廷昌言：秘林海峡，俄国所辖居多，英与美不得专主。是俄亦不直英矣。俄与法合，英之水师力不能敌矣。且秘林海峡邻近美国，英人越国鄙远，不如美之征调之易。度英之谋国者，必熟审此中情形矣，安敢轻于启衅哉？因固知其断不相见以兵也。或曰："英、美既不相见以兵，何以各调兵舰，岌岌焉如将交锋者，此何为耶？"因答曰："此兵机也，此交涉之机也。英不调兵舰，则英虽昌言而不能行，英示弱矣。美不调兵舰，则美慑于英之兵力，而慑伏以让之，美示弱矣。但一示弱，则将来商议此案，必不能得其平。此番交涉，既不持平，则凡交涉各国，皆轻视之。以后从此多事，而防之不胜防。《易》曰"履霜坚冰至"，盖言慎也。又曰"童牛之吉，豮豕之牙"，言防之于始也。有国者欲求大事之不受亏，当先于其小者慎之、防之。此交涉之胜算也。 局势分析

初三日　大雨。二十九日报云：米西西比河水溢决堤，沿河被水，层见叠出，无岁无之。前一千八百八十八年（即光绪十四年），筑堤经费，共美银三千万馀。次年又费六十万馀。而终不免溢决，伤毁民财以百万计。本年该省拟大修河堤，因需款甚多，尚未议定兴工云。 米西西比河水决堤

因谨按：光绪十年，御史刘恩溥以中国黄河屡决，奏请仿美国治米西西比河之法，以列阵图治之。当奉旨饬查，查复在案。中美相隔四万里，传闻失实。以为美国必有善法以治河，可以一劳永逸。而不知河患之至今未息，与中国同。而其费用之巨，尚过于中国也。夫交涉之事，机器之用，中国向鄙夷而不屑讲求，故才智之人不用聪明于其中，遂觉逊于外国。若治河之法，中国所历代讲求者，岂有所不及哉？自神禹不再作，而河患遂不休。然而中国尚有神禹其人者，外国乃并无之。中国人才实胜于外国也。在有以陶成之也。

治河之法美逊于中

初四日　晴。天气转凉。金山工党创例，收华人丁口纸，每名美银七元。省官已允派五十四人，分往各处，沿户抽收。并立例：自西历七月一号至明年正月一号止，如华人未领纸者，罚予监禁云云。已饬金山总领事延请律师，向该衙门辨驳矣。

金山工党再创苛例

因谨按：美国之人无为工者。金山之工党，皆欧洲各国之人，亦客民也，与华人之为客民同也。其所以能凌虐华人者，以美之君臣庇护耳。美之君臣所以庇护者，以其操投筹保举之权耳。其所以操投筹保举之权者，以其入美国之籍耳。华人以不入籍之故，而遂为他族鱼肉，至于不可挽回，则始谋之不善也。

不入美籍为人鱼肉

初五日　晴。昨日纽约来电：查欧洲各国人民，由纽约海口上岸来美者，自一千八百九十年七月一号（即光绪十六年）至一千八百九十一年（即光绪十七年）六月

纽约入境欧人统计

17,6,5

三十号止，此一年中，由阿尔阑来者，计三万五千五百二十四人；由英阑来者，计二万四千二百二十八人；由英阑之西华里士来者，计二百二十五人；由苏格阑来者，计四千九百零八人。以上皆英人。由德国来者，计七万四千三百八十二人。由法国来者，计四千三百八十八人。由俄国来者，计三万三千五百零四人；由俄属波阑来者，计三万四千二百五十六人。由瑞典来者，计二万九千四百十五人。由那威来者，计一万零九百三十二人。由义国来者，计七万零七百七十六人。由丹国来者，计九千零四十三人。由奥国亨加厘来者，计四千三百六十二人；由奥国波希米亚来者，计八千四百九十八人。共计四十万五千六百六十四人。

英阑（英格兰）
华里士（威尔士）
亨加厘（匈牙利）

因谨按：此皆入籍美国之民也。美国之所以准其入境者，以其入籍也。或问："美于中国民人之来美者，何以不容入籍乎？"因答曰："中国自不愿其民之入美籍也，且中国之民亦不愿入美籍也。"或问："美国独不忧人满乎？而容他国之民纷至沓来以入其籍乎？"因答曰："据《万国公法》，固任民之往来自如也。"或问："既听民之往来自如，则不入美籍之民亦何不可听其往来自如乎？"因答曰："此有碍于升平之局也。"或问："何以有碍升平也？"因答曰："入籍之民，即作为美国之民。凡有起衅、不和之事，皆照美国之例治之，其本国无须过问也。其不入籍者，土、客之情形既显分其畛域，俗尚之歧异又易惹其猜嫌。衅隙从此而生，仇杀由斯而起。至于案出，则照

入籍之辨

《公法》于他国之民之受害受损，又应议恤议赔，此不入籍之所以难处置也。至于入籍之民与不入籍之民，其来去自便无殊。且不入籍之民，尚不如入籍者之来去自便耳。盖美国与各国所订入籍之约，必有听民仍返本籍之条。其愿返本籍者，但一呈明，即脱美籍，毫无阻滞。且云：客民入籍美国之后，如返本国一年以后不复来者，即可作为脱籍。细绎其意，'入籍'二字，只以防患而已。非因地旷，而有希冀招徕于他国之民也。"

纽约巨富

初六日　晴。美国之富甲于地球。即纽约一地，巨富已有四家：其一名爱斯其，每月可收息银七十馀万元；一名乐费雷，每月可收息银五十七万馀元；一名番德别，每月可收息银四十五万元；一名戈尔德，每月可收息银三十一万馀元。

美国之富贵在人为

因谨按：亚墨利加一洲，开辟甫三百年。或以为蓄积既久，故发泄不穷，宜其富也。其实不然，秘鲁亦墨洲之国也。因尝至其国矣。考其每年所入，仅银六百馀万两，不敌美国一富家也。即美之邻国为墨西哥，各矿甚多。然经理无人，国债累累，今年尚拟向欧洲贷款。美之外，未闻再有如美之富国也。然则美之富也，仍归其功于创业之华盛顿耳。

外部来文：户部已电金山税关，准华商登岸矣。

初七日　晴。海蓝前此来电称：纽约华得力制造局所制五十二吨之钢炮，已由纽约运至散地货克地方，上岸试验。该炮身计长三丈六尺五寸，炮里自口至底，计长三丈

17,6,8

四尺，可入火药四百四十磅（合中国三百馀斤），炮口门径三尺二寸，炮架用活动机器，炮弹远至十五米（合中国五十里）。试放之时，房屋皆摇动云。

因谨按：外国之炮，可谓愈造愈精，愈能及远也。从前英国乌力支厂之炮，能及十里，以为远矣；而德国克虏伯厂造成一百吨钢炮，及远三十里；英国遂拟造二百吨之炮以胜之，至今未闻成功。今美国所造之炮，较之德国，其重只及半耳，而及远倍之，是以少胜多矣。查本年四月二十二日，因以中国新购美国枪弹，因饬纽约领事详查近日枪炮新制，遂查得美厂新法：以炮口一尺，炮身长至三十倍者，格外及远。今试之信然。乃知人心之灵，无所不至。过此数十年，其机变正不知何极也。世运如此，不能不与为转移。欲自强者，当思趋风气矣。 外国之炮愈造愈精

初八日　晴。美国精于军械之员，谓各样速放炮之弹子，极重不宜过六十磅。查安士脱郎速放炮所用之弹，重一百磅，以致弹与火药不能一齐入炮。又查乞司开司之四英寸零七分口径之速放炮，弹重五十五磅，实为合用。近日法国水师已择用之。又谓现时兵舰交战之时，其开炮也，必待两船相距二千英也之时（每一英也合三英尺。二千英也合六千英尺。每五千二百八十英尺为一米。计二千英尺，合中国四里馀）。故船上小炮，如六寸口径之类者，于一千五百英也之远，易于命中。虽近日枪炮力逾从前，炮弹之射甚远。然兵舰灵动不定，如过四千英也，亦难命中云。 “一米”指“一英里”

美国近日讲求海军

因谨按：此美国近日之讲求水师也。自秘林海峡之案与英齟齬，自纽阿连之案与义齟齬，英、义两国水师，美自审力不能敌，于是竭力讲求：既派员查沿海各防以筑炮台，又由厂考铁甲之用以求坚韧。添制兵舰，以求铁甲之紧贴船身；讲求枪炮，以求弹子之及远命中。试新出之无烟火药，考炸弹之轰裂机关，又营求添煤之区于海带之国。虽非未雨绸缪，亦可谓知彼知己、临事而惧者矣。

德皇德后访问英国

初九日　晴。新报载：前十日，德皇偕皇后至英国，谒见英之君主。英地方官夹道欢迎，莫不喜悦。两君相见后，德皇因向英君请观英之军容。英君乃调队伍合操，步伐整齐，枪炮成列。德皇称羡不已。两君浃洽。是会也，俄、法两国闻之颇生妒忌，以德皇既与义、奥两国联盟，谋拒俄、法；今又与英合，其迹可疑。传闻法廷已有密书至俄，约共伐土耳其，瓜分其地；并迫英廷撤回驻守埃及之兵。虽无确据，然亦可见欧洲局面，战争之机，无时或息云。

欧洲时局

因观于此而知邦交之宜修也。德国自该撤尔胜法以后，推为霸主，可谓强矣，而不敢自恃也。犹且谦谦自牧，修好于义、奥两邦。联盟既成，而俄师不敢轻加于三国，似可以高枕无忧矣。乃又修好于英。英、德合，而法人自不敢轻于启衅。法人自量其力，不足敌英，亦不易胜德，故约俄人以助己，为远交近攻之谋。然秦之得志于远交近攻者，以所邻之国皆不足敌秦也。法之邻为英与德，则非其类也。俄之势近之矣。然芬阑各小国，俄已尽之。

17,6,10

阿富汗、土耳其，英人庇之。义、奥又与德联盟，俄亦有志而不能逞焉。观变于未形，察几于未见。中国之东三省，其宜设防乎？

初十日　晴。午后大雨彻夜。初七日，访事人接俄信，言俄廷拟造新式大小兵舰二十五艘，令该国各船厂赶紧兴工，务期速成，以资急用。此外，另由户部与外国订立合同，同时兴造。查新舰内，有数艘可容一万二千馀吨，每一时辰，可行五十海里云云。 俄求速造大小兵舰

因谨按：俄国陆军之强，甲于地球；而水师不及英、法。近年添造兵舰，皇皇如不及焉。将与英、法海上争雄乎？未可知也。然非十年之内，所能为功也。

美国民主出游南方各省，至贪克失司省极尔怀司登地方，与人言曰："予惟以商务之盛、水师之强是急。当先联络墨洲各邦，以扩充商务，整顿水师，俾无隙可乘云。" 贪克失司(得克萨斯)

十一日　晴。初九日新报载：美国水师部军械所人员，于上礼拜六（即初六日），在纽钵地方试验各种新式水雷，以备择用。按美国近年造成兵舰多艘，船中所需各项器械，均择现时所称最坚利者，今各具已备，尚有水雷未定何种。水师部各员欲于美国厂中所造者，择其上等以资实用。因将各厂所造水雷一一试验，乃知各有所长，亦有所短，未便专用。兹拟先购英国怀乞脱厂所造水雷三十枚，暂资利用云。 美试水雷以备择用

因谨按：泰西各大国，均以兵强称雄。俄之陆军，英 西方各国军事实力

之水师，天下莫强已。英之陆军微逊于俄，俄以外，无敌焉；法之水师显逊于英，英之外，无敌焉；德之陆军足以戡法，法以下，无论矣。此外，则义之水师亦称雄于海上，奥之陆军亦可固其封疆。近日，日斯巴尼亚亦增造铁舰，舍此则“自郐以下”矣。美处墨洲，无所用武，而不以武耀。然制造之厂林立，所有船炮，不必购自他邦。一旦疆场有事，闭关自守，取诸宫中，用之应敌，而无不足焉。查以上各国，惟日斯巴尼亚不能自成一船。义、奥之制造厂不多，若俄、若英、若法、若德、若美，此五国者，各厂林立，铁路纵横，默计澄观，而可得其富强之要领矣。欧洲之土耳其、芬阑、希腊、阿富汗、波斯、埃及、勃尔加厘亚、赛尔斐亚；亚洲之机洼、天山、朝鲜、琉球、越南；墨洲之墨西哥、可仑比亚、厄瓜多、秘鲁、巴西、乌拉乖、阿镇丹、泥格拉、威内萨、银国，各国于船炮之厂，未有闻焉，其铁路皆购于美国。故富者间有之，而强者则渺矣。古之创业者，其精神常周于数百年之后；今之谋国者，其耳目当周于九万里之球。英、俄、德、法、美各国，如此而已。欲富强者，可知所弃取矣。

十二日　晴。中夜大雨。金山领事来信，言美关于中国靴鞋入口，一概加税。

美国加税中国靴鞋

本日新报载巴黎来电，言近数年，法廷曾立例：美国猪肉，无论咸、干以及火腿，均不准运入法国各口。因其中有虫，民食之者多生疾病，故绝其来源，以重民命。曾经美国迭与法廷再三驳诘未除。兹值法国增修税则，法国

17,6,13

外部大臣商诸议院，复准入口，每一百奇罗（一奇罗计两英磅又五分磅之一，合中国二十六两四钱。一百奇罗合中国十六担半）收税银二十佛郎（合中国银三两馀）。惟生虫者，仍不准入口云。

奇罗（千克）

因谨按：凡物之有害于民生者，不准入口，如鸦片之类是也。至于税则，随各国自定，而他国不能置议焉，以其均为内政也。美于中国各货之入口者，其税极重。中国向未置一辞焉，以其为美国之内政也。中国于外国入口之货，其税至轻；盖由立约之时，已议定也。然而美之于各国也，欲增则增之，如一千八百九十年（即光绪十六年）所定新章是也。各国之于美也，欲增则增之，如义大利于美之煤油、墨西哥于美之牛羊、法郎西于美之猪肉是也；且欲禁则禁之，数年以前，法、义于美之猪肉亦是也。以其皆为内政，而不妨由己改订也。中国于各国入口之税，应更张者多矣。愿留心富国者，一订之也。

修定税则本为内政

十三日　雨。纽约来信云：前月二十日，马得力有信，言小吕宋各岛中，有一岛名沙蒲丹者，向归日国管辖，兹闻英国已踞之矣。

沙蒲丹（锡布图）

因谨按：墨洲全土，三百年前亦日国之先至而有之者，厥后法人夺之，英人又夺之，而日失其所有矣。其拓地于数万里外者，长驾远骛之习也；其不能久踞者，兵舰之单也。英人知之，故水师之力甲于地球；属地之多亦甲于地球。争印度之地，法人让之；争阿洲之地，德人让之；至朝鲜巨文一岛，俄人欲之，而英人先踞之，俄亦让之。中国援《公法》以索回，从此他国不得而垂涎。英之谋亦狡矣。

十四日　小雨。阴。美国自去年创增入口税，诸通商之国，啧有烦言。法人既拟移设制绒之厂于纽约，德国之所制造亦恐运至美国，或至折耗，拟开日本一埠以冀挹注云。

加税保护本国工商

因谨按：美总统之言曰：美国加入口之税，于本国商民大有利益，于他国亦无损云云。夫入口税增，则他国之产运至美国者成本亦增，将有裹足不来者，则本国之产得擅其利，于本国诚有益矣。至谓于他国无损，此欺人之辞耳。即于本日之报验之。

十五日　小雨。十二日，奥都维也纳来电：奥廷既与德、义合盟，犹恐水师力薄，即议定添造兵舰，俾为攻守之资。需款一千二百九十六万元，已筹，陆续分拨云。

奥地利筹造兵舰

因谨按：欧洲与俄比邻之国，盖无日不防俄也。前俄太子将游希腊，奥君知之，急作书贻之，请以奥国为东道主。俄太子遂取道于奥。奥君待以上宾之礼，且留止宫中，主宾之情，极为款洽，犹昨日事也。似于决裂，可无虞矣。乃不忘武备，复增战船，诚所谓“勇夫重闭”也。因尝读《曾忠襄遗疏》，有曰：“邻交虽睦，不忘武备之修，贤俊旁搜，广储干城之选。”老成谋国，所见远矣。

奥俄虽睦不忘武备

曾忠襄（曾国荃）

十六日　晴。俄国来电云：俄廷现拟立例：凡外国人民商于俄者，予限五年，即当入籍为民；违者，驱逐出境云。

俄人禁商

17,6,17

因谨按：此袭美之故智也。然美人禁工，而俄人禁商。禁商，则于通商之约背。俄人强，故敢言。言之未必可行也，且观其后。

十七日　晴。美廷因外国人民近年来美日多，为患亦日甚。已特派员往欧洲各国，查勘各国人民来美情形，以便将来立例防范，庶良莠可分，流弊可杜。兹所派之员由伦敦来电云：已抵英，即往英国各口岸访查。查明后，分为两班：一班赴法、奥、义等国；一班赴俄，随处查问。又通知美国驻各国之领事官，随处访查云云。

派员赴欧查访民情

因谨按：美人处心积虑，又欲禁欧洲各国人民来美，故以派员查访为名，而后发言也。其实各国人民来美之故，何待查哉！

十八日　晴。美国上议院绅士白太里，因美国渔船七艘于相近英属衣斯巴埠捕鱼，被英之轮船驻加拿大者名“台列牡”所获，请于户部言：“美国渔船皆在美境，未犯英国禁例，为英所诬。请速派快船往英属依斯巴埠，以资保护，并请驳诘。”户部以此事大有关系，不便自主，即告外部。外部复称：“快船即当派往。并将此案电饬美国驻英属圣司底文领事官名尼耳权理，迅速查明渔船被获情形，备文详明。”

美七渔船遭英拘获

因谨按：此英之所以报美也。英之渔船曾为美所拘矣。请之美廷，未尝释也；请由局外之国断之，未尝允也；控诸美国刑司，未尝平反也。若他国，当此为美所窘矣。英曾声明，必派兵船保护；美亦派兵舰十六艘以待

英报美仇

之。至是，而英乃拘美之渔船。美亦派快船以助保护。此案以前半截，美与英为难；以后半截，则英与美为难。美既受窘，则当降心相从，不复如前之武断矣。此外国之所谓“以势行理，理必有势”，而后可行也；乾卦之言“自强”“贞固，足以干事”也。

外国彩票美禁入境

十九日　晴。美国议院绅以“发财票”害民伤财，立例禁止，不许由书信馆寄入美国。以后如有此票附入书信袋内到美国各处者，一经查觉，全罚入官。即由邮政部定章布告：此后外国信袋载来之“发财票”，均当转交税关人员，按例罚办云。

因谨按：美国前已禁吕宋票入境矣。兹又复申禁例，例严于前，而又浑其名者，何也？盖法国巴拿马开河公司以费竭而中止，拟开彩票以继之。德国经营阿非利加洲，费无所出，亦拟开设彩票。美廷防其流入美国也，故为先发制人之计，浑其名曰“发财票”。以各项彩票皆不外其名也。且不欲明言之，而开罪于邻国也。不刚不柔，而不可夺交涉之道。如是其庶几乎！

华人被杀紧急交涉

二十日　晴。金山总领事来电：华利柯埠土人驱逐华人，华人至被殴毙三名。土人凌虐无已，请速见外部。因即往见。署外部大臣恰在衙门，告以有所闻否？外部云：“尚无所闻。”因出金山来电示之，并告以寻仇不已，将来华人被杀，尚不止此，并恐他埠从而效之，则更多事。外部允为迅速发电，饬该省总督解散、保护，并查究凶手。因谢之，遂辞出。

17,6,21

俄国大增水、陆兵费，计陆军中增俄银四百六十万罗布，其中二百万为添造兵房之用。水师中增四百五十万罗布。 俄国大增水陆兵费

二十一日　晴。轮船公司送到国书一道，系复秘鲁总统告即位之文。舟车积压，外椟已碎裂，幸国书尚完好。当即易包，缝以布，仍交该公司寄秘鲁。

美国工党以华人由英属之加拿大及墨西哥国私行入境，请于美廷行文英、墨两处，代为严防。美总统即照行文。而英、墨均以不能办到，婉辞照复。

因谨按：工党能请于美廷，而华人不能请，此华人之所以不能与工党争也。且工党一请，而美廷即如所请，又可见美廷之曲徇工党也。左氏曰："将求于人，必先下之。"美官绅之谓也。 美国政府曲徇工党

二十二日　晴。美国户部查一年之内（即西历一千八百九十年七月一号至一千八百九十一年六月三十号）所收内地课税，总计银一万四千六百零三万五千三百七十六元，比前一年多三百四十四万零六百八十元。内所收蒸酒税八千三百三十三万五千九百六十三元，比前一年多一百六十四万八千五百八十八元；烟叶、烟丝税三千二百七十九万六千三百七十元，比前一年少一百十六万二千七百二十元；米蒸酵酒税二千八百五十六万五千一百三十元，比前一年多二百五十五万六千五百九十五元；假牛油税一百零七万七千九百二十四元，比前一年多二十九万一千六百三十二元；杂项税银六万零七十九元，比前一年多一万 美国内地年度税收

六千五百八十三元。又查一年收税经费，除刊印税单士担费系刊印局款项下支出未计外，共计银四百一十九万三千元。

烟酒宜收重税

因谨按：此美国内地所收之税也。酒税共一万一千馀万元，烟税三千馀万元。合而计之，已一万四千馀万元。其民较中国六分之一耳，而收税之巨如此者，泰西各国以烟酒非民之所赖以生者，故重其税也。中国效之，即不能六倍，但如其数，饷亦增矣。"物穷则变"，亦《周礼》"漆林之征"之意也。

美国铁路年度盈利

二十三日　晴。巳以后小雨，中夜大雨。美国内地课税已查明矣。又查铁路一项，其入款亦甚巨，总计通国铁路共二万六千馀里。据总理之局刊出，一年进项共一万三千三百万馀元。除开销九千三百馀万元，实馀四千一百馀万元。

因谨按：铁路之利，其益不可胜言也。调兵转饷，救灾设防，通商贾之有无，运笨滞之货物，此其大者，隐而难计者也。即以载费计之，其进项已抵中国之半，而尚有九千馀万散于民间，悉归经理铁路之用。此经理铁路者，皆本国谋食之人也。以中国贫户计之，每一家十口，每年仅需百金，盖足赡九千万人一年之衣食。中国民数计四百兆。九千万人将近百兆矣。中国贫户亦不过百兆而已，然则铁路一兴，贫民其有豸乎？

在美华商组织偷渡

二十四日　阴雨。外部来文云：华商林华以所领领事护照，任意在美境导引华人越境。由户部咨来，并抄户部

17,6,25

文一并照会。当饬纽约领事查明。

金山工党已沿门逼华人领丁口纸，每名索银七元。华人不领，已控诸该地方官矣。

二十五日　晴。美国火车赛速。有由金山两日到华盛顿者，盖每日行五千里，每一时辰行四百一十馀里矣。今闻美人又创新法，已造一电车试行，每一时辰可行八百里，则一日行万里矣。电气之用，渐试渐广。电气遍于各洲，惟阿洲未兴造；然阿洲已为欧洲各国分裂，将来亦必兴造矣。因考各国电线里数，以英里计之，美国十七万八千馀里，俄国七万二千馀里，德国五万八千馀里，法国五万四千馀里，印度三万三千馀里，英国三万馀里，义国二万馀里，土耳其一万九千馀里，奥国一万六千馀里，日国一万三千馀里，中国一万二千馀里，日本六千馀里。

电气之用渐试渐广

各国电线长度统计

因谨按：阿非利加洲自开辟至今，尚仍混沌之俗，其民皆黑人故也。其洲之南名好望角者（即大郎山），地广人稀，久为英属。英已设邮政局，凡铁路、电报次第举兴。邮政进项，每年已银六十馀万矣。

二十六日　晴。是日寅刻即起，恭祝皇上万寿，行三跪九叩礼。各员均到，惟翻译二人未到。辰刻设面。申刻公宴。

恭祝光绪皇帝万寿

律师科司达来。因以纽阿连省苛禁华人假道事告之。因访以美国今年新立之例：不许各国人来美佣工，此例行否？答言：“已行。”又访以美国派员至欧洲各国，查各国来美之民人日多之故，将欲何为？答言：“美廷恐以后有人满之虑，故派员查之。可禁则禁，尚未定准也。”

纽约领事沈桓复禀：该处并无滥发护照事。而美国各处关役有意留难，故以诬罔。遂照原文照外部。

日本派舰往驻上海

闻日本国因中国会匪滋扰，已拟派兵舰五艘往驻上海。

因谨按：沿江一带多会匪，皖南尤多。大抵皆以抢劫为生。其闹教者，不过白日抢劫，而饰以美名，使官兵之不敢遽捕，团勇之不与为难耳。四参之案，上下讳之，而会匪之气焰日长。因尝已疏陈矣。

二十七日　晴。谒律师科司达。座中适有美绅，因谈时事，言欧洲时局可危。因问其详。美绅言：昨日伦敦来电，谓《泰姆士报》述俄国驻法之公使名马黑来希姆，近奉俄廷之命，拟与法国订一新约，如德、义、奥之同盟，互相援助。该公使近日正与法国妥商此事。如两国意同，即可立约订定云。

俄法拟定同盟之约

因谨按：前此德皇游英，英皇待之甚厚，并阅英国操演军容。法人忌之，即潜与俄商，欲深相交结以敌之，并欲攻破土耳其，分裂其国，以牵制英之兵力，且离间英、德之交。始以传闻，为未可信也，今果然矣。法与俄合，德介于俄、法两国之间，未免实逼处此，其可危乎？

亥刻接总理衙门来电云：日国署使阿乐岳来京，并无公文。望电询外部，速备公文，以便接待。感。

二十八日　晴，阴。申刻小雨。辰刻，电驻日参赞杨慕璿，以总理衙门昨夜所来之电，令其速询外部。

17,6,29

本城八月三号新报称：俄、法密订新约，俄国驻法公使已签名。法廷即派水师提督亲持约款，呈俄皇批阅。又和国京都《司炭达报》言：俄、法二国同盟一事，已经法提督至俄都，与俄廷讲求两国水师协力合队之事。法提督谓俄洲北洋一带，海面礁石极多、极大，兵舰不利往来，故不能临时相助。至于德国葛利脱白耳脱洋及米刻林巴洋，此二处海面，兵舰便于行驶，然此乃交战之时，法国所以助俄者。如俄国以兵攻德，俄国兵舰当会战于启尔海口也。

因谨按：同治七年德、法之战，法都被破，法君被掳，法固未尝一日忘也。徒以德之军政严明，自揣不足以胜之，故隐忍未发耳。今与俄同盟，则势强矣。俄、法均为佳兵之国，所见略同。俄有志辟地于欧洲，而为各国合纵所制，无可用武。今法乃助其势，欧洲之兵事其兴乎？

法助俄势
欧洲危矣

二十九日　阴。未后小雨。金山税关以英公司轮船“各唐那”所载铁钉，由纽约运至英国利华埠，转运至金山。金山税关按美例：由本国此埠运至彼埠者，须用美国之船载运。今以英船，即是违例，且未纳税。遂将其铁钉扣留，计值银三万五千元云。

英船违例
美扣货物

因谨按：此事可备税关考证者。中国于外洋货物入口后，又准其运入内地，至于茫无边际，藩篱尽撤。长江轮船货物既运至汉口，已入内地五千里矣。今新与英立约，又准运至四川重庆，则共万馀里矣。夺小民之利，足外国之欲，似非无碍于理财也。税则者，中国之内政。岂不可以自由也哉？

俄拟设路志在南下

《字林报》接英京本月二十六日电云：俄国现拟造设铁路，由里海东省通至波斯西北境之萨腊克斯地方云。按：萨腊克斯系在茂甫城之南。说者谓俄人于亚洲，志在南下矣。

俄国里海以东，与土耳其交界之处巴库地方，日出火油八万八千大桶。美国出火油虽多，尚不能及其半。

三十日　晴。亥刻：日署参赞杨慕璿来电云：阿本三参由前任带见，例无文。外部恳乞接待新使。朏发。杨。

允英雇用寓秘华人

驻秘参赞吴潽来文，以英公司在秘办理掘运鸟粪等事，雇用寓秘华人，知会该参赞。由吴潽禀来请示。因以中国禁止招工者，系禁招中国各口之工。如华人业已出洋作工，所居之地，已非中国地方。外国固无所用其招，中国实不能禁其雇。如必拒之，非特该公司不从，即华民亦不从也。且中国所以禁招工者，以猪仔头之贩卖人口耳。名虽为招，实则为卖，以致不能自由，任其凌虐。如其雇用，则一切弊窦自不能行，故拟允之。参赞彭光誉不以为然。遂函商于律师。寻律师以为可允，故仍允之。

法国敦促剿平会匪

闻法国外部大臣力陪与中国驻法参赞言："中国会匪作乱，焚劫洋人、传教人，请饬速电本国政府保护。"参赞答以现已平静矣。外部又言：如中国不剿平会匪，以后法国政府将合欧洲各国，自行保护云云。

国家出版基金项目
NATIONAL PUBLICATION FOUNDATION

"十二五"国家重点出版物出版规划项目

走向世界丛书

主编　钟叔河　曾德明　杨云辉

FROM EAST TO WEST

崔国因　出使美日秘国日记

下册

李缅燕　校点

岳麓書社·长沙

17,7,1

卷八

七月初一日　大吉。晴。发电与总理衙门，为日国驻华之署理公使无日廷文书之事也。电文云：阿应前任带见，例无文，外部恳接待，新使将到。因。

日本《神户报》言：俄国驻朝鲜之公使奉俄廷之命，于朝鲜求界一口岸，以为俄国之用。朝廷拒之。 朝鲜拒绝俄索口岸

因谨按：俄人之觊觎中国东三省可见矣，即于垂涎朝鲜口岸见之也。中俄交界之旷地，三百年来俄人以混界占之。每勘界一次，中国必失地数百里，昔之索伦劲兵地方，今已入于俄矣！俄固不费兵力也。朝鲜口岸必无可混，则以君命求之。求之而得，则陆军可以转运，水师可以添煤、添水，于数万里之外而得一屯兵之区，何异攻敌之平行垒也！（泰西两军对敌，其攻营者往往筑平行垒，其制逼近敌营，垒土石与敌营齐，则敌营不能守。）幸朝鲜不允也。《易》曰："履霜坚冰至。"过此以往，俄人之 "坚冰"原作"坚兵"

心其未已乎?

初二日　晴。二十六日照会外部之文，兹接外部复文，云已收到，即照户部，俟户部复文云云。

近来美国留意海防，需用大炮，因将各国所造大炮试验、比较。查英国新造兵舰名“域多利阿”者，有大炮数尊，每尊重一百十吨，长四丈三英尺零九寸，口径十六英寸四分寸之一，系英国纽加司尔埠安司脱郎厂所造。每造一尊成，至速须十五个月，受火药九百六十磅，钢弹重一千八百磅。每放一次，需英金一百七十七镑。现在所有各国铁舰、炮台均可洞穿。惟放至七十次，则有炸裂之虞。

英新舰炮威力巨大

纽加司尔(纽卡斯尔)

因尝谓炮可加巨，而铁甲不能加厚者，至是信矣。如以二百吨之炮能洞穿四、五尺厚之铁甲，则铁舰岂敢攻炮台乎?

初三日　晨起大雾，辰刻雾消日出。接总理衙门文书，知会匪闹教，已奏，奉上谕矣。所愿各督、抚实力奉行，庶会匪可靖，而中外无事也。

又接南、北洋暨苏、松、太道文书，以华商所领来美之护照，美国税关以为有弊，故仍留难，已据文照外部矣。

越南铁路业以告竣

初四日　晴，夜雨。越南东京西报云：前由福阑东筑至谅山之铁路，今近福阑东首一站，业已告竣，往来利便，可使地方安靖。且沿铁路两旁不垦之地，今以火车迁其农人，载运农器，可以开荒，易草莱为稼穑。又中越交

17,7,5

界，去年经中、法两国派员带兵会勘，分界尚有近山之地未立界石者，约六七百里，野人居多。野人所售之鸭，购而烹之，其肠中必有金沙。盖因金矿由水流出之沙，为鸭所食故也。此矿在中国界上，法人欲之，故界不能遽定云。

因谨按：垦荒开矿，均天地自然之利也。越南人冥然罔觉，致启法国垂涎。今则铁路日开，荒地渐辟，而矿沙亦露，混沌凿破同于阿洲。惜乎越人秘其藏，而贻法人享其利也。 越人秘藏法人享利

初五日　晴。秘林海峡捕海龙案：西历八月四号该峡来电，前美国渔船七艘在英属海之衣斯巴埠违例捕渔，为英兵船“台列母”所获，由英员审问。该渔船供：实因大雾不辨海面界限，致误越界，并非有心。英员以其言尚近理，释之。 英释美船

因谨按：秘林一案，英之处美，较美之处英为宽，非怯也。其为用心之深，有待而发欤？其为交邻之厚，有怨则忘欤？要之，势之强者显用其势，不如隐示以势，使之相喻而有所慑；且市以德，则易就我范围，而我又可以博“仁人君子”之名，此英之作用也。

初六日　晴。以上三日均大热。本日新报载：法国来电，称外部大臣准于本月底往瑞士国避暑，俄国外部大臣亦因避暑赴瑞士，遂约相晤。虽未闻何故，料其皆赴瑞士，似因约定，必为国事起见云。 法俄派臣晤于瑞士

因谨按：从前法君拿破仑第一，曾约合俄以混一各

国，乃因无信，先欲图俄，遂至寒盟。法人加师于俄，俄之木司科都城自焚以清野，法人无所栖止，无可掠食，八十万人伤亡殆尽，其得归者只万馀耳，拿破仑遂败事。今俄与法，其国皆佳兵，其君皆好战，如果深相交结，欧洲难保升平矣。

木司科（莫斯科）

初七日 晴。大热，寒暑表升至九十五度。未刻暴雨，大风雨过仍晴。

德国来电云：近日德国政府请欧洲各国会盟，订立通商税则。同盟诸国，均须照商定之税则抽税，以昭画一。惟所请之国，俄、法两国不与，盖疑德国此举为制己也。兹闻德廷本意，实因美国近增税则，所有欧洲各国货物运入美国各口者，抽税比前较重，故联盟各邦以定税则相报云云。

德欲联欧增税相报

因谨按：观此而知税则为各国内政，他国不能置议也。美增税则，欧洲各国虽不愿而无能与驳诘者，亦只能以增税报之而已。墨西哥已行之矣，此其可证者也。因又观此而知交邻之意不可不讲也。德欲联盟以增税报美，各国皆从；而俄、法不与者，法与德仇，俄与法密也。欧洲各国之君岁时晤见，如古之觐遇朝宗焉，固通情好，亦惧龃龉也。细针密缕，愿细心者共体会焉。

初八日 晴。大热。未刻暴风、小雨，仍晴。伦敦来电，言法国有兵舰一队，不日开往俄国之克龙士达埠海面，以意度之，当是与俄之兵舰合操也。

法俄拟联合军演

因谨按：此当系局外揣测之辞，然而形迹固可疑也。

17,7,9

欧洲各国，如德、如义、如奥及诸小国，其畏俄、法之横恣，皆利害切身也。即英之水师甲于地球，似可不虑，然俄与法合，则两国水师之力实足胜英，英亦安能自恃？比权絜力，远虑深思，盖均不能不自危矣。

初九日　晴。是日赴美国国家银行，与美绅某相遇，因作寒暄，并询中国民人滋毁教堂一案。因答以我国家风行雷厉，匪人现已敛迹。某谓亚洲形势，俄处其北，南临中国、印度等国，志在鲸吞。兹又拟筑火车铁路，环绕中国、印度各国，直达太平洋海滨，不久可成。英国虽强，亦惧其侵印度，闻业与中国联盟，信否？因答以未闻。某谓会匪滋扰教堂一事，各国驻华公使均求竭力保护，惟英公使不甚著力，殊不可解；或者英国别有所求于中国，故不欲以势迫也？因曰："此闻所未闻也，容查之。"遂散。

美绅某谓英欲联中

初十日　晴。是夜丑刻大风、雷雨。金山来电：又以去年金山税关所定之护照，由洋人签名，准其回华后仍准来美。此次又援户部文，附会不准复来，而去年持此种护照回华者已有三四千人，忽然改章，均不能返，请为设法。已电律师科士达矣。

一心禁华花样迭出

因尝读《呻吟语》云："两人相信，形迹皆土苴也；如不相信，形迹亦土苴也。"美之上下，无不愿以禁工媚工党，中国无论如何应付，均非美之所愿，必至华人不来而后快心，护照曾何益哉！

十一日　晴。申正接总理衙门电云：密申伦敦来电，美派水师一军赴华以防闹事。查美教在华均安辑。现惟

美派海军赴华护侨

英、法教案，刻已次第了结。美国此举确否？希询外部，即电复。真。此时外部衙门已散，明日又为西历礼拜，遂定于十三日往见外部。

因查咸丰十年之役，英人以焚烧鸦片构衅，而各国亦附和之。盖其合兵以事挟制，自昔然矣。此次会匪所毁教堂非尽法国，而法乃约各国之兵船以恫喝，盖有见于庚申之役均得便宜，故欲踵其辙也。

美邀中国参加世博

十二日　晴。前日新报言：美国邀请中国赴希卡果赛珍会一事，美国先有禁止华人来美之例，有无干碍赴会之人？盖美国既邀其人前来，及其抵美，弗与登岸，自伤国体。有商之外部者，外部谓应商之议院。

因按：此所谓"名不正，则言不顺，言不顺，则事不成"也。赛会者，美人之所欲，故惟恐华人之不来；佣工者，工党之所忌，又惟恐华人之来。其意两歧，其言反汗。中国不诘问，而美国乃自诘问，外部亦辞穷也，而议院可知矣。

十三日　晴。午刻赴外部衙门，外部大臣华顿亦到相见。因告以中国会匪滋事，久已敉平，美国人民无受累者。外部答曰："亦接到驻上海领事电信，已知之矣。"因又曰："闻美国近派兵船一队赴中国，是否尚因教案？"

派兵船与教案无涉

外部答曰："非也。美国驻上海之兵船，本系旧式，久应更换，故派两船瓜代；且所派之船，仍往檀香山游历，又往日本，然后到中国，与教案无涉也。"因询该船何时起碇？外部曰："前二日已有一船开行矣。尚有一船，仍稍

17,7,14

缓则开也。”因额之，遂辞出。

发电与总理衙门云：密申外部言，两船常例巡海，无关教案。因。

因谨按：美国水师之力，当无远略之能，但附入各国之群，则可虑耳。美国不联合，度欧洲亦必有不联合者。法以一国为祸首，将为众论所不直，则亦难悍然行矣。

十四日　晴。接总理衙门电云：函悉。经费六月望日由“三晋源”汇解。寒。又接北洋、南洋文书，为商人持护照来美事。又接山东登莱青道盛宣怀、招商局马建忠文函：以十六年六月所交该局之经费银六万两，谓为洋行所倒，不能汇拨。

因查光绪七年，前出使美、日、秘大臣郑藻如所拨经费银八万两，商局即援李傅相之奏，创为缓期之说，延至十一年始行交清。此前事也，一之为甚，其可再乎！ 一之为甚其可再乎

十五日　晴。美国户部于今年五月创一新例：凡华人由金山假道赴古巴者，一上车后，即不得出入自由，乃至食物亦由窗门递入。拘束太苛，已商律师科司达告诸户部，此等苛待，实为违约。昨日户部已行文金山税关，属令查明停止矣。

因谨按：美国各国之阻尼华人，自总统以至各员非不知之，但托于不知，以假手各关行其驱除之虐，以悦工党耳。迨经照会，则不得托于不知，聊勉强调停而已，非真愿也。 勉强调停非真愿也

十六日　晴。中夜大雨。外部总办布郎来见，谈及昨

日巴黎来电云：法国近接公文，以中国会匪闹教一案，前此欧洲各国声明欲合水师，交相保护，现闻中国地方官认真弹压乱党，办理各案。因此各国无须联合水师以保护云。

弹压会匪免启衅端

因谨按：欧洲各国联合水师以至中华，或开衅端，此会匪所愿望者也。今作罢论，会匪之计不行矣。然厝火积薪，其志未逞，其种终未除也。愿绸缪未雨焉。

十七日　晴。美国各省博学之士现集本都会议，昨已在可仑比亚大书院开堂一次。查美国博士多在美国大书院充当教习，各有所长，专门名家，如星学、化学、电学、光学、气学之类，日穷其理，以求其精。惟以一人之心，究无穷之理，恐有不到，故约定各博士每年齐集一次，各以所得者互相考究，以资观摩，庶见闻广而进益速也。

美国召开学术会议

因谨按：外国于格致之学，较之中国士子之用心举业者略相同焉。然举业之学，但托空言；而格致之学，实有实用。宜其日致富强乎！

总统生日

十八日　晴。是日为美总统五十八岁生辰，各大员均往庆贺。

闻俄、法两国有联盟之议，以抵德、义、奥三国也。查德、义、奥三国军民之数：德国计四十六兆八亿，奥国四十兆五亿，义国三十兆，合计一百十七兆有馀。又查俄、法两国军民之数：俄国九十六兆，法国三十八兆，合计一百三十四兆。分五国为两甄旗鼓，兵精炮利，如有战事，痛巨创深，殊难料矣。

五国军民人数比较

17,7,19

因谨按：欧洲情形，一战国纵横之局也。弱者合纵以拒强，强者连横以并弱。莫敢轻发，故有形格势禁之力；莫能相下，遂无休兵息民之时。国其地者，常虞挫削，故刻刻以练兵为念，而遂能自强；《易》所谓“亡者，保其存”，孟子所谓“生于忧患”也。

十九日　晴。入夜大雨彻晓。昨日新报载伦敦来电，谓各国驻中国公使因中国会匪作乱，求中国政府派兵舰赴各处驻防，以备后患。中国政府允之。 多国请求各处驻防

因谨按：我国能弭乱未形而不待外国之请，则国体尊矣。

二十日　天气热，大风，午刻雨。入夜大雷风雨。前闻英廷以法国水师一队来英，拟筹费一万元，以备款待之用。兹阅新报，言十七日伦敦来电，法国兵舰已抵英，英君主即偕王子、公爵同往亚斯巴阅兵舰军容，英、法兵舰互声炮示敬。下午英君主设宴，宴法提督、兵官，以示优礼云。 法舰抵英英君款待

因谨按：泰西各国极重邦交，非有所畏而然也。英之水师胜于法，法之水师不如英。法舰至英，英君主往见，并宴劳有加焉。英、法比邻，声势相应，情意之密，即辑睦之形，不特两国无所龃龉，即他国闻之，亦不敢轻意离间，并不敢相侮也。

二十一日　阴，夜雨。美国近日考究炸药，有一种名“安门泥脱”者，力虽猛而易防，久泄气而性不变。当制造燃烧之时，亦无意外之虞。从前英国舟车载运炸药，其 美国研究安全炸药

例甚严，近试此种炸药之性，并无自炸之患，与他种迥别。嗣后运此种者，不必照前例严办云。

因谨按：炸药之力，可以破敌而每自焚，为其性烈而难防也。泰西各国，每制一物，必取其利而去其害，使炸药无意外之变，近日始思而得之，倘能使火药局无意外之变，则尽善矣。

二十二日　阴，夜雨。美国富人万达庇于英厂定制钢身、单桅小艇一只，原价银七万七千七百五十元。今将船料运美，拟至美后拼成。美关照户部所定税则，征原价四十五分，计税银三万四千九百八十七元五角，为保本国制造厂匠利权，防外国搀夺也。

购英艇被征高税

因谨按：此亦美国富政之一端也。若英、若法、若德所需船炮、枪械，均由本国自制。俄则半制半购。此五国者，皆称富强，而俄之富则逊焉。谋国者，可知所取法矣。

二十三日　晴。美国近以俄之犹太人络绎来美，已知照俄公使，与俄政府商议云。

转翰林院侍读

酉正，接总理各国事务衙门电云：十九日奉旨，崔国因转补翰林院侍读。钦此。

二十四日　晴。黎明望阙谢恩。撰谢恩折。查转侍读，向毋庸谢恩，以出使大臣许景澄曾奏谢，故循之。

朝鲜公使李采渊来函云：本月二十五日为国君生辰，略设茶会，自酉初至戌正，请到。

法国水师提督卓威，统带水师一军游弋到俄，与俄国

17,7,25

外部大臣相晤。兹闻该提督已带回俄、法盟约，大意为互相援助。内有一节，言以后中国会匪有骚扰两国商、民情事，当互相保护云。 俄法立约互相援助

因谨按：俄法联盟似畏人知，而出之以机密，何也？盖欲操胜算也。俄、法二国之水、陆二军，与德、意、奥旗鼓相当，若德而联盟于英，则俄、法又似不及，故不欲张皇其事，使德人防之以求于英，且使英人防之而合于德也。 秘密结盟欲操胜算

二十五日　阴，小雨。酉初至朝鲜使馆，见美外部总办、英参赞，所到之人甚少，以均避暑未回也。闻朝鲜归俄国保护，如果属实，则又踵越南之辙矣。 闻朝鲜归俄国保护

因谨按：朝鲜为我国之藩，通使各国，不得已也。亚洲只三国，而日本不愿与中国唇齿相依，时形桀骜，愈致欧洲各国轻之。因不欲效日本所为，实诗人外御其侮之意也。

二十六日　晴。拜发转侍读谢恩折。近日传闻俄法联盟一事，因俄不愿而尚未成。是否俄人所要求于法者，法人未允？抑以鞭长莫及，不能急法人之急也？然二十四日所闻：法国赴俄之提督，已至俄国与政府立约，并将约寄回矣，似确凿而有据，且听以后消息。 闻俄不愿合约未成

因谨按：此俄、法之机密也。俄人数百年来，以远交近攻扩地至二十倍，得地球六之一矣，非失计也；与法联盟之策，亦犹是也，亦安有所不愿哉？

二十七日　晴。接总理各国事务衙门来文，并报夏威

仁国主之书，又赏美国驻巴拿马领事阿丹信之宝星及洋员科敦之宝星、照，并拨款十万两。

英国路透局电言俄国报云：俄国告知英国，如欧洲各邦果有同心联络之事，则俄国将夺取英国所属之印度地方云。

俄欲解散他国之交

因谨按：俄、法之交方合，而俄遽欲解散他国之交，此可知其心矣。英不与德合，则俄人尚有所难为，若德、义、奥既联盟，而英人又助之，则俄人惟有完守入保而已，故昌言以解散之也。然而此举实关欧洲升平之大局，英人当自有权衡，而非可以恫喝止矣。

二十八日　晴。英、美两国合议派船查捕海龙一案，本日闻有渔船三艘在秘林海俄界私捕海龙，为俄国巡船所见追拿。一渔船中弹，不能行驶，被获，乃美国渔船也。其馀二艘，已逃出界外云。

美国渔船为俄所获

因谨按：秘林海峡禁捕海龙，其议创于美之总统，本将以禁英人，而美人得专其利也。继而英人以理争之，然后议禁英、美两国均不准捕，譬之争讼原告、被告，均不分彼此矣。至于今日，美国渔船乃被俄人所获，向之所以禁人者，今自犯之；向之所以扣他国之船者，今被他国扣之。前此美国议绅谓英国以秘林海峡扣船之事，控于美之察院为碍体面，今竟何如？

二十九日　晴，申刻雨。译致夏威仁国信，翻成英文。该国公使现避暑欧洲，即寄欧洲。

美巴海电工程告竣

本日新报载：美国通至巴西海电工程告竣。前此美、

17,8,1

巴两国电音往来，须由欧洲或由墨、秘两国转至，殊多迟滞，此线既成，于公事、商务均有益也。

闻智利国议院党战胜，智利总统已出亡，实自戕矣。 智议院党政变成功

因谨按：墨洲多民政之国，其不以争位致乱者，惟美而已。秘鲁之争总统，至于兵交于都城，而智利又甚焉。然美于举新总统之年，南、北党之相争，虽未用武，其莫能相下，固已无所不至，数十年后，美其如拓拔之南北朝乎？

八月初一日　元吉。晴。本日，美国接驻上海领事电，言中国宜昌地方会匪又焚劫洋人，请添调兵船往中国云。 宜昌闹教请添兵船

欧洲电：传法国自割地求和于德，常怀复仇之心。近日法人昌言：现在本国兵精粮足，军器齐全，报怨宜趁斯时，不得迟待。德人闻此，亦有戒心，即已设备。德皇即于本晚赴奥国阅兵，与奥王相晤，议商一切云。

因谨按：从前法皇拿破仑分裂布国，限以不增兵额、不增炮台，若非师丹一战，布不国矣。起衅之由，固在法而不在德也。是役也，法皇掳，法都破，杀伤共五十万人。法国割来因河以东之地以求和，赔兵费计银七万万两。德以是称霸，而法遂失其雄。法人耻之，迄于今二十一年矣。法人果能报复乎？抑托空言乎？如法必加兵于德，是又为戎首也。民生之祸亟矣。 法德恩怨 “二十一年”原作“二十四年”

初二日　晴，中夜大雨彻晓。本年四月，巴西国驻纽约领事招犹太人赴巴西作工。昨日犹太人四十三名由巴西 巴西虐待犹太工人

返纽约，言巴西工价每日给银一角七分，不足敷用，而伐树、割草，其工甚苦。故美国驻巴领事为之载回，以犹太人已入美籍也。

因谨按：入美籍者，其利益如此，无怪欧洲来美之人，均入籍也。巴西之待客民如此。光绪七年，巴西国曾遣使至中国，求立约招工，幸政府准其立约，而不准招工。否则蹈犹太人之覆辙而无以载回，则与以前自赴秘鲁之华人无异矣！

初三日　晴。夜中大雨倾盆，至五更而止。

德法奥联合军演

昨日伦敦来电云：德、法、奥三国大军，向来每年大操一次。今值操演之期，三国大军同时调动，一似有战事者，欧洲人民颇为惊疑云。

因谨按：德与奥已联盟相助，以拒俄、法。法人又有与俄联盟之事，以防德、奥之联盟，且又昌言，欲乘此时以报德国之怨。阅时数日，德与奥同时调兵，法亦调兵。旁观因疑其有战事，而不知其实合操也。因意：德、奥合操之时，法之觇国者必隐观其军容：如其不壮，则法将兴报怨之师，《商书》之所谓“兼弱攻昧”也；如其实壮，则法当缓构兵之议，《周书》之所谓“度德量力”也。此可悟交涉之道矣。国势强，则敌国隐弭其觊觎；国势弱，则外国显生其叵测。而强弱之势，并不待战而始知也。其绸缪未雨哉。

宜昌会匪焚劫教堂

初四日　晴。美政府以驻上海领事来电，言中国湖北省之宜昌府城，又有会匪焚劫教堂，洋人逃避，虽未伤

17,8,5

人，而财产悉遭抢掠，遂拟添派兵船。

因急命车赴外部查问，以是日系外国礼拜，外部不到衙门，乃改明日。

因谨按：哥老会匪，我中国之大患也。其人皆游勇及流徙无家产之民，故好有事。其焚劫教堂者，欲中外之开衅，得以乘机为乱耳。州、县姑息养奸，率事隐讳，每一教案出，朝廷赔款十馀万至数十万不等，而不尽参劾示惩，宜会匪之日炽也。 哥老会匪国之大患

初五日　晴。午刻赴外部衙门，见署外部大臣华顿，先作寒暄语，然后叙及公事。问曰："九月三号新闻，言贵总统、贵大臣因中国宜昌地方有会匪滋扰洋人一事，拟添派兵船三艘赴华，信否？"外部答曰："宜昌会匪已惩办否？"因答以此时尚无确信，然我政府断不容漏网也。外部曰："前此各处会匪滋事，中国办理从严，此次当不宽纵，我国亦稔知之。故添派兵船一节，虽有请者，已作罢论。"因颔之，遂辞出。 美国取消兵船赴华

闻美国已认智利议院党为新总统。

初六日　晴。初三日伦敦来电云：俄廷商筹巨款，法国巴黎银行允借银一千二百万镑，每年四厘行息。又云：本日法军大操，法国外部大臣已请各国使馆人员同往阅操。又云：闻俄国政府已添派兵勇十五万人，赴波兰省之戈梭埠防守。查波兰往日系自主之国，地在俄、德、奥三国之间，嗣为三国所灭，瓜分其地。此埠系形胜之地，故俄添兵设防，共计有戍兵五十万云。 戈梭（华沙）

英国以印度人为兵驻防缅甸者，每百之中，患病者有六、七十云。

俄国核计西比里阿与其东方所采之金，自西历一千八百三十四年至一千八百八十七年计之，有二千九百八十二万五千两。黑龙江各处与泼立冒司纪地方所采之金，在一千八百八十八、八十九两年，一有二十万三千两，一有二十四万二千两，合前所采总计之，共得三千二十七万两。

泼立冒司纪(伯力)

因查：古之金价，不若是之高也。即中国二十年前之金价，亦不若今日之高也。其故由外洋各国皆用金钱，故金不敷鼓铸而价日长耳。西比里亚为产金之区，其实奉天、黑龙江皆产金之区也。外洋均于上海购中国之金，若开采得法，我东三省岂让美国之富饶乎？

德法两国各增兵额

初七日　晴。美兵官来谒，谈及近来德、法两国均已各增兵额：上年德国增兵十九万五千五百零二人，内四千一百二十一人系充水军；法国增兵二十万四千人，较之德军多增八千四百九十人。

军备竞赛骑虎难下

因谨按：欧洲各国，盖无一日而忘战也。时而增铁舰，时而增枪炮，时而增兵额，时而增戍守，盖即以己之心度人之心，知我之所日夜淬厉以期抵人之隙、乘人之闲者，敌国亦犹是也。势不均，力不敌，则外侮乘之，此所以休兵无日，而税敛日苛也。然亦为骑虎难下之势，无可如何矣。

初八日　晴。昨日德国伯林来电：言俄皇现游丹京，前拟由德国返俄，顺道与德皇相晤一节，此次已电知德国

17,8,9

政府，不能如约矣。想俄、法两国近日结好情形，层见叠出，俄皇恐与德皇相见难于措辞，故托故由丹马返俄云。 俄皇托故避见德皇

因谨按：欧洲诸国君臣机心机事，无日无之，亦其所处之地不得不然也。我国向以坦白待人，无诈无虞，去古未远，然以此交涉多失便宜。《易》曰：“无有远近幽深，遂知来物。”左氏曰：“民之情伪，尽知之矣。”古人早有见及之者，但熟观《战国策》，则得其端倪矣。

初九日　晴，天气渐凉。美国军械所人员言：近制就无烟火药，昨日验用，与各国所造者不相上下。查欧洲各国无烟火药，其制法不令人知。今由本国水师部化学博士留心考究多时，近来始能自制云。 美可自制无烟火药

因尝谓泰西各国，开矿之利，制器之精，其原皆由于化学也。化学既精，则持源以往，惟所用之，无不如志。讲洋务者，亦盍探其源乎？

初十日　晴。美国副户部大臣查英、美交界地方华人潜入美境一事。兹据英属可仑比亚之云古华埠关吏称：自本年正月一号起，至七月十五号止，华人由华抵埠者，计七千九百人。其中赴美者，约百之九十五云云。因查英、美界限，由云古华埠至满里奥阿计千馀米，其间处处可通。而北达哥他省北界，自西徂东，计数百米之遥，看守人员只乘马，巡捕六名。又敏他拿省之北界计五百米，并无一人看守。且有引带华人入境者，拟下年与议院商，设法以严防之。 云古华（温哥华） “米”当为mile，英里

因谨按：自古无久而不敝之法，不以穷变通久之道济 自古无法久而不敝

之，虽圣人不能治也。美之立国也，听客民之入境；中国之立例也，禁华人之出洋。乃至今日，一则立例以限制入境之民，一则设官以保护出洋之民；且一则欲限制而不能，一则欲保护而不尽。非立法之有弊，实时事之变迁也。是以沉机观变之士，不反古，亦不泥古。

“沉机”原作“沈几”

十一日　晴。美外部接美国驻华公使电，谓近日会匪在宜昌闹事，美国教堂被毁，水师部仍拟添派兵舰，赴中国保护教民。现有泊纽约之兵舰名“白脱厘耳”，即令赴华。又英报言：湖北汉口地方，几酿事端，幸英兵舰调兵，带格林炮登岸弹压，会匪寒心，事遂解散云。

因谨按：会匪为患，日甚一日，由其党羽潜多，蔓延日广也。前此地方官竟无能清其源者：其劫掠本国商民，则事掩饰；其焚抢外国教士，则事赔偿。掩饰，则百姓含冤；赔偿，则库款支绌。均于民生国计有妨。因尝疏陈矣，惜乎至今未已也。

俄国欲侵土耳其

十二日　晴。初十日柏林来电，言俄国欲取土耳其都城，人所共知，近数年来，谋此不遗馀力。现俄国兵弁，假冒工商在土国都城刺探虚实，但伺其无备，即调精兵三万人，袭而取之云。

因谨按：俄人二百年来，无日不以蚕食鲸吞为事。欧、亚两洲小弱之国邻于俄者，俄实尽之。兹欧洲尚有土耳其、阿富汗、勃尔加厘亚、罗马尼亚、希腊、波斯等小国，亚洲只有朝鲜、日本两小国，俄人之意，未尝一日忘也。数十年中，当不能无忽诸之恨者矣。

阿富汗、波斯当属亚洲

17,8,13

十三日　晴。辰刻，土耳其都城来电云：本国米地林之昔㳽力岛，英铁舰已派兵数队，带格林炮数尊上岸踞之。该岛之名，即改为“君亚英吉利”，取当今女主所有之义，从向例也。此岛系米地林之紧要海口，英水师将于此为米地得蓝尼之英兵船会集之所，并资屯煤。 英国屯兵土国岛屿

因谨按：此英人之所以敌俄也。俄觊觎土耳其，谋袭取之；英保护土耳其，谋密防之。其事并不著迹。如国手之棋，两相牵制而绝不露攻劫之形。俄人蚕食之谋，其庶几稍缓乎？

十四日　晴。四号报云：闻法国现调兵一队，屯扎德国边界，德国亦调兵防之。

法国水师兵舰一队驶往康斯旦城时，俄王特命该城俄官优礼相待，并自行设宴款待法水师提督、一切武弁，毫无闲言。不知何故。法廷忽有廷寄饬本国驻土公使暨统带水师提督，严防俄人占据康斯旦体拿怕尔都城云。 康斯旦(康斯坦萨)

因谨按：欧洲之势，盖无日而忘战也，其外修玉帛之会，如古之觐遇朝宗也；其内修矛戟之威，如古之搜苗狝狩也。必使势均力敌，而后可以立国，乃可以安民，所谓以战止战，其用心深矣。 欧洲局势以战止战

十五日　晴。是日设宴。

伦敦来电云：土耳其国政府已告英之驻土国公使名外衣德，言以昔㳽力岛之事，英使答以不知。及固询之，则云：此或英之水师上岸操演以期得力耳。 土耳其与英交涉

因谨按：交涉之道，于此宗公案，出使者断不敢

“漏师多鱼”。不知为不知，理固应尔；即使知之而推为不知，亦理应尔。非敌国之所能责备也。为土耳其计，当求耳目之远，侦探之广。不宜与羊谋，羞与狐谋裘矣。

英舰驶离土岛

十六日　晴。英兵舰占土耳其之昔搿力岛，本日又闻该上岸兵队是晚已登舟，且该兵舰已开往麦马力多地方矣。

墨西哥国驻美公使已调回，现由参赞代办交涉各事。

是日，美总统由避暑之地回华盛顿。

美国政治去繁就简

因查美国自总统以至各部、议院，无不出都避暑，逾三月而后回，而事不丛脞者，简也。简，则节目不烦，而弊亦不多。凡立法以救弊者，不知所立之法，即弊所由生也。美国之为治，可谓简矣；未尝无弊，而弊不至于甚者，则上、下毫无隔阂之故也。

德皇阅操

十七日　晴。法国游历人员来见，言昔曾至中国者。因访以近日德、法时事。据云：近日德皇在本国麦尔好生地方阅操第十队与第四队军，分为攻守之势。第四队为提督亨尼书所领，以大炮置格尔哥夫山颠，而列队于山麓以迎敌；第十队系男爵纽老漫统领，为攻敌之势，均用无烟火药，故只见火光而不见烟。阅时既久乃罢，具见认真讲武。法国现亦操军矣。谈逾时而辞去。

因十年前在京供职时，闻德国操兵，而法人效之。德国乃创为夜操以后，又未闻焉。今则操无烟火药之用，此药创未数年，盖既得风气之先，而遂欲精习之，以适用也。

17,8,18

十八日　晴。昨日，英国驻美国公使彭士芬照会美国外部，以今年英、美所订合同，在秘林海捕猎海龙不得逾七千五百条之数，今美公司已逾其数，而贵政府不禁，有违合同定章云云。

美国违约超额捕猎

因谨按：美国之专利可见矣。其始假仁仗义，谓英人捕海龙太多，恐类竭泽而渔，以致不能蕃息而议禁捕，致拘英之渔船，乃以英政府执言诘问，遂为模棱之说，限以额数。浅者视之，必谓美人之仁心仁术矣！今乃自逾其额，致启英人诘驳。然则美国前此所云“恐其竭泽而渔，以致不能蕃息”者，乃假托之辞，实欲拒英之捕以自专其利也。各国交涉，用意大抵如斯。无以防之，则脂膏暗耗。历久岂有不贫者哉！

十九日　晴。美国军械所以近年各国所造炮弹愈出愈利，虽坚厚铁甲，亦可洞穿。必得一物，见水即胀大多倍，自然闭塞所穿之口，使水不能入，则船不致沉。因查得一物名“舍有螺蛳”者，殊合此用。丹国巡海兵船名“协拉”者，现已试验，知其可用云。

丹麦发明堵洞装置

因尝闻台湾基隆之战，法人预测量中国之炮口、炮弹，先为木楔以备衣袽之用。今丹国乃又思出“自然闭塞”之法，则船虽洞而无妨，不得谓非巧也。然亦仅防实心弹，而炸弹终不能防也。

二十日　晴。法国兵船向来转动大炮、装药入弹等事，其运机器均以水力。近电学家考得以电气运动，较为灵便，拟一律改用电气云。

法国兵船电力驱动

本日美总统派下议院绅马罗为嘉省北方按察司。

美国委任恶华官员

因谨按：马罗最恶华人，前此请立新例，迫令华人领照，其无照者，即逐出境；又上条陈，言中国除公使之外，一概禁绝，不准来美。其求见好于工党久矣。总统派为刑司。信乎声应气求，一鼻孔出气也！

俄国饥荒粮食紧缺

二十一日　晴。本日美政府接俄国电云：俄国今年岁荒，收成甚薄，且有数省赤地无收。现在下令禁止粮食出境，并招商来美国，且赴埃及国采买粮食接济云云。

因谨按：俄国之荒甚于中国，前此河南、山西之荒而尚不忧饿殍者，铁路之力也。然至于收成之日，而即为乞籴之谋，其岁歉亦可想矣。中国北边一带毗连之处，俄人或无暇开边也夫？

奚提国（海地）

毛山尼克拉司（莫勒圣尼古拉）

圣驼马岛（圣托马斯岛）

二十二日　晴。美国近来整顿水师，添造兵舰，试炮、验甲，不遗馀力。现造新式兵舰多艘，次第告成，保守本国海口可恃。因筹及游弋重洋，必有添煤之地，上年曾特派公使赴奚提国（近古巴），求给毛山尼克拉司一地。该国不允。兹闻美政府欲以巨款购圣驼马岛于丹国。查此岛居南、北两墨洲之间，前此二十三年，美国曾与丹立约，愿以美银七百五十万元购入版图，嗣以议院不肯拨款而中止；兹又与丹国婉商，事关军政，议员当不再阻挠矣。

英人贩枪私售会匪

是夕接伦敦转到总理衙门电：言英人党于会匪，为会匪私购洋枪三十五箱，且属告美外部。

因谨按：洋人之嗜利无忌，其积习然也。中、英通商

17,8,23

条约，本有不准贩运药弹、枪炮一条，然违者不过入官；外国刑律至轻，犯者不过监禁，是我之受害重，而彼之受患轻，欲其不犯，固不能也。惟税关之稽查，能使丝毫无遁，则彼无可得利，庶几不为，冀以此杜之耳。

二十三日　晴，天热。午刻赴美外部衙门，见署外部华顿，告以闹教之事，实系会匪。前十二日，中国上海税关查获私运洋枪三十五箱，乃由香港运至镇江者，系英人梅生经办。又于梅生行李搜出炸药五磅，梅生为镇江关税司帮办，当即解沪。据供：英人爱司美在香港代镇江会匪购办军火，内有头目为英人泰山，另有洋人六名，均住虹口。总署已照会英使，速饬领事拿讯云云。华顿云："中有美人否?"因答曰："似无。"华顿曰："既无美人，我可放心矣。"因遂询前贵大臣言不添派兵船至华，似闻又有添派，何也？华顿云："前未闻宜昌之事，以为中国会匪已靖，今闻宜昌会匪凶焰甚炽，故略增一二浅水之船。会匪如此猖獗，我国向来有兵船五六艘往来中国，岂可此时尚少于前？如有过于受亏之处，致伤两国交情，事后之争论，不如事前之绸缪也。可共谅之。"因遂辞出。　赴外部商闹教之事

二十四日　晴。闻律师已回，遂往谒之，告以户部新章不肯认前此金山领事所给华商来回之照；又立例：以后金山、纽约不得给照，给照必由中国政府。此例甚苛，前曾电请速商之户部，户部意见如何？律师谓前得电时，即函致户部，言户部于前二年已许华商由金山领照作为回美之据，今领照者已有四五千人，而忽然不认此照，是不信　再立新例杜绝华人

也，不可以告人。户部已允前此之照仍准返美，当电饬金山税关矣。至自九月起，以后不得再发此项护照，即有，亦作为无用矣。因谓给照一事，前此本已订定，今又立例废之，理应驳诘。律师云："立例为防弊也。因有弊端，故立例防之。例既立定，虽驳何益?"因仍执前说。律师云："俟缓商之。"因遂辞出。

二十五日　晴。因今年春赴秘鲁，值智利国内乱，寓居该国之华人求为保护。因遂谒驻秘鲁之英公使，托其电驻智公使代护华人，英公使允之。兹接驻秘代办吴潸来函：言此次智利之乱，英公使为旅智华人身家、财产开单，照智政府，如有损失则请赔偿。故此次智乱经年，华人尚无受亏者云云。因深慰焉。

英使保护华人无亏

因谨按：光绪七八年间，智利与秘鲁交哄，华人之死者五千馀人，损失财产巨万，无恤、无赔，可为恨事。此次智利内乱，不过一口舌之费，转托英使，遂能处险如夷。其机括与巴拿马、厄瓜多同，而华人之受益则又过之，岂不幸哉！

二十六日　晴。小雨。美绅某言：近日法国各军大操，各国政府均派武职大员赴阅。德国武员阅后，函致本国政府，称法国步兵分队而战，进退整齐，练熟之至；及其合队而战，行伍井然，气象雄壮，颇合古时希腊国之步队云。

法国军演气象雄壮

因谨按：乌孙、希腊、埃及、犹太、波斯，其立国甚久，盖旧邦也。乌孙，即俄罗斯之转音，自汉至今，日渐

17,8,27

盛强。波斯尺土尚存，未必能久。犹太民已散至四方。希腊终当入俄，埃及终当入英。希腊古时步队，德人称之，则亦往年一强国也，今不然矣。盛衰倚伏，治乱循环。考古者以之唏嘘，治国者宜为殷鉴焉。

二十七日　小雨，晴，天气转凉。美国与夏威仁国前所立报施条约：夏国土产至美国一概免税，美国则以夏国所管之普尔夏巴地方，为美水师船坞；并准美国官兵随时随便来往，夏主已允。而其民则以为如此报施，似夏国已归美国保护，故夏主不敢批。自女主即位，遂背美向英。美国亦不免夏国之糖税，夏商苦之，现美国又设法与夏请申前约云。 美夏二国立约互惠

因查美国已拟购丹国之圣驼马岛，又求海带国之海口，今又求夏威仁之普尔夏巴，无非注意兵舰添煤之地，欲其水师称雄于墨洲耳。自英之兵舰天下莫强，而商务亦极盛。美诚富矣，而强则不及，故英、义多侮之。此其所以绸缪未雨也夫!

二十八日　晴。二十三日伦敦来电：言俄皇与众军官正整饬水陆军士、兵马粮草，以备出师至土耳其都城，因闻其宗室某公主讣音而止。 俄止出兵土耳其

因谨按：此必有他故也。果欲出师，断不中止，且所以中止者，非大故也。军情秘密，传闻异辞，仿春秋之例，疑以传疑可耳。

二十九日　阴。昨日新报载：亚洲之中，俄国之西比利亚，英属之印度，中国之新疆，三国交界之地，地势平

巴美尔（帕米尔）

衍，名为巴美尔，近为俄国所踞。英国屡派武员前往侦探，防俄人之侵印度也。兹俄京来电，言英廷如再遣员赴彼查勘，必启衅端云。

因谨按：俄人蚕食各国之地，盖无岁无之也。此次所踞之地，可以窥中国之新疆，可以窥英属之印度，厝火积薪，待时而发，无以御之，则俄人又得遂其蚕食之心，其绸缪未雨哉！

内外勾结起事作乱

三十日　晴。外部总办来见，言中国会匪阴谋借焚毁教堂以起事，英国奸人干预其事，故为代购军器。中国官员亦多干预其事者，闻有某道员之子与会匪来往，业已十年，公馆中藏有洋人衣服数十套，以备临时应用云云。

因谨按：湖南道员周瀚，著书辟教，固以人心世道为忧，而惜其不能审时度势也。某道员之子结会匪，制番衣，兼入会教，诚不知其何心？然或者少年无行，其父或未知也。从前林清倡乱，内监尚有通者。会匪以入会惑人，邪僻者多信之。地方官吏如时时查察，何至蔓延也哉?!

查察不严滋生大患

保士波海口（博斯普鲁斯海峡）

九月初一日　元吉。晴。欧洲东境保士波海口，俄国战舰之在黑海者，出洋必由之地。英尝与土耳其立约，以重兵守之，不准俄舰出入。兹因土国有小岛在欧洲之南，前为法人所踞，英人为之夺回而索兵费，土国乃将该岛交英暂管，准其收税，收满交还，现已收满，英人尚未允还。土王即照会俄皇，准其兵舰出入保士波海口，俄皇大喜。现闻英廷急于地中海等处设防云。

17,9,2

因谨按：地球各强国无不以侵占土地为心，俄人注意于邻封远交近攻之计也，英、法、德、美注意于属岛长驾远驭之谋也。兵舰以煤为气力，无煤则不能行。越国鄙远，兵端一开，则局外之国当守局外之公法，不得接济以煤，此所以注意于岛也。此谋国者之深心也。

初二日　晴。《仰光西报》云：现法人已踞暹罗国之吕汪及不林望两处地方。查法人久已垂涎越南、暹罗，越南已得，欲犹未厌，所踞之地，已逼近英之东印度。俄国又开拓至印度之西北。两强国由三面而来。为英国计，宜力助暹罗，无使他国踞暹以争印度。查该处有江枫地方，为暹罗要隘，英宜踞此以阻法军。 法国侵占暹罗领土

因谨按：暹罗向贡献于中国，修藩属之礼，近年以来渐携贰矣。其地与越南、缅甸接壤，故英、法两国皆垂涎。英人则谓已入牢笼，不畏他国之攘夺，法固不甘心也。将来两虎争一羊，分裂不匀，其不免战事乎！然而法固非英敌也，水师不如英也。

初三日　晴，夜雨转凉。本日报言，小吕宋之东有群岛名嘉罗阑者，日属也。美国教士向在彼传耶稣教，而日国向重天主教，故岛民屡毁教堂，虐教士。地方官以教士非同教之人，不为保护。美廷曾照会日国驻美公使，案悬一年未结，美廷遂向日廷索偿。闻日廷以美国教士所传之道非日国例所准，将请美政府撤回教士，至于已往之咎，日国不能不认焉。 吕宋爆发宗教冲突

因阅此而叹洋务之不可不熟也。教不同者，不能相强

希腊教（东正教）

以传道，故俄以女配英储，曾先订明，俄女自习希腊教，英储自习耶稣教，不相合也，亦不相妨也。我中国自奉孔子教耳。自咸丰十年之约泰西以设教要求，当时无知洋务者，以不同教拒之，贻祸至今，致外侮，糜库帑，伤国体，过此以往，犹未已也，可胜慨哉！

多国公使向智索赔

初四日　小雨。智国内乱甫靖，英、德、义、日等国公使，拟向智廷为本国商民损失财产者索赔，约共美银二百万元云。

因谨按：古之邦交皆盛言救灾恤邻之义，今直幸灾乐祸焉耳。国弱则召外侮，内乱亦召外侮，战战兢兢，日慎一日，庶几免于今之世乎！

芜湖闹教法使索赔

初五日　晴。闻会匪闹教之案，芜湖一处，法使索赔银十一万两，且须割教堂以后之空地及山界之云。

因谨按：自洋教入中国，莠民多归之。其平居无事，莠民则借教士之势，以鱼肉善良，至激成事端，教士又借该国之势，以恫喝官吏，所求必得，所欲必遂，匪特国帑为之亏，国体亦因之亵也。惜哉！

共立之约不能不遵

初六日　晴。金山总领事详言户部新例为省察院批准。华商不便，拟即上控，请向律师科司达熟商。遂订见于午初刻。比往，则墨西哥派往日本之公使已到。因先见，商所以驳之之道。律师谓立例已定，驳亦何益？因谓当援约以驳之。盖例者，美一国所立；约者，中美两国所订。中国可以不循美国自立之例，美国不能不遵两国共立之约也。律师言外部布连尚未回署，外部无此权。因言布

17,9,7

连月底可回，中国公事合先预备，故先商之，不得再缓。律师谓且先商之户部，察其意见如何，再照外部，方不造次。因许之，遂返。

初七日　晴。美国认真整顿水师，事属创始，制船铸炮，利弊不能洞悉。兵部谓现在造成之兵舰，如“渣尔斯顿”之类者有六七艘，费巨而不合用，以其甲薄而不能御弹，行缓而不能及人，且需煤甚多，今拟不再造矣。水师部谓以后造船只用三式：一则甲厚炮巨，足容万吨，可敌他国上等铁舰，已定三艘，告竣尚迟；二则厚甲巡海船，驶行必速，以为缉捕敌国商船之用；三则小炮船，容一千吨，为行浅水之用。将来造齐，虽英国水师来攻，亦无能为矣。

美国停造老式兵舰

因谨按：此可以窥美国之用心矣。美为自守之国，向不以兵力占他国之地，而各国水师之强于美者，辄阴以兵力胁美，如现在之英国、义国是也。故其所言振兴水师者，并无鄙远之心，但谓英之水师来攻亦无能为，则义更无论矣。此美人之心也。

初八日　晴。军械向以铁制，德国以其质重而难运动，拟代以“矾精”，现向美国扣尔士公司购用，计银十万元。查“矾精”系由白矾化出，似铁而较轻。

德国制造轻型军械

接总理各国事务衙门文：为墨西哥国立约事，即札饬金山总领事查明详细情形。

因谨按：墨西哥之求立约，与巴西同为招工耳。既为招工，则约可不立矣。然我能拒其立约，而难禁其招工；

墨西哥求立约招工

即能禁其招工，而不能尽禁华人之往。至于华人之往者日多，或被欺陵而求保护，则后时之立约补救，又不如先事之周章也，此最要也。

俄增税关损人益己

初九日　小雨。本日新报云：俄国商人以各国货物由黑龙江运入境者须增税，则应于该处择地设立税关。且西比里亚铁路将成，将来贸迁必盛，应加增入口之税，以保本国利源。

因谨按：俄国之兵强矣，而富尚不敌数大国者，振兴商务不如数大国之缜密也，今亦渐讲求矣。所以开西比里亚铁路、而于濒太平洋设船坞者，盖非仅长驾远驭，而亦期通商也。惟黑龙江系中国地方，而拟于各处设关收税，己欲强富而侵削邻封乎？然而俄人损人益己之心，固不自今日始矣。

法国试验烈性炸药

初十日　阴，天气转寒。美国制造局言近有炸药一种名“火地市”者，其性极烈，现在法国之黎埠试验其炸力，比寻常炸药加至四十倍云。

因谨按：泰西各国争胜，其习然也。然军旅之事，特患其不争胜耳。枪之由前入药弹者，改而为后膛矣，又改而为来复线矣。炮之三五千斤者，改而过百吨矣。船之铁胁者，改而为铁甲矣。不知者以为奇技淫巧，其知者以为出奇制胜也。平心而论，易地以观，不视其所言，视其所行；不察其立言，察其立国。强弱之势，勇怯之形，不可掩也。焉可诬也！

十一日　细雨。前闻美国博士有能致雨者，因不信。

17,9,12

兹阅初八日报言：美国西南诸省旷地，旱多雨少，故不能垦。兹有博士讲求气学，于风云往来，潜心考究，因得击雨下降之法，呈诸议院。议员以事关农政，拨银九千元，俾资试验。由农部派员偕往常旱之笛沙司省，该博士以气球炸药空中轰放，立即云行雨施，屡试屡验，遍洒数十里至数百里不等云。

美国发明人工催雨

因查外国之轮船、火车、电气灯、德律风、电报、气球，其初创也，人皆不信。致雨之法，因亦不敢信也。惜未亲至其地观之。

十二日　晴。俄、法二国联盟，立约已一年馀；近又续议增添多款，以期周到，两国政府不日可以签名。其续增之约，尤为秘密，各部大臣均不与闻云。

俄法联盟续增密约

因谨按：当今之世，非力敌势均，断难立国也。德、义、奥合纵以防俄、法。俄之地利险阻，自守尚可无虞，然水师则不能敌三国矣。法之强不如俄，非但水师不能敌三国，陆军亦不足自守，然则俄、法之连横，亦事势之不得已者乎！

十三日　晴。法国代办公使戴布莱谒见，谈许久而去。

闻美国水、陆各军所需无烟火药，向来购自欧洲。兹美廷以不能自造，既耗公帑，将来如有战局，欧洲守局外之公法，亦不能来，拟在宾省富阑科埠设局，专造无烟火药，并炸药。已由各制造厂为造造火药之器具矣。

美拟设局专造火药

因按：凡枪、炮、兵船不能自造而购于他邦者，升平之时似便，及有战事，则必掣肘。盖《万国公法》，两国交讧，则别国应守局外之例，无所偏袒。甲申中法之衅，德国先为中国所造铁舰，虽已造成，仍不肯交，此前事也。至于银钱流入外国，以致国帑空虚，又其次矣。

军工自主免受牵制

十四日 晴。各国公使于墨西哥使馆商挽德公使事，惟俄使未到。英公使彭士芬创言，先发公函唁之，将来如何送奠，再行通知。质之各国公使，均以为然，遂散。

俄储赴日日人款之

俄储之赴日也，日君犒其从者一千元。兹俄储抵国后，电汇五千元，为赏日本官员前充迎接侍从者。

因闻俄储之赴日本也，日人款之，费银十六万元，岂秘之不使人知欤？奥之待俄储也，可谓尽礼，然不久而俄兵即逼奥界焉。立国之道，以自强为第一着，以交邻为第二着，其庶乎！

立国之道自强第一

十五日 晴。谒法代办使事戴布莱，寒暄之后，因访俄、法联盟之事，该代办言未与闻，故不知详细，然总有益于欧洲升平之局云。

日觊朝鲜虚伪狡诈

闻日本朝廷近于朝鲜国事最为留心。且云无论中国、俄国把持朝鲜朝政，日本必为申理云云。

因前闻：日本因行刺俄储一事，畏惧之至，遂宣言：将来俄国如有事于朝鲜，日本决不掣肘，是所以媚之者至矣。今乃又此言。因决知其伪也，否则直指中国而言，而连类及俄耳。狡哉！

俄国侵占邻国土地

十六日 晴。闻俄国所占亚洲巴美尔之地，已侵中国之界，中国已由公使诘问。而俄兵又犯阿富汗地方，英人

17,9,17

忧之。兹闻俄兵又窥罗马尼亚国，已扎营于该国境上，罗国严紧设防云。

因尝谓俄之国势，实七国时之强秦也。比邻小国岁有并吞，欧洲虽合纵御之，但能保全土耳其、阿富汗，其他究鞭长莫及也。然蚕食渐近，将来土、阿两国终不能保。何英、德能制拿破仑而不能制俄耶？则国事异也。

十七日　大雨至申而止，日出。十一日伦敦来电，谓前三日俄国有铁船名“拿伐林”及半铁舰名“底尼”同日试水，尚有炮舰一艘，不日亦可试水。水雷炮艇数艘，黑海所需兵舰，现已兴工制造，俄国于加增水师可谓认真云。 俄舰试水

因谨按：俄之兵额至二百三十九万人，而读书者不过十中之一，可谓重武轻文矣。乃其国势日强，版图日扩，几于纵横无敌焉，则不得议其计之非矣。岂风会使然耶？亦形势足恃也？

十八日　晴。金山领事来电云：金山税关又附会户部新章，不准持照商人上岸，请速设法。当即函致律师往见外部，外部立照户部，户部许电税关准华商登岸；但须具结，候总察院核定户部新章如何，再为定夺。遂电金山领署，以户部之意详示之，并发一函。 金山税关再禁华商

十九日　晴，大雨彻晓。新报云：俄人数百名往中国之西藏游历，俄人之游历者屡矣，其毋乃有窥伺之心乎？ 数百俄人游历西藏

因谨按：我国家之于西藏，特设大臣经理，较之琉球、越南不同，他国有窥伺者，可援公法拒之。

美国新创电气轮船

二十日 晴。美国新创电气轮船，不用水火，专以电气激动机器，其行之速与用水火相似，转折亦灵，闻已带至中国矣，是美国又辟一利源也。

因谨按：美国之用电气，以之行车，以之行舟，又以生马力至九百万匹，以运机器而供制造。闻传声筒亦系电气，能以人所言者留诸筒中，寄至万里之外，存至十年之后，启而听之，如亲謦欬。其用神矣！

二十一日 晴。金山总领事来文，工党欺凌华人，以蓖麻油涂其身，并毁其室。即将案交律师。

俄增铁舰志在欧洲

昨日俄彼德堡来电云：该国新制铁舰名“拿伐林那”，容九千五百吨，长三十三丈，马力九千匹，猛驶每半时可行十六海里，铁甲厚十二至十六英寸，架十二寸口大炮六尊，六寸者八尊，速放炮十尊，放水雷之管六具，已下水矣。又有铁舰二艘：一名“格来也是居”，一名“阿伐尼”，稍小，亦已下水。

因谨按：俄人铁舰日增，彼德堡在欧洲，而亚洲地方无添煤之地，此其志在欧洲可知矣。

二十二日 晴。本日新报云：美国赛珍会，户部已商之律政大臣。据律政大臣断定，谓各国赴会，带同巧手、工艺帮办事务，不在禁止各国合同章程之内。中国赴会，带同华工帮办会事者，应不准上岸云。

轩轻之见欲盖弥彰

因谨按：此显有轩轻之见也。各国之工，则以巧手别之，所以为入境地步也。中国之工，不言巧手，所以为不准上岸地步也。欲盖弥彰矣！

17,9,23

二十三日　晴。夏威仁国女主之父名刻来鹤来美修好，总统及外部与之宴，婉询曰：“闻贵君主亲英而疏美，何也？”刻来鹤答云：“地球之上与美最邻近者，夏威仁耳，英则隔大西洋矣。焉肯疏近邻而亲远国乎？”总统嘉之。 夏威夷来美修好

因谨按：美君臣之结好于夏威仁者，笼络之也。太平洋之岛国，夏威仁为近。美如有事亚洲，亚洲有事于美，兵舰于中途添煤，惟有该岛，所关系者大矣，此美之所以厚礼该使也。

二十四日　晴。昨日俄国彼德堡来电，言俄国出口之粮食太多，适值岁饥，遂致不给，此时待哺饥民已有十三兆人口云。 俄国饥民达十三兆

因谨按：俄人好武，合乎“大兵之后，必有荒年”。今无食者至一千三百万人，不知何以赈济？俄如因此休兵息民，固俄民之幸，而亦邻近各国之民之幸也。

二十五日　晴。十八日报载：俄人侵踞巴美尔地，意在兼并，中、英两国已询之。兹据俄京来电，谓英、俄两国为争亚洲土地，常有龃龉，现争巴美尔之地，正宜乘时一决胜负，以善其后云。 俄英争夺亚洲土地

因谨按：此可以知俄人之心矣，亦可以见俄之强矣。其心以兼并为事，出诸口而无忌惮者，习焉，不怪也。欧洲强国无敢与英为敌者，法之抢攘为杰，犹降心于英焉，则其他无论矣。乃俄人昌言之，而英人受之，此可以觇国焉。

二十六日　晴。某教士及武员来谒，谈及俄、法联盟，法国提督赴俄，俄人尽礼相迎，至于破格行啜口、昇肩之礼，实因俄国所占士担保路城，系法国属地，欲法国不索回云。

俄占法地卑礼相待

因谨按：俄国处心积虑，固无日不以兼并为事也。其于弱国之地，如取，如携，无敢与校矣。法虽不如俄之强，然其水师固非俄所能敌也。俄虽夺其地而不能不慑于中，故为此卑礼，降心之举乎？

赴外部

二十七日　晴。午刻赴外部衙门见布连，寒暄甫毕，因言自光绪十四年，美国自立苛禁，限禁华人，经前公使张荫桓照会驳诘，本大臣莅任具文驳诘者，凡五次，又两年矣。贵大臣意见如何？应请照复。布连曰："苛禁之例，本大臣亦不谓然，乃商之总统及议员，迄无端绪，故未能复。"因曰："今我总理衙门屡次函询，实难再缓，幸速商之。"布连曰："现在必当急议，以期报命。"因又询中国教案均已严办，美国尚派兵船赴华，何也？布连曰："前所派者已留'纽顿'一舰，不令开行，且亦不再派矣，美国必不为难也。"因遂辞出。

英皇之孙派充管带

二十八日　晴。美官武弁谈及英皇之孙、英储之次子名佐治者，兵部派充安身铁舰"管带"。查此铁舰，容一万六百吨，马力一万一千五百匹，弁兵五百八十人，巨炮十门，海军中巨舰也。

因谨按：英之太子，前曾游历欧洲，并至印度；光绪十六年又游亚洲，至中国、日本矣。今其子又充兵船

17,9,29

"管驾"，亦如殷之高宗，"学于甘盘，遁于荒野"，阅历深而见闻广也。宜其强也。

二十九日　晴。智利议院党战胜即位后，曾派兵看守美国驻智使馆。兹美国兵舰水手上岸，又被杀伤多人。美公使照会智国外部，外部复辞不逊，美廷已议调拨兵船，赴智问罪矣。

美拨兵船赴智问罪

外部大臣布连答拜。

因查美国驻智公使于智国内乱，不守局外之义，而干预其事，故议员党即位后，即窘辱之。然智非美敌也，徒泄一日之忿，以快一时之心，美国国体所关，如与为难，则是一波未平，一波又起矣。

三十日　晴。轮船公司律师来见，为华人来往之事也。询及英政府以俄人侵踞亚洲之巴美尔地方，将不利于印度，请诸中国，准其在新疆之喀什噶尔地方，添设领事及武职大员各一名，驻扎于彼，信否？因答以未接我国政府公文，不知果属实也。律司又言英廷已饬印度总督练兵严防，又令沿印度西北边界一带火车铁路，归英员管理，以便转运矣。

英为防俄请驻新疆

因谨按：巴美尔当系不毛之地，古所谓"瓯脱"者也。俄人好蚕食，故乐得之以扩其边；英人善防俄，故严备之以遏其势。但使俄不侵阿富汗，英决不因此而兴戎也。此可料及者也。

卷九

十月初一日　大吉。晴。金山延律师利亚顿来美都，驳诘苛制华人来美之例，因来见，言已控诸总察院，大约七日后可定夺也。因询以美、义两国交涉之案，利亚顿云：美国之意，欲以待中国者待义国，至今未闻转圜。因曰："义国将听之否?"利亚顿曰："向来各国交涉之事，以强弱为权衡，义国海军强于美，未必甘心受之，且看以后如何耳。"谈许久，乃辞去。

因谨按：利亚顿以强弱论交涉，则不徒论理而论势矣。义国海军强于美，未必甘心受之；然则义国海军弱于美，将甘心受之耶？因以为弱者受之，非必甘心，特不能不受耳。有国者不可以不强！

有国者不可不强

初二日　晴。至外部大臣布连宅谢步，又至律师利亚顿处。在座美国官绅二人，言法国近为日本造钢甲战舰三艘，均容四千二百七十八吨，又水雷船一艘，又拟筹银九

17,10,3

百万镑，添造新式铁舰十一艘。闻日本因此次中国兵船至横滨，自知海军不及，且仅有“致意达”一船，每半时能行六十里，其馀均系旧式，故不敢不添造也。谈久，因先告辞。 日本海军添造战舰

因谨按：此海军之效也。前此日本觊觎台湾，猝以兵船运兵犯境，中国海军未立，措手不及，至费银五十万两。今海军渐强，日本深惧报复，故急于筹添，如所添之船告竣，中国海军又似不及。应审彼己之势，及早图之。

初三日　晴，中夜大雪。接北洋大臣电云：吉林将军电，现派员在沪向礼和洋行购美国十三响、八转筒马更快枪千枝，请转电驻美星使，于起运时查验：是否新造？有无用过？及工料不精云？鸿。冬。当即函致纽约，并饬翻译查明：该枪出自何厂？以便察验。 拟在美购洋枪千支

巴黎来电，言俄君前日由丹国回俄，德主以伯林为火车必由之路，订与相晤。俄君乃乘轮船旋绕，避之不与相见，其不洽之意显然云。 俄君返俄避经德国

因谨按：此法人之所深喜也。俄、德不睦，则德须防俄，而法人高枕矣。

初四日　大雪至地而化，午刻止。从前欧洲各国，畏俄之强而蚕食，屡次联盟，不准俄国兵船出黑海以达地中海。近有俄商轮船公司，借开西比里亚铁路，载铁路器具，竟由黑海而出，土耳其阻之，俄国驻土公使驳之，仍准放行，各国皆诧异云。 俄国商船驶出黑海

因谨按：此俄人之觊觎欧洲也。由是以观，则其与法

联盟也，实为远交之计；其与德傲睨也，或为近攻之谋。若英、法各国不能合力一心，与俄毗连之邦，必有挫师失地者矣。

俄国商船实为兵船

初五日　晴。查俄商轮船公司虽称商船，实兵船也，共计十三四艘，容一千二百吨至三千四百吨不等，每半时行四十馀里至五十馀里不等，载炮六英寸至八英寸六尊至八尊不等。近年又在英国添购二艘，各容五千吨，每半小时行六十里，此十馀船可容二万数千人，一有战事，可以运调一军之众云。

因查欧、墨各洲近日风气，新造商船均用兵船之式，所以备开战时掳敌国之商船，而不为敌国所掳也。故商船多之国，其兵船亦强。英之商船，俄、法二国合之犹不及也。中国兵船多于日本，而商船逊之，则以无航海之商船，长江商船之利为英商船夺三分之二故也。

俄国加意船坞战舰

初六日　晴。九月二十二日报云：俄国自知水师不敌英、法，欲从事欧洲，则英阻之，必水师强盛，乃可胜英。因是加意船坞、战舰，以期得志于土耳其、波斯、高丽等处云。

因案：俄地环绕北冰洋，其形如玦，只以一面当敌，其强以此也。然其地苦寒，一年之内海水冰者半年，欲设船坞，实无其地，其水师之不如英、法，亦以此也。今欲增战舰，但能筹费，固可骤增；若船坞，则限于天时、地气，俄人果何道以筹之？其必出欧洲之黑海，而图亚洲之东三省乎？是宜防之。

17,10,7

初七日　晴。前因美国驻巴拿马领事阿丹信实心保护华人，奏请赏给宝星，业已颁到。外部大臣亦回美都。今日备文，因亲送交布连。布连甚悦，且云：俟开议院时，属议院议准，即发交该领事收，并先代谢云。 驻巴领事获颁宝星

新报言：金山华人陈某枪伤美人二名，并毙巡捕一名。华人不安分至于如此，欲驳苛禁之例必不能矣。 华人犯罪苛例难驳

因尝见美下议院好德其人，盖持正而不附工党者，其论亦极持平。尝谓中国富商不至美，其至美为商者，大抵始于工而继为商者也；又间有干名犯义而不容于乡里者，以美为逋逃主也。美于工固宜禁，然宜商之中国，立约以禁之，不宜废约而直遂径行也。因观于现在金山华人陈某而益信。

初八日　晴，夜雨。上议院绅多福偕科司达来见，科司达言：总察院于华商领照之例，尚待妥商。多福言：美国禁工苛例，殊为背约。华人性俭耐劳，可惜良莠不齐，好为仇杀，又好洋烟，故工党得以借口。因答以美国刑律太宽，故华人玩之。如获凶犯，交中国自行办理，可儆刁风。多福云：此条约所无，当时并未虑及。谈久而去。

因谨按：多福之言尚为持平，华人如能安分，美国当有正直之人为之平反。今工党既恶其搀夺生计，而官绅又恶其败坏风俗，难乎免矣！ 华人安分当能平反

初九日　细雨，天气燥热。本日新报云：奥廷商之议院，筹拨巨款，添设炮队，修筑毗连俄界之炮台，以防俄云。

因查欧洲各国遣使分驻，通问不绝，其君亦时时相见，情好常通，似无虑启衅矣。而兵额日益，兵舰日增，兵费亦日加，战战兢兢，时若有强邻压境之势，至于今而尤甚，其斯为亡者保其存乎？然而民生苦矣！

慈禧寿辰

初十日　阴。是日寅刻兴，盥漱，朝服，率参赞等员于卯初恭祝皇太后万寿，行三跪九叩礼。朝鲜使臣李采渊亦到，与宴。

新报载：英皇今年七旬有五，精神矍铄，其孙已充兵船统领云。

英法合谋勒索赔偿

十一日　晴。会匪闹教一案，我中国当事为之保护，既事为之缉匪，且允赔恤，邦交之道尽矣。闻英、法等国尚要求无厌，合以谋我。因忆本年夏间，俄国发配罪犯于西比里亚地方监禁，乃该犯等逸出十五人，遇法国兵官聚而杀之。俄员即通知法国兵舰为之敛埋。兵舰以西乐送葬。及其旋，船乐工首领又为该犯所毙。俄不议恤，法不索赔，交邻之道如斯而已。然则公法、条约，惟势强者可执言耳。

美毙意民赔恤甚微

十二日　晴。答拜上议院绅多福，该绅尚持正论，言前此美邦杀毙义国民人一案，已允赔恤，但数甚微，俟开议院时，由议绅议准，即照复义外部矣。又言中国教案，美国无意作难，现在驻中国之兵船名“卞厘”，头已调赴檀香山矣。谈久而散，遂至科司达处。

因查纽阿连命案，其初美政府持之甚坚，非真昧彼己强弱之形也，尝试而已。至于义廷必不干休，则愿议赔、

17,10,13

议恤，旁观者固早知其必出于此矣。布连尚有烦言，其意固别有在，盖明年即保举总统之年也。

十三日　晴。十一日报，言巴黎来电，俄君由丹回俄，拒德君不与见。本月为俄君娶后之二十五年，俄国驻德公使率随员于使署行庆贺礼，各国驻德公使亦赴俄使署道喜，惟德未派员往，似德、俄两主有不合形迹云。

因查交涉之道，欧洲各国常使持平，其于利益固不让矣，即礼节之细微者亦不让焉，非好争也。不能持平而时时让人，习而惯焉。他国直以为应不持平，敢侮予矣。俄君与德主约晤而间道还俄，是失信于德也。德亦有以报之，使俄知德之不可玩也，庶几不示怯也。 俄君失信德亦有报

十四日　晴，夜小雨。英商集股，由缅甸创造铁路直达中国边界，闻每一英里，需银十二万五千元。俄国珲春铁路，现在筑路兵士二千五百名，罪犯九百名，工人四百名，中国、高丽工人一千七百名，俄国石匠一百二十六名，中国石匠三百名，共约六千名。且设医院治病，以求迅速。 英俄筑路达我边界

因谨按：此所谓“实逼处此”也。英、法逼于南，俄人逼于北，事虽未动，机则已形，彼族皆借口通商也，果仅通商乎哉？

十五日　小雨。闻暹罗朝廷新创一例：收中国人身税，现已议准。夫暹罗，中国之藩属也。中国以字小为心，而暹罗不以事大为礼，岂夜郎自大哉？盖自日本并琉球，法人踞越南，英人取缅甸，暹罗知中国之兵力不行于 暹罗准收华人身税

四裔，故悍然自由耳。

十六日　晴，大风雨，有冰。律师科司达来书，言刘道表之案，总察院已准提至美都复讯。当即函知金山领事。

代办棉子

湖广总督张之洞来电云：惠人星使鉴：请代办好棉子二吨，速寄汉口，价即汇还，至感。洞。咸。当即派参赞彭光誉、翻译容揆向副户部大臣处查明，又饬纽约领事沈桓详查。

因少时读书于山寺，山多种竹，时际兵燹之后，遍地荒芜，竹亦枯瘦，山僧经理之，越三年，而叶密阴浓，柯巨如碗。因询其故，僧曰："吾删其秽，而培其根，根肥则笋肥，笋肥则竹肥。其次年，乃伐其瘦，而留其肥，则根益肥，竹亦愈肥。如此三年，而竹复旧观矣。不善种者，反是。"因查美国棉子，中国之购者多矣。而终不及美者，则人事之不齐也。其殆如生质之美者，必进之以学乎？

十七日　始冰，晴。巴黎来电，言奥王与廷臣论欧洲

德奥意防俄法入侵

时局，谓俄人将乘饥动兵，法亦整顿军务，不遗馀力，乘隙而逞，德、奥、义三国皆稔知之。惟俄国府库空虚，如三国合力与战，当可得志云云。

中国会匪闹教，英、法、德三国既约美国联盟要挟，闻日本亦附和之。因谒外部大臣布连曰："美国向为仁义

美不参与要挟索偿

之邦，不为恫喝要挟之谋，闻之久矣。"布连曰："然。"因曰："中国会匪闹教，业允赔偿，闻欧洲各国约美联合

17,10,18

水师以肆要挟，美亦为之乎？”布连曰：“未允也。”因曰：“若是，则因当函达中国政府矣。”布连曰：“可。”遂辞出。

十八日 晴。今年春夏之交，美廷派员赴欧洲查客民来美情形。有员名苏泰士者，在欧洲扮作穷民，向英国招人出洋局请给赴美川资，该局即发银五元六角二分，苏即附“雪惠阿”轮船三等舱，至纽约登岸后，告知该埠官员，并告美廷：以欧洲各处招人来美之局甚多，即请议院迅速设法立例严禁，欧洲无业穷民不准入境云。

美员请禁欧洲穷民

因谨按：美廷以他国穷民入境，有碍升平之局，遂派员详查。兹查得来美工人不止中国，并禁欧洲各邦。此例若行，欧洲不能辨诘，则中国更难置辞矣。

十九日 晴。昨日伯林来电，言德国兵部赶制帐篷，以备东边防兵之用。伦敦来电，言俄国驻芬阑之兵调赴奥界，而另募新兵驻守芬阑云。

德俄加强作战准备

因谨按：欧洲各国，盖无一日而忘战也。俄人伺间乘衅，以冀蚕食邻封，凡毗连之小国，如波阑、芬阑、勃尔加厘亚等国，盖无一能自存矣。国之大者，如德与奥及土耳其尤兢兢以防俄为事，而惧兵力不敌，故德与奥联盟，而土耳其则仰庇于英国，此合纵之势也。强俄不戢，欧、亚两洲其无安枕之时乎！

二十日 晴，天气转暖。谒律司科士达，以中国所发华商之护照，金山税关有意挑剔。因言美国既显禁华工，又阴阻华商，殊违《中美和约》第六款。今议院将开，

驳诘苛例多年未复

应照会外部，请问其故。且禁工苛例，自前任张使驳诘，迄今已过三年，何以尚无回复？因前此已面询外部大臣布连，布连答以必复。今又两旬矣，亦拟催之，撰稿请商。科司达以为是，遂留稿候酌定。又谒上议院绅多福。

二十一日　晴。美总统于十六日出都赴白耳底马地方，昨日已回。

俄法联盟

昨日巴黎来电：俄外部抵巴黎，俄国驻法公使率随员迎于车厂，法外部亦派人往迎。是晚，法总统设宴款之。本日巴黎来电：法国银行已贷银一百五十兆罗卜，合七千万馀两于俄。或以为俄外部为贷银，或以为实联盟也。

因谨按：此必联盟也。贷银为户部之事，外部何必亲行哉？或借是以为掩饰耳。

二十二日　晴。午刻，大风暴吹倒房屋，压毙之人甚多。总统宫殿所建之旗为风裂破。未后仍霁见日，风未息。

德主拒绝贷款给俄

俄国向德贷银八百万镑，德商商之政府，德主以为当此时势不应代筹，遂止。

因谨按：俄、法之交方密，其意必将修怨于德。德如为之贷款，是借寇兵而资盗粮也，德主所见诚是矣。然非御敌之方确有把握，则即因此启衅，亦未可知。如以弱小者当之，有不进退维谷乎？甚矣，立国之贵自强也！

二十三日　晴。日本来电云：派兵舰赴中国，从英、

各国兵船集结上海

法之约也。领事沈桓接上海信：欧洲各国兵船集上海者约四十艘。因急谒外部布连，询以前言不与欧洲各国联盟，

17,10,24

要挟中国，斯言信否？布连曰："美与中国交情与欧洲各国不同，安肯联盟要挟？"因曰："审若是，请发一电与驻中国公使田贝，俾中国政府知美国之意，则善矣。"布连曰："美政府业行文与田贝，令勿与各国联络，今既欲速，即发电可也。"因谢之，遂辞出。回使馆即发电致总理衙门云：各国联合兵船要挟教案，因见外部，外部允电田贝，不与联合云。 美不参与要挟中国

因按：布连虎视鹰顾，城府深邃，寡言笑，盖枭雄也。当为议绅时，即昌言禁华工，非有所恶于华工也，要结工党而已；亦非有所爱于工党也，求得保举而已。上次公举总统，布连名居第二，为哈利顺所夺，即现任之总统是也。布连任外部，长于交涉之事，皆好胜。秘林海峡一案，总统倡之，而布连助之，遂至与英龃龉，进退维谷。智利杀毙美兵船水手，布连主战。义大利民人在美被戕，布连立意不认赔恤。禁华工事，亦主从严。因与交涉诸事，尚少阻挠；惟驳禁工例则不见复，盖决不敢开罪于工党也。

二十四日　晴。金山来电：言"差那"轮船由横滨回。闻俄兵一队由西比里亚进侵中国边界，中国虽不与决裂，或失地云。 俄兵入侵中国边界

因谨按：中国西北界旷野之地，二百年来俄人所蚕食者多矣，此积弊也。顾以前相距犹远，今则渐至逼近。而俄又造铁路，兵力可及东三省，其可虞乎！

二十五日　晴。昨晚接总署复电云：各国联兵要挟，

教案其事渐息，何以此时始商外部？是否又有萌动，抑新闻所刊？敬。当即复电云：沈禀，兵船集沪；美报，日舰联欧赴华。故虑。因。

赴宴

二十六日　晴。是日戌刻赴上议院绅多福之席，同席者副外部华顿、水师大臣脱来施，上议院绅七人，各国公使六人，又主人之婿。席间，闻美国派员查明欧洲穷民来美情形，拟由议院立例禁止，而欧洲各国亦已共约派员至巴黎会商自禁之策。亥正而散。

欧洲会商应对之策

因查多福与密组为同省，密组恶华人，而多福持正论，志不同也。然工党与举总统、议绅，过此以往附工党者必益众，而华人势孤矣。

二十七日　晴，是夜微雪。本日伦敦来电云：俄外部大臣与法廷订约之事，英驻德公使已咨本国，言俄外部在德都已将约章详告德主及外部，谓俄、法联盟与德、奥、义联盟用意相似。德、奥、义欲保本国自有之权，俄、法欲守旧约所准之权。查欧洲各国会订之旧约，英国不应派兵驻守埃及，英兵之驻埃及者，例应撤回。又俄、土两国之间有小国名勃而加厘亚者，俄国按约能干预其内治之事，俄、法联盟实为此也。此约虽定，尚未签名。据此，俄、法尚无兴兵之举，意在先与英、德、奥、义四国理论，如其不从，再相机而动云。

俄法暂无兴兵之举

因查埃及贷英银至四万五千万两，英以兵驻埃及，防俄之占其地而失贷款也。《万国公法》虽有银出于地之说，然俄之强悍，又难以公法绳之。俄欲英人退出埃及，

17,10,28

且以不从相机而动恐之。英人究不肯从，俄、法亦不敢动。天下事惟强者敢言之，亦惟强者敢行之耳。

二十八日　阴，始冰。伦敦来电，言中国会匪闹教系在蒙古地方。法国又拟联合各国保护教人，且约在北京商议云。

因谨按：法人至好事，且好干预他国之事，尤好乘他国之不靖以生事。前此拿破仑第三干预日事，又干预布事，卒以偾事，今其流风犹未艾也。世有毕思麻其人者乎！ 法人好事

二十九日　晴。近日考究美国所造快炮有五种：曰"吉林"、曰"哈乞克司"、曰"税力司来远"、曰"嘉拿"、曰"麦臣"。惟"麦臣"之机器最巧，该炮长仅四英尺九寸，高三英尺，重不过五十磅。炮管之外有铁筒其间，盛以凉水，以防炮管之热。其巧处在炮机能自行动，炮手但照料放初一弹以后，入弹子、出弹壳以及燃放，炮手均不必管，炮机自能如意。其快也，每一分时可出六百六十六弹；其命中也，曾经试验悬靶于一百二十丈外，可以写"麦臣"之名于上云。 美国所造快炮五种

因谨按：此种快炮仅能及一百馀丈，以置山路崎岖之地，可以守隘；城战、巷战，可以当关；若广野平原，敌人设开花炮于百馀丈外，轰之鲜不败矣。

十一月初一日　大吉。晴。本日巴黎来电，言各国派员在法都议各国人民出洋，业已成议。凡人民欲由本国他往，须由所往之国之领事验妥，方准出洋。美员又谓美国 各国商议出洋新规

虽禁客民来美，例尚未严，当由议院另立新章。而法国、和国、瑞士国已有新例，禁罪犯、穷民等他往矣。

因谨按：美国禁工之例日益加严，盖不仅禁华人矣。中国欲弛禁工之例，美国自严禁工之章。其禁也，先自欧洲，中国不能问也；欧洲既禁而禁中国，中国亦难争也。国有人焉，未可轻量也。

初二日　晴。谒水师部大臣、上议员绅宣文、摩根，谈最久。其意谓美国之患在南北分党，中国之患在南北交讧。南患在英、法，北患在俄也。美以后将裂为南、北花旗二国。中国则以一国力支三国，虽属竭蹶，然有志振作，不患侵陵，视德之分支俄、法，犹较易也。惜中国轻武重文，以四百馀兆之民而不讲训练耳。因谓美国苛禁华人，殊不公允。摩根曰："华人出洋，应由中国自禁；美即欲禁，自应相商，不应径行苛例也。"此外皆应酬语。

美国不应径行苛例

初三日　晴，天气转暖，冰尽释矣。午后雨，酉刻止。日本谓与中国通商，获益甚巨。盖海鲜及山货，欧洲以为无用，而中国之销甚多。中国不过棉花、米粮等物，行本至轻，而物至笨。且运至日本，仍需日本之船，水脚所得亦多。自二十年来所得于中国者，盖一百四十兆元矣（合一万四千万元）。

日货销中获利甚巨

因谨按：此亦一漏卮也。货物者，日出而不竭；银钱者，有限而难继。故地球各国，均欲货物之畅销，而虑银钱之出口，其意深焉。

初四日　晴。天热，如中国四、五月时。本日俄京来

17,11,5

电，言俄廷查点本国海军船数，计头等战舰三十六艘，二等四十八艘，三等八十八艘，四等二十艘，大小共一百九十二艘。各舰共载员弁、兵役，计三万五百人云。 俄廷查点海军船数

因按：俄之海军于地球各国，实可列第三也。英第一，法第二，俄第三，德与义相颉颃。但德之水雷艇多，长于守；义之巨炮艇多，长于攻，盖居四与五耳。此外则数美，次数日，次数中国，而后及日本。海军之利钝尽之矣。 海军排名

初五日　晴。昨闻俄国自搜军实，因考近日英国海军员弁，共计六万八千人有奇，较俄倍又过之：铁甲战舰六十二艘、薄甲二十九艘、巡海船二百八十二艘，共计三百七十二艘。而现在添造之兵舰，约于光绪二十年一律可成。尔时合新旧计之，则铁甲七十七艘、薄甲八十八艘、巡海三百三十六艘，共计五百零一艘云。

因谨按：英之水师天下莫强，乃犹按年加增，如恐不及。英人之志不小矣，人所共知也；而其用意之深，非沉机者则不能测。因请得而言之：英国战舰固多，然极富之国如美者，悉索其赋，十年后尚可几之。至于藩邦、属国布满各洲，处处有接济水、煤之地，则地球各国所不能也，而犹若有长虑却顾者，何耶？则以俄故也。俄之水师不如英，而陆兵则天下莫强焉。俄人又眈眈于土耳其、勃而加厘亚诸国，则欧洲之藩篱也；且亟亟于波斯、阿富汗等处，则印度之藩篱也。以俄人陆军之强，但有一处发难，英即鞭长莫及，惟以水师牵制之，则俄人有所顾忌而 英之水师天下莫强 “沉机”原作“沈几” 俄之陆兵天下莫强

不敢逞焉。盖俄人用兵于陆，所得而蚕食者其地无多，其害不骤。英人用兵于海，恃其战舰之强，电信之捷。一日之内，可以同时发纵；一月之内，可以随处交锋；一年之内，而俄之海军尽矣，此胜算也。俄人之所顾忌而不敢轻启兵端也。

京北会匪作乱闹教

是夜，驻法公使薛福成转来总署电，言京北会匪作乱、闹教。宜昌教案已结事。

初六日 晴。夜大风，继之以雨。昨日巴黎来电，言中国驻法代办照会法外部大臣力伯，言中国各省会匪，政府自能剿灭，无须他国“保护”。而法廷仍派兵舰一艘驶往天津，自行保护法人。该报又言：法国约合各国水师以恫喝中国，现已接义国复文，谓此举非出本心所愿，且待他国合成后再商云。

法好寻衅自古已然

因谨按：法人之好寻衅，自古已然。前此拿破仑第一，寻衅于俄、英、布、义、日、奥诸邦，卒败于俄，而为英所虏。近年拿破仑第三，又寻衅于布，借日事以胁布国，卒为德所败，国亡、身虏矣。现欧洲各国日强，法人无敢寻衅者，则寻衅于中国。越南之役，法虽败挫，而创不深，且又得地，故觊觎之念未消也。中国岂无威林屯、毕思麻其人乎？亦在知人善任耳。

威林屯（威灵顿）

约谈外部

初七日 雨。昨日为外国礼拜，例不办事。故今日约外部见期以午正。因到外部，大臣布连已待。因将总署来电详言一遍，布连询以贵政府之意何居？因答曰：“一则谓会匪不过乌合，中国已派兵合剿，不难克日荡平，贵国

17,11,8

可以放心；一则谓教堂自应照约保护，宜昌教案已结；一则谓法国好为要挟，贵国与中国向敦夙好，勿为所动。”布连曰：“前此已电田贝，今当再为行文与田贝，不准附和，以表美国与中和好之忱。”因谢之。又谈少顷，遂辞出。

因与布连交涉，除禁工例外，公事均不作难，盖工之禁与不禁，权由议院，而外部无权也。且布连亦垂涎为总统者，不敢敛怨于工党也。

初八日　晴。驻法公使薛来电云：北洋阳电，二十七、八日叶提督建昌大捷，建平贼势已蹙，现由建昌进剿朝阳。奉天奏报，亦迭获胜仗，四面兜剿，不难扑灭，请告外部，并质西报讹言。成。

剿灭会匪

因昨日见外部，外部言：“中国会匪何如是之多?”因答曰：“中国人数四百馀兆，甲于地球，而又政尚宽大，故宵小蘖芽其间。此股虽近京畿，然北洋大臣所练淮军精锐无敌，谅不日即可荡平。”今果然矣。

初九日　晴。有美人名黎宅臣者，由朝鲜回美，言俄国自任保护朝鲜之责云。见华盛顿昨日报。

俄国自任保护朝鲜之责

因谨按：俄之觊觎朝鲜久矣。盖自日本县琉球，法人踞越南，英人占缅甸，而俄人之垂涎朝鲜愈急。俄地当寒带，海口至冬必冰，兵舰不能出入，得朝鲜之地，以其海口屯兵船，则出入无阻而势益强。然不过密图之，谓其昌言自任，且布告各国，名不正，言不顺，俄人未敢为也。

初十日　晴。昨日伦敦来电，言接印度兰公埠电，谓近日英兵在该埠南滨江戍守，与中国戍军相隔不远，华兵好放空枪扰之，其在中国境界四十里之西地方名白米士镇，英人已据而有之云。

俄英争地逼近我国

因谨按：俄、英于印度边界争地，而中间瓯脱之地每为所据。彼疆宇日扩，而我则渐逼近强邻，亦犹楚尽汉阳，而中原多故也。识者伤之。

十一日 晴。谒律司科司达，已见美总统谕议院文，其于义国民人被戕之事，立言至为和顺；而于中国拒布莱尔事颇不慊意，且于禁工苛例，毫无转圜。次日律政司又上条陈，请议员于禁华工之例，再加严明。然则欲求苛禁之除，其可得乎？

禁工苛例毫无转圜

因查纽阿连命案，其始，外部之复义使，甚崛强，自义昌言绝交，而美始惧，遂允恤偿，固已形见势绌矣，此时之论，安得不和顺乎？

十二日 晴。伦敦来电述印度之电，言该处亨石尼吉地方，借俄人之势，谋攻英界"吉利脱"炮台。英统领得阑闻信，即饬先攻"泥耳脱"炮台，亨民败走，英人踞之。

因谨按：印度一地，俄人极欲得之，英人亦严防之。巴美尔地方，俄已侵占中国边界矣，兹又欲夺英之炮台。方今弱肉强食，争城争地，无日无之，亦逐鹿之世也。

方今世界弱肉强食

荡平马贼

十三日 晴。昨日伦敦来电，言接北京文，热河马贼，现已荡平，所擒四十二名亦已正法矣。

因于初七日见美外部，外部大臣布连颇以马贼猖獗为

17,11,14

言。因告以北洋大臣所练淮军精锐无敌，谅此蟊贼不难即日荡平。今果然矣。窃自谓尚能料事也。

十四日　晴。议院开后，分日谒议院绅。见下议院绅好德，谈逾时。言中国当防俄，并防英、法，提纲以开铁路、练兵士为主。又言，昔美国南、北花旗之战，北花旗三战三败，其时铁路尚未成也。及铁路既成，调到兵士二十万人，一战而胜，从此南花旗屡败，竟无胜时，此明效大验也。因韪之。戌刻赴律师科司达茶会，入门见墨西哥、土耳其公使、外部总办，入餐房则为之送茶者，乃今总统之侄女也。饮茶毕，辞出回馆，已亥正矣。

御外必需开路练兵

十五日　晴。是夜风，继以暴雨。本日新报，言美国赛会之事，已商之中国，度中国政府以美国既立条例禁止华人至美，现在华商之至美者多被留难；且美政府谓赴会之华人，亦须议院另订例章，方准入境，薄待如此，未必派员赴会云。

美度我或缺席世博

因谨按：美国此论，可谓名正言顺；美国此际，可谓理屈词穷矣。交涉之道，大抵不外“抵制”二字，一味曲从，则倒行逆施，自以为莫予抗也。果能如此，其亦抵制之一端乎？

十六日　晨起微雪，及地而化，遂霁日出。本日为美国各部大臣见客之期。因谒各部，仅见户部、农部两处。

昨日美报，言美国兵船水手在智被害，经美驻智公使照会智廷，已久未复。美国水师以为智国外作宕延，内修战备，新舰造成，必与美决裂，不如乘此未成之时，以势迫之云。

因谨按：此各国交涉之故智也。以势迫之，则所求必得，所欲必遂，胜算操矣。然则将何以不为势迫哉？

十七日　晴。闻诸美国部臣言：俄国约与土耳其联盟。而法使之驻勃尔加厘亚者，因法国访事人造言生事，为勃国政府所逐。法使遂递辞行之书，与勃绝交。俄、法方联盟，而皆注意欧洲之东。偏意者，欧洲其有事乎？

俄土联盟
法勃绝交

因谨按：俄、法两国皆佳兵者，乃俄忽用柔，而法仍用刚。其中作用，法易知而俄不易知也。然无非战国纵横之习也。

十八日　晴。本使馆及各属参赞、领事等有送礼物者，一概不受。

诘问回复
一拖再拖

谒律司。又谒外部，见副外部埃德。因询以本使署照会诘问禁工苛例。自十四年张大臣照会至今未复，其意安在？埃德答以现正上紧商议，以期必复。因询以毋乃空言搪抵？埃德答以决非空言。因再三敦促，遂辞出。

十九日　晴。户部总办来见，言美国拟以粟米数千吨赈济俄国饥民。又言法国新修税则。又询中国北洋大臣李傅相之疾，言伦敦来电，谓李傅相得感冒颇重，已有数日病卧，不能起。因谢之。

李鸿章患病

因谨按：中国税则所取于入口之货，均按百抽五，无所分别，此所宜亟修也。李傅相剿平粤逆，又平捻匪，为我国家柱石，中外重之。今得感冒，至于各国电闻，此万里长城北门锁钥也。因惟祝其“勿药有喜”，以保升

17,11,20

平焉。

二十日 晴。美副户部札与墨西哥毗连之税关，言墨国铁路公司招到华工，一千二百人失业，必将有潜入美境者，饬加意严防云。 美防墨国失业华人

因谨按：墨与美接壤，天时地利相似，矿产亦多，而贫富迥异者，则经理之人殊也。既招华工矣，而又听其失业。虽未言其失业之故，想必因经费支绌而停工也。然则极贫之国虽有自然之利，亦难兴矣。

二十一日 晴。外部大臣订送上议院绅布伦之葬。午正，往议院入中门，至东偏大厅，各国公使先有到者，以后陆续而到。至未初，同至中堂议事处。副总统及下议院长在正中南面并坐，教士在其前亦南面坐，议绅在东南向西北坐，各国公使在西南向东北坐，总察院在公使之前一层，坐向同。总统及各部大臣又在前低一层，与柩近，坐向亦同。其在楼上者分四层环坐。教士宣讲约一时辰，舁柩去。议绅有送至舟者，各公使皆返。

二十二日 晴。寅刻兴，盥洗毕，率参赞、随员等拜牌，行三跪九叩礼。辰初设面，申正设宴。宴后出门，谒律政部各大臣。闻法国以势欺凌勃尔加厘亚国，法使之驻勃者，递辞行书以恫喝之。兹美国于昨日接巴黎来电，言法外部接法国驻德公使文，称德国政府于此一事，力助勃廷，且谓法廷因此小事力绝邦交，殊属无理云云。 法勃断交德助勃廷

因谨按：法固好横行者，而于中国尤甚。此时又用之于勃国，以为勃可欺也；而不料德国之明目张胆以助勃

也，且严辞厉气以讥法也。好胜者必遇其敌，此之谓也。

二十三日 晴，夜雨。是日为各部见客之期。因循例往见，仅见副户部。又谒檀香山公使，为华人事也。

俄廷掩饰吞朝野心

昨日报载俄京来电，言俄国武员谓应于此时取高丽，俄廷则谓兼并高丽难于如愿，惟不许他国强占高丽，以防有碍于俄云。

因谨按：俄员之言实肺肝之见也，俄廷之言乃掩饰之谋也。俄岂一日忘高丽哉？待时而动，防有力者之妒之耳，应早备之。

二十四日 大雨至未刻而霁，天气燥热如五月时。是日为议院绅士见客之期。因带翻译谒十六处，仅见福来、克耐二人。

英国提出割让台湾

纽约本日报言伦敦来电，谓英驻华之水师提督已赴朝鲜、珲春一带，为巴美尔事也。又言中国如以台湾给英，英国将助中以拒俄云。

因谨按：此英人之以言餂也，中国断不为也。如果为之，是前门未能拒虎，后门业已进狼矣。窃尝兼权俄、英之势焉：俄为患在北，英为患在南；俄为患在陆，英为患在水。陆患尚可防，而水患无可防也。俄患远，而英患迩。俄之患也，不过北边一面，其进兵也难。英之患则北省如天津，南省如浙江、江苏、广东、福建皆受之，若溯江而上，则安徽、江西、湖北又受之，其进兵也易。且英能助中以胜俄，则要求无厌。胜，固受其患也，英不能胜俄，而俄入北境，英人之狡，将乘中国之力绌，而趁势以

17,11,25

求沿海各埠；不胜，亦受其患也。且兵未交而先失地，明者决不为也。咸丰十年之乱，俄人乘势以取黑龙江北岸地方，此前鉴也。故以为中国断不为也。为今之计，惟有造铁路以合南北之势，筑炮台、置水雷艇以固各海口之防。及今为之，尚未晚也。 前车有鉴断不能为

二十五日　阴，天气仍热。是日为美国令节，送外交处议绅绸、茶共八分。

此次开议，上议院绅共八十人，下议院绅共三百三十六人，而递条陈禁华工者，计三百五十五人。

因查美国国例，总统由民举，议绅亦由民举。其未举也，必先要结民心，将以求举也；其既举也，必求允洽民心，所以报举也。美国土著系茵陈一种，与黑人相似，不归王化，画地而居。其居中土为民者，皆欧洲客民耳。顾欧洲客民入美籍，而中国客民不入美籍。入籍者得与举，不入籍者不得与举，而亲疏向背之势，遂冰炭不侔焉。“谁生厉阶，至今为梗”哉？

二十六日　晴。是日为外国吉辰，不办事，不见客。

本日新报载：法国与勃国龃龉一事，德国昌言助勃矣。兹彼德堡来电，言俄廷决意助法云。 俄国助法

因谨按：此欧洲不靖之萌芽也。勃，小国耳，法人陵逼之者，其惯技也；而德人助勃，法几无能为矣。乃俄又助法，德以一国支两大，力能胜乎？且俄之与法联盟也，即昌言干预勃之内政矣，今有待而发，是德则无心，而俄则有意也。地球风气至于如此，苟不富强，其何以立

国哉？

二十七日　晴。华人周某持出使美、法、义、比大臣护照来见，言赴诗家谷赛会请照美外部。因谓我政府方以美国苛禁华人，派员赴会之议未决，本署未便轻照外部，当由参赞带见外部总办可也。

二十八日　晴。是日为总察院见客之期。因带翻译往谒，见不绿瓦、哈轮、不来履、斐路四人，馀五人未见。

美逐华人饮水忘源

因见斐路夫人时，座中有妇年约六旬，言美国之禁华人，殊为违约。因答曰："美经营草昧仅一百年，而富强如此之速者，铁路之力也。创造铁路如此之速者，华人之力也。今可谓饮水忘源矣！"妇以为然。

二十九日　晴，申正以后雨，中夜大风。谒下议院外交处十三人，见麦克力、安多罗二人皆在客寓，言近年各国整顿水师自为至计，但铁甲战舰需费数百万金，告成须四五载；惟水雷艇则造易而费轻。

法国海军强大先进

查法国有铁舰四十三艘、水雷艇一百九十艘。兹又添造水雷艇三艘，一艘已成，计长十四丈二尺，宽一丈五尺，容一百零五吨，载兵弁二十六名，有速放炮二尊，放水雷之管二枝，分置船前、船后，前管不能动，后管可以摆左、摆右，每半时辰可行二十一海米又半（合中里七十馀里），如此之速，铁甲船难恃矣。

海米（海里）

因谨按：水师之用铁舰，利战于海中，雷艇利战于口岸，一长于攻，一长于守。故英多铁舰，而德多雷艇，其志可知矣。中国之创海军，远略未遑，但能保守各口岸，

17,11,30

使敌国战舰不敢轻来，则足以固吾圉，雷艇似尤重焉。因闻其言切当，特归而志之。

三十日　晴。是日为上议绅宣文嫁女吉期。因已备礼送嫁矣，今日遂往道喜。午刻，总统、各部、各公使均到。成礼时，主婚者先询女郎曰："汝愿以此人为夫矣？"答曰："愿。"又询以后或贫、或富、或疾病、或康强，至老不悔矣？女郎一一如所询对。次询其夫，亦如之。礼毕，总统以下，均与二人握手，递辞出。女郎遂别父母，偕其夫出游。此美俗也。 西式婚礼

十二月初一日　元吉。晴。是日，为各部、议院绅见客之期。因谒二十一家，只见副户部一人。谈及美与智国龃龉，美国方整饬船、炮一切。智国亦向欧洲各厂购办军器，且派员赴德国学习军法。美廷即电饬本国驻欧各使，密查智员动静。谈未久，辞出。 美智龃龉加强战备

因谨按：智利自胜秘鲁后，庞然自大。从前中国向索商民所失赔款，峻词相拒，中国不与校也。今该国内讧。日国已索赔三百万矣。美又以其侮本国使臣，欲相问罪。窃料智非美敌也，有不卑礼求成者乎？

初二日　晴。是日，为美国元旦。总统于午初见各国公使，以次见各部大臣、兵官及绅民。因率参赞等觐总统后，即往见外部大臣，并谒各部，申正而返。 美国元旦

闻美国官场言中国马贼已平，东北地方又有贼党萌动，幸李傅相病已痊愈，即派马队往剿云。 东北地方贼党萌动

因谨按：外国电线之便，音信之灵，宜其事易措手

也。至李傅相感冒则以为可虞，及兹病痊又以为幸，为教民幸乎？为寓华之商民幸乎？不可知也。因则为国家之保障幸焉。

加国愿入美国版图

初三日　雨。美兵官魏礼森来见，言美国北境卡拿大地方，英属地也，近有愿入美国版图之议。缘英国属地各洲皆有，其最大者为澳大利亚，此外殊难悉数。英国政繁，其于属邦外交事务隔膜，不能浃洽，故卡拿大愿隶美籍，澳大利亚亦欲改为自主。英国官绅不以为异，且谓不妨从之，以省英之越俎云云。

因谨按：此当为英人之廋辞也。法与俄合，英之海军势不敌矣；而各属邦远在异洲，非兵船无以控制。兵船势绌，则令有所不行，不得不知难而退，故先为此言以文饰后此之形见势绌也。

初四日　晴，午正大风，雨雪遽止，仍见日。逾时又飞干雪，日光如天晴时。起程赴玛林公司验枪，是夜宿纽约。

德请前相再度出山

初二日报言巴黎来电，言德相毕思麻告退今已三年，自俄、法联盟，德皇内怯，措置内外，情若棼丝，近已屡派大员密赴毕思麻第，商令出山，但不知毕相允否耳。

因尝读汉史至“飞鸟尽，良弓藏”，又读唐诗至“时危身赴敌，事往任浮沉”，未尝不废书三叹也。德之霸也，由毕思麻。德皇承祖父之旧业而不任旧人，以为可从容坐理矣。不料俄、法联盟，英国既以属地为忧，德皇能不以寻仇为虑？“急而求子，是寡人之过也”，德皇有焉。

17,12,5

至于电报来自巴黎，则知德皇讳之，而法人扬之。其扬之者，所以显彰德皇之短，而实内惧毕相之长也。

初五日　晴。是日华盛顿大雪，而纽约晴，盖相距已千里，天气不同也。辰刻，玛林公司来引导，因带翻译、武弁仍附火车。巳正至纽海芬地方，换马车行十里至厂。厂中已预备，即抽验五十枝，均为灵便。验毕，约申初矣。当令该厂具结，其馀悉照此样。仍回纽约，时已戌初。饭后赴火车厂，正交亥初，中夜奔驰，至卯初到华盛顿，往返约二千五百里。 验收军火

因查以前中国购用枪炮，悉于上海向洋行定价交货。其价则洋行中饱，不肖委员又从而浮销，故多不实。其枪炮又非新式、新造，大抵多以旧式改造者，弊日滋矣。自奏定章程，由驻各国公使验收，而旧式改造之弊绝焉。

初六日　阴。入使馆，是夜大雪。近闻俄国筑造西比里亚铁路之员名卑书富至金山。金山人员访询情形，言自俄京以东计一千七百米（合中里三千六百馀里）业已筑成，至全路工程，约十二年可竣。沿高丽之一段约二百馀米（合中里六七百里），现作工者有五千人，明年可增至七千人云。 米(俄里)

因闻此而先为高丽危也。俄、高通商自有水路，且商务亦甚微细，安用铁路为哉？可因此而窥其心矣。 朝鲜危矣

初七日　阴。本日巴黎来电，言勃尔加厘亚国驱逐法国报馆访事人，法国诘责勃廷，勃廷复以访事人藐视勃廷，先已照知法国驻勃公使禁止，迄无敛戢，勃廷不得不 保加利亚不畏挟持

保全国体也。勃，小国耳，竟不畏法之决裂而为所挟持也。

因谨按：挟持之习不可开也，开则一事如是，百事皆如是矣；一国如是，各国皆如是矣。况法又好挟持者也。拿破仑第一挟持布、奥、日等国，而败于俄、英，拿破仑第三挟持布、日各国而败于德，盖风气使然矣。勃以小国而抗法，但不知其究竟如何？或有密交之国为之理断，或有强大之国为之主谋，则庶乎其可耳。

初八日　晴。谒总察院上议绅不来奔、宣文、律师科司达、外部总办播郎。

抗俄欲联罗马尼亚

昨日报言巴黎来电，言罗马尼亚国与俄毗连，一千八百七十七年（即光绪三年），俄、土交兵，俄君谬为与罗君友善，假道入土耳其之境，获胜凯旋时，乘胜夺罗国一省之地，罗君未之忘也。今闻德、奥、意联盟，遂于前日赴奥国之跛司埠，面见奥王商议时事云。

因谨按：晋假道于虞以伐虢，旋师灭虞。刘璋借刘先主以拒张鲁，卒以失国。然得地者祚皆不长，此往事也。

越境华人大减于昔

初九日　晴。下议院绅思麻来见，言及日前户部派员，查华人由英属卡拿大潜行来美，且有美国多人挈带一案，今已查明，实无其事，只兵丁一名暗助华人过江，而该处入境之华人业已减于昔日云。

因谨按：此实情也。美国工党妒忌华人，此外皆不然。盖工党为搀夺其工，而工党之外，实喜华人之工价廉也。顾工党甚众，而又有举总统、议绅之权，总统、议绅

17,12,10

无不徇之，此华人之所以屈于工党也。

初十日　晴。外部总办播郎来谒，并持总统及后谢帖，言谢中国茶会，且许代为照料茶会之事。谈次，言初八日巴黎来电称埃及国王已薨。该国前王曾借英国银一百兆镑（合中国银四万五千万）而不能偿。英廷与各国商逐前王而立其子，是为今王。至一千八百八十二年，埃及内乱，英国为拨兵削平之，而遂留兵驻埃及。法国不允，屡诘英廷，令其撤回，英驻兵如故。今埃及之君已薨，法、俄方合，且俄君已有不愿英兵驻埃及之言，恐不免决裂云。 埃及王薨 局势堪忧

因谨按：欧洲之势，扰攘无安定时。其不遽相见以兵者，两强相当，未敢轻发耳。英固强矣，然俄与法合，则英之水师不敌两国，即英之陆师，亦不敌俄国。势力不均，则一有龃龉，强者必先发难。英人于埃及之事，将何以善其后哉？

十一日　晴。昨日金山来电，称该埠新筑炮台，已由华盛顿运到八寸口径炮四尊，连前共有八尊，尚有十二寸口门者，不日亦将运到云。 美筑炮台

因谨按：美自纽阿连民人杀毙义人，不肯办抵、议恤，义遂龃龉，美亦慎固海防，皇皇焉如不及。近又与智利龃龉，智国水师虽不敌美，然“蜂虿有毒”，亦应未雨绸缪也。美国船厂、炮厂林立，其筹守实不难，非若购自外邦者之缓不济急也，故优为之。

十二日　晴。是日副总统订见总统。因于亥初偕翻译 副总统 订见总统

乘车至副总统宅。今年官绅似不如去年之多，仅见内、外、户、农、邮政五部，议绅十馀人，公使则英、法、俄、德、朝鲜、日本、中南墨洲诸小国，妇女则不减于去年。亥正，总统、副总统出见，握手为礼，各就大餐房饮酒、进馔。子初而散。

总统见各国使臣

十三日　晴。夜雨。是日总统见各国使臣。因于戌正偕参赞、翻译各员往，及亥初而到齐，以次入见，握手为礼。总统见使臣后，民人之入见者，至亥正而犹未止。因等于亥正回使馆矣。

美欲攻智假道秘鲁

闻美国与智利龃龉一事，外部已商之总统，总统已谕。商议院，时论多以智利海口实为天险，不易进兵，将欲假道秘鲁，由陆路而入，将来战胜，即胁智利所踞秘鲁之地还秘鲁以为酬，此意不知能行否，尚待审慎而发云。

因窃意此美廷之计也。如此则智利增一敌，秘鲁既可复仇，而又得还所失之地，自愿假道。此策果行，而智利危；即未行，而智利亦先自危，安得不降心以相从哉？

德主大集武职大员

十四日　雨。巴黎来电：称西历元旦，德主大集武职大员，密谕逾时，御前侍卫均不与闻，想系不日用武云。

因谨按：法与俄合，自以为德必畏之矣。乃德主只励精讲武，而于法国仍视之蔑如。法则时时窥其动静，其言若有畏焉。何法之鸱张跳梁，向之好凌轹他人者，至是而甚畏人之凌轹也？“勇怯，势也。”

新年茶会

十五日　雨，午刻而止，寅以后大雪。是夕本馆举茶会，自总统以下，均于前十日具帖。届时，总统之长子挈

17,12,16

其妇到，大将军、外部及各部大臣、总察院、上、下议绅、各国公使均到。外部大臣向不赴茶会，是举为破格。会者逾千人，车马拥挤，延及通衢，亥初到齐，寅初而散。香冰酒用至二十箱，他酒犹未计。菜与水果、茶点计二十馀品，吕宋烟大、小十二盒，堂倌十馀人，伺候易衣服者称是，巡捕六人，可谓盛矣。

因查外国新年举行茶会，延请无虚日，不能尽辞也，又不能受而不报，故一效颦而所费多矣，不可再也。

十六日　大雪约深一尺，至申正而止。美绅为因言：巴黎来电，称德主举动令人疑虑，近日忽然优奖提督阿勒芬所黎宾，盖以该提督于一千八百七十一年（即中历同治十年）败法兵于离蔓也。此时忽又奖之者，将以收德弁之心，而激法人之怒云。 德主突奖败法司令

因谨按：法之抢攘为雄者，向自以为一怒而天下惧，莫余敢侮也。今德主乃欲激之使怒，若惟恐其不怒也者，殊不可测也。因家居近山，尝见捕虎者矣。虎之攫人及兽畜也，有持挺刃追之者，虎乃故迟迟吾行焉，且时返顾，作怒目之状，追者虽众，无敢近逼，虎终衔所攫者以去，人莫可如何也。追者返，乃约猎户侦得其巢穴，遂集猎者，挈枪而往，如墙立，排穴前，虎不敢出，乃束火而燎之，虎怒奔出，众枪齐发，遂毙之。德主之用激也，意如斯乎？

十七日　晴。拜发条陈折。昨日新报，言英、法两国于埃及国争权，法国本拟于埃及旧君新逝、新主未立之 法争埃及无国相助

时，与英理论，无奈欧洲各国无助法者。俄虽与法联盟，此时亦不助法，惟密戒法毋妄动，法国独力难支，悉听英之所为，以期异日英国报以他益，现在不过照例诘问英廷，掩饰耳目，顾全国体而已。

因谨按：法人之于中国侈然自大，其于欧洲颓然自废，始以为不可解也。顾尝见龌龊者之情形矣：其于逊己者，百端陵之，不论理也；其于胜己者，百端让之，亦不论理也。地球各国局面大抵如斯，法又甚焉。然地球大国之受挫折者，亦拿破仑尤甚焉。“天道好还”，事有必至，论事至拿破仑之末路，未尝不少舒抑郁不平之气焉。

棉子运鄂

十八日　晴。湖广总督张之洞电请购美国棉子，兹已由农部大臣于乡间购成，由大西洋运鄂矣。

因谨按：美国特设农部，专司播种之事。钱粮出入，另有户部司之。中国户部亦称农部，但司地丁、钱粮、户口，而播种则听之民。美国每年户部出入计银三万数千万元，较之中国几四倍，而其事反简者，则以有银行而可省收发之烦，用银钱、银币而可省验平、验色之烦，有火车而可省解运之烦也。事不烦，则弊不滋，故未闻有劫饷鞘、亏库款、扣平色之事，其制之善，有足择焉。

总察院见客之期

十九日　晴，申后小雨。是日为总察院见客之期。因往谒勒马、布郎、不赉之、福彀磊，均见；又谒下议绅斯斌介，亦见。

闻华盛顿炮厂，近造成六英寸口门来复炮二十尊，八英寸、十英寸者十六尊，每尊造成只五十日。又水师部造

17,12,20

成十二寸口门者一尊，需费四万五千元，其六千元系工价，重十万四千磅（约四十馀吨），较由外国购者，价省其半云。

因闻此而知机器厂之不可不自营也。能自造炮，其便有一，其利有五：两国交兵，各国守局外之例，不准售军器，兹则不需外购，其便一也；价省其半，国帑不糜，二也；钢铁之产，不弃于地，三也；中国人多，营工而食，四也；风气日开，日渐富强，五也。地球之国，其富强者，大抵皆自造兵舰、铁路、枪炮者也；其贫弱者，大抵皆外购兵舰、铁路、枪炮者也；其不能自存者，大抵皆不能讲求兵舰、铁路、枪炮者也。今众说庞杂，无从适从，盍就实在情形而静验之？ 机器厂自营五利

二十日　小雨，是夜下雪。是日为下议绅见客之期。因往谒见勃郎、姐门、三奋、克力、火街五人。克力为嘉省人，出金山新禁华人例相示，因婉托之。 下议绅见客之期

因于此而叹禁工之例未易争也，议绅由民举，当其举也，即先以禁华人要之，允之则举，不允则置之，其愿为议绅者无不许以禁工矣。夫美国之人固无不愿为议绅者矣。难矣哉！

二十一日　晴。本日为各部大臣见客之期。因谒各部，见兵部、副户部。 各部大臣见客之期

闻南墨洲之威内萨国东邻英属地，英人屡侵其界；威请与英分画界限，英又画过威界；威不敢争，因商请局外之国公断，英亦不允。盖其地产金，故英人欲之也，近求 英人屡侵委内瑞拉

美廷为代申理云。

因谨按：此弱肉强食之风气渐逼墨洲矣。中、俄交界之地，俄人无日不思侵占，每与勘一界，俄必进占数十百里。盖其地多金，故俄垂涎焉。今渐逼近矣，数十年以后，边防其费手乎？

上议绅见客之期

二十二日　晴。本日为上议绅见客之期。因往谒见宣文、多福、福来、地甫司、不来奔。闻英国商务局刊出年报：本年购茶二百零二兆磅，印度居四之三，中国仅五十二兆磅（计三千九百万斤）。

茶价日贱茶山多荒

因籍隶安徽，地多山，民多业茶。父老言四十年前，荒山日辟，民资茶以生者居其半。近二十年中，茶价日贱而税不减，除纳税以外，所获甚微，故茶山多任其荒矣。转移之机，是在关心民事者。

智利购舰

二十三日　晴。祀灶。美国近日为与智利龃龉之事，催趱兵船赴智，日有所闻。而智利亦向英、法两国定购兵舰，法国为智利所造之兵舰名“开拨顿白来”者，不日成功，其中有电气炮尤为灵便，每一时辰可行一百二十馀里。而美议院亦定于二十六日大议焉。

安不忘危治不忘乱

因尝读《易》至“安不忘危，治不忘乱”之言，而参以《周礼》搜、苗、狝、狩之义，而知古圣之用意深也。战不常有，而欲战之事无日不有；战局不可自我兴，而备战之道不可不先时而兴。盖兵力可以战，则敌国将不欲战，而战局不开，是以能战而止战也。近日英、法争权于埃及，法与俄联盟以敌英，俄外部且昌言英之非矣，乃

17,12,24

英人毅然行之，而法人拱手让之，俄且戒法以勿妄动焉，非皆慑于英之兵力哉?！美固强于智利，然越国鄙远，未能决其鞭长之必可及也，故以全力筹之。

是日至纽约赴塞泼席，中夜回车。

二十四日　晴。夜雪。辰正抵使馆。

昨日报言：俄、法联盟，英国始则望其不成，及其既成，又欲解散其交。故于本国驻俄公使莫里雅患病请假回英后，又复属其至俄。盖以莫里雅与俄政府相得，所言易入。如俄不附法而与德亲，不至决裂，则战局可不开，此英志也。 英国不愿俄法联盟

因谨按：欧洲各国，俄与法皆好事者，因尝于俄、法联盟之初，详论之矣。中国教案，英、法有意挟持，并约义、美各国。英则始急而终缓，法则终始恫喝，幸义国向恶天主教，而美政府又从因言不与联盟，故法愿不遂也。莫里雅与俄政府相得，英廷不以病而弃之，用意深矣。

二十五日　晴。谢神，祭先。昨日塞泼席间，有某察院及前总统格阑脱之子，言美国拟开尼格拉之地以通东、西洋，此工若成，则商务益盛。因答以此工如成，则中、南墨洲之小国必遭大国鲸吞。本日见新报，言南墨洲之厄瓜多国整顿武备，将弃旧式枪不用，而易以奥国之“曼里加尔”快枪云云。是该国有戒心矣。 尼格拉(尼加拉瓜)

二十六日　晴。是日谒议绅摩根、克类、狭麻、阿伦、麦岂力、斯斌介。又邮政大臣宴总统，请各国公使、各部于本宅见总统。因于亥初往见。又往议绅奥地士处茶

是否开战意见不一

会，返馆已子正矣。斯斌介言美与智利龃龉，昨日总统请议院议之，北党以为应战，南党以为不宜开衅，遂令再议云。

美国之律政归三处

因谨按：美国开国之律由华盛顿订定，政归三处：立例者，议院；行例者，总统；守例者，察院。议院有立例之权，则大事为议院主之，总统不过奉行焉耳。盖议绅、总统皆由民举，而总统仅二人，不及议绅之数百人者，但能公而不能私，为民而不为己也。故事之创者，必由议院决之，此美国之创制显庸也。

二十七日　晴。夜大风。是日，总统订于亥刻见议绅、察院，并见各国公使。因率翻译亥初而往，见总统后，又见各部大臣，并议绅宣文、狭麻、斯斌介。谈次，

智惧开战已允恤偿

智利因美整顿兵船，议与开战，已有转圜，所有前此杀伤美国兵船水手，已允恤偿，言归于好矣。

因谨按：当今之世，有理而无势，实不能以理屈人也。美民杀毙义民，义廷诘问，美初不肯恤偿，乃至义使绝交离美，美始转圜。今美之于智，亦犹义之于美也。美之水师不及义，智之水师不及美，然非实有决裂情形，仍不就范，则交涉之窾要可得端倪矣。非兵力胜人，断不敢与人决裂；非兵力胜己，断不肯舍己从人。公法不足恃，条约不足据，惟势强者乃能伸理耳。有国者不可以不强。

将赴古巴

二十八日　晴。谒外部大臣布连，为将赴古巴辞行也。布连言美国驻古巴领事勤能，一切可以照料，当为通信。因谢之。

17,12,29

律师科司达来见，言于外部处闻因将赴古巴，特来送行。因询以智利之事，言可不战，然尚未就绪。因又询秘林海峡之案，答以美与英两不相让，已商定再派员妥议，日内为此甚忙碌也。

勇怯势也 强弱形也

因尝读孙武子兵法，谓“勇怯，势也；强弱，形也”。不禁喟然叹曰：“此孔子所谓‘诚之不可掩’也！”强弱之形，因彼己而分；勇怯之势，即因强弱而别。强与弱遇则勇，美之与智是也；弱与强遇则怯，智之与美是也；两强遇，则不怯，亦不勇，英、美是也。不怯则不相让，故英、美龃龉，驳诘者至于一年；不勇则不决裂，故英、美终不以兵戎相见而宛转相商也。孔子曰：“能治其国家，谁敢侮之?”此之谓也。

宗教有别 奥意不洽

二十九日　晴。昨日罗马来电，言德、义、奥之同盟，本以外防俄、法，而不料有内忧，盖以奥民群奉天主教，而义则视若仇雠，两国民心因此不洽。德皇力顾大局，婉劝奥皇，致意义国，委屈调停，使国内不致交讧。教皇亦不与法构结为患。现闻奥、义两君屈意从之，可保升平之局矣。

因谨按：地球各国，莫不有教，大抵“入主出奴”。惟孔子之教则包所有，亦空所有，一视同仁焉。然自宋以来业已分党，显作异同，至明则每下愈况矣。自洋教入中国，庇莠民、犯名义，君子嫉之，而激烈之士显与为仇，狡猾者又借口为乱焉，则不慎于始之咎也。中国每闹教一次，则教势愈盛一分，由兵力不足，而民、教之理不能持平也，可胜慨哉！

三十日　晴。闻日本改铸银钱，大获利益，近按年铸出计一千万馀元。中国及大东洋来往之商均多便之，流通渐畅，每年获利至六七十万元云。

因谨按：泰西各国皆自铸银钱，防利权之外夺也，而便民、便商。更有言之而难尽者：中国南省所用之银钱，

自铸银钱利不外漏

向为墨西哥国独擅其利计近百年矣，商民便之，至以重七钱三分之低银作重八钱有馀之足银。现上海虽改用鹰银，而安徽、江西各省尚仍旧也。中国苟自铸银钱，则利源不外漏矣。

盖观于今日之交涉，而叹天地之狭、人心之险也。祸

国际时事观察总结

患每生于万里之外，兵戎即兆于玉帛之间，无可避也，无可远也。天下之强国首推俄，其地跨欧、亚两洲，皆在万里之外，而兵力所及，即足为患。其在欧洲也，兵逼德界，则德有戒心；逼奥，则奥有戒心；逼土耳其、波斯、阿富汗，则不仅有戒心，而直有覆亡之虑矣。其在亚洲也，造西比里亚之铁路，增珲春之兵，建黑龙江之船坞，则我有戒心，而朝鲜、日本亦不能无恐。美与智利分赤道南、北，而因兵船水手一案，几至构兵。英人由缅甸造铁路以规滇，法人由越南兴火车以达粤。阿非利加洲亘古以来鸿荒未辟，而欧洲各国群起而分裂之，皆远隔万里者也。德、奥、义联盟以防俄、法，此玉帛之会，自守之见也。而俄与法联盟，俄又与土耳其联盟，俄之与法、与土，实世仇也。德、法有不可解之仇，而结好无间，亦抵

17,12,30

悟时形。美因喀罗连岛教士之案而责义，英因秘林海峡之案而责美，俄、法因埃及之事而责英，俄因勃尔加厘亚之事而责德。中国沿江会匪闹教之案兴，而法欲联欧、墨、亚洲各国水师以要挟，虽好会无间，而扰攘不休。居今之世奚可局浅近，囿耳目，而高言耀德休兵哉！水师之力，英之兵舰至五百有零，法稍逊之，俄又逊之，次则义、德、日三国亦可称雄，美国水师居第七，中国居第八，日本居第九。日本今年以水师之力不敌中华，乃于法国订造钢甲三艘，亦黾勉企及之意也。法与日，美与墨互增入口税以相抵制。法重美国猪肉入口之税，俄增英国棉纱入口之税。乌拉乖，墨洲小国耳，亦增入口之税，以足国用。乌拉乖（乌拉圭） 义禁美国煤油入口，美禁欧洲穷民入口，皆内政之可自主持者也。若夫美国之近政，则驻美之使尤耳熟能详焉：其测天文也，则有算学诸士挟资赴秘鲁以测南半球；其测地理也，则有商务诸人赴尼格拉以通东、西洋水道；其讲海防也，则建炮台于太平洋，购圣驼马岛于丹国，增海口之巨炮，造极速之兵舰，讲求炮穿兵舰塞漏之法，措置兵舰中途添煤之地，试白铁之甲，造电气之船；其搜军实也，则造无烟之火药、至猛之炸药，创钢线缠身之炮，试电气之车，考连珠之炮，炼矾精以代钢，借水力以生电；其讲富国也，则与欧洲、墨洲各邦立报施条约，增入口之税，收丁口之费，禁入境之彩票，赛珍于希卡果，免税于夏威仁。铁路入款四千万有馀，本年所入之款至四万六千万有馀，直驾英国而上之矣。至于博士新得致雨之法，随时随地可以立沛甘霖，其说不经，乃闻农部已拨巨款试验，各省亦且以资定购，则又似非子虚。相距较远，未能目睹，姑志之以备一说云耳。

美、日、秘使者志于美国华盛顿使馆，时辛卯十二月。

18,1,1

卷十

光绪十八年正月初一日　元吉。晴。卯初，率参赞等员朝贺，行三跪九叩礼。辰初设面，申正设宴。天气温和。

美国去年查核民数，后又查民间产业，共值六万二千五百兆。其富者约二十四万馀户，每年所得之利多寡不等，约共一十四万万元云。 美国民间资本

因尝考美国之所以致富矣，其开辟不过二百年耳，而日益加富，如是之速者，则铁路之力也。统计地球铁路，以美为多；统计地球各邦，亦以美为富。因赴美绅雪白之宴，知其一家并其妻属，其计产业值一万万元，其富于美推为第二，其所管铁路之多亦推第二，且即为管理铁路之副办。雪白尝谓中国欲富，宜兴铁路，盖以己所以致富者告因也；又欲为中国兴办铁路，盖又欲以其致富之术试之中国也。雪白为人光明正大，美国重之。因亦知其言之不 美之致富铁路之力

谬也。

初二日 晴。美户部查自去年与古巴及巴士力戛二岛立报施约后，出口之货至该二岛者加至一倍。计此四月之内，共值美银八百三万六千九百二十元云。

立约互惠出口倍增

因谨按：外洋农、商并重，而商利尤显而易见，各国立约必于商务三致意，诚恐朘己而肥人也。中国与外洋通商，仅通外国之商于中，而不能通中国之商于外，势成偏重，则创始者之不谙洋务也。积重难返之势，其将何以挽回哉？

前美驻中国公使杨约翰来见。

借贷洋款必先奏明

初三日 晴。接总理衙门文，言以后借洋款者必奏明，奉上谕后，方可借贷。此极周密，当即拟稿照美外部，先交律师修饰。遂答拜杨约翰，谈及法国新订税则，除于瑞士、比国另议外，于义、日、葡萄牙等国最重，于英、德、奥、土耳其、墨西哥、智利、哄都拉、奚地、山都敏哥各国最轻。此外有未定准者，均照最重纳税。美与法议尚未成，大约亦可照至轻之税则云。

奚地（海地）

山都敏哥（圣多明各）

因谨按：税则为内政，本可以自由者也。中国于本国土产税厘至重，而于外国货物税则至轻，是厚于外而薄于内，且使外国之货畅销，而本国之土产滞积也，于富国、富民之道均未合焉。前此尝疏陈之矣。

赴总统宴

初四日 晴。是日赴总统宴，戌初而往，亥正而返。同席者各国公使、外部、上议院外交处，首领均挈室而往。至入席，则总统挈墨公使之妻，而墨公使又挈总统之

18,1,5

后，馀仿此。因不挈室，故亦不挈他人之室。席终倾谈许久而散。席间闻美国禁发财票入境，不许邮政馆寄，不许报馆刊。兹鲁希安奴省卖票公司控于总察院，仍被驳云。卖票公司控诉被驳

因谨按：利不易兴也，必有挠之者，如英、美各国之初兴铁路是也；害不易除也，亦有挠之者，如美之禁发财票是也。先儒谓“进德修业”，并资识力，有识则能知，有力则能行也。傅说谓“非知之艰，行之维艰”。知不过明其理，行则见于事也。治天下亦如之。

初五日　晴。初二日报馆由俄京来电：俄国去年由正月至十月，入款较上年少三千七百万罗卜，出款增一千七百万罗卜云。俄国去年支多入少

因谨按：俄值大饥，故入款顿减；而急营西比利亚之路，故出款顿增也。俄每岁所入亦三万馀万两，颉颃于英、法、德、美等国，而国用不足乃与法同，而较甚于法，则穷兵黩武为之也。所幸其国形势，背绕北冰洋，不至受敌；而其地苦寒，又非邻国所欲，故得无虞，否则鲜有不败者矣。

初六日　晴。日本轮船自同治十年起，至光绪十七年九月止，获利银二百零二万有馀元。日本轮船获利甚多

因谨按：中国招商局设立二十馀年，始则巨亏，继而亦无大利，则不得人之故也。日本之船，不过由横滨至上海，中国之力尽可为之，何难独专其利而使日本专之？且即不能独专，而与日本分之，亦不甘让人之一道也，乃中国内地轮船之利，既与泰西共之；而中、日来往轮船之

利之所在 拱手让人

利，又为日本专之。利之所在，拱手让人，而不觉日朘而日匮也。则商务之未讲求，而草创未得法，故也。

赴古巴

初七日　大雪。是日辰初启行赴古巴，时正大雪，火车行至申初雪渐少；申正，天晴已见日矣。盖地隔千里，气候不同也。所过之地，平衍悉属松林，四望无际，土人结庐、伐木，斫削成材，由火车运至通衢，取之不尽，大约一百年内足供采择也。

因尝闻京北热河地方，松树极多，四望无际，中间有岭即名"万松岭"，行人均出入于松林之中。松之老而僵仆者，行人即就以爇火为炊，火种终年不息。惜其地荒远，不近都邑，故大材皆废弃也。若兴铁路，则运载轻便，其利无穷。然则铁路信为富国之第一策也。

哲臣威(杰克逊维尔)

覃坝(坦帕)

初八日　晴。午刻至哲臣威换车，戌正至覃坝上船，亥初开船。因于车中眺望，见由华盛顿至覃坝，三千里内悉属松林。近覃坝数百里，则近村落处多种橘柚，盖开辟松林以后，就其地而改种果实也。此数百里中，其土色白如粉、如雪，《禹贡》纪冀州白壤不能如是也。上船之后，渐近赤道，气候渐热，欲脱棉衣矣。

克物司岛(基韦斯特)

同舟美商谈禁华工

初九日　晴。申正至克物司岛，岛为美属。上、下货物约两时，仍开船。此海风浪颇大，船行颠簸，舟中美商四人，颇款洽。言此次下议院议苛禁华人者甚多，大抵多西省人。西省客民之佣工者，畏华人夺其利，故禁华人。其实此种亦非美国之民，但以入籍之后能公举议绅并总统，故自总统以下皆徇情而助虐。惜华人之不入美籍，遂

18,1,10

至无援，今实难挽回矣。因询以议绅中亦有悦华工者，何也？美商答曰："此中有两种人，一为不觊觎为总统者，故好直言；一为东省之人，其地垦荒，现需华人故也。"因谢之。

初十日　晴。卯刻，船抵古巴夏湾拿埠，总领事等及华商已备小轮船来迎，当即入领署，即专人持日外部、藩部之信，交古巴总督、巡抚，又以美外部之信交美总领事。午正，即命驾谒见各地方官，总督名波拉威夏，巡抚名嘉沙，将军名哥来司，府尹名哥罗希度，均见。 夏湾拿（哈瓦那）

十一日　晴。古巴总督来见，因以华人相托，言华人在此经商、佣工，皆有利于古巴，地方官所当保护。该督答曰："华人现在来往自如，毫无拘束，即最优之国亦只如此，如其不信，愿派员护送贵大臣至各省巡视，则知实在情形。"因又言古巴各乡约局所欠华人工资，历久不给，应请设法。该督答以即为追偿。谈久而去。 总督来见承诺讨薪

十二日　晴。古巴巡抚及府尹、美副领事等来见，因即以昨日告总督之语告之。该巡抚答以华人非惟来往自如，地方官且有破格以待之者，如出售爆竹是也。今因无所拘束，行街纸亦少领矣。因又以各乡约局所欠华人工资，请即追偿。该巡抚即面嘱府尹，府尹自任代追。遂辞去。 巡抚府尹等来见

十三日　晴。华商九家，公请美总领事及古巴总督先锋官来见。美总领事言：十馀年前古巴虐待华人时，伊即驻古巴，曾与力争不胜，乃告美政府达之，中国得以派 美总领事力护华人

员，华人遂出苦海。因谢之。因婉告以古巴华商之赴美者，当入境时关吏每阻之，例须贵领事签名为据，方可放行，愿少通融。该领事颔之。

谒地方官并辞行

十四日　晴。再谒古巴地方官，并辞行。是夜古巴府尹又来见。因告以乡约局所欠华工工资，府尹嘱谭乾初将来至府署时，可径入办事房面议，必有把握。因谢之。纽约报言，西历正月（即中国十二月）一月内，驻纽约埠管理客民入境之员查明：欧洲各国民人到该埠而不应入境者，计一百零三人，均不准登岸，已由原船载回原处云。

离古巴众人来送

十五日　晴。美总领事来送行，古巴总督来送行，言以小轮船护送上船。因谢之。是日午初上船，华商等均来送。未初开船，船行仍颠簸。戌正至克物司。查克物司为美属地，美人经商于此。言美政府为俄国大饥，普劝捐赈，闻已捐面粉三万桶（每桶约二百斤），现银五万元，由欧洲运往赈济矣。

美赈俄灾

因谨按：美国禁欧洲工人来美，而俄不允，若于他国，美必以全力持之禁而后已矣，而不敢用之于俄，且赈其饥焉，何恭顺耶？畏其强也。

十六日　晴，微雨遽止。酉正至覃坝，船主陪上岸，至火车厂登车，戌初开车。车栈有鬻新报者，载华盛顿二月十五号报称麦天那省来电，言该省土人毁华人之洗衣馆，复具呈于下议院，绅言华人洗衣搀夺其业，请驱逐出境云云。

麦天那（蒙大拿）

因查美之土著多拥厚资。其为工者，悉欧洲之客籍

18,1,17

也，与华人同属客民，而能上书议院驱逐华人者，则已入美籍之故也。使者之权安能敌议院哉？事难为矣。

十七日　晴。黎明至哲臣威，闻麦天那省之海伦那地方居民立例禁止，不与华商交易，且于华商铺前派人看守；又勒令房主勿以铺屋租与华商，迫华商令出境云。 海伦那（海伦娜）

因谨按：华人不入美籍，衣服不同，致招忌于土人。而美国官绅又以其未入籍，不操保举之权，无庇护之者，而华人遂不得安身矣。

十八日　晴。未正至华盛顿，即命驾回使馆，已申初矣。查访议绅所递苛禁华人条陈，惟盖力、士硕等尤苛云。 至华盛顿回使馆

因谨按：禁工苛例皆出于西省之人，其举议绅之时，皆先以禁工要之，议绅既由此而举，自不得不以此为事也。盖力尝为因质言之。

十九日　晴。谒外部大臣、律司、下议绅盖力、又力，乃赠外部、律师并外交处各议绅以古巴土产，照会外部，以麦天那省苛禁华人，驱迫出境事。 照会外部

二十日　晴。谒上议绅多福、地甫司，又见律司。闻德国已申明旧例：德民自十八岁至二十五岁，均须当兵，不准擅赴他国。轮船公司运载民人出口，须由地方官查验云。 德国自禁民人出口

因谨按：此德国之自禁民人出口也。欧洲各国，惟未见俄、英自禁，其他各国想已从美廷之议矣。

二十一日　晴。谒户部大臣，闻中墨洲之尼格拉国， 尼加拉瓜加进口税

因近来国用不足，无可筹款，特加进口货税，所有他国入口货物，一律值百抽十，以裕国用，将来美国运至该国之货，利逊于前云。

因谨按：值百抽十，是十而税一也，可谓重矣。或谓尼格拉，墨洲至小之国耳，如此重税以困他国之商，不畏启衅乎？因答曰："税则者各国之内政，非他国所能干预也。"或又曰："中国仿之，税加一倍，则每年所收入口洋税，当四千万两矣。"因曰："然。"

再三敦促外部照会

二十二日　晴。谒外部大臣布连，布连详询古巴情形。因告之，遂催照会。布连答以必有，但因事冗不免迟耳。因再三敦促，遂辞出。复谒德国公使。又见上议绅宣文、地甫司，为苛禁华人事也。

俄拟与英言归于好

二十三日　晴。上议绅言去年俄国所占巴美尔地方，侵入中、英两国之界，遂致英与辩诘，今闻俄国已有悔心，拟仍言归于好，与英商议云。

因谨按：俄人锐志侵邻国之地，而忽然中止者，非始强暴而终仁义也，其中必有由焉：或因民饥内乱而饷不敷，或因英忿与争而力不足，少缓须臾，以待时耳，非真能敦好也。

二十四日　晴。谒上议绅火街、狭麻、摩根，均见。又谒下议院绅斯宾介，亦见。火街言：下议院绅士硕所上禁华工例太苛，已驳之，谓当与中国商议，不宜率意立例云云。

西省议员力主禁华

因谨按：美国西省议绅无不议禁华工，阿工党也。彼

18,1,25

由工党所举，不得不然。他省亦有阿之者，则又同官为僚之意。惟老成知大体者则持公论，然不可多得。因于此事心力竭矣，未知能济否也?

二十五日　晴。大北风。谒上议院绅奥地士，言美国人名奚士，至欧洲访悉客民来美情形，谓欧洲民人来美络绎不绝，其不得登岸者仅十之一二。英国之助穷局，近十徐年每年拨英金二十万镑（合中银八十馀万两）给穷民赴美之川资。尚有资助犯人赴美之局。犹太人亦立会，资助穷民赴美已近万人。德国、义国、瑞典、瑞士，各国资遣犯人来美率以为常。近因美国驻瑞士各员认真禁阻，瑞士一国来者渐希云。 欧民来美极少被禁

因谨按：美国之禁客民，实有不得不然之势。但宜立善法，不当用苛，且苛于华人，未必敢苛于欧洲之人也。非所谓“公法”也。

二十六日　晴。谒律司，询以上议绅宣文所上禁工条陈，与平日所言相悖。律司曰：“此户部司员条陈不能自上，而由宣文上之。宣文已声明，上议绅亦已作无庸议矣。”律师又言：禁工条陈，下议院无可遏止，惟俟上议院驳之耳。因又谓外部大臣布连云有复文，终不见复，即当照会催之。律司期以十五日为限。 外部复文终不见复

二十七日　小雨。谒上议绅多福、地甫士，均见。福来、克累、衣士谷、白得勒，均未晤。闻户部司员某所上禁工苛例，已由多福驳斥，不行矣。又闻德、义、奥三国联盟密约：如德、法交兵，则义国以兵二十万驻亚立山， 德意奥联盟密约

以战舰扼于哥锡加海，以炮队攻法属之亚路枝亚；如义、法交兵，则德国调亚路沙士及卑丹之第八、第十四、第十五三营之兵，攻法国之哥士枝士海面；如遇地中海有事，则义、奥合兵舰以相助战云。

因谨按：欧洲局势如此，真有“莫敢宁居，悉索敝赋”之苦矣。其祸则俄、法二国贻之也。天欲息民，其必变二国之风气乎？

二十八日　小雨。谒下议绅匪姐，闻下议绅之议禁工者尚未已也。又闻英驻中国水师提督，于十二月带兵舰赴珲春、朝鲜一带侦察俄人动静云。

英派兵舰侦察俄人

因前闻俄人侵占巴美尔地方，不准英国兵官逗留其地，勒令出境，英廷愤怒，要言开战，俄人服罪，自愿降心相商，言归于好矣。而英犹侦探其所为者，盖不敢全信俄人而懈于为备也。此兵机也。

二十九日　小雨，大风雨止。华盛顿本月二十四号报言纽约来电，谓近日有欧洲人二十二名来美，为管理客民入境者查知，均系工人，不准入境，已交原船载回矣。

欧洲工人原船遣返

因谨按：美廷自去年派员赴欧洲详查以后，一律立例禁工，今乃见诸设施矣。但英、俄二国似尚未允，而不闻有所驳诘，何耶？

二月初一日　大吉。雨兼微雪，至地而化。上议绅宣文之本家并其二女来见，言本日白耳底马来电，谓有德国磁匠二名，赴会士孔尼省之会林地方承工，故不准登岸，勒令回德矣。谈许久而去。

白耳底马（巴尔的摩）

18,2,2

因谨按：此事本日《华盛顿报》已纪之。此美禁欧洲工人来美之措施也。美与欧洲各国，无准民人来往自便之约，其禁令易行，令行而后，必援此以与中国立禁工之约，其间又费辨难矣。

初二日　小雨霰，巳后大雨，至夜止。英属卡拿大地在美国之北，华人群趋之。向来华人到该地，须纳身税五十元，兹闻新例加至十倍，每人身税须纳五百元。此例想由美与英密商，以杜华人之至，盖华人之至卡拿大者，多潜入美境也。当即函商驻英公使，向英廷诘问矣。 华人身税加至十倍

因谨按：华人远适异国，又纳身税方能入境，而趋之若鹜者，则以其地商务之盛，用人之多，可以糊口也。中国如讲商务而兴铁路，民何必远赴异邦哉？

初三日　细雨，夜中微雪，约厚一分。俄国新订客民入籍之例：必通俄语、谙俄例者方准。闻将以制德国也。 俄国限制德民入籍

因按：德人流寓于俄者至多，俄订新例将以禁制之。近日德、俄两国，时见龃龉之象，非势均力敌则决裂矣。

初四日　大雪约厚一寸。欧洲人论德、法两国兵数，言法国民数不逮德而兵实多，现已多三十四万有馀。照现在操兵，法再待二十三年，可得兵四百十二万五千，德兵则仅三百四十五万八千耳。至论炮兵，则法皆新式，在欧洲实居首，车炮计四百八十副，有十炮、十二炮不等，一百副以开路，十九副以攻城，十五副以护军火。德则马队九十五营，较法多十二营云。 欧人论兵德不及法

因谨按：德、法民数只四十兆，而当兵者已近五兆，

是不仅十之一也。欧洲局面，抢攘为杰，不得不然，否则不能自保。所谓“勇夫重闭”也，危哉！

美户部大臣访英

初五日　晴。昨日伦敦来电，言美户部大臣福士达已抵伦敦，访事人询之，答以至此游览，非查察客民入境之事；查察客民，自有前此派来之专员。拟盘桓数日，即赴巴黎，由巴黎返美云。

因谨按：此遁辞也。凡客民入境由税关稽查，而实由户部主政，此户部应留心之事也。户部大臣以禁止欧洲工人入境，关系綦重，尤当详慎，故亲临密查知之不疑，然后行之必力也。欧民之禁，从此决矣。

查办入境管理人员

初六日　晴，暖。昨日议院各绅，以纽约管理客民入境之员办事殊不认真，若非受贿，则必尸素，特由管理客民入境议绅订于今日亲往查办，有无弊窦云。

因按：此必户部大臣至英密查情形，电告美廷，美廷故为此举也。禁欧洲工人之例渐加严矣。

初七日　暖，小雨。伦敦来电云：中国西藏地方，英人久欲通商，惟向来关禁甚严，英商不能如意。兹闻中、英新约业已订定，从此商务可增云。

因谨按：英、俄同窥西藏，俄人派员往游者不仅至再、至三，究以财力不及而不如愿。英厚于力，而雄于财，浸淫而至，西藏该地又增交涉之扰并边防之虞矣！

奥国陆军用防弹衣

初八日　晴。闻奥国陆军近用新制之“护心镜”，以钢为之，云可御一切枪弹，如不用，则卷而怀之。德、义两国亦拟仿用云。

18,2,9

因谨按：前俄国武员曾创此镜矣，今奥又创之。皆以近日之弹皆以铅为之，其性软，可循来复线而出也。然以刚者当之，则委靡不能入，故镜可御也。若弹首亦镶以钢，则仍不能阻矣。

初九日　晴。（以前数日发热、身痛、夜卧不安，想有感冒，服加味香苏散，入赤芍、黄芩。）新报纪西班牙来电，言日国部臣以频年入不敷出，拟减来年各署经费云。 西国拟减各署经费

因谨按：日国入款每年一万六千馀万元，合中国银数，盖一万万两以上矣。乃交国债之息一款，即五千六百馀万，天主教务一款，即近千万。其为国用者，实不及一万万元。而海、陆两军所需甚巨，宜不足也。欧洲局面，自英国以外，大抵皆如斯耳。民穷财尽，安得休兵息民者为民请命哉！ 欧洲局面大抵如斯

初十日　晴。（寒热，仍旧周身发斑疹，服犀角大青汤。）美外部大臣布连又病，照会又复延矣。

因谨按：美国禁工之例倡自工党，总统以下阿其意而行之。论其所为则背约，言之无可言也。中国诘责之词名正言顺，驳之无可驳也。且今年又当议例之年，其权操之议院，议院承旨于工党，外部不得过问，匪特无可遏止，且并不能损益折衷也。其何以措辞复我耶？宜其穷也。 理屈词穷设法拖延

十一日　晴。（仍服犀角大青汤。斑色鲜红显于肌内，目眦赤，口不渴，心烦。）初八日伦敦来电，言英国军饷每年需一千八百万镑（合中银八千万馀两），而英兵 英国兵部弊病颇多

不遵营规情事屡见，想兵部必有情弊，兹下议院绅拟即日诘问兵部矣。

因谨按：三代入款未有如此之巨也，三代兵费未有如此之多也，时为之矣。《易》曰："随时之义大矣哉！"圣人处此必有以自强，而不甘居人后也决矣！

十二日　大雪。（斑疹透势亦定，肩背仍酸疼，服羌活、川芎、芩、芍、钩藤、寄生、苏梗。）新报载：英国新造成一百一十吨大炮一尊，燃放一次须火药一千磅。验放时，透过厚二尺之钢面铁甲、厚五寸之铁板、厚二丈之坚木、厚五尺之石、厚一丈一尺之三合土墙、厚三尺之砖墙，统计地球现在之铁舰及炮台无能抵御者矣。乃置之兵舰，则掉用不灵，现拟设法修整云。

英国新造无敌大炮

因谨按：过此三十年，铁甲战舰当无用矣。盖炮可以再巨。而铁舰不能再厚也，厚则沉矣。俄国克龙斯达之炮台，铁甲厚至四尺八寸以御此炮，已不免透；后有作者能造厚一丈之铁甲炮台，重二百吨之巨炮以守海口，彼铁甲兵舰其无能为也乎？

炮可再巨舰无再厚

十三日　雪止，水冰。（肩背酸疼稍减。前方加当归，去苏梗。）昨日报言：土耳其国向有各国教堂，近因民、教不和，地方官要挟，教堂每被封禁。兹土国新又下令：所有在土国学堂均须领照，违即查封。闻美国驻土公使已向土廷辨驳矣。

土国严控外国教堂

因谨按：土耳其，弱国耳，而办理教堂如此严峻。志之以附考校。

18,2,14

十四日 晴。（肩背酸缓，仍服前方。）十二日巴黎来电，言德王宴宾，席间议论时事，偶涉俄国。德王曰：“以德破俄，易事耳。”俄国驻德公使即以此言电俄王，俄王即召德国公使告之曰：“德王之言已聆悉，请为代复：俄国亦有兵马数百万，可调赴边疆也。” 德王挑衅 俄王还击

因谨按：今德王之祖威棱第一破奥灭法，遂霸欧洲，其殁也年九十馀矣。临终，尝谓今王曰：“慎勿与俄开衅。”今德王之为是言也，岂忘之耶？抑实有把握而以此挑战耶？未可知也。

十五日 晴。（斑已退，酸痛亦轻，但觉肩背微胀耳。服生地六味汤。）十三日俄国来电，言俄军大操期近，今年拟即于旧都木司科城，调集弁兵二十万人合操云。 俄国军演

因谨按：德欲破俄，俄亦操演。兵戎伏于尊俎之间，德王之言是也；选士厉兵以明好恶，俄王之举是也。耀德不观兵，至今日而不可复睹矣，且并不敢恃矣！

十六日 晴。（是日始食荤腥。）昨日欧洲来电，言德国大军今年拟在灭司城操演。此城原系法国名城，为德所破，法兵十万皆降德，于此地操兵，欲激法国之怒也。 灭司（梅斯）

因谨按：法固善怒者也。近年以来，怒于突尼斯，怒于中国，怒于马达加斯加，怒于摩洛哥，怒于勃尔加厘亚，怒于埃及，惟未见怒于俄、英、德耳。或曰：前拿破仑第一曾怒俄矣，以八十万人攻俄之木司科城，大败，生还者不百之一焉；又怒英，而为英所擒焉。拿破仑第三又 师丹（色当）

怒于德矣，师丹之战，国破身俘，怒之效可睹矣。

美国农部考究蚕丝

十七日　晴，是夜大雪。美国农部考究蚕丝，上议绅满得胜函询中国蚕丝出产，本日又面究一切，方知墨西哥国近已留意养蚕，蚕丝共有十二种云。

因谨按：美国户部之外，又有农部。户部司会计、财用、出入银币。而农部则专司物土之宜也，所种棉花已甲于地球矣，稻与麦种尤美，遍行欧墨两洲。观本年总统谕议院文，可知其民食之足焉。

意国工人登岸遭拒

十八日　晴。卯刻起，雪深八寸，犹下细雪，午刻止。巳刻纽约来电，言义国民人十二名，是日由欧洲抵岸。纽约查察官以其系承工开矿，有干例禁，一概不准登岸，由原船载回矣。

因谨按：美国禁工以媚国内之工党，可谓极认真矣。但工党亦客民，不过来美有先后之别耳。先来者已入籍，有投筹保举之权，故可以禁止后来者。亦犹欧洲各国觅无主之地，其先觅得者，可以立禁，限后来之人，美即是也。

美拟删除外船禁例

十九日　小雪，时止时下。美国旧例：商船非由美国船厂自造，美廷不给牌照，所以防利源外漏也。近商务日盛，商船之购自欧洲者日多，均不得与美国同沾利益，有碍商务，现议院拟除此例云。

因谨按：立法无久而不敝者，要在变通随时而已。美之于商船凡购自欧洲者，不给牌照，所以保本国船厂之利也，而于商务有妨。权其轻重，则厂商之利于国，其数不

18,2,20

及众商之利于国也，宜其更也。然非有议院之审商务而通下情，何能如此？

二十日　微雪，天气转寒，本馆大炉已息火矣。谒上议绅宣文。闻美国兵舰尚阙水雷，现饬水雷公司上紧速制，每月以十个为度，交水师部收查。此种水雷全用钢质，其形如吕宋烟，可以自行，每个值银二千四百元云。 美国赶制钢质水雷

因谨按：美与义国纽阿连之案，尚未全结，义已露挟制之形。又与英国秘林海之案，相持甚坚，此不可不防者。故自去年以来，慎固海防如恐不及。现时交涉形情，必势之足以自立者，而后理可以自伸，美廷知之稔矣。

二十一日　晴。谒见律司，为驳例也。因言布连久不照会，而下议绅日以禁华人为事，是置和约于不顾，而以立例为无理取闹也。美国向以仁义之国自居，今所为乃如此乎？拟即以此意增入照会。律司曰："可。"律司又询：丁韪良曾与外部及伊言中国有自禁华人之意，因答曰："未闻也。"律司又询：闻此意已陈之总理衙门，且交使馆矣。因曰："条陈诚有之，实未闻自禁之说。"律司曰："可录一通观之乎？"因曰："不便。"律司曰："可嘱翻译读一遍，闻之乎？"因曰："可。"律司遂订以二十三日。因辞出。 谒见律师再书照会

二十二日　晴。广东自铸银钱，近日流通渐广，有运至新加坡者，商民均以为便，入市日多。新加坡总督遂立例禁止，自本年始不准行用云。 新加坡禁广东银钱

因观此而可证通用银钱之得利也。中国行用墨西哥国

银钱近八十年，中国利源漏卮入外国者，盖数千万矣。因尝言之，或不信也。试以此证之，非能夺他国之利，新加坡何以禁其通行哉？

二十三日　晴。谒律司，商议美国立例禁工事，决意照会外部。又教习罗廷佐眷属为税关所阻，亦应照外部，稿已订定。又闻俄国于其京城添三船坞，增造兵舰。土耳其畏俄之逼，亦增兵额三十万人，连前共一百万，并向奥国曼里夏枪厂，购新枪二十八万杆。其旧枪七十二万杆，现拟以五十万杆改为新式，以资适用而仍省费云。

土为防俄增兵购枪

二十四日　晴。照会美外部，为下议院议新例禁工事。

俄界屯兵奥廷诘问

奥都来电，言俄以兵十馀万驻扎保兰省，其地与德、奥二国接壤，奥廷向俄诘问，俄国驻奥公使答以移兵就粮，实无他意云。

因谨按：俄人佳兵，欧洲为之不靖：逼奥，则奥自危；逼德，则德入保；逼土耳其，则各国皆畏唇亡齿寒；逼阿富汗、波斯，则英人虑失印度。前此占踞巴美尔地方，入中、英两国之界，诘责未已，兹又觊觎德、奥，岂天之不欲息民耶？抑俄人为天之骄子耶？

二十五日　晴。德国新派公使订未初来晤，谈及曾驻中国为代办，中国民数甲于地球，富强甚易为力，前文相、今李相，皆公忠体国者。因询毕思麻之年？答云：已七十六岁矣，至四月已七十七岁。近亦多病，故退老林泉矣。因谓俄、法联盟，德介其间，强邻逼处，毕思麻不

文相(瓜尔佳·文祥)

18,2,26

出，如苍生何？答云：规模已具，宿将犹多，可无虑也。谈久而去。

因按：文相国、李傅相之名，外国仰之，德使以比毕思麻，国有人焉。所谓"猛虎在山，藜藿为之不采也"。诚哉，是言！

二十六日　晴。总理衙门以会匪闹教，匿名谤帖，属以节略面致外部。今日往见，华顿已到衙门，因以节略交与，并言闹教之事出于会匪，我国家深恨之。近湖北省有出匿名谤帖者，地方官查获，立时正法矣。华顿曰："欧洲各国，始以闹教谓中国政府之恶洋人。嗣闻贵公使再三言之，已知乃莠民所为，非国家之意，今得此节略，益了然矣。美国断无所苛求也。"因又询照复一事，华顿言：必有。因辞出。 会匪闹教莠民所为

二十七日　晴。美绅雪白来谒，言昨日外部为言中国公使来见，言禁工苛例已许以迟日照会，但须俟议院于此事有成议，方可下断语，故迟迟也。又言一千八百九十一年十月六号（即中历光绪十七年九月）已行文田贝，令诘问中国不接待卜雷耳之故。曾以告，公使曾闻之乎？曰："未闻。"塞泼曰："岂翻译未传言耶？容当查之。"谈久辞去。 照会未复又诘拒使　"塞泼"即"雪白"

因查美外部之不遽照复者，实不能照复也；将驳因之照会，则据约而言者，无可驳也；将自认美国之错，则议绅方又议禁工，不可认也。此其所以辞穷也。

邮政局总办凡吴客脱来函：请即赴纽约，商办事件。

赴纽约会大律师

二十八日　雨，至纽约则晴。卯正上火车厂，辰正开车，申正到埠。凡吴客脱到，言今日为纽约大状师聚会之期，可赴会联络。至则赴会者已数千人，皆陆续入席，每席二、三、四人不等。状师十馀人皆握手、倾谈为礼。雪白言：纽约有举动，必访诸状师。禁华人之事，工党无不向状师请命者，但能得状师一言，以为不然，则工党气沮矣。因然之。遂赴领事署。

二十九日　雨。至大律例书院。太平会中人言：将派人赴华盛顿，向议院驳禁工新例，已捐数百元为资斧。因亦捐百元。又至中西学堂，该教习言：华人勤俭耐劳可嘉，而工党妒其同业夺利，所以议禁。然华人亦授工党以借口之柄者，则烟、赌、寻仇三事也。公使宜出示谕之，能改，则善矣；即不能改，使美国知公使之用心并不宽纵，则亦可以自解。因然之。申正而散。

聚会协商驳例对策

三月初一日　晴。辰正，太平会、中西学堂、大律例书院聚会于雪白之宅。言如此联络布置，使议院之不恶华人者，可以借口以拒新例。但中国亦须向美国换约，以为久计。因答以换约由政府发纵，公使不能自主也。又问公使何不请命于政府？因答以去年已函达矣。使馆事烦，留纽约已三日，今日即回。凡吴客脱等坚留，因谢之。遂于未正至车厂，申初开车，亥初到使馆。

侦探气球灵活精巧

初二日　晴。昨在纽约闻俄属波阑来电，谓俄兵扎波阑，德国有戒心，遂派气球侦探，直至俄炮台之上。俄兵放枪击之，高不能及。闻其气球运用甚灵，风力缓时，尚

18,3,3

能逆风而行。当其抵军营至炮台之上，少停片刻，又能升高，其制甚巧。将来如自上击下，营中兵弁不免受伤云。

或问：欧洲气球之制较往日渐精，若以数百个随带炸炮，下攻敌营，何以御之？因谓亦以气球御之而已。若铁甲炮台上有太平仓者，上攻亦不能入也。然以攻铁舰，能使炸炮入烟筒，则铁舰碎矣。

初三日　晴，戌刻雨。本日欧洲来电，言德国以俄军大队逼近，防边员弁前升气球，下临俄营以探虚实。兹又载兵弁，飞过俄界。俄营以德军屡次越界，军情不能秘密，拟向德廷诘问，以警后来云。（德升气球载兵探俄）

因谨按：俄、德两国势不相下，举凡应酬、礼节、动作，云为均不肯稍形逊顺焉。此欧洲气习类然。若不如此，则示弱也者。而一切恫喝、要求之事亦遂泯焉。不得谓其好事也，即折冲尊俎之意也。

初四日　雨。美国议院上年拨经费六万元，以行禁止华人来美之例。虽与轮船公司订减船价每名至五十一元，尚不能给。兹副户部拟再减巡查各员之俸四成，以期持久云。（美拨经费禁止华人）

因按：美国于禁华工经费每年六万元，尚不足用。兹又禁欧洲人，其费当尤巨矣。但不知果能闭关使远者之不来，而邻国之不诘责否耳？

初五日　小雨，天阴。美外部病痊，已到衙门。英、美秘林海峡一案，相持不下。现已如英国前议订定：请局外之国公断。律司科司达缮具各案文件，镇日不息，俾局（美允英请外国公评）

外之国公评云。

因谨按：美国近日为华工之事，与中国相持；纽阿连之事，与义国相持；兵船水手之事，与智国相持；秘林海峡之事，与英国相持。智国许赔恤美国，其事先结；美国许赔恤义国，其事亦结。惟华工之事，为议院所持。秘林之事，议院不能持，已订请局外之国公断。比而观之，则智弱于美，故受美之胁制；美弱于义，故受义之胁制。然则美亦不敌英，终不能不如英之意也，故请局外公断也。

德放气球俄拟效仿

初六日　小雨。初四日俄京来电，言近日德国以气球入俄界，侦探日多一日。此球能逆风而行，枪炮远莫能及；又无分日夜，时去时来，防不胜防。惟有仿制气球，以凭向空御之云云。

因谨按：自欧洲创气学，而气炮、气球兴。气球之用日精，不随风为进退，则与轮船同矣。现以此侦探敌营，虚实全知。扩而充之，必有以此破敌者。奇巧日兴，而民生之祸亦日亟矣。

曼特留（曼德勒）

初七日　阴。晴。闻英国商务局，议以缅甸铁路由曼特留都城，接至中国西南边界澜沧江之公龙渡，即于该地设通商埠。又云：所经荒僻地界，但有铁路，即可成村。已交议院议矣。

因尝由金山至华盛顿，计一万数千里。又由华盛顿至纽约，至哈富，至覃坝，亦近万里。凡铁路所经，荒芜渐辟，有不数十年而成大镇市者，则必有水通海之区也。其馀榛莽之区，类有人筑室、伐木，出运通衢。变僻壤为膏

18,3,8

腴，化废材为有用。铁路之利于国计民生实无疑义，惟亲历其地者，真知之耳。

初八日　晴，天气转热。昨日伯林来电，言详察俄国军务，其政府当不遽与德国决裂。缘俄军需用新式枪械，上紧制造亦需两年方备，俄人此时断不轻举妄动云。俄当不遽与德决裂

因谨按：古之觇国者，觇民情；今之觇国者，觇武备；此可以知风气所趋矣。弱者事事循理，迫于势也；强者事事挟势，恃其强也。今之小国无不事大者，大国竟无字小者，世变亟矣。有国者其早图自强哉！

初九日　晴，未刻小雨遽止，中夜大风。本日报言：下议绅盖力苛禁华人条陈执意议行，前因议绅好德、狭麻、火街、安多罗等屡以背约失信与之辨驳，迁延至今，本日遂为投筹之举。以为当禁者计一百七十九人，以为不当禁者计四十二人，议禁遂成。议院投票通过禁案

因查：美国西省多工党，均妒华人，议绅为工党所举，先有要言，故出死力苛禁华人以报之，虽背约失信不顾也。中国兵力不足以慑之，仅恃笔舌，此交涉之所以难持平也。

初十日　晴。昨日智利来电，称南、北墨洲各国海口轮船之利，向由美国公司专之。该公司任意勒索，各国商民病之。兹中墨洲之沙华他国已拟自兴轮船，各国便而效之，将来商民均便，而智国之麦亦可运出，以分美国之利云。沙华他（萨尔瓦多）

因谨按：美国轮船擅墨洲之利而又病民，美之政非昔

矣。中国江海各口为外洋轮船专利者数十年，兹江口之利，虽收回三之一，而海口轮船之利依然外国专之也。欧、墨各洲，中国诚未易与争利矣，何至上海、日本来往轮船之利，亦任日本专之？中国向来于言利一节，夷然不屑，岂知治国如治人也，脂膏朘削，体质无不羸焉。且古之不言利者，不欲与民争也；今之夺吾利者，乃敌国也。二百年来渐入吾门，而窥吾奥矣。愿有心者筹之。

拒使一事拟交议院

十一日　阴。雨。昨日闻美外部言：前任上议院绅卜雷耳派充驻华公使，不为中国接待一事，其来往文牍不日送上议院交议，现此宗文牍尚在总统处云。

因按：美国下议院议禁华人苛例甫成，将交上议院；而卜雷耳事所有文牍，亦将由总统处发交，此美国之权术也。卜雷耳以上议绅出使中国，中国拒之，则兔死狐悲，既足以动上议院诸绅之怒，而其拒华人也，亦有辞矣。

加罗兰岛（加罗林群岛）

十二日　晴。昨日闻南洋之加罗兰岛，系日斯巴尼亚属地。前此美国教士赴彼传教，为日人所逐。上年美国遂派领事驻岛保护，而日国驻岛之官竟不接待。美廷商之日国政府，外部亦不肯给准照，美国领事只得撤回云。

因谨按：《万国公法》：凡领事驻扎之所，均由各国自行指定。其有不准者，邻国亦只听之，以其为自主之权也。美国近来行事，颇有霸气，非复华盛顿自守之规。盖为他国所侮辱者非一次矣。

十三日　晴。费城太平会女状师来见，言为下议院禁华人事，将赴议院驳之，询因何言？因言：“中国惟知守

18,3,14

约，美绅背约而强行例，本大臣未便与议绅言，已照会外部矣。”该状师言：“美国如此，不但违中国之约，亦有背华盛顿开国之例也，理当驳之。”因奖以所言切理，谈逾刻而去。（禁华亦违开国之例）

因谨按：美国禁工苛例，凡有求于工党者，均附和之；凡无求于工党者，均诋訾之。惜无求于工党者，大抵皆无权者也。故理虽足而势不行焉。

十四日　晴，申正日色皎然，而飞干雪，仰视天际，只微云耳。未初，接总理衙门来电云：北洋转伦敦电，初十日美下议院议定不准华人再来美国居住，确否？果有是议，应援约与辩，并电复，寒。当即订见外部，本日为外国礼拜，例不办事，遂定次日。（订见外部）

十五日　晴。午正，赴外部衙门，告以本大臣上月以下议院立例苛禁华人照会，贵部未见照复。兹本国政府来电云云。华顿答曰：“此例尚未定夺，前照会已录交议院。如再有照会，亦照例录交。”因又问：“此次下议院新定苛禁交上议院时，总统并将中国拒卜使案并交；又闻贵部上月且以此案电田贝，其意何居？”华顿曰：“美廷并无他意，惟因中国为美国禁工而拒卜使，理有不合，故饬田贝以此意转告总理衙门，以备存案而已。”因遂辞出。（赴外部询问照复）

十六日　晴。昨夜访律司，因出门未返，遂自起照会草。本日巳刻，律司来见，相与熟商。参赞彭光誉、翻译何慎之、容揆均与焉。律司谓下议院议废约，而中国援（起草照会呈递外部）

约，据理虽正，其如置之不理何哉？必有抵制之法，方可使之就范耳。因言："抵制之法，俟缓商之政府。美国下议院废约，而上议院多老成敦谨之士，岂肯徇之？且总统与通国正人，未必不畏人言。我之援约所持甚正，彼之废约于理不通。且事亟矣，有此照会，上议院之持正者，犹可据此以争也。"遂由何慎之译成，即递外部。

卜雷耳上书议院

十七日 晴。华盛顿新闻载：前派驻华公使卜雷耳，因中国不肯接待，昨日又上书议院，请查究不接待之故云。

因谨按：此又一机事机心也。上议院尚多持正之人，其议复禁华人例未必肯从，必思有以胁之、激之，方可如下议绅之愿也。下议绅既以投筹胁之矣，其意谓上议绅只八十馀人，不敌下议绅三百馀人之多也。总统又将中国拒使之文交上议院矣，谓中国所拒者即上议绅，上议院当动公愤也。兹卜雷耳又以拒使之事呈请上议院查究，自谓兔死狐悲，物伤其类也。兹三者不先不后同时并举，明者知其用机之深矣。

十八日 晴，巳后小雨。送总察院布路瓦之女出闺礼物湖绉二匹。

驳例条陈分递议员

太平会女状师骆活来函：已将本会所驳新例条陈，分递上议院绅各一纸，使知新例之不公，并以一纸相示云。

因按：美之上下绅民，凡不觊觎为总统作达官者，皆毅然昌言新例为不公。其在民间以华人为当禁者，皆工党也；其在议院以华人为当禁者，皆工党所举之绅也。此

18,3,19

外，若总统，若各大臣，则心非之而不敢言，恐拂工党之意而不久于位也。若议院中之昌言新例背约者，殊不多见，此其人大抵不肯趋时求显，如汉之汲长孺、唐之宋广平也。

十九日　晴。前数日，但闻总统以中国拒使之全案交上议院，本日由律司科司达送到刊本二册，方知禁华人之事，总统实欲激成之，以报中国之拒使也。中国以卜使鄙诋华人，不愿其使华，于理本顺，不待辨也。而总统必哓哓于斯时，卜使又喋喋而不置，其意何哉？一则恐上议院持正论，驳禁华人之苛例也；一则恐各国有烦言，讥禁华人之苛例也。彼固以为用谋之深也，因实以为浅而易见也。 总统提交拒使议案

二十日　晴。科司达来见，言上议院绅宣文、多福以盖力所订新例背约失信，必不可行，宜驳弃不用，外交处各绅均以为是。有议绅名飞路顿者作而言曰："华人之来美，实与我近太平洋数省人生计有碍，我等不敢缄默。新例虽嫌违约，实系便民，请从缓再商，勿即驳定。"遂又待再议云。 苛例遭驳从缓再议

因谨按：禁工之绅大抵皆金山一带省分，近太平洋者。民之所欲，绅必从之，以为便民可也，以为徇私亦可也，即以为为己、不顾中美之约亦可也。华人不入籍，而不能举议绅，岂非自贻伊戚哉？

二十一日　晴。昨日伦敦来电，言俄国议论近日整饬军务不遗馀力，且下令饬国中火轮车、船为政府调兵之 俄整军务不遗馀力

用，该公司业已允许。又不准国中官、民、公司人等泄漏，不准报馆刊布以防人知云。

因谨按：俄国贪占邻邦土地，每以兵力胁之。其济，则可不烦血刃而扩版图；其不济，则出于战亦可必胜而割他人之地。考诸往古，嬴秦之于六国大抵如斯，俄固袭其武也。

俄派大军边界驻防

二十二日　雨。至银行。又至总察院布路瓦处送其女出阁。昨日巴黎来电，言俄国拟派大军往西方各省驻防。又言《爱拉新报》载：俄国兵官已由彼德堡带兵赴德国边境云。

因谨按：俄国无休兵息民之时，其民苦矣。而毗连之邻国，若德、若奥、若义，亦因俄而不能息民焉。民之苦也，俄贻之也。义国"悉索敝赋"，至兵费不能给，部臣辞职（见昨日巴黎来电），则尤难也。其他如波斯、波阑等诸小国，或危、或灭，更不待言矣。

不纳美使早有先例

戌刻接总理衙门电云：美卅年前派蒲安臣使奥，不纳；六年前派糙礼使义，不纳；美均有案。美廷若以我拒卜雷耳为嫌，即属律师查案辨解。禁工苛例，仍希驳论。各折片，昨已代递。养。

美允赔恤意使返美

二十三日　晴。美、义两国去年因纽阿连人命案，美不允恤，遂至龃龉，以致两国使臣均不分驻。兹美总统已允赔恤二万五千元，由外部额外费项内支给，案已了结，两国使臣仍拟照旧分驻矣。

因谨按：去年义与美索赔恤时，美之拒之，何其坚

18,3,24

也！迨义撤使以示绝交，美颇内怯，则以义之海军非美所能敌也，今竟愿赔恤矣。以拒始者以与终，以坚始者以懦终。交涉之道，如此可得其间矣，谓非强之足恃哉？

谒律司，商照会美外部，驳诘新例。

二十四日　雨。伦敦来电，言波斯国前给英商准照，准在境内创设公司，专售烟叶、烟丝，他国不能搀夺。讵料国人不愿，因之多事，波斯政府情愿赔出英金五十万镑与英商，收回准照，正在筹款为难，俄廷允如数借与云。 波斯违约俄愿借款

因谨按：俄方向德、法等国求贷，入不敷出，安有馀款借与波斯？所以借与者，为与英争波斯也。波斯、土耳其为欧洲之屏蔽，听命于俄，则蚕食欧洲易易也。此可以知俄人之心也。

二十五日　时雨时止。墨洲圣多敏国与古巴近，为太平洋轮船来往南、北墨洲要道。兹圣国向美贷银三百五十万元，以后烟叶等税由美抽收，官员之俸由美发给，一似美国之属邦，外部布连颇助美商成就此举云。 圣多敏国(圣多明各)

因谨按：美欲以海代国约一兵船添煤之埠，海代不允。圣多敏国与海代同岛者也，从此得一添煤之所，而贷款又得息，“富强”二字兼之矣。

二十六日　雨。巴黎来电，言西历五月一号为法国公举各地方官日期，各处天主教监督先通知同教人应举何人，法国政府以其干预国政，有碍公事，拟送官究办云。 法天主教公选作弊

因谨按：天主教之不安分在本国已然，无怪中国之怨恶也。从前声势极大时，至能废置各国之君，德国威棱第

一之祖，即为教王所废，法国护之，所以有师丹之役，法之国灭、君虏，护教为之也。自法君虏后，义国收回罗马城，而天主教遂衰。今法政府又恶之，则其衰当又日甚矣。自取之也。

二十七日　晴。美国兵舰之钢甲与大炮之钢质，由宾埠之卑司理宴厂制造。该厂自得秘法，所造钢器精坚。兹闻欧洲各厂密派人来美侦查其法，以冀仿之。本厂得此消息，即禁闲人入厂游览，并添暗查之巡捕密防云。

美防欧仿炼钢秘法

因谨按：外国化学其用甚大，以矿质炼钢，此化学之一耳。而学有浅深，则炼法亦有浅深，而钢遂亦有美恶。西人肯用心，故精益求精，遂以强富。美厂炼钢之法精矣，欧人思之而不得，则密查之，皆求精之意也。

美立例禁英籍华人

二十八日　晴。美户部由派赴英属域多利侦探华人入境人员递来消息，言本月二十四日轮船入口，载到华人五百馀名，将领取入英籍之执照来美。户部已定新章，凡华人持有入英籍执照者，一例不准入境云。

因按：美国之禁华人何其严也？曰：徇工党也。然则美何以敢悖英之前例耶？曰：此美内治之权也。然则中国独无内治之权以抵制报复耶？曰：积习已成，各国不受也，中国亦不为也。且英、俄、德、法、美诸邦其相龃龉者，傍人不附和之，而与中国为难必附和焉。此其积习，非中国自强能与力抵，殊不易挽回矣。

禁华新例反对居多

二十九日　晴。巳初启行赴纽约，为前格总统立纪功碑赴会也。申正到纽约，闻上议院已会议下议院所定禁华

18,3,30

人新例，以为是者仅十四人，以为不是者四十三人。而上议绅多福所定之例，下议绅亦多以为不是，故亦不能行，须再议矣。

三十日　晴。谒前上议院绅霭佛司，其人素有重名，曾举总统而未成，今为大状师，向以禁工之例为不然。数见于华盛顿，去年以任满而去，未见者一年矣。今见之，仍以禁华人例为非也。年逾六十，有目疾，视细字不甚见，颇不愿与外事，而来谒者仍踵接其门云。又谒雪白。 谒前议员

卷十一

赴会纪念前总统

四月初一日　晴。午初乘车至格总统墓所，未正而到。现总统及各部大臣亦相继而到。格夫人暨其子、媳、孙均到。碑在墓之西南方，工程甚巨，闻已费银三万馀矣。巡捕到者约百人，军兵到者十馀队，水师队亦有到者。各部大臣，惟外部、水师部患病未到。百姓到者数万，山陇为之蔽。先宣颂词者，为总理纪功碑人，次总统，次教士，次为善颂者，颂毕已申正矣。总统以颂文置碑下，先退下台。因与格夫人等作周旋毕，欲下台，已拥挤不能行，久之始下。上车后，车数千辆又拥挤不进，乃改由东道至领事署，已酉正矣。饭毕，于戌正赴火车厂，亥初开车，天明抵华盛顿。

意见不合择日另议

初二日　晴。卯正入使馆，参赞以下均未兴。辰正饭。后查上、下议院因意见不合，各派三人会议，上议院三人为多福、地甫司、白得勒。白得勒告假，代之者为克

18,4,3

累。下议院三人为好德、盖力、匪妲。本日尚未议及也。

谒状师络活夫人。夫人言新派各绅，伊尝往见，责以大义，此中多公正之人，可望信受云。

初三日　巳后小雨，申后止。谒律司，查议院事。言地甫司、克累二人亦告假，院长又以宣文、摩根代之，日内即会议矣。律司又言：因赴纪功碑之会，美国绅民深以中国不忘故旧，屡见于报，此举甚为有益云。（亲华议员连连告假）

未刻接总署电云：经费已照拨。江。

撰抵制美国苛例华人条陈。

初四日　晴。新报载：中国公使以前总统格阑脱墓立纪功碑，亲带翻译赴会，见中国之不忘故旧。且言格阑脱游历中国，与李中堂至契。中国公使年年于墓祭之期亲自送花，从未间断。中国如此优待美国，美国之立苛例以禁华人，殊无礼也。（美报赞我不忘故旧）

因谨按：格总统纪功碑会到者约数万人，各国公使亦多到者。而新报独言中国，盖以新例之酷，代为不平也。此亦公论之不容泯矣。

初五日　晴。纽约铁路公司之状师来见，言美国工党妒忌华人之夺其工，且减工价，致各司之弃工党而用华人，已深恶之。华人又不安分，致工党有所借口。此次工党为破釜沉舟之举，倩人挟巨资、通声气以禁华人，议绅之不染指者甚少，而下议绅为尤多云。（工党排华买通议员）

因谨按：议绅举动本属可疑，下议绅尤为可疑。其议新例也只一刻而即成，是先有成议也。闻此言乃恍然悟矣。

亲华议员纷纷倒戈

初六日　晴，申刻大雨，天气骤热，雨至夜而止。下议绅名狭麻者与因最契，且常言美国苛例之非，其眷口且常过从，此时忽附盖力。上议绅斯斌介、不来奔亦至契者，今则中立，嘿无一言。地甫司、白得拉前之侃侃而谈诋新例之非者，今均告假不愿与议。摩根向谓新例背约，令乃附和盖力之领照，注册一条。非铁路状司言，因实不解其翻覆之故矣。

查询议院合议之例

初七日　晴，热。访律司，查询上、下议绅合议之例。律司云：下议绅盖力之新例，上议绅已驳弃。惟禁由英属卡拿大暨由墨西哥国潜偷入境之华工，此例行之已久，今不过更认真办理耳。认真之法，则惟分别华工之新旧，旧华工之现在美境者，饬其领照。即由卡拿大、墨西哥偷入美国，其业已入境者，既往不咎，亦准领照。自今以后，再有偷入境者，其人无照，自无所容。然亦予限一年，此一年内之偷入者，仍可领照，一年以外则不能矣。此言偷入美境之华工，中国公使例难过问，前已听之矣。商人则不必领照，其有愿领照者，亦给照。非上议绅之力驳，尚不止此。因又查假道一节，据云尚未议及。

初八日　晴。上议院所议之例已递交下议院。议绅好德、火街、安多罗等共十馀人仍以此例为非。其以前投筹之一百七十馀人，并士吉、飞路顿等以为可行，遂议准送上议院矣。

仅十馀人投否定票

初九日　晴。新例今日送交总统。因即于午初谒外

18,4,10

部，布连病未到署，遂见华顿，为言新例之背约。华顿深为抱歉，言外部实无权，此美国之例也，谅可鉴原。因言此例不能不驳，本日照会未刻必到，请呈总统。华顿言必为即呈。因辞出。遂赶誊稿，饬洋仆速送外部时，华顿尚在署，已接受，立交办事人递总统处矣。

赶誊照会请呈总统

初十日　晴。午后大风、暴雨，即止。闻上、下议院合议领照之例，昨呈总统。总统即派人邀外部、户部、律政部，略商数语，即批准发行云。

总统批准禁华新例

因谨按：下议绅盖力等之建议，可谓不顾国体，乃附之者一百七十馀人，则知徇工党者众矣。上议绅尚持正论，故盖力之例不行。而华工领照一事，不愿者只十五人。平心而论，既禁工十年矣，领照以别新旧，其意不过欲禁新来之工，无他意也，然而苛也。

十一日　晴。律司来言：此次下议绅之新到者，受工党之托，一鼓作气，事在必成，为上议绅宣文等所阻，虽面从之，心实不甘。户部司员前拟苛例呈上议院，亦为宣文所驳，心亦未餍。查领照一事，亦不过照光绪十年及十四年之例，限制后来之工及复回之工而已。然户部司员恰好借此为词，行其苛索，将来公事又增轇轕矣。

新议员系排华主力

十二日　晴。午正接总理衙门来电云：美例废新仍旧，所废、所仍究系某年某例？华工领照须注册否？即复电文。当即复电云：驳弃今年新议，仍壬午、甲申、戊子例，兼注册。因。

英公使来见，言美国当蒲安臣立约之时，求华工之至

英使提议抵制报复

若渴，以后乃因工党之妒，再三立例禁工，全不守约。此次领照、注册，又进一层。所以如此者，以频年屡次尝试，贵国不为抵制、报复，故放胆为之也。报复二字，中国一向谨慎，诚不轻举；然抵制未始不可也。今贵大臣之意如何？因答曰：新例甫定，已电达本国政府，以俟后命，因未能轻动云。

总统禁华意在连任

十三日 晴。谒英公使，已出门未见。前驻中国公使杨约翰来见，言已见总统，微窥其意，知新例之所以批准者，将为蝉联计也。然前任已有此心，卒未遂愿，徒为人窃笑耳。因答曰："此余耳可闻，而口不可言者。"未知所对。杨约翰又言：已将新例寄李傅相，以后再相机耳？因曰："然。"此外皆应酬语。

善后之策

十四日 晴，午后大雨。谒律师，告以中国来电，并询善后之策。律司云："下议绅盖力苛例大害于华人，驳除将尽而以领照为转圜。且丁韪良去年即建华人领照之议，为华人安居地也。以后如美国地方官及关吏不相苛索，殊无大害，但须设法防之耳。"

投票内幕

十五日 晴。小雨，申后见日。查此次议例，上议绅外交处九人无不以新例为背约，下议绅之持正者，只好德、火街、安多罗三人耳。而附盖力者极多，故盖力之势盛。工党又密派人挟资以赂议绅，其受赂者始诋盖力，而终附之。上议绅明虽不阿，而暗畏其激成投筹，故以领照为调停之计也。

十六日 晴。华工领照例，光绪十七年即西历一千八

18,4,17

百九十一年三月工党业已举行。因饬金山总领事照录一通寄阅，本日寄到。查此例系二十五条，除出使人员外，悉行禁绝来美。其收费甚重，其约束至严，其第二十二条，乃至照化外之人之例办理，可谓苛虐无理之至，乃知盖力之例即工党所授也。下议院有稍知大体者，故删其至无理者而以示上议绅，幸即被驳斥，则上议绅犹以礼自持也。 工党禁例二十五条

十七日　晴。当下议院例递上议院之时，上议绅魏礼森曰："我美创国以来，各国人民均准随时随地入籍，迭由美国出使人员转告外国政府，各国固执不允，均谓入籍一事不能由民人自主。因是之故，美国以求各国人民来美入籍一事，与各国历年争论。至一千八百六十八年美国议院立例声明：准各国人民随便入籍，载在政纲，即于是年七月二十七号由总统批准。次年，蒲安臣订立《中美条约》，其第五款与政纲相符，则是天下各国于准人民入美籍一事。最先允美国所请者，中国也。今下议院立例不遵美国政纲，又悖《中美条约》，前后相反，自食其言。余于一千八百八十八年议院议禁华工时曾斥其非；而此次下院所议比前犹酷，尤非理也。" 亦有议员秉公直言

因谨按：美国非无伟人也，特无如徇工党者多，势不敌耳。

十八日　小雨，至酉而止。美国医生玛高温于沪上行医，闻美国新例，致书于因，极诋新例之不公。 在华美医极诋新例

因按：光绪十三年前任出使大臣张荫桓，拟于金山设立中国医院，美人以中国医生应由美医院考试、给照，然

后准其行医。玛高温如寓金山，其用意立言亦不过附和工党耳。此时为诋新例之言，亦虑中国政府仿美例以矛陷盾耳。然而中国不为也。

德国战后军费巨大

十九日　晴。本日报言：考究家查自德、法交战以来，德国整顿水、陆军务，用费计银二千二百兆元（合中国银二十二万万元）。

因谨按：德、法师丹之战迄今二十三年，分而计之，则每年需军费一万万元，国不富者安可筹耶？当时德索法国兵费约得十万万元，以此数乘除之，可抵二十二万万之半，则每年只筹五千万元，在德国尚易为力，若在义、奥、日诸邦亦未易措置矣。此富强二字所以相因也。

新创电线由俄达欧

二十日　晴。接北洋文，言新创电线由俄达欧洲，其价较廉，由洋人璞尔生、成金生经手。其中有密电不能代转一款。

因查所谓密电者，系发电与收电之人预先订定，惟二人独知之，旁人安知其为密哉？殊难索解，存之以俟质疑。

俄国钱荒取消军演

二十一日　晴。俄大饥，由俄廷赈济，府库为之空虚。入款又短，前此定期操演大军，以此项用费需一百五十万罗卜（合中银约百万），现以费绌，业已停操矣。

因谨按：俄君好武而灾及其民，苍苍者似梦梦也。俄廷因此而罢操，非以恤民，实欲节费，俄君之心可知矣。府库空乏，乃至百万亦不能储，俄之穷可知矣。俄岁入亦计银三万万两有零，耗于用兵者大半，俄之佳兵可知矣。

18,4,22

前此告贷于法，而法允之；告贷于德，而德却之；俄之债累可知矣。天心悔乱，使俄如元世祖之末路，欧、亚两洲其太平乎？

二十二日　晴，未刻见雨点，乃霁，见日。美国议院议铸银钱，未衷一是。近请欧洲各国派员会议，俾金钱、银钱并行无碍。闻英、义、奥三国已许派员，法与瑞士尚无明文，然亦必允所请云。

美国请商货币整顿

因谨按：美以重四钱八分之金钱一元，抵七钱三分之银钱十元，按轻重乘除之，每银一两五钱二分可易金一钱，是金价低而银价高，宜其金钱之漏入欧洲，此一年中已有二百八十兆镑。中国汇银至美，近日每库平一万两，只得美银一万一百三十八元，按轻重而权之，每规银一万两只得美银六千七百五十两，是三分而去其一也，其不平孰甚焉？宜美国急求整顿也。

二十三日　晨起阴，辰正大雨，至午而霁，未后又小雨。巴黎来电，言法国自得越南，其民不服，常与防兵为仇，近日兵民鏖战，越民死者一百二十五人，法兵六十八人，内兵弁五人云。

越民不服与法抗争

因谨按：癸未、甲申法、越之战，法兵屡挫中国，以统领非人至于终蹶，至失北宁，法人滋扰不休。幸淮军谅山大捷，而法不敢佳兵，言归于好。自时厥后，法以重税治越南，越民不服，法常损兵折将，盖得不偿失矣。

二十四日　时晴时雨。是月为各省举总统之期。本日华盛顿报言：金山一省之工党，以下议院绅盖力建议严禁

禁华议员仕途坦荡

华工，虽未全用，实已出力，拟举为副总统。又言：上议院绅宣文本有总统之望，惟其驳弃盖力之例，太平洋一带人民均不谓然，举者少矣。

美国政党多阿工党

因谨按：美国分党有四：一北党，二南党，此二党者人数至多，权力最大，议院、总统由其举错。其次为工党，亦有权势，但其用权与南、北二党异。盖南、北党如水火，南党不举北人，北党不举南人也。工党则不分南、北人，惟常悬赏有能苛禁华人者，则举之。其党颇多附北党，则北党胜；附南党，则南党胜；故南、北二党皆畏之，徇之。又其次为农党，现在势微，不能自立一帜，依草附木而已。

二十五日　卯初天阴，辰正大雨，至申而霁。谒律师，托其致意美户部，因闻户部已筹拨银十五万元，为筹发照新例之费。本日又闻上、下议院管理限禁欧、亚各国人来美之议绅会同议例，分别良莠以杜弊端，业有成规，不日颁行。律司许以是晚即至户部查问云。

美已拨款执行新例

二十六日　阴，时小雨。二十三日美国议院以美国例：轮船不由本国厂造者，禁用美旗号，遂致所购于英国之船皆用英旗，殊失国体，兹议驰禁，准用美旗。本日报言英人闻此甚惧利益为美所夺，且碍于用兵，拟将前所售于美国之船购回云。

外购之船准用美旗

因谨按：法以救弊，而救弊之法亦不能无弊也。其能见其弊也，恃乎识；其能救其弊也，恃乎力。议院萃万姓之心思以审时度势，固宜其有识矣；合万姓之税租、财货

18,4,27

以创制显庸，固宜其有力矣。

二十七日 晴，午刻见雨点。昨日伦敦来电，言欧洲各国，惟英国不抽入口税。而英国货物运往各国，均输重税。天下各国，以美国之入口税为最重，以致英国受损而无益。兹英国选举议绅期近，英相先期晓谕通国，谓各国均图利己，重收入口货税，而英独以薄税为贵，损己益人。若不因时制宜，改变旧章，必致自累。为今日急务，当修税则，重征入口税，以重本国人民生计云。

英拟重收入口货税

因谨按：税则者，国之内政，为轻、为重，本可自由。欧洲各国，大抵重征入口之税以裕国，而不征出口之税以便民。且入口税重，则他国之货物难来，不致夺我国之生计；出口无税，则本国之货本价贱，足以供他国之行销。中国反其道而行之，宜金银漏卮于外洋，而土产不行于异国也。

二十八日 晴。美国政事，或归省办，或归国办，向有定章。向来他国寓美人民，有被戕命、劫财之案，均由本省自办，国家无权。美国与各国立约虽云保护，及至生事，又以无权推诿。去年纽阿连戕杀义人一案，美廷推诿，几至决裂，终出于赔恤。今上议绅多福议将此种案件归国家审办云。

涉外大案拟归国审

因谨按：此义国兵船之力也。当美民戕杀义民之时，美国亦以办中、美交涉之法处之，一味推诿，乃至义国撤使绝交，美廷大恐，以其水师之力不敌义也。卒至卑礼逊词以认赔恤，而后归于和好。居今之世，其可以不强哉！

美国造炮愈出愈奇

二十九日　晴。本日新报，言美国造炮愈出愈奇，近日造成大炮一尊，能于水底施放，现由水师部试验，是否可用，即当详复该部大臣云。

因谨按：人心之灵犹井之水也。井之新掘也，其水常浑，犹心之初用也，其思常钝也；井愈汲而水愈清，犹心愈用而思愈启也；井之废而不汲者，其水自枯，犹思之废而不用者，其心自塞也。欧、墨各洲之人用心最苦，每造一密室，独坐其中，终日思之，必求有得。其得也，则献之国家，国家给以凭据，二十年内不准他人模仿，则其人暴得名而致富，如中国善制艺而取科名也。其有思之至老而终不得者，殁后其室必为世人所贵重，谓是固苦学者之所处，而灵气所钟也。风气如此，宜其巧不可阶哉！

欧美鼓励发明创新

五月初一日　大吉。晴，酉刻大雨彻夜。墨西哥国来电，言驻美公使已改充户部大臣，另派员来驻美。又言布卫布路省各处地方，近日华人到者甚多云。

赴墨华工近日犹多

因谨按：华工之到墨者，向以为到美之阶，近不能潜越至美，故觉其多。又华工近有去美赴墨者，故益见多矣。但必应先立章程，则庶无后患耳。

初二日　晴，时雨。美上议院以新金山之东南有岛名纽西兰，三十年前美人魏布士达于彼购地数千顷，嗣英国占其岛地，魏布士达请美政府照英外部索地，英外部置不理。兹议绅以为美国本可按公法夺英所有以为赔补，惟于交谊有碍，特请局外之国公断云。

美民诉英占其岛地

因谨按：此案可以证中、美之交涉矣。英强于美，美

18,5,3

之为民请命者，英置不理，美无如何也。夺英所有，此抵制之法，而美恐伤交谊，不遽行焉，仍请局外之国公断。英如不允，或可以行之乎？英苟外畏人言，内防抵制，当不至一意横行，如美之待华工乎？

初三日　晴。巴黎来电，言义国与德、奥两国联盟，实系义君一人主之，民不谓然。近日义民苦于重敛，议院遂与各部为难，昨日又迫各部大臣辞职。此一月内，部臣竟两辞职。义主如不废联盟，部臣难安于位云。 意国结盟部臣频换

因谨按：欧洲各国武备实有骑虎难下之势，其经费不绌者，只英一国而已。若法、若德，则绌而未甚也。俄则无岁不贷，而犹有贷之者也。义则重敛，而民不聊生矣。日则每岁交息至五千万矣。葡萄牙则直不能支持，而鬻土地以清债矣。天下之局一变而至如此，乃知古圣偃武之言，为民造福独见其大也，然而必不能也。

初四日　阴。美国北党公举总统前两月间，外部布连致书同党之刻拉生云："无心总统。"现总统闻之大喜，以为莫予夺也。乃自布连赴纽约后，而举布连者多于现总统，于是现总统亦出美都，竭力收拾人心，今举者亦多矣。——见华盛顿初三日报。 总统出都收拾人心

因谨按：美国当举总统之年，憧扰热中，一如举子之望榜也。而终南捷径，尤以禁华工为第一阶。盖禁华工，则工党必举其人，是可操券者已三之一矣。华人不入籍，过此以往如鼠入牛角，其道穷矣。

初五日　晴。是日为美国展墓之节，因即于前格总统 扫墓献花

墓所送花。

加请英惠五谷进口

前日伦敦来电，言卡拿大地方官请于英政府，以本地所产五谷入英口岸与各国同，如英国予以格外利益，卡拿大亦减英国货物入口税以相报云。

因谨按：此卡拿大之抵制美廷也。美创新例：入英籍之客民，均不准来美。故请诸英廷，以美国入英之五谷至多，如英廷能使与卡拿大分别，则本地五谷可望畅销矣。西人钻利心思无孔不入，于此可见。

北印俄兵数量超英

初六日　晴。近闻俄驻北印度之步兵计二十万人，马兵计三万八千人。查英驻守该地步兵计十万人，马兵一万三千人。多寡相悬，势不敌矣。

因谨按：俄人如洪水，力之所到，足以为患，各国防不胜防，俄兵又调动无常。近德，则德增防；近英，则英增防；近奥、近土耳其，防之皆如不及防。俄不戢兵，各国皆不敢息兵矣。印度为英属，俄以重兵二十馀万压境，土、客之势，显然不敌。然因料俄人必不开衅者，何也？俄之水师万不敌英，兵端一启，水师为英所残矣，所得不偿所失也。

英迫法国教士离乌

初七日　晴。巴黎来电，言阿洲小国名乌干达，曾立约归英保护。法国教士有在此传道者，英驻该国武员不欲他国分其利权，因虐待该教，迫使他往。法廷向英诘问，英外部复以未有所闻，俟该武员禀到，然后照复云。

因谨按：法之天主教向不安分，天下各国之所恶也。弱者敢怒而不敢言，强者则限制之，如俄、如德是也；其

18,5,8

次，则诋毁之，如美是也；其次，则窘辱之，如义是也；英人则直欲驱之矣。因料该教士必不能安于其地也，诘问何益哉？

初八日 晴。巴黎昨日来电，言义国人民苦于重敛，恐有内变。闻义君屡请德主借端与法启衅，俾义国人民有事于外，不生内患云。 意屡请德与法启衅

因谨按：欧洲各国重敛以整武，为骑虎难下之势，所不至匮乏者，惟英耳。其馀则蓄积有多寡，即形见有后先。堂堂义大利乃至不惜民命以求孤注一掷，其孱焉不终日之势，可想而知。过此数十年，欧洲大局其必大有变更也夫？

初九日 晴。谒外部大臣布连，布连尚有病容。寒暄毕，因询照复事。布连曰："美议院权重，所议新例，余不能以为是，亦不能以为不是，惟中心抱疚而已。"因曰："然则终不照复我耶？"布连曰："新例虽成，行例时尚有通融，幸勿介怀，我等尚有补救之意。至于照复，未避暑以前，亦当上紧办理。"因再三订定，遂辞出。 新例已成惟表遗憾

因按：布连之言，其为厚貌深情欤？抑为良心不泯欤？未可知也。外部本无议例之权，落得推卸。至于照会久而不复者，则又以今年为举总统之年，虑有触碍也。其必待于避暑出都之前者，则以总统之举此数日中可定。既定矣，则可任意言之，而不忧触碍也。所谓患得患失者，非耶？

初十日 晴。金山状师阿他麦克自荐充中国驻美金山

领事，辞之。

英下议院换届选举

伦敦来电，言英国下议院绅六年一换，其权大于上议院。盖下议绅由民举，上议绅由世爵充。各部大臣之任事，必由下议绅允准也。今年系换班之期，谋此者极多云。

欧美各国民权颇重

因谨按：欧、墨洲各国均设议院而章程不同。美之议绅均由民举，不分上、下也。英之下议绅由民举，而上议绅则由世爵，然权归于下议院，则政仍民主之也。欧洲除法国、瑞典、瑞士外，政皆君主，而仍视议绅之从违，则民权仍重，即《洪范》“谋及庶人”，孟子“民为贵”之义也。

布连辞职竞选总统

十一日　晴。昨日布连之党致书于布连，谓其有意为总统，即当辞外部之职以明其心，使大众见之而决于举。布连遂上书总统，辞现任外部大臣之职，总统批准矣。

因查本年为美国公举总统之年，凡希冀为总统者，无不分布党羽，竭力招徕，扰扰营营，热中无已。而秘鲁、智利，至以争位，遂动干戈，以胜者攘不胜者之位，又其甚矣。以美较之，犹此善于彼也。然如宣文之力持正论，不事夤缘，无心于举而举之者，亦无多人。岂三代直道不行于今欤？盖非华盛顿创制之本意矣！

忌安拿（圭亚那）

十二日　晴，未刻见雨点，仍霁。南墨洲之英属忌安拿地方，以美国加税，出口之糖无利，国用不足，乃加矿税。古巴亦以入款不敷出，亦加货税，商民苦之云。

因谨按：税则为内政，本可增加。而入口之税尤应增

18,5,13

加者，盖入口税重，则外国货物不易入口，即不致夺吾民之生计。近年中国入口之货，煤油、洋纱、洋针大行，而本国所产弃之无用之地，业此者皆失业矣。识者伤之。

十三日　晴。本日伯林来电，言德君于本日由德都往启尔海口，期会俄君，同行者有外部大臣、俄国驻德公使、武员等。俄君明日可到。两君之会，约有一日盘桓，无公事相商，但以修好而已。

德俄二君订会修好

因谨按：前此俄、德两君订会，而俄君爽约，遂至龃龉者半年。德主遂有攻俄之言，俄主亦有敌德之语，几决裂矣。而俄君此次之行仍肯过德，德主仍修地主之礼，似可言归于好，其终不决裂者，非真有推诚释怨之心，特以两国兵力皆强，战则无全胜之算，而有民生之祸，故未敢妄动耳。如其中有一弱者，则战局久开矣。

十四日　阴，小雨。巴黎来电，言俄、德两君之订会，法外部曾照俄外部，谓法人猜疑，恐碍两国盟约。俄君乃于会德君之时，遣其介弟谒法主于南施埠，以示与法亲厚，法人大喜。

德俄订会法国不满

因谨按：法之于俄与日本相似矣。俄君之子被刺于日本，日君恐惧失常，问安不绝，至许以后不干预俄与高丽之事，可谓怯矣；法则前见俄与德分而喜，今见俄与德合而忧，又见俄君之弟至法而大喜，一若依以为命也者。何平日之抢攘为杰，傲慢称雄，至是而恭敬有礼耶？

十五日　阴，细雨时霁。闻中墨洲海带国之海口名刹买那，愿归美国管辖；美驻海带国及兼理三德明哥之公

美国扩张中美购地

使，已向三德购地云。

因谨按：美国近年之所行，非复创国时自守之道矣，于古巴、檀香山无不垂涎。虽露痕迹，尚未显有设施也。海带国之海口，前此曾遣员向该国求之，此亦犹俄人之求朝鲜海口也。乃朝鲜不允俄，而海带允美。一则为惊弓之鸟，一则为海客之鸥也。

巡海八月虫满船底

十六日 小雨时止，亦时见日。美国“希卡果”兵舰前调赴墨洲，为水师提督坐船，本月回美交船厂查验，有无损伤。经查得此船巡海仅八个月，而船底生虫已满，每驶行一日，须减速率一百六十中里云。

因按：十年以前即闻欧洲各国以兵舰下水后，即有一种海虫附于船底，逐渐而多、而厚，船行之速逐渐而减。因思得一法以药膏涂船底，则虫不附船，以为此患可永除矣。今乃仍旧生虫，岂药力之不验欤？抑美国新讲求海军尚不知欤？

禁华得力保举联任

十七日 晴。是日北党总统已举定，即现任总统哈利顺也。纽约绅士言：哈利顺于三月之前，即派有权力之绅通信各省，布置一切。一月之前，美驻英之总领事、驻法之公使特为此事返美，亲至密腊巴里地方联络各省派来之委员。而去年总统所派驻金山之按察马罗、驻中国之公使布莱尔均洽民心，本年签苛禁华人之例极为迅速，众情翕然，故得保举联任云。

因谨按：美国风气如此，保举如此，可见大权之操自民矣。盖各省派来之委员皆民所派也，其中有民间订定必

18,5,18

举某人者，则委员无所左右也；有民间订定从众所愿者，则委员可以通融也。有联络委员之人，则思过半矣。

十八日　晴。接北洋电。发总署、北洋电。日斯巴尼亚国以船厂造船工夫未精，已聘英国船厂各色工匠管理云。 西班牙聘英造船工

因谨按：地球之上兵舰、商船，以英为最多，且皆自造，则地球船厂自应推英为第一也。因尝至日国矣，查其造船仅造船壳，而机器仍购自英、法，今乃以整顿水师为事而求自造，亦自立之见也。

十九日　晴。本日伯林来电，言俄都有信，美国游历各国采访风俗之士名比及罗，名望素著，近游至俄境，俄人逐之出境云。 俄国驱逐美旅游家

因谨按：美人越数万里以船载运粮食、银钱赈济俄饥，可谓恭顺矣。游历人员为公法所不禁，惟美国今年下议绅盖力创立新例，专禁华人，而上议绅仍驳弃之。今俄人不必立例而辄逐美国游历之人，岂“天道之好还”耶？抑所谓“出乎尔者，反乎尔”耶？

二十日　晴。酉正奉总署电云：销册寄还。闻布连告退，科士达接任外部，确否？电复。号。

十八日巴黎来电，言欧洲各国日修战备，兵费日增，近日借款愈多，筹借愈难，多者八九扣，少者至四五扣。奥国赖德商挹注，尚未竭蹷，然德亦难久恃。若义、日、葡三国，则府库已空矣。惟法能取信于民，借贷甚易，且债票近日竟无亏损，与德、法交战时之落至折半者，迥 欧洲各国兵费日增

殊矣。

因谨按：欧洲各国武备如骑虎之势，其有馀裕者，惟英，次则德、法尚不竭蹷，以其商务盛也。其馀商务萧条之国，皆每下愈况焉。然则有国者，其留心商务哉！

二十一日 晴。复电总署云：布连退，华顿署。昨日新报刊出：美国残兵恤款现已拨定，来年所需计一万二千四百八十二万五千元，管理此事人员以为不足，应添一千三百万元。查美自南、北争战，养赡受伤兵士，前十四、五年每年只二千五百万元，以后按年加增。所估来年入口税项计一万七千万元，不过敷一年恤款云。

美国拨定伤兵补恤

因谨按：美之恤款可谓巨矣，此亦犹富贵之家踵事增华，不免浮靡。因尝于光绪十四年今皇上亲政，奏陈四事，其中崇俭一节，言"事逐情生，费随事广"，盖陆宣公之论，深得我心焉。

二十二日 晴。昨日巴黎来电，言英国作事多拂法人之意，阿洲英、法教士既争权矣。近勃尔加厘亚之君到英择配，英国竟以国王之礼待之，岂不知勃国系归俄保护？而俄、法实同盟，是尊勃而藐视俄、法也。兹俄、法两君已谕驻英公使，不与勃君同宴云。

英尊勃君藐视俄法

因观此而知俄、法同盟之局已成也。其始俄、法二国犹讳言之，今乃昌言之矣。前俄之外部至德曾言，有权干预勃国之内政矣。今又似不能干预也者，幸此举出自英耳，如系弱国，俄廷有不声罪致讨也哉！

二十三日 晴。奥京来电，言德国前相毕思麻为其子

18,5,24

婿于奥，订期日内赴奥，而德驻奥公使例应相见，德主乃令该使休假数日，离任以避毕思麻。前此传言毕思麻复用，似不确矣。

因谨按：德主袭前人之霸业，令行禁止，而轻创霸之毕思麻，是饮水忘源矣。毕相当国时，威棱第一待以殊礼，颇有俯视一切之概，或以此而见忌于人。然强邻逼界而自坏长城，非长策也。因于此为德危焉。 德主轻毕相，饮水忘源

二十四日　晴，入夜大风，小雨而止。欧洲报言：俄国饥民，弱者为饿殍，强者为盗，商旅难行。犹太人之去俄者尤多，由俄入德国境界约四十万人，德人拒之不从，至用枪毙数人，始不敢入境云。 德枪毙俄犹太难民

因谨按：俄之民苦矣。犹太居俄之民亦苦矣。中国前此河南、山东之荒尚不至如此也。客民安居已久，忽逐之出境，至无所归，流离道路，均仁者所不忍也。

二十五日　晴，入夜大风，小雨而止。本日新报言：英廷造成头等战舰一艘，自兴工至成功，只两年半。因查法国造头等战舰每需十年，极速亦需五年，较之英厂天渊矣。 造舰速度法远逊英

因谨按：从前中国驻德公使李凤苞于克虏伯厂订造铁舰，至期不成，一再展期，以致中、法之战不能得用，固该厂迟延之咎，亦该使考究未深也。知其厂中向来之工程迟速，则临时临事有把握矣。

二十六日　晴。闻欧洲各国分裂阿洲，至今不靖，有达河米国王以兵攻法所踞之地，商、民不安。法国因于英 法国定造浅水炮舰

之野鲁船厂定造浅水炮舰一艘，以便深入内地小河。长百英尺，宽十八英尺，入水十八英寸，每一时辰行六十馀里，容兵四百名；船身分为七节，每节重二吨，今已造成并已试验矣。

因查凡新辟之地，未有不求恢复者。然当今之世，而欲如少康之一成一旅以兴旧业求之未开风气之国，断不能矣。其强国已根深蒂固，其弱国皆客气虚憍，阅时稍久，同归于尽而已。可胜慨哉！

亚利干省(俄勒冈州)

二十七日　晴。律司科司达持上议绅多福书，言亚利干省宜设领事。因婉辞之。

因谨按：设领事以通商也。美国下议绅已普禁中国商人来美矣，事虽未成，其迹可见。我能使现在之不禁，而欲以后之永远不禁，断无把握也。且禁工已十年矣，历任至今未能驳除，而且加厉焉。禁工而华人之来美者益少，商务必衰，方将裁减领事以节无益之费。增何为哉？

驻非德军损兵折将

二十八日　晴，中夜雷电。二十六日阿洲盛齐白城来电，言德国驻防阿洲马西之兵为土人所击败，统领别罗受伤，兵弁亦多伤毙，炮弹被掠，已退至麦林地方矣。

因谨按：欧洲各国分裂阿洲，德、法皆有损兵折将之事。惟英将施旦来事前久于其地，与土人相习，其分有其地也，不专恃威，故土人未与为难，则绸缪之早而措置之善也。

美国研制破钢甲弹

二十九日　晴，申刻见雨点，仍霁日出。美国纽约省博士渣士田历年考究炸弹之法，兹创一式：以钢壳内樑木

18,6,1

筒贮炸药，以寻常大炮施放，其弹重五十六磅半者贮炸药五磅，重二百五十四磅者贮炸药三十磅，验时能穿厚三寸之钢甲。查巡海兵船钢甲不过四寸，此弹再求精利，即可破之矣。

因尝谓数十年以后铁甲船当无用，以炮可加大而铁甲不能加厚也。今如德、美所制之炮且不必加大，能以五十吨之炮洞厚三尺之铁甲矣。今且以三十磅之炮弹洞厚三寸之钢甲，炮之力日益，而铁舰之甲，除康邦铁甲及白铁甲外，未闻有更坚者，则将来船之坚究不敌炮之利矣。

六月初一日　晴。伦敦来电，言英国向不征五谷入口之税，而英属卡拿大、澳大地亚地广多种五谷，运入英口，与他国之五谷同不征税，其利为人所分。今商务局议禀英廷，请收他国谷税，而免本属以示区别，而专其利云。 英拟只免属国谷税

因谨按：此美国之作俑也。美国重税他国而免本属，以冀他国邻美之属地隶入版图，故古巴颇有歆动之意。兹卡拿大以本处之产入美税重，而美之五谷入英无税，上年美总统谕议院文，已昌言其五谷出口之利。兹英国亦以征税报之，而其利乃移于本属之卡拿大矣。洋人之于利已朘人心思无孔不入，箢算稍疏，即为所朘，殊可畏也。

初二日　晴。新报载：美国制造之物为多，卡拿大则为土产。兹美国与卡拿大政府商免制造之物入口税以为报施，不蒙见允，是卡拿大得利多而美国得利少。兹总统已请上议院立例，限制卡拿大货物假道利益云。 美拟增收加过境税

因谨按：外国言利，剖析毫厘，中国人多鄙之，而不知其不得不然也。各国商贾辐辏于我，非慕义向化也，求利而已。伺间抵隙以夺吾民之利，有所限制则得其平。听客之所为，则工、商失业，自弃利权，攘外安内，经费何出？欧、墨各洲诸大国莫不如是。即小国如比利时、瑞典、脑威各邦亦莫不如是也。其不能如是，如波斯、芬阑、阿富汗者则日削矣。

脑威（挪威）

初三日　晴，天气转凉。新报言英政府前以英金四百万镑购苏彝士河股分票，近此票价值日涨，竟至一千九百万镑，不但利国，兼且丰财云。

苏伊士河股票暴涨

因谨按：苏彝士地方向无所谓河也。兵、商轮船来往，向绕道由地中海，道远费时。法人勒伯西议集股分以开之，开成后收来往之船费，以弥补开河之费。英人以此河为咽喉之地，如有兵事，或有股分者创议封口，则兵轮不准来往，而英之水师失其强，于是议购入此项股分票。庶权亦我属，而不受制于他人，此实为军务也。乃该河之来往船只日多，而入款日盛，则出意外矣。然俄之西比利亚铁路成，则陆路尤便捷，该河之来往船只又当减于此时矣。

初四日　晴，酉刻大雷电、风雨至夜而止。昨日伯林来电，言义王赴德，与德王晤商者，系因德、奥、义三国联盟约定各备重兵，而义经费不足，无可设法支持，因以减兵之意商诸德王。德王以减兵则为示弱，将致敌国之轻，必不得已代为筹贷于德商，庶兵食均足云。

意王赴德商议减兵

18,6,5

因尝以欧洲增兵、增舰为骑虎难下之势，为鹬蚌俱毙之道，今果然矣。义固不能支，德、奥亦不能久支；俄亦不能久支也。法固后于俄、德，然亦不能常。其能久而不敝者，英耳。然则俄、法联盟，德、奥、义联盟相持不解，兵费不支。及其敝也，义、奥为先，德、法继之，俄人尚可自守，而英坐收渔人之利，二十年内可决之矣。

初五日　晴。凉。巴黎来电，言法国书办纽阑尼以海防图私售德、义二国，其售德国者为秋巴海佛伯来士之图；售义国者为米地得阑尼之炮台，道仑地方新制之炮台，均有实据。道仑炮台工尚未成，拟改换新式云。 法员私售海防图

因尝言：欧洲各国机心机事，无日无之，此其一也。中、法越南之役，北宁守兵当法来攻时，炮不鸣，兵不战，各鸟兽散。粤省守隘之炮多为强水所淋，此皆内有间谍也。然则不逆不亿非难，先觉者为难耳。

初六日　晴。凉。昨日巴黎来电，又言法国亦以重资募英人名火而耆密探德、义两国之炮台在地中海之两处及在德、法交界者，故不能以侦探本国之炮台责他国云。 间谍一事法难发难

因查交涉之道，莫非自私自利之见。虽有智士，亦不能尽伐其谋，赖在有以防之，并有以抵制之耳。如侦探之方，枪炮之利，兵舰之坚，赖在有以防之。要求之非理，侵占之不休，诘责之不情，要在有以抵制之。大抵太刚固折，太柔亦废。苏老泉曰：“慎勿为积威之所劫。”诚哉是言也！

初七日　晴。阴。午后大风、雷雨，酉刻雨止。初五

马得力（马德里）

日马得力来电，言日斯巴尼亚国税则于货物入口有轻重之分。兹英国政府与日议定：英货入口均照轻税则，并无报施日国格外利益云。

立国之不可不强也

因阅此而喟然叹曰："甚矣！立国之不可不强也。今日之势，一弱肉强食之势而已矣。强者事事得利，弱者步步受亏；是强愈富，而弱愈贫；强者愈强，而弱者愈弱矣。"夫日弱于英、俄、德、法、义诸国，而视欧洲之他国犹强，故税则分轻重：以轻税处强国，而以重税处弱国；弱者固不能与争也，且争亦不允也。所谓"失之东隅，收之桑榆"也。

法国议定新煤油税

初八日　阴，时见日。午后小雨止，仍阴。昨日巴黎来电言，自一千八百九十三年三月三十一号起，议院所定煤油入口之税：熟煤油每一百基罗（每一基罗合两英磅又五分磅之一，合中国二十六两零。一百基罗合中国一百六十斤半），收税十八佛郎（每五佛郎合银钱一元。每银钱一元现价值中国银八钱零。十八佛郎合银钱三元六角，合中国银约近三两），生煤油则减收三佛郎。现在以期将满，拟至明年三月改议税则时，照新例办理云。

初九日　晴。赴外部道喜。

美人谋逆英判无期

上年九月，美国医士家理下至英游历。英人以其在阿尔阑与地方匪人谋戕英官拿审，定以监禁终身之罪。兹闻费成善会禀呈总统，言其无辜，请与英廷理论云。

因谨按：此可以证中、英美生交通会匪之案也，此可以证英员之不公也，此可以证中国办理之失平也。同一谋

18,6,10

逆，而美人于英谋逆，则由英断；英人于中谋逆，则不由中断。美人于英谋逆，则监禁终身；英人于中谋逆，则监禁九月。岂得谓之平乎？中外交涉凡不平者多矣，皆类此也。此可为长太息者也！

初十日　晴，中夜雨，大风排闼彻晓。是日为美国七月四号。前一百十六年，此日为美国改为自主之国之辰，相沿至今，以为吉日。合众国上下升旗、鸣炮，不理公事。 美独立日

因查：美本为英之属邦，英征税重，美人怨之。华盛顿倡为自主之议，英人伐之，美与力战八年，英不得志。法与和出而排解，许美自主，而美遂为五洲之大邦焉。尝考华盛顿之拒英，非必战胜攻取，但以坚忍之力肆应不疲，损伤相当，守者无瑕，攻者敝矣。倘尔时，气慑于强敌，功废于半途，俯首请和，不过如印度、阿尔阑之屡蹶不振，受命而已，安能若是之富强哉？若华盛顿者，亦可谓人杰也哉！

十一日　晴。美、英秘林海峡争捕海龙一案，初九日域多利来电，言阿拉斯戛有英渔船二十五艘网捕海龙，现为美兵船“考温”所获，并海龙六千条充公，又获供火食之船“考阔拉”云。 美国抓捕英国渔船

因查美、英为秘林海争捕海龙一案，龃龉累年，若在他国必畏英之决裂矣。近已请局外之国调处、判断，法、义两国均允。法为纽芳阑之案与英不合，义为纽阿连之案与美不合，而不辞调处者，通好之国例当彼此相维也。

英、美亦不畏法、义之挟嫌者，局外之道不愿偏袒招怨也。

十二日　晴。上午巴黎来电，言近日越南东京驻防之兵，屡为土人舟师所挫，法国防兵一百五十人，被毙者十七人，逃亡者十六人云。

越人屡挫法国防兵

因于此而叹越南土人之有志也。法国始假保护之名而卒侵其地，驱其民，蹂躏其乡里，苛敛其赋税，土人之憔悴于虐政者，至今日而始知我国之宽仁矣。时时扰之，所以报之。惜无华盛顿其人者，拨乱反正而自主也。

十三日　晴。伦敦来电，言阿洲之摩洛哥国小而无政，匪徒往往滋扰商民。兹英、义、日三国近订密约，谋灭之而分其地云。

英意西谋灭摩洛哥

因查阿洲之地，英、法、德、义、日、葡诸国已瓜分之。摩洛哥即修内政，卧榻之侧亦不容鼾睡也。谓其滋扰商民者，所以加以可灭之罪。三国共立密约者，所以防德、法、葡之妒。居今之世，一弱肉强食而已。

加拿大抽报复关税

十四日　晴。本日报言：卡拿大以鸡蛋入美，美关按十二枚抽税银五分，拟即抽美国鸡蛋入口税以报之。又近日美与日斯巴尼亚立报施约，因独得古巴利益，卡拿大应与美国同沾，如日国不允，即征收古巴糖、烟入口税云。

因于外国之税则变更及彼此税则之施报必留心者，非好为琐屑也。中国欲水、陆两军之强，必求经费之足，而不能足者，则以入口之税未讲求也。税则为内政，例可随时整顿，亦可随时加增。墨洲之三德明哥，极小之国耳，

18,6,15

而其税则按物值征百之四十，未闻开衅，则以其为内政而应由本国主权也。鸡蛋入口，销数至微者也，榷税而计及，此中国必耻言之。而英、美至富之邦，乃斤斤然争之而不少让焉。外国交涉之事大抵如斯，熟于此道者自知之。

十五日　晴。美政府以本国税关章程不如欧洲之善，特派副户部司宝订、总办税务考司多克赴欧洲各税关查考一切，以便仿照办理，准于今日启行云。 美员赴欧考察税章

因谨按：法无历久而不敝者，亦有新创而未备者。美自华盛顿开国至今仅一百十六年，所订税章自不若欧洲各国之备，此其所宜参互考订者也。我国中外通商收海舶税仅数十年，尝考其章诸多疏漏，安得一为整顿乎！

十六日　晴。美绅某来见，言印度来信，谓现在亚细亚洲俄兵四出侵阿富汗之界，临英属之印度、中国之新疆云。 俄兵四出侵阿富汗

因尝考俄国近三百年之疆域而慨然也：当明之季年，仅七十五万六千方里耳。至国初而骤增至四倍矣！再一百年而又增三倍，再一百年而尚无所增。至道光年间则骤增，增至今日而至十一倍，盖七百九十万馀方里，得全地球六之一焉。其侵诸欧洲者，则瑞典、波阑、土耳其、波斯等国，约四百万方里。亚洲则回部最多；基发、霍罕、茂甫、穆哈剌，黑龙江以北则近年所侵占者也。近又注意于印度，英人未必肯让。然阿富汗之疆宇必日蹙矣。 俄疆骤增

十七日　晴，夜雨。日本新到参赞来谒，即往答拜。

俄民骤长

因昨考俄国疆域骤增之数，因并忆其民数而笔记之：俄国当我雍正初年，民数只十四兆，越二十二年而增二兆，又越二十年而增三兆，又越二十年而增九兆，又越四十年而增十三兆，又越四十年而增二十七兆，是为咸丰元年。及至同治五年又增十七兆，共计八十五兆馀矣。其所以增者，非关休养生息，盖因地辟而民亦益，所谓“有土有人”，近比邻小国蚕食殆尽，非复往年之易于开拓矣。

十八日　小雨。昨日柏林来电，言德、奥、义三国联盟，因英外部大臣与义密约，如法攻义，则英助义，故义乐于联盟。现新举议绅与外部同党者少，而英各部臣非议绅相得，不能久于其任；若此，则外部难留，义之联盟亦难固云。

外长更迭
联盟难固

因阅此而知俄、法两国实招各国之忌也。二十年前德国攻法，则英坐视，英与法固比邻也。俄国攻土，则英救援，英与俄又儿女亲也。然则凭陵之习，兼并之风，身受者固不愿也，旁观者亦不平矣。

越人伏击
法国官兵

十九日　晴。十五日巴黎来电，言接越南来文，谓驻防东京兵弁于白刻尔地方被土人埋伏狙击，领兵官旁尼、兵头卡丙打均阵亡，兵士毙者十人，伤者称是云。

因查越南不服法国之情层见叠出，自李埃利以来损兵折将者频矣。因论中国属地琉球并于日本，缅甸并于英，越南并于法。惟琉球不闻相抗，大约世守荒岛，无远志，无武备，依人为生而不暇择主者。缅甸胜琉球，越南又胜

18,6,20

缅甸，其民似可用者。

二十日 晴，夜雨。昨日美国户部刊出：自上年西历七月一号至本年六月三十号，此十二个月内，计美国出口煤油共值银四千四百十九万一千零七元，较前一年少七百馀万元云。

美国煤油出口渐少

因查美国煤油至中国者约十之八，至欧洲者十之二。缘欧洲各国其繁盛之地皆电气灯，次则煤气灯，凡客寓、轮车、火车无用煤油者，所以防火灾也。且其收税极重，已见于法国报矣。至美国出口之数，此一年中逊于前一年者，则以义国已禁，不准入口，销路之偶窒，非出产之不丰也。且俄产煤油近又日多，此二国之油几遍给地球各国矣。

二十一日 晴，未刻雨，仍晴。昨日伯林来电，言德前相毕思麻议论国事，每扬德主短处，德主怨恨，有送毕相交官惩治之言，终以其功在前王，惠溥万姓，不敢轻举而止。兹毕相拟周游德国各处，其时人民夹道欢迎，又恐触德主之怒云。

德主怨恨俾斯麦

因观此而叹毕相之不可及也：议论国事，此老成之不忘国也；揭德主之短，此老成之不忘君也。向以毕相为伊尹、太公一流人，德主如能信而崇之，则为太甲、成王，亦守成之令主，而足以保威棱第一之勋名，君臣之遇足千秋矣。

二十二日 晴，申刻大雨，仍霁。谒外部，商檀香山华人求美国公使、领事保护事，外部允即行文。又闻美国

向智索赔不允减数

兵舰水手在智国被杀毙三十五人一案，现索赔恤银二百馀万元。智国以为太多，饬驻美公使与美外部商请减少，外部谓总统之意如此，不允减数云。

因按：智国内乱方定，而外患兴矣。日国已索赔三百万，美又索赔二百万，他国虽未闻，大约亦必有也。智遭内乱，库帑已空，必出重息以贷，势将日贫，贫则弱矣。

必司堡（匹兹堡）

二十三日　晴。二十一日报，言宾省之必司堡大铁厂，及挨达浩省之矿均用工人数千名。现工党停工、霸工，地方官不敢弹压，急电该省总督发兵八千，由火车驰往围之。现该厂主议不用此项工人，另行招工云。

因查欧、墨两洲之公司极大，用工人极多，工党之势亦极横。英、德两国工人滋事尚未了结，美国又复滋事。幸电报、火车之迅速，兵力之厚，调动之捷，否则缓不及事，非蹂躏百姓，亦必分裂公司矣。

沿海各省整顿海军

二十四日　晴。（受寒不爽。）美兵官来见，言及沿海各省以美廷现在整顿水师，遂招集壮丁习练水战，一旦有事，不患无人。美政府遂派水师提督一员，巡历教练云。

美国新舰数年可竣

二十五日　晴。（是夜泄泻。）二十三日报，言美国新造兵舰数年可竣，竣后有兵舰四十五艘，所载炮位三百六十四尊，员弁、兵丁一万一千零四十九人。内计头等厚铁甲五艘，重甲巡海船三艘，双旋转炮台船六艘，巡海十六艘，炮艇六艘，水雷、炸药炮船五艘，水雷船三艘，铁嘴船一艘云。

18,6,26

因谨按：美自经纽阿连、秘林海峡两案以后，整顿水师，昕夕不遑，亦可谓自知所短者矣。盖美之国势本不为强，徒以亚墨一洲尽为小国，无足相抗者，美于是若夜郎焉。然外侮不在同洲而在隔海，轮船兴后，履若坦途。及此武备不修，匪特决裂以后抵御为难，即交涉之间持平亦不易矣！前日已闻其练民兵，今又报增战舰，备预不虞，古之善政也。

二十六日　晴，酉刻大雨。卯初盥漱，因率使馆各员黎明行三跪九叩礼。辰刻设面，申正设宴。

美国之挨达浩省五金矿，上年所采金、银、铜、铅值银一千万元，黄金居十分之三。现年冬春多雨雪，淘洗矿沙较便，开出之金较上年多二成云。 挨达浩省（爱达荷州）

因查北墨洲多五金矿，墨西哥与美接壤，美富而墨穷，岂开矿不得法欤？抑其人不足恃也？美国传言中国京北之矿有英人承办开采，已见之于报矣。

二十七日　晴。至外部晤总办播郎，询美国新例禁欧洲工人来美，欧洲各国公使有照会论及此事否？答言：无之。因谓当不能全无。播郎谓如果有之，则报纸当刊出矣。因请查公牍，播郎答以容细查之，改日回信。 美禁欧工欧无照会

因前晤德国驻美公使，询以美国新例普禁欧洲工人入境，贵国何以处之？该公使答曰：“我国本不愿民人出境，以壮年者均须隶兵籍也。本国又不能尽禁，美国代禁，恰合本国之意，听之而已。”然则欧洲各国岂尽如是耶？ 德国不愿民人出境

二十八日　晴。接纽约书，言近日宾省铜、铁各厂工人停工滋事，其意使各厂公司无人雇用，将来自可“予取予求”。嗣闻外国造铜、铁各工，由欧洲来美者日多一日，工党因即禀请户部大臣：请于工党之内挑选两人，派充纽约埠之巡验来美客民差役，以杜违例来美之弊，户部已允派云。

美允工党巡验客民

因观此而知工党之权重也，然美国亦患人满矣。尝阅美国人数表：一千八百七十三年其民数只三十八兆，迄今仅十九年已增至六十馀兆，此非生息之速，乃客民入籍之多也。再过二十年，将有人满之虑，与德、义诸国相同，不得不深思而早计，而工党独擅其利之意亦于是行矣。

二十九日　晴，是夜大雷雨。上议绅地甫司来，赠小女物一件。谈次，言美国以“白耳底马”兵舰水手被戕，索赔于智。前月智国新任外部爱拉协力接任，照会美国允按旧例，每名恤二千五百元，计美银共七万五千元，美总统已允收了结矣。

美允智按旧例赔恤

因查美兵舰水手之家属索赔甚巨，而智国所赔只如此数者，欧、亚两洲有例可援也。因尝详询之美国官绅练习时事者，均以为不过如斯而已。然则中国所戕西人，其赔恤动辄逾万，而中国之人为西人所戕者，或竟不赔，或所赔甚少，则不谙西律之故也。

三十日　晴。昨日报，言美国由卡那大河道运货来往，英关抽税较英属货船为重。美政府屡向英廷驳论未除，总统乃请议院立例：于卡那大商船出入美境，亦照英

美报复收加国船税

18，闰6，1

例重税以报之。下议院已议准，今交上议院矣。

因尝论外洋各国通商争利抵隙，扰扰不休，有以为洋人嗜利无餍者。不知不如此，则拱手让人以利权，而民财之卮漏日多，久则贫瘠也。但其间细针密缕，非寝馈其中者不知，非揣摩有素者不能，非公法精熟者亦不敢耳。

闰六月初一日 大吉。晴，热。答拜议绅地甫士。座中有自俄回者，言俄国大饥，道殣相望，而整军经武仍不稍缓，德、奥边界时复增兵，经营珲春不遗馀力，大约欧、亚两洲之邻国，将来必有被兵者。 俄饥荒仍不忘增兵

因谨按：古人“修德弭灾”之言至今不行，而“不戢自焚”亦不能全信矣。俄之灾重矣，而佳兵依然；俄佳兵久矣，而不闻败衄。岂真人定可以胜天乎？毋亦有天命者任自为耶？

初二日 晴，大热。寒暑针至九十四度。智利来电，言兵船水手案结后，美国向智国索赔之案自一千八百二十八年以来，未结者甚多，兹美外部饬驻智公使催智政府商办，以清积牍云。 美催智利结清赔恤

因查美与智索赔之案，有延至六十馀年而未结者，非怠也。以前则风气未开，墨洲交涉尚重义而轻财。近二十年间，智颇振作，秘鲁一役几霸南洲。美国久无外患，水师未事整顿。近年则美之水师渐强，而智之兵力美亦尽悉。智于美舰水手之案，又自显露虎头蛇尾，其技俩可知，故乘其畏我之时，一振国威，使智利俯就范围，其馀小国不烦鞭策矣。 此举意在扬威挫锐

初三日　晴，大热。寒暑针升至九十八度。德国近辟阿洲东北地方，多归德保护矣。有莫三鼻给岛在阿洲东南，向属葡国。近以葡国府库空虚，所欠德国之债难偿，德国请于葡廷愿以此地抵还债项云。

莫三鼻给（莫桑比克）

因尝阅欧洲各国报：葡国有鬻地之说，未敢信也。然考其近年出入表，每年入款不过银一千六七百万两，出款需二千一百馀万两，入不敷出，固已巨矣。国债之息每年需银一千一百馀万两，则债息已将耗入款之全，而国用所需几无所出焉。宜其穷也，宜各国之疑其鬻地也。

初四日　晴，戌刻大风、雷雨约一时而止。美绅某来见。谈久，言俄国西比里亚铁路工人近加至一万二千名，限于秋、冬告成。又伯林来电，言勃尔加厘亚国有刺客谋刺其君及各部臣，当时虽疑为俄所使，而无实据。兹勃政府查得俄廷致驻勃公使密电，令该使与刺客联络；当将电文分达德、奥两国政府，德、奥已请勃廷诘问俄国矣。

俄雇刺客谋刺勃君

因谨按：古人所谓睦邻字小之义，今不复见，惟见蚕食鲸吞而已。俄造西比里亚铁路，借口通商，其实志在朝鲜。于勃尔加厘亚国内政，借口干预，其实志在废置。居心积虑，无非夷县小邦耳，乃甘出于暴客之所为，独不惧伤国体哉？

初五日　晴。近闻英、义、日三国密约共灭摩洛哥，三分其地。英廷遂派公使往摩，明为立约，实欲保护。法人妒而阴阻之。英谋不成，将来英拟派兵赴摩，法亦派兵前往。前德相毕思麻尝论欧洲大国起衅，必由于争摩洛

英法各自派兵赴摩

哥，兹已见朕兆云。

因尝读《商书》至“兼弱攻昧，取乱侮亡”，而叹千古兴废之故不外是也。孟子创言“字小”之论，欲以救当时并吞之习，而究无补于时，不若《商书》所言为合“栽培”、“倾覆”之理也。摩洛哥政事不修，日就衰弱，与阿洲之突尼斯、欧洲之波阑相同，自蹈乱亡，虽欲图存而不可得矣！

初六日　晴，热。美驻日本公使函致外部，言俄国煤油公司新创油船，载大桶煤油由欧洲取道苏彝士河，运至印度、中国、日本、南洋各岛发售。此举若成，必夺美国煤油之地，以其运费较美为省也。应饬美煤油公司早为设法，以免此利为俄所夺云。

美防俄夺煤油之利

因查公使之任匪特以联邦交，凡有关于本国之利源者皆当留意也。俄国煤油出产日盛，已习闻之。所以不能争胜于美者，俄由陆路运出，不及美之水路运出之费轻也。今设法由船专运则费轻矣。兴利非托空言也。必有兴之之法，惟留心者乃知之耳。

初七日　晴，酉刻大雨，雨止仍晴。前二日伯林来电，言英、法、德三国定界，三分阿洲之地。后德国遂派员带兵入境察看情形，而英国商民闻德员将至，即给土人枪弹，截德员于机尔曼赭大山之间尽杀之。

英援土著尽歼德员

因按：上年德人攻阿洲时，英兵官施旦来曾教土人拒德，德不得志让地于英。今德又被英商指挥兵弁尽歼于阿。盖英人之游历阿洲，深入内地已十馀年久，与土人相洽浃，发纵指示，德人断不能如英之灵也。弱肉强食之中，强者又自相啮，如三虎争一牛，惜无卞庄子者，因以为利为可惜也。

初八日　晴。阴，午后雨，雨止见日，酉刻又雨。查得美国费城刻拉生船厂制成新式兵舰，于初四日试水，副总统、水师部大臣亲到，命名“可仑比亚”。该船系三旋螺（凡一旋螺，每时行三十海里，再旋者行三十六海里，三旋者行四十四海里），马力二万匹，战时可加力三千匹。容煤二千吨，足敷行二万馀里之用。长四百英尺，宽五十八英尺，容七千四百吨。置八寸口径炮一尊、六寸者四尊、四寸速放者八尊、小而速放者二十尊、水雷六。船价二百七十二万五千元，并军器杂项，共三百二十万元。

费城制成新式兵舰

因谨按：弓矢之制变而为枪炮，刳木之制变而为铁甲。铁甲之坚，兵刃、矢石不能入，惟巨炮与水雷可以破之。炮之百吨者，每尊需银十万两；水雷之新式者，每个需银三千两。居今日而为攻守之计，非巨款不能。此小国所以日尽，贫国所以日削也。然则欲言强者，非富不可也。

初九日　阴。本日金山来电，言接伦敦电，知新金山域多利埠新定进口货税，松板千片加税银六元二角五分，装罐水果每磅加税银六分。美商以该国如此重税，必因美国新定重税阻新金山入美之羊毛，以此报复。如英之属国皆然，金山出产不销，种水果者无市矣。

澳国加税报复美国

因查美国自增入口税以来，大国如俄、英、法、德、

18，闰6，10

义均各有报复矣。小国如墨西哥、尼格拉孤亦加税以报之。卡拿大屡议加税而尚未休，此外则未闻焉。大抵皆入美之货甚微，而或不能振作者也。欧、墨各国交涉事无巨细，无不有抵制之法，否则事事受亏，而惟利己是图者必毫无忌惮也。深心者自知之。

尼格拉孤（尼加拉瓜）

初十日　晴。阴。新报屡言英兵船“加邦”欲占太平洋中乔士顿岛。美政府已查旧案：此岛系美国船主劳孛之产，历年经理已费五万元，向有船驻守，以经费不敷而止。该岛系由美至中国、日本之要冲，亦由檀香山至锡兰之要道，但须费银一万元，轰去口内暗礁，便成绝好岛坞，美断不肯让英云。

乔士顿岛（约翰斯顿环礁）

因查海中荒岛向之以为弃物者，今皆重之，非地势之有变，实时势之不同也。自铁舰兴后，行船不恃风而恃煤，煤尽则船不行。当无事时，随处可以市煤，固不忧匮乏也。兵衅一开，则随处皆当守，局外之义不得市煤，故当图之于早。图之于早，莫如随处有属岛存煤候用，则有备不匮焉。此争岛之事所以层见叠出也。

争岛之事层见叠出

十一日　晴。见上议绅拔茅，访闻印度来电：阿富汗部落为乱，英印度总督已派兵至界防守。昨日伦敦来电：俄又派兵三队踞巴美尔地方，即去年所踞之地，今复踞之云。

阿富汗部落为乱

因谨按：巴美尔为欧脱之地，而与中国及印度、阿富汗毗连，俄人得之则四出蚕食，随其所欲。闻俄之台士根省饥民作乱，已戕该省总督，且败兵官。俄方平内难之不暇，而乃亟亟于开边，盖弱肉强食，其性然也。

外长订见

十二日　晴，夜雷雨。美外部长订见。午刻赴衙门，德国代办已先到，见后因至，道寒暄毕，因言："贵国增立苛例于中国，文绝不复，而户部已议刊行，何也？"外部答云："尚未刊行，照复俟徐商之。"因言金山副领事之缺，金山省上议绅飞路顿言此缺应派美国人员，庶于中、美有益。因言："此非议绅所能干预，且飞路顿即与盖力同创苛例者，彼安顾中、美之有益耶？"外部再言之。因言："此事已请示总理衙门，使者无权，容以尊意告之。"遂言檀香山保护华人事，外部言已函致美国驻檀公使，尚未见复信也。因遂辞出。

缓议增设驻夏领事

十三日　晴。寓檀香山中国华商禀请照会檀国政府，以古今辉、王殿璋加正、副领事衔，保护华人。因以中国未与檀国立约，不便照会。遂谒檀国驻美公使于亚林顿客栈，托其致意政府。檀使谓古今辉、王殿璋二人向常见面，故知其人立身公正，可令保护华人，即当致意本国政府。又言中国宜速立约，则事自顺手。因答以立约一事，因已商之政府，适值美国立例苛禁华人，故政府不愿，当从缓议。檀使颔之。因遂告辞。

美法竞相开凿运河

十四日　晴。檀香山公使来会。谈次，言美国增其国糖入口之税，有背旧章，颇为不平。又言美国拟于尼格拉孤国开通东、西洋，以专其利，如苏彝士河，已与尼国立约，将兴工矣。而法人以巴拿马工程已费银三千万元，不甘中止而让美国，现于巴黎集议拟筹巨款，并招工头包

18,闰6,15

办，克日兴工云。

因按：此法人之好胜也。巴拿马工程停歇已久，创办之勒伯西屡次集股，渺无应者。今闻美国开尼格拉孤之道，而法人复集股兴工，虽曰好胜，亦不弃前功之意也。呜呼！当今之世，亦特患其不好胜耳。

十五日　晴。近日美国制造玻璃器之工人联名禀于户部，言欧洲各国此项工人来美者多，渐夺其利，请于该工人中派人于纽约、波士顿、费城、波地磨等埠之厂查察，以杜其来。户部长已批准云。 波地磨（巴尔地摩）

因查美总统谕议院之文，曾言准巧匠来美，制玻璃器者非巧匠乎？工党欲专其利，遂使总统自食其言。民主之国固顺民情，独不爱国体哉？

十六日　晴，天气转热。十四日维也纳来电，言奥国大军于十六日在嘉里施阿省大操阵法，除德国驻奥公使准观外，其馀俱禁往观，且派马兵四面巡逻以期机密云。 奥国军演禁人往观

因查前此法国大操，准各国派员往观，虽仇敌如德国亦与于会。今奥虽示机密，毋乃军容尚有不足者，不堪以弱示人乎？

十七日　晴，热。十五日伯林来电，言德国与南墨洲之可仑比亚国立约通商，德商甚喜。以该国市利向为美国垄断，今德立约，使德土产多一销路，而可与美分其地也。 德国通商哥伦比亚

因于各国立约之事遍咨亲历，而有以窥其心焉。大国与大国争利，锱铢不让，惟心计之巧、交涉之熟者操胜算 总结各国立约之事

焉。其与小弱之国争利，直以势迫之，甚则颐指气使而已。故大国与大国立约，互争两国之利也；大国与小国立约，将分彼国之利也。而小国与各国立约亦有利焉，如欧洲之阿富汗，则英、俄互相牵制，而不至于亡；墨洲之檀香山，则英、美互相牵制，而不至于亡；土耳其，则英、法各国保之，而不灭于俄；比利时，则欧洲各国认为局外，而不灭于德、法。若亚洲之浩罕、机洼、越南、琉球均以无约、无牵制，而骤亡者也。

十八日　晴，夜大风、雷，未雨。至美国家银行。谈次，闻俄国西比里亚铁路，俄人督工日夜不休，限于今秋告成。而铁路之料由黑海转运者，全船坏沉，以致停工待料，须延数月，想必待今冬明春矣。

停工待料
竣工延期

因查俄造西比里亚铁路，固昌言为商务计也。俄于中国北路入口商货，不过值银数百万两，而以值万万两之铁路求利乎？或曰："俄以此开源为以后计也。"俄之府库空虚，方苦无门借贷，而乃不顾目前之急，以冀后此不可必得之利乎？俄有人焉，应不若是之失算也！然则忖度其心，中国西北毗连之地其宜设防乎？

十九日　晴，戌刻有风、雷、小雨。闻墨西哥因国用不足，向英商借银六十万镑，两年交还。美国驻墨公使查墨国进口货船，以美为大宗，内江之船美居十之六、七，墨国运载之利，几为美国所尽夺云。

墨国航运
几为美夺

因阅此而知美之所由富，墨之所由穷也。因鉴此而愿为中国进一解也：中国外洋运载之利，全为英、法各国所

18,闰6,20

专；日本运载之利，则为日本所专；内地江、海运载之利，则为英、美所分。虽轮船商局创设十年，然收回者不过三之一耳。幸中国根柢盘深，不致精华尽朘，然已非复昔日之富饶矣，其亟思挽之哉！

二十日　晴。至博物院，又至种鱼处。查博物院如禹之铸鼎、象物，所以广人之识见、耳目也。其院外古树二段，长二丈馀，围八、九尺，色黑，由掘地而得，业已全化为石，且作石理，质坚如铁。院中矿质五金皆备。金有涵于土石中者，有结成方粒者；宝石则绿者甚多，其色不一；珍珠如大豆者，其光晶莹。鱼骨、兽骨有长至数丈者。猿类至多，小者仅如鼠，大者过于人。状貌狞狰，手足皆如人。而足又能握，或曰："狨也。"古棺一具，盛骸一具，亦由地中掘得，均化为石。锯鱼一种，唇之上生成一骨，两边为锯纹。乌贼鱼之大者，其足长丈馀。虾头如大瓮，其须亦长丈馀。虫类则大而螣蛇，小而蠛蠓，无不有焉。 参观博物院

二十一日　晴，天气转凉。希卡果华商由卡那大回美，税关收其照而不纳，禀请驳诘。遂即谒外部，时德国代办先到，谈次，因言德主至英通好事。德代办言：德主之勤俭实为难得，夙兴夜寐，事必躬亲。新定营规，黎明即起。浮费尽裁。按日三餐，不准饮酒。操演之时，自统带至哨长，均不准乘车马以习劳。内有武员名格立事者向来畏劳，业已辞职云。继见外部，告以税关阻华商事，并交以律师原信，外部允即通知户部电查。 德主勤俭事必躬亲

格罗力杀（格洛里厄斯）

二十二日 晴。十八日巴黎来电，言法国以阿非利加洲之马达加斯戛国之北所属格罗力杀岛为印度洋要道，业已踞而有之云。

因谨按：光绪十年中、法交战之时，法国即加兵于马达加斯戛国，该国力不能敌，遂逼之立约，归法保护。甫八年耳，乃遽占其所属之岛，弱肉强食习为常矣。近年占岛之事层见叠出，大抵英、法居多，德偶有之，美则多以计求，或以银购。盖水师之力有不同，故措施亦不一，而无非为水师之强计耳。

中英各自屯兵防俄

二十三日 晴。伦敦来报：英廷以俄踞巴美尔意在印度，已由印度派大队兵马赴阿富汗，以防俄人及阿之乱党。又中国天津来报：亦已派兵防于边境云。

因查俄之不得逞志于欧洲也，以德、义、奥三国联盟，无隙可入也。顾其养兵太多，需费至巨，勤而无所，必有悖心，故断不能无事而思用之亚洲。巴美尔一隅，可窥阿富汗，可窥印度，可窥西藏，譬如狼奔豕突，有闲则来，则备之不可以已也。

二十四日 晴。金山商董陈大照来为华人领照及赛会事，请与外部商之。订以明日。

因查赛会一事，即《周书》所云“奇技淫巧”也。然商王以玩物，而泰西以利用，其用意不同焉。枪炮之门药，易火绳而为火石，易火石而为铜冒，易铜冒而为锭，皆渐臻便捷也。炮之式易而为后膛，炮之架易而为车盘，皆欲其灵便也。自德国以一百吨为一块之铁赛会而炮日

18,闰6,25

巨，自英国以一万吨之船出洋而船日巨，此仅即用以战阵者言也。若夫农桑之利，便民之方，算学、化学、气学、重学、光学，无不各出心思以求精进，富强之业基焉，甚未可以奇巧而斥之也。

二十五日 晴。谒外部长，言户部所定华人领照例窒碍难行。外部答曰："此例由议院议准，总统允行，外部无权废弃。"因曰："中、美二国有约之事，岂美国所能专行？领照新例，中国固不允行，美国擅行，则为背约，中国据理当驳。"外部曰："此事当于暗中通融，舍此之外，外部实无权办理。"因曰："金山商人已请董事前来，可否赐见？"外部允以次日。因又言："赛会事，总办尚未准定给华商设会地段，何也？"外部答曰："当代告总办。"仍属商董自往商之。因遂告辞。

新例已成无可更改

二十六日 晴。午刻带金山商董陈大照见外部长。寒暄毕，外部询陈大照意欲何为？陈言领照实多窒碍，户部拟章亦难遵行。外部曰："领照新例由议院议行，总统允准，户部拟章不过遵照办理。此章与例有不符处，则可驳诘。"陈未能对。因答曰："以美户部行美议院之例，安有不符？所不符者，中美之约耳。"外部曰："余亦深为惋惜，且陈君之意何如？"陈请于开议院时再议。外部曰："姑待之。"陈又言赛会事。外部谓此由户部主之，人数勿多，致招疑忌。遂辞出。

携商董见外部部长

二十七日 晴。游华盛顿第宅。乘小轮船约半时辰到岸，上小岭，高数十丈，至华盛顿墓。有屋一所，自铁栏

游华盛顿故居

外瞻之，白石棺二停土面，盖夫妇二人也。屋外左、右有神道碑。又前行不半里，至其第，局面甚小，乡居盖如是也。第一层画华盛顿像，纵横约八尺，为骑马赴敌形，前一将执刀马前，后则华盛顿之兄，最后则从战诸将，皆骑马像。外有华盛顿亲笔书。又德、法诸将小照，皆从征有功者。右室为洋琴、竹笛、琵琶各一，则平日所陶情者。室外衣架二，海花一朵，为婚时人所赠者。遂上第一层楼，中厅挂枪一枝，牛角筒一具，下置笔架、墨盂。厅前挂刀二柄，长二尺馀，皆其生前所用之物。楼左右，男、女像各一，则其兄、妹。前为客房，后为华盛顿卧房。房中有瓷盆、木箱、木榻，华盛顿即寿终于此榻。又上第二层楼，则临江一室可眺长江，又一室亦置盥具并木榻，则其夫人之卧房也。夫人后君殁，即寿终于此榻。再上一层，则已扃不可陟，乃下。至各处瞻眺毕，约未初遂返。

独立英雄华盛顿

因谨按：美国旧为英属地，英以为外府，榷税日重，民不堪命，乃拒英，举华盛顿为主，鏖战凡八年，英不能胜，美遂自主。盖西历一千七百七十六年，为中国乾隆年间。越十年而举华盛顿为总统。又十年辞位，又二年薨，寿六十七岁。因至其墓、其宅，窃罣然仰慕其为人也：功在美国，而不自居；名满天下，而其宅不盈五亩。自古英雄未有不宅心淡漠而能成功名者，外洋何独不然乎？

二十八日　晴，天气又热。伯林来电，言德国兵制，凡男丁二十岁至二十七岁，均在营习军务，三年不准倩替。如遇战事，则备调用至四十五岁而止。德兵临阵向不

18，闰6，29

失措者，以习练有素也。现德民以学习两年，尽可通晓兵事。且德兵已精，而壮丁以此虚耗岁月可惜，请改作两年，廷臣均谓可行，德主小心尚未允云。 德主未允修改兵制

因谨按：德之地舆当中国十五之一，其民数当中国十之一，而介居俄、法两大之间。俄、法皆事兼并，而德足以支持者，强之故也。其民四十一兆，数非多也，而通国皆兵，则兵多矣；且人人习于战阵，则精兵多矣。其地二十一万方里，土非广也，而入款至银三万万两有馀，则国富矣。以德之国势而富强如此，考其所规画者，可谓烦难，而卒以成功、称霸，有国者足以兴矣。

二十九日　晴。英京日报，言俄人占踞巴美尔，实有侵陵阿富汗、印度之意，盖其欲有事于亚洲久矣。英相格阑斯登与德相毕思麻齐名，决不让之。孟买报又言俄兵踞巴美尔后，现分五路进规印度哥希正，查探路径云。 格阑斯登(Gladstone)

因前闻俄人有言，英、俄相持不下久矣，当乘时以决雌雄。又言俄人于巴美尔事，英人如或干预，俄必占取英之印度地方云云。今英人于俄踞巴美尔不过拨兵以固印度之藩，非干预也。俄果窥印度乎？

卷十二

七月初一日　大吉。晴。美员某来见言，闻中国宜昌府尚不平静，四川亦有会匪滋事。美国已造有浅水轮船数艘，长二十三丈，入水九尺，容一千二百吨，以备驶行内江，且巡缉东、西洋各埠云。

美造轮船以备巡缉

因查传教之事，终为中国之患。缘教士所到，莠民附之，而正人恶之。其间游手无事之人，又欲借口以激众怒，而为祸阶。非水、陆兵力之强，慑之以威，约之以法，交涉之事，益觉难矣。

初二日　阴，午刻见雨点。美报言：德国新增额兵五万人，民有怨言，以增兵必派饷，须增饷一千五百七十五万元也。前月二十八日俄国来电：近有俄国农民二百十八人，徙近阿富汗境开垦，俄主大悦，免其租税、兵役，并减其火车之费，以招徕云。

德国增兵

俄国迁民

因查前月俄、德方订通商之约，已有成议，两国之交

18,7,3

似可益固，而德犹增兵额，宜民之有怨言也。然俄兵已占巴美尔，方规阿富汗，英人亦拨重兵以防之。近日俄又迁民以实近阿之边，左冲右突，英、俄战局如开，则德国可无事否？则俄挟开疆拓地之愿而不能遂，安能不顾而之他乎？德廷之增兵额，诚未可厚非也。

初三日　晴，酉初细雨，即止。复谒美员某，谈次，闻印度来电，言中国驻防阿刹江东边之小队，近已撤回。中国撤防
惟阿富汗与俄杨统领之兵，因相诟詈，小有战局，阿兵败，毙七人，俄员受伤一人。阿兵退扎发白石地方。英廷已派兵设防云。

因按：俄人之所欲者，战也。战而胜，则得地。即以和局，终亦必割地，或索兵费，二者必有一得也。惟美国喧传中国已弃巴美尔之地，此必不确。或者巴美尔为瓯脱，未隶中国版图，中国力不能争耳。

初四日　晴，辰初雨，仍霁。前月二十七日伯林来电，言有法官三员，携带二妇，于尼西地方游览，迹似侦德国抓获法国间谍
探，当即于身畔搜出画图，即系该处地势。该员言系游历画图，实为自用。业已拿讯云。

因按：外国机心机事，无时不有。惟有机心者知之，所谓“惺惺识惺惺”也。甲申越南之役，中、法战局甫开，各口炮台，有为内应以强水浇炮口者，且有以钉钉炮门者，又有间谍潜悉炮台形势，知其炮皆外向，而自后以攻入者，疏节阔目，茫无防闲，殊可慨也。

初五日　晴。美外部长照会英国驻美代办海孛云：英

圣乃仑（圣劳伦斯河）

属卡拿大于圣乃仑各处运河通美国者，船货一概收税，殊属不公，美国应设法报之。兹拟于圣麦利河，亦抽收各国船货之税云云。英代办答以圣乃仑各处运河之税，请俟徐商革除。美外部限以十日，英代办面求再缓，未允。遂订九月一号行例。

因查交涉之事，胶胶扰扰，一言以蔽之曰抵制而已！通商之约，必曰两国均益。今益于人，而损于我，则我亦以损人益我者报之。其人如愿，则我以抵制者，增我国所收于人之税；其人如不愿，则我亦以抵制者，裁彼国所收于我之税。必使持平，方不至朘我以肥彼也。此各国交涉无时不有者，应加意也。

初六日 阴，申正仍见日，天气转凉。美国上下传闻：俄已与中国增立新约，于中国通商各口添设领事。中国应派公使专驻俄都，以合两大国体制云。

中俄增约应派专使

因谨按：俄为大国，又与中国为邻，专遣使臣，理所应尔。惟法国如援例，则无以辞之，是又不可不遣专使，则遣使自此多矣。

初七日 晴。美廷以哥司答立戛国前加税则又百之五，有碍美商，亦于哥船入美口者，报以重税。兹哥国自悔，已将所加之税减除。美廷现亦除去所加之税云。

哥国自悔减除加税

因思：哥司答立戛，中墨洲至小之国耳。其民仅十馀万人，入款仅三千馀镑。加美国之税，岂不虑美国之启衅乎？不知此内政也。美以此启衅，为无名无理，将抱不韪之名于天下，则亦惟报之以加税耳。哥以重税自发其难，

18,7,8

既不能怨他国；而哥商之失利者，又归咎于本国，虽欲不除而不能也。此致人而不致于人之道也。

初八日　晴。前日印度昔拉城来电，言阿富汗求助于英。又言俄人不许英国保护阿富汗。又言俄国兵官耶纳夫踞守巴美尔，不许中国及阿富汗人入境云。 俄国封锁阿富汗

因按：俄人于亚细亚又进一步矣。阿富汗安能敌俄？将来自必挫师失地，印度藩篱又撤一层，而中国西北边境又加紧焉。俄本佳兵，而又难制。与俄邻者，有不深蚕食之虞乎？

初九日　晴。阿富汗求助于英。英廷众议纷然，以为一经允许，必致兵连祸结。《泰晤士报》谓帮助阿国抵拒强俄为上策。英相格阑斯登尚在犹豫。且谓英廷不愿与俄开衅，况俄之侵陵阿富汗，决不肯休。无论中国、英国出为帮助，亦难遏止俄人。闻阿求助于英，已增调兵二千、大炮十二尊备用云。 阿国求助英国犹豫

因按：前年俄求与阿通商，阿人允之，英人方以为忧。岂料约立未久，兵端旋开。然则俄以通商为名，而蚕食其实也。阿人方求英为助，而俄人随即添兵，此伐谋之意也。英亦慑于强敌，而气馁不敢干预。阿其危乎！

初十日　晴。初四日木司科报言：俄因巴美尔地与中国毗连，疑于瓯脱，今应据之，以清边界。幸该处华兵现已退出此境。初八日彼德堡来电，言俄国驻英公使现与英外部长会商，愿将巴美尔之案，从善了结云。 俄英会商帕米尔界

因按：此似俄人但欲占巴美尔之地，不垂涎阿富汗

也。其为真情欤？抑将以弛阿富汗之备，而怠英之救援欤？或慑于英水师之强，而虑水战不胜欤？抑既踞有巴美尔之地，不复得陇望蜀欤？兵机万端，殊难逆料；一是且徐，而观其后。

阿王整兵严拒俄师

十一日　晴。初八日孟买来电，言接阿富汗消息，阿王已竭力整兵，严拒俄师，以防深入昔南罗山地方，不及待英国援兵云。

因按：俄与阿战局已成，阿若无援，安能敌俄？自必损兵失地矣。惟阿富汗之地折入于俄，则印度之藩篱渐薄。英不助阿，则失印度之势；助阿，则招俄君之尤。至此实难自处矣。

赴纽约商华人领照

十二日　晴。辰刻接纽约沈领事函，言美邮政局总办及状师请赴纽约，有事相商。当即于巳正附车，酉正到纽。美绅等与商董均集领署，所商系美国巡捕近拿罚华人，日甚一日；税司逼华人领照，领则例成，不领则受逼，请予定寻；中国如不愿与美抵制，即当与美换约。此三事均不可缓。因答曰："巡捕拿罚华人，自当照会外部。华人亦应请状司控告。领照一事，领与不领，均有利弊：盖领，则可无逼迫而暂安居，然新例成，而华人不能复返，其碍实多；不领，固可待驳废。然驳由我，而废由美，事不可必。因亦不便作主。至于抵制、换约，皆非公使权力所及之事。但备一说，未之能行。"状司谓领照、抵制、换约三事，此时姑置之。惟巡捕拿罚一事，急待拯救。请备费用银三百元，当为控除。因问曰："有把握

"问"原作"答"

18,7,13

否?”状司答以可使永远不准拿罚。美绅亦力赞之。因遂属商董，先垫付三百元，明日由商家凑还。商董欣然给与。状司力任。此外悉谈时事。亥正而散。

十三日　晴。辰正饭后，往谒状司等。闻昨日秘林来电：有英国渔船三艘、美国一艘，在俄界海面捕猎海龙，被俄兵船拿获。船均充公，渔人三十一名下狱，勒令具违例越界私捕之结，方行释放云云。言毕辞出，即赴车厂附车。酉正抵华盛顿使馆。

俄国查扣美英渔船

因谨按：左氏云：“惟无瑕者可以戮人。”《大学》云：“言悖而出者，亦悖而入。”今于美见之矣。美禁英渔船越界，而美之渔船自行越界，是“戮人”，而己实有“瑕”矣。美方以越界责英船，而俄旋以越界拿美船，是“悖出”，而亦“悖入”矣。美之于俄可谓恭顺之至矣：闻俄岁饥，运粮以赈之，输银以济之，相距至远，相与至亲。此即上年事也。乃俄于美员之游历者，则拘执之；于美渔之越界者，则拿监之；曾不稍宽纵焉。乃知交涉之道，不恃情，而恃势；不论理，而论强。斯二者，天也！天实为之，谓之何哉！

交涉之道只论强势

十四日　晴。朝鲜代办来见。其夫人辞行回韩。谈及英君派兵舰、专使等，于六月十二号至太平洋之毕太力太国，宣谕云：“大英君嗣后当保护气耳白岛。所有土、客人等，均照常居住。并有数事饬毕王速办：一、速还积欠商人之银四万元；二、土人谋杀入英籍之华人，何不重办？盗劫者，何不严追？三、毕国应改用英旗。”现毕王

毕太力太国(布塔里塔里环礁)

气耳白岛(吉尔伯特岛)

一一从命矣。

因按：过此以往，小岛之国当无自主者矣。太平洋距英甚远，而英所踞之岛独多。美国虽以利饵取，而势不及也。二十年之外，美国将防英乎？

忙得来（蒙特雷）

十五日　晴，中夜子刻小雨。美国嘉省忙得来埠，有帆船名“好根”，私运鸦片值三万元，并华人十九名入口，于近埠之华人捕鱼所居之村，名配司加得地方起岸，为巡船所获。帆船已逃云。

因按：华人之运鸦片，由卡拿大私入者，动辄数万金。今由嘉省入者，又数万金。被获者如此，则未被获者必多矣。所以然者，美关抽鸦片之税过于成本，故走私者，但求于三两次之中一次入口，即已合算，故走私者日多。而华人之嗜好此物，为美所鄙，亦可见矣。

中阿各与俄国开战

十六日　晴。沈领事转来驻英使馆书，言俄占巴美尔地方，已与阿富汗开战局。中国驻守之兵，亦与交锋云云。

因按：阿富汗非俄敌，一强一弱，故战局易开。英不助阿，阿必并入于俄。中国之兵与俄交锋，此间尚无闻见。然中国铁路未成，调兵、转饷，事属烦难，不如俄国之策应灵便，恐难操胜算矣。

皮酒（啤酒）

十七日　晴。（小女有美病重，似痰闭。）德国增兵，筹添军费七十兆马克，于一千八百九十三年加重皮酒、烟草出口、入口两项税则。议院尚未批准云。

因按：此为防俄起见也。或谓德系防法耳，于俄无

18,7,18

怨，无庸防也。不知德之兵力，足以敌法，所不敢自信者，俄耳。俄与法合耳，故德虽与义、奥联盟，而尚虑力之不敌，兢兢业业，日慎一日，以期巩固封圻。然欧洲无隙可乘，而亚洲因之不靖。俄之所以踞巴美尔，而攻阿富汗也。

十八日　晴。十六日英属亚得划来电，言俄拘英渔船案，已电达英廷，谓俄人如此横行，若不即时报复，则将来无所底止云。

英拟报复俄拘英船

因谨按：以怨报怨之事，圣人所不言。然孔子“以直”二字，后之释者，或未当也。今时报复之说，固近于纵横捭阖之为，然不如此，则受虐无所抵止，是迎合敌国之意，而不自恤其民也。或曰：“吾将以息事宁人也！”则盍观宋、明之季？

“捭阖”原作“排阖”

十九日　晴。昨日巴黎来电，言阿非利加洲之达河米国，近日好与法国商民为难，屡以兵骚扰之。法廷诘问不应，乃派兵三千三百人前往问罪，所向无敌，谅不难灭其国云。

法国入侵达荷米国

因按：欧洲诸国分裂阿洲，已成破竹之势。达河米国即使如宋之江南，卑辞厚币，犹不能存。所谓骚扰者，或守边之兵不容法商入境，否则法人加之罪耳。近年以来，小国之被灭者，时时闻之，如春秋之时，将变为七国矣。

二十日　晴。墨西哥商民请于政府：以美国粮食入口，应令纳税，以与土产粮食区别。墨总统以前此美、墨两国条约，许免美国运粮入口之税，至本年九月三十号为

墨商请缴美国粮税

止。当俟期满之日，然后抽美粮食之税。此时未便遽行云。

税则大略

因查税则一项，其用意颇多。或仅以收税为济国用者，此仅见其小也。有固本之税则，防他国之产，夺吾民之利者是也。如粮食、果实、草木之类，产于天者，入口太多，则本国之产将弃于地，此一端也；如绸布、衣服、器具之类，成于人者，入口太多，则本国之民将失其业，此一端也。有抵制之税则，防他国之税，朘吾民之利者是也。如他国重征我国土产入口之税则，土产无所销，而产于天者失其利，成于人者失其业，则我国亦必以重税报之，使不致独擅利权，此又一端也。此外，如烟酒之类，珠宝之玩，非民之所赖以生者，则重税之，欲使银钱不耗于无用之物，此又一端也。若鸦片一种，则不但耗银钱于无用，直有害于民生，则禁之而已矣。此税则之大略也。

二十一日　晴。接金山电：商董二人由粤来，即照会外部，以免税关阻滞。

安奴报礼司（安纳波利斯）

美国安奴报礼司埠之国家水师学堂，学生学成者颇众。昨由水师部挑选聪敏者三人，分派英、法两国船政局，学习造船之法云。

因查近来欧洲各国多觊觎太平洋，显而有征。美国亦整顿水、陆各军，不敢暇逸，非复前此之晏安。盖时势有变迁，谋国者当见微而知著也。

二十二日　昨日义国来电，言美派赴庆贺可仑比亚会之兵船名“纽华”，抵禽那埠。有水手一名，入客寓被殴

禽那（热那亚）

18,7,23

而毙，凶手已获。美外部不即行文，言义国自当持平办理，不须迫也。

美国交涉自有权衡

因详观美国交涉之事，而有以见其心焉：同一兵船水手被杀也，于智利则迫之，于义则待之，美以为自有权衡矣。因以为可迫，则迫之；不可迫，则不敢迫而待之耳。以言迫智利，而智利不受，则以兵船迫之。以此施之于义，美之兵船不足以迫义也。则图穷匕见，不如不迫之，不图穷矣。孙武子曰："勇怯，势也；强弱，形也。"形格势禁，美亦无如何矣。地球之上不为形格势禁者，惟俄之陆军，英之水军而已。

拉加拉（拉加拉斯）

二十三日　小雨竟日，中夜大雨倾盆。美总统二十日回都，与兵部、外部会商机要，立发公文二道，一饬水师提督瓦堪急带兵舰二艘，速赴威内萨国海口拉加拉；一则密封，由该提督出口后开阅。该提督立带兵舰出口。嗣阅密封，知现威国大乱，英兵舰三艘泊威国及英属之亚令拿哥海口，势将干预威事，乘威之乱以踞威。美国亟宜保护威国，阴防英人云。

因按：俄于阿富汗，英于威内萨，皆欲乘乱以取之。英助阿富汗，美助威内萨，非救灾恤邻之义，实唇亡齿寒之忧也。英如救阿富汗之灾，何以乘威内萨之乱？用心相反，必不然矣！通商各国，大抵阳以交邻为名，而阴以拓地为实。惟于富强之国，则不敢垂涎。弱者以畏事而多事，强者以生事而多事。兵不可戢，而民遂无休息之时，为可叹也！

二十四日　晴。美赛会总办订于八月初十日赴会所观礼，阅水、陆军操并宴，至十四日而止。

《美国年报》纪今年正月至八月止，出口煤油，计值银二十六兆八亿四万七千五百八十七元。去年则值银三十兆一亿七万六千八百七十八元。又核一年之中，中国之茶入口，计值银十一兆元。英商细核情形，中国所得茶价约三百万元。商贾、行栈约得二百五十万元，洋商买卖、运载利息约五百五十万元。

茶业利润多归洋人

因按：美国煤油每年值银三千万两，可谓巨款。今年逊于去年者，俄出煤油日多，夺其利也。中国至美之茶，售银一千馀万。业茶者所得不及三之一。商贾、行栈则中外均有人，中国约得其半。运载、买卖，全归洋人，综计此十一兆中，入中国者，未及半也。由商务不兴，而无洋轮船，让外国之独擅其利也。

贺朝鲜王即位卅年

二十五日　晴。朝鲜使臣以国王即位三十年，函邀庆贺。因率翻译官踵贺。外部大臣及俄、法、德各国公使、代办均到。

英法互阻与摩立约

英廷近遣使赴阿洲之摩洛哥国立约，法国尼之，以致不行。兹法廷派使继往，欲得英国所要之利益，英国亦阴尼之云。

因谨按：当今之世，彼此交涉，机械变诈，无日无之。强与弱遇，则显行其要挟之谋；强与强遇，则隐用其陷害之术。胶扰不息，无非欲损人利己而已。圣贤处此，固不为害人之计，亦必有防患之权，则当熟于彼己之情，

18,7,26

而能思深虑远，方可随机应变也。

二十六日　晴。二十五日印度及伦敦陆续来电，言俄国驻巴美尔之兵已退出，大队皆入阿富汗国墨黑地方扎定，为持久计。阿王亦约白达信、德华士、华黑口、地土旦四国酋长联络拒俄。俄亦增兵决战云。 俄阿战局

因按：俄、阿战局既开，势成决裂矣。欲求其开衅之由，则阿并无干犯俄国之事，俄人亦无声罪致讨之言。直如宋太祖之下江南，谓“卧榻之侧，不容他人鼾睡”耳。然则弱小之国，其将何以自存哉？

二十七日　晴。朝鲜使臣订宴。因晤德国代办火把根，能为华言，言总署大臣徐用仪于交涉事最为精细，曾与商事，故深知之。美迫华人领照，中国但照行于美教士，美必内讧。因谢其关切。又南墨洲之阿镇丹公使言：近日威内萨国大乱。来往护照遂不作凭，邮递公文每被拆阅，出入货物勒增饷税，寓威美商被掳勒赎，种种无理，非兵力慑之，难望就范。美国兵船到后，或可转机云。 “拆阅”原作“折阅”

因按：理、势二字，相辅而行，缺一不可。综观经史之训，所云“逆取顺守”者，先势后理也；所云“左德右威”者，先理后势也。有势无理，谓之“以力服人”；有理无势，谓之“不入莫继”。太刚则折，太柔则废也。

二十八日　晴。墨西哥来电，言墨国定例，天主教堂产业一概无税。因此墨国入天主教者，均将产业托诸教堂，以免纳税。国库收数日短，经费日绌。现墨户部拟请议院革除此例，而烟叶、烟丝等物，均加税云。 墨革教会免税特权

因尝叹墨国之贫也，今乃知其治道之不善也。天主教向不安分，前西班牙之乱，乱党运军火，均用教王封条，使不能查，此明证也。产业免税，则入教者多矣。即未入教者，亦冒名入教矣。通国皆入教，则直无入款矣，国用何赖焉？查墨户部大臣，即驻美公使罗美鲁也。驻美最久，盖十馀年矣。熟于交涉之事，又熟于美国掌故，故毅然改章，否则必畏教士之挟制，而怯懦不敢行矣。

美令乱党释放商民

二十九日　晴。昨晚晤美绅，言美国兵船已抵威内萨海口。提督瓦堪尚未到。带领"康考"船之总兵维脱，立饬威国乱党，将以前所掳禁之美国商民，即行释放云。

交涉不可无兵船也

因于此而叹办理交涉之不可无兵船也。又叹兵船之不可不出洋也。威内萨，小国耳，又与美同洲，一水可到。其乱党岂不知美国之强于己国百倍，而胆敢掳美国之商民者，以兵船未到，姑玩之也。兵船一到，如泰山压卵，不敢稍抗，此明效大验也。前日本乘我无备，以兵船扰台湾。我之办理颇为棘手，至索兵费甚巨，此已事也。

美国招办头等战舰铁甲巡船

三十日　晴。美国议院议造之头等战舰、铁甲巡船各一艘，水师部已绘图招办。惟美国官厂所造各船，工劣价费，故政府欲归商办，计两舰船身需银七百五十万元，钢甲四百五十万元，二者分厂而造。商厂能造铁甲只二家，均在宾省：一设别理司咸埠，一设比士堡埠。美国船厂甚多，其为国家造船者，向系宾省费城之克阑厂、金山之总铁厂。

因尝谓机器各厂，宜准商人分设，盖至是而益信也。

18,8,1

以美国议院之权，足以节制通国之官，虽总统犹从之。乃官厂所造之船，犹不如商，则官办之真难恃矣。尝读《诗》至“雨我公田，遂及我私”。又曰：“言私其豵，献豜于公。”一则先公后私，一则先私后公，似不及后世“公而忘私”之言之为大矣。然因以为古之语质而后世之语文。古人之语，所谓“卑之，无甚高论”，可行也。惟知其不能无私，使之私念遂，而公事亦举。即亲亲长长，而天下平之意也，亦商厂之意也。

八月初一日　晴，夜雨彻晓。二十六日伦敦来电，言印度政府已派将军罗柏，带兵赴阿富汗，面晤阿王，商办内平国难，外拒俄侵云。　印度将军面晤阿王

因按：阿富汗为印度之屏蔽。阿灭于俄，则印度为俄“卧榻之侧”矣。英不助阿，则印度可危；助阿，则俄人必怒。事处两难，实难遽决。然考十年前，俄、土之役，英始不助土，而终助之，实为大局计也。今或仍旧贯欤？

初二日　雨，中夜大雨。上月二十七日伦敦来电，言俄廷请于中国奉天、吉林地方设立领事，俾西比里亚铁路成后通商之用。中国已允准云。　中允俄在奉天吉林设立领事

因谨按：自中外通商以来，奉天一带虽有教堂，尚无领事。吉林则洋人尚未驻足。其地今则风气开矣。俄之西比里亚铁路告成，外以示通商之便，内以遂荐食之谋；显以求货产之通，隐以计转运之速。不仅为商务筹也。

初三日　小雨。土国政府现接到俄国照会，言土国如不于属国勃尔加厘亚自行整顿，以安商旅，俄国即当代为　俄国警告土耳其

整顿，不能少缓。土廷闻之大恐。

因尝言：俄国好事，其兵勤而无所，必有悖心，今果然矣。其在亚洲，方逞兵于阿富汗；其在欧洲，又肆志于土耳其。且勃国前君已为所废而更立矣，何以诘责尚未已耶？尝观汉、魏之季，其奸臣柄国，废君、立君，终不免于祸也。勃政似之。

初四日　卯初大雾，巳正而散，晴。美国之阿拉司戛地方，与英属可仑比亚毗连，向未画界。近两国政府议定派员查勘，画清界限。昨由英国驻美公使照会美外部，言英廷已派天文博士一名名经者为分界委员云。

“昨由”原作“昨田”

因尝阅西报，言三百年前，欧洲教士由陆路游历至吉林，仅以每日行路若干，积之计两地相距之数，殊不足凭，盖途有纡折故也。自天文家出以经线、纬线测地，而后得地球之形，遂全知地球之里数若干。分而析之，遂知各国之里数若干，并两国之界限何处。截然分明，无所蒙混，则测天之为益大也。今英廷测地分界，而派天文博士，即此意也。

英国加增格致用项

初五日　晴，中夜大风。英国预定一千八百九十三年，即光绪十九年用项。其第四宗，系格致、技艺之费，独有加增。本年系七百零五万五千五百六十五镑，来年增一百三十四万三千三十七镑，共八百三十七万六千二百三十一镑。

应为八百三十九万八千六百零二镑

因查前此巴黎赛珍会，中国丝绸、顾绣、瓷器，均为出色，皆工艺所成者。《周礼》以考工属冬官，古人未尝

18,8,6

不重工。国有六职，王公、士大夫以下，即及工、商。至汉乃有贱商之说。其实商之交易，多成于工；国之赋税，多取于商。“抑末”之言，虽大而无当也。英为地球富国，而所重者在格致、技艺，此明效大验也。

初六日　晴。昨日巴黎来电，言俄国近有照会，诘责土耳其，势将以勃尔加厘亚之事与土启衅。俄国值饥馑、疾疫，犹能用兵欧、亚两洲，其势甚强。德君订于西历十月九号即赴奥见奥君，托名游猎，实欲奥国加增兵额，以资防俄。义国民穷财尽，无可设法。故德君专注于奥云。

德君赴奥劝奥增兵

因按：俄如封豕、长蛇，荐食天下邻近之国。小者坐以待亡，大者侧足而立。欧、亚两洲时局，皆视俄人之动静以为安危。民不能休，兵不能息，此亦时势之无可如何者也。且闻俄国整顿水师，今年经费需银六百二十三万六千二百八十四镑，合中国银三千万两。饥馑洊臻，尚有如许闲款，殊不解也。

初七日　晴。昨纪俄国整顿水师。兹分析其船名、价值备考：铁甲三艘，一名“布拉都洼”，一名“博得楼堡劳佛斯科”，一名“塞洼斯都堡拉”，均重一万一千吨。每艘值一百二十三万镑。又一艘重八千八百八十吨，值八十九万四千三百七十五镑。快甲船一艘，值九十六万五千九百三十七镑。海防甲船二艘，均重四千吨。快雷船二艘，一名“倭乌代”，一名“普克达尼格”，每艘值十二万五千镑。雷船一艘，名“葛里敦”，值七万五千镑。信船二艘，一值二十二万五千镑，一值十五万镑。雷船十

俄水师船名及价值

艘。又有铁甲五艘，一名“高古特”，一名“讷洼林”，一名“卓尔志博”，一名“理深慈”，一名“都爱拉乌”。又快甲船名“禄里克”。防海甲船二艘，一名“奥得洼则尼”，一名“格里墨得斯吉”，均将陆续下水云。

因查俄之水师如此。过此以往，虽不逮英、法，将驾义大利而上之，其志不在小矣。

美获华人黑帮成员

初八日　晴。接外部照会，言英属卡拿大有华人二名，潜入美境。搜其身，得票布二张。讯之，有入会情事，特将票布并案情移来。因阅该票布大小二张，其字循环成行，文理不可解。惟“洪”字可认识，则系粤匪馀党，票上有血迹，有针，则为刺血拜盟之证。二人皆粤籍，则与闹教之湖南籍者不同类。其针纤细而有帽，即系美国所用之针，为中国所无。则刺血拜盟系在美国地方可想；其票布上之字系石印，更可决其在美所为。即以此意照复外部矣。

美英俄互争渔权

初九日　晴。美国秘林海峡，自美总统、议员禁英人捕海龙，拘英渔船，英廷争之不理，英人亦拘美国渔船。从此英、美两国互拘渔船。英廷初意，愿请局外之国评论，美总统、外部不允，至今年夏始允。乃俄人又拘英、美两国之渔船，层见叠出。且将船中所有之海龙皮充公，又拘渔人至俄坐监。至是始有释回者。渔人川资不足，几为饿殍，各诉本国。英、美二国，又各向俄廷诘问云。

因按：秘林海峡捕鱼之案，自美启之，而英争之，几两年矣。英、美两国互拘之船，各有抵制，尚无陵虐之

18,8,10

处。俄最强，又无渔船在秘林，英、美无可报复，故陵虐之。英、美均失国体矣。

初十日　晴。状师梅来见。美议院议新增兵舰，已交本国船厂照造，限三年而成。一为容九千吨之战舰，每一时行三十二海里；一为铁甲，容八千吨，每一时行四十海里。如能加速四之一，则加银五万元；如减速四分之一，则减银五万元。二船之价，约八百万元。

美造兵舰奖惩有术

因按：每一时行四十海里，为中国一百三十馀里，可谓速矣。加速四之一，则加至三十馀里矣，未必能也。然有以奖之，或激于赏，而尽力求速，正未可知。且减速，则减五万元。造此船者，断不敢草率以搪抵也。中国方兴海军，如订造兵船，似可仿此办法。庶有益而无损矣。

十一日　晴。英例：居民家畜一犬，纳税三元，领取牌照。美例纳税二元。出使人员向例免税，而须报明，由税员送与牌照。兹美国驻英孛立斯士之领事拉失陆，畜犬未领牌照，英税员已控于户部。美廷闻之，遂查英国公使，畜犬亦未领取牌照，拟将辨驳云。

孛立斯土（布里斯托尔）

因按：居民家畜一犬，纳税二元至三元，可谓重矣。收税而及于犬，可谓苛矣。出使人员所畜之犬，例准免税。而漏未领牌照，可谓毛举细故矣。而英税司居然控于户部；美廷又查本国税例，以相抵制，可谓小题大做矣。而两国均不肯松劲者，则何耶？讲交涉者当知之。

十二日　晴。谒律司梅。谈及伦敦有信，言接中国天津来电，谓俄国驻扎巴满尔提督名耶纳夫，略地至奴隆地

俄军入侵中国边境

方，适与中国边兵相值，当即分兵前往接仗云。

因按：此言如果属实，则中、俄边境已有衅端，而俄人居然加兵二国矣。然审其大势，仍专重于欧洲，而亚洲之兵尚非大队。如与土耳其开衅，则三国均受其兵。俄人之志不小矣。

俄表不满德国举动

十三日　晴。俄属华沙埠来电，言接俄都消息，谓俄、德两国邦交本不洽浃，各匿怨恨之心，惟尚未显露耳。而现在情形，又非从前，几于不能忍耐云。

因按：俄已攻阿富汗矣，又拘英之渔船矣，不畏英之决裂乎？又似与中国边境启衅矣。今又与德不和，然则俄近日之所最合者，其惟法乎？因故谓其远交而近攻也。俄人举动如秦，而法人乃欲效齐与燕耶？

意诘巴西苛待意民

十四日　晴。昨日罗马来电，言义国人民在巴西国为工、商者，近有禀呈外部，计数千名，言巴西国之苛虐，巡捕尤甚，故求伸理。又有商人以所失货物，向巴西国家赔偿，其数甚巨。该国均置之不理。义外部已允为诘问矣。

因按：巴西国前此求与中国立约，意在招工。此约已成。而招工之举，只允华民自往，不许巴西自招。华人知巴西之无政，亦无往者。寓美之犹太人，往者均失业无依，已由美国给资招回。查巴西与美国同处墨洲，而荒土之未垦者，犹十之九，乃竟不得善法以开垦焉。《大学》言："有人有土。"《中庸》言："人存政举。"旨哉斯言！

铁厂工人停工为乱

十五日　晴。设宴。美国卑士穆地方铁厂工人，纠众

18,8,16

停工为乱。有不从者，辄戕之。该处铁厂，共需用工人十五万名有零。地方官立派巡差三百人保护。未附和停工之工人，乱党拒之。相持不下云。

因谨按：中国之利出于农，外国之利出于工；中国之利兴于人力，外国之利兴于机器。以人照料机器，一人之力可当百人。美国卑士穆一处铁厂，已用工人十五万名，此一千五百万人所出之手艺也。欧、墨两洲运至中国各货物，无非机器所成。乃至比利时小国，民数仅五兆，而用矿工至九万馀名。宜其国小而富哉。

十六日　晴。美户部查通国民人产业，共值银一万二千七百二十九兆零六十万镑。因查三十年前，则值银二千四百十六兆零八十万镑。二十年前，增至六千零十二兆六十万镑。十年前，又增至八千七百二十八兆零四十万镑云。 美国产业增速奇快

因按：美国之富，较三十年前几六倍矣。铁路之利也，实华人之功也。现在使馆，自出使大臣郑藻如初赁，至今十年。当其赁时，使馆左右第宅甚稀，居人鲜少，皆一片荒地耳。十年之间，筑室已满。因到此甫三年，则见馆后已增一宅，馆左又增两巨宅，馆前亦增数宅。月盛日新，正未艾也。考其设施，大抵兴商务，修农政，开各矿，立制造局，讲求入口之税。使利之所在，不弃于地，不漏于卮，不夺于他国而已。

十七日　晴。昨查美国通国产业，诚为富饶。因又查英国之产，现在合各属及各处通商埠头，计共值银一万零 英国产业增速较慢

七百八十一兆五十万镑。查前三十年，则仅值六千一百十三兆镑。前二十年，值八千五百四十八兆镑。前十年，则值一万零三十七兆镑。

因按：以英较美，则三十年前实胜于美，现在乃不如美。英之进境迟，而美之进境速也。然美国多英人，而英国无美人。则美之产业，英人亦必有之。其富当可相抗矣。

萨摩阿岛（萨摩亚岛）

十八日　晴，夜小雨。美国议院拨款银十万元，以备本国兵舰在太平洋萨摩阿岛建设添煤之地。又查地球有水师之国，添煤地方若干。查得英国最多。美国最少，现仅有墨西哥、檀香山、萨摩阿岛三处云。

因尝论筹海军难，筹添煤之地尤难，以无煤则兵舰不能行也。又尝论美国之富，筹海军不难，而筹添煤之地仍难，以占则兵力不足，购则急切不能得也。萨摩阿岛处太平洋，就其切近者而图之，先所急也。闻仍需向原主购地。其议购也，必有需索之处，居奇之价，则急切不能得之。证矣。

赴会纪念哥伦布发现美洲四百周年

十九日　阴。巳初附火车，赴纽约可仑比亚之会。因查可仑比亚，系义大利人，而仕于日斯巴尼亚。前四百年，即西历一千四百九十二年，可仑比亚悟得地球全势不尽于大西洋，逾大西洋必有土地。请于日主给资备船，泛大西洋向西觅之。日主为之备船及半年之粮暨从人使往。是时轮船未兴，仅恃风帆，其行甚滞。西行三月，仍属大海茫茫。而粮已耗其半，不敢前行，乃返国。日主不加诘

18,8,20

责。可仑比亚以未见功为耻，再请于日主。日主仍令往。遂有好事者，助之资斧，多备粮食，足支年馀，遂行。泛大洋三月后，忽见飞禽翔于空际，可仑比亚大喜曰："离岸不远矣!"越三日，遂抵岸，即中墨洲之地，今之可仑比亚国。因此地初得，即以人名名之。因赴秘过其国，则可仑比亚有冢存焉。岸上皆野人，面如古铜色，即今之烟甸人也。可仑比亚率从人，骑马带兵器上岸。土人见其下有四足，上有二首，大骇而奔。可仑比亚遂据其地，返报日主。渐辟渐广。此初得墨洲之事迹也。

二十日　晴。会总送到入门票。因于巳初偕翻译、巡捕往，则人民熙攘拥挤，街衢为塞，遂绕道而往。至坐定，则见巡捕两队，或骑或步，清道而前。以后则各学塾学生：武备院学生、律例院学生、育婴堂男、女，约三百馀队。每队人数少者六十名，多者百二十名不等。各塾学生为最多。女工院只一队。育婴堂男、女各二队。武备院皆肩枪，间有握刀持戈者，各自为队。每数队间以军乐。各学生多徒手，或肩小旗。每一队有队长二人领之，齐其步，不使参差其行也。如雁字横排而前，其手皆垂，其足之步皆画一（凡左足前，则一队皆然）。另有枪队数百人为一方阵。队长居前、后，中旗指前，则皆步而前；旗指后，则转身步而后，枪向后。进退整齐，至申正而毕。 大会现场人群拥塞

二十一日　晴。辰正雇马车，行至海边，则水师提督已派总办具轮船相待。副总统、内部、外部、户部、农部、兵部、水师部各大臣，均陆续而到。俄、德、葡、土 官员领事悉数到齐

耳其、南墨洲各公使、英总领事均到。遂展轮出海，约行数十里，则兵船渐多：法国铁舰二艘、义大利一艘、日斯巴尼亚一艘。余未见国旗，不尽悉。大约美国兵船为多，商船、游船尤多，约共二百五十馀艘。各船皆奏乐。因等坐船居中，各船环绕而过。过时吹气筒，本船亦以气筒答之。以后游船多奏乐，兵船则升炮，救火船则喷水，高约四丈，远五六丈。水雷船为极速，多由各船相间处，穿行而过。至申初返轮。申正抵岸。

展轮出海

二十二日　晴。赴会。其队与二十日相同。而人数较多，整齐亦胜于前。闻共计三万三千名。其中弁兵一万九千零八十名，救火会及各会、馆、帮，共一万二千馀名。水师提督、总办订明日赴宴。因以本馆有照会外部驳例事，辞不能赴。即附火车回美都。戌刻抵使馆。

辞宴回都

二十三日　晴。十八日报言：欧洲各国初与日本立约，其情与中国同。挟其强梁，肆意要挟。约款有各国人民在日本犯法，则由各国领事究办，无不漏网，日本为之束手。乃至葡国之贫弱，亦效尤横行。其犯法漏网者极多。日本虽照会，而葡置不理。兹日本以此关系国体，即照知葡政府，谓葡国既背约，则以前两国之约作为废纸，以后葡民在日犯法者，由日本地方照例办理云云。日廷此举，诚自强矣。

"不理"原作"不礼"

日照葡国旧约作废

因尝谓万国公法、各国条约，如中国各部之律例，头头是道。惟强国能以责弱国，弱国不能以责强国也。即能责之，而强国或游移其说，或文饰其情，甚且置之不理。

18,8,24

故外国有抵制之法，有报复之法，甚且有以势伸理之法。势伸，而理与俱伸矣。然亦惟强国能之，非所论于弱国也。弱国则势屈，而理与俱屈耳。

二十四日　晴。前赴会时，在舟闻某绅言：美与三德明哥所立之约，英、法、德三国妒之，恫喝三廷以为宜废。三廷置之不理。英、法已有公文诘责，德国则以三国烟叶售于德者，得利甚厚，拟限制之。美国则声言，此事有关通商，决不相让云。

英法德迫三廷废约

因尝谓强国与弱国通商，大率要挟、朘削而已。近年欧洲各大国，皆垂涎于墨洲，而美国亦不少让。夫墨洲之大国，仅美利坚一国耳，此外皆贫弱不能自立。货弃于地，利让于人，其民数甚微，其武备皆弛。以前美国无兼并之意，欧洲亦无朘削之心。今则皆虎视眈眈，其欲逐逐。数十年后，墨洲小国必如汉阳诸姬矣。

二十五日　晴。前二日罗马来电：义主谕散议院，令国人另行公举。明年兵费需银三千九百三十六万元，较以前数年为大减。运售煤油，则归官办云。

意国国王解散议院

因查泰西各国议院所议，与国君意龃龉者，则国君有散议院另举之权。义主之谕散议院，自以兵费之故。义主以为设备，议院以为病民也。因详察义国近日情形，实有民穷财尽之势。而犹悉索敝赋，以经武为亟者，实以俄之不可不防也。煤油之运售归官，亦似夺民之利，议院之不悦应尔。然义国政府之出于此者，亦实无可如何耳。

二十六日　晴。二十四日罗马来电，言天主教会，普天同庆。届期教中人躬赴罗马致贺。法国所割与德国之阿尔萨斯省人民，初拟取道瑞士赴会，继因路险改由法国。德政府闻之大怒。天主教监督恐生事端，遂谕民人勿赴会云。

遗民赴会取道故国

因查天主教之寓各国，固最狷獗者也，独于德国最驯；法国之护天主教，又最强梁者也，独于德国最谨。世俗人情，骄者常谄：骄其所可骄，而谄其所当谄也。金人慢宋主，而畏元人；板升扰明边，而畏俺答。旷观千古，前后合符。有志者可知所从事矣。

二十七日　晴。美户部查本年正月至八月底，进口货物值银五万八千万元零，较上年多一千五百百万元零。出口货物值银五万九千一百万元零，较上年多四千六百万元零。出入两比，出口之货，多一千一百万元零云。

美国商贸尚有盈馀

因查美国入口货物，至值银五万万馀，未尝不多，而出口之货，足以抵之，且多一千一百万焉，则银钱不外漏，而尚有赢馀矣。欧、墨二洲富强之国，大抵如斯。其弱小不振者，则入口之货多于出口，出口之银多于入口。由商务不兴，民力弃于闲，而物产弃于地也。

二十八日　晴。参赞彭光誉、翻译容揆赴希卡果观赛会之礼。

美绅谓南北花旗构兵后，商船之利几为欧洲所夺，近拟设法收回。前此议院议定，准美商所购外国之船，改悬美旗矣。向来美国邮政，凡书信往来，例由最速之船，计程一米，给费四元。每年往来欧洲，需银一百二十五万

“一米”今作“一迈”即一英里

18,8,29

元。此项巨款，悉为欧洲商船所得。近饬轮船公司造快轮五艘，限三年内陆续造成。往来欧洲，收回邮政之利云。

因谨按：立法无久而不敝者，但听其敝，则敝者愈敝；能救其敝，则敝者亦利。尝见善治家者，凡有益于家之事，纤细必举；凡有损于家之事，纤细必除。不数十年，富家大吉矣。即小可以见大，治国通于治家，勿谓外洋之计算为可鄙也。

二十九日　晴。西报言：日本制作日精。大阪制铜、铁器，东京制绸布，横滨制酒、火柴等物，其价甚廉，故能运出外洋销售。德国已畏其夺本国之利矣。 日本制造日益精湛

因尝游美都之市，见有粤人列肆者，自谓出售中国货物。详细察之，则瓷器、古铜、绸巾、茶叶等物，皆来自日本者。问其何以不售内地土产？则曰："税重价昂，不能销也。"阅此报，因附记之。

三十日　晴。美廷近接太平洋吉白海岛书，言英国强占其岛后，自任保护，且限制寓该岛之美商。岛主以前屡求美廷保护，美置不理云云。外部科士达言："美国开国定例，不准强占他国土地，故于保护无权。旅该岛美商，未言英之苛制，未便向英哓舌。如英实有妨碍美商情形，自当诘问耳。" 吉白海岛（吉尔伯特岛）

因按：美外部之言，可谓不多事者，然亦海军之力限之也。美之兵船尚不如日，安敢与英抗哉？审己量力，苟非大不得已者，听之可也。

九月初一日　晴。美国驻英领事名老耶士，告假回

黑特士飞（哈兹菲尔德）
利次（利兹）
那丁黑（诺丁汉）

美。言自美国增入口税以来，英之黑特士飞城居民十二万，业纺织者尽已失业。其他利次埠、亚尔黑埠、那丁黑埠情形略同。有欲徙纺织局至纽约者，有欲徙往印度者，盖拮据万分矣。英报因言前总统基利芬之体恤商务云。

因按：美加各国入口之税，颇闻怨言。而各国惟闻抵制，而不闻争辩者，税课为国之内政，例可自主也。英之纺织局可谓窘矣，而不闻以改章请于美廷，则交涉之事可见矣。

德主抵奥秘商国事

初二日　晴，戌刻见雨点。伯林来电，言德主于二十一日抵奥。奥主率大臣躬迎，行接唇之礼，同车入宫，设宴并同观剧。惟所商何事，秘密不扬。二十五日俄国调回驻德使署之武员，德亦如之。盖德国使署人员，俄廷暗派人侦其动静，凡机密之事，均不使知，故乘此时调回云。

因按：数年以来，德国亲奥、义以防俄。俄主衔之，确有形迹，近年则益龃龉矣。阿富汗、土耳其、波斯之恭顺于俄，亦确有形迹，近更无敢戏渝矣。乃俄不用兵于德，而用兵于阿。不知者或谓俄主之好恶颠倒，而其实不然也。法为德挫，至于国亡君虏，至今二十二年。乃法人之武仅加于突尼斯、马达加斯加、越南、阿非利加达河米诸远国，而近者无闻焉。其揆一也。

各国采煤越钻越深

初三日　卯刻小雨即止，仍晴。美国矿学家言地球产煤之地至多，其深者非机器不能得。法国煤矿有在一百丈以下者。比国则开至一百八十丈。英国采至三百一十丈而不尽。德国又有开至四百一十丈者。统计地球之煤，当以

18,9,4

中国为多，且为易采云。

因尝阅同文馆教习丁韪良所论泰西矿务，有钻至深二百丈者。准以今之所闻，尚为浅也。或者欧洲煤矿渐采渐希，故不得不深求之。但不知其深者采尽以后，更何所恃也？中国所蕴之煤，抵欧洲全洲五倍。及今而讲矿学，将来能操欧洲之利权矣。

初四日　晴。伦敦来电，言英国前任外部于交涉事务，愿助德、奥、义三盟国以制俄、法。今新任外部不以为然，已密告法国政府，如俄、法与德、奥、义构兵，英国决意守局外之例云。

英新外长奉行中立

因按：此欧洲之变局，而英之用意殊难测也。将以为守公法乎？而本年干预威内萨之政，占太平洋之岛，其违公法者正多也。将不欲德、法各国之休养生息，以增其富强乎？则与英后前此所言不嗜杀人之意相悖也。且俄、法两国如惮英之制而不动兵，则闻此言而将与德、奥、义启衅；如惮德、奥、义之合纵而不动兵，则英虽有言，亦未必遽敢启衅也。诚不解也。

初五日　晴。闻美总统后薨。差人持名帖往唁。当即发电于总理衙门云："美总统妻薨。请示。因。微。"

总统妻薨

初三日伯林来电，言德、奥、义三国联盟，近日以增兵为第一要务。义国财竭民疲，军费无出。奥君以筹饷不易，不愿增兵。德主无法可施，惟有本国增兵而已。现已饬相臣格布理，按年增募新兵六万人，增饷一百馀万元。交议院议之。惟虑议院以民力难胜，未必议准云。

三国联盟惟德增兵

因尝言欧洲各国讲武自防，为骑虎难下之势，实难持久，今已见支绌之形矣。德、奥、义三国不合，则不能敌俄、法；法不合俄，又不能敌德。两势相敌，则思有以胜之，遂谋增兵。彼增而我不增，则无以自防，又无以求胜。遂至相率而增，莫能相下，无所底止。奥、义两国处不能不增之时，而已有不能增之势。形见势绌，可奈何哉！

初六日　晴。午刻，因偕翻译往外部衙门，慰唁总统。

法加二国贸易互惠

闻英属卡拿大以土产入法国，税重于各邦，请于英廷。英廷特派专使名脱伯至法，协同英国驻法公使德福林，与法廷订立报施之约。法廷已允，即日商议云。

因按：卡拿大，英国一属土耳。民数鲜少，所兴之利，度亦不能多也；而能请于英廷，英廷遂为派专使。所谓有害必去，有利必兴也。不以害小而不去，不以利小而不兴。泰西之谋国者，如是而已。

萨摩亚允美建港口

初七日　晴。美于太平洋虑水师无添煤之处，竭力筹之。查得萨摩海岛之索哥白科地方，可建埠头，请诸该岛之政府，已如所请。即于今日招工承办，限一年半造成云。

因尝言兵舰以煤为气，非煤不行。又言美国海军实不足恃，以铁甲不多，而又无添煤之所也。今由议院议增铁甲，而即筹各处添煤之所，可谓知所急矣。

初八日　晴。檀香山岛主愿与中国立约。不允。其岛

18,9,9

地旷人稀，中国民人趋之若鹜。岛主乃立苛例，以限制其利益；又暗通华人之黠者，招之使来。华人不知，贸贸然来，来则受其苛虐。日本国已与该岛立约。华人寓该岛之便利，遂远不如日本。华商等禀求救援，已数十次矣。不得已为之转托美外部，由其驻檀公使、领事等保护。自正月与商，至今始妥，从此华人当可安居矣。

寓岛华人托美保护

初九日 晴。英国于光绪十六年估十七年用项，计九千零二十六万四千镑。兹于十八年核，计实销八千九百九十二万八千镑。因考十八年入款计有九千零九十九万五千镑，出入两抵，仍赢馀五十六万五千镑云。

赢馀应为一百零六万七千镑

因按：泰西各国均预定来年用项，以为入款，量出为入也。顾用项至需九千万镑馀，则计银四万万两馀，可谓多矣。而入款尚赢焉，则取诸民者尤多矣。非商务之盛，民产之富，不能也。然则富为强之本也；商务、民产为国之本也。

酉正，接总理衙门电云："优妓赴会，大伤国体。何翻译偕陈姓往商，殊荒谬。尊处应即禁阻，何待请示。倘敢阳奉阴违，定将经办之员查究。青。"当即以此电分札翻译何慎之，及金山总领事矣。

优妓赴会大伤国体

初十日 晴。又查英国进项所自，分析计之：则关税共银一万万元。土产及国内销用货物税一万二千万元。契纸、票税六千五百万元。官民进款抽税六千万元。邮政入款四千五百万元。电报入款一千万元。地租、田租、房税、杂税四千五百万元。以上共计四万四千五百万元。

英国年度收入

因按：英国进项每年四万馀万元。不知其底细者，必以为难及。以因考之，除官民入款抽税外，其馀似皆可仿。惟烟、茶两税，不能若是之多耳。然鸦片税实足以抵之。英国烟税，年征银一千零六万五千镑。茶税年征三百四十七万镑。苦酒税年征九百四十万镑。烧酒税年征一千五百七十万镑。茶、烟、酒三项，几及银二万万元，已抵所入全数之半。泰西各国皆以此三者，非民生日用所必需，故有意重其税也。中国烟、酒皆无税，则入款之短者，此其一也。

十一日 晴。昨考英国入款，因论泰西烟、酒、茶之税，兹并计其价值。因于烟向不入口，洋酒亦不敢近，以其冷饮于脾胃不宜也。近办茶会，及频宴美官、绅，故知其价。烟之小者，其形如小笔帽，每枝计银一分；其味美者，价倍之。大者如联笔之帽，每枝计银五分；其美者，计银五钱上下不等。酒之至贱者，每十二两计银一钱，宴客不用。等而上之，以至于每瓶五两，名为“香冰”。绅、富之宴客，大抵皆用此种；每一茶会需二三百瓶。茶之次者，每十二两计银一两。佳者未见。计其价目，则知其税之重矣。

美国烟酒行情

香冰（香槟）

十二日 卯刻稍见细点。晴。查光绪八年，英国购中国茶，计一万一千四百四十六万磅。购印度茶，计五百四十九万磅。至光绪十七年，则购中国茶五千二百万磅，已减过半。购印度、锡阑茶，一万五千万磅，已加至三十倍。盖缘茶树至三年后，其味即劣。印度、锡阑能于三年

中茶不敌印度锡兰

18,9,13

后另植，故仍佳也。中国如能讲求，则不让印度矣。

因考泰西农政，不仅讲求播种五谷也。教习丁韪良尝言之，以此征之益信。

十三日　将晓有细雨仍止，晴。十一日报言：美国筹民生国计，以商务为本。而货物往来，必需舟车。大西洋往来轮船之利，惜为欧洲所夺。幸内地各口均不准行，此项利权仍归本国。查前十年北边大湖，轮船载七十一万一千二百六十九吨，本年增至一百一十八万三千五百八十二吨，又有铁路接济，故利源不漏卮云。 美保国内交通利益

因按：美国东、西两洋。西洋之利，夺于欧洲，则失其半，而存其半；内地之利，绝无漏卮，故元气不伤，而国计民生仍充裕也。中国外洋之利既全漏卮；内江之利，仅收回三之一。比而论之，则失算多矣。 中美比较

十四日　卯刻小雨如雾，阴。昨日伦敦来电言，闻美国铁厂近得铁甲新法，其坚异常。水师部特购一块，昨在波士模海口试验。将铁甲造成一板，高八英尺，阔六英尺，厚一英尺半。以六英寸口门大炮，一百磅弹，轰击五次，该铁甲无恙，而弹已碰碎。英国拟仿造云。 英拟仿造美国铁甲

因查丁韪良言泰西之学不泥古，而以日新为主，颇有非之者。顾“穷变通”，久已见于《易》，“器非求旧”亦见于《书》。孔子以“生今反古”为非。气运日新，为治者自应与为转移，亦犹昼夜寒暑之递嬗耳。夫言岂一端而已，固当有所当也。

十五日　晨起大雾，晴。新闻述德京报，言法国自一

千八百七十年（即与德构兵之年），至今二十二年，练兵之费，计美银三十八万万元。而偿还德国兵费银十万万元尚在此外。近日法户部筹饷，饬通国造脚踏车清册，计二十二万五千馀辆。每辆按年纳税银二元，可四十五万元。邮局、电局、发信、收信之人，亦纳半税云。

单车纳税以筹军费

因尝言泰西各国练兵自固势成骑虎，支持难久。近闻义、日诸国，已见支绌之形。奥亦渐窘。德、法虽可支持，而岁岁增兵，筹饷亦觉吃紧。民不可息，受困胡底？将有富强之国，出而乘其敝者，殊可虑也。

德议加税外国啤酒

十六日　晴。伯林来电，言议员新议一例，凡各国皮酒运入德国口岸者，议加重税，以杜其来。每成本百元，抽税五十元云。

因查中国于洋酒入口无税。乃至鸦片入口，其税亦轻。李傅相稍议增加，英使威妥玛即肆挟持。非李鸿章以坚定持之，几为所夺矣！夫皮酒，为粮食之类，无害于人。德国收税，欲加则加。鸦片者，害人之物也，泰西各国皆禁入口。美国则按磅收税十二元，视成本已三倍之。中国照此以收税，则入银一万万两。即照德国收皮酒之税，亦入银四千万两矣。但须俟武备增修以后耳。

中国应仿

俄英德测我海道

十七日　晴。闻秋初俄国兵船于浙江宁波招宝山海口外，测量海道。嗣又有英国、德国兵船，亦至该处测海云。

因查泰西兵船所过之地，往往测海，盖亦间中一着棋也。方今中外尚少龃龉，虽不必为杞人之过虑，亦不可无

18,9,18

未雨之绸缪。忆道光二十一年，英人先陷招宝山，次陷金鸡山，以次陷镇海、宁波、定海。盖以此地为浙海之门户，而江闽之中权也。

十八日　小雨，地湿。昨日罗马来电，言俄国闻德国增兵筹饷，亦拟增兵，以防外侮。又伦敦来电，言俄国向各国借贷，无一成议。近又向法国富商议借英金二千万镑，按年纳息四厘，以九十六镑作为一百。未允。继减至九十镑，仍未允云。

俄向各国借贷无果

因查欧洲各国增兵角胜，已成骑虎难下。俄值饥馑，告贷无门，亦议增兵自固时事可知。二十年前，俄之告贷，有以六十一镑作为百镑者，扣折之重，至于此极。然则俄之立国，其强可畏，其穷亦可畏也。

十九日　晴。拜发三年期满保奖奏折。

美国太平洋轮船名“马立怕萨”，从萨摩亚岛行抵金山，途经裴奚岛，相距五百里之岛名爱立斯，有英兵舰名“扣拉冈”在该岛停泊，闻将设埠屯煤云。

裴奚（斐济）

因按：美国于前月，方谋于萨摩亚岛建埠，以备屯煤。而英人乃于相距不远之爱立斯岛，亦谋设埠。可谓明者所见略同，但一攻一守耳。且英人已于前月得保护吉白海岛之权，是太平洋形势，所得已多。将来英、美启衅，水师之力，美不敌英矣。

爱立斯岛（瓦利斯岛）

二十日　小雨带雪子。美各省举总统，已举定基利芬。查基利芬，即前四年之总统也。

基利芬（Cleveland）

十八日伦敦来电，言法国已与摩洛哥国立约，名为联盟，实则保护云。

因闻前此英、法二国争摩洛哥之权，英欲保护，法人尼之。兹竟归法人保护，可谓如愿以偿。摩洛哥国距新加坡不远。法人于越南之外，又得一土地矣。数年以来，小国之不能自保者颇多，亦兼并之习使然也。

摩洛哥成法保护地

二十一日　小雨，午后晴。闻英国铁舰名“好威”失事沉没。该船造成，计银三百馀万两。俄国造成铁舰一艘，定于十一月三号试水，船名“罗利”，长四十三丈五尺，广六丈七尺，容一万九百三十三吨，机器马力一万三千二百五十匹。自克龙斯达至珲春，计海程一万六千米。中途虽无储煤之地，不虑缺煤。又美国新式兵舰六艘，现由官厂日夜加工，以期即日告成云。

英舰沉没俄舰试水

因按：英、法、俄、德四国水师本强，美自知不强，极力整顿。幸本国各厂林立，取诸宫中，故能日有起色。如此十年，当可与法、俄抗矣。而英所失铁舰，计值银三百馀万元。十年成之，一朝毁之。泰西以此为销金之锅，信矣！

二十二日　细雨，阴晴不定。美国驻檀香山公使来信，言檀国地跨八岛，悬太平洋中，为亚、墨两洲要道。英国以其扼要，久思蚕食，而碍于美。美商之寓该国者千馀人，地方官多美籍，故亲美国，如美之附庸。前二年查核民数：男、女共九万一百六十一名口。土著三万五千零二十人，华人一万四千五百六十人，日本一万一千七百八十人。又考十三年前，土著约四十万人。日渐凋零，将来

夏威夷愿归美保护

18,9,23

必无遗类。察看该国时事，难保自主之权。商、民均愿归美保护云。

因谨按："气运日新"而不新者，遂如亲尽之庙，不特国运之兴废由之，即民种之存亡亦系焉。居恒尝慕上古浑噩之世，恨不亲见，今乃于荒岛频见之：无机心无机事，榛榛狉狉，是真天不变，俗亦不变者。何以不能自存耶？岂天道之难知耶？抑人事之未尽也？

二十三日　晴。檀香山来信，言檀岛女主以民心不靖，议院不服，已派律政部大臣纽曼来美，求美保护。美外部立邀各部，聚议所以待之之道。一面电达金山：以前日调派驻檀兵舰赴萨摩岛之事，暂且从缓勿行，另以"兰吉"兵舰代之云。 大臣来美求美保护

因按：华人之寓檀香山者，以无约，故数被虐政，屡禀求援。因虽谒檀国驻美公使，婉言相托，而檀国政府时时反复，终不可恃。乃函商总理衙门，决计转托驻檀美使保护，总署既以为是。因即商之美外部，外部行文檀岛，已允照行。今檀国内乱，华人有保护者，当可晏然矣。

二十四日　晴。檀香山议院欲废女主。哥斯答立戛国山水大发，所损甚巨，民心叛乱，欲废其主。秘鲁因与智利、阿镇丹二国龃龉，新购枪十万枝，增修武备，将开战局云。 美洲小国胶扰不休

因查此皆太平洋墨洲之国也。美国晏然无事，而各国胶扰不休，非贫则弱，宜檀香山女主欲求美国保护也。同处一洲，而治与乱判若冰炭，则其人、其政不同耳。旷览

墨洲大局，将来众小国，均将折入于美矣。

二十五日　阴。昨日维也纳来电，言俄储于二十三日到奥，奥君亲率部臣，赴车厂躬迎。俄储与奥外部长子爵容那盖晤谈半时。奥君宴俄储于宫中，并偕观剧。又巴黎报，言俄、法联盟之约，已于二十二日签押、互换云。

俄储至奥奥国礼待

因按：俄、法联盟之举，法界英、德二国之间，或有戒心，借以防患。俄非有所惧于德也。俄不犯德，德必不犯俄。然则德、奥、义三国联盟，实以防敌法国之意，谅亦相同。惟俄则不然，是俄固奥之患也。乃俄储至奥，而奥君礼意有加焉。虽曰以笃邦交，而亦出于不得已矣。

二十六日　小雨，天暖。英国卡拿大公司来见。言巴西国现欲向中华招工，该国可容百馀万人，请为致意中华地方官，准其举办。因谓中、巴立约已载明：不准招工，只准华人自往。如巴西国优待客民，客民得利，自然不招而往。招工之说，有违两国之约，不便准行。该公司谓巴西已定开垦章程，其待客民甚优，不妨听其招工。因答以去年寓美国之犹太人，赴巴西之招。及到巴西，则工资甚少，至于衣食不给，返美无资，窘迫之至。乃由美国驻巴西领事资遣回美，此近事也。该公司语塞，乃辞退。

拒加公司招华人至巴西务工

因查华工必由卡拿大以赴巴西，如听其招工，则该公司得无限运载之利，故以为请。彼固但求利己，而不顾害人也。如不知巴西情形，则华人之受苦更有甚于古巴、秘鲁者矣。

二十七日　阴，天暖。接总理衙门公文，言接田贝照

18,9,28

希卡果赛珍会（芝加哥世博会）

会，以希卡果赛珍会，如有创办之件，他人效之者，亦准入会比赛云云。当交赴会之员彭光誉矣。

美办世博创收有道

因查昨日伦敦来电，言美国铁路火车股分票近日渐涨，以英国商民知赛会期近，火车运载之利百倍于平时，故购之者多，价骤涨也。且各国人民赴会者，总以万计。美国此举，他国之财流入本国，共计二万五千万元云云。然则美国赛会筑屋各费，虽用四千万，而尚可长二万万有馀。且此四千万筑室之费，仍美国之工人得之，并不漏卮。然则赛会之举，实生财之道也。泰西心计乃如此其工哉！

岁终各国句稽进项

二十八日　晴。西历将届岁终，各大国句稽进项。闻美国上月出口六畜、牛乳，值银一千零五十四万三千元。法国邮政，一年中得利一千万馀元，各局已请增给工资。英国核一年洋药之税，共入银一千九百万元。农党以他国五谷入口日多，夺本国自有之利，群请加税，政府议行云。

因谨按：孔、孟不言利，以其利皆朘自本国之民也。今日之势不同矣。泰西各国所取之利，于入口之货税为多，弃而不取，则各国所产群集于我，而我民失业，是瘠我而肥彼也。消息他国入口货物，酌为轻、重其税，以保本国之利益，以防银钱之漏卮。泰西各邦，其揆一矣。

各国派员考察换约

二十九日　晴。阴。日本国君现派大臣，详查与各国和约之不便于民、有害于国者，查出以备修改。又德国请与俄国修改通商条约。俄廷特派大臣，将两国所议条约查明是否有益可行？兹该大臣等以为无益，遂不允德所请云。

因按：条约之定，限年数修换者，所以防损取益也。顾必筹之于平时，而后施之于临事。且必有熟于时事之人，而后知其何者为损？何者为益？又必有坚忍之力，肆应之才，而后能折冲于樽俎之际，收效于争执之间。泰西各国，所以重专门名家也。

18,10,1

卷十三

十月初一日　晴，天气转凉。本日伯林报，言布国户部大臣密该尔，拟征收国中产业税饷，立有章程，交下议院。国人以为自增收烟税以后，烟业亏折，今虽为增兵自固之谋，而民生日困，虑不能行云云。 布国（普鲁士）

因按：欧洲各大国势成鹬蚌，其不致自毙者，英耳。俄则借贷无门矣。义、奥则饷绌而兵不能增矣。法则国债日积，德则征敛日苛，皆相持不下所致也。难矣哉!

接天津电。

初二日　晴。谒律师梅。询此两次照会外部，驳诘禁工苛例，外部之意如何？梅律师云："正在商议照复。"又询各国会商议平金银之价如何？梅律师言："必添铸金、银钱，金银之价方平。惜乎议院屡请，而总统屡驳也。"又言，美廷议以本年所馀，拨偿国债，而商、民不愿收回，以银行屡倒，无处存放云。 谒律师梅因谨按：光绪十年，闽、粤共借洋款二百万镑，合银九百万馀两，按年八厘半起息。又神机营借洋款一百五十万镑，合银七百万馀两，按年七厘起息。其实经手之汇丰、怡和洋行所招股分，中国之人居多，而反假手于洋商者，则以前此户部行钞失信于民也。英、法、美、德各国，债息不过四、五厘，而我倍之。致洋行居中得利，殊失算矣！

失信于民洋行得利

初三日　晴。上月二十六日珲春来电，言美国渔船于亚刻和斯刻海捕鲸，为俄兵船所拘。遂电驻俄美使，向俄廷理论。俄已认错，释船，并赔银四万八千九百五十元该渔船。查珲春现为俄国要隘，除日本领事外，馀不接待。而予日本领事之权亦不能优。地方官皆武职。驻防官兵七千名，兵舰六艘云。

亚刻和斯刻海(鄂霍次克海)

因查俄以珲春为重镇，又造西比里亚之铁路达于珲春。又造极大之铁舰，由克龙斯达至珲春，中途可不添煤。着意经营，不遗馀力。彼固昌言为兴商务也。岂其然乎？

初四日　晴。美绅言，明年美国水师大会。据驻华公使田贝已接中国总理衙门照会云：中国海军新创，驾船员弁尚未深谙海线，碍难赴会云。又言：俄国整顿水师，年精一年，兵舰日增。近年所造，几与英国相埒。查所造铁舰名“尼哥拉士”，容八千四百四十吨，业已成功。又“更格”，容六千五百九十二吨。“那伐林”容九千四百七十六吨。又“拿刹”，容八千零七十六吨。以上一年可

俄国海军年精一年

18,10,5

竣。又“洛力刻”，容一万九百二十三吨。“佛力格”，容八千八百吨。“北皮多拿”，容一万二百八十吨。“司法利脱利”，容一万二千四百八十吨。“昔伐司都”、“巴巴推”、“佛倍脱罗破拉”三艘，均容一万九百六十吨。尚有未命名之一艘，容一万二千吨。又海防铁甲一艘，容四千吨。水雷船头等十艘、二等三艘、巡船十艘。以上过此四年，一律工竣。各厂有法人为之料理。从此海军驾义大利而上之矣。

初五日　晴。美国前驻日代办来见。自言为南党。与前任最相契。今由乡移居美都。谈次，言美国欲于山德明哥国求一口岸，以为兵船添煤之埠。该国畏其蚕食，终不允从。墨西哥国向产五金矿沙，运美售炼，美商利之。自美国加征入口税，墨国因自设炉以炼，遂知自炼之利，较售沙优厚，竟不运美。美政府虽允免税，而墨国已禁出口云。

“前任”指张荫桓

墨国自炼五金矿沙

因按：美于今日可谓专利无厌也。求山国之口岸而不成，加墨国矿沙之税而反失利，是所谓自侮人而人侮之矣！墨国矿利与美同，而向不自炼，以利授人。西人谓墨人最懒，实定评矣。今乃如梦初醒，实由美国之加税而致，此所谓“困于心，而后作”也！虽然，墨国铁路、轮船、开垦之利，多不自谋，其果尽能收回此权也乎？

美国可谓专利无厌

初六日　晴。美总统已举定。嗣由各省公举下议院绅，共计三百五十六名。计南党二百二十四名，北党一百二十五名，民党，即农党七名。其中留任者甚多，布莱尔

选举结果

亦在所举之内云。

因查美国下议绅，届二年一更改。今年系更换之年，南党之绅多于北党者几倍之。自此以后，北党之势不敌矣。

纽约订造巨型挖机

初七日　晴。纽约省尼加拉城开河工程局所用挖泥机器，系五千匹马力，计价银二百万元。用之年久，现已疲钝。该局因此河开通，利益甚大，遂向费城机器厂订造极大机器一架，须十四万六千匹马力，限明年七月竣工。一时闻者，皆以为地球至大之机器，咸往观焉。

因屡至纽约矣。跨海之桥以铁造成，约长数里，悬空。铁路周环纽约，约长数十里，火车即于其上行驶。其房屋有高至九层者，均以白石砌成，或不用木，计一宅需银百馀万元。其营造之巧而巨，可夺天工。所以然者，外国有营造专家之学，又有精艺之学，讲求有素，出其绝技，匪仅以侈靡饰观也，盖有大用存焉。

我内地禁美船运粮

初八日　晴。初六日伦敦来电，言中国漕粮由沪运津，不准英船装运，以为有违中美一千八百八十年之约。中国政府以为美废约而禁华人，中国此约亦废。英廷遂询诸美外部，外部以为禁华人事，只废约中一款，并未废全约云。

因按：此美外部欺饰之辞也。美废约中准华人来美一款，中国亦废准美船运粮一款，中国之理甚正也；且美首先废约，而中国即废全约，其理亦至正也。虽然，因尚有进于是说者：美、英于内地货物由彼运此，均不准他国之

18,10,9

船揽载。由沪运津，皆中国内地也，例应禁也，非他国所能干预也。

初九日　晴，丑刻以后雨，天气转暖。法国所造商船，遇有军务，均可改为兵舰，游弋洋面，故于商务、军务均有裨益。兹法政府恐承平日久，各商船以为具文。因将大西洋轮船公司之“那曼地”商船试改兵船，验其是否合用云。

法国商船可改兵舰

因查美国前造商船时，即有此议。明者所见略同。德国方议增兵，且禁壮丁他往。法亦筹及水师。彼此斗智、斗巧，不待争战之时，即在承平之日；不待开衅之际，即在修睦之年。从前殷兆镛上疏，谓“始终不忘战”，其知几乎！

初十日　雪厚约一寸，仍未止。卯初，率随员等，恭祝皇太后万寿。行三跪九叩礼。辰初设面，申正设宴。

慈禧寿辰

初七日伯林来信，言俄政府电达伯林各银行，限六礼拜内，将以前所存各银行之银，汇至彼德堡备用云。

俄国汇出在德存银

因查俄无可恃之银行，故银存于德国。近拟增水、陆军兵，添造铁舰，故以向所储者，供现在之用也。

十一日　晴。俄国自土耳其禁止各国之船于达滕尼来士河驶行，大于调度水师有碍。故请诸土廷仍准俄船来往，土廷似不敢不从。土国将军布利耳门请在该河两面建置炮台，以资防守云。

达滕尼来士河(达达尼尔海峡)

因按：此“积威所劫”也。光绪四年，俄、土之役，俄兵已逼土都，非英之援，土几不国。然犹割巴统、阿达

阿达亨(阿达汉)

门的内哥（黑山）

亨、卡尔司三省之地与俄。而赛尔斐亚、门的内哥、勃尔加厘亚，向之藩国，均给地使自主。土国欧洲之地，所削已过半矣。英人尝讥其武备废弛，所购兵舰永远停泊而不驶行。上年驶赴日本之兵船，中途沉没，此明效大验也。亦殷鉴也。

美收英税以报加国

十二日　晴。美国西北各省沃野千里，产麦极盛。政府以其出口道滞，为之浚苏山梅里河，以利之货产之由是河出口者，一年之内计值银一万零二百十一万四千九百四十八元。向来英属卡拿大商民运货过此，一律免税。近因英属官待美商船苛刻，总统遂创新例，征收英商之税云。

因查外洋好兴大工，工之所至，利即随之。如埃及之苏彝士河，法国之马赛堤，其税入，足以敌一小国。若美之浚苏山梅里河，则专为利民，其用意微异耳。至于因英之苛待美商，而亦税英商船以报之，则大小各国无不如是。因之随笔记之者，一以见美之为民兴利，一以见美之为民防弊也。

答拜美绅

十三日　晴。答拜美绅克力。引观玩器：古瓷瓶一具，自罗马来，云二千年前之物。大花瓶一座，自法国来，望之如金铁铸成，瓶腹之画十分工致。其馀古物甚多。谈次，询因到此几年？因答以三年。惜美禁华人，自前任驳诘至今，历外部三任，均不见照复也。克力言："前十年以来，上议院绅向归北党专权；今年下议院绅，南党已倍于北党。上议院绅虽未定，然北党断不能过三十九人，南党则可望四十馀人。明年议院之权，南党可操；

18,10,14

且总统亦南党。北党势不敌矣！或有变更也。”

十四日　晴。昨日谒梅律师未遇，是夕又往见之。言议院将开，拟撰文照会外部。外部曾许以交冬必有照复，且许以此意奏总统，请下议院再议，故宜问之。梅律师允以次日申刻赴使馆面议。又闻上议院绅，曾特派员查察客民来美实在情形，以便立例。各员已于十二日在纽约会商，拟请总统于明年三月一号起，普禁各国工人来美。即例所不禁之人，亦必向美驻该国领事处领取护照，然后准其入境云。 美拟普禁各国工人

因按：明年三月，即新总统接任之期也。自三月起，再申例禁工，是又由新总统禁工矣。新总统即喜禁工以媚工党者，故得复任，则禁例之复严可知。其由美国领事给照一端，尤易上下其手，于所难禁之国则给照，于所易禁之国则不给照。虽云普禁，亦不过禁中国而已。此情弊之所以百出，而交涉之所以难言耳。 虽云普禁实禁中国

十五日　晴。梅律师来见，商照会外部事。言历年之所以驳例者，非不辞严义正，特无如总统之不下议院改议，何也？总统之意始则媚工党，以为蝉联之计。今则又存“五日京兆”之见，不欲多事。且新举之总统，即四年前之总统；即创禁工苛例之人，今又举为总统矣。现任总统虽不得蝉联，未尝不觊觎四年以后，故苛例难望除耳。因答曰：“美国上下之意，久已洞知，终不能迎合其意而听之。”梅律师谓苛例违中美之约，不便于华人，以前照会已尽之，将何措辞？因答曰：“美国今一年中，各 再次照会强烈措辞

国人民入境者，计五十七万馀人。德国一国此一年中，即十二万人，较中国二十年所积之人尚多。美既杜绝华人之来源，又欲迫已安业之华人使去。美不为华人计，独不为美国之名声惜乎？独不为华盛顿创国之例惜乎？”梅律师以为可。谈久已日晡，遂辞去。

欧人入美数量巨大

十六日　晴。考专管客民入境之员亚温士所言，自去年七月至本年六月止，此一年中，核纽约一埠，欧洲来美客民，除逐回二千八百一人外，其得入境者，德国十一万九千一百六十八人，俄国七万六千四百十七人，义国六万一千六百三十一人，挨利士五万一千三百八十三人，瑞典四万一千八百四十五人，波阑四万零五百三十六人，奥国三万二千九百三十五人，和国三万五千七百二十四人。由英属卡拿大及墨西哥二处入境者，尚未计云。

挨利士（爱尔兰）

因按：欧洲入美人民如此之多，仅禁华人，曾何益哉？不出二十年，美当有人满之虑矣。

十七日　晴，是日美国开议院。十一日俄都来电，言国用不给，挪借不成，不得已设法加税。所有国人例免当兵者，按名收税银三罗布；公司资本，向来按年值百抽三，今加税为五；间有免税之商，今亦一律取税。每年共增收银三百三十万罗布。十二日复来电，言又于蒸酒、煤油二物加税云。

俄国大幅加税

因按：俄之税则本重，故其民心喜乱。今值大饥之后，叛乱频仍。不闻休兵、息民，而屡闻加税，亦可见民之憔悴矣！顾其兵强，实足靖乱。故民心屡变而国势不

18,10,19

摇，此亦古今所无之霸道也。

十八日 晴，巳后雨。十二日伦敦来电，言哥喀萨司山介欧、亚两洲之间，俄以要隘，常驻重兵。近闻俄廷下令调驻该山之马兵三队，赴德国边界驻扎，以备调用云。 哥喀萨司（高加索）

因按：俄以费用不给，告贷于欧洲。各大国无允贷者，即联盟之法国亦不愿贷。乃议重税国内商民，而兵终不戢：既踞巴美尔，不畏中、英之诘责，又挟制勃尔加厘亚，又挟制土耳其，今又调兵驻德国边界，狼奔豕突，卒岁不休。何未闻有人焉一挫其剽悍之气耶？畏其强也！

十九日 晴。美国专管欧洲民人入境之员，以欧民入境太多，有碍美民生计。拟例四条，上之议院：一、自年十二岁至十五岁，不通本国文字者；一、五十五岁以上无家眷者；一、其人赤贫，随身银钱不过一百元者；一、无美驻该国之领事所给执照者。以上四项人，皆不准入境。由明年西三月一号起，试行一年云。 美国拟限欧民入境

因按：此禁欧洲各国人民入境之例，前三条皆易混淆。唯给照一层，则其全权操之美国，然仍可由领事通融焉。盖美于英、俄、德、义各国不敢操之太迫，持之太坚，畏其抵制、报复也。

二十日 晴。谒外部科司达。寒暄毕，因言前此相见时所许交冬必有照复。今其时矣，敢请。科司达曰："此案本国外部，自拜亚、布连，至今凡三人。前两任既不能复，故本大臣亦无可复者。"因谓前偕金山商董晋谒时，该商董请于开议时，由贵部奏总统下议院再议，贵大臣允 谒外部驳苛例

之。此次谕议院文，未见何耶？科司达曰："领照新例，议院议定，总统批成，不能反汗也。"因谓何以一千八百八十二年总统阿他以议院禁工例太苛，下议院再议耶？科司达曰："彼时尚未成例，微不同也。且贵政府之意如何？"因曰："我政府屡照田贝，谓新、旧两例均不公，有悖中、美两国之约。"科司达曰："中国如以此例不便，当须换约。约成，则例可废。"因言："现在之约，既不守而用例，多约何为？"科司达面赭，似嫌语太重。良久则曰："俟与总统商之，如总统以为可照复，则照复耳。"因辞退。

驳苛例照会外部

二十一日　晴。为驳苛例事，又照会美外部。

偕彭参赞、凌翻译见梅律师。梅律师言："总统明年西三月（即中历正月）卸任，似不愿开罪于工党。外部科司达尚有告退之意。均无心办此事矣。"因谓总统不将我政府屡次照会田贝之文，交与议院，是有意为难也。该律司谓彼何意为难？只迫于工党耳。前批例时，已自责其实情矣。因谓明日见外部，拟仍固请再看如何？梅律司曰："可。仍当一面由华商延大状师控驳，庶乎有济。"因诺之。遂回署。发书于金山总领事，属其及早绸缪焉。

二十二日　晴。昨日，外部科司达专函，订本日巳正面商要务。因届时而往，外部即接见。言昨日所递到照会文，其中语气有欠和平之处，恐于两国交谊有伤，故请惠临面商壹是。因谓我所求者，不过请贵大臣商诸总统，将我政府数次照田贝之文，及本使馆此五年中照会之件，尽

外部退回照会之文

18,10,23

数发交议院再议耳。科司达曰："例已成矣，无可再议。"因曰："例不再议，我政府及本大臣照会，岂不应议复耶?"科司达曰："二十日相见时，已面允商之总统矣。又复照会何为?"因曰："前大臣布连屡许必有照复，而终食言。本年六月，贵大臣亦许交冬照复，至今尚未见到，故不能不再三催耳。"科司达曰："美国之行例，实由光绪十四年两国所订之约垂成中辍，欲其废例，必先议约，此实际也。此次必有照复。即本大臣因公他出，华顿亦必照复。至此次所来文，语气太重，请带回修饰之。如久无照复，再递何如?"因允之。遂退。

二十三日　晴。公法载：两国交战，兵力所到，无论敌国境地，不得蹂躏安分商、民。前德、法构兵，德兵入法，即出示谕法民。秋毫无犯，此德之能守公法也。惟公法只言陆军，而水师实不同。故于敌国之船，不论官、商，均准掠取，是两歧也。兹德国议绅，请政府致意各国派员会商，可否立例照陆军公法?庶能保护商、民财产云。（德请会商海军公法）

因按：此举若成，诚为王者之师，合乎古人非敌百姓之意。然度必不能成者，何也?当今海军，以英、法为强，英人好拓地，法人好构兵。此法若行，则不能横行海上，于以知英、法之必不允行也。（英法二国必不允行）

二十四日　晴。接美外部照会。当饬翻译略译其中大意，言美国之所以行例，始于光绪十四年。而所以行例之由，则以其时两国所订新约垂成而中辍废约之故，不能专（外部照会推卸责任）

责美廷，欲中国迁就，予以可转之机，则约成，而例自可废云云。其他悉系强辨之辞。

赴外部席

二十五日　雨，天气愈暖。是晚赴外部席。下议院绅火街先到，因次到。火街为因言，伊之本省商、厂、农业，甚赖华人。不附苛禁华人之例，为农、商计，本至公也。而同院颇有讥之者。伊无所私，亦何所畏？因答曰：“华盛顿为美国第一人，所创国例，不分彼此，各有自主之权。君所行者，与华盛顿同心，与创国例相合，何歉于心？”火街逊谢。谈次，宾客陆续而到。义、奥、瑞士、土耳其四公使，上议院绅福来、衣士谷、白得勒，下议院绅火街、姐门，皆不附工党而爱华人者。其一人为科士达之同乡。宾主共十四人，饮至亥正而散。

外部赞许三国联盟

二十六日　晴。昨夜席上闻义公使言本国议绅询于外部云：“闻德、奥、义三国联盟，近已瓦解，信否？”外部曰：“联盟之局以保升平。三国均大修武备，敌国稔知，自不轻动。而又以至诚之意和合邻封，使敌国解怨释仇，幡然修好。凡此皆所以致太平，而非有‘狡焉思启’之意也。”议绅闻之大悦。

因闻是言而知立国之道焉：修武备，则虽仇我之国不动干戈；辑邦交，则虽夙怨之邦亦敦和好。反是，则思启封疆者，必以我之弱而蚕食；夙有嫌怨者，又伺我之隙而责言。治乱不同，其实一理也。

二十七日　晴。至外部处谢席。并谒同席之上议院绅福来、衣士谷、白得勒，下议院绅火街、姐门等。福来言

18,10,29

由欧洲来美之人，较中国约二百馀倍。中国约十万人，欧洲约二十兆馀矣。惟欧洲人服、食、起、居相同，故美人不厌而亦难禁。相忍至今，亦决不能不禁。此次议院必议普禁。中、美已立限制之约，但使美关认真办理，十万之外，谅不加多，亦何所碍？惟一千八百八十八年及今年苛例，殊违两国之约耳。因以为公论焉。

来美欧人较中国约二百馀倍

二十八日　雨。拜发续保人员奏折。

二十一日奥都维也纳来电：已加兵额三千六百名，从德君之意也。二十四日德都柏林来电，言德之增兵，实为自保之举。而俄廷见德此举，颇不放心，亦拟增兵，以期势均力敌云。

欧洲各国普增兵额

因闻此而叹欧洲各国有骑虎难下之势也，有鹬蚌相持之形也。孙武子云："勇怯，势也；强弱，形也。"形势所见，虽智者无可如何。先事而绸缪者，恐形见势绌，而敌国有轻我之心也；将事而整饬者，恐势不均、力不敌，而无以拒敌也。当今之势，无以和局为可恃，无以武为可掩，无一日而忘战。斯善矣！

二十九日　小雨竟日。美国武员布郎考究造炮之法，自出心裁，创为分节而造，外有钢线裹之，坚固异常。查寻常大炮连放多次，往往炸裂，此炮入药加倍，屡次轰放，毫无损伤云。

美国发明新式大炮

因查前膛之炮变而为后膛，已适用矣。陆路新式之炮分为数节，可分可合，以便取携，行之已久；然其炮不甚大也。因始以为小者可为，大者亦应可为，今果然造成矣。然兵船之炮，不在乎取携之便，而在乎及远之能。此种新式，不过分节而造，何以入药加多，殊不可解矣。

三十日　阴，小雨，时见日色。俄副将名达位大甫被人刺毙。该副将素与尼希利党为仇，想系彼党所戕。又俄国大饥之后，又遭疾疫。近查民册，疫毙者计二十六万五千七百六十名云。

俄遭疾疫

因读左氏范文子之言曰："外宁必有内忧。"俄之强也，盖不虞外侮矣；乃不能制尼希利之党，祸伏萧墙，灾祲荐臻。是上不能安，而下不能全也。岂天道之忌盈耶？

十一月初一日　雨。中夜大雪。接湖广总督张之洞电属代买棉子十吨。当即函属纽约领事，速为购定。因查俄国南方各省，其土宜种棉花。俄政府遂由美国购棉子试种。其初种不得法，所收甚微。嗣由农部悉力考究，近年所出之花，既多且佳，竟与美国如一云。

代购棉子

是晚赴外部科司达茶会。日本、朝鲜公使均与。馀系绅士。亥正而归。

外部茶会

初二日　大雪至午而止。近秘鲁以整顿武备，于常税之外，又加值百抽五。美下议院绅司歌德请增蒸酒之税，每格伦（合中国约七斤半）加税一元二角五分，每年可增税银三千五百万元云。

格伦（加仑）

因尝至秘鲁矣。考其税则，已为至重。今加值百抽五，则每百抽二三十矣。蒸酒者，蒸谷气而成酒，即中国之烧酒是也。美国酒税本重，以其非日用所必需也。今每格伦加至银一元二角五分，则每斤加至一角六分六厘。税

18,11,3

重极矣！中国效之，收税当可十倍焉。

初三日　晴。卯正率各员朝贺。辰初设面。申正设宴。

二十八日柏林来电，言三国联盟之局，实因义、奥两国互相猜忌，竟不能坚，殊为可惜。三十日又来电，言一千八百七十九年德、法构兵，非俄国派兵驻守德国疆界，奥人必蹑其后。德之胜法，俄与有劳。乃德今主即位，与奥联盟，而不亲俄，俄实恨之。今德主见奥难恃，拟复亲俄。近已调派驻瑞典之公使威德赴俄，以该员向为俄主所信重者，庶俄、德交谊复固云。 德主派使赴俄交谊

因谨按：欧洲纵横之局成，而各国防患之心切。古人所谓“日慎一日，完若金城”者，今于各大国见之。此外弱小之国有无可布置，或效燕雀之处堂者，非亡则削矣。

初四日　晴。谒梅律司，商驳美外部照会事。律司以为中国多方驳诘，而美国之禁工自若，不如予以可转之机，即与换约，因于限制之中寓通融之意。坚求实际，胜于徒托空言。因谓此事当由两国分任。因当以美外部复文，达之总理衙门；美当以中国历年照会，发交议院。俟察看两国之意若何？如彼此意见相符，然后可言修约之事。因此时不能遽许也。律司以为是。俟商诸议绅中之相契者。 商驳美外部照会事

初五日　飞干雪如粉，晴。威内萨，南墨洲之国也。地广人稀，招人开辟。筑铁路、造火车者，多他国之商， 委国订例管理路政

遇有事故，往往向威政府索赔。兹威廷鉴于前车，订立新例：一、所有火车、铁路之权，准公司承充，不准一人独霸；二、所收货车、客车等费，由议院公议，不准讹索；三、该公司所得之利，国家按百抽五；四、该公司建筑动工以后，如有为难之事，当向地方官控告，不得强国家政府代为把持云。

因按：铁路之裕国、通商、便民，诚当兴造。然由他国为之，不免有弊。既有见闻，纪之以备采焉。

加拿大添置巡船

初六日　晴，始冰。英国于属地卡拿大诸与美国相连之湖，添置巡船，美绅以为违约。外部查旧案，始知非违约也。兹美水师部派员查诸湖，商船有可充兵船者，以备两国决裂时，能护本国商船，并掳敌国商船之用。兹查有数艘可用者，仍当添造，以期势足相敌云。

不忘战更不讳战

因按：欧、墨洲各大国，其不忘战，固共见共闻矣；而更不讳战者，此交涉之机也。德与法时时言战，俄、德之君至以战相闻问。美自秘林海峡事与英龃龉，振兴水师不讳战英；英于巴马耳事不讳战俄，俄亦不讳战英。然后知试枪炮、添兵舰、勤操演，此战胜于军实也；论曲直、争形势、比权力，此战胜于口舌也。然二十年中各国终不一战者，则交涉之机可知也，曰：“恃不忘战，不讳战，以止战也。”

巴马耳（帕米尔）

初七日　晴。是日为耶稣生日。又为外国冬至节。

自总统创禁英国渔船在秘林海峡捕海龙，英人不允，遂至龃龉。于今二年，英、美两国均派兵舰，互于该峡相

18,11,8

拿渔船。美势究不敌英，遂至形见势绌。俄人又踵拿英、美两国之渔船，美廷益难抵制。现总统不得已拟派能员赴英，商议此案，其意盖欲言归于好。微闻即派外部长科士达，但尚未见明文耳。

美欲与英言归于好

因按：美国近年所行，多侈然自大之象：责言于智利，索地于海岱，争权于檀香山，立报施之约，加入口之税。不独欧洲诋其专利，即本国官、民亦言之。而普禁客民，又为欧人所不愿。大抵因顾国体，相持而莫肯先发。秘林海峡一事，则英人直昌言不让，争之累年。美于是自求转圜，盖虎头蛇尾矣！

海岱（海地）

初八日　晴。从前美政府派员赴中、南两墨洲测量地势，可否兴造火车、铁路，连墨洲为一气，以便通商。近日该员回美，谓所过地方，虽间有大川、巨浸，然其工程，较美国自东徂西犹易为云。

中美南美适宜造路

因按：自火车创行后，各大国无不以此为裕国通商之先务。有疑之者，或以两国交兵，利于攻而不利于守为言；不知铁路之于行军，利于主而不利于客。盖自炸药兴，而铁路随处皆陷阱。主国可步步为之，而客军不能也。俄君亚林三德之事可证矣。

初九日　晴。谒上议绅宣文。宣文之兄曾于南北花旗构兵时血战立功，上年已殁。美官、绅为之仿格阑脱之例，铸像纪功。光绪十五年，因谒见时，谆谆为因言：“中国宜设铁路，以行军则强，以通商则富，以达旷远之地，则民不患满。美国工党权重，华人到美向不入籍，终

谒上议员宣文

难容也。”此次宣文又言之。宣文恂恂有道气，极驳禁工之例。今老矣，惜其不得总统也。又谒多福、摩根、拗丹、柳表、好德、巴麻等。中夜回车。

初十日 晴。上议绅宣文、好德均来答拜。谈次，知英人于缅甸渐次经营。查得境内低山，可以播植茶叶，兼种茄非，现已试办。惟其地雨泽稀少，应导水之来源，兼以灌溉之法，并兴办自来水，以为食用之需，约需费一百馀万两云。

英人于缅渐次经营

因按：缅甸、越南，终古自安荒僻，旁观者亦以为无可设施。乃英、法得其地，而商务、农务以次而兴。百年后，当继香港而繁盛矣。然则人力固足凭也。

俄人赶造东段铁路

十一日 晴。下议绅好德、火街来答拜。言俄人于西比里亚赶造铁路，其东之欧沙粒江一段急求工成。此地距黑龙江之北，计程一千一百中里，火车半日可到。又西悉北尔之东乌苏里之铁路，现用一万二千人兴造，亦欲速也。

酉正赴副总统席。各国公使，除英国、墨国外，到者二十四位。外部科司达居首席。酒用五品。饮至亥正而散。

十二日 晴。初四日巴黎来电，言近查得巴拿马一案，法国部臣受开河公司贿赂者五员，已由议员参办矣。本日俄都来电，言俄政为君主，法政为民主。俄、法联盟本属强合。前此虽有是举，亦不能坚。兹法国内政不修，官箴不肃，巴拿马开河一事，足见其徇利忘义。不能治

法不可靠俄欲悔盟

18,11,13

内，安能制人？与之联盟，实为无益。现俄国颇有悔盟之意，而与德修好云。

因于此而叹立国之不可不强也。俄、法联盟之举，俄欲拓地，法欲复仇耳。乃惮德之强，相持而不敢发。而俄人方兴筑西比里亚、西悉毕尔之铁路，是其意隐将有事于东方，而显然与德为仇，殊非计之得者，故欲亲德而释怨也。俄、德相亲，则欧洲可无事，而兵力可专注矣。然则铁路告成，中国其有边患乎？

十三日　晴，未刻见雨，稍止，中夜雨。十一日彼得堡来电，言俄国闻德主之妹于归有日，俄君后拟由俄赴德，以观成亲之礼，想以此行为联络邦交，俾两国以前之龃龉可以解释云。 俄君拟重与德修好

因按：天下之势，两相敌则平；凡人之情，两相求则合。此古今治乱离合之机也。汉与冒顿和亲，而宋不能得于金、元；呼韩稽首于唐，而契丹乃废置石晋，情势殊也。俄于土耳其则伐之，于勃尔加厘亚则更置之，于德则始嗛而终亲之，情势殊也。此可以得交涉之机，而为发愤之本焉。 相敌则平相求则合

十四日　大雨竟日，夜止。是日为美国元旦。总统以其夫人新殁，故不见客。各部大臣亦不见客。遂无应酬，惟翻译官不理事耳。

美国管收内地税员，已造成半年入款册，收税共七千四万五千七十元六角八分。内蒸酒税三百二十四万馀元，酿酒税一百三十八万馀元，烟税七十四万馀元。此外牛油 美国半年入册税款

税、杂税、地税居多云。

因按：此美国半年内地税，而入口之税不与焉。烟、酒二项已五百馀万元。合一年计之，则一千馀万。其收税固重，然泰西各国均以此非人生日用所必需，故有意重其税也。

美国添造新式铁舰

十五日　晴。美国添造新式铁舰二艘，需铁甲七千吨，计银四百万元，本月即招商承办。惟美国现在造舰之厂，不能制甲。仅宾省之白寺里厂及家尼记钢厂能制铁甲耳。近金山之友仁铁厂，现亦购置新式制甲机器，以期承办制造铁舰云。

因按：美国于水师向不经意，风气未开。近日以英、义两国交涉之难，遂为补牢之计。而制造铁甲尚费踌躇。于以知现时武备迥异昔时，水、陆两军非讲求数十年，不能操胜算也。若商务不旺，入款不充，则虽欲讲求而如无米为炊，更无操胜算之日矣。

智巴联盟以防外侮

十六日　晴。谒外部科士达、华顿。又至义、日、墨使馆答拜。闻南墨洲之智利、巴西两国联盟，以防外侮，而巴拉圭亦愿附入。巴拉圭已购新式枪一万枝，并延智利兵官教战云。

因按：周公言："未雨绸缪。"孟子言："相友相助。"春秋列国，时时合盟。中、外之人心、国势无二致也。智利胜秘鲁，而受屈于美；巴西改民政，而受侮于俄。且英之蚕食，已渐肆于墨洲，此不可不虑也。因又考亚洲各国，中、俄、日本比邻，而俄人好兼并，日本亦效之。俄

18,11,17

之强也，固不资“辅车之依”。日本亦复夜郎自大，结怨邻封，何耶？

十七日　下干雪，时下时止。午后大雪，至夜而止。美国煤油之利几遍地球。其分支公司设于德国，德国自产煤油之利，遂为所夺。兹德国之布雷民埠拟自集股，另设公司，不令美公司独专其利。惟美公司资本甚大，所有同业与争利者，均被挤倒。不知该公司能与相持否？ 美国煤油利遍全球

因按：自泰西各国通商于中国，而中国之民失业者多。美国煤油入口后，而青油遂废弃。柏子一物产于地者，弃于地矣。德亦产煤油，乃以价值贵贱相差而被夺其利。中国方兴冶铁、织布诸局，苟非局无冗员，廪不虚耗，未必能与洋铁、洋布相持也。上海纸局其前车也。

十八日　大雪，午后时见日。十四日伯林来电，言欧洲各国现在均需款孔亟，难于设法，惟有借贷。兹奥国拟借巨款，与本国富商商订，计年纳息四厘。德国亦然。月内均可说定云。 欧洲各国借贷筹款

因按：欧洲竞尚强兵，而防他国之蚕食。兵饷日增，遂无底止。德、奥、义皆称大国。而奥尚富于义，德且富于奥，犹且入不敷出，既筹加征，复求借贷，幸其商务尚旺，不必乞诸邻耳。否则如葡萄牙、埃及各邦，终不免于鬻地受制也。

十九日　晴。梅律师来商议谒议绅事。以使馆自光绪十四年至今所驳美廷禁工苛例，美外部并未移交议院。本年九月照会美外部，请奏总统将所有驳诘禁工照会，发交 密托议员代交照会

议院再议。外部照复，其词隐约。嗣查得除总统外，外部实无此权。总统已历两任，既不愿交，非议绅建议索此项案件不可。故与梅律师商议，密托议绅。梅律师已将所可托之绅，送一单来，并其居址。拟即日往谒焉。

二十日　晴。谒上、下议院绅，见亚威得注而、好德、楷麻、夏一芬、麦岂力五人。而楷麻尤关切，言去年会议新例，即不以为然。又言英国拟贷银三万万元与日，即收古巴之入款以偿其本息。查借贷为各国常事，惟英人往往以保护本国商民为名，而即借以夺他国之土地，为各国所稔知。想日国政府未必受愚。而美国与古巴比邻，断无坐视之理云。

英国贷银意在古巴

因按：当今之世，弱肉强食以为常，损人益己以为利。稍不防备，即堕其术中矣。埃及、秘鲁至以国中权利授英、葡萄牙。土耳其、墨西哥亦将踵其辙焉。俄强而土地不可得，今年告贷遂无应者，盖知其不能胁也。此可以见其心矣。

二十一日　晴。美廷整顿海军，苦无添煤之埠。虽与濒海各国商请购地，多不允从。其允者，亦须大工开辟，动需数十万金。近水师水员思得海面添煤之法，能使两船不碰，有利无害，其便实多云。

美国发明海面添煤

因查海面风浪难得静时。浪不静，则船不能相近；近则相碰，或碎，或散。故海面不能添煤，而必须泊也。然人之聪明无限，船之用帆者，既易而为轮矣！岂两船竟不能使相近耶？如其能成，则英、法两国之到处踞埠者，不

18,11,22

如此之随处有煤。我国方兴海军，本境之外，实无一埠，但学其法，则不虑无煤矣。

二十二日　大雪，中夜大风。谒总察院，见传士、播郎、斐路、不绿瓦，馀未见。又见下议绅克朴尔。闻俄国政府预筹明年费用，较今年多八千一百万罗布，为筑铁路计也。其最重者，为西比里亚，自西而东，环绕中国边疆，分段创造，由太平洋至满洲界，计用工人一万二千名，不难克期告竣。其西段已筑至参麻根，又展至廓干，离中国西疆仅百米耳。又拟筑铁路，直达阿富汗、波斯两国。又由俄都达北冰洋之阿干乍尔海口，共计四百五十米，不日可成。其火车全用电气行驶云。

俄国增加铁路预算

因尝于光绪九年疏陈：俄人将为中国之患。其地已包中国之东、西、北界，处处可入。今营铁路如是其急，其心叵测，宜思患预防矣。

二十三日　雪止，晴。谒下议绅，见安多罗、好德、兰打路、陌克力、哈打、英吉利士六人。兰打路、英吉利士二人尤关切，谈最久，均以禁工为违约。又闻昨日接罗马来电：俄、法联盟，义国驻法公使密用离间之法，使之龃龉。乃天主教王知其谋，即饬其驻法之使，转告俄国驻法之使，使义国之计不行。而俄、法之交，离而复合。查俄之于天主教限制极严，今教王如此欲媚于俄以求容云。

意使离间适得其反

因闻此而叹立国之当强也。天主教始于晋末，其盛时，能废立各国之君。自德胜法，而法不能护教，其权遂替。近德、俄、义、美各国限制极严，法之各部亦厌之，

教皇自贬以媚俄法

教王乃自贬以求媚于俄、法。可谓知权变者，亦衰弱之势使然也。

二十四日　晴。谒各部。见外部、兵部、水师部、户部、内部。闻美国派驻土耳其公使檀臣，乘本国兵舰赴任。将抵土国之司麦拿海口，土王特派官轮迎入。其故因土都地当要隘，为地中海、黑海往来必经之地，向禁各国兵船出入。土国与欧洲各国有约，其意在限制俄国兵船。俄之海军颇强，格于约章不能出入。如或入地中海，则英之苏彝士河不能守险，法、义两国海口亦当其冲。兹土王宁特派官轮载美公使入都，不令美兵舰违约，恐俄国借口也。

土王派轮迎美公使

因按：欧洲各国限制俄国兵舰由地中海，已久闻之。盖各国之善于防俄也。兹于土王派轮一事，见其善于守约也。凡交涉之事，当慎于始。如各国之防俄，是已当防于微。如土王之于美。是已细针密缕。否则必受挟持焉。

二十五日　晴，时见霏雪。谒上议院绅，见寒得沁、地甫司、果勒门三人。因相隔远，戌正而返。闻德国之克虏伯厂与格虏纯厂齐名，近合而为一。克厂善炼钢、造巨炮；格厂善造钢甲、铁甲，又善造穿甲之弹，均为绝技。今互相考核，更期日益精云。

德兵工厂合二为一

因按：欧洲诸富强之国，非侥幸富强也。其上、下所讲求者，日以通商、兴利、开矿、设厂为务，均有专门，宜其富也；其水、陆之军，日以操演、测量为务，亦有专门，宜其强也；其国中各厂林立，日以炼铁、炼钢、制

18,11,26

炮、制船、制甲、制弹为务，既以自用，又以售人，宜其强且富也。大抵人之聪明，日用日出。用之于有用，与用之于无用，其用相同。将何以使天下之心思，均用之于有用哉？是在乎转移风气者！

二十六日　晴。上议绅果勒门来答拜。谈久，言近日法国以两国交兵，运调最忌麻木。战场之上尤贵号令灵捷，方能使将之于兵，如身使臂，而臂使指。近武员中有留心考究者，知用电气至为便捷，另备一种收发电音之人，其装束与兵异，以头戴小帽为志，取其一望而知；置电机于身，并带电线，计长三里有馀，重不过六磅云。

战场配备通信兵

因按：电气之用，泰西渐推渐广。德国用以生力，俄国用以行火车，美国用以行舟、行车。至以递书信、传言语、代灯烛，则各国已恒有。近电学家又用以代煤而烘茶，惟其心思不穷，故其用法亦不尽也。至于疆场用申号令，自为灵捷。先儒吕新吾云："事前优游，事至慌乱，凡事不宜，兵家尤忌。"泰西用心其知此道夫？

二十七日　阴，未后大雪。谒上议绅巴麻、不诔、批化，下议绅巴坚士、好布坚司、加来儿、马丁等。谈次，知二十五日伯林来电，言德主赴西马林安城，观罗马尼亚国之太子成婚礼。此地距法疆甚近，遂附火车，声称赴喀尔司路埠。乃到该埠不住，即往司脱拉士堡城。此城为德、法交界要隘，德有重兵驻守。德主意在出其不意察看情形，而驻防将卒仅于数分钟时，率兵严阵以迓。德主见军容整饬，知无隙可乘，甚悦云。

喀尔司路（卡尔斯鲁厄）

司脱拉士堡（斯特拉斯堡）

因于此而叹陈之宜亡也：高颍破陈之日，于后主榻下得陈将告急文书，盖犹未启封也。亦于此而知汉之宜兴也：高祖驰入韩信营中夺其军符，而韩信不觉也。野史载戚继光备边将士点名，大雨猝至，植立肃然，无一人离伍者，此其所以百战百胜也。德主所行，德将所能，闻者颇为惊异，而不知中国已有其人也。

俄准购买他国材料建造铁路

二十八日　大雪。伯林来电，言俄国向章，建造铁路不准在他国购买材料，所以保本国之利也。惟现在方兴大工，又求速成，而本国所产实不敷用。兹俄政府拟变通以求速，准其购之异国。德国闻之甚喜，以德、俄比邻，可得此项利益云。

因查欧洲各大国无不欲自保利源，亦无不欲兴造铁路。购材料于异邦，则土产弃于地；惜经费而不造铁路，则利源不能兴。二者皆有所失也。俄造铁路，向禁取材异国，其策诚是。今以材料不敷而弛禁，则权其轻重而出之也。与其防漏卮而利不兴，不如兴利之为愈矣。尝见穷乏之家，非不俭啬而毕世饥寒者，惰累之也。力田、服贾，自奉常丰而尚有蓄积者，勤为之也。此言虽小，可以喻大。

美开河道英改旧章

二十九日　晴。谒下议绅，见寒得逊、葛累堆二人。闻美国货船由北边之湖驶出海口，必经英属之河，英税关常与为难。美国屡次照诘，英人置之不理。上年美议院遂一面议开河道，使船由湖直达海口；一面亦以限禁英船抵制，英商苦之。兹英属改除旧章，凡美国货船由英河入海

18,11,30

者，税关概不留难云。

因按：《万国公法》地球通行，而弱与强之势不同，即从与违之情各异。大抵强者自抉藩篱，但以公法绳人，而不以自律也。惟抵制之法，则使之不得不平。如楚子木欲屈齐，而晋以朝秦抵之；楚成王方围宋，而晋以分曹、卫制之。外洋交涉，亦如是耳。试即以近数年之事证之：德、奥、义三国联盟，俄、法亦联盟；德君声言兵力足以胜俄，俄亦声言兵力足以胜德；法人以为兵力足以复仇，德人亦谓兵力足以一战。此以责言相抵制也。造铁舰者以防炮弹，而制铁舰者又造水雷；造水雷者以轰铁舰，而制水雷者又造铁网。此以机巧相抵制也。美、英为秘林之案，互捕渔船；法、日为新约未成，互增税则；美加墨西哥入口税，墨亦加美国入口税；英欲制俄之占巴美尔，俄以取印度抵之；法欲制英之胁挨及，英以突尼斯之炮台抵之。此以报复为抵制也。综观各国交涉之道，援公法者十之一，用抵制者十之九。且援公法者，必有抵制以为之继。否则，我望以就范，人视若弁髦。我自言，而人自行，将何所底止哉？英税关与美为难，美知驳诘无益，即以限禁英船抵制。一举措间，而英即改除旧章，此明效大验也。

讲求公法不如以机巧相抵制

挨及（埃及）

三十日　晴，雪渐化。美驻古巴副领事布冷格来来谒。谈次，言古巴虐待华人，前此伊与陈兰彬言之。中国遂与驳诘，得除苛禁，今华人出水火矣。因谢之，款以茶、果。又闻瑞士国现举之副总统富莱之前游历美国大书

瑞副总统曾效美军

院，学兵法有成。值南北花旗构兵，即投效军营，充当兵弁。事竣返瑞，迭膺重任。四年以前两充驻美公使，今又为副总统云。

因查二百年前，俄主彼德少时，曾充英国兵船水手。近德主威棱第一，亦先充奥国兵官。美之华盛顿、格阑脱皆由兵官而为总统者。上年勃尔加厘亚之君哈吞脑，亦起自行间，不足异也。英王孙现充铁甲船主。俄储游踪几遍各洲。奥储又将游历欧洲。群雄角起，逐鹿争先，风气使然，亦借以增长见识也。

英电埃王撤任部臣

十二月初一日　晴。至美绅布冷格来寓答拜，又赴上议绅富施士茶会。闻埃及国所派外部大臣白芨，英廷以其并未相商，立饬撤任。查埃及因欠英国巨款，英与埃约，归英保护。国事须商之英，必英允准方行。此次更换部臣，竟不与英商议。或谓系听俄、法两国之怂恿也。英驻埃使阻之不从，故英廷电饬埃王，限于十二时辰之内，立将外部撤任云。

因查外国之所谓保护者，实即干预也；许其保护，即许其干预。终必夺其权，易其君、臣，踞其土地而后已。俄于诸回部，英于缅甸，法于越南，皆前事也。埃及有俄、法之争权，故不至于骤替，然终亦必亡，如芬阑之为俄、德分裂而已。

俄德开衅丹必助俄

初二日　晴。十一月三十日伯林来电，言德之敌国，首推俄、法，然一旦有事，又必有附俄、法者。二十年前，德国曾以重兵伐丹，夺其二省之地，怀恨已久。今俄

18,12,3

主又系丹王之婿，俄、德开衅，丹必助俄，不可不防云。

因按：晋穆姬嫁于秦，而秦虏晋惠公；晋怀公娶于秦，而秦杀晋怀公，婚媾不足恃也；俄主为英后之甥，而屡欲夺英之属地，俄之婚媾尤不足恃也。晋假道于虞以伐虢，还师灭虢，交好不足恃也；俄约罗马尼亚以伐土耳其，还师夺罗马尼亚之地，交好于俄尤不足恃也。丹国未必助俄，俄亦未必资丹之助。但德之谋国者，自当未雨绸缪耳。

赴上议绅可六茶会。

初三日　晴。谒梅律师。闻美外部近接墨西哥消息，言墨国近立新例：于各国保险公司之设于其国者，必须向墨政府领照，方准开办。又资本二百万者，须以百之一交政府收存，仍另收照费云。 墨国管理外国保险

因按：外洋各国之税重矣。其征他国之税至重者，所以保护本国利权也；其征本国之税亦有重者，所以激励游惰也；其收烟、酒之税尤重者，所以限禁糜费也。惟不征出口之货税，所以畅销本国之产，不使弃于地也。所以使物产之成本贱于他国，以夺他国之利也。其中间有征出口税者，则以其物为本国所少，或本国所需，故限制之，使其不尽出口也。英属印度之于鸦片征税极重，则以鸦片为本国所独产，又与中国有约，不忧他国之夺其利也。此孟子所谓“孳孳为利”也。然而风气使然，不如是则削也，滋甚矣！

初四日　晴。美国近来借口防疫，凡欧洲各国商船入 美借防疫阻欧贫民

口者，必停口外二十日。验明后，方准入口，以致客、货来美阻滞，无利可图，故各公司暂停运载三等舱搭客。而此项搭客，每于数月之前先期买票，兹仍持此票向德海口附船，船主不收。德、俄、奥三国贫民进退维谷，无可设法云。

因按：《万国公法》、各国条约，惟弱者守之，其强者任意解说，阳奉阴违，非一日矣。美国禁华人入口，则令领照；禁欧洲人入口，则云防疫。其行法有刚、柔，皆背约也。俄、奥诸国虽未允其禁工，而不能驳其防疫，使其船不即入口，则往来滞而无利可图，船主自然不载此种贫民，而来者自阻矣！美人狡矣！其实各国皆如是也。

海地监禁美国商人

初五日　晴，寒度似皖省，美国人以为极寒矣。谒梅律师，商议由议绅请将本使署历年照会，请总统交议院详阅。又闻南墨洲之海代国，有监禁美国商人米士案，美公使辨驳，海代国置不理。美使因事返美。美此次特派兵舰，送美使赴海代，严责以赔。海代国以为美廷恐吓，可厌，仍置不理。兹美廷拟添派兵船云。

因按：交涉之事虽千变，自熟于此者视之，直以为依样胡卢耳。大国之陵小国，其常也；稍不如意，则肆索诈，其常也；索诈不遂，继以兵船，其常也；战局一开，索赔益巨，其常也。海代国何以不知耶？则以天下如是，而美国以前尚不如是也。今非昔矣！

政府贷款银行得利

初六日　天暖冰释。昨日伯林来电，言奥国向本国富商贷款，兹已成议：银行以九二折交政府，而以九四折出

18,12,7

售民间。一挹注间，银行每一百万得二万云。

因按：欧、墨洲国家贷款多有折扣，其无折扣者英、美、德、法而已。俄之贷款有六折者；且贷诸他国，故其兵强而用不足。英、法各国，国债虽多，而实贷之于本国之民，其利不入他国，故国不贫。中国贷款向由汇丰银行，其集股与奥之银行相似，且内有中国富商之股。惟贷入者不受扣，而扣折于贷出之股商，其法不同。且所出之息，汇丰亦不全与股商，其利大矣。夫贷款何以必由汇丰，以利授他国银行？应思所以挽回之术也。

初七日　晴。上议绅党参之女来见。葛累堆之房东来，谈逾时。闻俄、法联盟以防德、奥、义，德、奥、义联盟以防俄、法，非一日矣。兹德以奥、义之贫弱不足恃，俄因巴拿马开河之事，亦以法之无政不足恃。德派俄君旧所悦之公使威德以驻俄，俄主甚悦。兹德君之妹不日于归，俄君特派其太子，届期躬诣德国观礼，以示至好。德国官、民闻之大喜，以为此举可见两国解仇释怨之征云。

俄德加强友好往来

因按：富与富合，贵与贵合，此恒情也。而强亦必与强合，强不相若，则合之必不坚，俄之于法，德之于奥、义是已。强而相若，则离之亦不久，俄之于德是已。孙武子曰："勇怯，势也；强弱，形也。"形、势相当者，不轻启衅；其不相当者，虽朝聘不绝，玉帛在途，终不免于吞并。宋之于江南、于蜀，元之于宋是已。

智利增税巴西抗议

初八日　晴。智利都城佛尔巴来苏来电，言智廷近订税例，于巴国进口西货物均增重税。巴西驻智公使即驳其例，谓智国如必重税，巴国亦将效之，并禁智国货物入巴西云。

“鉴”原作“监”

因按：智利与巴西接壤，南墨洲之国智利最强。近因内乱经年，各国索赔，以致入不敷出；又鉴于美之兵船挟制，大修武备，兵饷不足，则以加税弥补。巴西壤地虽广，而人口凋残，久为智利所玩，故加税之例先于巴西。巴西公使以此事不能不驳，又虑空言不足取胜，故以抵制要之，意其必禀政府之意而出此言也。盖税则，本国之内政，各国可以自由。我驳之，而不听从，则彼之可以自由者，我亦可自由也。此物此志也。

欧洲各国兵费甚巨

初九日　晴。谒上议绅，见宣文、地甫司及布生三人。美国考据家统核欧洲各国兵费甚巨。按年计之，英合国用百之三十七，俄合百之二十九，法合百之二十七，义合百之二十二，德合百之十八，奥稍减于德。至各国债息，以入款计交息，义需四成又四，奥需二成又九，法需二成又八，英需二成有七，俄需二成又六，德需一成。

因按：英之每年入款约银四万万两，以三十七分之，则每年兵费一万四千八百万两矣。义之入款约银三万万两，以四成分之，则每年债息一万二千万两矣。益以兵费百分之二十二，则银六千六百万两矣。兵费、债息合之，为一万八千六百万。所馀仅一万一千四百万两以为各项国用，宜其不敷。欧洲重敛暴征，所入虽多，而国用尤巨，皆相持不下为之也。至葡萄牙国以所入交债息犹且不敷，

18,12,10

更无论矣。

初十日　晴。接福州将军希元、闽浙总督谭钟麟信，言美驻闽领事葛某和平。并属查铜、铅之价。

比利时国铁路公司与法公司合订：火车改用电气，以期迅速，每一时辰行一千里准，两月之内，一律变换云。

比法火车改用电气

因按：电气之用渐推渐广。轮船、火车驶行，向用以火灼水之气，今改用电，则无需用煤矣。每一时辰行一千里，由法至比不过六百馀里，不必一时即可到矣。地球之径只九万里，以电车绕地球，不过八日即可遍矣。且兵船航海，每患无埠添煤，此则亦无患矣。前闻俄、奥两国已行，兹法与比又行之。风气既开，势将遍及各国，正不知何所底止焉。

十一日　晴。阴。初十日伦敦来电，言英国商轮之数甲于天下，百馀年来获利极巨。近日商船无货可运，停泊各口者计四百七十九艘，计容八十五万六千吨。另九十九艘在欧洲各口候货，亦无货可载。商务之陡衰，殊所不料云。

英国商船无货可运

因尝阅使馆旧案：当陈兰彬任时，中国库平银一千两，可汇美银一千五百四五十元。郑藻如任之初亦如是。至交卸时，则减至一千二三百元。至张荫桓任交卸时，又减至一千一百零五元。今年又减至一千零十三元。冬十一月减至九百九十七元。前后十四年之间，中国银价之落已逾七折，亦可见外国之专利矣。

中国银价落逾七折

十二日　小雨。北墨洲之地本属法国，嗣为英踞。只存数小岛，法民于此捕鱼者，船数百艘，法政府为寓兵于渔之法，无事则任其捕鱼为生，有事则用以当兵效力。为养育水军人才之计，故每年派兵舰三四艘，随渔船往，以资保护。且于其所获之鱼，按百磅津贴银一元。又加征他国运鱼入口之税，使本国之鱼易于出售云。

法国政府寓兵于渔

因按：此举有三善焉：为贫民裕生计，一也；为水师储人才，二也；为国家塞漏卮，三也。区区布置，亦富强之一着高棋焉。且其地之为英所踞者，未尝不思夺回。惜英之水师方强，未敢轻举耳。兵舰、渔舟眈伺其侧，沙线既熟，浪飓亦谙，一朝有罅，则唾手收回所失之地无难矣！

三大好处

十三日　晴。谒外部科司达，告以美国驻闽葛领事办事公正、敦睦，商民安之。兹接福州将军、闽浙总督书，极为嘉奖。该领事如能蝉联，必于两国有益。科司达曰："美廷现不撤该领事，后任则非所知。"因又告以十月二十四日照复，已将此文呈诸总署，徐待后命。惟领照限期已迫，届时华民必不领照，应勿逼迫，以顾前约。科司达曰："此事前已申明，例为议院所定，总统所准，不能不行。"因谓："然则本使署应再照会驳诘！"科司达曰："本部照复既呈贵总理衙门，何不少待？且应领照。监禁与否，非外部所能主，应由律政部，容与相商云。"因遂辞出。

请美驻闽领事连任

十四日　晴。日斯巴尼亚属地格罗林岛与小吕宋近，向不准各国教士在彼传教。去年美国教士之在该岛传教

西国属地逐美教士

18,12,15

者，为岛民所逐。美政府照会日国，答以向不接待教士。嗣美又备文驳诘，日廷至今无回文，想不允美廷所请也。

因按：教士之于亚洲可谓猖獗矣！其实在欧洲之教士殊无能为也。最严者，莫如德、俄，俄于教士除通都大邑外，不准深入内地，且限其说教之时刻，不得过半时。德于天主教之干犯国例者，予罚不贷；无可罚者，则予监禁。义则去年以天主教士唾纪功碑事，遂不准教士出门，教王之令不出于王宫之外。今日人又逐之矣。然则教士之猖獗，护教之国之要求，固不能行于强国也。 教士于亚可谓猖獗

十五日　晴。十三日俄都来电：俄国西比里亚地方各金矿所采之黄金，近日分载十三马车，运至俄都，有重兵护解云。 俄采黄金运至俄都

因按：京北、奉天、黑龙江、兴安岭一带产金最旺。西比里亚即毗连之省，故采金如此其多也。近闻越南、台湾均产金沙。越南金沙由山涧中流出，土番依山畜鸭，中国戍兵购其鸭宰之，肠中每有金沙。土番不知采也，故法人窥伺之。台湾金沙向归官办，招民自采，官给其值而收购之。现承办之员请于上司，愿每年缴银六万两，归其承办，则渐有把握矣。

十六日　晴。西刻与梅律师商撰照会，以新例不久将满，华人不愿领照，届期不得监禁，以符前约。律师云：此事彼不能允，亦无办法也。盖一月之内总统、部臣均易，彼自知权不我属，置之而已。不如俟新总统接任后办理云云。因从之。 商撰照会

俄国经费流动巨大

闻俄国政府估计现年经费约五万万馀罗卜，入款亦五万万馀罗卜。查俄国向来出入二款，未有如此巨者。盖入款渐增，而出款亦递增，水、陆军饷需二千九百八十万七千罗卜云。

因按：俄国旷土渐辟，粮产日多，棉花日盛，煤油日出，金矿日开，此五者年有所增，而税又加重，此入款之所以巨也。出款以兴造铁路为巨，军饷次之，移民实边又次之。皆富强之计，非若土耳其之糜费正供也。可畏哉！

十七日 晴，未刻见细雨，即止。赴上议绅圭茶会，又谒英吉利士，二人皆不附新例者。

英拟在埃另设议院

十五日伦敦来电，言英国议院开时，英主谕议院，以英国属地遍天下，政繁事冗，交涉事宜，议院应悉其隐微，调剂尽善。现最宜速议者，为埃尔阑岛。该岛离伦敦仅一海峡，原不必另设议院，但其人民与英世仇，仅慑于英之强，并非心悦诚服。其故因全岛土地为英所夺，土人耕田须向英人出租、承领，动受挟制，生计无赖，贫极思乱，宜创议院，革除苛政，俾安岛人之心云。

因按：欧洲强国，日夕经营，不过瘠人肥己，英尤甚焉。何忽为仁义之言，体恤一小岛哉？查美国数十年来，客民入境以埃人为最多，盖逝将去汝空国而徙矣。今则美立新例，禁欧人入境日益加严，英既不便请于美以失国体，计惟有稍宽虐政，以安其心，而免其迁，非真能不侮不夺也。

美拟再造新式铁舰

十八日 晴。美国新式铁舰名“威稣魏阿士”，其式

18,12,19

独异，中有气炮三尊，专放炸药弹子。此种气炮，向有武员决其不能命中，故水师部特派员一一试验。近日验得该炮出弹，正直于三四里之遥，命中甚准。尚拟再验，如始终如一，则水师部拟照式再造一二艘云。

因查光绪十年，直隶、广东均电驻美使馆属购气炮，终以不能试验未成。五年后，英国曾购一尊。美国亦间有置于战舰者，而究未闻试验命中，今居然命中矣。因又考从前中国定购立合同时，四寸径者，弹及六七里；六寸径者，弹及八九里；八寸径者，弹及十里。盖至小者，亦不止及三四里矣。今仅及三四里，如八寸径者，则不符甚远；即四寸径者，亦照原议减半。然则购办军备可不慎哉！

"驻美使馆"原作"美使馆"

"军备"原作"军装"

十九日　晴，是日封印。中夜雨雪。上议绅英吉利士来见，款以茶、烟。谈最久，询中国民数最多，每年入款若干？因答以近一万万。绅曰："何以少耶？"因曰："中国不言利，故税甚薄，取之于民者甚轻。"绅曰："中国入口税轻，故外国以中国为利薮，而中国之工艺多失业。美国税于本国之民亦薄，且出口之货并不收税。惟重税入口之货及无益之物耳。美国上下皆不讳言利。总统谕议院，必谆谆于国库之盈虚，商务之衰旺，民产之增减，税入之多寡。部员、议绅莫不有恒产。即如议绅之俸岁仅四千，而恒产所入有十倍、百倍者，不讳言也。欧、墨两洲之国，其公举议绅与谋国事者，皆有定章，非身家殷实不举。盖以能治家者，必能治国也。"因曰："如此不畏与

英吉利士来见

美国上下不讳言利

民争利、夺民之利乎?”绅曰:“天地自然之利无穷,何须争夺?彼出其才以执利权,为民兴利,民富而国亦富。计此二十年中,美国上下之富,几二十倍于前,此明效大验矣。”因答曰:“是或一道。”辞去,已午正矣。

二十日　阴,雪已化矣。伦敦来电,言俄地近北极,海口交冬即冰,船不能行,兵舰、船坞兴修均碍。故常欲图南,垂涎于土耳其、波斯、印度、朝鲜等国,思得其海口,以便兵船也。英人畏其蚕食,则严防之。凡俄人有事于土耳其,英必设法以伐其谋,甚且发兵助土,或联欧洲各国以制之,近数十年非一次矣。土耳其深知此意,亦昵就英。自光绪五年,英派兵驻土之属国埃及,土国疑忌日甚。英初以救灾为辞,谓埃及乱靖,即当撤兵。近已十年,兵犹未撤。近日法国屡次诘问,俄亦附和。土则阴助俄、法,三国既合,英人非得德、奥、义之助,恐力不敌矣。

英俄争霸斗智斗力

因按:今日之天下,一弱肉强食之天下也。俄远交而近攻,英长驾而远驭。俄之版图得地球六之一,英之属地遍于五洲,而其心犹未餍也。前七百年,元世祖混一地球(其时亚墨利加、澳大地亚均未辟混沌),未几而仍分裂,足为好大喜功之鉴。今英与俄斗智、斗力,战则糜烂其民,而势无两全;不战则鹬蚌相持,而势将俱毙。民生之祸亟矣,岂气数使然耶?

“鉴”原作“监”

二十一日　晴。谢神。赴议院绅而来多茶会。

泰西一千八百九十三年,即光绪十八年,各国铁路计

18,12,22

各国铁路长度统计

以英里：美国十六万七千七百五十五里，卡拿大一万四千八十三里，墨西哥、阿镇丹共五千六百二十五里，秘鲁、智利甚微不计，此在墨洲者也。德国二万六千七百九十里，法二万四千三百十里，英三岛共二万二千六百八十五里，俄一万九千三百四十五里，此在欧洲者也。印度一万六千八百七十五里，俄沿海边岸八百六十五里，和之属地八百五十里，法之新疆六十五里，葡之属地四十五里，中国一百二十五里，波斯十八里，此在亚洲者也。阿吉利亚、突尼斯共一千九百里，好望角一千八百八十里，野鸡大山九百六十五里，那太彨三百四十一里，其馀小国约三百里，此在非洲者也。特辣浦二千七百三里，南威勒士二千三百七十五里，昆思阑一千六百四十五里，南澳大利亚一千八百七十五里，西澳大利亚一百六十五里，太司默尼亚四百一里，新屺阑一千五百九十里，此在澳洲者也。

昆思阑（昆士兰）太司默尼亚（塔斯马尼亚）新屺阑（新西兰）

因按：此纪五洲之铁路，而亚洲之日本，欧洲之比利时，均不及焉，或以其少而遗也。美最多，英合属地计之，亚于美。次则德、法、俄。此五国者，其国势何如耶！

二十二日　晴。卡拿大铁路公司来谒，即前赛可仑比亚会时，相遇于兵船者。谈及美国水师提督安民当，前南北花旗鏖战时身经百战，兵船利钝，久已了然。近创造一冲头铁舰，长二十五丈，阔处四丈三尺，高二丈一尺，入水一丈五尺，容二千一百五十五吨。每一时行一百一十六里。其冲头为钢质，重十吨馀。仅费九十三万元云。

美近造一冲头铁舰

因按：自铁舰创，而各国竞出心思以斗巧。究之各有短长，未有有利而无弊者：头等战舰，质坚炮巨，然苦于笨滞，而不能避水雷；巡海兵船，来往迅速，又苦于质薄，而不能当巨炮。冲船之式，英、法、德皆有之，其创始实原于奥。奥创斯式，战于大洋，当者立破。各国皆派员往观，遂传其法。十年前英之兵船名“阿尔及尔”，行于大洋，冲船“公甲”驶于其后，不相期而相触。“公甲”之冲头冲入“阿尔及尔”船身，裂孔八尺，当时即沉。英人喧传谓如“强弩之穿鲁缟”。今美国又师其法，并非新奇。大约该提督亦深知此式之能制胜也。

诸国铁舰各有巧思

二十三日 晴。戌刻奉总理衙门电云：“二十二日奉旨，杨儒以四品京堂候补，出使美、日、秘。漾。”

智利国以俄国兵船到境，询问驻智利俄使。俄使答以并无他意，不过查探各口商务情形耳。闻俄人实欲向智利、阿镇丹二国借一口岸，修筑埠头，以为兵船添煤之计云。

俄觊美洲渐露端倪

因尝疑俄于太平洋岸议设船坞，有觊觎墨洲之心，今渐露端倪矣。墨洲之北监札加地方，久为俄有。俄之兵船又于秘林海争权，则其不让英、美之意可见。盖墨洲开辟未久，旷地极多，美国而外，率皆小国。其地本易取，而取其地又可以耕，且地气中和，不似俄之苦寒。开垦、移民，均为有益。然则过此以往，墨洲其不靖乎？

二十四日 晴，夜雪。梅律师来谒。言上议绅可六请将中国历年驳诘苛例照会案件，交议院公议。总统已允发交议院。惟议院诸绅只能向议院公阅，不能带回，难知其详。请刊印二千本，除分送议院按名二本外，馀者分送各省公正官绅。官绅阅之，必有公论。则新任新议院，到时可以再议。如以为可，则此刊印之费须由使馆自筹。因允之。又闻檀香山所派之员，到此已数日。外部科司达本将告退，又为此事所羁绊。美国咸谓此事重大，殊难决断。日内，外部与檀员所议甚为秘密，外人不得而知。大约檀国愿归美国保护，而美国亦垂涎于檀。盖以檀国现在摄政之人，即系美人，故想当然耳。然英国必起而争之。美廷之不敢决者，此也。 刊印历年驳例照会 美檀密议以防英国

二十五日 微雪，阴。近古巴之三德明哥岛国，所借他国钱债甚巨，向由威善多布银行交息。今该银行将此权利鬻与美商，业已成议，即于一千八百九十四年三月，将关税由美商收，以为交债息之用，并准美商兴添铁路，以收运载之利，以五十年为期，不准他国搀越。识者以为该国将为美所并云。 美恃债权干涉内政

因观于此，而得为邦之利病焉。泰西各国皆有国债，其借诸本国者，其息楚弓楚得，不至于贫，如英、德、法、美各国是也。其借诸外国者，日朘月削，必至于匮，如葡、土、墨西哥、三德明等国是也。英、法、德、美四国，于本国之铁路既兴，凡他国之未兴铁路者，则欲代为之兴，且不愿他国之搀夺，彼何为哉？盖利之所在也。然则欲富强者，当以兴铁路为先，而以借国债为戒。

二十六日 阴。谒梅律师。上议绅傅喜士之女亦到。

欧增轮兵

闻近来欧洲各国于马兵、步兵之外，又增轮兵。盖泰西所创独轮车，以大轮行，以小轮为舵，定所向，上有一座，人坐其上，以足踏机，迅如快马。英国因设学堂以此训兵，居然可用。德、法、义等国均派员赴英学习，遂即创设轮队。美国各省今亦仿之，以为便捷。查轮队与马队不同：马队利于陷阵，轮队利于调兵。调兵贵速，此轮每一时辰能行三四十里，已试验矣。

因按：古者，师行日三十里。今之轮队十倍其速，铁路百倍其速。盖古尚持重，今尚便捷也。《禹贡》九州，相距远者，只千馀里。春秋列国，犬牙相错，只数百里。晋人袭郑，即云鄙远，其实山西、河南实邻近耳。今之战者，皆战于数千里之外，甚且数万里，以古法行之，必缓不及事矣。美国南北花旗之战，北无铁路，屡战屡败；迨铁路成，而遂胜之。此兵贵神速之大验也。

二十七日 阴。美国希卡果明年赛会，已由德国人造

德造电灯亮如白昼

电气灯一座，设机器于房，另以气球升电气灯于空中，然后发光。其光可抵一万六千万枝烛光，六十里内照耀如同白昼，途人相逢，须发可数，洵为奇异云。

“洵”原作“询”

因按：电气之用愈推愈广。近谓电气可以祛疫，则通于医；又谓电气可以生物，则通于稼。泰西百年前有奇人焉，言泰西之运盛极将衰。有询其衰在何时者，则曰：“铁行于水面而不沉，光烛于宵深而不夜，此其时也！”其言果验，则泰西之运其将衰乎？

二十八日 晴。金山商董所延大律师博郎来会，为驳

18,12,29

禁工苛例也。当即偕至梅律师宅，面商办法。梅律师谓议院即日将散，中国使馆公文，虽由总统交议院，仓卒未必议成，须待秋冬议院开时，方可就绪耳。又闻美国女教堂设在土国麦罗沙省，土人以其有触犯官长之事，焚毁之。教士诉于地方官不理。美驻土公使函请德国驻麦省领事，查明缘由，再向土廷诘问云。 麦罗沙省（马尼萨省）

因查民、教不和之事，各国常有。德之于教士也，或予罚锾，或予监禁；俄之于教士也，或限其设教之地，或限其宣教之时；西班牙、土耳其于教士，皆焚逐之；义大利则禁锢之。教士皆无以报复焉。至亚洲则不然，其故何耶？

二十九日　晴。西报纪日本下议院呈递日廷奏章一扣，兹译其略云：为请旨议改条约四端，以图振兴而收利权事。窃查一千八百四十八年至十九年，大权旁落，外侮沓来，遂致有城下之盟，立此不公条约。藩王逞雄海内，强邻逼迫境中，明治初年是以有兵戎之举。所可惜者，前与外国所立不公之约，未能改换耳。查俄国有自主之权，凡外人托庇宇下，自应归我管辖，税务亦应在我权衡。今为条约所限，不可措手，殊失国威。臣等每一思维，欷歔欲绝。外国人在我国旅居，不隶我国权治，只受彼国公使、领事治下，一如在本国。然我日人往彼国，何以须遵彼之管束？至税务又格于条约，不得我行我法。我国货物至彼入口，则任彼重税。是我有权，彼则夺之；彼重征，我则依之。此我商务、技艺之难以振兴，国库之所以日削 日下议院奏章译略者，职是之故。虽皇上深宫劬毖，励精图治，亦末由振发也。推其初，与外国订约，不深虑于日后，而苟安于目前。想当日秉钧之员，未深谙外国情形，率尔立约，致有此掣肘之患。臣等请嗣后遇换约之期，宜为弥缝补苴之计。所有牵掣我国之款，亟图改换，谨将议就四端，敬为我皇上陈之：一、请外人在日本国居住者，必须由日国管辖；二、税务如何征收，皆任我朝自立主意，外国不得预闻，条约不能限制；三、有约之国通商口岸，我国均沾其利，不得畸重畸轻；四、我国政治，外人不得干预。以上四款，伏求皇上睿智如神俞允。他年条约更换之期，望将四款增入云。

受病相似同病相怜

因按：日本议院所陈，确中亚洲立约之弊，故录之以备参考。非仅泰山土壤、河海细流之义，亦受病相似，而同病相怜也。且中病之药也！

三十日　晴。二十六日巴黎来电，言俄人多诈，将有求于德，则笼络法国；将有求于法，则笼络德国。近日俄主意似向德，非真与德好也，不过又将有求于法云耳。

俄国善用纵横之术

因按：法人所以诋俄者，有似愤懑，然亦诛心之言也；俄之所以处德、法者，有似狡猾，然实纵横之术也。俄主之意，以为过与为好，则相与玩之；过与为仇，则群起谋之；皆非计之得者也。我意向法，则法喜而德惧；我意向德，则德喜而法惧。一喜一惧，而喜者，为吾之援；惧者，不敢为吾之敌，吾乃可乘间而逞吾志焉。《庄子》曰："誉吾道者，欲与吾交；訾吾货者，欲与吾市。"春

18,12,30

秋之搂伐，列国之纵横，胥是道也。

全年大事

光绪十八年日记成。因就各国之交涉而论之：德、奥、义三国联盟，俄、法二国亦联盟。英国外为中立，而内实欲德、奥、义之合，俄、法之离。盖以德、奥、义所志在升平，而俄、法所志在攻取也。德与俄时疏时亲，两君时相见，而仍时有责言；其于奥、义则时时为好会，情意相洽，且休戚相关矣。埃及新君之立，俄、法颇有责言于英；英人若不闻，而俄、法亦不敢先动。英胁埃及以易外部，俄因勃国以诘土耳其，义与巴西有违言，日本与葡萄牙不洽，皆以强而慑弱。英不助阿富汗以敌俄，美不取夏威仁以结英，皆以强而让强。俄世子至奥，而奥主躬迎；法海军至英，而英后躬劳，皆以礼意联邦交。若夫美输粟以赈俄饥，而俄逐美游历之士；一似以怨敌惠，其实美禁俄人入境，俄微示其几耳。入款则英、美均近四万万元，德、法、俄、奥、义、日入不敷出。德、法贷于本国，俄贷未成，奥、义贷诸他国。日斯巴尼亚则不议贷，而议开源节流，亦补救之善策。此三十年中，美之民产增至六倍，英之民产所增不及一倍。美之矿产值银三万万馀元，煤油值银四千四百十九万馀元；残兵恤款本年需银一万二千馀万元，出入甚巨。英之洋药值银五千万馀元，又征税一千九百馀万元，则中国之蠹也。入口之税，各国胶扰无休。英、美以卡拿大比邻，两国入口之税时相龃龉，即时相抵制。法、日修约商议彼此入口酒税，终不成议，而至于互增。美于古巴、哥司答立戛订报施之约，而出口

国际关系

各国财政

之货骤增。美增布帛入口之税，而英之纺织失业。哥司答立戛增美货入口之税，美抵制之。美增墨西哥货物入口之税，墨亦抵制之。尼格拉增入口之税以补不足。法国新订税则，征英、德、奥、土四国为轻，征义、日、葡三国为重。又加煤油入口之税，或曰："防火灾也。"英属新金山加美国入口之货税。卡拿大加华人入口之身税。至于烟、酒之税，德国一加再加，美与俄亦议加，盖加其所可加也。各国军政 军政，则俄、法屡增兵，德亦增兵。奥与义始因费绌而不欲增兵，终仍增兵，则骑虎难下之势也。英与美未闻增陆兵，而战舰则递年而增，盖"勇夫重闭"之心也。造船以英为最速，头等战船，其成仅需二年有馀。巨炮，则英之阿姆斯脱郎厂与德之克虏伯厂，各擅其长。炼钢之法，德与美均同其坚，而德之长尤在于能巨。法以电线为旗鼓，德以气球窥俄营，以巨炮、电灯赛会。美创新式之炸弹，思新法以添煤，以药衣御枪弹，以冲头破敌舰，以分节而造巨炮，以镜光而测敌船，以沉水之船、水底之炮为攻守，造开河机器至十四万六千匹马力，皆新法也。各国疆事 疆事，则法已灭非洲之达河昧国，踞格罗力杀岛。德于非洲战事先败后胜，又拟以资购葡国所属之莫三鼻给岛。英、义、日三国谋分裂摩洛哥而终不成。英已踞毕太力太岛、吉白海岛、纽西阑岛，又规窥爱立斯岛、乔士顿岛，盖开疆拓地，小国渐不能自存矣。俄之陆队时逼波阑，时临德境、奥境，且已加兵于阿富汗。岁歉民饥，道殣相望，而兵不戢，其斯为北方之强与。各国商务 商务向推英，今自美加入口

18,12,30

税，伦敦纺织各厂之失业者数万众。自金镑日涨，商船之置闲者数百艘，似已不加如昔日。惟新金山之利日兴，缅甸之铁路渐建，印度之产渐盛，防渐固，苏彝士河之船税日旺，股票之价亦日增，尚不至失之东隅。法国近日留心养蚕，蚕丝日兴，将夺中国之利；其通国工艺至一千馀万人，似乎重末轻本，然而富矣。德之制炮日巨，制枪日精，增轮船公司于大西洋，以分英、法之利；其俗勤劳而俭朴，则气象方新也。俄国荒地日辟，煤油日多，农务日兴，矿产日盛，西比里亚出金日旺；将来铁路成后，移民既便，不患人稀，旷土可开，不患人满，固将运笨货以出口，驱大队以开边；富强之谟，殊可畏矣。美国商务之盛，全由国家为之开源。以前所建铁路，由大东洋而达西洋一万馀里。凡经过之荒山僻壤，其所产者皆能运出，故利日兴。今于荒土播种之后，又虑谷贱伤农，为之开水道、浚内河，增分支铁路，俾易于转运出口，故其面遂至于遍给五洲。视越南、缅甸、暹罗，米粟虽多，而未兴铁路，利权之操于人者不同也。国中船厂林立。而国家立例，不准取材异国，亦不准商人购船于他邦。其有向欧州购船者，则重其税，几埒于成本，又禁其用美国之旗，故利不外夺。而内海、内江之运载，又不使他国之船搀越其间，故利无所分。近年之禁各国工人入口者，即此意也。日本自创轮船以后，此十年中获利银二百馀万元。惟为夏威仁国内乱，力争保护，几致与美不和；近亦与葡不洽。然考其所言本国与泰西立约之事，切中时病，国有人焉。

“不如”原作“不加”

各国船政

华工权益 中、美交涉，惟禁工为错节盘根，自陈兰彬任以来，每下愈况。近议绅中，南党日盛。如可六、安多罗、火街、好德等，均持正论，而总统亦信其言。可六已上书请将中、美交涉文牍交议院再议，总统已如所请。将来秋冬开议院时，或可除苛。华民“庶有豸乎”？

卷十四

光绪十九年正月初一日　晴。朝贺。辰初设面。申正设宴。

美国入口税费详细

查美国入口税自一千八百九十一年（即光绪十七年）至今，择有关系者详列之：计白米每磅征税银二分；大麦每磅征税银二分；豆饼每原本银一元，征税银四角五分；豆每原本银一元，征税银四角五分；燕窝每原本银一元，征税银二角；无花瓷器每原本银一元，征税银四角五分；有花瓷器每原本银一元，征税银六角；布匹每原本银一元，征税银四角；绵衣每原本银一元，征税银五角；丝绸每原本银一元，征税银六角；绸帽每原本银一元，征税银六角；绒帽每原本银一元，征税银六角；火腿每磅征税银五分；墨每原本银一元，征税银三角；熟洋药每磅征税银十二元；纸张每原本银一元，征税银二角五分；丝线每原本银一元，征税银三角；帽结每原本银一元，征税银五角；生丝未织者，每原本银一元，征税银五角；辫线每原本银一元，征税银五角；丝巾每原本银一元，征税银六角；绸鞋每原本银一元，征税银五角；酒每加伦征税银二元五角，另每玻璃瓶一个，征税银三分。

因查中国每米一石重一百五十斤。以每斤十六两乘之，为二千四百两。以每磅十二两分之，为二百磅。每磅征税银二分，则每米一石征洋银四元，已过成本矣。中国若以美国之征米税者，征美国之面税，名正言顺也。布匹原本一元者，征税银四角。方今美国之布入中国者，奚啻成本银二三千万两？中国即以美国所征于中国者，征美国之布税，亦名正言顺也。

中国反征名正言顺

初二日　雪。查光绪初年，中国货物运入美国者，每年白米二百零五十三万三千包（每包五十磅），生油八万三千二百八十箱（每箱八十磅），杂货四十五万一千九百五十件，洋烟四千五百九十箱（每箱五百两）。至光绪十七年，则白米六十六万六千五百包，生油三万三千九百一十箱，杂货一十四万七千三百一十九件，洋烟一千五百六十二箱。

光绪初年入美中货

因按：米每包五十磅，每磅征银二分，合银一元。二百零五十三万三千包，即征二百零五十三万三千元。洋烟四千五百九十箱，每箱五百两，即征银五百元，共征银二百馀万元。此二项者，已征银七百馀万元。益以他项之税，当可过一千万元。中国所征入口之税，统各国而计之，不上银二千万两。美国所征于中国一国者，已如是其

19,1,3

多，宜其足用也。至近年之米入美口者，较前仅六分之一，洋烟则三分之一。又可见粤人之嗜好焉。

初三日　晴，中夜大风如吼。考见在军务：言防，则需铁甲炮台，一台以银数百万计。百吨之炮，千磅之弹，一炮以银十万计。一试演以银数百、数千两计。言战，则水师需万吨之舰，一舰以银数百万计。新式水雷船，一船以银万两计。陆军用枪，一枪以银十馀两计。养兵需百万，或二三百万人。即以百万计之（俄、英、法、德、奥、义皆二三百万人不等），每年需兵饷银三四千万两，而军械、马干仍未计焉。其调兵以铁路，铁路一里以银一万两计。夫古之行军者，水战不过艨艟下濑，陆战不过弓矢戈矛，筑寨不过土石，守隘不过城濠，调兵不过数万，其军费视今千百分之一耳，今则千百倍之。非国帑充盈，安能次第兴举？然则居今日而欲挽积弱之势，杜外侮之来，振自主之权，洗从前之耻，毋为高论，但蔽一言：“苟欲图强，当先图富。”

苟欲图强
当先图富

初四日　晴。二十六日伯林来电，言俄国政府拟派水师一队，届期赴美国会操之约。已有谕旨：道经法国海岸，不必入口停轮。德国闻之甚喜，而法人甚不快心云。

俄冷落法
德喜法怨

因按：德、法为仇敌，德之国势，右法而左俄，俄与法合，则两面受敌。以一德而敌法、俄，实虑兵力不足，故与义、奥联盟。又虑义、奥不足恃，故德主谋增兵额以自固，乃俄、法之交适离，此德之幸也。法无俄助，则力不足以胜德。平日抢攘为杰者，乃终不能复仇。其情难堪，宜其心不快矣。

初五日　晴，中夜大雪。谒上议绅可六。闻巴拿马开河事中辍后，美商即于尼格拉姑（中墨洲小国）开掘，事在必成。而墨西哥之提湾地辟地方，自西至东计二百五十米（合中里八百里零），前三十年英商曾筑铁路，因其地低处积水，高处重崖，畏难而止。数月后接办者，仅造成数米亦中止。近美国希卡果富商又复开造，人众工速，已成二百一十米，计三月内可以竣工。此路成后，巴拿马铁路公司不能专擅其利矣。

尼格拉姑（尼加拉瓜）

因于铁路一事，留心者二十年。昔之所闻，今之所见，证以美国公正官绅之所言，及其昕夕之所图，维绅商之所竭力，其为裕国裕商，信而有征，诚富强之第一策也。

初六日　晴，中夜大雪。谒副外部华顿，查问前此所商总察院展期散院一节。华顿云："业已函商。"又询美国既开尼格拉之河，又造墨西哥铁路，不畏多费耶？华顿云："美国太平洋一带，土宜播种，收成甚丰，如不运出，则谷贱伤农。若运往欧洲，而由纽约则火车一万里，运费太巨。成本已重，何能销售？此两路通后，则东、西洋无阻隔，舟至香港，较由苏彝士河可省路一千米，较环南墨洲可省路八千米，较环阿非利加洲可省路四千米。水程迅速，则百货流通，而利源浚矣。"

广辟交通
方便运输

因按：美国之所筹如此，宜其富也。太平洋一带，土宜似与四川相似。地广人稀，又与东三省、西藏相似。因

19,1,7

愿以美国之所筹者，为四川、东三省、西藏筹之，民可使富也。

初七日 晴。梅律师来，言科士达明日赴欧洲，约同送行。因答以已拟必往。又言：美水师部新造铁舰，所需钢甲六千七百吨，已由议院议拨银四百万元，招商制造。现惟宾省比士堡埠之家尼记及毕司里岸两铁厂能造。其价值，则钢甲每吨计银五百二十五元至六百七十五元不等云。

拨银招商制造铁舰

因按：古之言治者，谓兵事不休，四民失业，似强之有碍于富也。因以为当今之世，其言实不尽然。盖铁舰、铁路、枪、炮，战事所必需，花费又甚巨。其购诸他国者，以银易铁，久则国贫。斯言是也。然使开矿以炼铁，设局以造船械、铁路、枪炮，利之兴于地者无尽，制造之资乎工者益多，既无旷土游民矣，复以其馀售诸他国，若英、美，若德、法，固强富相兼焉。且国有制造之厂，军械取诸宫中，不资于人，则敌国畏之，不敢侵侮。是并以保升平，增富庶，又何至患贫哉？

初八日 晴。赴外部衙门，送科士达行。见华顿。又至车厂送行，则欧、墨两洲各国公使均集。因与德使火把根谈最久，以其能为华言也。因言科士达此行，为秘林海事，可谓盘根错节，事其济乎？火把根言：“殊不易也！或幸而济，非半年不为功，且必有报施方可耳。”又闻美国以英属卡拿大苛征美民身税、货税，去年亦以此例报复。卡拿大商、民苦之，议废旧章。本日已见诸英公使暨

送科士达赴欧

美加互革彼此身税

美外部来往公文，知卡省实已革除苛例，美国报复之例亦革除矣。

因按：交涉之道，不外抵制、报施。以怨报怨，为抵制；以德报德，为报施。弱国有不言抵制者，苦于弱也；强国有不讲报施者，恃其强也。此中机械，无国不有，无时不然。先事讲求，而后临事有把握也。

初九日　晴。谒梅律司。又谒金山华商所延之大律师博郎，告以总察院展期散院事，已托外部转商。博郎答云："以前数日，布置少暇，今渐妥矣。"又言："中国地利未辟，商务未兴，故患人满。其实人即生财之本也。美国人数日益，地利日兴，每两月中即增客民十万，何至难容十万华人？其所以不容者，工党妒之耳。美初兴铁路时，材料购自英国。以后能自炼钢，即不取材异地。向产棉花，运英织布，复载回美，今亦自织。俄国版图数倍于美，而禁粮食出口。美之麦、面遍行欧、亚两洲，由地利兴，而铁路广耳。中国之民，虽游惰者多，然亦半由无业。若铁路成，地利辟，鼓舞而作兴之，彼游惰者皆化为勤，即庶者可加以富，富又何必远适异国，而为人所厌憎哉？"因答曰："然。"归而志之。

大律师谈美禁华人

初十日　晴，酉刻小雨。初三日巴黎来电，言德、法为仇，相持未决。而英、法交涉，又多龃龉。因埃及国主更换部臣，英人以势迫其撤退。法政府以英无理，诘问英廷。英人自知理屈，不能回复，乃引他事诘问法国。盖法国近于地中海卑疏达地方创建炮台，其地与义国对岸，义

英国助意诘问法国

19,1,11

廷业已诘问。兹英国助义国会同诘问，其意欲使法国应接不暇耳。

因按：此抵制之法也。古之人有行之者：楚国请晋楚之从交相见，晋国答以秦君朝晋，则齐君朝楚，此两强之相抵也；晋征郑朝，而郑以蒴为仇雠对之，此弱之抵强也；鲁欲与会，而晋以南蒯子仲恐之，此强之抵弱也；至于秦索赵地，而赵亦索秦城。合纵成，而秦兵不出关；连横成，而六国遂日削。春秋战国之世大抵如是，数之不能终焉。

十一日　晴。英属卡拿大地方与美毗连。向例于华人入口，按名征身税银五十元。本年议绅创议，征税按名加至五百元。及至会议，则不以加税为是者，多于加税之绅一名，遂止。 加国否决增我身税

因按：华人至卡拿大为入美地步，故英人借之以为利，凡到境者征身税五十元。既征后离境而重来者，仍征税如旧，行之久矣。自美国倡领照、注册之例，华人观望不前，到者遂寡。故又议加税，以期所征之不减于前，乃以议绅意见各殊而止。然度此例终必行也，无抵制故也。 若不抵制例终必行

十二日　细雨竟日。赴上议绅海耳茶会。海耳，不附工党者也。总察院彀磊、不徕之福夫妇等均到。闻墨西哥公使日内亦可到美。又闻美国之民在墨国谋生者甚众，与土民极相安。其业以造铁路、开矿为大宗。铁路之事，美商十居八九。又购荒地开垦以种茄非，均获利焉。 美民在墨相处融洽

因按：美国不患人满，而其民愿赴墨，则墨国之有利

可知。顾创始易，而守成难。美国草昧初开，资华人如手足。及各国之民群集，本国之利已兴，则又议禁逐华人，以独有其利。“兔死犬烹，鸟尽弓藏”，此前事之可鉴者。然则墨国招徕华人，华人群趋墨国，诚不可无约，以善其后。免至鹊巢成，而鸠占之也。

赴副总统茶会

十三日　晴。赴副总统莫屯茶会。此会专为宴新副总统夫妇而设。因亥初往，见两副总统夫妇，又见各国公使。回车已子正矣。闻英国船厂新制成大轮船二艘，已成其一，计长六十二丈，宽六丈五尺，容一万二千吨，中分十六隔舱。虽偶受伤亦不至沉，将以来往大西洋云。

英国制成大轮船

因于是见机器之用大也。凡造巨物，非人力所能施。一炮而重百吨，一船而容万吨，一铁锤而重万斤，一铁板而厚三尺，皆非机器不能制造，非机器不能运用也。因尝以验枪亲历各厂，见其锯铁如锯木，剪铁如剪纸。枪面之阴文洋字，非凿非钻，直以钢戳作小圆轮，以机器之力压于枪管之上，轮一转而字已成矣。

十四日　晴。墨西哥公使来见，言立约之事。且云：闻新使将到，此约应需后任成功。因答以先商规模可也。

哄都拉国（洪都拉斯）

美国向例守局外，凡遇各国战事，均不干预。查上年七月，南墨洲之哄都拉国内乱，美有商船名“卑萨地”者，以购香蕉为名至哄国，改为兵船。既为转运官兵、军火，并助攻击叛党，轰沉叛党兵船一艘，哄乱遂平。惟未奉美廷之命，擅用美旗助战，殊违美国国例，该船现已被控查办云。

19,1,15

因按：美国国例无所偏袒，固甚善也。但墨洲情形今已殊昔。南墨洲小国自主之后，英、法觊觎，终必尽之。为美计者，与英、法为邻，不如与小国为邻也。檀香山今年亦以内乱，愿隶美国版图。闻总统、外部已允。而议院多有不以为然者，未知作何处置也。副总统辞行，遂赴副总统宅送行。

十五日　晴，中夜雪。各国公使见美总统。是日为时不久，见后仅由义公使作周旋语，即各散。十二日巴黎来
电，言云南澜沧江上下已为法有。惟米江尚属暹罗，江右 米江（湄公河）
属越南境。有议绅名衣丁尼者建言，谓宜踞为法属。十三
日又有电，言印度洋之客吉岛，向由法人觅得。近日法兵 客吉岛（凯尔盖朗群岛）
舰已在该岛建旗，示为法属，因该岛产煤云。

因按：自各国分裂阿洲后，而风气又不同。英、法、德各国竞占小岛为己有。即美之不贪他国土地者，亦欲购圣驼马岛，借海代国埠，争檀香山地矣。盖自英之属地遍于地球，而商务遂甲于各国，天下莫强，各国知其然也，遂起而效之。虽以俄之向恃陆军称雄者，亦亟亟焉以增强水师为事。过此以往，小弱之国先亡；愈小弱之国愈先亡。亦犹周之春秋，将并而为战国矣。

十六日　大雪。是日为西历三月四号，向例美国总统
四年一换，本年适届四年之期。外部于先三日来函，并送 美新总统就职典礼
到入议院门票，订公使、参赞、翻译等员同往观礼，随员、学生不与焉。巳正往，至议院门，验票后导入客厅。此厅以花纹石造成，如大理石，栋梁、柱础、墙壁一律。

各国公使均到。至午初，入议院堂。上下议院绅均齐集，眷属则坐楼上。旧副总统已先到，正中南面坐。新副总统由左升座。旧副总统与言国事，新副总统唯唯。言良久，旧者退，自右下，新者乃入座，亦正中南面坐。至午正，旧总统与新总统并行而入，并坐于台下。右为总察院九人，左为各部长。坐定，教士于台上右偏，宣读旧章，言新总统应接任视事。两总统均无言。逾时，新、旧总统四人先出议院头门，众随之。至门外，已搭台。台下民万人，台外兵五万人。四总统、一总察院入中堂，均坐。惟新总统立而语台下，谓伊为民所举，当以保民为心，所欲与聚，所恶勿施……本此义，而衍之甚长。约半时，总察院起立，以耶稣教本授新总统，新总统受而矢誓，乃散。两总统同车，两副总统同车，皆四马。至总统宫，两新总统入宫。两旧总统返宅。两新总统遂出宫门，上台阅兵，各国公使与焉。阅毕各散。已交戌初，天色昏矣。义大利、西班牙、俄罗斯、朝鲜各公使，均不赴阅兵之会。中夜于养兵院跳舞，新总统亦到。无论何色人均可到。因未赴。

泥格拉（尼加拉瓜）

十七日　晴。泥格拉，中墨洲小国也，两面濒东、西洋。国中有大湖，水程极便，为通商孔道。铁路、轮船之利甚厚，各国均欲之。兹闻该国现已将此项利益，准英人独占云。

因赴秘鲁，道经厄瓜多国，知墨洲小国，英人多操其利权：秘鲁国入款，已准英人收六十年以还国债；厄瓜多

19,1,18

国商利，英人霸之；兹泥格拉又拱手而与英人矣。方今时势与昔迥殊，其并人之国也，不削其位号，不强其服事，不争其朝贡；惟借通商以夺其利权，朘其脂膏。利权去，而空名自不能存，则拱手而让之。间有不愿而拒之者，则无饷可筹，其兵亦不能战。兵舰一临，如发蒙振落耳。吁可畏哉！

十八日　晴。美国驻华兵舰名“麦林”，巡海至珲春。查得俄主之于珲春埠极意经营，不惜巨资，筑城浚濠，次第兴举。其造西比利亚之铁路，亦为将来疆场之事，使彼德堡与珲春声势相连。大约五年之内，必可成功。珲春炮台、水师兵房，均不准外人往观，故不得其中详细。该埠之兵四千人，皆按日操练，可称劲旅。埠外有兵舰六艘驻守云。 俄于珲春极意经营

因观于此而叹珲春地方已为俄国之重镇也。俄人造西比利亚铁路，扬言于众，以为通商，因即不信。盖苦寒之地，所产无多，安有大利可兴？惟其国势，兵力偏重欧洲，而欧洲无隙可抵。故兴铁路，使通兵力于亚洲，然后左顾右盼，便其蚕食之谋。为之邻者，当思所以备之矣。

十九日　晴。谒梅律师，商照会外部事。闻新总统新派各部大臣，已由议院议准。外部葛礼山，户部恺来尔，兵部拉门，邮政部皮才尔，律政部渥耐，水师部黑白，内部司米甫，农部马顿。 新内阁

因按：新总统为南党所用，部臣皆南党。惟葛礼山为北党，然亦弃北党而归南党者也。美国向例：总统易，则

各部皆易。不独南、北党之不相假借，即新、旧任同一党，亦不用旧任之人也。总统之位如传舍，部臣之置如弈棋。而其国不乱者，则以立政之权归议院，守政之权归察院。议院之绅举自民，不由总统。察院必老成硕望，始充是职。受职以后，则终其身于位而不迁移。故其人皆无所希冀，亦无所阿附。此两院者，实美国之根柢纲维，其长治久安者，此也。

二十日　晴。赴新派各部长处道喜。至墨公使宅答拜。

德俄奥意军务蓄款

美国考究家考得欧洲各国，练兵制器，精益求精，共知共见。而国有军务，不独良兵、良将淬厉在先，即饷项亦须先备。因考德国所蓄之款，其藏诸伯林都城司班刀炮台中者，计银三万万元。法国则银四万万元。俄虽频年饥馑，而所储最巨，计银四万二千五百万元。奥则一万五千万元。皆非军务，不得擅动。义无所蓄，须筹于临时；苟有战局，难久支持云。

因尝考欧洲战局：法国拿破仑第一，以八十万人攻俄，几于只轮无返。俄、土之战，杀人七十万。德、法之战，杀人五十万。南北花旗之战，杀人三十万。以其杀人之众，即知其兵数之多。以其兵数之多，即知其饷项之巨矣。武王伐殷，车三百辆，士三千人。而晋、楚城濮之战，已增至车七百乘。平丘之会，又增至四千乘。秦王灭楚，则增至六十万人。始终八百年间，风气即已迥异。则墨守之见，不足与论时也。

19,1,21

二十一日　卯刻雨，巳初见日。外部订见各国公使人员。午正各公使均到，葛礼山一一握手为礼。查葛礼山业律师，当南北花旗战事，曾充兵官，枪弹伤其右胫，故行时微跛云。

葛礼山(Gresham)

因按：新总统基利芬，即四年前之总统。自光绪十四年退位，遂充律师。光绪十七年，曾至华盛顿为人驳例，而不得直。此次退位之总统哈利顺，亦系律师。退位后充书院大教习。前任外部长科士达，以律师而充外部。卸任后仍充律师，赴英、法办秘林海峡案。今外部长又以律师而任是职。美国之重律师如此，以其熟于国家掌故，并谙交涉之事也。

美国政客多为律师

二十二日　晴，大风，夜雨。上年十二月三十日马得力来电，言日廷因入不敷出，力求节省，因减出使之费。驻墨洲小国之公使，可撤者撤之；驻美公使之随员，可裁者裁之。又裁去驻巴尔底马、黑利法刻士二埠之领事。本月十七日南墨洲之乌拉乖国，亦以经费支绌，裁撤驻各国之使馆。厄瓜多国现以贫故，议将太平洋卡拉佩戈士之诸岛卖与德国，为德国兵舰添煤之埠云。

经费支绌裁撤使馆

因尝言：当今之时，如周之春秋，将变而为战国也。自通商之局开，小弱之国不能闭关自守，如中人之家日与豪门斗富，鲜不倾矣。明者知其然，故急谋兴利，练兵以自固。计此一百年间，若美、若德，皆勃然而兴；若义、若日，则弛然而弱。法则时振时蹶；英则日富日强。俄国强而未富，然其入款，犹与英、德、美、法颉颃。且日兴

形势预测

铁路，辟土地，亦可畏哉！盛衰相倚伏，盛者非无故而盛，衰者非无故而衰也。知其所以然，则盛者不衰，而衰者可以盛矣！

德兵大胜坦噶尼喀

二十三日 雨。昨日伯林来电，言接东阿洲信，德国驻游壬会拉国之兵，与土民接战获胜，毙土民甚众，夺获军器甚多。德兵伤亡仅数人焉。查一千八百九十一年，德兵为土人所败，亡三百人，兵官亦殁，军器悉失。如是者，非一次一处，德人遂视为畏途。此次大胜后，军气已壮，土人慑服矣。

因按：德国陆兵素称劲旅，乃屡败于阿洲，则阿洲非无人焉。又查前此德兵之败，实因阿洲土人有英将施旦来为之主谋，益以主、客多寡之形，故不能敌。自德与英说合，谋定后动，而土人遂不支。乃知新练之众不能敌久练之军；而将兵者非其人，亦不能操胜算。然则练兵不易，而选将尤难。非筹之有素，必不及矣。

英吉利士来辞行

二十四日 晴。上议绅英吉利士来辞行。年七旬馀矣，系英人入美籍。因以其不附工党，立往答拜。相见后，言本日酉刻即附火车回本省，回省后亦必驳论禁华工例也。因谢之。又言上月二十六日伦敦来电，英国政事，

英下议院权力日重

下议院之权日重，上议院虽属有爵位之家，竟不能与争权。甚至群诋上议院，谓其不知民事，而欲废弃云。

因按：地球各国，有君主者，有民主者，有君民共主者。亚细亚洲，若中、若俄、若土耳其、若日本、若朝

各国政体

鲜，皆君主也。土耳其版图向跨三洲，而近年日削，在亚

19,1,25

洲者已微。日本新改为君民共主，而究其权仍在于君。至于墨洲之国，则皆民主。欧洲之瑞士、法阑西，亦为民主。若巴西、若檀香山，皆新改为民主者。法则变革不常，自为德所挫后，复改为民主焉。若英、若德、若奥、若义、若和阑、若比利时、若瑞典、若那威、若葡萄牙，皆君民共主者。大抵君民共主与民主之国，其大权皆在议院。惟君民共主者，君意与议院歧，可以散议院，而令再议；民主之国则不能。此中又有分别矣。

二十五日　晴。照会美外部，驳诘禁工新例。是夕赴梅律师处，属其默托户部，且勿拘人。又闻二十日伦敦来电，言向来由美赴英之轮船，以英国利威布海口为总汇之区。乃近年以该海口不如受汉顿海口之近伦敦，遂改于受汉顿海口总汇。兹英国防美公司垄断，将夺其利权，特设火车，凡轮船之汇于利威布者，所载搭客，即由火车迅赴伦敦，以冀便捷云。

利威布（利物浦）

受汉顿（南安普敦）

因按：趋利乘便者，人情之常，不能禁也。孙武子云："善战者，因其势而利导之。"管子云："政在顺民心。"美国轮船改由近伦敦之海口，附船之人自便之，则利权为所专矣。英人不能禁之，而思所以争之。则惟有更求便捷之法，美自不能专其利焉。今地球各国立约，均以通商为名。夫曰通商，固必有通商之道也。彼等皆斗智、斗巧者，此其一端耳。

二十六日　晴。二十四日秘鲁来电，言俄世子坐"罗达"兵舰已抵秘国。又言俄国现造西比利亚之铁路，

俄国世子乘舰抵秘

最为上紧：一、以利便军务；一、以迁徙贫民。亚洲内地，沃壤多荒，既有铁路，徙各省穷民于此，使之开垦，可以足食。将来粮产丰盈，运之出口亦易。其铁路所过之地，无高山大川，每一米只需银二万九千元云。

因查俄世子已游历欧洲、亚洲，今又游墨洲矣。西比利亚铁路，俄人自言益于商务，他国均谓便于行军。平心而论，商务固非全无益也。惟俄好兼并，为之邻者，均有戒心。且其铁路通至珲春，已临中国边界。亚洲各国，又为俄人素所觊觎。俄人又好左冲右突，不耀德而耀兵，各国谓其便于行军，实诛心之论矣！顾其事烦重，非可遽能指麾如意，故于军事未见端倪。稽之往古，汉武帝之通西域，晋王濬之造楼船。其意何居？可征诸前事焉。

二十七日　晴。上议院绅麦化顺订于本宅见副总统。因偕翻译于戌初往。至则副总统已到，议绅陆续而到。各国公使，惟见英、德、日本及墨洲各国数人。有名撒拉芬者，自言昔充兵舰带兵官，曾至天津见李傅相，极荷傅相相待之优。麦化顺向诋盖力禁华工之例以为违约。并询中国已兴铁路，信否？因答以京北现已开办。直隶省开矿之处久已兴造，现亦推广。此外湖北、河南通京之路，方议合办，尚待兴工。麦化顺曰："中国民数至多，矿产至富，民俗俭朴而耐劳。如能大兴铁路，不过六十年，必能立致富强，冠于地球诸国。又中国灾祲屡见，议捐议赈，报不绝书。究之赈捐之补苴，不足拯救于万一。如有铁路，利之出于地者日辟，民之食其力者日多。户有盖藏，

中兴铁路必能富强

19,1,28

何至遇偏灾而不给哉?”因颔之。回馆已亥正矣。

因按:铁路之富国足民,实无疑义。且其益并不止此,曾疏陈矣。美国富强之骤,实本铁路。凡公正官绅愤苛例之违约者,皆为因剀切言之,此又其一也。

二十八日 晴。昨晚上议绅及布生、可六等,均系向诋禁工者,晤言最久。言日本政府以俄人造西比利亚铁路格外躦紧,以为可虑。上年曾派驻德使馆之随员、武弁,由德都乘马自陆路赴西比利亚,沿路察看,并照会俄廷保护。该武弁已行抵濒东洋之乌拉地冔司铎海口云。 俄造铁路日怀戒心

因查俄造西比利亚之铁路,各国均有戒心。光绪十六年,英、德各派兵船至珲春,十七年,美国亦如之。上年日本又派武员至西比利亚。盖英人防其争亚洲之形势,夺苏彝士河之利权。美则以乌拉地冔司铎近濒大东洋。德、日系近邻,一虑其调兵转饷之易,一虑其蚕食之易也。且日本之唐太岛已为俄所据矣,其能无戒心哉? 唐太岛(库页岛)

二十九日 大雪至地即化,树上稍留寸许。俄户部会计今年出入两款,出款溢二百兆罗布,无可弥缝。拟节省水师经费二十兆,铁路经费三十兆,仍短一百五十兆。则拟加征内地税项,整顿盐课;又恐大饥之后,饥民不堪重税,则拟借贷。惟欧洲各国富商多系犹太人,俄人近年待之太刻,招怨已深,犹太人已相约不肯借贷,现筹措颇难云。 俄开销大入不敷出

因按:俄之入款,亦计银三万万馀两,与英、法、美、德颉颃。而入不敷出者,则以建铁路、兴战舰、增兵

额为费太多也，交国债之息太巨也。其强虽亚于英，其富实不敌诸大国。盖只知兼并开边，而不知持盈保泰，此国用所以不给也。然犹幸其国用不给，不能逞欲以肆其封，故民生之祸稍缓。否则为之邻者，防不胜防矣！

二月初一日　晴，雪已消尽。感冒。申初各国公使见总统，义大利、墨西哥两公使资格最深，总统与立谈数分时，又与英公使立谈一分时，其馀握手、点首而已。闻正月二十六日俄都来电，言中国将派兵赴巴马尔境。俄亦派步兵二队、炮兵一队，于西历四月赶到巴马尔境。英国以俄已占巴马尔，特于印度边界之气拉土城建造炮台，添兵驻守。盖气城实由巴马尔赴印度之要隘也。该地土人群起攻英，为英所败，伤、毙二百名云。

巴马尔（帕米尔）

因按：俄踞巴马尔境，已阅一年，度非空言诘责所能止也。印度者，英之外府。即鸦片一项，每年朘削中国者，计银四五千万两。其地近俄，此俄人所垂涎者。此外若新金山、若卡拿大，均隔大海，俄水师弱于英，力不能及，亦不觊觎。然则熟审彼己之势，俄之所欲得者印度，英之所恐失者亦印度也。

俄英意在争夺印度

初二日　晴。美国赛会，德国以极大电灯赴会，前已闻而志之。兹闻克虏伯炮厂，已造成巨炮一尊，由轮船运赴会所。查此炮重一百二十四吨（合中国十九万馀斤），口径一尺九寸，长四丈六尺二寸，及远十一米（合中国三十六里有馀），容火药七百磅，弹重二千磅。三十里之间可洞穿厚二尺之钢板。其弹子一颗需费一千五百元；每

德造巨炮赴美赛会

19,2,3

放一次，需银一千六百元云。

因按：德国前曾以重百吨之铁块赴英赛会。今仅十年，而炮之重又过之，足见其制造之日进矣。地球各国，惟俄国克龙斯达的炮台铁甲厚四尺八寸，馀无闻焉。则此外之台，均不足当其轰击矣。战船铁甲太厚则沉，是现时铁舰亦未有能当之者矣。百吨之炮，价银十万两；兹又增巨，则价必过于十万矣。试放一次，需银一千馀两。欲其命中，非熟不能。则试演之费又巨万矣。苟非国帑之充，安能给于用哉？

初三日　晴。美外部新准美国驻墨西哥公使电文，言墨廷于上年六月出示，凡粟、豆两项，向免入口税者，今复征收。又威内萨国于美国运入之下等猪油，均加重税云。 墨委二国加增美税

因按：墨西哥处北墨洲，威内萨处南墨洲。一极贫，一极弱。墨之民数不及十兆，威尤少矣。乃其于收税均有自主之权。故税，可以减，可以增，可以减而复增。盖以物产之丰歉无常，国用之盈虚难定。有心者必维持调护于其间，乃不至以利权予敌国，而使敌国操利权也。如以务财用者为小人，而鄙而不言，是任他人之朘削而以为无关痛痒，可乎哉？古人有言曰：“磨砻砥砺，不见其削，有时而尽。”吁可畏也！

初四日　阴。上月二十三日可仑国来电，言英国驻哥打城公使傲狠无礼，侮辱其民。各塾学生散馆，稍失礼貌，即批其颊，国人恨之。近日乘英使骑马出游，勒令下 哥打城（波哥大） 近来频发公使遭袭

马辱之。二十八日伦敦来电，言美国驻摩洛哥之领事出游，为人所殴，几有性命之忧。摩政府赠银五百元，作为养伤之费。二十九日罗马来电，言义都美国使馆，为匪人炸药所轰，公使巴打幸未伤毙云。

因按：近年公使、领事不洽之案，层见叠出。光绪十四年，英国驻美公使以干预保举总统事，为美斥回。法参赞调古巴，为美国医生所控，扣留行李。比利时公使以避暑至远村驰马，为巡捕扣其车。瑞士公使以避暑处乡村，为妇女所控，遽交巡捕。美驻智利国公使伊干，智利以兵围其使馆。派赴日国加罗阑岛领事，日国不肯接待。法国日报诋辱公使，而德国遂撤回其使。各国公使亦有责言。自通商局创，而交涉之事多，龃龉之端亦多。两强相遇，尚得其平。若一弱一强，则鲜有平允者。盖阳示和好，而阴肆欺陵耳。

初五日　阴，夜雨。美外部送到限制欧洲客民入境新例一册，其中查察之法较前加严。大抵名为防疫，实系禁锢。于未上船之先，查明籍贯、年貌、有无资财、有无疾病、男女有无室家、其赴美国有无亲戚、有无事业、是否作工。入口之后，再由税关查勘，不合例者不准登岸。又载此例专为限制欧洲各国入口穷人，与华工无涉云。

欧洲穷民严限入境

因驻美国三年又半，美国限制客民入境之例无年不兴。大抵限欧人宽，而限华人严。其从宽者，防其抵制也。然十年以前，美国之禁华工亦未尝不宽也，彼固尝试云耳。敌人之犯境也，可入则入，可深入则深入。必不可

19,2,6

入，则卷旗收队而退。美国限制之例亦如是焉已矣。各国听其所为，则将加严；不听其所为，则将从缓。或显予抵制，而使美国之商、民、教士不安于各国，则惟有反汗而已。秘林海峡捕鱼，卡拿大、墨西哥加税，其前鉴也。

初六日　小雨。接美外部来文，言所请致意律政部，将来于西历五月散院之期，少缓半月。俟华人之被拘者提案上审，以评新例之是非。律政部业已允矣。外部葛礼山答拜。闻近来墨洲各国殊少升平。智利内乱，又因杀美兵船水手，几致决裂，赔恤结案；今又与玻利斐亚争界不和。泥格拉国与哥司答立戛国争界失和。山度明哥之民，以其总统以国内利权授美为乱。巴西内乱，城多失守，追剿乱党入阿镇丹国，竟与阿国边兵接仗，以致决裂；又与义国龃龉，义已派兵船临境恐之。海代国以拘禁美商为美所胁。瓜的马拉以乱民击伤英公使之子，英船封其海口。吉白海岛国已为英所灭。檀香山岛国已为美所有。墨洲事日亟云。 美洲各国殊少升平 瓜的马拉（危地马拉）

因按：墨洲除美国外，馀皆小国。能自立者，惟智利耳，馀则“自郐以下”。承平之日，尚可支持；蛮触相争，亦或无恙。乃欧洲各国环而垂涎，美亦不能不动，则将如汉阳诸姬矣！

初七日　晴。美国水军武员名费士克，留心轮船海面驶行，欲知敌人之船离本船之远近。近创一机器，精巧异常，以之测量，不差分寸。用之战舰，其益甚多。盖能知敌船相距之分寸，则弹药无空发，而开花炮并可从空而入 美创机器测量船距烟通矣。现在欧洲兵舰购此器者甚多。美国家已奖以金牌矣。

因查：春坎炮弹自上落下，恒以炮口之斜度为落下之处之度。冲船之冲，必熟审两船相距之远近作势，然后可洞敌船之胁。惟海面寥廓，目力失常。以意度之，殊不足准。有镜测量，自有把握矣。赏以金牌，所以劝后也。

初八日 晴。昨日伯林来电，言近年欧洲各国，军械制作日精。枪弹所及，无坚不破。弁兵虽有护身铁甲，均不能当。兹德国之闵寒埠，有人思得妙法：新创药水，以此水油透战衣，枪弹即难透穿。经德国兵部试验，置此衣于三百英尺之外，燃枪击之，均不能透。惟三百英尺之内，弹之锐气所及，衣虽不穿，人虽不毙，恐亦难免受伤。德兵部以为可用，已令照造备用云。

德创液体防弹衣

因尝闻：云南深崖产一种草，编之为牌可御枪弹。又阅纪文达“五种”，言古董家瓷器一片，可以避枪。或试之而不验，或并不敢一试，大抵皆空言也。德国新创药水，未必如是之奇。然以电线、气球等用推之，当非诳语。但使能阻枪弹之力，则民生之劫数亦轻。因深愿其言之验焉。

“纪文达”即纪晓岚

初九日 晴。美国派充各国公使以二等为止。本年议院改章，以各国驻美公使有愿派头等者，美国亦派头等以为报施。兹英国驻美二等公使彭士芬，已由英廷改为头等。次日，法国驻美之二等公使亦改为头等。查各国驻美公使，以义使法伐资格为最深，故为首领。其次则墨使罗

各国效美升级公使

19,2,10

麦罗。自英使改为头等，不复与二等比资，于是各国公使赴英使馆道喜时，义公使已在广众之前告退首领云。

因按：头等公使，有径见所驻国君之权，体至崇，任至重也。惟民主之国向所未设。故美虽大国，而派往各国之使，与各国派来之使，头等公使皆阙如。今美既改章，英、法遂即改章。将来俄、德、奥、义亦必改章。而头等公使遂多矣。

初十日　晴。初八日伦敦来电，言英国议院绅士向无薪俸。近日改章，每人每日给俸银三元六角云。 英国议员始领薪俸

因按：每日三元六角，每年共一千三百元，较美国议绅仅三之一耳。因查美为富国，外部大臣每年银八千元，副者四千元，又副者二千元。西班牙国所派头等公使，俸四千元，另公使公费一万六千元。头等参赞二千八百元，二等二千元，三等一千四百元，随员六百元。其驻中国为二等第一，公使俸银三千元，公使公费七千五百元。头等参赞一员俸三千元，三等二员共三千二百元。翻译一员一千八百元。总领事一员三千五百元。领事一员二千五百元。副领事一员一千五百元。均按年计。川资、信资、电费、馆舍、铺陈另计，实不为丰。岂中国之费用轻欤？然其于欧、墨各洲亦如是焉。 薪俸标准

十一日　晴。接总署电云：已饬沪道拨银六万两。蒸。

初九日巴黎来电，言义国本为欧洲强国，然尚不能与英、俄、德、法比肩，故不能独立一帜，自守局外之分。 意国欲与德奥解盟

近年与德、奥联盟，增兵购械，既费巨资，仍无益于民生国计。义国固欲背德、奥之盟，然亦不愿附于俄、法。如得英国保其自守局外，则决与德、奥解盟云。

法人欲解三国联盟

因按：此法人之谋，欲解德、奥、义三国联盟之局也。义之强虽逊四大国，然德、奥合之，则可以敌俄、法。义不与合，则德能敌法，奥必不能敌俄。俄、法合兵，则德、奥难敌矣。德、奥、义三国知彼知己，故联盟久而不渝。惟义国近年以国用不足，筹费甚艰，虽心尚坚，而力实绌。正当进退维谷之际，苟得一策，能不联盟而可不削弱，自然乐从。则惟有自处局外，而得英人之保。此策也，义或求之，英或允之，则德、奥势衰矣！故以为法人之策也。

十二日　晴。美国水师部人员讲求兵舰精益求精。以近来各国炮厂所造枪弹，猛锐无前。虽有钢甲，亦难抵挡。惟有制成一宗兵舰，可以随意出水、入水，无事则浮于水面，遇敌则沉水伏行，潜攻敌舰。近已思得两式，由水师部拨款制造云。

海军拨款制造潜艇

因按：可沉可浮之船，西班牙曾为之，法国又为之，似法国之制尤精也。然仅欲安置水雷以备守口之用，故其式甚小，取其便于进退浮沉。若用以出洋，远适异国，或相战于大洋海面，断不能压巨浪而不失常也。今美之制之也，其仿水雷之式欤？抑仿铁甲巨舰之式欤？如仿铁舰之巨，固足以鏖战重洋，然出水入水，又未必能灵便，二者果能兼乎？

19,2,13

十三日　晴。谒外部。

十一日巴黎来电，言俄君亲降谕旨，催趱西比里亚铁路工程。又言：俄国向有保护勃尔加厘亚国之权（介俄、土之间小国）。近来勃国不遵俄约束，交涉之事，一切自主。俄以保护为各国会议于伯林时所准，兹特备照会分致各国政府，言俄国断不肯废弃保护勃国之权，而勃国背之，此事有碍欧洲升平之局，请予公断云。

俄争保护保加利亚

因于是见俄之心也！营西比里亚铁路，则志在亚洲；争保护勃国之权，则志在欧洲。究之欧洲之利不易争也。前此俄、土之战，俄军已薄土耳其都城，唾手可得；英人护之，终不得志。且占巴马尔之地，欲窥印度，终不敢与英决裂。前事可知，然则俄人岂勤而无所哉？其所欲逞志者，从可知矣！

十四日　昨至美外部处。谒见者计有德、义各国六公使。外厅谈次，闻英国新造一至大商船，货物载满，计重一万九千吨。船舵以整钢一块凿成，以期坚固。惟英船厂无此种压钢巨器，乃由德国克虏伯厂代造。又言英国泊斯默得船厂造至巨铁舰，仅需两年八个月。法国船厂则需七年云。

商船船舵整钢凿成

因尝涉大西洋，所坐之船计七千吨。据船主言：此船压浪，尚不如一万吨者之稳也。今增至一万九千吨，自又稳矣。然非至大之船厂，机器不能制造。船厂之大，实推英国为首；钢厂之大，应以德国为最。造船、炼钢，非由机器必不能日渐扩充。盖人力有限，而机器之力无限也。

十五日　晴，大风。美国新创博物院于山场。上年，其总办曾招往游览，以事冗未赴。今年又函请往，遂乘车赴约。行五里许，到院宅。以石砌成，不甚高敞。以其因山势为周陆，以栖豢鸟兽，不专于院中故也。入院门，见一鸟如鹊，仅一足独立，甚稳。鹦鹉两种，绿翅，红颈膺，白嘴。其色之鲜，画工不及。野牛与寻常牛同，惟脊上有峰如驼。狮，与法、日所见形同，惟躯干甚巨如牛。猴种甚多，小者仅五寸许，头如鸭卵，目灼灼视人，似有知识。鳄鱼大者，一尾长八九尺，平卧碎石上；小者长一二尺，游泳水中，形如蜥蜴。惟蜥蜴之皮光而泽，此则有刺如疥癞耳。闻其善噬，虽狮、虎不能敌。院外各厂，狐狸、猞猁、豪猪、豺狼、虎、豹、象、熊、鹿，鸱枭、孔雀、鹤、鹳分栖。狼形全是犬，惟尾最巨。鹿如牛，角之长者五六尺；新脱角者，顶上茸如茄，皆往来于草地。巨象二，共一院。豪猪披毛如骨簪，作白黑纹。虎毛作黑斑，为一字纹。豹斑为星纹。熊所栖之地，另依石崖凿壁为之，穴如巨室，外围以铁栏。有白、黑二种，其形如犬，最巨者几如牛。鸱鸟面如猫，惟其口仍嘴耳。孔雀之雌者，尾为花翎；有时展其尾，则圆如轮；其翎满轮，层叠相间，谓之开屏。归而记之。

（赴约游览动物园）

（“孔雀之雌者”误，应为“孔雀之雄者”）

十六日　晴。博物院总办来见，言天气渐暖，狮子畏热，将徙赴山村避暑矣。又言英国阿母司脱郎炮厂近造大炮，至一百十吨，可放重一千八百磅之弹。有大铁舰三艘，均安此炮。快炮两种：一名“哈彻司”，一名“拿而

（英国炮厂近造大炮）

19,2,17

飞”。容三磅、六磅之弹，每分时可出三十弹。今又成快炮一种，重四千一百斤，弹重四十五磅，每分时能出十二弹。兵舰有此炮三尊，则可碎水雷船。近又造成快炮一种，弹重百磅。用无烟火药，每一分钟可出七弹，最准。其炮架均用水力机器运动，升降旋转，悉随人意。以电气施放，只需一人而已。

因查英之阿母司脱郎厂与德之克虏伯齐名，惟炼钢不及焉。又闻克虏伯厂已造重二百吨之炮而未成。如其能成，则仿克龙斯达的炮台，设以此炮，守以重兵，施放以谙习之人，铁舰虽坚，无所用之。盖一百二十四吨之炮已远三十六里，二百吨者必及远五十里，可以从容而制敌也。虽然其费甚巨，筹之殊不易也。

英国募造鱼雷艇

十七日　晴。英海部大臣募造鱼雷艇者，以每一时能行一百八十里为度。且长不得逾十六丈，重不得逾二百吨，以期进退灵捷云。

因查英于水师极为认真。他国兵船皆以水手充兵丁，英国不然。近年德、奥、义诸国，均留心于水雷，以三雷船即可破一铁舰。权其价值多寡相悬，故多制铁舰，不若多制雷船之合算也。美国创造可沉可浮之兵船，即此意也。

德国扩军以防俄法

十八日　晴。德国以俄、法二国整顿武备，增添水、陆军额，实逼处此，不可不防，拟添陆军六万人。此项兵费商之议院。又以官办之铁路，入款无多，拟于烟叶重税，照旧税加征百之三十五云。

因按：泰西各强国，盖无一日而忘危者，矧德之介于两大耶？其民皆习战阵，其厂自制军械。兵费虽巨，而金银尚无漏卮，所以能持久者，此耳。加征烟叶税百之三十五，盖向之征一百元者，今征一百三十五元。所加虽骤，而烟叶非民生必需之物，尚不病民。其中固有深意存焉。

与美外部谈照会事

十九日　晴。未刻，江海关来电：汇到经费。外部葛礼生订见，因偕翻译往见。外部言："盖力所定之例太苛，拟商户部通融办理，以期两国和好。"因答曰："本署照会，已屡言领照、注册、照相三者，均属违约，必不可行。"外部言："照会已见，但可通融办理。领照之事亦不能废。"因曰："如此两歧，不足为守约也。"外部曰："此事由议院所议，总统所定，外部不能擅废，仍当听议院主张耳。"又问公使田贝，如非中国所喜，将另派人。因曰："请函查之，不敢质言。"馀皆寒暄语。

美驻各国公使俸薪

二十日　晴。谒梅律师。考美驻各国公使，每员每年俸薪：驻英、俄、德、法、墨，各一万七千五百元。中国、日本、奥、义、日、巴西，各一万二千元。土耳其、智利、阿镇丹、可仑、秘鲁，各一万元。巴拉圭、檀香山、比、和、瑞典、那威、丹马、威内萨，各七千五百元。朝鲜兼总领事七千五百元。玻利斐亚、厄瓜多，各五千元。夸的马拉、哄都拉二国，共一万元。瑞士五千元。泥格拉、哥司答力戛、刹耳瓦多耳三国，共一万元。希腊、罗马尼亚、苏佛三国，共六千五百元。以上均系二等公使。波斯、葡萄牙、暹罗、海代，各五千元。驻海代公

19,2,21

使并兼办三德明哥事，理白利公使兼总领事四千元。以上为三等公使。美驻各国参赞每员每年俸薪：中国、英、俄、法、德、日本二等参赞，各二千六百二十五元；英、法、德三等参赞，各二千元；中国、日本（须谙所驻之国语言、文字）、奥、义、日、土、巴西、墨西哥三等参赞，各一千八百元；智利、秘鲁、威内萨、朝鲜，各一千五百元。美驻各国翻译俸薪，每员每年：中国、土耳其各五千元；日本、波斯兼总领事，朝鲜兼总领事一千元；暹罗五百元。日国写字人一千二百元。

美驻各国参赞俸薪

美驻各国翻译俸薪

二十一日　小雨，仍霁，天气骤热。上议绅富施士来见。又考美驻各国领事，每员每年俸薪：驻伦敦、巴黎、利华埠、夏湾拿、巴西四国，各六千元。驻上海、香港、格耳葛打，各五千元。驻美尔巴尼四千五百元；驻伯林、檀香山、戛拉戛、满得厘耳、英属加拿大、墨西哥、巴拿马，各四千元。以上为一等。驻黑利法、维也纳，各三千五百元；驻厦门、广东、镇江、福州、汉口、天津、法国之哈华埠、秘鲁之嘉里约埠，各三千五百元。以上为第二等。驻中国之宁波、萨摩岛之受比，驻君司但丁、厄瓜多、法兰福、亚得划、罗马、彼德堡、奥之泼拉记、比之安都、智利之佛尔巴莱苏、野罗贵之满脱佛都、法国之巴地刻司、德国之拜名、英属之孛耳发、布拉福地、茂拉、殕莱士哥、更士顿、满旗士打、星加坡、日本之长崎、大阪、黑哥、墨国立佛拉刻罗、古巴之墨炭石、瑞士之倍西尔、可仑之个龙，各三千元。以上为第三等。驻尼佛拉来

美驻各国领事俸薪

一等领事

二等领事

三等领事

四等领事

多二千五百元。驻阿镇丹之白拿阿莱士、奥之厘清伯、比之普罗士、丹属之圣大麦士、法之拉安与麦西腊士、德之阿内白阿刻、西拉卡倍、布莱门、布龙士会、气母尼、得莱腾、黑巴、麦引司、希腊之阿神士、英属之白明夏、腾地厘甫、拿丁黑、西非夺吞士太、域多利、亨特士非、墨之巴刹地拿、日之新勿过、圣底哥地口巴、瑞士之散格

五等领事

利、土属之司米拉，各二千五百元。以上为第四等。驻炭阶奥之脱利士得、巴西之白拿白哥、可仑之白蓝口拉、哥司答力戛之圣嘉士、法之利母士、散爱丁、德之哥罗克列法大西多厘希、纽莱伯、司脱戛、松尼白麦地泼、英属之卡地甫、气达、哥刻、特部林、腾弗林、黑米顿、利次、那沙、巴罗士巴、司旦厘、圣都麦士、圣嘉司、希布罗、雪梨、都龙士、哄都拉之地格西格伯、义之伯拉马、马达戛司戛之太麦推甫、墨之阿客泼、甫毗特拉士尼搿拉士、和之罗拉达、尼格拉之慢拿记、圣旧地那、俄之亚地刹、刹耳瓦多之圣刹耳伐多、日属之伯莱哥、小吕宋、圣旧恩、刹吉拉搿蓝、瑞士之好琴、石力气、土属之皮勒旗勒

六等领事

刹莱，威内萨之麦拉开婆，各二千元。以上第五等。驻巴西之白西巴拉、散多士、比之利旗、佛肥士、卡罗林岛之巴南、丹之哥内海泾、法属哥内格地罗、麦丁尼口、尼士、德之布莱士老、记耳、慢西母、门尼气、英属之阿姆、黑司波安的吉、亚刻兰、白培大司、白墨达、布力士、多布落刻、佛盖泼当、壳底可、昔郎嘉罗、地当、刻力顿、福爱厘哥、特力气、吉孛拉耳打、盖甫庚、司顿仑

19,2,22

顿、麦打马、力士白、纽开士得尔、安丁、口倍皮、多巴火、巴刹尼巴、司旦莱、泼莱司可、沙达顿、圣海仑拿、散嘉、散司底分士、司脱莱福、三江、华莱西伯、温沙、温尼倍、华司多野毛甫，义之开士脱来美、刻炭尼、勿老仑司、吉拿、利亨、美新拿、密蓝、内白耳士、墨之麦太马拉、茂力大拿盖尔士、推毕哥、和之鸭姆士打大、日牌西龙尼卡地士卡、滕内司滕尼麦拉戛、瑞士之榘尼佛，各一千五百元。以上第六等。驻比之榘脱、巴西之拉亚犄蓝地大沙、法属之阿耳及士南地司、阿非力加格盆埠之商董、德之司脱丁、英属之孟买、格士白生、西拉厘安、脱刻岛、温沙、义之文尼士，各一千元。以上第七等。 七等领事

二十二日　小雨，仍雾。美驻各国公使及随使人员，因详考而志之。其公使之俸不同者，以所驻之国事之繁简不同也。至多者，按年一万二千元；至少者四千元。且有一使而兼两国、三国者，其俸薪亦不多，盖事简也。参赞分为二三等，至多者二千六百馀元；少者一千五百元。翻译一途，所设不多者，以欧、墨两洲多同文之国，公使自谙其语言文字，可无须也。惟亚洲各国有之，以语言文字不同也。多者仅两国，少者至每年五百元，繁简殊也。领事分为七等，由六千元递减至一千元。不但驻此国者，与驻彼国之俸不同，即同驻一国而俸之多少亦不同。如驻上海、香港之领事，则五千元；驻福州、厦门、广东、镇江、汉口、天津者，则三千五百元。驻宁波者则三千元。盖量地而用人，即量材而受禄。禄之丰杀，视其缺之繁简 外事人员俸薪标准

而分。其不强同者，正所以求其当也。

日增一舰巡泊檀岛

二十三日　小雨，天暖，夜雨。檀香山国内乱之时，日本曾有兵舰一艘巡泊该口。声言美国如保护檀香山，他日或薄待日本流寓该岛之民，日本必以力拒。近日日本又续到兵舰一艘。方美国未允保护檀岛时，日本驻檀之员，与该岛政府商为保护，且昌言该岛倘不归美国保护，日本政府愿任保护之权云。

因尝闻美国官绅言保护之事，非同儿戏。以美国之密迩檀岛，尚须审慎以出者，恐力有不逮，则得而复失，将贻笑于人也。且现在之欲得檀岛者，为英国、日本。内度兵力与英孰强？外度英人肯拱手而让乎？况美曾以兵舰攻日本矣。日本不能自保，何以忽有馀力以保护人耶？诚莫解矣。

商议照会外部之稿

二十四日　雨。梅律师来，商议照会外部之稿。请将以前工党焚杀华工之案，一一查明年月，增入稿内。

美国炮厂

查美国炮厂，国家设者二处：一、水师大炮厂（在华盛顿城水师厂内）；一、华打威利益大炮厂（在纽约省威司特的来）。商家设者七处：一、威司特杯烟特风地利大炮厂（在纽约城沽路司丙冷）；一、修甫波士顿大炮厂（在马萨朱昔省修甫波士顿）；一、壳盖司阿特南司公司小炮厂（在华盛顿城边施温尼阿街）；一、的力司阿特南司公司小炮厂（在华盛顿城十四街）；一、威林加南布晏顺司小炮厂（在边省费城）；一、布拉城威特尼公司小炮厂（在干匿地葛省哈富城）；一、格林炮公司小炮厂（在

19,2,24

干省哈富城)。枪厂，国家设者一处：一、司丙令斐特螺纹枪并壳盖司螺纹枪（在华盛顿城军械厂制备)。商家五处：一、沽路特枪厂（在干省哈富城)；一、温者士打连响枪厂（在干省纽希温城)；一、李枪公司（在纽约城)；一、布拉地威特尼枪公司（在干省哈富城)；一、林明敦枪公司（在纽约省衣利安)。船厂均商家所设，共二十九处：一、林加南布晏顺士船厂公司（在边省费城)；一、夭仁埃仁华克士船厂（在嘉省珊藩昔士哥)；一、巴甫仁华克士船厂（在缅省巴甫地方)；一、哥仑比埃仁华克士晏杜礼笃船厂公司（在马理兰省波地摩城)；一、高离士烟占尼阿令船厂公司（在纽约省布禄连城)；一、埃阿华埃仁华克士船厂（在埃阿华省都卜克)；一、山庙路摩儿晏顺士船厂公司（在纽遮西省衣礼沙拔甫砵)；一、西地杯烟特华克士船厂（在马省修甫波士顿城)；一、阿兰的埃仁华克士船厂（在马省波士顿)；一、黎司顿埃仁晏洛甘摩弟甫华克士船厂（在嘉省珊藩昔士哥)；一、纽砵纽司涉卑丁晏杜黎笃船厂公司（在华前尼阿省纽砰纽司埠)；一、马理兰士弟路船厂公司（在马理兰省司巴罗士杯烟特)；一、地拉威儿里华埃仁涉卑丁船厂（在边省者士打)；一、沽拉布埃仁华克士船厂（在阿埃阿省基利夫伦城)；一、布西晏尊士船厂公司（在地拉威儿省威明顿城)；一、者衣治大洛烟贱船厂公司（在纽遮西省甘定)；一、尼非晏黎威船厂（在边省费城)；一、地代杜礼笃船厂公司（在米施根省地代埠)；一、基利夫伦涉卑丁船厂

美国枪厂

美国船厂

公司（在阿埃阿省基利夫伦城）；一、天仁杜礼笃船厂公司（在纽约省巴法罗城）；一、烟衣甫巴麻船厂公司（在纽约城）；一、理治门洛甘摩地甫华克士船厂（在华前尼阿省理治门城）；一、修甫华克浮烟地理晏马先船厂公司（在边省费城）；一、渣里士列他晏顺士船厂（在马理兰省波地摩城）；一、哈兰晏贺令司华富船厂公司（在地拉威儿省威明顿城）；一、渣里士黑路门涉晏烟践卑丁船厂公司（在边省费城）；一、舍路杜礼笃晏涉卑丁船厂公司（在华盛顿省舍路埠）；一、标接爽烟贱尼令华克士船厂（在华盛顿省砵当胜埠）；一、洛活满纽法朱令船厂公司（在马省衣士特波士顿城）。

二十五日　晴。美国船厂、枪炮厂，分计若干，设于

商厂价廉

何地，已详之矣。因论美国家上年制造铁舰、巨炮，不由国厂，而由商厂，言商厂之价较廉也。地球各国枪炮厂，以德之克虏伯规模为最大，工作至六万人，富可敌国。英

官厂弊多

国阿姆司脱郎次之，皆商厂也。凡事之经官办者弊多，而商办者弊少，西洋各国亦然。顾有商厂以相形容，则官厂尚不至过于垄断，亦不敢十分舞弊。若无商办，而仅由官办，虽有廉明之大员稽查，亦必不能无弊也。

二十六日　小雨。法国与阿洲之达河米国构兵，屡为所败。法廷以该国均系黑人，安有智谋？必有欧洲人民为

法国严查德方间谍

之谋画。迨平定后，查得实有德国商人为购军火，已有实据，遂逐出境。本月二十二日巴黎来电，言法廷以德人一名在鲁安埠侦探，地方官拘之监禁。该德人于监中禀德国

19,2,27

驻法领事及公使，为之伸雪，而法之书信局不即为寄。及至法员查明，该德人实系无辜，释放后始行送到。兹德公使已向法廷诘问云。

因按：此二事之虚实难明，而二国之芥蒂可见。如二事全实，则为德之仇法；如二事全虚，则为法之仇德。且私售军火，暗行侦探，各大国皆有之。法之于德何独不然？但未遽败漏耳。若法为弱国，则必不敢严办。若德系弱国，则必不敢径行。盖以弱当强，则弱者之理不能直伸，而强者之势且可反噬。今皆系强国，则无可设施，不过敷衍息事而已。

二十七日　晴。赴大将军史戈飞茶会。见德国、俄国、朝鲜及墨洲各公使。下议绅司斌介闻美总统近日所派出使各国诸员名：约士底驻法国，伦勇驻德国，力斯莱驻丹国，拜亚驻英国，为头等公使。布罗海驻瑞士，脱力泼驻奥国，阿拉克散大驻罗马尼亚、希腊、苏佛诸国。爱温驻比国，泰拉驻日国，脱利耳驻土耳其国。已交议院议准云。 美派新驻各国使节

因查美国更换总统之年，凡欲得总统者，必有助之之人为之招徕。保举事成，则以各缺为酬劳。故总统更换，各处之缺均多更换也。使英之拜亚，即基利芬前为总统之外部，今为头等公使。然则德、俄、法、义、奥、日诸邦，彼此均将改为头等矣。又闻新派驻奥之领事名泽德者，为犹太人，奥国不愿接待。谓从前美所派驻之公使，其妻为犹太人，奥不接待，有旧案存。美廷将改派矣。 奥拒美派犹太人

中南美洲纷纭多故

二十八日　阴，子刻以后雨。自上年以来，墨洲诸小国纷纭多故：檀香山为美所占，巴西、阿镇丹民变。海代国因监禁美商，美国调兵舰以胁赔偿。秘鲁国人焚劫美使馆，美廷业已诘责。吉白海岛国，英已踞之。威内萨国拘逐义人。三德明哥国以关税由美国榷收而民变。尼格拉国与哥司答立戛国争界失和。可仑国既侮英使，又值岁饥，其势岌岌。戛拉戛国与哄都拉国，业已决裂交兵矣。

因查亚墨利加一洲，四百年前榛榛狉狉，既无史乘，莫由知其治乱若何。自可仑比渡大西洋而来，风气日开，遂不能闭关自守。始为西班牙属国，继乃自主。今又不能自主，英、法、德、美各国，或为保护，或令入贡，或占其海口，削其版图。连鸡之势，不能俱飞；团沙之情，不能合纵。数十年内，可决偕亡。计其开辟至今仅四百年，弹指沧桑，殊可慨也，亦可畏也！

二十九日　晴。外部葛礼山请赴衙门商议公事。因偕翻译往晤。葛礼山言：二十七日所来照会，已领悉。惟属勿拘拿华人一节，此应俟总察院断定此例之当行否？如以为不当行，自然不能拘拿。因答曰："美国莠民本恶华人，今政府创为拘拿，自然益无忌惮。但恐酿成焚杀之祸，如以前洛士丙泠诸案。总统新即位，贵大臣新到任，似不愿见此宗变故。故请勿拘拿，以冀息事宁人。"外部曰："将来行例，必当如贵大臣意，格外从宽。且总统颇不以此例为然，谅总察院断无不驳，似可放心。"因曰："向来总察院散院之期，正值行例之日。所请稍缓十馀日

商请外部勿拘华人

19,3,1

以俟判断之说，自然必确。”外部曰：“已与商矣。但尚有一事相询：究竟田贝在中国声名如何?”因曰：“闻诸传言，有以为是者，亦有以为不是者。已发书询实在情形矣。”外部点首，曰：“不日当有复文。”遂散。

三月初一日　辰初大雨，雨止而晴。日斯巴尼亚闻三得明哥国税归美国代收。又以古巴一岛相距甚近，恐美国之吞并，即调兵舰赴古巴保护。嗣据美国驻日公使照会日廷，言美无觊觎古巴之心，乃调回所拨兵舰云。 日恐美国吞并古巴

因于光绪十八年春赴古巴。查古巴一岛与美邻，较檀香山尤近。日国前四百年所辟墨洲之地，以后或由地主自主，或为他国所踞。其尚存者，惟古巴耳。而古巴之民常苦日国苛敛，故前此揭竿，谋逐日员而自主，终以不胜，仍降于日。日廷恃为外府，而终不恤其民，民之思乱久矣。如古巴所邻者，为欧洲强国，久已顾而之他。特美国尚率创国旧章，不愿占他国土地，故剥果犹存耳。然日之国势渐衰，而古巴之积愤已久，如不整顿，终必如墨洲诸地转属他人焉。

初二日　晴。二月二十一日檀香山来电，言日本国闻檀岛内乱，派兵舰二艘来檀驻泊。适有日本人之犯重罪逮系者，逃赴日本兵舰。随由檀政府照会日本驻檀公使，请交逃犯。日本公使复以《万国公法》，内载：各国兵舰无论下碇何处，均照本国土地例。视该犯既逃回兵舰，日、檀两国无互交逃犯之约，未便交回。当俟本国政府明文办理。又闻美新总统不愿保护檀岛，已于二月十二日派下议 日本包庇本国罪犯 美总统愿檀岛自治

员外交处绅布郎，赴檀察看情形。二十九日来电，言留心访查，该岛民情实愿自主。因将美国旗号收回，并撤水师兵弁回船。仍由该岛官民自治，亦不准他国保护云。

因按：美国处置古巴、檀香山事，颇有合于仁义之道。日本所为，则未免霸气也。美国力可为而不为，日本力不可为而强为。两国海军强弱昭然，益以越国鄙远，彼己之势不待审度。然则美如保护檀岛，日本固难与争；美不保护檀岛，日本亦难独占也。

英国管理缅甸鸦片

初三日　晴。英国自兼并缅甸后，驻防之员察得地方大害以鸦片为最，业已严禁私相买卖。惟向来吸食者，势难立时戒断。现已定章：必须先赴衙门声明、挂号、给凭，方准吸食云。

因尝闻法国驻越南之兵，英属印度之民，近皆沾染鸦片，则其难于设禁也明矣。又闻英国禁鸦片会，以中国之加鸦片税而各散，则其重于利国也明矣。又查本年德国增兵之费，计近千万，即取诸烟草之税。美国吕宋烟税，每磅征银四元。烟税如此，则鸦片可知矣。美国烟膏之税，每磅征银十二元，则视成本已三倍矣。窥其用心，大抵于事属当禁而又难于禁者，即以不禁之中寓禁之之意。其从吾禁也，固可以裕民；其不从吾禁也，亦可以裕国。英于缅甸鸦片一物，不准其私相买卖，则必榷税无疑；又令吸烟者挂号、领凭，则榷税亦无疑。可以知其用意矣。

意在征税

初四日　晴。德人办理朝鲜税关者名果克来谒。

巴西国征剿叛民，追过乌拉乖地界，甚至骚扰乌国人

19,3,5

民，至于失和。其兵船之泊巴拉圭者，与地方龃龉，辄开炮轰击其都城。巴拉圭国向巴西政府诘问，巴西不理，且另调铁舰一艘，至巴拉圭恫喝云。

“巴拉圭”应为“乌拉圭”

因于是而叹海军之不可缺也。南墨洲皆小国，智利稍强，其前此胜秘鲁，亦如郑之胜莒耳。巴西不如智利，而恃其兵力凌轹极小之国。墨洲风气渐嚣张矣。昔日本恃其兵舰以侵台湾，今亦觊觎檀岛。风气如斯，积渐实非一日。申公巫臣与莒子言：“勇夫重闭。”盖亦识时务者乎？

英国公使邀请往见

初五日　雨。英公使来函，言已递头等公使国书。是夜亥正见客。因偕翻译往见。并晤美外部葛礼山、户部恺来尔之夫人、大将军、水师部大臣、各国公使。惟法国公使未到。

奥国扩军

奥国步军向分二十五队。兹因德已增兵，今于每队增一百四十四人。炮兵则增二十八队。增兵之费，初年需一千万元，以后则按年五十万元。本月德国政府向本国商民贷银一千三百万元；周年纳息三厘，收银照八六折。愿贷者溢至三倍云。

因闻德主因俄增兵额，商之奥、义两国，亦拟增兵。而义以饷绌不能增，德主乃为自增之计。今奥国亦从之，不得已也。德之军械取诸本国之厂，其贷款筹诸本国之商。虽八六折，而纳息甚轻。且此项为军饷之费，则仍散之本国之民。国用虽费，而非等漏卮也。然则居今之时，当扰攘之局，偃武不能为，缓急亦常有，惟有设厂自制军械，讲信以孚民心，庶利源不耗于外国耳。

初六日　晴。巴马儿事。前闻俄人愿与中、英两国分而立约，不愿三国合而立约。俄人又谓中国注意巴马儿，急修边备，遂亦调兵赴巴。上月二十二日印度来电，言俄造铁路直达印度。一旦有事，数十万众可呼吸而至，长驱犯边。兹英亦造铁路，直达俄界以御之，又于隘要修筑炮台，工程渐次告竣。将来俄军犯界，进战退守，肆应裕如；运粮调兵，诸臻灵便。此后可高枕无忧云。

俄不愿与中英合约

因于此窥强俄之用心，亦于此得防俄之善策。俄不愿与中、英合约者，防中、英势合，则俄受牵制也。否则三国分界，自应三国共商，如美与英、法争秘林海界。清界之举，固合三国而公议也。俄造铁路以达印边，英亦造铁路以达俄边。调兵转饷，咄嗟可办。迎而拒之，要而击之，庶不至缓不及事也。因于光绪十年已疏陈矣。

初七日　晴，中夜微雨。谒外部、户部之夫人。

二月二十六日伦敦来电，言英国今年添造头等铁甲二艘、二等一艘，较以前之铁舰尤速。安置重六十七吨之钢丝新式炮。又造破水雷之快船六艘，每一时辰行一百八十里。造成后试验，合用则添造十四艘，共需银一千四百二十四万零一百镑。其头等铁甲每艘需银九十七万镑。又卡达麦船厂所造之铁舰一艘，容一万四千吨，马力一万三千匹，每一时辰行一百二十里，其炮亦照以上之新式云。

英国今年新增兵舰

因按：英国今年所增之兵舰，共需银一千五百馀万镑，合中国银七千馀万两。古之所谓糜饷者，未若是也；即今时各国之所谓糜费者，亦未有如是之甚者也。然其材

19,3,8

料取诸本邦，其工匠集诸本地，其价值散诸本国之商厂。此七千馀万两之银，虽出于国帑，仍毫无漏卮。且借以劝百工，而制造日精，武备日盛，敌国隐消其觊覦，诚计之得者矣。

初八日　晴。二月初五日马得力来电，言日国前派兵舰以防美之攘夺古巴，嗣知美无此意，随即调回。兹闻法国派兵至三德明哥登岸，日廷惊骇，拟即调兵舰往探矣。二十五日巴黎来电，言法国接驻越南总督电文，法兵于二月十八日已据暹罗米江中之哥恩海岛，暹罗不敢与争。又闻阿洲之摩洛哥国，东邻法属之阿尔枝理地方，近法人于其边界造铁路，以达摩洛哥云。

法在各洲扩张势力

阿尔枝理（阿尔及利亚）

因闻法得越南后，垦地通商。哥垄、麦座、刹根三埠，房屋日增，荒土日辟，气象新矣。英人本垂涎暹罗，徒以暹主修好于英，未忍削灭。兹法为戎首，英人未必肯让，暹罗危矣。摩洛哥国地当阿洲要隘，英、德、法、义、日五国久已觊覦，莫敢先发者，虑争之者众也。今法人于毗连之地兴造铁路，一旦调兵夺隘，猝不及防，摩洛哥岂能力拒？但未知英、德、义、日四国，皆肯拱手而让否耳。

初九日　晴。上议绅佳黎生订见日国水师提督。亥初往，见总察院、各部、各国公使，惟英、法、德、朝鲜未见。归时已子正矣。

美国议院去年议增浅水兵船，兹已绘图，发厂照造。又因水雷购自他国，缓急难恃，既不敷用，且虑银钱漏

黑立发刻士（哈利法克斯）

卮。已于黑立发刻士地方创设造水雷厂，以备兵舰之需，且期精益求精云。

因按：光绪十年，中、法开衅，粤省于美国购黎枪，美厂不敢运粤，仅交香港。台湾所购之枪将到时，为法国兵舰追查，乃尽弃之海中，则缓急难恃之证也。方今边防日亟，偃武无期。枪炮、兵船、水雷诸械，购自外洋。有限锱铢，去而不返；漏卮之弊，长此安穷？譬如久病之人元气日亏，体质安能强健？美国所策，其有所见于斯乎？

初十日　小雨。日本轮船由横滨赴旧金山，载有妓女多名。日关侦知，即拘留上岸，从严讯办。二月二十六日马得力来电，言接小吕宋总督电文，所属太平洋之毗琉海岛，近为日本兵船所踞，亟请设法增兵。查此岛在小吕宋与格罗阑岛之间，太平洋之北，距小吕宋四百五十米，居民万人，地尚膏腴云。

日本兵船踞菲属岛

因查日本商船向往来上海、长崎、横滨。近年至檀香山，又至美国之金山，渐推渐远，商务渐扩矣。海军之力似不敌西班牙，而居然占踞其属岛，此未必确。或者毗琉一岛，始为西班牙所得，继而弃之，如荷阑之于澳大地亚，则人弃我取，不能指为日本之侵吞。然西班牙既有权衡，以两国海军之强弱，日本似难终踞焉。

十一日　晴。卯正兴。辰初饭。饭后启行赴纽约。申正到。晚饭毕，即往谒大状师矗剔、阿物士、利亚顿。商请矗剔、利亚顿于西五月八号赴华盛顿公堂驳例，以阿物士在纽约提调诸事。又虑美员骚扰华民，另请状师文阿伦

谒诸律师维我权益

19,3,12

专护华民。如其至期有巡捕拘拿之事，则由文阿伦阻止；阻之不能，则向公堂保释候审。商议妥帖，回车已戌初矣。因至诸状师办事处，其街为纽约税关及税库两衙门所在。观其工料坚固之至，自地至顶，均用径方六尺之白石砌成。玻璃窗甚小，仍以铁棍纵横为格，水、火、盗贼无从损伤。自非地震，当可屹峙数千年矣。

十二日　大雨。卯初兴。辰初饭。饭后偕翻译、巡捕赴会。兵船已舣海畔，各国公使陆续而到，惟未见朝鲜使臣耳。英、俄两使均乘本国兵船，赴会者为代办。墨洲各国半携眷属。欧洲惟葡使挈其夫人。午正出海，总统携后并各部长为一舟。各国公使共一舟。总察院、上议绅、各部副员为一舟。而总察院不愿到，云将散院，亟须清理积案故也。午初设宴甚丰，水师弁兵伺候一切。午正宴毕，展轮出口，则各国兵舰星罗棋布，未见起碇，名为操演，实未操演也。惟本舟过时，则声炮耳。火药之烟弥漫海面，至两船不相见。回舟已酉正矣。又至大状师处，订定届期提案，至华盛顿总察院衙门讯驳。 参加国际海军大会

十三日　晴。辰正附火车返署。查昨日各国赴会兵船，英国头等铁甲四艘：一名“壁立”，容九千吨，马力二万匹，每一时辰行六十四海里，装煤一千五百吨，兵头三十四名，兵五百二十九名，此船为至巨、至速；一名“柯士耶”，容五千六百吨，马力八千八百七十六匹，每一时辰行三十七海里；一名“麦知辰”，容二千九百五十吨，马力九千二百六十二匹，每一时辰行三十八海里；一 各国兵船 英国

名“拖打”，容一千七百七十吨，马力三千八百二十四匹，每一时辰行三十四海里又半。二等铁甲一艘，名“白列□”，容七百五十吨，马力一千三百零二匹。以上共五艘，皆亦□内所成。法国头等铁甲一艘，名“真白”，容四千一百六十吨，马力七千八百四十六匹，每一时辰行三十六海里。木战船一艘，名“亚利儒士”，容三千六百吨，马力四千一百三十二匹。战船一艘，名“下赛”，容八百八十吨，马力七百八十七匹。以上共三艘。有前十年以外者，惟头等系新成。德国头等铁甲名“开沙柯”，容六千零五十二吨，马力一万二千六百匹，每一时辰行四十海里，系新造。战船“师亚拿”，容一千八百八十吨，马力二千七百匹，每一时辰行三十二海里。以上共二艘。俄国头等铁甲五艘：一名“总拿千麻”，容七千七百八十一吨，马力八千二百匹，每一时辰行三十四海里；一名“巴蔑亚华”，容六千吨，马力一万一千五百匹，每一时辰行三十八海里；一名“卫地舟士个”，容五千七百九十六吨，马力七千匹；一名“贞亚糜卢”，容四千六百零四吨，马力四千四百七十二匹；一名“连打”容，二千九百六十五吨，马力三千匹，每一时辰行三十二海里。头等战船一艘，名“黄帝尔可拿事”，容九千四百七十六吨，马力八千四百匹。以上共六艘。巴西国头等战船名“亚几打半”，容四千九百五十吨，马力六千二百一匹。二等铁甲一艘，名“地宝北地”，容一千三百吨，马力二千四百匹，每一时辰行三十四海里。炮船一艘，名

两处“□”为原文脱字

法国

德国

俄国

巴西

19,3,13

"太伦顿士"，容八百吨，马力一千二百匹。以上共三艘。
义国兵船：一名"依拿"，容三千五百三十吨，马力七千 意大利
五百匹，每一时辰行三十四海里；一名"记柯还依波新"，容一千一百三十吨，马力六千四百五十六匹，每一时辰行三十四海里；一名"当高利"，容二千八十八吨，马力七千六百匹，每一时辰行三十八海里。以上共三艘，
均为头等铁甲。日斯巴尼亚头等铁甲名"衣拿衣真天"， 西班牙
容四千七百五十吨，马力一万一千五百匹，每一时辰行四十海里。战船名"烟芬打依士波"，容一千一百五十二吨，马力一千五百匹。水雷船名"新吕宋"，容五百七十吨，马力二千六百匹，每一时辰行四十海里。以上共三
艘。和国战船名"环士排"，容三千四百吨，马力二千五 荷兰
百三十二匹。计一艘。拉巴拉他头等铁甲，名"新地诸瑙"，容三千五百吨，马力一万四千五百匹，每一时辰行
四十四海里又七分。计一艘。美国水师提督铁甲坐船，名 美国
"飞拉得尔飞"，容四千三百二十二吨，马力八千八百十五匹，每一时辰行三十八海里。第一队战舰六艘。一、二等铁甲名"乌获"，容四千零八十三吨，马力八千八百六十八匹，每一时辰行三十八海里；一、二等铁甲名"亚轮打"，容三千一百八十九吨，马力三千三百四十五匹；一、二等铁甲名"三夫阑借士哥"，容四千零八十三吨，马力九千九百十三匹，每一时辰行三十八海里；一、二等铁甲名"巴的马"，容四千六百吨，马力一万零六十四匹，每一时辰行四十海里零二分；一、三等战船名"班

林顿”，容一千七百吨，马力三千四百三十六匹，每一时辰行三十五海里；一、练兵船名“板可壶”，容八百三十六吨，马力一千三百匹；一、二等铁甲名“希卡果”，容四千五百五十四吨，马力五千八十四匹；一、三等兵船名“若檀”，容一千七百吨，马力三千三百九十二匹，每一时辰行三十二海里；一、二等铁甲名“渣士顿”，容四千零四十吨，马力六千六百六十六匹，每一时辰行三十六海里又二分；一、炸药炮船名“威数威”，容九百三十吨，马力四千三百六十六匹，每一时辰行四十二海里；一、三等兵船名“干戈”，容一千七百吨，马力三千四百零四匹，每一时辰行三十七海里；一、防海兵船名“万尔妥”，容三千九百九十吨，马力四百二十六匹；一、水雷船一艘，名“苦臣”，入水三尺五寸，容一百三十二吨，马力一千七百二十匹，每一时辰行四十五海里。兵头三名，兵役二十名，一磅炮三尊，水雷三个。又可仑比初到墨洲，所乘之旧式帆船，大小三艘。一、美总统与各部所坐坐船一，船名“打猎分”，容一千四百八十五吨，马力二千一百十八匹；一、各国公使所坐兵船一艘，名“壁立”，容三百五十吨，马力二千一百七十匹；一、议绅坐船一艘，名“万某”，系游船，非兵船。以上兵船，凡一时辰行不过三十海里者，均不记。所行里数，英国船为最巨，式且新。美国船新者亦多，而巨者少。当让英国首屈一指矣。

帆船三艘

可仑比（哥伦布）

十四日 小雨。上月伯林来电：义国库款支绌，无可

19,3,15

设法，已向德国银行贷银六千万佛郎。又马得力来电：日国历年亏空，至今共短七千万佛郎。近竭力整顿，以加税为开源，以啬用为节流。现已由节啬项下弥补三千万佛郎。尚不敷四千万，即由议院议定，于加税项下所收弥补云。意日二国经费不足

因按：义、日两国为补不足之计，日之所筹，似胜于义。义为借贷之举，本系剜肉医疮；且又贷诸他国之商，殊失计矣。日以啬用、加税为计；啬用则量入为出，加税则量出为入。欧洲各国恒如是，且入口之税居多，尚不得为病民也。

十五日　晴。梅律司送到照会，外部似欠切实，即为更定。

闻东三省铁路已造至滦州，三四月间关内可望竣工。此后即可设局，关外逐段兴造云。关内铁路可望竣工

因于轮船、铁路二事考究二十年，决为富强之本。自出使后，频于美之官绅，延访其老成练达者，皆言美国富强之骤，实由铁路之多。且有比较各国铁路之多寡有无，以知其国之强弱贫富者。若美、若英、若德、若法、若俄，所谓头等之国者，其铁路之多亦居头等；若奥、若义、若日二等之国，向之称富强者，今渐不及，究其铁路实居二等；若和阑、若比利时，其铁路又减，其国势亦殊；至于印度、波斯、阿富汗、埃及、赛尔斐亚、罗马尼亚诸国，或铁路由他国代设，或竟无铁路，其国势更昭然共知。盖各国之强弱贫富，不可掩者也；铁路、轮船之多

铁路日兴欣然而喜

寡有无，尤不可掩者也。亦如中国孔子之道，“得全者昌，失全者亡”，捷于影响耳。因闻铁路日兴，欣然而喜。因忆其言而志之。

十六日　小雨，巳后霁。德国议院拟大兴铁路：添造新路七条，并展造旧路六条。务使火车四通八达，无处不到，以利用兵，而便商旅。计铁轨、车头、坐车、货车，各费需银一千二百四万一千馀元。又德国各处驻防之兵，以冬春多雪，操练为难，因改用雪鞋，操兵、行动较为便捷云。

德拟大兴铁路

因按：德为布鲁士盟邦之一，以前无所表见。三十年内，日臻富强。度其英君贤相，凡所规画，必有大过人者。因驻美三年，与德公使时相见。虚心询之，乃益信张国之势，在练兵、制械；足国之道，在通商、惠工。而轮船、铁路，则为二者之枢纽。盖无事之时，运载利便；有事之时，调动神速。地球各大国，其皇皇营谋如不及者，非虚侨也。凡以富强之谋，固未有胜于此者耳。

德国富强之道

照会外部，为驳领照例也。

十七日　晨小雨仍霁。卯正，准北洋大臣电开总署电：本处曾照会田使，请电外部暂缓举行新例，俟杨使到后再商。田复：已于初七电外部。刻接电复，谓此新例，非必立刻照行，须俟总按察司核与本国例相符，方能照办。看此语意，当可从缓云。希酌办。并传谕金山工商董事云。鸿。箓。准此。当即转电金山矣。

新例从缓

美国水师人员留心战事，谓水雷为破铁舰之利器，而

19,3,18

不易奏效者，因敌船能见其来而防之也。欲求敌船不觉，莫如水底潜行。已思得一式，由议院拨费二十万元试造。合容一百二十五吨，其驶行以电气、汽机均可。又俄国驻美公使，以美国讲求水师年精一年，请于本国派水师人员借资考镜。前日已派兵官名麦佛哥到美。 美国试造潜行水雷

因查地球五大国，若英、德、法三国接壤比邻，阳相好，而阴相尤，武备自不能弛。如俄、美二国，一则环北冰海，一则处北墨洲，画地足守，比邻又无强国，似可不以武备为急；且俄尚有拓地之心，而美向守开国旧章，不准觊觎他人土地，似可以休兵息民者。而讲求水、陆两军，皇皇如不及焉，何也？申公巫臣曰："勇夫重闭。"古语云："虎豹在山，藜藿不采。"当今之世，畏战者，战事必多，以狎而侮之者众也；能战者，战事必少，以畏而敬之者多也。然则欲求休兵，莫如练兵；欲求息民，莫如劳民。此机缄也。美国之所经营者，即此意也。 重视军事以战止战

十八日　晴。上年准北洋大臣咨开天津洋报，向来由水线公司发寄泰西者，每字价洋两元四角四分。今由俄发去，仅洋一元四角四分，每字可省洋一元，则官线每年大可多得进款。今将在沪与包办处所订合同详译，并通知各局价目公电，及知照各士商，详细拟定每字以洋银计价：由津八角八分，由沽八角，由芦、由关、由锦、由旅、由边均七角八分，由营、由金、由奉均七角六分，由威八角八分，以上系至俄国；由津一元四角四分，由沽一元四角，由芦、由关、由锦、由旅、由边均一元三角八分，由 由俄发报可多进款 拟定电报计价标准

营、由金、由奉均一元三角六分，由威一元四角八分，以上系至欧洲；由津一元八角四分，由沽一元八角，由芦、由关、由锦、由旅、由边均一元七角八分，由威一元八角八分，以上系至美国。

因查美国电至天津，每字价银二元四角四分。外洋不以四码为一字，而中国向用四码，外洋遂作为两字之价，是每字四元八角八分矣。因以匀码之法，匀四为三，每字亦需银三元二角五分二厘。准以美国近年银价即合中国四元有馀，诚不可不设法。但其章程仅有由津至美之电，而无由美至津之电，岂未与美电公司订定欤？本月初三日伦敦来电，谓中国与俄国所接之电已经通行，其价虽减，而往往迟至数日，是以发电者均不由此线云云。岂发电之法未尽善欤？抑他族妒之欤？又查问美国电报局，电至中国，何以不照此价？寻据复称，海线达中国者三路：一曰衣士顿，一曰印度，一曰那甫顿。那甫顿，即由欧洲西比里亚之俄境。三路电费均同一律。惟由华盛顿电澳门，每字需银二元一角二分；其电台湾，每字一元九角九分，微不同耳。（此信存档）

价格虽减速度不及

十九日　晴，午后大雨。欧、墨两洲通商水路，由大西洋径一万里，仅需七日，出产日盛，现有轮船不敷运载。近德国、和国各新创一轮船公司，专为纽约来往云。

德荷新创轮船公司

因闻美商欲于大西洋分欧洲各国轮船之利，不令独揽利权，正筹集股，创设轮船公司。而德、和两国已先为之，所谓明者所见略同欤。又查中国土产，苦于出口税

19,3,20

重，不能与各国争利。而又无出海商船，以致运载之利，又为异国所专。即近邻如日本者，两国通商，人民货物往来，亦仅由日本之船，而无中国之船。日本自谓与中国通商，所获利者甚巨，此共闻共见也。

二十日　晴。二月初一日伦敦来电，言英皇偕伯爵罗司伯赴义国发老力士城，会德、义两国之外部长。初七日义国发老力士城来电，言英皇已到，义主派其侄往迎，并送至巴尔媚城。三月初六日罗马来电，言义主成婚二十五年之期，各友邦均庆贺。德主偕后率宗室亲临行礼。到时，义主偕后亲待于车厂相迎，至格黎那宫开宴。教王则派相臣马星尼。英世子是日亦到。十四日罗马来电，言德主偕后到义数日，义主与后每日偕往各处游览，极形亲洽。德主偕后拟明日返国云。

发老力士（佛罗伦萨）

英德意皇室亲洽

因按：《周礼》所载“觐遇”、“朝宗”之礼，于泰西见之。盖显以示友邦之和好，而隐以消敌国之觊觎也。百年之间，英人于拿破仑之攻西班牙，俄军之攻土耳其，皆力保全之。近年于德、奥、义之联盟，则隐愿其合；于俄、法之联盟，则不欲其成。而于德之欲开衅于法，则婉阻之，其用心可知矣。今则赴义而会德、义两国之外部，并亲临义主之吉礼。度其深心，盖虑德、义之交不固，而招外侮之来，故为联之以保欧洲升平之局也。

二十一日　晴。接外部照复，言必保护华人。

上月马得力来电，言日国治古巴与波都历古两岛，向不得法，故常民变。兹日政府拟改其苛法，准两岛自设议

波都历古（波多黎各）

院，以通上下之情，而免隔阂。又英之埃尔阑亦苦英人苛待，民心屡变，兹又不靖。管理该岛人员，现出示禁运军火入口以防之云。

因查泰西各属国皆苦于重敛，美之于英，即前鉴也。顾其国家虽重敛，而尚能维持其商务，民之不至重困者此也。日之属岛仅古巴、小吕宋二处，而民均不靖。英之属地遍天下，而埃尔阑近在肘腋之间，民亦不靖。乃所以治之之道，一用柔，而一用刚。其不同者何也？则国势不同也。日之兵力弱，而属地远，鞭长莫及，威力不足以慑之，故利用柔；英之兵力强，而埃岛近，缓急可恃，威力足以慑之，故利用刚。地球各国，其处置本国之民与与他国交涉，均此意耳。

二十二日　晴。谒梅律师。闻外部、户部分电各省，不准拘拿华人。有阿利干省总督复电，不以为是，痛诋总统及两部。又闻美国于一千八百九十年六月（即中历光绪十六年五月）所添头等铁甲三艘，由费城喀拉姆拨船厂承造者，今已成功试水，命名“陈拿”。美总统、各部、上、下议绅、水师人员、士民约万馀人临观。其铁甲厚处约八寸，长三十四丈八尺，至阔处六丈九尺，入水二丈四尺，容一万二百吨，装煤一千八百吨，将架十三寸口径大炮四尊、八寸口径八尊、六寸口径四尊、速放炮二十八尊、水雷六管。价三百零二万元。

头等铁甲试水成功

因查美国于本月初与厄瓜多国订约，请以厄国之格来巴哥海岛作为美兵船蓄煤、添煤之地。厄国总统已允，交

格来巴哥岛（科隆群岛）

19,3,23

议院议矣。美之水师向无闻焉。数年以来，筹造兵舰、炮雷，不遗馀力，日盛月新。其所以易措手者，则以船厂、炮厂林立，各邦钢铁、金银预储矿库，咄嗟可致，无广采购邻封也。

《诗》曰："迨天之未阴雨，彻彼桑土，绸缪牖户。"美国有焉。

二十三日　晴。美国管理内地税员造成月册，已报户部。计自上年西历七月至本年三月，共九个月，收国内税银一万二千零五十一万零零十六元九角五分。其所收之税，大抵烟、酒两项为多，其次则假牛油，此外甚少云。 美国税银烟酒最多

因于美国烟、酒之税之所以重者，盖屡言之，不复渎矣。且非仅美国为然，盖中国以外固无不然也。因尝取其烟权之：其大枝者，每十枝重一两三钱，中等之价，需银一两；其小枝者，每十枝重三钱二分，中等之价，需银二钱。随使员中有嗜之者，大枝日需五枝，小枝日需二十枝。盖中人十口之家日用之费矣。香冰酒之沽于市者，每瓶需银四五元。其价之费，因其税重故也。泰西各国于烟、酒、玩器各项之无益于民，及女闾、博局、鸦片之有害于民者，悉以重税苦之。盖有深意存焉。即其于作奸犯科，罪不至死者，亦以罚锾科之，而不用鞭扑笞杖，即此意也。因又闻和国判断钱债之案，有足称者：凡债主之控欠户也，官司即提欠户，查其所欠属实，即予监追。其监追之法，则但监而无追。惟欠户之日食，须由债主供给。欠款一日不清，则欠户不能出监；债主之供给日食亦不能 无益之物课以重税 "一日不清"原作"一日一清"

缺。但缺三日，则欠户鸣于官，官即释之矣。盖钱债一事，固有有意不愿偿者，亦有无力不能偿者。其不愿偿者，必有身家，决不愿久于监禁，以废时失业；其不能偿者，日食不给，今得监禁而转免饥寒，自安之若素矣。且欠户之身家能偿与否，债主尽知。官司如此办理，债主于必不能偿者，亦决不控于官。盖原璧已不能归，而供给又将虚糜也。泰西好用机巧，此皆无形之机巧欤！

二十四日　晴。拜发保奖随使人员一折又片三。

华优赴美被阻登岸

希卡果状师昨日来电：以华优二百馀人赴会美国，税关阻其登岸，请照会外部。今日投刺谒见。因却之。

德国陆军一律改用无烟火药。以其施放之后，不淤枪管；临阵之时，无烟障目，故美国上年制造甚多。当时试验，实系合用；近日试之，则又不然，盖几不能送弹出管矣。

樟脑挥发火药失效

因查火药之配合，硝，取其速然；磺，取其炸力。而磺之烟最重。欲其无烟，则必以有炸力而无烟者代之，樟脑是也。顾樟脑之性辛香善窜，与麝香同。凡香窜之物，皆香气团结而成。气散尽，则质亦尽。故蓄麝香、樟脑者，必用毫不泄气之器，防其散也。今美国火药，既以樟脑代硫磺，则当防其气之走泄。今仍以蓄火药之法安放，及其累月经年，则樟脑已化气走散，宜其无用也。事之初创者，本难尽善，精益求精，自然释回增美矣！

美总察院会审驳论

二十五日　晴。驳例状师利亚顿来见，言总察院于今日会审。酉刻大状师矗剔、伊物士、阿士顿来见，言已与

19,3,26

总察院驳论，且看总察院之意如何？又言美国每届举总统之年，欲举者即以禁华人为总统之券。上年又值总统求留，外部布连又与争夺，故其禁例愈严，而不料其皆不得也，徒贻笑柄云。

二十二日伯林来电，言德主拟添兵额，交议院公议，议院不准。德主遂令散院，通谕国人另行公举议绅。又闻德相宣言于议院，言奥尔赛司、鹿林两省，本为德国土地。今既收回，将来有争之者，无论如何劳师糜饷，决不以尺寸与人云。

奥尔赛司（阿尔萨斯）

鹿林（洛林）

因查奥尔赛司、鹿林两地，乃二十年前德胜法时，法割以与德者也。欧洲风气大抵不敢示弱，所谓战胜于无形也。德、法各国，土地犬牙相错，其界尺寸不可逾越，其势尺寸不敢让人。其立国以练兵为急，其筹饷以通商为先。且必有至巨之饷项储积于平时，不待张罗于临事焉。若土其耳、若丹马诸国，向之所称为大国者，数十年来，其土地为各国割裂过半，遂至一蹶不振，日就衰弱，亦犹人之肢体，摧残废痿，断未有能久存者也。

欧洲风气不敢示弱

二十六日　晴。接金山电，言驳例事。即复电。

二十二日伦敦来电，言俄国之保阑一省，介德、俄、奥三国之间，向为用武之地。其中犹太籍者一百五十万人。俄之苛待犹太人，无所不至，犹太人之恨俄已深。现时俄与德、奥外修好而内积怨，观衅而动。果有战事，犹太人必为内应，甚且倒戈。俄政府亦深知而防之。二月间出示通谕：所有保阑省犹太人之散处各村者，一律迁入城

保阑（波兰）

镇，俾官府得以约束云云。其实欲以转徙不安者，迫之出境，此项犹太人又必来美，美国宜设法禁阻云。

因按：古之固边防者，尝拒异国之民。然拒之于初来之时，非逐之于安业之后也。《虞书》曰“安民则惠”；曾子曰“有人有土”，圣贤之训，乃不可以例今之时。尝考亚墨一洲，欧人踞之，而逐其土著。今则欧人日多，而土著日窘驯，至无可栖身，避入山僻。数百年后，种类绝矣。中国黔、滇、蜀、粤边地，苗、獞、猺、猓之类异种甚多，迥古以来，不闻驱逐。然则我国之宽大，诚莫与京矣！

二十七日　晴。接金山华商电云：“总署有无来电？”复以未接来电。

开源节流成效显著

昨日马得力来电，言西班牙国库款入不敷出，已经多年。昨日户部大臣布置来年经费，送交议院查核。量入为出，仍馀五万二千馀元。此日国近年所未见，议绅喜形于色。查其中开源节流，计省费六百四十万元云。

因查义大利、西班牙，古称富强之国，今渐衰贫。义大利今年虽贷得巨款，而非贷诸本国，将来必有流弊。又闻希腊国入不敷出，本月向法国富商告贷未允，又求诸英商，英商亦却之。各部大臣无可设法，遂均奏请开缺。埃及国则以所贷英银四万万馀，久无归结，其政柄遂由英人主持。此二国者，于国中之利未见其兴，徒恃借贷，又贷诸他邦。始也急何能择？今则颠而难扶。西班牙之及早图维，其谋国有足取焉。

19,3,28

是夜金山来电云：请电总署力争。

二十八日　晴。卯刻接金山电云：案已提驳，虽有公论，彼以约准设法禁工为辞，且有误视宽大意。察院现定本月十五号批断。氓心坚持，趁机属田使电美，毅争必转；或电崔宪离美。国体一振，俾易就范，决无意外。恐已断定照行，再商无及矣。乞裁。工商万叩。此电已电北京。因即于辰刻发电云：华商请电贵署撤因离美。请示。因。

案已提驳不日批断

上月美国渔船水手自大东洋返美，言在渔船捕鱼，泊俄国之格梧桔格地方，上岸游玩，甫入俄境，为俄兵拿解至高莱苏地方坐监。又押至珲春金矿处作工。幸美国驻俄水师员闻知，照会俄廷始释。又昨日奥京来电，言奥国议绅有产业在俄之保阑省，亲往料理，为俄地方官驱出境。奥国政府现与理论云。

因谨按：昔孔子言“柔远”，今地球各国，立约均言“和好”。其实中国仍守“柔远”之经，各国全无“和好”之实也。美国禁华工，英、法、俄各国皆效之。西班牙、秘鲁、和阑则招华人而又苛待之，然犹曰“此所以限制贫人，防夺土人之生计也”。乃俄国，驱逐犹太人出境，限制德人不许于俄置产，驱逐奥绅之入境料理产业者，则又曰“德、奥联盟，俄人防之也”。美隔大东洋，向与俄敦睦谊。俄之饥也，曾运粮集资以赈济之，固前日事也。乃不久，而即逐美之画师，掳秘林海之渔船，监渔船之水手，岂以怨报德耶？弱国出此，有不兴师问罪索赔

俄国外交霸道强硬

者乎？因固知无敢问罪索赔于俄者也，强也！

二十九日　晨起细雨，辰正见日。二十七日奥京来电，言奥国大军按时操演，以求精锐。兹秋操之期在迩（中历五月，即交西历七月），德国之君与俄世子，均订届时至奥阅操。查俄世子此行，实期与奥修好。奥君亦愿结好于俄，俾以前相畏相防之心，彼此消释。此举有关欧洲升平之局，故德主亦欲与会云。

奥国军演德俄与会

因按：古语云“一日不朝，其间容刀”，然则好会之典，匪仅以联邦交，亦可以消嫌隙也。德、奥、义之君时时相见修好，报不绝书。德主又常迎见俄君于途，往见英后于国，较奥、义之君尤为勤慎，非好劳也，所处之地不同也。其国介俄、法两强之间。非结好奥、义，不能分支两国；非结好于英，不能消法人之觊觎。外修好，而内增兵，欲战则战，此形格势禁之机也。子曰：“知几其神乎？是故君子安而不忘危，治而不忘乱，是以身安而国家可保也。”《易》曰“其亡其亡，系于苞桑”，其德君之谓乎？

德君懂得居安思危

三十日　晴。奉总理衙门电开：来电悉。同日接金山商董商有或电崔宪离美。国体一振，俾易就范等议。查本署月初照会田使，请其电外部，暂缓行新例，俟杨大臣到后再商。初十日田使复称：外部复谓须俟按察司再核，当可缓办云。该商所请，目下无此办法。亦非工人等所可擅请。至工商电禀，应由使臣、领事代陈。径电本署，无此体制。希饬禁。卅。当即复总理衙门电云：总察院韪盖力

19,3,30

例者多，仍行新例。又金山来电云：闻判新例仍行。黎禀。当即复电云：奉总署电，以后金山工商勿再率电总署。美察院仍判行新例。因金山商董所延大律师阿士顿、利亚顿来见，言总统颇有废例之意，而察院不从。察院共八人，以为当废者，傅尔、斐路、不绿瓦三人；以为不当废者，布郎、不来之福、彀磊、矢拉矢、截胳生五人。惟傅尔等三人资深望重，既谓当废，将来议院再议，必有转机云。

美察院仍判行新例

卷十五

四月初一日　小雨竟日。申正，梅律师、阿士顿、利亚顿来见。梅律师言："请电达总理衙门，此例须待议院开时，由议绅再议。以有上议绅可六之请，总统已将案牍发交议院，自必再议故也。"阿士顿言："中国一听客之所为，而毫无抵制，近日议绅之持公论者，皆屈而不伸。以后不敢昌言，多夺气矣。虽有再议之举，恐难期其秉公。中国若照美国新例，即令美人之在中国者，皆领照、注册，皆由中国地方官判案。此美国所不能驳，而各国皆以为然者，似可照行。"因答曰："我国向耻违约，而以'柔远'为心，故不欲行。容当以此意转达于总理衙门。"利亚顿言："总察院既不敢反议院之议，公使宜照美外部，令其暂缓行例，以俟十月开议院时再议。"因答曰："照会缓行苛例，前两月已屡行文外部，外部已有复文。且我总理衙门，先已照会田贝转电外部，俟新使到美再

中国不欲报复抵制

19,4,2

议。外部所复之意，亦许缓矣。似亦不必重申，仍俟三思而行可也。”谈久而散，已酉正矣。

四月初二日　晴。谒外部，本拟面诘新例。而外部葛礼山，已正专函来请，因即趋赴。值英公使先有事见，因待至午正。见面将欲有言，外部先言，谓新总统先时示意缓行新例，不照相，不觅保，华人不领照者，亦不拘拿。本示以废例之意。方谓总察院必以废为事矣，不意有附前总统者，居然批行。总统甚歉仄，不以为然，而又无废例之权。昨日传各部员相商，已示意仍不拘迫华人领照，以表两国和好之意。因答曰：“贵大臣所言如此。但恐各省官员借此蹂躏华人，则多事矣！”外部言：“断不纵令各省蹂躏华人。但中国亦勿轻动，使美民之寓华者，或遭焚杀。请电政府。”因答曰：“因必电政府保护美民。美民之在中国者，因当力任保护；华民之在美国者，贵大臣当力任保护。二人分任，不得推诿异言。”外部欣然允许，且密告曰：“此例总统必示意议院，于冬初开院时必当议废。不但如贵大臣所欲，且有喜出望外者。惟勿漏泄耳。”谈久辞退。当即电达总署云：谒外部。外部传总统意，仍缓行例。且求保护寓华美人。又发书二函，分呈总署、北洋。

总统示意仍缓新例

四月初三日　晴。金山来电云：美官公论，已见例难办，必缓行。现属律司立新案，再与坚持必转。华商乞转电，毅争民安靖黎。当即复电云：昨日已电总署。

三月二十八日伯林来电，言德主谓议院不允添兵，不

德增烟税以筹军饷

过以筹饷维艰之故。今拟整顿烟叶税项，即可补库款之不足，议院自无所借口云。

因尝查美国烟、酒两税，收款甚巨，其税则亦甚重。壬辰之春，曾赴古巴查古巴卷烟之业，计千馀家。美国上议绅士丹佛言：金山一省设酒肆者，计四千六百馀家。亦可见泰西人之嗜好矣。泰西烟、酒其价甚费，不可以中国之价例之。出使人员之尚西洋烟、酒者，每日所费可抵中人十口衣食。因讥之。洋人之知大体者，亦深恶之。故泰西各国烟、酒之税至为繁重，非必好为苛征，亦冀以节斯人之嗜好耳。德国整顿烟叶一项之税，即足以敷增兵之费。骤而闻之，断不信也。亲历者自知之。

华商请求缓行新例

初四日　晴。巳初，金山商董来电云：察院碍议院情面，五员批行，三员批否，例定行，侨氓惶急。此间心力已竭，非列宪设法难挽。现按例，即押、驱民等，以有财产二千万电户部存案。教会防报复，求缓。总统有歉心，以驱、载须巨资，有难意。惟国例成，工党嚣，恐难阻。若中国毅争，俾有词，决可挽此例。正大官商皆不服，属华人再辨。现已拟案再驳。值赛会，万国皆切窥中、美交涉之事。能急持，谅不敢肆。情急吁乞，谨再冒渎。罪甚！工商叩乞。巳正，总理衙门来电云：任既回华，勿再

并无不悦驻华大使

给资。田贝在此，中国并无不悦。告知外部，并探其问及之意。支。当即发德律风至外部衙门，订与外部大臣相见时刻。即据复云：外部已出门，俟回衙门定夺。申正又接总理衙门电云：尊电以察院韪基利，仍行新例。昨华商言

19,4,5

谒外部，外部传总统意，缓行例。确否？即电复察院判语，速译寄。豪。又接外部德律风，言明日午正相见。

初五日　晴。江海关来电云：二万库平。缉。

午正赴外部衙门，见外部大臣葛礼山。因先言曰："贵大臣所询中国是否悦田贝，及传总统之意，言察院虽批行例，仍拟缓行。并保护华民。又请中国亦保护美民。因均已电达。兹接总理衙门复电……云云。"为外部诵之。葛礼山答曰："田贝出使已八年，询中国之悦与否者，所以商定去留也。即此见美与中国和好之意。总统不以禁工例为然，而察院自行其意。然总统无废例之权（美创国例：议院创例，察院守例，总统行例），故须俟冬初开议院时再议。今年议院已定早开，故属外部、户部缓行此例，仍护华人以表两国和好之意。又恐中国不鉴此忱，成有决裂形迹，则误大局。故请电中国政府也。"因答曰："以前布连好为欺饰之语。故总理衙门惩前毖后，属询贵总统、贵大臣之意确否？庶彼此推心置腹，以期不至决裂。"葛礼山曰："余非布连比也。现在之所行者，如不照相、不觅保、不领照者，亦不拘拿，已见端倪。议院之开不过百三十日耳，期非远也。他日请证余言。欲先言之，未必见信，且亦不便先言。总之，观余所行可耳。"因谢之，遂辞出。 新任总统与华友好

初六日　晴，西正雨。三月二十九日伯林来电，言德国大军拟于交秋操演。择于附近法国疆界各边省大耀军容，较之以前尤为壮盛。德主已函达奥、义两国之君及英 德拟对法炫耀武力

世子，请届期临览云。

因谨按：前侍郎殷兆镛上疏，言“始终不忘战”，今于欧洲各强国见之也。夫所谓“不忘战者”，乃搜军实、讲武事、汰惰弱、演阵法，考求中外强弱情形，非仅以备武员、具兵额而已也，亦非欲开衅于邻国也。泰西各国常觇敌国之势，以为向背之机。即《商书》“兼弱攻昧”之义也，即兵书“攻瑕不攻坚”之机也。往年粤、捻、回匪之乱，其攻城掠地，凡饱所欲而扬去者，无不复来；凡被创而逃者，决不再至。凡于庸将、疲卒所屯之处，则必趋之；凡于湘、淮霆军所来之路，则必避之。虽扰攘二十年，而前后一辙焉。欧洲各国，无论德与俄、法相为敌仇，即与德联盟之奥、义二邦，二十年前即有战事。我强则仇者亦亲，我弱则向者亦背。“鼛乎鼓之，轩乎舞之，精华已竭，褰裳去之。”德主其知之矣。其耀兵于法界，而请奥、义之君凭轼而观，匪特可遏法人报怨之心，并可坚奥、义联盟之局。其不忘战，正所以止战焉。

其不忘战所以止战

初七日　晴。欧洲各国增兵耀武，相持不下。以致库款支绌，而终不敢罢兵者，恐敌乘其懈也。教王蒿目伤心，深思补救之术，拟约会各国息争战而讲农桑。以为各国如以争地为心，欲其不争，莫如于彼此交界地方留一瓯脱，无论何国不得在此用武，或可不启争端云。

教皇拟约各国偃武

因按：此亦禁鸦片之类，徒托空言耳。禹会诸侯于涂山，执玉帛者万国。至于东周，而存者无数十焉。彼时有天子之控制，犹不能禁其并吞也。泰西数百年间，元世祖

19,4,8

曾混一之，罗马亦曾混一之。乃不逾时，而即以力自雄，各王其地，此古时不能不争之明验也。中国粤、捻、回匪相继为乱，几遍天下，中间尚有外侮乘之，此近四十年中事也。泰西南北花旗，德法、俄土、智秘之战，杀人近二百万，此近三十年中事也。宋向戌为弭兵之会，当时即有子罕之论。鲁、莒之争，彼时晋、楚犹可驾驭列邦。今强国非止一二矣。度英、俄之势，能驾驭德、法、奥、义四国乎？窃以为当今之世而欲偃武，势必不能。惟有黾勉自强，使敌国不敢犯焉；创兴制造，使军械不外求焉；开浚利源，使物产不弃地焉；讲求交涉，使金银不漏卮焉。亦治安之策，而人力所能为者尔。

惟有自强使敌不犯

初八日　晴。初一日罗马来电，言天主教王向居罗马。从前义国政府深恶教王，其待之也，无异囚虏。教王亦自敛饬，通谕入教之徒，勿干涉义国教事。如逢公举议绅，凡入教者不操选举之权，亦不入选举之列，由来久矣。近教王以教势日衰，欲准入教者，与举议绅，或充当议绅，以冀教势复振。义廷知之，即属议院立例：不准教士干预国事以限制之，已成议矣。

意国禁止教徒参政

因于此而叹义国之善制教士也。俄、德之制教士，因尝疏陈之矣。墨西哥之教士作奸，因又详论之矣。教王盘踞义都，较墨国之远隔重洋，其限制之难易，显而易见。乃难者易，而易者难。于此可知两国之得失焉。夫权之所在，可以制人。而人不能制中国之入教者，皆倚教士有袒护之权也。揣其用心，与墨国之民一辙。因愿仿义廷之法

愿仿此法制裁教会

以制之：凡入教者，但与仆隶同科，则从之者少矣。或曰："是不畏决裂乎？"因谓美国之入天主教者，不入选举，未闻决裂也。或曰："中、美二国，势不同也。"因谓中国之制教也，弊在暴躁，故酿祸阶。等于仆隶，不齿而已，非将燔逐之也。外国之于凶犯，但治以应得之罪，均无缚拽、鞭笞之刑。中国每以暴躁，偾事启衅。启衅之后，又以赔恤示弱。必使官、民咸知此意，其庶几不轻举骤发乎？

阿力根省（俄勒冈州）地方抱怨不行新例

初九日　晴。申正总署来电，内开：电悦外部允缓例保工，所缓所保，有无年月、条款？或仅空言？即电复。本署无不坚持驳论，希传谕金山华商。佳。查前此阿力根省之民党大会，于工厂议行章程二款：一谓该省总督喷拿冶讥美总统与外部大臣，同谋助华，所讥甚是；一系怨总统、外部大臣之失策。又述总督喷拿冶论及华人不领照之故，以为必系总统等与中国公使私相商定。否则，如总统等决意欲行新例，华人安敢不遵？而何以不领照、注册也？是处初闻阿司多利埠，华人所黏六大会馆告示，美民不知所措。设有不虞，将惟总统是问。总统等不欲行例，显系中国公使导之使然。而中国公使亦既获罪，亦可控告也云云。

因查美国工党之势日盛，官、绅徇之者多。今总统、外部、户部内顾中美之约，而外惧工党之势，不得已而缓行例，以待议院再议。此其用心甚苦，而可共谅。若必迫之，使其昌言不准行例，是显与工党为仇。美为民主之

19,4,10

国，总统断不能与民争胜。且议院已袒工党，而总察院又袒之。总统、部员已成孤立。度势量力，总统决不敢与通国相违，似宜从其所请，以俟议院转机为妥。未便迫之，使变计也。梅律师以为然，遂止。 未便迫之

初十日　晴。电总理衙门云：外部顾邦交，而畏众口。屡求勿泄，难责实据。现安靖。因。

朝鲜代办使臣李采渊偕赴会之员郑显敏来谒。因询以朝鲜闹教之案，知已无事。又询朝鲜以岁歉，禁五谷出口，此内政也。日本何以龃龉？又何以索赔？朝鲜又何以竟赔银十万元？美外部言之凿凿，诚有其事否？李采渊答言：实有赔银之事。至何故龃龉，尚未知其详细也。谈久而去。 朝鲜赔银实有其事

因按：日本之鱼肉朝鲜也，由来久矣。明季平秀吉入寇，据其国都。非中国派兵为之夺回，朝鲜几于不祀。近数十年来，又胁以立约。大院君之家难，日本乐祸幸灾。幸赖中国兵力弭患，盖其欲肆志于朝鲜久矣。因又闻俄君近日派其储为西比里亚铁路监督，郑重其事，以冀早日竣工。其通筹东三省、朝鲜，固显而易见也。因又闻俄世子游历日本被刺之事，日本内不自安，宣言于众：谓异日俄有事于朝鲜，日本必处局外。则是日本与朝鲜为比邻，而不与朝鲜为唇齿也。因以为日本非但不与唇齿相依，且必效德、奥之于波阑，愿与俄分裂其地耳。明者见事于未然。此之不可不早计者也。 日图与俄分裂朝鲜

十一日　晴，夜雨。答拜朝鲜代办及赴会之员。

律师利亚顿来见。梅律师携到户部章程，即饬翻译译出。其文云：本部于本月四号谕饬各员，凡华人有不遵一千八百九十二年五月五号所行禁止华人来美各例款者，非有后谕，一概不准拘拿等因在案。现在凡例得在美之华人、未经照盖力例第六款领照者，仍须照前本月四号谕饬遵办。又查华工违背一千八百八十四年七月五号增修一千八百八十二年五月六号之例，与一千八百八十八年十月一号所行之例来美者，为数甚多。其中系冒充华商并冒他项人等，及由他国偷入美境之人甚众，自应照一千八百九十二年五月五号禁例之第一款、第二款、第三款、第四款、第五款，此各款者，均系仍前一千八百八十二年、八十四年、八十八年限禁华工来美之旧例，载明例应审讯、监禁、载回。按例不准在美居住之华工者，自应照旧例办理。于凡华工来美，不能将例得来美之据相示者，自宜拘拿查办。特此通饬。此文由梅律师交到。梅律师云："前半段系声明不行盖力领照、注册、拘拿之例。后半段系声明仍照旧例于由英属卡拿大及墨西哥国偷入美境者，按例办理。盖新例之第一款至第五款，实重申壬午、甲申、戊子限禁华工之旧例，故户部以此搪塞。而第六款，则系盖力特创，最为苛虐，有碍居美之华人。此款不行，则盖力之例实已不行。但以已经上、下议院议准，故不敢显言废弃耳。居美华人可无事矣。"因仍属梅律师面见户部大臣恺来尔，询其果否的确？然后电达总署。

新例暂缓旧例照行

十二日　晴，子刻雨，辰霁，夜雨。巳初梅律师来

19,4,13

见。言于午初至户部，谒户部大臣恺来尔，据云出门。待久，查诸总办，始知户部大臣实未出门。因近日来访者过多，故托辞避客也。遂请见。梅律师曰："中国公使前两日接总理衙门之电，询问领照、注册、拘拿之例，是否缓行？如何缓法？急须复电。"恺来尔云：章程已刊出矣。盖力所定之例，前五款系声明旧例，但禁由邻国之境而偷入美境者，于现在居美之华人无伤也。其第六款于已居美之华人，迫其领照、注册，否则监禁、拘拿。中国政府致意美使田贝，中国公使于上月照会请缓行例，保护华人，前来外部商之。总统、律政部、户部已电复田贝及中国公使，必保护华人矣。以前本已电饬各省，不准迫华人以领照及监禁、拘拿各节。适因总察院意见各歧，因恐各省之员以为即当行例，故又重言申明耳。所询缓行之年月，如无意外之变，准定缓至开议院时。其条款即照八十二年、四年、八年旧例耳，无新增者云。因询以开议院时又将如何？梅律师云："以前上议绅可六请于总统，将中、美两国来往公文交议院再议。前总统已交议院。将来开议院时，自当再议，毫无疑义。微窥新总统之意，尔时必密示意议院，议废盖力之例。现总察院之龃龉，各省之诋詈，总统不言而心衔之，愈以坚其废例之意耳。"利亚顿亦以为然。因当即发电至总理衙门云：户部通饬缓行盖力领照、拘拿之例。因。

美允缓行禁华新例

十三日　阴，夜雨。前十日巴黎来电，言上年秋，英兵船在非洲东南之马达加斯加岛游弋，遇法商船，疑为贩卖黑奴，令其停驶。法商船即升法旗，英兵船不信，仍派员过船查勘，后方放行。嗣法廷以此举诘问英廷，言法国向不以兵舰拦海搜查商船为然；况马达加斯加岛由法保护，而英舰乃于法国所属海面查收法船，有违《万国公法》。至贩卖黑奴，虽系公法准行，而法国自有兵船查禁，此举殊谬。英廷自知理屈，姑复以英舰之查，无损法国国体，惟嫌过于认真，当通饬兵舰以后勿搜法船。法廷以英既认错，现向英廷请赔，为商船湔洗而已。

英搜法船
法廷诘难

因按：上年法兵船大队至英，英主亲劳之，并备款一万元，设宴以飨之，礼意隆矣。英兵舰之搜查法国商船，意在禁贩黑奴。其用意非有伤于法国，而法国即有责言，何其不念前情、不少宽假耶？因以为此交涉之机也。《易》曰："履霜坚冰至。"《象》曰："履霜，阴始凝也；驯至其道，至坚冰也。"《老子》云："涓涓不息，将为江河；荧荧不灭，炎炎奈何！"言慎之于微也，言慎之于始也。若曰："微者不慎，其大者将至矣；始之不慎，其后欲救而无及矣。"交涉之道，其立约皆言两益，其用心实利己而损人。当立约之初，乘我不知，要求于始；及立约之后，出我不意，狎侮于微。驯至随事皆失均平，随时皆肆要挟。积习既久，直以为例应尔焉。强大之国固然，即弱小之国亦无不然，殊可扼腕。观法国所为，可知交涉之窍要矣。

法廷诘难
防微杜渐

十四日　时雨，时阴。俄国于犹太人逐之出境，禁其入境，由来久矣。兹有籍隶美国之犹太人，拟往俄国游

美犹太人
俄拒入境

19,4,15

历，向俄驻纽约领事请给护照，领事不允。该犹太人遂联名请于美政府向俄理论，谓美国商民，俄应接待，何以歧异而肆限禁？美外部已允行文矣。又俄国亚洲属地，地广人稀，从前曾招犹太人居之，允为保护，业已安居乐业。兹俄国亦已下令逐之出境云。

因按：地球各国，无不存自私自利之见。利之所在，专之而已，虽蒙不韪之名而不惜也。英、日、荷三国属地，华人到者必抽身税，法人近亦效之。英于新金山，日于小吕宋，均不愿中国设领事，尤不均平。美国于华人虽准设领事，不抽身税而时时以限禁苦之，均悖约章，而存自私自利之见耳。美拒欧洲之工人；俄亦拒美国之犹太人，并于犹太人之久隶俄籍、在保护之列者，亦群驱之。所谓信义者，安在乎？当今之世，各国竞事富强，而富又为强之基，故必专利，而防他国之攘夺。遂不免有畛域之心，固出于不得已。然因此而自乖信义，岂王道哉！ 当今之世信义安在

十五日　阴雨，申后见日，晴。巴西土产以茄非、树胶、糖为大宗。近巴西各茄非寮需工孔急。缘以前所用黑奴，待之无德。自前巴西王下令赦黑奴后，黑奴遂逃入山，变为野人，不愿佣工于寮。以致上年所产茄非，无人摘收者近百万包，约亏银八九百万元。巴西政府因竭力招徕德、义两国之民。其应招而来者，乃不愿作工，另谋生计。兹闻巴西政府拟派使赴中国，并设领事招工。现有富商嘉赖尔，由金山附船往中国，拟招工数万名，载回巴西，分拨各寮云。 巴招华工摘收咖啡

因按：前此卡拿大轮船公司来谒，言将为巴西国赴中国招工，请为行文当路。因答以入美籍之犹太人，应巴西之招而往者，困苦不堪。因求美驻巴西领事，为之措资载回美国，此前鉴也。嗣询诸载回之人，则谓巴西国之待工人，至为苛虐。所作之事，如伐水、掘土诸工，最劳苦者，每日工价不上银二钱，以给衣食尚不能敷。然则此陷阱也，焉可使吾民轻往乎？该公司无言而去。今观黑人尚不能堪，则巴西各寮实与秘鲁相似。上次船期已有所闻，即达诸总理衙门矣。

巴西待工至为苛虐

十六日　晴。本年二月美水师部大臣，以美国上、下留心海军，仅此十年之间，兵舰固按年加增，而海军人才惜未留心造就，以致兵舰造成，而阁置船厂，数月未驾驶；既无以谙习沙线，亦无以保护远商，亟宜设法储才为第一着。兹于四月初七日议定章程；所有统带兵舰出洋之员，定期三年，即当瓜代。俾未带舰出洋者，得以出洋学习。庶谙练之员日多，海军方为可恃云。

美国培养海军人才

因按：海军管驾机器诸职，固有水师学堂教育之矣。然欲其谙沙线，习风涛，实非久于海舶者不能也。英之商船，法之渔船，其数皆甲于他国，实备兵舰之所取材。其人毕世以航海为事，童而习之，壮而行之，不知其苦，而常觉其乐，有不可一日离者。真所谓“少成若天性，习惯成自然”矣！因生长山村，见入山采药为业者，其行削壁悬崖，如履平地，望者寒心，而采药者不以为险。值粤匪之乱，见黑龙江马队之剿贼，其人与马一气呵成，进

19,4,17

退周旋，无不如志。因尝询其颤摇之苦，罄控之能。彼则曰："乐此不疲，无所谓苦也；从心所欲，无所谓能也。"询以所乘之马，倘为枪炮所伤，能步战否？彼则曰："无马则无命矣！"然则其人与马固已合而为一，宜其善于马战也！中国方兴海军，而商船无出海者，往来津、沪，不足为大洋也。闽、浙、津、粤亦有渔船，而少有度重洋者。然则此项人才，似宜早为之计矣！ 海军方兴宜早发掘

十七日　雨。十三日香港来电，言墨西哥国在中国招工，现中国地方官已出示严禁，俟中、墨两国有约后，方准兴办以招工之事。墨洲各国，当其需工孔急，始则恐华人之不来；及见华人来者日多，又欲驱华人而使去。美国之事，即前鉴也。故严禁华人出洋云。 中国严禁华人出洋

因查从前美国甚恶黑人，时时群议驱逐。自南北花旗之战，美廷立例，准黑人入籍，与操保举总统、议绅、地方官之权，遂无议驱逐者。然则华人之不容于美，乃以不入美籍自误也。美之官绅持正论者言：埃利士党之不安分，过于华人。而美国不言其恶，一则由于入美籍，一则由于英、美有互交逃犯之约也。因又查美与英、法、日三国，均有互交逃犯之约。近日美、俄亦订互交逃犯。英国、丹国均与美有准客民入籍之约。将来中、墨立约，似应于此二者订明，方少后患。因又查泰西各国于入口之税，均可任意轻重。非若中国之一成不变，变则外国挟持之也。中货入美，纳入口之税，有过于成本者，有值百抽六十者，准以中国所收入口之税，几至十倍、二十倍，此 立约需订明三条

亦不可不先订者。此三者订明后，患必少。庶几中国可稍纾人满之虑，而外国可不效驱逐之尤。如果华民出洋而身安，中国地产之出口者必日多，而银钱之漏卮者必日少。亦救时之一策焉。

墨国似有振兴之象

尼国内乱海防极严

十八日 大雨时止，申后晴。梅律师来见，言总统致意外部大臣葛礼山，属总察院长傅尔入见，为察院所判新例甚不谓然，仍坚守前议，缓行新例，待开议院时再议。又言墨西哥国似有振兴之象，其总统勤于政事：凡于便民、通商之政，均实力讲求；于交涉之道，力顾利源，不愿为他国所夺。其矿产向运美国炼者，今则改为自炼。美国希卡果之会，已派亲信之员赴会详考，以资效法。又言尼格拉（中墨洲小国）内乱，海防极严。美国轮船名“纽约”者，由巴拿马赴金山，途经该国哥林都海口停泊，上落货物、搭客，该国派员上船查验，有无接济叛党军火。适美国新派驻该国之使臣乘坐此船赴任，亦不拦阻，惟俟查毕，然后登岸。因谓美船主即听其搜验乎？梅律师谓公法如此，虽大国不能不遵。且美国商船前实有干预他国战事者，此案美政府已按公法提该船主讯问，治以违例之罪。今正欲其查明，免至违例生事也。谈久辞去。

西方各国歧视亚洲

因按：此可以比例英人美生之案也。此可以证英国办理美生之案之不公也。此可以见泰西各国之于亚洲有歧视之心，而不照公法也。愤何如之！

美国新成巡海快舰

十九日 晴。美国新成巡海快兵舰一艘，命名“纽约”。初八日，水师部试验，每一时辰能行一百四十里，

19,4,20

为向来快船所未有。查欧洲各国头等战舰，外包厚甲，内载巨炮，形同水面炮台，笨重而不便捷，但可守险，难以攻战。以“纽约”快船当之，虽不能对敌，而其进退灵捷，断不致受损或被掳云。

因查近二十年来，泰西各国讲求海军，其尚巨重者，谓轻舰不能当大炮；其尚灵捷者，谓巨舰不能趋利便。二者相诋，实相济也。苟无巨炮，何以破敌国之坚艇、炮台？苟无轻舰，何以掳敌船而夺险要？二者不可偏废，兼收并蓄，非至富之国不能。惟英国兼而有之。若不以鄙远掠地为心，而以完守入保为事，则万吨之炮，似不如铁甲炮台，而辅以快船、水雷，其事易为，而其费亦省。至于试验船炮之法，则须船厂、炮厂之风气日开，日事讲求，自得其窍要。古人所谓“闭门造车，出门合辙”。又谓“百闻不如一见”。否则以胶柱鼓瑟之见，而测月异日新之机，未见其中肯也。

兼收并蓄非富不能

二十日 晴。查秘鲁出使各国公使、随员俸薪，按年计之：使英二等公使，英银二万元；使法二等公使，法银二万元；使美二等公使，美银一万四千元。三等公使一万二千元，实任代办使事一万元，头等参赞四千元，头等参赞暂行代办使事八千元，二等参赞二千元，二等参赞暂行代办使事六千元，随员一千二百元。以上系指出使英、法、美而言。凡出使何国者，即以何国银计。出使墨洲各国，除美国外，俸薪均给秘银，亦按使计：二等公使一万二千元，三等公使一万元，实任代办使事八千元，头等参

秘鲁外事人员俸薪

赞三千六百元。以上系指巴西、智利、墨西哥、玻利斐亚四国而言。除此四国外，头等参赞代办使事六千元，头等参赞三千元，二等参赞代办使事五千元，二等参赞二千元，随员一千二百元。武随员则照在营所得之俸发给，其次于随员者，亦照武随员发给。

因于美、日两国出使人员之俸，已查记矣。今又查明秘鲁出使人员之俸而记之。其中出使英、法、美三国公使，得俸似优，然多以代办充，则费亦减矣。其他出使墨洲各国以秘银计，秘银一千元，核以美银，尚不及六百元。则自公使至随员，其俸尤为减矣。又查美、日、秘三国出使人员之俸，以中国较之，公使不甚相远，而参赞以下，中国实较三国为优。中国创办之时，较之今日尤优，盖当时未考各国章程故也。

二十一日　晴。地球各国产煤油，以俄、美二国为最多。俄国内地行船，早以煤油代煤，取其价廉而适用也。

煤油代煤驱动轮船

惟远涉重洋之船，向未闻有以煤油代煤者。本月有欧洲轮船一艘到美国之费城，在途试用煤油，实为利便。自此以后，煤油又增一销路矣。

因按：美国新以电气行车，进退便捷，较马为速，因常见之。此以电气代马力也。闻瑞士国之火车改用电气，较用煤者尤速，是又以电气代煤矣。化学家谓火轮、舟车

淡气（氮气）

将来可不用煤，即以化学分水之淡气代之，是水气亦可代煤矣。煤油与煤同质，用以代煤，固意中事。俄国煤油向不能比多于美，近年竟至与美颉颃。盖凡物产于地，而取

19,4,22

之者实在乎人。中国台湾亦产煤油，且闻甚旺。采得其法，使足给中国之用，则美国之煤油自难入境，或亦塞漏卮之一端乎！

二十二日　雨，时见日。赴梅律师处，查各省华民事，知尚安靖。闻初十日横滨来电，言日本政府整顿军务，惟日孜孜。近日调集国中陆队，似有战事。或疑日本意在与葡萄牙决裂，以近日葡国驻日之员，不肯约束本国商民，以致葡民犯法，屡次漏网，习以为常，故日、葡两国龃龉，日甚一日。其实日本察看陆军，特以调动试其缓急可恃否耳。

日本调军试探葡国

因按：葡萄牙自称为大西洋国，其方舆不及中国二百分之一，其民数不及中国百分之一，其商轮船不及二十号，其岁入仅银三百馀万镑，除交国债之息，仅馀银一百馀万镑。其陆军仅三万馀人，其水师轮船仅二十馀号。不知其所谓大者，何所取义也？或亚洲未遣使以前，不能深悉其国之实在情形，彼自以为大者，人亦以为大欤？或一百年以前，英、俄两国壤地尚未极广，民数尚未甚多，故不致相形见小欤？因尝详考其国债，皆贷自近百年之中。然则一百年前，该国虽不为大，而尚不为贫。今则贫弱交迫，借贷无门，至于鬻地。日本深知其国势，故不受其牵制，而与龃龉，亦所谓识时务者也。因料葡萄牙之无能为也。

葡今实为贫困小国

戌初外部来文，订于二十三日午正赴衙门商事。

二十三日　晴。午初偕翻译赴外部衙门。英、法公使

交涉华人遭拘一事

均已见。现见者为瑞士公使。因于午正见面。葛礼山言："费城地方官援一千八百八十四年例，于近日华人之由卡拿大潜入境者，拘五人讯问，此不过应故事而已。"因答以昨已闻之。此五人者，实非潜越入境，已属梅律师先问户部，亦拟商之贵大臣。葛礼山曰："果非潜入境者，必不多事。中国美商尚相安否?"因曰："我政府既任保护，必不失信。尚望贵大臣克践前言。"葛礼山答以自应践言。然证诸近日见闻，似亦可相信矣。因谢之，遂辞出，即至梅律师处详述之。律师允往见户部，并言近日华盛顿省关吏查出域多利轮船名"海代"者，常私载华人及洋药，由卡拿大偷入美境。讯出：上年十二月十六号，曾运入烟膏，值一万元，华人八十五名；今正九号，运入烟膏，值一万八千元，华人三十三名；二十四号，运入烟膏，值银三万元，华人五十六名；二月十七号，运入烟膏，值四千元，华人十七名；关吏已将该船扣留矣。

前公使冀美墨互惠

二十四日　晴。美国驻墨西哥之公使黎安，现已瓜代回美。言墨国矿产五金，地土膏腴，实为富强之基。如得其人，可以立起贫弱。墨国土产半运入美销售，其入口货则美国较他国为多。美、墨如立报施之约，美国可夺他国入口之利，而墨国亦有益云。

因观美使之言，知使者之所事事也。其所驻之国在墨，则考究其矿之多寡，地之肥硗。墨与美毗连，则考究其入口、出口之货物。如美国之土产，入墨难销，于墨则必思所以调剂之；如墨国之土产，入美有碍，于美则必思

19,4,25

所以限制之。今见美货之入墨者，较他国为至多，则思与墨立报施之约。报施之约成，则他国之货入墨尤少，美国之货入墨更多，可以夺他国之利而自专其利，此皆利己朘人之见也。然为本国谋者，固应如是也。

二十五日　晴。美廷以寓亚洲及南墨洲之商民时遭不测，亟需保护，因定造小兵舰容一千二百吨者三艘，为驶行内江之用，不日兴工。其一艘以钢作船身，其二艘以木板作船身，外以铜皮包裹。缘美水师部验得钢底之船，入水未久，即有海虫附着于底，积厚则船行遂迟，不如铜底之无垢而行速。而铜底又苦价贵，故不全用铜，而用铜表木里，其价适与钢等云。 美造小舰驶行内江

因谨按：《周礼·冬官》言："智者创物，创，诚未易言也。"泰西之创轮船近百年矣，其初创数十年，犹不适于用也。兵船之铁甲亦屡更改：铁甲易而为钢甲，钢甲易而为康邦，康邦今又易为白铁（即尼克尔），求其坚而又坚也。昔中国向德国船厂所造兵船，英厂诋之。其实制造之理，精益求精，欲其毫发无憾，必不能也。海虫附着船底，减行船之速力，十年前已闻之。当时谓有一种药物抹于钢面，可以却之。今久不闻用，岂其用之而不效欤？然则事非亲历，诚未易言也。 "智"当作"知"，音"智"

二十六日　晴。（腹痛。）伦敦来电，言法国加兵于暹罗，肆其蚕食。初意以为不血刃而可得地，先声所至，暹罗自然降服。不料屡次接仗，法人不敌暹罗而屡败，遂疑英国私助暹罗。前此法驻英使开缺，回法以后，至今尚 英助暹罗屡败法国

未派使云。

因谨按：越南、缅甸、暹罗三国毗连，而缅甸、暹罗又外与印度毗连。自法取越南，英取缅甸，而暹罗岌岌。惟暹罗向结好于英，故英迟迟未忍灭之。法亦以暹罗亲英之故，而未敢遽灭之。查地球小国，本有借大国牵制而存者。如檀香山，则英与美相牵制；比利时，则德与法相牵制；摩洛哥，则英、法、义、日四国相牵制；波斯、阿富汗，则英与俄相牵制；土耳其，则欧洲各大国合而与俄相牵制。其不亡者，以此也。今法人垂涎暹罗内江之地，英恐其全折入于法，必踵缅甸之故智，即不灭亡，暹罗断难自主矣。

地球小国生存之道

二十七日 晴。日斯巴尼亚近年查点民数，计男八百六十万七千名，女八百九十四万三千口，共十七兆五十万人，现在未见增加也。寓居日国之客民，约三万五千人。日国兵额，无事时计十一万五千人，有事可增至一百零八万三千人。内有拨各属驻防者四之一。男子过二十岁，例当兵三年，以后有战事，仍应募。水军八千五百三十人，水手一万四千人云。

日国统计国民人口

因查日国十年前民数仅十六兆，此十年中增一兆矣。土非甚广也，民非甚多也。从前查理第五称霸者，何也？岂得人而兴欤？抑发愤为雄欤？墨洲之地系日国所开辟，岂勤远略欤？惜其兵力不足以守之，而为强国所攘夺，则因本国之势不盛，如树之根柢不深者，其枝叶不能畅茂也。现英国之势颇似日国之前，其三岛之地褊小，与日地

国势日衰

19,4,28

相似，而海军之强则大过之。就日之往事以论英，然则英之盛衰，当视海军之盛衰为消息乎？

二十八日　晴。美报言：日斯巴尼亚今为君政之国。然光绪七、八年间，曾举开士达拉为总统，越二年而退位。今其人尚存，为日国所重。然年已老迈，无志富贵矣。

日国前曾公举总统

因查日斯巴尼亚遘依萨伯拉之变，求义国王子为君，旋告退。而国人公举开士达拉为总统。争战频年，仍改君主，此前事也。地球各国制度不一，瑞士国竟不设总统，此真民政也。法国君政、民政时时变更。墨洲向惟巴西一国非民政，今巴西亦改章，则皆民政矣。合而论之，各国君政、民政虽异，而设议院则无异。惟亚洲之国向无议院。日本新设议院，章程未备，人情未习，颇有嚣张之气。其弊有甚于法。然议院之通下情，同众欲，虽小疵而实大醇也。

地球各国制度不一

二十九日　晴。葡萄牙以本年量入为出，不敷银一千七百五十万元。拟由议院定增税则：凡一切日用之物，无有不增；凡本国及他国商民在境内所设之大小银行、公司，均按所获之利，照一千八百九十一年税则，再加一倍征收；凡袭职、承产人等，及房、饭、饮食所需，无有不加，以期弥补云。

葡萄牙拟大幅加税

因查欧洲各国税敛之重，中国数千年来所未见也；葡国所定税章之苛，又欧洲数十国中所未见也。其本国不乱者，何也？则议院之力也。议院通上、下之情，如极贫之

税权自操调剂平衡

家鬻子女、典衣服，并日以食而不怨者，其情通也。其他国不争者，何也？则公法所准行也。税则为内政，自主之国应自主之，非他国所能干预也。或曰："不虑其病商、病民乎？"不知商有病而无利，则公司可以不设，货物可以不来，其进退绰有馀裕也。地球之上，凡强大之国，皆以商务朘削小国，如中国之所谓盘剥，故富者愈富，而贫者愈贫，尚幸有税则以调剂之。如税则之权不自操，则茫无把握矣。可畏哉！

麻六甲（马六甲）

五月初一日　晴。义公使新作为头等公使，因往道喜。又赴巴西专办公使、秘鲁参赞处答拜。闻英国以麻六甲国杀毙英人一名，勒令赔恤。麻六甲国主久未照复，英人将下"哀的美敦书"，限以二日不复，则用兵云。

名为保护实为管摄

因查麻六甲为亚洲南洋小国，华人流寓甚多，久已归英保护矣。顾法人保护越南，而旋灭之；英人保护缅甸，亦旋灭之。泰西所谓保护者，犹云系我之所有而管摄者也。而保护之地与藩属又不同：藩属之地，则由我设官以治其民；保护之地，仍由本国之君治其民，而我得管摄其国事。故泰西各国不以越南、琉球、缅甸、暹罗为中国属土者，此也。麻六甲已归英人保护，英之灭之，如发蒙振落，列为属地，则与印度治法相同。闻廓尔喀亦已归英保护，不及二十年，其将与缅甸、越南同亡乎？

英国兵籍

初二日　晴。英国兵籍：一千八百九十二年可用之兵，共二十一万三千五百四十人。内马兵一万九千七百零五人，炮兵三队：一为马队三千七百四十人，一为平原队

19,5,3

一万四千三百零八人，一为山队一千二百七十七人。驻守要隘之兵一万六千五百三十六人，工匠队七千四百五十八人，侍卫队五千九百四十九人，行伍步兵十三万三千一百零十人，外藩队四千三百八十七人，运粮队三千四百九十二人，军火队八百十三人，兵衣队三百十七人，医药队二千四百三十二人，武职大员七千六百五十三人，小员一万三千三百三十一人。以上兵队，驻英者十万六千一百十五人，驻各属地与埃及者三万四千二百四十人，驻印度者七万三千一百八十五人。兵之年岁，在十七以下者一千三百零三人，在十八、十九之间者过半，在二十以上者不及三之一云。

因尝闻德国陆兵天下莫强。其法令：民年十六以上者，当兵三年，然后各事其业，仍备调遣。此通国皆兵也。其兵制，则当兵者之年齿，必年十六以外，四十以内。过四十者，则除其名，即有精力尚强、行伍谙习者，再展五年；但至年四十五，虽精力可用，亦不用矣。今观英国兵制，亦与德同。戈登尝言："当兵之士，必能浃旬不眠，并日而食，而不疲病。此非少壮者万万不能。"中国营规，老病者多充数，似宜以此矫之。 英国兵制亦与德同

初三日　阴，小雨。查本年各国驻美使员人数：英国头等公使一员，有室，参赞三员、水师随员一员；法国头等公使一员、参赞二员、武弁一员、文案一员；义国头等公使一员，有室，参赞一员、随员一员；墨国二等公使一员，有室，参赞二员、随员一员、武弁一员；和国二等公 各国驻美使员人数

使一员；土耳其二等公使一员、参赞一员；奥国二等公使一员、谋士一员；尼格拉国二等公使一员，有室，参赞一员；可仑比国二等公使一员，有室，参赞一员；朝鲜代办一员；瑞士二等公使一员、参赞一员、随员一员；比国二等公使一员、随员一员；葡国二等公使一员、参赞一员；瑞典二等公使一员、参赞一员；丹国二等公使一员，有室；日本二等公使一员，有室，参赞一员、谋士一员、水师随员一员、武弁一员；巴西二等公使一员，有室，参赞二员、考究博学专使一员，有室，参赞二员；德国头等公使一员、参赞一员、考究博学随员一员、文案正、副各一员；夏威仁国二等公使一员；威内萨国二等公使一员，有室，参赞一员、随员一员；俄国二等公使一员、参赞二员；海代国二等公使一员、参赞一员；秘鲁国二等公使一员、参赞一员、随员一员；日国二等公使一员、参赞二员、随员一员、武弁一员；巴拉圭国二等公使一员；哥斯答力戛国二等专使一员，有室；阿镇丹国代办一员，有室；智利国代办一员、随员一员。

各国使馆不超五人

初四日　晴。（小女得疾甚剧，以橘红、姜、葱汁灌之而苏。）考地球各国所派出使驻美人员，全备于是。英、俄、德、法、奥、义，欧洲六大国，而多者不过五员，少者仅止二员。亚洲之国，如朝鲜、日本，朝鲜仅代办使事一员，日本则五员。墨洲之智利、阿镇丹二国，皆派员代办使事仅一二员。统计地球派使各国，中国而外，共二十八国，使馆人员无有过五员者。志之以备参考。

19,5,5

初五日　晴。是日设宴。

四月十七日丹国来电，言丹国与德国接壤。从前两国构兵，丹败，遂割列司威克省与德以和，计二十馀年矣。此省民人至今不忘丹国，近日聚众公议，欲背德国而复隶丹国云。

列司威克（石勒苏益格）

因查丹国民数十八兆，入款银一千万馀两，陆兵三万八千馀员名，兵船三十馀号，马力无及一千匹者，盖小弱之国也。自与德构兵不胜，而割地以和。所割之地并都城而弃之。盖其国势之难振，与土耳其同，而又甚焉。近年所以不遽削亡者，以俄君之后为丹主之女。俄不觊觎，而德亦不便侵占，以防与俄龃龉也。民思故国，固足见其纯良。然琉球、越南之民，岂一日忘中国？即上年阿洲被夷之国，太平洋被占之岛，其上下均不甘心。所无可如何者，兵力之绌耳。伤哉！

初六日　晴。义国政府拟为为国出力之兵丁、受伤而不能力食者，筹款给其衣食，俾终馀年。议绅以本国入不敷出，此项养赡之费，非八千万佛郎不敷事，遂未成云。

意国放弃养赡残兵

因查美国养赡残兵，有房屋、有园池，岁费银一万八千万元。较之义国所筹逾十一倍，而按年取给焉，则二国之贫富相悬可见矣。近日战事，非复古时。未战之先，而筹攻守铁舰之费、炮台之费、枪炮、火药之费、水陆粮饷之费，均以百千万计，非贫弱者所能筹也。既战之后，而筹养赡，如美则按年需银一万八千万元。欧洲诸国，舍英、法、德、俄四国，无能筹此巨款者矣。即如义国，亦需银一千六百万元。舍二等之国，其他亦不易筹。然则处今日之势，富强者恣其所欲，贫弱者坐以待亡。欲如《周礼》之"大小相维"岂可得哉？

美各部门人员编制

初七日　晴。查现在美国办事处，自总统以至各衙门人数：总统处，正、副参赞各一员、文案二员、书办四员；上议院，绅八十八员、参赞一员、教士一员、总办一员、文案二员、书办十员；下议院，绅三百三十二员、教士一员、总办一员、书办一员；外部大臣一员、副外部三员、律师一员、总办一员、管理出使事务官一员、管理领事事务官一员、翻译一员；内部大臣一员、副内部二员、总办一员、书办七员；户部大臣一员、副户部三员、总办一员、帮办一员、书办五员；税务总专员一员、帮办一员、书办四员、派往各埠专员二十五员、看验各税关专员五十一员、派往巴拿马看验专员十一员、华人禁例事看验官二十七员；兵部大臣一员、副兵部一员、总办一员、书办四十六员；水师部大臣一员、副水师部一员、总办一员、书办十六员；邮政部大臣一员、副邮政部三员、总办一员；律政部大臣一员、总状师一员、副律政部四员、帮律司六员、总办一员、总委员一员；律务书办二员、赦犯事务书办一员、又书办十四员；农部大臣一员、副农部一员、参赞一员、总办一员、书办二十三员；总察院衙门，首领一员、总察院八员、书办一员；钱债衙门，总察院一员、察院三员、总办一员、帮办一员、书办三员。

美使各国人员编制

初八日　晴。又查美国出使各国人员数目：出使中国

19,5,9

公使一员、参赞二员、翻译一员、总领事一员、领事八员；使英公使一员、参赞二员、总领事六员、领事七十三员、商董二十二员；使法公使一员、参赞二员、总领事一员、领事十五员、商董八员；使德公使一员、参赞二员、总领事二员、领事二十员、商董四员；使俄公使一员、参赞二员、总领事一员、领事五员；使奥公使一员、参赞一员、总领事一员、领事三员、商董一员；使义公使一员、参赞一员、总领事一员、领事十员、商董一员；使日公使一员、参赞一员、总领事一员、领事十五员、商董六员；使和公使一员、领事七员；使比公使一员、领事四员；使日本公使一员、参赞二员、翻译一员、总领事一员、领事二员、商董一员；使朝鲜三等公使兼总领事一员、参赞一员；使秘公使一员、参赞一员、领事一员；使葡三等公使兼总领事一员、领事四员、商董一员；使暹罗三等公使一员；使瑞典公使一员、领事四员；使瑞士公使一员、领事五员；使墨公使一员、参赞一员、总领事二员、领事十七员；使巴西公使一员、参赞一员、总领事一员、领事五员；使丹公使一员、领事二员；使夏威仁公使一员、总领事一员。此外遣使尚有二十二国，非中国所注意者，不载。

初九日　晴。美国开辟仅四百年，而富甲于地球。因尝至其议院，观其议政，而知其简也。今又考其内治、外治之迹，则各部衙门堂官三十二人，总办以下，如中国之郎中、员外、主事，一百四十三人，书办一百三十一人， 精简官员 注意商务如是而已。遣使共四十三国，所设之官，仅三百三十员。考其设官之权衡，而知其注意于商务，并知其注意于行销本国之土产。商务之盛，以英、法、德、义、日为最。所设领事至一百四十四员。墨西哥虽小国，而与美毗连，美之土产易于运出，其公使、参赞仅各一员，而领事多至十九员，可知其用意之所在矣。亚细亚洲中国最大，行销煤油、洋布、面粉最多，故公使以外，参赞、翻译仅三员，而领事多至九员。俄虽为大国，而本国自产煤油、面粉，遣使而外，所设领事尚不如中国之多。若朝鲜，若暹罗则皆以三等公使兼领事，朝鲜仅二员，暹罗竟一员。以其地小，而美国之土产不足以行销也。至于葡萄牙，则亦以三等公使兼领事。美国设三等公使者共五国：曰葡萄牙、曰朝鲜、曰暹罗、曰海带、曰列伯里。朝鲜为中藩，暹罗不能自主，海带、列伯里，民数不满一兆，入款不过五十万镑。比而论之，而葡萄牙之国势可知矣。

葡萄牙国势衰微

因尝谓葡萄牙为贫弱，今证以美之遣使，而益有征。又各国之遣使驻美者：英、法为头等公使，有参赞三员，而无随员；俄有两参赞，亦无随员；日国亦两参赞；德国、义国参赞皆一员；奥国竟无参赞，公使之外，仅谋士一人。又地球各国之遣使，均无所谓副使者，今因考究而始知之。

初十日　晴。亚洲内地俄属西达地阿省之他时干地方，上年所产棉花多而且美，保兰省布商在该处购办棉花十八万石。又俄国东南各省所产煤油，近年运出愈推愈

俄法互减入口之税

19,5,11

广，获利愈巨。今俄与法商，俄国愿减法国货物六十种之税，法国愿减俄国煤油入口之税，已成议云。

因闻埃及种棉得法，所出之花已美。俄国种棉，以前尚不得法，今亦渐精，可分美国之利。亦犹印度之茶，法、义之丝，举中国者，夺中国之利矣。煤油之利向为美国所独，近十年来俄产日多，居然抗衡。信乎人力可用，而风气宜开也。至于彼此订税，以期土产之行销，皆为防本国货物之弃于地，利源之夺于人。地球各国其所以谋国者，大抵如斯，而未有不如斯者矣。

十一日　晴。（移居楼下北房。）上月十八日伦敦来电，言欧洲大国分为两盟，战守相助。其馀小国，各有所附。惟英国处局外而独立。有识者论时度势，咸谓英国阴向德、奥、义，而不与俄、法，但未显露痕迹。昨议院有以此意询诸外部者，外部并不明言。但谓英与德、奥、义三国交涉之事，共见共闻云耳。 欧洲惟英不结盟

因按：英皇以保欧洲升平为念，久已闻之。若英向俄、法，而不与德、奥、义，是使欧洲各国无一日得升平也。俄并奥，而法并德，俄、法将强于英。英介两强之间，是英亦不得升平也。今英不与俄、法，俄、法有所惮而不开衅于德、奥、义；英向德、奥、义，必不怂恿德、奥、义以开衅于俄、法。则各大国无敢为戎首者，而大局升平矣。惜乎日本之不知此意也。欧洲各国，方合志以朘削亚洲，所立之约均与公法相违。日本不与中国为辅车相依之计，而为同室操戈之谋，诚莫解其意之所在矣！ 日本短视

十二日　晴，五更雷雨，天明雨止。巴黎来电，言欧洲各国，二十年前兵额过百万者，惟德、俄、法三国，今奥、义、土亦然。现各国有战事时，德能集兵五百万人，法能集兵四百三十五万人，俄能集兵四百万人，义二百二十三万六千人，奥一百九十万人，土耳其一百十五万人，英重水军而轻陆军，仅六十万二千人。此外，各国罢出数十万人者尚多，较之二十年前已三倍云。

欧洲各国兵额大增

因查德、法两国之民仅八千万，妇女居半，老幼居四之一，精壮男丁度无过二千万人矣。而当兵者近一千万人，此亦振古未有之创局也。顾德、法之国势，实处不得不然，德介法、俄，而法介英、德故也。土耳其于十年前俄兵压境，国虽不亡，而版图之为各国分裂者过半，惩前毖后，故亦勉力增兵，为防俄计。如早筹之，则无削地之事，惜其亡羊而后补牢也。中国民数极多，集兵数如德、法二国之额，易于反手。然而饷无可筹，则商务未兴之故也。

十三日　晴，夜雨。英属澳大利奥各省分治，税则未能画一。兹各省官绅会议：内地货物彼此往来，均不纳税。惟外来货物，则照各省议定之税则纳税。又义国近年大旱，五谷歉收。有建议减税以招徕五谷入口者，政府以入款不充未允。伦敦来电云：美与巴西订立报施之约，巴西准美国之布入口免税。查美国所织之布，向不如英之细，故英布易销。乃自免税后，美布价贱于英，英布遂难销售云。

各国重视入口之税

19,5,14

因即今日所见闻者，比而论之，一言以蔽之曰：皆注意入口之税与土产之销而已。澳洲免内地之税者，注意入口之税也。义国不以岁歉而招徕五谷者，注意入口之税也。但不恤民饥，未免财聚民散。然上年俄之岁歉，已如斯矣。英电所言，则注意土产之销，而恨其为美所攘夺也。巴西免美布入口之税，美国于巴西入口之货亦必有免税者，所谓报施也。惟英电只为英布之难售立言，故不暇牵及耳。

十四日　阴。上月二十四日伯林来电，言奥国外部宣言，本国政府现有与俄复修旧好之意。德国官绅闻之，谓奥之诈虞不足恃，不如即与绝交，与日国、瑞士国联络。查奥虽为欧洲大国，而民种纷杂不和，故外与德联盟，而民之附俄者仍不少，奥君亦无可如何。本月十二日又闻德、奥之交，近日益离，奥君亦渐露痕迹云。 德奥之交近日益离

因闻此而叹曰：怨毒之于人甚矣哉！二十年前德国伐奥，奥败而割地以和。其时德、奥势均力敌，城下之盟非所甘也。迨德、法构兵，俄以重兵压奥境，奥虽欲助法报德，而力不能至。德挫法而霸欧洲，其势已盛。奥自问难与角胜，不如亲之以息事宁人，然旧怨终未释也。今法之元气已复，而又与俄联盟，奥附俄，则俄强；而德、义两国之力，决不能与俄、法、奥三国抗衡。欧洲其将有战事乎？

十五日　阴。上月二十七日巴黎来电，言德、奥两国政府近日不惜巨款，将所用之枪改造，以求格外便利。兹 德奥法拨款改枪

法国亦拟改变，拟拨款一万佛郎云。初五日，美国官厂新成大炮一尊，可在水中施放，暗击敌舰之底。上年所成者，试验尚未尽善。此次系加工改造者，较为合用，拟即日在纽钵埠试验云。

因观欧洲大局，军务日亟，战具亦日新。昔之师行日数十里者，今以铁路调兵，日行数千里矣；昔之用刀、矛、弓、矢者，今一概易而为枪炮矣。匪特此已也，德国以气球侦俄营之虚实，俄亦拟以气球拒之。过此以往，将有以气球合战者矣。法、日两国已创水底行船，美国现亦兴造，然不过为施放水雷计也。今乃创水底施放之炮。夫水有阻力，炮弹之行，将拖泥带水而前，岂能迅速？岂能及远？即中敌船，又岂能深入？是必有善法避此数端，然后可用也。陆战用气球，是陆军不必交锋于地面；水战用泅船，是水军不必交锋于水面。斗智炫奇，而民生之祸亟矣！

德拟添兵以防法俄

十六日　阴，时小雨。又伯林来电，言德国事势，以添兵为至计。因其地介法、俄两国，素好多事；又无高山巨浸之天险间隔，敌人可以长驱直入，两面夹攻。德国虽强，安能首尾兼顾？且法国与德毗连之一面，炮台相接，铁路相联，地底电线，暗通消息。若两国构兵，德国即胜，亦不能闯入法国内地，以法之炮台足以扼要坚守也。俄国与德毗连之地，虽不若法国炮台之多，然其重兵棋布，铁路四通。一旦有事，可以立刻调集兵将数十万人，越过德界。是以德国熟筹形势，不敢粉饰宴安，惟有朝夕

19,5,17

淬厉，选将练兵，以防敌国兼并云。

因尝读《易传》云："危者，安其位者也；亡者，保其存者也；乱者，有其治者也。"夫差之亡，亡于盟晋、胜越之后；后唐之败，败于系燕、函梁之终——所谓"宴安鸩毒"也。士会虑楚人之乘我，卒以全军；相如防渑池之劫盟，卒以全赵。所谓"有备无患"也。综观今日事局，地球各国抢攘之势迥古所无。名为睦邻，实则伺隙。稍与款洽，则肆要求；偶有龃龉，则肆迫胁。今日遣使，明日可以绝交。此种狡狯，惟不敢施于英、俄、德、法四邦，其馀均所难免。愈弱之国，愈不能免。惟德国所处之地为最难，幸其兵力尚强，足以杜敌人之窥伺耳。

抢攘之势迥古所无

十七日　阴。谒梅律师于公事房，遇上议院绅可六。言今年开议院，现已定议，提早于西历九月四号即中国之七月二十四日也。中、美交涉之事，华人领照之例，当再议矣。因谢之。又言俄将踞巴美儿地方，前英员之往探者，被俄将领驱逐。经英政府诘问，俄廷虽将该将领撤回，而俄主召见该将领，特深嘉其胆识。俄与英议，愿撤兵出巴美儿境地，与英派员会清地界，而闻俄兵实仍驻巴美儿境地，且筑炮台。英已派员赴巴美儿验其虚实。俄人之言殊不可信，中国似宜设备。因答曰："中国已调兵赴该处矣。"谈久而别。

俄英争踞巴美儿

因按：论地球大势，则英、法之鲸吞小国可畏；论欧洲大势，则俄人之蚕食邻国可畏；论亚洲大势，则俄、英、法三国之逼近环伺尤可畏。盖俄人犯欧洲，英人必拒之；且必合德、奥诸国以拒之。俄人无能为也。亚洲之势则不然，东三省、新疆与俄接壤，西藏、云南与英接壤，广西与法接壤。一国发难，则两国坐视，此必然之势矣。且非惟坐视也，乘我之急，以收渔人之利，此可预知者矣。为今之计，惟有兴铁路，以合南北之势；增船垒，以固水、陆之防，无可缓也。

日国入款（一）

十八日　晴，时见雨点。日国向来入不敷出。闻其首相通盘筹画，开源节流，居然取给。当即函属驻日代办使事，查其节目。今始寄到，亟为录出。计其入款：一、收田、房、牲畜税银，上年三千二百四十九万七千五百四十八元，本年短收银一百五十五万七千五百四十八元。此项短收之故，系由该三项俱系按所出之款以输税课，目下酒价、房值俱形低落，又兼牧场被旱，牲畜豢养较难也。一、收贸易税银，上年八百二十七万一千二百七十元，本年长收银五十二万八千七百三十元。此项长收之故，系由前被蒙混，今则核实也。一、收承业税银，上年八百一十六万零七十五元，今年短收银四十万零七十五元。一、收新封及承袭爵秩税银，上年一十六万元，本年同。一、收人税银（即身税），上年一百八十万元，今年长收银一十万元。此项长收之故，系由将数省人税包与人承收，故盈于国家自征之数也。一、收俸税银，上年三百八十万元，今年长收银八十万元。此项长收之故，系由按俸薪之大小而递加税项也。一、收支出官款、城款税银，上年一百三十七万四千八百七十三元，今年短收银一十三万四千一百

19,5,19

七十三元。此项短收之故，系由纳俸税者免输此税也。一、收施与教堂、尼院财产税银，上年六十万元，今年长收银六万八千八百元。一、收私家马车税银，上年无，今年长收银二十万元。此项前经裁免，兹复征也。一、收斐士加亚等四省包税银，上年一百三十二万五千一百九十五元，今年长收银四十万元。此项长收之故，系由约定，如他省税款加增，该省等亦应将包解之税照加也。一、收进口税银，上年一千八百八十万元，今年长收银三十万元。此项长收之故，系由税则新增也。一、收出口税银，上年二千元，今年长收银一十九万八千元。此项长收之故，系由税则新增也。一、收上货税银，上年九十万元，今年长收银四万元。一、收下货税银，上年七十万元，今年同。一、收搭客税银，上年五万元，今年同。一、收关口查验货物、粘贴标记费及马头捐银一十四万元，今年同。一、收进口船只检疫费银，上年二万二千元，今年短收银二千元。一、收罚款银，上年一十四万元，今年短收银二万元。一、收常欠关税之息银，上年三千元，今年短收银二百元。

十九日　阴。梅律师来见。

一、收住各国商、民人等所捐之领事经费银，上年四十六万五千四百元，今年长收银一万五千四百元。一、收城税银，上年一千五百七十四万八千二百一十九元，今年短收银七十四万八千二百一十九元。此项短收之故，系由日用之物税课较前稍减也。一、收烈酒加税银，上年一百 日国入款（二）

五十九万三千七百六十一元，今年短收银五十九万三千七百六十一元。此项短收之故，系由各商知税则将增，而先期多运进口也。一、收糖税银，上年四百五十万元，今年短收银四十万元。查此项糖斤多系运自古巴，前此统列属地进口货内，嗣与本国糖寮税项专作一款。本届之所以短收者，亦由于税课未加之先，运来颇多也。一、收火车捐银，上年二百四十万元，今年长收银一十万元。一、收士单进款银，上年一千零二十八万四百六十元，今年短收银六十二万四百六十元。查士单一项，新例无论何项约据均须粘用，而收数反较前稍减者，一由生意淡薄，一由事多面订，不动纸墨也。一、收纸牌税银（系新税），上年无，今年长收银一十六万元。一、收售卖火药税银（系新税），上年无，今年长收银八万元。一、收土巴菇公司租款银，上年一千八百七十二万元，今年长收银四十八万元。此项长收之故，系由吸食者多，而销数较旺也。一、收火柴公司租款银（系上届新立者），上年八十万元，今年长收银五万元。一、收彩票进款银（彩款不在内），上年四百八十万元，今年长收银六十万元。此项长收之故，系由彩票增添也。一、收铸银局羡馀银，上年六十万元，今年短收银四十万元。此项短收之故，系由上届鼓铸银元太多，本届须酌减也。一、收代汇本国各处零款汇费银，上年八万元，今年同。一、收官报进款银，上年八万元，今年长收银一万元。一、收各国信局摊派信资银，上年三万二千元，今年长收银八千元。一、收各国电局摊派电费

19,5,20

暨新设德律风进款银，上年九万元，今年长收银一万元。一、收售卖犯人所制之物进款银，上年二万八千元，今年同。一、收陀乃非爱喝盐场进款银，上年三十万元，今年长收银一十五万元。此项长收之故，系由将该场包与人承办也。一、收阿马丹水银矿进款银，上年一百七十二万元，今年短收银三十二万元。此项短收之故，系由水银价低落也。一、收利拿来铅矿进款银，上年四十万元，今年短收银七万元。此项短收之故，亦由铅价低落也。

日国入款（三）

二十日　晴。一、收加来尼亚岛海口税银，上年九万元，今年同。一、收官产租款银，上年五万元，今年短收银二万二千元。一、收河税银，上年二十万元，今年长收银四万元。一、收售卖官家树木进款银，上年二万元，今年同。一、收收回之官产进款银，上年五千元，今年同。一、收收回之教产进款银，上年三万二千元，今年短收银三千元。一、收捐免禁止禁日食荤照费银，上年五十三万四千元，今年短收银九千元。一、收铁路公司缴监察经费银，上年二十四万二千五百六十元，今年长收银二千二百四十元。一、收负欠官款之息银，上年五万元，今年短收银八千元。一、收各省认捐看路经费银，上年二十万五千六百元，今年长收银二万七千二百元。一、收各省认捐学校经费银，上年四十万元，今年短收银二万元。一、收官权量进款银（系新立者），上年无，今年长收银五万元。一、收半成城税加款银，上年无，今年长收银二十万元。此项加款，向由府尹征收，兹由国家征收，是以提取半成也。一、收施与教堂等产业一成进款银，上年一万七千元，今年无。一、收收回之书院产业进款银，上年二万元，今年长收银一万六千元。一、收公地二成租款银，上年七万零二百元，今年短收银二千元。一、收林场一成租款银，上年无，今年长收银四千元。一、收押款进项银，上年一万五千零五十元，今年短收银二百七十四元。一、收乐助官书局款项银，上年一万四千五百元，今年短收银九千一百元。一、收售卖官产、分年呈缴价银，上年一百二十六万八千四百元，今年短收银一百五万八千四百元。一、收售卖水师废弃之物进款银，上年二十万元，今年无。一、收赐产赎款银，上年六万元，今年同。（所有赐而未经收回之产，昔例每年应进方物，嗣改令缴银以赎之。）一、收售卖杂物进款银，上年二万元，今年无。一、收捐免当兵进款银，上年一百八十六万元，今年同。一、收旧欠官款银，上年三十六万元，今年同。一、收官栈栈租银，上年一万九千元，今年长收银一千元。一、收溢收各款银，上年一十六万元，今年同。一、收官款存息及折扣银，上年九万五千元，今年短收银一千元。一、收属地货物税项银，上年二百二十万元，今年短收银一十万元。总结一千八百九十二至九十三年，分计收银一万四千九百五十九万二千一百一十一元，一千八百九十三至九十四年，分计收银一万四千七百四十九万五千二百七十一元。短收之款，计银六百七十三万六千二百一十元。除以长收之四百六十三万九千三百七十元相抵外，仍较上届短

19,5,21

收银二百零九万六千八百四十元。

二十一日　晴。（是日为西历七月四号，乃美国改为民政之日。）计其出款：一、宗室项下，上年计银一百九十万元，本年节省银二十万元。此项节省之故，系由摄政君后自愿将王俸裁减也。一、国债项下，正债息银，上年五千四百五十四万三千一百六十三元，本年节省银二万七千七百七十一元；浮债息银，上年三百六十一万七千五百一十六元，本年多用银三百六十七万九千九百零四元。一、上年不敷银一百二十元，本年多用银三万一千元。一、上、下议院项下，上年计银三十四万四千八百五十二元，本年节省之数尚未议定。一、津贴收回赐产项下，上年计银四十万四千六百四十一元，本年节省银四万一千一百九十五元。一、恩俸项下，上年计银一千零九十五万零二百四十元，本年节省银二万零二百四十元。首相衙门项下：一、本衙门暨军机处等经费银，上年一十九万五千六百一十元，本年节省银八万零二百六十元；一、举行阁龙会经费银，上年二十四万元，本年无。外部衙门项下：一、本衙门人员俸薪银，上年八万六千三百元，本年节省银四千元；一、本衙门杂用银，上年一万六千六百九十三元，本年同；一、出使人员俸薪及公费银，上年四十六万二千九百八十五元，本年节省银三万零七百九十五元。此项节省之故，系由裁减驻德之汉伯格，驻南美洲阿镇丹国之坡爱罗士崖乃士，驻奥之特立士特，驻比利时之安特沃卜，驻美之纽饶林及纽约，驻阿非利加洲属法之亚及利亚

日国出款（一）

之亚及爱士，驻法之包朵及马赛，驻英之直布罗陀及立弗埠及伦敦，驻葡之立士本（即葡都）各领事署公费银，六千三百零五元。裁撤驻荷兰之使署（以驻比利时公使兼使荷兰）银，五千五百七十元。裁撤驻义大利使署二等参赞银，一千五百七十元。改驻瑞士之二等公使为三等公使银五百元。改驻墨老哥二等公使为三等公使银五百元。裁减各使署公费银四千五百一十五元。裁撤驻义大利之克立亚立，驻中美洲萨法岛国之森非生太，驻德之丹习克，驻土耳其之康士旦丁罗卜尔（即土都），驻美之查士登，驻之海立非格士，驻义大利之乃港，驻法之陀罗士等领事署银，一万四千一百三十五元。降驻中美洲夸的马拉国之森唐姆士，法之梅扬等领事署银一千元，共银三万四千零九十五元。除加驻磨洛哥使署翻译银二百元，及设驻阿非利加洲之三习把领事（缘与英国议定设官会查贩奴船只）经费三千一百元，净共节省银三万七百九十五元。一、出使人员房租等费银，上年七万四千九百九十五元，本年节省银四千七百六十元。一、出使人员川资、电费、信资、新闻纸费以及修理官房、资助在外国之日国难民等费银，上年一十八万四千四百七十元，本年节省银一万七千五百元。

“各领事”原作“名领事”

二十二日　晴。一、教法院经费银，上年三万元，本年同。一、津贴者罗色难教会银，上年七千二百五十元，本年同。一、津贴在外国之教堂、书塾暨教士川资银，上年一十一万二千三百九十元，本年同。一、上届不敷银一

日国出款（二）

19,5,22

万九千七百九十九元，本年无。刑部衙门项下：一、本衙门人员俸薪银，上年一十二万一千七百八十元，本年节省银三万一千八百三十元。此项节省之故，系由裁减人员也。一、本衙门杂用银，上年二万七千六百九十四元，本年节省银九千零九十四元。一、各省刑司俸薪银，上年一百二十一万一千八百八十七元，本年节省银四十二万七千三百一十五元。此项节省之故，系由裁并刑署也。一、各县刑司俸薪银，上年五十四万六千一百八十六元，本年多用银一十六万九百一十四元。此项多用之故，系由添派人员巡按地方也。一、各刑署杂用银，上年九万一千四百四十九元，本年节省银二万九千七百六十四元。一、看监人员等俸薪银，上年九万四千九百二十四元，本年节省银一万四千六百元。一、监狱杂用银，上年五十五万九千六百二十元，本年节省银七万八千九百二十元。此项节省之故，系由裁减犯人食用等费也。一、监狱印书等杂费银，上年三万八千四百二十一元，本年节省银二万元。一、官房修理费、在外国兴讼费用以及一切杂用银，上年二十二万六千元，本年节省银一十六万六千元。此项节省之故，系由裁革给见证人之费也。教堂项下：一、教士等俸薪银，上年五百八十八万五千五百一十八元，本年多用银六千四百零八元。一、书院及书楼经费银，上年二十六万四千八百五十元，本年同。一、教堂杂用银，上年二百零二万七千五百三十一元，本年多用银五千二百四十一元。一、教堂修理费及房租银，上年一十二万六千七百六十六元，本年同。一、上届不敷银六万五千四百二十四元，本年节省银三万八千六百二十二元。兵部衙门项下：一、本衙门人员俸薪银，上年七十六万三千四百七十六元，本年节省银一十万五千八百一十二元。此项节省之故，系由裁减监察人员也。一、本衙门杂用银，上年六万七千八百元，本年节省银五千六百元。一、大将军俸薪银，上年三万七千八百元，本年无，此项俸薪改列将弁俸薪款内。一、各省武衙门人员俸薪银，上年二百一十三万六千六百六十六元，本年节省银三十一万八千七百零二元。此项节省之故，系由裁并汛地也。一、各省武衙门杂用银，上年七万五千一百四十二元，本年节省银一万六千五百元。一、将弁、兵丁等俸饷银，上年一千四百一十万五千九百六十六元，本年节省银一十五万六千零二十八元。此项节省之故，系由裁撤兵丁约九千名暨备调将弁仅予半俸也。一、兵房杂用兵粮及兵医院等经费银，上年三百九十万七千五百七十六元，本年节省银四十七万七千二百七十三元。此项节省之故，系由裁兵所致也。以兵监经费银，上年一万五千六百六十八元，本年多用银三千七百三十六元。一、移兵、运械等费银，上年二十万六千二百元，本年同。一、购马、养马等费银，上年四十万一千五百三十元，本年节省银一万九千一百三十二元。一、购制炮火经费银，上年八十三万五千二百七十二元，本年同。一、购置机器经费银，上年七十七万四千八百八十元，本年节省银一千一百八十四元。一、召募新兵经费银，上年一百一

19,5,23

十五万四千元，本年节省银一十五万四千元。一、房租、息饷以及一切杂用银，上年一十八万一千一百七十八元，本年节省银一万一千一百七十六元。一、防军将弁、勇丁等俸饷、马干银，上年三百三十六万九千七百四十一元，本年节省银一万五千五百二十九元。一、防军杂用银，上年一千元，本年多用银三百五十元。一、上届不敷银一十万五千六百五十二元，本年节省银四万九千六百八十六元。

二十三日　晴。海军衙门项下：一、本衙门人员俸薪银，上年一十八万零五百零一元，本年节省银六万二千九百四十一元。此项节省之故，系由裁减人员也。一、本衙门杂用银，上年一万九千元，本年节省银二千元。一、将弁、兵丁、水手等俸饷银，上年二百六十三万一千三百二十三元，本年节省银一十五万五千六百八十一元。此项节省之故，系由裁减军器局等人员也。一、各水师衙门及军器局等杂用银，上年一百二十八万六千二百八十九元，本年节省银一万一千四百三十三元。一、格致院人员俸薪银，上年六万六千二百零五元，本年节省银二十二元。一、格致院杂用银，上年二万三千零六十四元，本年节省银三千八百五十元。一、备调将弁俸薪银，上年一十三万八千零六十七元。本年多用银一万一千零一十三元。一、保护海滨船只、驾驶人等俸饷银，上年二十万七千三百九十一元，本年节省银三万五千一百七十三元。此项节省之故，系由裁减巡船也。一、保护海滨船只杂用银，上年一

日国出款（三）

十七万一千九百八十四元，本年节省银二万零二十九元。一、上届不敷银五万六千九百七十四元，本年同。吏部衙门项下：一、本衙门人员俸薪银，上年一十二万一千一百元，本年节省银一万九千六百元。一、本衙门杂用银，上年九万三千二百元，本年节省银二千六百元。一、各省巡抚等衙门杂用银，上年六万四千八百四十元，本年同。一、各省巡捕俸薪银，上年六十万九千三百二十一元，本年节省银五百元。一、各省巡捕杂用暨房租银，上年二十四万九千二百六十九元，本年节省银五千一百三十四元。一、各善举经费银，上年一十八万一百七十八元，本年多用银二千一百元。一、保安局人员俸薪银，上年七千二百五十元，本年节省银二千三百五十元。一、保安局杂用银，上年二万六千六百八十五元，本年节省银一万九千八百八十五元。此项节省之故，系由裁减防备时疫经费也。一、各省保安局人员俸薪银，上年七万一千四百五十元，本年节省银七千九百五十元。一、各省保安局杂用银，上年四万七千五百七十六元，本事节省银一万六千四百八十八元。此项节省之故，系由建干多海口检疫院将竣工也。一、邮政局人员俸薪银，上年四十二万六千一百九十元，本年节省银二万五千元。一、电报局人员俸薪银，上年一百四万二千七百九十元，本年同。一、邮、电两局奖赏银，上年一十三万八千元，本年同。一、邮、电两局纸、墨费银，上年七万零七百八十四元，本年多用银二千一百七十元。一、邮、电、两局转递函电等费暨杂用银，上年

19,5,24

一百七十七万五千零二十元，本年节省银六万九千五百七十七元。一、邮、电两局印单费银，上年一万六千元，本年节省银四百五十四元。一、邮、电两局房租及修理官房费银，上年八万四千一百元，本年节省银三千一百八十九元。一、邮、电两局家私费银，上年三千元，本年同。一、津贴电线公司暨购送信车辆经费银，上年二十六万二千八百八十四元，本年节省银七万八千七百五十元。此项节省之故，系由停给加来尼亚岛海线津贴暨裁减送信车七十辆也。一、上届不敷银一十万四千九百三十元，本年节省银九万二千七百三十三元。

二十四日　晴。美国驻巴拿马领事阿丹信向能保护华人，因为奏请赏给宝星，上议院已议准佩带，而下议院尚未议。因谒外部，商请速于开院时议准。外部允之。

日国出款（四）

农商工学部衙门项下：一、本衙门人员俸薪银，上年一十三万零二百元，本年同。一、本衙门杂用银，上年二万零五百二十元，本年同。一、各省署人员俸薪银，上年八万八千零五十元，本年节省银七万四千八百元。此项节省之故，系由裁撤各省总办，仅留司事一人也。其总办所办之事，悉改归各该总理署经理。一、各省署杂用银，上年九千八百二十六元，本年无。一、总理学校事务人员俸薪银，上年四万七千二百元，本年节省银一万九千八百五十元。此项节省之故，系由裁减监察官五十员也。一、经理学校事务署杂用银，上年四万二千九百四十元，本年节省银一千三百七十元。一、小学校人员俸薪银，上年二十二万八千八百二十四元，本年节省银一万五千二百五十元。一、小学校杂用银，上年一十二万四千五百一十七元，本年节省银四万三千六百零七元。此项节省之故，系由停给各乡塾津贴也。一、中学校人员俸薪银，上年六十九万六千八百九十三元，本年节省银二千六百一十四元。一、中学校杂用银，上年九万三千六百九十元，本年节省银一万六千一百七十元。此项节省之故，系由停给私家技艺及贸易学堂津贴也。一、大学校人员俸薪银，上年五十七万八千三百三十一元，本年多用银二万四千二百四十五元。此项多用之故，系由不得不添教习等人员也。一、大学校杂用银，上年八万零四百二十元，本年节省银三千八百零五元。一、医学等馆人员俸薪银，上年三万八千九百六十三元，本年节省银五千七百一十一元。此项节省之故，系由裁撤兽医馆二所也。一、医学等馆杂用银，上年一万零四十元，本年节省银五百二十元。一、精技馆人员俸薪银，上年一十一万六百六十七元，本年节省银一千八百三十四元。一、精技馆杂用银，上年六万二千零四十五元，本年节省银三万一千五百五十五元。此项节省之故，系由本届无赛画会也。一、博物院暨各书楼人员俸薪银，上年计一十五万零五百八十五元，本年节省银一百元。一、博物院暨各书楼杂用银，上年二万六千四百三十七元，本年节省银二千一百八十五元。一、格致书院人员俸薪银，上年二万八千四百三十二元，本年同。一、格致书院杂用银，上年三万八千三百零七元，本年节省银一百零七元。一、官房经费银，上年六十万零二百三十六元，本年多用银三万九千二百四十九元。此项多用之故，系由新建本部衙门暨正音学馆也。一、办理农桑事务人员俸薪银，上年六十一万五千六百四十三元，本年多用银一千一百六十七元。一、办理农桑事务署杂用银，上年二十四万二百四十六元，本年节省银六万八千八百八十五元。此项节省之故，系由裁减农政局奖赏也。一、办理工程事务人员俸薪银，上年一百一十一万三千零四十元，本年同。一、工程署杂用银，上年四万九千八百四十元，本年节省银一千元。一、修筑道路经费银，上年八百二十二万一千九百二十二元，本年节省银九十八万六千四百三十四元。一、监察铁路人员俸薪银，上年一万九千四百五十元，本年同。一、津贴铁路公司银，上年二百三十七万一千四百一十五元，本年节省银一百四十六万二千元。一、办理河务人员俸薪银，上年二万三千七百二十二元，本年节省银九千一百四十元。一、修浚河道经费银，上年四十八万九千八百七十元，本年节省银六万八百七十元。一、管理灯塔等人员俸薪银，上年一十万六千一百五十元，本年节省银二百元。一、修建灯塔、口岸等经费银，上年一百二十四万四百三十二元，本年节省银四万四千九百一十七元。一、舆地局人员俸薪银，上年二十四万二千六百六十六元，本年同。一、舆地局杂用银，上年一十三万二千四百三十五元，本年同。一、上届不敷银六万八千七百九十七元，本年节省银一万五千五百八十三元。

日国出款（五）

二十五日　酉刻大雷雨。户部衙门项下：一、本衙门人员俸薪银，上年八十八万一千九百二十五元，本年节省银一十万八千五百二十五元。此项节省之故，系由裁撤总理产业事务局暨更改户务刑司也。一、本衙门杂用银，上年六万七千九百四十元，本年多用银九千六百四十元。一、各省署人员俸薪银，上年一百七十二万六千三百六十七元，本年节省银六千零七十五元。一、各省署杂用银，上年七万九千八百四十一元，本年多用银四千七百一十一元。一、办理水银矿、铅矿及铸钱局、造士单局等人员俸薪银，上年七万八千九百八十五元，本年节省银八千三百六十元。一、铸钱局、造士单局等杂用银，上年三千二百三十五元，本年节省银二百九十五元。一、本部稽查人员川资银，上年二万元，本年多用银四千元。一、解银费银，上年一万七千元，本年同。一、册籍费银，上年三万五千八百元，本年节省银六百元。一、修置家私费银，上年一万六千元，本年节省银六千元。一、房租暨修理官房费银，上年一十四万六千二百元，本年节省银五万五千三百元。此项节省之故，系由多用官房作办公处也。一、一切意外用款银，上年九万四千二百元。本年节省银四万一千元。一、上届不敷银一万三千二百四十一元，本年节省银九千四百三十三元。杂款项下：一、征收产业税经费银，上年六十万元，本年同。一、征收工作税经费银，上年一十一万六千元，本年节省银一万元。一、造身纸经费银，上年八万元，本年节省银四万元。此项节省之故，系

19,5,25

由将数省身税租出与人承办也。一、造士单费、罚款奖赏暨土巴菇行代卖士单用钱等项银，上年四十九万九千九百八十元，本年节省银五万六千三百零一元。此项节省之故，系由上届估计太多也。一、造彩票费、卖彩票用钱暨助各善举等项银，上年六十四万五千六百一十三元，本年节省银二千三百七十二元。一、土巴菇行代汇本国各处零星款项用钱银，上年五万元，本年同。一、铸钱经费银，上年二十万一千三百元，本年节省银五万八千八百元。一、开阿马丹水银矿经费银，上年三十二万五千一百四十元，本年节省银四万六千元。此项节省之故，系由裁减工人也。一、经理官产经费银，上年三万元，本年同。一、关口巡兵经费银，上年二百八十六万九千三百九十五元，本年节省银一万零三百六十八元。一、房租、官房修理费以及一切杂用银，上年七万二千五百四十七元，本年节省银三百八十六元。一、刷印税单费银，上年一万三千三百元，本年同。一、上届不敷银三十二万一千一百三十元，本年节省银二十三万九百二十八元。一、费难多坡岛经费银，上年一十三万一千元，本年同。统计宗室项下，本年节省银二十万元。国债项下，本年多用银三百六十八万三千一百三十三元。上、下议院项下，本年无可节省，津贴收回。赐产项下，本年节省银四万一千一百九十五元。恩俸项下，本年节省银二万二百四十元。首相衙门项下，本年节省银三十二万二百六十元。外部衙门项下，本年节省银七万六千八百五十四元。刑部衙门项下，本年节省银六

费难多坡岛（比奥科岛）

十四万二千六百四十一元。兵部衙门项下，本年节省银一百三十五万四千三百三十六元。海部衙门项下，本年节省银二十八万一百一十六元。吏部衙门项下，本年节省银三十三万九千九百四十元。农商工学部衙门项下，本年节省银二百八十一万三千六百七十二元。户部衙门项下，本年节省银六十七万二千三百九十二元。费难多坡岛经费无可节省。统共节省银三百零七万八千五百一十三元。

外部辞见朝鲜代办

二十六日　晴，中夜雷雨。朝鲜代办李承寿来见。告以带见，外部饰辞推卸，未便相强，听之而已。

日国入款相关税则

查日国入款身税即人税，分别贫富以定等差别焉。二则：第一则，分十一等。每年进项在六千元以上者，纳税银二十元，以次递减至第十等。每年进项不及一百五十元者，纳银二角。其妇女及无职之人，下至仆役，亦纳一角。极贫者，不能免。惟以乞丐度日者，免之。第二则，则视其所居之房屋，亦分十一等。其人所居之房每年值租银一千五百元者，为一等，纳税银二十元。以次减至第十一等。其房租每年不值银十元者，纳税银一角。苟非居无房屋，皆有应纳之税则，幸免者希矣。纸牌，即赌具，收税至重。河税，则于可以行舟之河道，凡舟楫往来，均视其大小以征税。城税，则按日用之物纳税。凡陈设之具，以及车、马，下至猫、犬亦征之。吕宋票章程，每月一万号，每号收银五十元，共收银五十万元。派定中彩之票，计五百十三号，应付与中彩者，共银三十五万元。尚馀银十五万元，即为入款。每月于本国、中国、小吕宋各开一

19,5,27

次。如号数不敷，则下月可增数千号。如号数积滞，则下月可减数千号。近行销日广，有增无减，故入款亦递增焉。

二十七日 晴。（有美午刻发热，子刻始退。）美国整顿海军，制炮造船，日有所益。水雷一物，近始造成，业经试验可用。惟其中奥妙精微，非熟习有素，不能得力。兹于纽钵埠创设水雷学堂，以便训练云。 美国创设水雷学堂

因按：水雷种类甚多，有伏雷、送雷、行雷之别。而兹三类者，又复分门别类，考究甚易，而施用甚难。其自轰与轰人，分别只在呼吸之间。较之施放炸弹，其难不啻百倍。非专门名家，练习有素，断不能适于用也。因尝乘舟长江，见网鱼船，呼之使来，买鱼论价，久而不定。当因船乘风破浪之时，且行且言。渔人棹舟并行，两手按桨，其船行迟速与我船同。而又近不至触，离不至远，进退左右，毫不费力。古人所谓“得之于心，而应于手者”，渔人实得之于手，而无须用心。窃意用水雷者，手法之熟能至如此，则百发百中、百战百胜矣！专设学堂训练，其知此意乎？

二十八日 晴，天气亦转和平。内人等及有泰、有美附火车，于巳正启行，赴金山。

美国设水师学堂，造就人才，安拿报利埠最多。近来每年挑选聪颖子弟学业有得者，给以经费，赴欧洲各厂学习造船、驾驶等法，博采兼收，以求集益。本月已派四人启行矣。 美挑学员赴欧学船

因查船厂以英为多，商船、兵船亦以英为盛。商船盛，故富；兵船盛，故强。海军之势，诚为地球第一，纵横莫当。顾其陆军，实不逮俄。俄于印度，陆路可通，即陆军之力可及。何以觊觎有年，而终未尝加兵印度？自因窥之，则仍畏英水师之强，而不敢妄开衅耳。俄如加兵于印度，未必唾手即得；而海军之分散各口者，必为英船所伤，此可虑也。美国虽富，而水师不强。上年颇为英、义两国所迫胁，急于讲求，盖不甘受制也。

二十九日　晴，中夜雷雨。初五日巴黎来电，言俄、德二国商订通商条约，业已多时，迄无成议；而俄、法订约，历时未久，已各情愿。昨日两国议约大臣均已签名。自一千八百五十九年以来，于今三十四年，俄、法通商，此为第一次约云。

俄法顺利订约通商

因观于此而叹立约之难也。两国立约，其措辞皆言两益，其用心实利己而害人。惟强与强遇，则熟审两国所获之利，足以相当，而后允准，否则不从。如现在俄与法、德立约是也。若一弱一强，则利必归强，而害必归弱，此不可枚举矣。甚至有不谙他国强弱之势，而误以弱为强，甘受其制，而因受其害者，则洋务之不可不明也。居今之世，苟能闭关自守，不相往来，诚为至善。而必不能者，则强国之迫胁故也。彼何为迫胁哉？则用心可知矣。

六月初一日　晴，戌刻雷雨。谒梅律师。

美建海军不遗馀力

美国近年布置海军，不遗馀力。曾属梅律司访查现在兵舰共计若干，水雷若干，兵弁若干。昨日始查到，即饬

19,6,1

翻译译出，因记其略：计二号兵舰十一艘，最巨者容四千六百吨，马力一万零六十四匹。最小者容三千吨，马力六百八十匹。三号兵舰三十艘，最巨者容二千七百吨，马力九百六十匹。最小者容一千零二十吨，马力三百六十五匹。四号兵舰六艘，最巨者容九百三十吨，马力三千七百九十匹。最小者容四百二十吨，马力四百二十六匹。以上兵舰，共四十七艘。水雷三艘，大者容八百吨，马力六百匹。次者容一百一十六吨，马力一千七百二十匹。又次者容三十一吨，马力三百五十匹。尚有动工而未成者二十三艘。内容一万吨以上者三艘。马力过二万匹者二艘。水雷一艘。均于三年内次第告竣。官员自提督以至粮台，共九百五十一名。又美水师部收到定造之水雷，正在分发各舰备用。而水师人员谙习施放水雷者，其人甚鲜。水师部大臣即通谕水师人员，择年力强壮者，分班赴纽钵埠，学习施放水雷之法。每班六人。十日更换，周而复始。因闻：“讳疾者难愈，讳乱者难治，讳其短者难济。”诚哉是言也。英地仅三岛，短在版图，乃兴海军，以长驾远驭，而属地遍五洲。俄地处极北，短在苦寒，乃练陆军，以蚕食邻封，而拓地之广，至居地球六分之一。德间于两大，短在逼介，乃创通国皆兵之法。而俄、法皆不敢觊觎。日本大将军擅权，短在守府，乃收回太阿之柄，而国势遂振，此已然之事也。日斯巴尼亚入不敷出，短在贫匮，乃开源节流，而国用以足。美僻处墨洲，同洲无敢与竞者。而欧洲强国好迫胁之，则短在海军，频年兴造战舰。战舰具，

强国贵在去短求长

而鲜能施放水雷之弁，则短在水雷，又兴水雷学堂，分班以练习。此本年之事也。人莫不有所短，知其短者尚不乏人，而去其短者卒鲜。此强国之所以不多也。

初二日　晴，戌刻大雷，小雨。伯林来电：五月初三日，德王昧爽而起，驰往保山埠，直入驻防该处之营，自称劳军。领兵各员不知德王之来，未能预备迎接。然于两刻之间，各营兵弁均按队排列，行伍整齐，军容甚壮。德王阅之甚喜，慰劳有加云。

德王突查驻防军营

因闻“天下虽安，忘战必危”。德王诚可谓“不忘战”矣。渑池之会，秦王知赵有备，而不敢动兵。田悦假道于薛嵩，薛嵩曰：“毋妄言，吾有以待尔。”田悦遂止。前此法耀兵于德界，德前王遣人语之曰：“师丹之役，贵国其将报复我乎？请待君于来因河上。”俄之于德、于英，英、德于俄，均不讳战。不知者以是为启衅之媒，其知者以是为止戈之策也。盖观其所行而知之：二十年来，各国之兵，无有敢加于强敌者。但闻日本县琉球，法灭越南、突尼斯、河米，英灭缅甸，俄灭浩罕、基洼、布哈尔，残破土耳其。欧洲诸国分裂阿非利加洲，太平洋诸岛国，为英、法、德所踞而已。《礼记》所谓“强者胁弱，众者暴寡，智者诈愚，勇者苦怯”，兵法所谓“攻其无备”也，则备之不可以已也！德王诚知所备哉。

初三日　晴。外部大臣订见。至则有纽阿连省人名绥法，由外部大臣介绍握手，言将来使馆晤谈，因允之。又阿利干省律师于前月十六日来电，言有华人六十五名乘船

美税关获偷渡华人

19,6,4

潜入美境，为税关巡差所获。搜其船，载有烟膏。华人均无护照，乃没其船入官，查拘船主归案定罪，而船主已逃逸。华人不能登岸，又不能乘原船而返，且无人供给饭食，请速设法。因即请梅律师往见户部。户部随电该省，饬令据实函复。昨日复到，即咨外部，外部故订晤商。葛礼山曰："本大臣言不拘拿、监禁、驱逐华人。此等华人即在盖力例所定拘拿、监禁、驱逐者。地方官已不肯行。顾华人辄以资、粮俱绝为辞，美政府安能给以川资，供其衣食？贵大臣既为诘问，请作如何处置?"因答曰："华人既带烟膏，非尽落魄之辈。应由地方官查明：可入境者，准其入境；不可入境者，令其折回。勿令进退维谷。"葛礼山曰："华人无便船载回，亦无去志；又无护照，入境不能，去又不愿。除非贵大臣出资给其衣食，为之筹资，派员押送出境，方不失所。"因思此事万不能行：川资一项约银四千五百馀两，尚可为措。派员押送，如其中路脱逃，嫌于失信，且似同谋。又此例实不可开。华人之由卡拿大各处潜入美境者，每年七八千人。卡拿大政府每名收身税银五十元，岁至数万。以后如均由本使馆送回，其费需银五万两，安能为继？遂答以中国本不准华人潜入美境，且贵国开议院在即，请熟筹之。给资、押送一节，应毋庸议。葛礼山颔之，遂辞出。

筹资押送例不可开

初四日　晴。拜发奏折。各国战船均外设钢甲，以御炮弹。惟船底及入水之处，往往以炮弹所不能及而无甲。近日水雷之用，即专自船底及入水处蛰发。以价数千两之水雷，而破数百万两之铁舰，一轰即碎，即贫弱之国亦易购置设防。美廷现查防水雷之法，惟有以钢网围船，如裙，水雷之来，但触钢网，则不能入。兹由水师人员于纽钵埠试验钢网用法云。

钢网围船以防水雷

因按：古语云："亡羊而补牢，未为晚也。"先儒吕坤云："人生最追悔者既往，最悠忽者现在，最希冀者将来。"三念循环，而毕生无自新之日矣。盖既往即昨日之现在也，将来又明日之现在也。现在悠忽，则毕生悠忽而已矣。日月易迈，秦穆之所以忧心也。美国前此之忽于海军，其追悔宜矣。而现在者不肯悠忽，故增铁舰，建炮台，作育水师人才，派员赴欧洲船厂学习，试钢甲，造水雷，验铁网，设立水师、水雷学堂，皇皇焉如不及。可谓知所急矣。《诗》云："迨天之未阴雨，彻彼桑土，绸缪牖户。"其斯之谓与！

西正金山来电，言眷属于卯刻抵金山。均平安。

初五日　晴，午刻雨，仍晴。梅律师来，言华人由英属可仑比亚偷入美境事。又言该省居民多业捕鱼，向例不准客民搀业。近来中国、日本民人寓该省者，未满三年，即向地方官领入籍之照，以便捕鱼，土民生计已为所夺。又该省装罐鱼公司三十二家，所雇工人，均系中、日两国之人。土民愤怨，聚众公议，联名呈请议院，禁止客民搀业云。

土民请禁客民搀业

入籍之利大矣

因按：入籍之利大矣！寓美华人前此之不入籍者，诚失计矣！可仑比入籍华民与土人搀业，土人虽嫉恶之，不

19,6,6

能效美国之燔逐也，仅求议院禁其搀业而已，议院亦未必从也！或挟其未满三年之短，则地方官分任其咎。地方官亦未必认错也。入籍之异于不入籍者，此也！

初六日　晴，未刻雨，仍霁。南墨洲各国，近年外忧内患相寻，鲜有久享太平者。各国忧之，力思补救。兹威内萨、可仑比、厄瓜多三国，拟共联盟，一国有事，则两国相助，以期弭患云。 南美三国拟共联盟

因尝言：近年弱小之国难以图存，此足征矣。南墨洲之国除智利外，均不能自立。内忧可平，而外患难弭也。英、法商人随地皆有，开矿、铁路诸务多为垄断，固已揽其利权矣。阿镇丹仅为半主，基阿拿已属英，尼格拉铁路全归英人。秘鲁铁路、古阿拿归英商收三十年。利权既去，而名号空存。犹人之精气日亡，而躯壳安能久耶？且非仅南墨洲已也，欧、亚、阿三洲之埃及、希腊、波斯、阿富汗、暹罗、磨洛哥诸国，莫不如是；即葡萄牙、土耳其将来亦必如是。亦如春秋之世，将变为战国，仅存其强者大者而已！ 基阿拿（圭亚那）

初七日　晴。大西洋运载之利向为欧洲商人独占，美不与闻。自本年春初，美国设立公司，自运书信及人、货，来往大西洋，贸易日盛。美商见有利可图，又在克阑布船厂添造巨速轮船五艘，每艘计银二百万元，冀与欧洲各商共大西洋之利云。 美添商船以图航利

因查地球各国商船，以英为至多，次则美，次则法，又次则德，而富之等差亦如之。瑞典、那威、瑞士、比利

时版图虽狭，而商船颇多，故其国亦富。亚洲之日本，其版图抵中国十之一，其民数不及中国十之一，而入款及中国之半，则以其商船之多也。《万国公法》：内江人货，不准外国商船驶行运载，用意至深。中国则一视同仁，无分畛域；不屑言利，而利之漏卮者遂多。否则，以中国民数之众，甲于地球，方舆之广，过于德、法、美三国，何至入款尚不及三之一哉？

法侵暹罗美难调处

初八日　晴。法得越南未十年，今又与暹罗构兵。暹罗自知力不能敌，特派专使于五月到美，求美排解。美外部以为法、暹构兵，美居局外。若两国均愿局外之国判断，美国自可代为调处。兹仅暹罗一国相求，而法国并无愿请调处之意，未便与闻云。

因查法君拿破仑第一加兵于日斯巴尼亚，英人援之；俄加兵于阿富汗、土耳其，英人亦援之。此非同恤相恶之义，实为唇亡齿寒之忧也。顾智利加兵于玻利斐亚，而秘鲁援之，几至亡国，则唇未亡而齿先寒矣。美于亚洲无属土，向又自守，安肯顾暹罗而有求于法哉？然暹罗版图本小，加以丧师失地，国几亡矣。暹罗立国已千年，可谓旧国。自轮舶畅行，涉历重洋，如履平地；海军之强者，威加于数万里之外。遂使弱小之国不能自存。风气如斯，可胜慨哉！

法国新造水雷船

初九日　阴，辰刻小雨，仍霁。法国近日造成水雷船一艘，命名“兰士克讷”，长英尺十六丈五尺四寸，宽一丈五尺八寸，入水四尺三寸，容一百三十八吨，有双螺

19,6,10

轮，马力二千八百四。水师部人员已于五月试验，每一时辰能行六十英里云。

因按：每一时辰船行六十英里，合中里二百里。每日行二千四百里，可谓速矣！水雷效验，惟闻南北花旗交战时，北花旗曾以水雷轰破南花旗战舰。智利、秘鲁之战，秘鲁铁舰阁浅而败，非败于水雷也。近来各国竞事水雷，而究未试其效。不过斗智斗巧，战胜于制造而已，此近时风气也。戌正，接上海口电云：钦差、从官、眷属、跟役共八十二人，附“加力”来美。请照会美政府。莫。

初十日　晴。撰照会，送外部。

五月十四日巴黎来电，言法人名土耳宾，创造新式军器一种，能轰炮台。各国现在至坚固之炮台，亦难抵当。拟请国家试验后，给予执照，俾得专业出售云。（法国新炮能轰炮台）

因闻英国造重二百吨之炮。试验之时，能洞厚一丈八尺之石垒，直穿而过，力诚猛矣。然未试以铁甲，尚不知其能穿铁甲若干尺也。俄国克龙斯达的炮台，铁甲厚四尺八寸，前此英、法各国合力攻之不破。今法人新造之器，以为至坚之台尚难抵当，则俄之炮台失其固矣。或者今之炸药，其力甚猛，有同是药，而力加至四十倍者。若以此药入弹内，深入铁甲一尺，然后发炸，因并所未入者而亦炸裂，其理尚可信也。

十一日　晴。阿非利加洲之南，各国多归英国管辖、保护。有脱阑威士国者，产金最饶。和阑人先到，英人以保护为名，踞其全土。每月所产之金，值银二百万元。其（脱阑威士（德兰士瓦））

约翰尼士堡(约翰内斯堡)

约翰尼士堡地方，六年以前，不过屋舍数间。自开金矿后，人民麕集，现有八万馀人。铁路日兴，地方日盛。又相近之金布地地方，每年所出钻石，值银二千万元云。

因查现时金价，较二十年前增至十分之五。或以为销耗多而出产少使然，非也！金之出产非少，乃外国以金为钱用之者太多耳。钻石之价，又数百倍于黄金。外洋妇人首饰不尚珠玉，而尚钻石。其质之刚，无坚不破，矿之坚而难开者，恒用之。其洞石也，如锥入木而锋不磷。盖天下之物无有比其坚刚者矣！

德新议院赞成扩军

十二日　晴。伯林来电，言德主前欲添兵，议院阻之。遂散议院，饬国人再举。现已举定。各议绅中，以添兵为是者，二百五人；不以添兵为是者，一百九十一人。将来可添兵矣。

因按：德国地势，东连俄，西连法。俄、法皆佳兵之国，而法与德又有深仇，法与俄且已联盟，不待智者而知德国所处之地为危险矣！欧洲名人盱衡时局，莫不谓各国必有战事，而晏然者逾二十年。因默揣今日之势，而叹欧洲之难久寝兵也。各国兵数日增，饷项亦日增，虽相持莫敢先发，然饷实难于久筹。为戎首者，当在俄、法、英。如不牵制法国，德国恐难支持。添兵之举，实万不可缓者也。

俄德商约久而不成

十三日　晴。伯林来电，言俄、德两国商订通商之约，久而不成。其故以俄国政府意存窥伺，以为垄断。如德议院终不允添兵，则德国君臣必生畏葸。既有畏俄之

19,6,14

见，则于通商之约，必有就俄之心，俄人可以多得利益。今德议院既愿添兵，德国君、臣无庸存畏俄之见，决不就俄。俄人亦知之，因请和衷，与德商订此约云。

因观此而知立约之难也。弱国之受强国垄断，不待言矣。即两强相遇，而其国势稍有等参，即其存心隐有区别，如俄、德二国是也。德不添兵，则势不敌俄，即不得不畏俄。畏俄，而俄人即因其畏葸之心，以行其垄断之计。所商之约，苟非俄之得利十倍于德，俄必不允行也。德既畏俄，又不得不让利于俄，而归害于己也。一时让，而时时如斯；一事让，而事事如斯。以后与他国立约，他国亦以此心相待，而立约遂无平允之日，殊可危矣。德既添兵，俄亦就范。幸哉！ 立约之难

十四日　晴。未刻暴雨，仍霁见日。伯林来电，言俄、德两国通商条约未成之故，因俄国税则所定入口之税，分为两种：一种税轻，一种税重。而税重者，多系德国土产，此俄国之为挟制德国起见也。德国既无可避，亦无可驳，惟有设法抵制、报复而已。

因按：此俄之有意苛待德国也。德国土产不能不入俄国行销，则无可避。税则为各国内政，权由自主，而非他国之所能干预，则无可驳。所可能者，惟有抵制、报复而已。窃尝综观各国交涉之道，胶胶扰扰，数不能终，笔不能罄，一言以蔽之，曰抵制、报复而已。其不敢过于苛待人者，防人之抵制、报复也；其不畏人之过于苛刻我者，我可以抵制、报复也。两念循环，而交涉之道庶几持平。 俄国有意苛待德国

此道废，而交涉不能持平。不能持平，而事事棘手矣！

美国考察欧洲农业

十五日 晴。美国农部大臣为整顿本国农务，特派专员赴欧洲察看各国情形。查美国土产、五谷、干肉、烟叶各物，本国用之不尽，必能出口行销，方不致弃于地，亦不致贱而伤农云。

因按：世常谓外国逐末而忘本，其言不尽然也。英、法各国地狭人稠，无可务本，自不得不逐末耳。若俄与美旷土尚多，自应务本，故二国运出五谷为至多。古人谓谷贱伤农，知其伤农，必思所以调剂之法，非空言可调剂也。美可谓能调剂矣。为之疏通，转运出境，即以羡补不足之意也，而彼此均获益矣。尝考地球之上，谷价之贱，首推越南、暹罗，计银四钱易米一石。由其商务不讲，商船全无，故运载出口之利，全归他国；而谷之价又为他国所垄断。宜其贫也！

奥国研究美国铁路

“米”指“英里”

十六日 晴。上月奥国政府派员来美，查美国火车、铁路办法。现到华盛顿，言奥国火车、铁路归官办者，计六千二百馀米，商办者计七千四百馀米，扣至一千九百五年，则全归官办矣。又言美国火车、铁路造法，工料精于欧洲，惟保护人命则逊欧洲各公司云。

因查奥国疆宇四塞，皆不近海，颇与中国之云、贵、陕、甘相似，故轮船少，而铁路多，合之中国里数，盖四万五千馀里矣。制造各厂，火车、铁路，不尽由官，而与民同之。欧、墨两洲风气皆然，匪仅奥国。至于美国火车之保护人命，尚逊欧洲。上年美总统谕议院文，已切言

19,6,17

之。则美国亦已自知所短，当必设法以求尽善。而奥员亦可为留心者，诚不辱君命矣！

十七日　晴。伦敦来电，言埃及国常有英兵驻守，情同英国保护。惟其国王自以为土耳其藩属，按年纳贡，不甘为英所制。请土耳其国君派兵至埃以抵英兵。并请土廷告于英廷，撤回英兵并英国驻土之公使云。

埃及国王昧于时势

因论之曰："埃及国王，诚可谓昧于时势者矣！其先贷英银四万万馀两，但快目前之挥霍，不顾以后之债台，此最失计者也。自此以后，国君之废置，各部之更代，利权之操纵，悉由英人。盖太阿之授人久矣！何忽然不甘受制，而亟欲改图耶？且其所欲改图者，不思自奋，而冀援土耳其以抵英。夫土耳其之衰弱，仰庇于英以求存，非一日矣。度土耳其必不派兵；即使派兵，亦必不能抵英。告于英廷，请撤英兵，英必不允，不过多一番烦扰耳。否则，如石晋之于契丹，自速其败亡而已！

葡派澳督赴日会商

十八日　晴。前葡萄牙人在日本犯法，葡员不问。日本遂照会葡廷，以后葡人犯法，照日本例治罪。葡国不照复，即撤回驻日本之领事官。日本亦不问，此后遂以日本例治葡人。葡国既知恫喝无益，又以寓日之民，归日员约束，有伤国体，遂派澳门总督兼署驻日本公使，赴日本都城，与日政府会商约束葡民之法云。

因以从前葡、日龃龉，而早料葡人之无能为者，今果如所料矣。葡自称大西洋国以恫喝亚洲，而不知遣使以后，亚洲早知其国势也。今犹虚张声势，庇犯法之民而不问，置邻邦之文于不复，且撤领事以示绝交，方谓日本必诚惶诚恐急转圜矣！而日本即举所告于葡廷者，毅然行之。葡人至此方知恫喝之全无用也。于是设法转圜，派员谢过，商议约束已民之法，盖黔驴之技穷矣。孙武子云："勇怯，势也；强弱，形也。"日本惟深知葡人之形，故能因其势而用之耳。

葡国此举黔驴技穷

十九日　晴，巳后小雨竟日。南墨洲威内萨国，地当赤道，炎热异常。各国轮船载冰往售，行销至多，得利亦巨。兹本年自设冰厂，制冰以收回此项之利。惟防轮船载来之冰搀夺，故立新章：凡他国入口之冰，每磅征税银五分云。

委国重税外国冰块

因查威内萨为墨洲至小之国，军额甚微，又无兵舰。上年内乱，至今甫平。库帑已空，民力亦竭，无法筹费，仅向欧洲贷银六百万元以济急用。度其兵力断无以御外侮，无论何国兵船压境，均不能当。而何以不畏启衅而征向所未征之税哉？且冰之价值每磅售银不过五分，而即征税五分，明明苛敛，各国诘责尤为义正辞严。弹丸小国何以堪此而毅然行之者，则以税则为各国内政也。

二十日　阴。墨西哥国近谋开辟兴利，而创火车、铁路、开矿，无款可筹。现美、英、德三国之商代为兴办。自一千八百九十年正月起（即中历光绪十六年），至今三年之内，德商共费银六千三百七十五万元，英商共费银二万一千三百五十万元，美商共费银三万四千五百三十一万元。英商以贸易、耕植为多，美商以制造、开矿、铁路为

三国商人开发墨国

19,6,21

事云。

因于此而叹美、英之富也！亦于此而叹墨之贫也！凡贫弱之国多以利权授人，如欧洲之埃及，墨洲之秘鲁、海代、阿镇丹等国是也。利兴于地，以地权授人，不啻以利授人矣。当其授人之时，或出于不得已，实有不得不然之势。所可恨者，其先之泄沓，自安于财之源流，生之无道，用之无节耳。墨国前贷法国之债，而失信不偿，几于决裂，故此次法商无过问者，鉴前车也。近向中国求准招工，中国知其贫匮，鉴其失信而立约严防之。其庶几无弊乎！

贫弱之国利权授人

二十一日　晴。前法国博士都尔宾——创造至猛之炸药者，近又创造大炮一尊，坚利无比。每一刻时可放四次，弹子飞射计二万五千枚，炮台、战舰均莫能当，人马更无论矣。法国政府已派员查验，如果可用，则法国武备天下无敌矣！

法国近创坚利大炮

因按：凡炮之欲及远者，其炮身必长；弹之欲洞坚者，其弹必巨。即贾谊所言："宽髀之所，非斤则斧"，此一定之理也。今以一刻时而出弹二万五千枚，此即卷筒群子、格林炮之类。用以守险、防敌人之冲突、夺隘可耳，乃以为能摧炮台、穿铁舰，未免张大其辞，殊难信也。

二十二日　晴。伦敦来电，言埃及国王不甘受英挟制，拟往欧洲各国商请合力令英撤回所驻埃及之兵。英国全不介意，亦不阻止，料其无用故也。且大权在英，废立

埃王请欧令英撤兵

哲孟雄（锡金）

易如反手。如必崛强则废弃之，或如缅甸、哲孟雄等，径取其地而已。

弱小之国不能自存

因尝叹当今弱小之国，渐不能自存也。阿非利加全洲已为欧洲各国分裂，突尼斯、布哈尔、越南、缅甸、暹罗又为英、法、俄诸国所灭。十年之内，沧桑忽焉。埃及之将亡，尚有自取之道，借英巨款至银四万万馀两，宜其受挟制也。若阿非利加一洲与突尼斯，布哈尔、越南、缅甸、暹罗诸国，实无可加之罪，不过弱之肉，强之食耳。而埃及之亡且后于诸国者，以有法、俄牵掣之也。英国布置周密之后，他国所不能牵制之时，则必一举而覆亡之。埃及为五千年自立之旧邦而亦不能自存，此宇宙一大变局也。

二十三日　晴，巳刻小雨。送上议院绅可六礼六色。

美贩刍草赴欧出售

欧洲各国，马牛所食之刍草歉收。各国驻美公使多向美农部探听刍草收成并其价值。计上年收成尚丰，价值计吨易银，自四十五元至五十元不等，拟即运赴欧洲出售。美国上、下以欧洲饲畜无刍，将来马、牛必难蕃息；本国牛羊极多，又可出口行销云。

因查地球各国，美、俄均重农事。美之地气温煦，较胜于俄，故农务亦胜之。青草一物，各国皆歉，而美独丰，因留心农事故也。以每吨一千六百磅，折为一千二百斤，售银五十元，则百斤可售银四元，较之中国米价已两三倍矣。农人以一亩之地生草，即可温饱；以十亩之地生草，即可富家。衣食易谋，宜各国之民趋之若鹜也。

19,6,24

二十四日　晴。北墨洲之纽芬阑向为法属，后为英属。两国渔船往往以争界起衅。法政府特派水师提督挨拉磨纳带兵舰往察情形，与地方官商令和洽以息争端，于五月底抵纽芬阑。地方官以六月初系法国改为民政之期，订以设筵、具乐相款。而同时适有法商运货入口匿税，致被税关充公。该提督为之求免，税关不允，遂不赴席，起碇径去。而英国所派兵舰适到，亦不挽留云。 不允豁免愤不赴席

因查地球诸强国，每以盛气凌人，皆好胜也。施之弱国，固受之而不言；即施之强国，亦不虞决裂者，势相当也。势既相当，终以敷衍息事而已。近三年中，如秘林海峡一案，英、美互拘渔船，法拘英之渔船，俄拘美之渔船是也。俄、德两国之君不讳交战，法于德不讳复仇，德于法不讳再战，义于美为纽阿连之案不讳绝交，而终无战事者，兵力相敌，不敢操必胜之权也。弱国出之，祸不旋踵矣。然则公法何足恃？所可恃者，必在自强。

二十五日　晴，申刻雨。伦敦来电，言英国派兵驻埃及，实非得已。因埃及形势，为英与印度往来所必经之地，如英之门户也。且苏彝士河已为英之产业，如为他国所据，则英与印度隔绝，印度不能保矣。埃及之兵决不能撤。法与土耳其虽屡诘问，决不能从。如埃及国王为难，废之而已，无他策也。 撤埃英兵印度不保

因读《汤诰》至“推亡固存”，读《史》至“逆取顺守”，未尝不叹兴亡之所见略同也。孔子曰：“栽者培，倾者覆。”圣功王道，一以贯之矣。埃及蹈“为倾为亡” “兴亡”原作“兴王”

之机，英人为“逆取顺守”之策，故于印度则固存，于埃及则倾覆。虽似霸气，实合机权。然非绸缪之早不及事，非兵力之足不能行，越之沼吴也，教训二十年；德之报法也，练兵十馀载。英人谋埃及暨苏彝士河，深心远虑，尚不止如斯矣。

二十六日 晴。卯刻，率参赞、随员等恭行朝贺礼。辰正设面。申正设宴。

比国修宪统辖属国

初三日比利时来电，言比国创国例，不言管辖属邦之权。惟阿非利加洲有孔果国者，为比属国业已多年。兹议院拟立新例，以便管理属国，与各大国一律云。

因查孔果一国与桑给巴尔接壤，版图甚广，商务尤盛。国中铁路四通八达，有方兴之气象。比国得之，如设施有道，可与英之印度比肩，盖外府也。

张领事曾诏由纽约来。

经费不足运河停工

二十七日 美国公司开办尼格拉孤河道，兴工业已数年。所需用项为数甚巨，均由该公司筹款接济。近因金银价值相悬太远，银根遂紧，竟致无法筹款。所刻出借券，无人承受，经费遂竭，不得已停工矣。

因查美公司所开尼格拉孤河道，即巴拿马界分东、西洋之地也。法人勒伯西往年开欧洲之苏彝士河达地中海，商船便之，获利甚巨。遂以其术试之巴拿马，费银数千万元，工不成而中止。美公司乃于相距不远之尼格拉孤国兴工开挖，冀夺其利，而享其成。兹又以费绌而止，岂天之限东、西洋不欲人穿凿耶？因于光绪十七年赴秘鲁时，途

19,6,28

经巴拿马，由西洋至东洋，必逾陆地而过，舍舟登车，约行两时许，计近百里。洋人所言二十八里者，盖英里也。以百里之峡而以人力开通，古人所谓“愚公移山”者，不过寓言，今乃目见之焉。

照会美外部，请奏总统谕议院再议盖力新例。又托议绅设法。参赞彭光誉偕翻译容揆赴希卡果。

二十八日　晴。罗马来电，言银市日坏，义国国家银行倒闭。政府查出议院有受贿之事，上议绅受贿者计一百二十名，下议绅约一百人。此种议绅为公论所不容，必迫之出院云。 意国国家银行倒闭

因按：自上年以来，金价日涨，而银价日低。各国银行纷纷倒闭，至今尚未已也。美国银行章程：一律用金得拉（即金钱），凡数及一百元者，收银之家非金得拉不收。其银钱仅用以计奇零之数耳。自金价日昂，而美国金钱之出境者，上年计值四万万元。今年库中所存仅一万万元，以偿银币，有绌无赢，而银根遂为之紧矣。使馆汇银为经费，光绪五、六年陈兰彬任时，每库平银一万两，收美银一万六千馀元。自光绪七年至十一年，此五年中，由一万五千馀元减至一万二千馀元。自光绪十一年至十五年，又由一万二千馀元减至一万一千零五元。自十五年至今，中间偶有涨至一万二千馀元者。然为时不久，今竟减至九千元，且不满九千元，由镑价之日高故也。 金价日昂银价日低

二十九日　晴。美国前驻巴拿马领事来谒，云此来专为叩谢中国皇帝赏给宝星之恩。数年以来，极力保护商 阿丹信卸任来谒

民，冀以图报。此次卸任，中国商民扶老携幼，送行者数百人，多至泣下，己亦为之垂泪。又言该处政事不修，官府不知惠远。现在总督尚能保护华商，以后亦不可必。上年华商被土人公司赊借银至九十万元，至今倒闭，正当控追。又言美现任总统及外部之意，甚不以盖力所创之苛例为是，将来或可望废。因均谢之，款以茶果。是晚即往答拜，并赠绣巾一盒，细茶二瓶。明日即附火车回本省矣。

阿丹信来函感谢

三十日　外部衙门递到前驻巴拿马总领事阿丹信来函，即饬翻译译出云："敬呈大清钦差大人阁下：前荷大皇帝恩，奖赏给二等第三双龙宝星一颗，并牌照一道。阿丹信昨日已亲赴外部，恪遵旨意，恭谨拜领矣。伏查牌照内叙，阿丹信前在可仑比国巴拿马埠任内，曾经料理华人事务，因此故给予奖赏等因。窃思阿丹信不过稍效微劳，乃竟辱承贵政府垂念及此，以致膺兹重赏，殊出意外，实属荣幸之至，感激奚如！惟所歉者，以时事之变迁，不克联任，再效驰驱，上以报皇仁于万一，下以振兴华人之利益耳。惟祝大人福寿康强，是所切祷。肃此谨请代达。六月二十八日（西历八月九号）阿丹信押。"因观美外部及领事待巴拿马之华民，而知美国上下之恶华人非其本心也。中国于外部求其公使、领事之驻可仑比巴拿马者，保护寓居彼处之华民，既慨允矣，而又于因之行为作书以先容，若唯恐其与因不浃洽，而保护之不认真，何其诚也！领事阿丹信于巴拿马土人之妒华人微有形迹，即争于地方官，必使土、客之势两平，又何其诚也！今阿丹信言其回

美国恶华非其本心

19,6,30

美时，华民相送而依依不舍者数百人，彼亦为之堕泪。古所谓“循吏爱民”与“民之爱上”，何以逾此？然则华人非工党之妒，美官绅非求工党之保，何至于议禁哉！

卷十六

七月初一日 元吉。晴，未刻雷雨。伯林来电，言德国政府近接俄国来信，谓俄将调海军一队，赴德国之都伦海口暂泊，然后直往地中海之东岸各处游弋，与驻该处之法国海军联兵，遇事相助，以敦俄、法友谊云。

俄调海军赴德暂泊

因按：此必为法与暹罗构衅，而欲助法以制英也。夫前事之不忘，后事之师也。法人窥印度，则英以水师中途要之；俄人攻阿富汗，则英以陆军遏之。英人攻美，则法与和阑胁和以止之，所以防邻愈厚而我愈薄也。今法急图暹，暹不敌法，必灭于法。暹灭，而法逼缅甸。则印度之西多一强邻，此可危之势，英之所欲争也。英海军胜于法，可以阻法人之兵力，使不灭暹；否则亦可瓜分，尚不失便宜也。今俄助法，则英之海军以一敌二，遂不能当，法人庶可得志于暹。得志于暹，则英属印度之地，东逼于俄，而西逼于法。或可以望瓜分乎？

俄欲助法以制英国

19,7,2

初二日　晴。伯林来电，言接本国驻土耳其公使信，谓土耳其国君以挨及国王将来觐见，不过以待属国之礼遇之。其请派兵挟制英国，不过却之，断不从井救人云。土断不会派兵助埃

因按：挨及立国四千馀年，可谓旧矣。初属波斯，继属罗马终属土耳其。中间，惟拉墨塞一朝差能立国，其馀皆依人以存，如宋之南渡后耳。今其势将属英，虽有善者，亦无如之何矣！况其全不审彼己之势耶？大抵不能自立者，其弊狃于苟且偷安。印度亦然，未闻其有人才奋起也。

初三日　晴。巴拿马来电，言南墨洲之基阿拿国，英属也。近日查得其地产金最多，较美国之金山，英国之新金山及所属之阿非利加洲之金布利国尤多。各国人民现赴基阿拿开矿者，络绎相继云。基阿拿（圭亚那）

因尝闻人言美国产金，英之属地多产金，宜其富也。顾南墨洲亦产金，阿非利加洲亦产金，何以不富而贫？澳大利亚即名新金山，产金至多。而自古至今，土人不闻开矿，乃留以贻英人。然则天地本有自然之利，必得其人而后兴耳。今欧洲之国多巨富，而德国以外，不闻产金，其故何也？尝读《蚕妇》诗曰：“君看罗绮者，不是养蚕人。”言商之夺其利也。然利权之操于商，岂仅中国为然哉？地球盖莫不然矣。

初四日　晴。伯林来电，言德主志在添兵，尽力设法。新举议绅到院会议，仅数日即议准。德主大喜，即饬散院，不必久羁。闻此举专赖首相卡布威推诚襄助之德主尽力设法添兵

力云。

因查八十年前，法主拿破仑第一，雄才大略，已霸欧洲，称为日耳曼帝。普国之君与战三次不胜而割地，终合俄、奥、瑞三国破拿破仑，入巴黎，斯废拿破仑，流之荒岛。二十年前，拿破仑第三不许普国王族王西班牙，贻书诘责。普君整兵会战，亦虏拿破仑而入其国都。百年之内，法国两君皆辱于普。然则法与德固世仇也，志岂须臾忘报复哉！查第一次戡法之军，俄、普各国共一百万，而英军之守西班牙者尚未计焉。第二次之军，仅普一国即五十万。是其所以取胜者，固在兵精，而尤以多操胜算矣。德主添兵之计诚非得已。盖观于往日之战而知之。

“日耳曼帝”应为“法兰西帝”

新使杨儒抵金山。

德主偕后访问瑞典

初五日　晴，中夜小雨。伯林来电，言德主偕其后，乘官轮由启尔埠头赴瑞典国，与其国君相见云。

因按：启尔埠头，即从前德、法构兵时，法国兵舰至此以为天险不攻而退者，盖据形胜之全者也。于此知兴筑船埠之宜度形势焉。瑞典与那威地近北冰洋，古之所谓“使鹿”、“使犬”之国者似之。八十年前法主拿破仑第一残破欧洲，英、俄、普、奥，各国合纵以敝之，瑞典亦与焉。然则瑞典虽褊小，其武备亦有足称者。德主以联盟之局，奥志不坚，故欲纠合日斯巴尼亚与瑞典诸国以壮军威。今之往瑞典者，必为此也。君子曰：“备预不虞，古之善戒也。”德主有焉？

加尔格搭（加尔各答）

初六日　小雨。伦敦来信，言接加尔格搭信，法以兵

19,7,7

力凌轹暹罗，暹罗自知不敌，求印度相助，并接济军械。印度政府不允，告以如暹罗愿属英，印度方允行云。

因尝料暹罗难于图存，今果然矣。查暹罗近年以来，颇结好于英，且易欧洲服色，自以为可无虞矣。而不知并吞之风气已开，弱小之国断不能久。东周列国之时，滕文公、宋王偃，皆有志振兴者，而终于不祀，此前车也。欧洲小国，现尚不致灭亡者，以各大国之势均力敌，相为牵制耳。将来势有不均，力有不敌，一国发难，而旁观袖手，如今日之亚洲，则小国将必不免，即大国之凌替者，亦终不免。发难之国，其在俄乎？次则英也。 暹罗果然难于图存

电金山：询新公使杨儒带若干人赴华盛顿，应需客栈房若干？

初七日　晴。谒外部。初坐定，葛礼山即言："赴外埠昨日始返，始见照会。议院虽已开，现议银价事，纷纭难定。必俟此事议定后，方能及外交也。"又言："近晤各议绅，向之以盖力新例为是者，今皆不以为是。盖见例不能行，皆有转圜之意。将来当可议废，否则届期必不行也。"因谢之。因言："中国新使杨公已抵金山，不日可到美都，见总统递国书。总统避暑未回，故先于贵大臣处查问。"葛礼山曰："总统近得疾。医者谓宜避嚣静养，故暂居乡僻处。十馀日内恐不见客矣。应请稍待。"又询暹罗事，又询中国兵制。因一一告之。谈久而出。 禁华新例当可议废

初八日　晴。查光绪十八年，中、日两国互市。日本入中国货物，值银六百三十万两，较上年增银五十馀万 对日贸易商务渐盛

两。中国入日本货物，值银一千二百万两。两相比较，中国实多入银六百馀万两。商务渐盛矣。

因查十年以前，日本兵船胜于中国，故有台湾之役。日本商务亦胜中国。中国招商局轮船初到日本，日本畏夺其利，即肆诋毁。今阅十馀年，商务、军务已驾而上之者，何也？中国地大物博，向也不言功利，一变计焉，如有本原泉，扩充固易甚也。日本之功效，如郗夫人所言“倾囊倒箧”而出之者，本难为继也。楚庄王谓“鸟不鸣者，鸣则惊人”。泰西以中国为昔睡今醒，似有合焉。

比国议员均给俸银

初九日　阴。比利时国来电，言本国议院绅士向来无俸。惟不居都城者，每月有俸银四百二十三佛郎。兹改章程以后，无论所居何地，每年均给俸银四千佛郎。其不居都城者，则来往车费一律免收，以示体恤云。

因查比利时向合和阑为一国，以后分为二国。其国版图甚小，而商务实盛。且欧洲各大国，皆认为局外之国，故无兵事，而民数易增，国储亦足。其议院绅向例无俸，则欧洲各国类然，日斯巴尼亚是也。即英议绅之俸亦甚细微，此足证矣。其不居都城者，每月给银四百佛郎，仅值银八十元，以供火车之费而已。今一律给俸，每员亦仅银八百元。盖比与德邻，国小而俭，无侈靡之习，故用易给也。

阿梭尔群岛（亚速尔群岛）

初十日　大风，晴。大西洋海介欧、墨两洲之间，有群岛名阿梭尔，向属葡萄牙。而距葡甚远，消息难达，呼应不灵，葡国欲创海电而苦无资。近与英公司订设海电，

19,7,11

由葡都达该岛，已立合同，均签押矣。

因于是见葡之贫也，又于是见葡之失算也，不自设电而以授人，本国之利已漏卮矣。彼固以贫而出此下策也。度葡国之设电以通属岛之消息，固防他国之占其属岛，而欲以是维持之也。而不知将来占此岛者即英也。以英人占此岛，而由英公司为之告急，其消息依旧不达，呼应自必不灵。甚且“虚者实之，实者虚之”，且怂岛人以叛葡，开门以延英，皆意中事耳。秦以杞子戍郑，郑使掌北门之管，而遂招秦以袭郑焉。此前鉴也。

古巴总领事谭乾初到。

十一日　晴。俄国政府近立新例：不准各乡村人户出卖产业与外国人，以免外人侵并，本国人失业云。 俄禁产业卖与外民

因按：此例有三善焉：土地为衣食之源，宝而守之，可免冻馁，一也；外国民人入内地管产业，土、客不协，易起衅端，可以防之，二也；外国教堂尤易起衅，彼不能购土地，自不能建教堂，三也。一举而三善备焉。

十二日　小雨。德国领兵官约束部下极严。近有兵丁六名以为太苦，逃亡而入法界，愿隶法队，为法效力。法员纳之。遂订合同，饬赴马赛海口，附船赴阿非利加洲法属地矣。 法军接纳德国逃兵

因于此叹“严”之难行也。少时治家尚严，课读尚严，今出使亦尚严，而颇有怨望者。然子产尝谓“宽难”。武侯亦求法立。明代戚继光治兵至严，其军律实为后人师法，则严之有益也明矣。德国陆兵天下莫强，而约

束极严，可于此得治兵之道焉。其以为太苦者，乃不肖兵丁不受约束。此亦人类中之必不能无者。故法员虽知之，而仍屏之阿洲，其用意可想矣。中国兵政以湘、淮两军为严，卒平粤、捻、回匪之乱，其明效可征矣。尝过天津，闻淮军之延德国兵官训练者，颇苦其劳。呜呼，此德国陆军所以无敌也夫！

俄法联兵英弃救暹

十三日　晴。巴黎来电，言法国有事于暹罗，俄国政府将派水师一队，迅赴暹罗以助法人，而符联盟之意。英政府初有救暹之意，兹见俄、法两国联兵，不便妄动矣。

因按：俄、法联盟之举，诚得计矣。今犹小试其端耳，而英已畏之。孙武子云："勇怯，势也；强弱，形也。"形、势不敌，则勇者亦怯，强者亦弱，今日之英是也。因尝论地球海军之势，俄与法合，则英不能敌，今果形见势绌矣。因以为此事初见端倪，而尚非究竟也。苟充俄、法两国大欲之所存，全力之所及，则欧、亚两洲必将有大被蹂躏者，为可虞也。昔者拿破仑第一求合于俄，而欧洲之不靖者二十年，杀人二百二十万，非俄、法之交中离，英、俄、普、义之联兵合战，未易胜其残也。

瑞士主持美智赔款

十四日　晴。瑞士国来电，言美国与智利国赔款之案，积至千馀起。兹立约：各派员秉公商办，以清积牍。美派员名古德，智员即驻美公使名嘉拿，瑞士派公道人，即瑞国驻美公使，均在华盛顿。于六月十四日起，议约六个月为期云。又闻美与英秘林海峡捕鱼一案，欧洲公道人所断，美国理绌，将输于英，而美赔英之银数颇巨云。

19,7,15

因驻美三年，见美国所行，多用霸气：禁工之事为背约，报施之约好占邻国便宜，觊觎檀香山又违公法，戕杀义国旅美之民而置之不理，专秘林海峡之利而掳英渔船，不独各国讥之，即美之公正绅耆亦多讥之。幸新总统、外部，均不直前任之所为，一一矫正，或能收之桑榆，倘旧主联任，布连不死，则美国之祸未艾也夫。

十五日　阴，辰后见日。美报载：今春各国兵舰来美赛会。事竣后，已星散。惟俄舰尚留，近陆续又到数舰，合前所留，竟成一队。其故因南北花旗争战之时，俄人无左右袒。事定后，美国曾派水师一军，赴俄言谢，此次俄廷亦以相报云。 俄舰滞美夸耀海军

因按：此语不尽然也。南北花旗之战已二十年，此时言谢，则已迟矣。且既欲言谢，何不于赛会时声明，而于三、四月之后忽为补晨之鸡乎？大抵近日地球各国，无不夸耀海军，以期威远。俄之水师近已强于往年。秘林海峡一案，俄人曾掳美之渔船，美人曾力争之。俄人又渐欲蚕食墨洲，故以是为先声之夺，以后收迎刃而解之效耳。

至阿林顿订房。公使一处上下三间，按日银六十元馀。分主、仆，主每日银五元，仆每日二元半。如不赴餐房之馔，而于本房饮食者，另按人按日加银二元半。如久寓至十五日以外，价可稍减。

十六日　晴。申正，接总理衙门电开：十二日奉旨，崔国因补授右庶子。钦此。 奉旨补授右庶子

暹罗来电，言六月法人以兵船胁暹罗，索美江以东之

法令暹罗不用丹人

地，又银三百万佛郎。限于两日内回复，迟则开仗。兹暹罗已从命，而法国使暹之专使，又令暹罗撤退所延丹国人矣。

因观于此而知敌国之心焉，因知谋国之道焉。八十年前拿破仑第一之胜普鲁士，则限其兵数；十年以前俄国之胜土耳其，则索其兵船；智利之胜秘鲁，则限以不筑炮台、不添兵舰、不购枪炮。今法之制暹罗，则限以不用他国人才。查丹国，即《瀛环志略》所纪之“嗹国”，又名“大尼”，日本译《万国史记》以为“丁抹”，中国以为“丹麦”。五百年前，向以海舶劫掠各国为生，曾劫英人入贡，后渐衰微。盖其水战有足称者。法人防暹罗之蹶而复振，故以是制之。然则蹶而欲复振者，反各国之所以胁制他人者而行之，则庶乎其可矣！

十七日　晴，午后小雨，大风雨彻夜。是日黎明即起。设香案，行三跪九叩首礼，撰谢恩折。

德加俄税以报俄国

伯林来电，言近日俄国于德国货物入口加抽税银。德国政府现议报复，所有俄国运入德国之货，一概加抽税银五成云。

因按：税则为各国内政，例可自主。而不忧其太过者，则恃报复一节，足以制之也。盖我国土产入他国之口，税之重轻，他国主之；他国土产入我国之口，税之重轻，我国主之。如交以道，而接以礼，则彼此均不为朘削之事。如有狡猾者，必欲朘人以肥己，则以其人之道还治其人，固毫不费力也。以各国自主之权而卒不至于太过

19,7,18

者，恃此也。

十八日　大风，晴。自美国创设头等公使以来，英、法、义三国已改驻美公使为头等，兹俄国亦改为头等，德国则另派公使更换。

美公使之驻尼格拉孤者，值尼国内乱，都城接战，外攻之兵炮弹及使馆，几于伤人。美公使即通知乱党，谓围攻都城，不先通知局外之国，殊违公法。现电拨兵船一艘，由秘鲁至尼国，以保护美国官商云。 尼国内乱美使请拨兵船保护

因于是而叹公法之不可不知也。欧洲各邦，论立国育才之道，曰“读书则智，不读书则愚；智则强，愚则弱”，诚有味乎其言之也。德国之民，读书者百之九十五；美国之民，无不读书，宜其强富如是之速也；阿洲之民，未闻读书者，宜其全洲为各国所分裂，而曾无一人、一国，出一成一旅以图存也。前智利之议院党不直其君，而不敢违公法以逆美国之兵船；今尼国之为乱者，竟违公法以殃及各国之使馆。曲直不同，则成败自异。智议院之事成，尼乱党之事其败夫！

亥正，新任出使大臣杨儒到，因率随员迓于车厂，至亚林顿客栈。设案恭请圣安。谈至子初返馆。 新使来美

十九日　晴。上月伦敦来电，言欧洲如英、俄、德、法各国，其兵按年大操或一次、或数次不等，所以重武备也。惟英国所重者，不在陆，而在水。以其地势四面皆海，拒之于海，陆自无虞。今年水师部议以本国兵舰分为两队，以红旗、蓝旗别之。红旗队内铁舰为多，蓝旗队内 英国海军筹划演习

雷艇为多。作为交战之形，以试铁舰之于雷艇，二者孰优孰绌？且观其进退、攻守、离合之势，以期精熟，庶几临时有把握云。

因尝论俄之陆军，英之海军，皆天下莫强焉。今观英之所筹画者，而益信也。八十年前拿破仑第一蹂躏欧洲，各大国无不被靡。惟以陆军攻俄则败，以海军窥英亦败。其时俄人犹须坚壁清野，英之三岛晏然无事。信乎拒之于海，陆自无虞也。孙武子云："兵因地而制胜"，俄、英二国之军是也。一百年前英之海军，尚有见挫于法、日二邦之时；近百年内，则无敢与争锋者，可谓无敌。然俄、德、法、义诸国，日夜淬厉，以增铁舰；而俄、法又已联盟。此英之所远虑者，故训练以备不虞也。

二十日　晴。前月马得力来电，言日廷拟改税关章程，不用银钱，而用金钱，嗣以各国不允而罢。伦敦来电，言俄廷欲与奥国订立报施条约，先询奥廷，奥国允照最优之国相待；但与义赛两国之报施，五谷入口，系格外利益，则不能也。

措施比较奥国胜日

因按：奥、日两国措施比而论之，则奥胜日。日改圜法，暗中取利，其名不顺。奥之答俄以礼，而有限制，俄人难与强争矣。因尝论各国交涉之道，其私谊甚优，而公事不可假借。奥君于俄世子之过境，自任为东道主人，躬亲迎迓，下榻宫中，意隆礼备。而于报施之约，所言公者，仍公言之，非忽然不欲结好于俄也。不如是，则各国之要求无所底止也。

19,7,21

出使大臣杨儒酉刻接印。 新使接印

二十一日 晴，辰刻雨。美国费城新造成兵舰名“明义巴利士”，长四十一丈英尺，阔五丈八尺英尺，吃水二丈二尺，容七千三百五十吨，马力二万一千匹。船身用钢制成。所装之煤可行一万五千米（合中里五万里）。其行极速，所以为交战时掳敌国商船之用也。 美造新舰可掳商船

因按：欧洲各国以商为本，断无有不恤商者。掳商船之谋，所以遏敌国之轻易开衅也。往年拿破仑第一禁各国与英通商，英人亦禁各国与法通商，由其兵力足相抗也。中、法越南之衅，法以兵舰阻中国漕船，无以抵制，遂至竭蹙。美国此举其为未雨绸缪也夫！

二十二日 晴。美国费城新兵船动工，已命名“布落克林”。容九千一百吨，马力一万六千匹。铁甲不厚而炮为多，盖为攻敌用也。法廷新造巡船，全仿美巡船名“纽约”之式。盖因法员见美“纽约”巡船，船身之坚，机器之灵，实为利用，故而仿之。各国皆称美之造船未逾十年，而他国即有以为师法者，由其讲求日精也。美廷闻之，亦自喜焉。 美国造船进步神速

因尝论美之讲求水师，苟充其力之所及，十年以后，可以敌英。惟欧、亚两洲绝无添煤之埠，其所短在斯耳。查船厂、炮厂首在人才，次在物力。非讲求有素则无人，如无师之学也；非库款甚充则无财，如无米之炊也。无人而借他国之人，当起衅宣战之时，必不得力，以公法限之也。此俄王彼德所以微服而充船厂之工也。无财而贷他国

之财，作剜肉医疮之举，必致终穷，以漏卮累之也。此欧洲各大国所由以开辟利源为本也。

谒见总统并辞行

午刻谒见总统，辞行。总统许竭力顾全中美交谊。

二十三日 晴。辞行。出使大臣杨儒至使馆，寄请圣安。美户部查本年六月一个月内，出口之面值银一千五百九十一万二千七百五十一元，较之上年六月，多三百四十馀万元。又查自上年七月至本年六月止，此十二个月内，出口之面共值银一万八千八百九十八万一千九百二十二元，较之又前一年，实短银一万万元云。

美能兴利百姓富足

因于是叹美国之能兴利也。麦面一物，入款已近银二万万元，前年且至三万万元，可谓百姓足矣。尝读《汉书》纪文帝之世，太仓之粟陈陈相因，至红而不可食。今则移食于他国，合海外为一家，有无相通，米粟虽多，不置无用之地。其谋国也，不可谓非计之得也。世尝谓古今人不相及，岂其然乎？

启行离任

二十四日 晴。午初启行，赴火车厂。出使大臣杨儒偕参随各员送行。梅律师亦到。

美国查阻偷渡日人

十五日金山来信，言日本人四十九名由英属域多利假道来美。税关查得，近年日本人之赴域多利者甚多，此数月中，混入美境者已三百名，均为税关阻回矣。

因按：美国禁工之令已行于欧洲，断无不行于亚洲也。惟欧人之入美境者，皆直截而来。亚人之入美境者，多纡折而入，为不同耳。美外部大臣为因言：自银价骤变，而各矿停工，工人之失业者数十万人，遂致不靖。每

19,7,25

与地方官为难，不仅与华民为难也。然则美实患人满矣！日本人尚欲入境哉？

二十五日　晴。午正至希卡果换车，于亥初开车。

十四日俄国彼得堡来电，言俄国近日于开采金矿一事，详加考究，故所采金数，年有加增，一千八百八十五年所采之金，值银一万四千罗卜。至今未及十年，现在所采之金，每年值银三千六百六十馀万元云。 俄国金矿产量加增

因按：中国鉴于有明之季，世视开矿为畏途，遂至弃地宝而不取，而为高论者，或以为“罄天地之藏”，其立言诚大矣。然当今之世，群雄角力。我如能闭关自守，拒使不来，若桃源之自为世界，岂非尽善？而无如不能也，陆防之外，又有海防，制船、制械、制炮，军需所费，不止百倍，将何以筹画哉？外洋开矿之举，未可尽非也。

二十六日　晴。昨日至希卡果换车。因开车尚待五时，稍至各处游历。见石房至高者，地面约十八层，合之地下，当二十层，可谓高矣。又至一处，则铜铸人像，两男像为紫人，即美国土著之烟甸人也。一妇人、一小童像为英人，则二百年前初到美国者也。一紫人举斧以斫妇人，另一紫人以手格之。斧未下，妇人则以右手入紫人腰际，抽其短刀已将出鞘，盖欲夺刀以刺紫人也。小童则骇极，张口而号，情神逼肖。距铜像二丈馀许，有枯树一株，无枝叶。盖当时之物，已二百年。生气尽而未删伐，特留之，以志此事之颠末也。 游芝加哥

二十九日　午刻抵金山。黎领事等及商董相迓于火 抵旧金山

车。遂入馆署。

八月初一日　晴。中华会馆设席饯行。

初二日　雨。昭一会馆设席饯行。

初四日　午刻，上“槎那”轮船。眷口共五人，何汝霖随行。领事黎等送上船。舟行向西，每日约行一千二百至三百里，甚稳。

乘船回国

崔国因出使美日秘国日记

人名索引

五画

六画

十画

十一画

十二画

十三画

十四画

十五画

十六画

崔国因出使美日秘国日记

译名简释

三画

三宝垅

Kota Semarang，三宝垄

三德明哥/山都敏哥/圣多敏国

Santo Domingo，圣多明各，指多米尼加

三德梳畫

Sandwich Islands，即夏威夷

干捏底吉省/干匿地格缅

Connecticut，康涅狄格州

干德纪省/坚得基省

Kentucky，肯塔基州

士旦

stamp，邮票

工额红/孔果

Congo，刚果

下金山

Baja California，下加利福尼亚半岛

大西洋国

Portugal，葡萄牙

山丁

centimo，分，西班牙货币单位

山地米打

centimetre，厘米

山域治埃阑

Sandwich Islands，即夏威夷

个龙/个郎

Colon，科隆，巴拿马港口城市

个郎国

Colombia，哥伦比亚

门的内哥

Montenegro，黑山

义大利

Italy，意大利

飞时记酒

whisky，威士忌酒

小吕宋

Luzon，吕宋岛，指菲律宾

马达加斯戛

Madagascar，马达加斯加

马的尼

martini，马蒂尼，一种英国产步枪

马射岛

Marshall Islands，马绍尔群岛

马理兰省

Maryland，马里兰州

马得力

Madrid，马德里

四画

云古华

Vancouver，温哥华

木司科

Moscow，莫斯科

太司默尼亚

Tasmania，塔斯马尼亚

友打属邦

Utah，今犹他州

厄瓜多

Ecuador，厄瓜多尔

车尼酒

jerez，雪利酒

戈梭

Warsaw，华沙

比打埠

Paita，派塔

比里纽斯大山

Pyrenees，比利牛斯山

比罗巴

Bilbao，毕尔巴鄂

日斯巴尼亚/大吕宋

España，西班牙

中墨洲

Central America，中美洲

气水

汽水

气耳白岛//吉白海岛

Gilbert Island，吉尔伯特岛

丹马

Denmark，丹麦

勿尔吉尼阿省/华前尼亚省

Virginia，弗吉尼亚州

乌拉乖

Uruguay，乌拉圭

乌拉地呙司铎

Vladivostok，符拉迪沃斯托克，即海参崴

为士干顺省/威司根先省

Wisconsin，威斯康星州

巴屯

Batumi，巴统

巴来圭

Paraguay，巴拉圭

巴的马

Baltimore，巴尔的摩

巴美尔/巴马耳/巴马儿

Pamir，帕米尔

五画

甘沙司省/谏沙司省

Kansas，堪萨斯州

布国

Prussia，普鲁士

平阳

Pyongyang，平壤

灭司

Metz，梅斯

打士米尼亚

Tasmania，塔斯马尼亚

打拉埠/萨拉埠

Talara，塔拉拉

打狗

Keelung，基隆

东埔桑

Kampuchea，疑为“柬埔寨”之误

卡拿大/英属卡拿大

Canada，加拿大

田尼西省

Tennessee，田纳西州

北打科大省/北达哥他省

North Dakota，北达科他州

北冰海

Arctic Ocean，北冰洋

北喀尔勒那省/北加罗黎拿省/北加罗连拿省

North Carolina，北卡罗来纳州

北墨洲/北亚墨利加洲

North America，北美洲

仙路伊

St. Louis，圣路易斯

白耳底马/波地磨

Baltimore，巴尔的摩

瓜的马拉

Guatemala，危地马拉

必思打

peseta，比塞塔，西班牙货币单位

司脱拉士堡

Strasbourg，斯特拉斯堡

尼亚嘉剌河

Niagara River，尼亚加拉河

尼克尔

nickel，镍

尼希利党

Nihilist，无政府主义者

奴淮史考谑

Nova Scotia，新斯科舍

加尔格搭

Calcutta，加尔各答

加利宽尼亚省/加里科尼/嘉里宽尼亚/嘉省

California，加利福尼亚州

加罗阑岛/加罗兰岛

Caroline Islands，加罗林群岛

皮酒

beer，啤酒

发老力士

Florence，佛罗伦萨

圣乃仑

Saint Lawrence River，圣劳伦斯河

圣地埃哥

Santiago，圣地亚哥

圣驼马岛

Saint Thomas，圣托马斯岛

圣匿克拉司/毛山尼克拉司

Mole Saint-Nicolas，莫勒圣尼古拉，海地港口

六画

亚刻和斯刻海

Sea of Okhotsk，鄂霍次克海

亚墨一洲

America，美洲

西比里亚/西比利亚

Siberia，西伯利亚

西勿尔吉尼阿省/西华前尼亚省

West Virginia，西弗吉尼亚州

达河米

Dahomey，达荷美，即今贝宁

列司威克

Schleswig，石勒苏益格

毕士基海湾

Bay of Biscay，比斯开湾

毕太力太国

Butaritari Atoll，布塔里塔里环礁

师丹

Sedan，色当

吐耳启斯坦

Turkestan，土耳其斯坦

乔士顿岛

Johnston Atoll，约翰斯顿环礁

华千拿省

Florida，佛罗里达州

华里士

Welsh，威尔士

衣尔喝司克

Irkutsk，伊尔库茨克

衣路

Ilo，秘鲁城市伊洛

米氏根省/米施根省

Michigan，密歇根州

米西西比河/美西斯比河

Mississippi，密西西比河

米江

Mekong River，湄公河

忙得来

Monterey，蒙特雷

安南

Vietnam，越南

安南之东京

Tonkin，即今河内

字林报

North China Daily News，当时在中国出版的最有影响的英文报纸

那丁黑

Nottingham，诺丁汉

那威/脑威

Norway，挪威

约翰尼士堡

Johannesburg，约翰内斯堡

七画

麦天那

Montana，蒙大拿

麦罗沙省

Manisa，马尼萨省

远镜

望远镜

芬阑

Finland，芬兰

苏里那么

Suriname，苏里南

苏格阑

Scotland，苏格兰

苏彝士河

Suez River，苏伊士河

克里迷亚

Crimea，克里米亚

克物司岛

Key West，基韦斯特

巫来油/巫来由

Malaysia，马来西亚

孛立斯土

Bristol，布里斯托尔

更格卢兽

kangaroo，袋鼠

来因河

Rhine River，莱茵河

利次

Leeds，利兹

利威布

Liverpool，利物浦

伯林

Berlin，柏林

卑劳支宴国

Belize，伯利兹

佛郎

franc，法郎

佛勒尔勒厘省

Florida，佛罗里达州

佛德河

River Forth，福斯河，苏格兰一河流名

希卡果

Chicago，芝加哥

希立古阑

Helgoland，黑尔戈兰岛

希腊教

Orthodox Church，东正教

亨加厘

Hungary，匈牙利

冷贡

Yangon，仰光

沙华他

Salvador，萨尔瓦多

沙蒲丹

Sibutu，锡布图

沙摩阿岛

Samoa，萨摩亚岛

启尔

Kiel，基尔，德国城市

忌安拿/基阿拿

Guyana，圭亚那

阿比西尼亚

Ethiopia，埃塞俄比亚

阿瓦省/埃阿亚省

Iowa，衣阿华州

阿甘色省/阿谏沙士省

Arkansas，阿肯色州

阿达亨

Ardahan，阿尔达汉

阿尔枝理

Algeria，阿尔及利亚

阿尔阑/埃尔阑

Ireland，爱尔兰

阿立冠派

Arequipa，阿雷基帕

阿把巴麻省/阿拉巴麻省

Alabama，亚拉巴马州

阿林宣拿属邦

Arizona，今亚利桑那州

阿拉斯喀/阿拉司加属邦/阿拉斯届属邦/阿拉司戛

Alaska，阿拉斯加

阿弥尼亚/亚弭尼亚

Armenia，亚美尼亚

阿洲/阿非利加洲

Africa，非洲

阿理干省/柯里根省/柯利根省/阿利干省/亚利干省/阿力根省

Oregon，俄勒冈州

阿梭尔群岛

Azores Islands，亚速尔群岛

阿镇丹国

Argentina，阿根廷

纽加司尔

Newcastle，纽卡斯尔

纽西阑/纽西兰

New Zealand，新西兰

纽芳兰/纽方兰/纽芬阑

Newfoundland，纽芬兰

纽折尔西省/纽遮施省

New Jersey，新泽西州

纽罕什尔省

New Hampshire，新罕布什尔州

纽阿连

New Orleans，新奥尔良

纽墨西哥属邦

New Mexico，今新墨西哥州

八画

耶稣教

Christianity，基督教

若耳治省/佐治亚省/佐治阿省

Georgia，佐治亚州

英厘安纳省/烟甸亚拿省

Indiana，印第安纳州

英阑

England，英格兰

英属可仑比亚

British Columbia，不列颠哥伦比亚省

英属域多利

Victoria，加拿大维多利亚

茄菲/茄非

coffee，咖啡

林明敦

remington，雷明顿，一种美国产步枪

欧库资克

Irkutsk，伊尔库茨克

奇罗

kilo，重量单位，千克

拉加拉

Caracas，拉加拉斯

拔立阿茂

Barnaul，巴尔瑙尔

昆思兰

Queensland，昆士兰

罗卜

ruble，卢布，俄国货币单位

罗布觉尔

Lop Nor，罗布泊

和阑

Holland，荷兰

的立玻利国

Libya，利比亚

彼德堡

St. Petersburg，圣彼得堡

舍郎/锡阑

Ceylon，锡兰，今斯里兰卡

金山/三藩昔士哥/三夫阑昔司科

San Francisco，圣弗朗西斯科，即旧金山

受汉顿

Southampton，南安普顿

泥格拉/尼格拉/尼格拉孤/尼格拉姑

Nicaragua，尼加拉瓜

波利弥施亚

Polynesia，波利尼西亚

波罗

pineapple，菠萝

波打城

Bogota，波哥大

波都历古

Puerto Rico，波多黎各

波澜/波阑/保阑

Poland，波兰

泼立冒司纪

Khabarovsk，哈巴罗夫斯克，即伯力

九画

玻利斐亚/玻璃斐/玻璃委

Bolivia，玻利维亚

茵陈

Indians，印第安人

南打科大省/的哥打省/南的哥打省

South Dakota，南达科他州

南北花旗战争

American Civil War，美国南北战争

南喀尔勒那省/南加罗连拿省

South Carolina，南卡罗来纳州

南墨洲/南亚美利加

South America，南美洲

勃尔加厘亚/勃而忌里亚/勃尔高利亚

Bulgaria，保加利亚

威内萨

Venezuela，委内瑞拉

歪阿明省

Wyoming，怀俄明州

哄都拉

Honduras，洪都拉斯

哑哈哑

Ohio，俄亥俄

哈华埠

Le Havre，勒阿弗尔，法国港口

哈哇城

Hartford，哈特福德

香冰/香冰酒

champagne，香槟

科罗拉都省/哥拉黎都省

Colorado，科罗拉多州

保士波海口

Strait of Bosporus，博斯普鲁斯海峡

保尔剔克海

Baltic Sea，波罗的海

保司登

Boston，波士顿

奕伦诺尔省/伊连内司省

Illinois，伊利诺伊州

闽尼所达省/民尼稣打省

Minnesota，明尼苏达州

美苏黎河

Missouri River，密苏里河

养生院

zoo，动物园

炫奇会

World Expo，世博会

洼满的省

Vermont，佛蒙特州

洒含亚

Zambia，赞比亚

洒含亚江

Zambezi River，赞比西河

洛京伦省

Rhode Island，罗得岛

济物浦

Jemulpo，今仁川

客吉岛

Kerguelen Islands，凯尔盖朗群岛

费又难多坡/费难多坡岛

Fernando Po，即比奥科岛

费拉得尔费

Philadelphia，费城

给迫考老尼

Cape Colony，开普殖民地

十画

埃大葛省/埃打贺省/挨达浩省

Idaho，爱达荷州

埃利士

Irish，爱尔兰人

埃利士工党

爱尔兰裔工会组织

莫三鼻给

Mozambique，莫桑比克

格伦

gallon，容量单位，加仑

格来巴哥岛

Archipiélago de Colón，科隆群岛

格连潢除

Greenwich，格林尼治

格罗力杀

Glorioso Islands，格洛里厄斯群岛

哥沙

Cossack，哥萨克

哥林卑亚/哥林比亚省/考仑比阿

British Columbia，不列颠哥伦比亚省

哥林秘国/可仑国/可仑比亚

Columbia，哥伦比亚

哥斯答立戛/哥士答力戛

Costa Rica，哥斯达黎加

哥喀萨司

Caucasus，高加索

夏威仁

Hawaii，夏威夷

夏湾拿

Havana，哈瓦那

哲臣威

Jacksonville，杰克逊维尔

哲孟雄

Sikkim，锡金

挨及

Egypt，埃及

剔夫力斯

Tbilisi，第比利斯

钵仑埠

Portland，波特兰

特尔拉华省/地拉威

Delaware，特拉华州

秘司堡/必司堡

Pittsburgh，匹兹堡

秘林海

Bering Strait，白令海峡

倭海阿省/阿埃阿省/欧海欧省

Ohio，俄亥俄州

臬布拉司加省/尼巴拉司加省

Nebraska，内布拉斯加州

臬华大省/尼华打省

Nevada，内华达州

爱立斯

Wallis Islands，瓦利斯岛

爱扫夫海

Azov，亚速海

唐太岛

即库页岛

烟甸人

Indians，印第安人

烟甸属地

印第安保留地

浦达

пуд，普特，俄国重量单位

海伦那

Helena，海伦娜

海米

nautical mile，海里

海带/海代/海岱/奚地/奚提国

Haiti，海地

海鳅

露脊鲸

宾夕尔勤尼安省/边西梵尼亚省

Pennsylvania，宾夕法尼亚州

十一画

域多利府/维多利

Vitoria City，维多利亚市

萨拉/打拉

Tarara，塔拉拉

曼他拿省/满天拿省

Montana，蒙大拿州

曼尼布尔

Manipur，今印度曼尼普尔邦

曼得来/曼特留

Mandalay，曼德勒

脱阑威士

Transvaal，德兰士瓦，在今南非

麻六甲

Malacca，马六甲

麻沙朱色士省/马撒朱昔省

Massachusetts，马萨诸塞州

康邦铁甲

钢面铁甲

康斯旦

Constantza，康斯坦萨

鹿林

Lorraine，洛林

淡气

nitrogen，氮气

淡司克

Kansk，坎斯克

婆罗洲

Borneo，加里曼丹岛

密士失必省

Mississippi，密西西比州

密苏尔厘省/美稣利省

Missouri，密苏里州

密理迈当

millimeter，毫米

谋晒得

Mashhad，马什哈德

十二画

散独淮

Sittwe，实兑，缅甸城市

惠爱矶

Guayaquil，瓜亚基尔

覃坝

Tampa，坦帕

跋库

Baku，巴库

喀尔司路

Karlsruhe，卡尔斯鲁厄

黑立发刻士

Halifax，哈利法克斯

黑特士飞

Hartsfield，哈兹菲尔德

奥尔赛司

Alsace，阿尔萨斯

奥母司克

Omsk，鄂木斯克

奥得萨

Odessa，敖德萨

腊丁

Latin，拉丁

鲁西安约省

Louisiana，路易斯安那州

鲁特局

Reuters，路透社

蛮唔加司偷

Mamchester，曼彻斯特

弼乐克零

Brooklyn，布鲁克林

缅省

Maine，缅因州

十三画

新屺阑

New Zealand，新西兰

新金山

Australia，澳大利亚

意基忌

Iquique，伊基克，智利港口

煤油

石油

十四画

嘉里约

Callao，卡亚俄

裴奚

Fiji，斐济

满里奥阿

Montpelier，蒙彼利埃

赛尔斐亚

Serbia，塞尔维亚

十五画

飘节/飘折

San Pedro，圣佩德罗

暹罗

Siam，即今泰国

墨洲

America，美洲

德克沙司省/的沙士省/贪克失司省

Texas，得克萨斯州

德律风

telephone，电话

澳大地亚/澳大利奥

Australia，澳大利亚

澳波滔

Potro，波尔图

十六画

霍纳奴奴

Honolulu，火奴鲁鲁

穆哈剌国

Khanate of Bulhara，布哈拉汗国

十七画

檀香山/檀岛/火苏鲁鲁

Honolulu，火奴鲁鲁，指代夏威夷

走向世界丛书一百种

初编三十五种以＊标出

谢清高 海录（附三种）
＊ 容　闳 西学东渐记
＊ 林　鍼 西海纪游草
＊ 罗　森 日本日记
＊ 斌　椿 乘槎笔记
＊ 张德彝 航海述奇
＊ 王　韬 漫游随录
＊ 志　刚 初使泰西记
＊ 张德彝 再述奇（欧美环游记）
＊ 张德彝 三述奇（随使法国记）
王　芝 海客日谈
＊ 祁兆熙 游美洲日记
＊ 李　圭 环游地球新录
＊ 郭嵩焘 伦敦与巴黎日记
＊ 张德彝 四述奇（随使英俄记）
＊ 黎庶昌 西洋杂志
＊ 刘锡鸿 英轺私记
李凤苞 使德日记
钱德培 欧游随笔
＊ 何如璋 使东述略及杂咏
＊ 张斯桂 使东诗录
黄遵宪 日本国志
＊ 黄遵宪 日本杂事诗〔广注〕
陈兰彬 使美纪略
＊ 曾纪泽 出使英法俄国日记
＊ 王　韬 扶桑游记
＊ 徐建寅 欧游杂录
谭乾初 古巴杂记
王之春 谈瀛录
＊ 李筱圃 日本纪游
池仲佑 西行日记
蔡　钧 出洋琐记
袁祖志 瀛海采问纪实
张祖翼 伦敦竹枝词
王以宣 法京纪事诗
潘飞声 西海纪行卷
潘飞声 柏林竹枝词
潘飞声 天外归槎录
张荫桓 三洲日记
邹代钧 西征纪程
王咏霓 道西斋日记
张元济 环游谈荟
余思诒 楼船日记
缪祐孙 俄游汇编
张德彝 五述奇
＊ 傅云龙 游历日本图经馀纪
傅云龙 游历美加等国图经馀纪
洪　勋 游历闻见录
崔国因 出使美日秘国日记
＊ 薛福成 出使英法义比四国日记
＊ 薛福成 出使日记续刻
陈道华 日京竹枝词

严　修 **东游日记**
姚鹏图 **扶桑百八吟**
凤　凌 **游馀仅志**
* 黄庆澄 **东游日记**
吴宗濂 **随轺笔记**
宋育仁 **泰西各国采风记**
王之春 **使俄草**
伍廷芳 **美国视察记**
* 蔡尔康等 **李鸿章历聘欧美记**
张德彝 **六述奇**（附 七述奇未成稿）
刘学询 **考察商务日记**
黄　璟 **考察农务日记**
罗振玉 **扶桑两月记**
罗振玉 **扶桑再游记**
丁鸿臣 **东瀛阅操日记**
沈翊清 **东游日记**
* 梁启超 **新大陆游记**
张德彝 **八述奇**
载　振 **英轺日记**
吴汝纶 **东游丛录**
双　寿 **东瀛小识**
缪荃孙 **日游汇编**
周学熙 **东游日记**
* 单士厘 **癸卯旅行记**
凌文渊 **籥盦东游日记**
张　謇 **癸卯东游日记**
蒋　煦 **西游日记**
王景禧 **日游笔记**
陈　琪 **环游日记**
* 康有为 **意大利游记**
康有为 **德意志等国游记**
康有为 **英国游记**
* 康有为 **法兰西游记**
韩国钧 **实业界之九十日**
李濬之 **东隅琐记**
盛宣怀 **愚斋东游日记**
* 戴鸿慈 **出使九国日记**
金　鼎 **随同考察政治笔记**
* 载　泽 **考察政治日记**
程　淯 **丙午日本游记**
康有为 **西班牙等国游记**
杨泰阶 **东游日记**
文　恺 **东游日记**
左湘钟 **东游日记**
吕珮芬 **东瀛参观学校记**
* 林汝耀 **苏格兰游学指南**
* 单士厘 **归潜记**
金绍城 **十八国游记**
附 艾儒略 **职方外纪**
附 南怀仁 **坤舆图说**
附 丁韪良 **西学考略**
附 艾约瑟 **西学启蒙**

图书在版编目(CIP)数据

出使美日秘国日记/(清)崔国因著.—长沙:岳麓书社,2016.12
(走向世界丛书/钟叔河主编)
ISBN 978-7-5538-0674-7

Ⅰ.①出... Ⅱ.①崔... Ⅲ.①日记—作品集—中国—清代
Ⅳ.①I264.9

中国版本图书馆 CIP 数据核字(2016)第 234552 号

CHUSHI MEIRIBIGUO RIJI
出使美日秘国日记(上下)
作　　者:崔国因
责任编辑:李缅燕
责任校对:舒　舍
封面设计:吴颖辉　贺红梅

岳麓书社出版发行
地址:湖南省长沙市爱民路 47 号
直销电话:0731—88804152　88885616
邮编:410006
岳麓书社网址:www.yueluhistory.com

2016 年 12 月第 1 版第 1 次印刷
开本:890×1240　1/32
印张:26
字数:579 千字
印数:1—3 000
ISBN 978-7-5538-0674-7
定价:120.00 元

承印:长沙超峰印刷有限公司

如有印装质量问题,请与本社印务部联系
电话:0731—88884129